LAURA RESTREPO

Die dunkle Braut

Das Buch

In Tora, einem kleinen Städtchen mitten im kolumbianischen Urwald, gibt es nur drei Dinge: petroleo, plata und putas –Erdöl, Geld und Prostituierte. Hier taucht eines Tages ein berückend schönes, japanisch anmutendes Mädchen auf. Sie hat ihr Ziel fest vor Augen: sie will der Traum aller Männer werden. Todos los Santos, Besitzerin des berühmtesten Nachtlokals am Ort, nimmt sich des undurchschaubaren Mädchens an - und bringt Sayonara zunächst einmal Lesen und Schreiben bei. Und Manieren.

Einmal im Monat kommen die Arbeiter der Erdöl-Gesellschaften nach Tora, um ihr schwer verdientes Geld bei den Frauen zu verprassen. Sayonara wird bald zur begehrtesten Frau von Tora, ja, ganz Kolumbiens. Sie ist die perfekte Liebhaberin, eine Königin, eine Göttin - sie ist die Vielgeliebte. Doch dann begeht sie einen entscheidenden Fehler: Sie verliebt sich. Ihr Leben gerät aus den Fugen, und das streng gehütete Geheimnis ihrer Vergangenheit drängt ans Licht.

»Laura Restrepos Roman ist eine Hymne auf das Leben jenseits sozialstaatlicher Errungenschaften. Und noch die unschuldigste Leserin kann von diesen dunklen Bräuten lernen.« *Neue Zürcher Zeitung*

Die Autorin

Laura Restrepo wurde 1950 in Kolumbien geboren; sie studierte Kunst und Politikwissenschaft, arbeitete als Dozentin für Literatur, war als politische Journalistin in verschiedenen Menschenrechtsorganisationen aktiv und lebte mehrere Jahre im Exil in Mexiko. Sie ist Autorin mehrerer, zum Teil preisgekrönter Romane und lebt in Bogotá. Auf Deutsch erschienen: »Der Leopard in der Sonne« und »Der Engel an meiner Seite«.

Laura Restrepo
Die dunkle Braut

Roman

Aus dem kolumbianischen Spanisch
von Elisabeth Müller

Diana Verlag

Die Originalausgabe
»La novia oscura«
erschien bei Editorial Norma S.A., Bogotá, 1999

Taschenbucherstausgabe 03/2005

Printed in Germany 2005
Umschlagillustration: Getty Images / Zubin Shroff
Umschlaggestaltung: Hauptmann und Kampa Werbeagentur,
München, Zürich
Satz: HanseatenSatz-bremen, Bremen
Druck und Bindung: GGP Media GmbH, Pößneck
Gedruckt auf chlor- und säurefreiem Papier
ISBN: 3-453-35006-5
http://www.heyne.de

Eins

Und dann tat sich die Nacht weit auf, und das Wunder geschah: Ganz hinten, in der Ferne, tauchten vor der großen, seidigen Finsternis die bunten Lichterketten von La Catunga auf, vom *barrio de las mujeres,* dem Viertel der *mujeres.* Männer, frisch gewaschen und wohlduftend, drängten sich an den Zahltagen auf Lastwagen und fuhren von den Ölfeldern durch das bergige Land zur Stadt Tora hinab, angezogen wie die Motten vom Licht durch das Funkeln der Glühbirnen, das ein Versprechen von höchster irdischer Seligkeit war.

»Die Lichter von La Catunga in der Ferne zu sehen? Das war das pure Glück, *hermano*«, erinnert sich Sacramento, der unter seinen Erinnerungen so gelitten hat. »Dafür, nur dafür haben wir, die vierhundert Arbeiter vom Campo 26, uns in dem grausamen Urwald totgeschuftet. Nur der Gedanke an diese Köstlichkeit hat uns die harte Arbeit bei der *Tropical Oil* erträglich gemacht.«

Tag für Tag standen sie im Morast und in den Malariasümpfen, bis endlich, am Ende jedes Sehnens, der Augenblick kam, da sie die Lichter von La Catunga auftauchen sahen, dem Viertel, das die *mujeres* auf den Namen der heiligen Catalina – der Sancta Cata, der lieben Catica, der geduldigen Catunga – getauft hatten, die sie alle mit großer Frömmigkeit verehrten, wegen ihrer Keuschheit, ihres Märtyrertums, ihrer Schönheit und weil sie eine Königstochter war.

»Sie hatte Schlösser, riesig groß, und Landgüter«, erzählt die alte Todos los Santos über ihre heilige Prinzessin und Schutzpatronin, »dazu ganze Elefantenherden und drei Gemächer voller Juwelen von ihrem Vater, dem König, der sich einer Tochter rühmte, die schöner und reiner war als das Licht der Sonne.«

Zu Fuß und ohne Hut, fast ehrerbietig, dabei schnaubend wie junge Ochsen und mit den Münzen in der Hosentasche klimpernd, betraten die Männer am Zahltag die beleuchteten Gässchen, von denen sie in ihren Baracken träumten: montags mit einem Kater, dienstags mit der Sehnsucht von Waisenknaben, mittwochs mit dem Fieber einsamer Männer und donnerstags mit der Glut der Verliebten.

»*Llegaron los peludooos!* Die wilden Männer kommen!« Sacramento ahmt mit verstellter Stimme einen Frauenschrei nach. »Sie nannten uns *peludos,* weil ein Erdölarbeiter stolz auf seine raue Erscheinung war, wenn er braun gebrannt, haarig und bärtig nach La Catunga kam. Aber sauber und duftend, in Lederstiefeln, im weißen Hemd und mit einer teuren Uhr am Arm, mit Ring und Goldkettchen, um zu zeigen, dass er was verdiente. Und immer trug er den Ausweis seiner Company wie einen Orden sichtbar am Revers; den Ausweis, der ihn als *obrero petrolero* kennzeichnete. Da gab es nichts, *hermano,* das war eine große Auszeichnung.«

»*Llegaron los peludooos!*« Todos los Santos lacht und entblößt die Zähne, die sie nicht mehr hat. »Es stimmt, das war der Schlachtruf. Rau und haarig, so mochten wir sie, und wenn wir sie kommen sahen, dann riefen wir auch: *Ya llegó el billete!* Da kommen die Scheinchen!«

Damals war Tora draußen, in der großen weiten Welt, als die Stadt der drei Ps bekannt, *putas, plata* und *pet-*

róleo, Huren, Geld und Öl. Öl, Geld und Huren. Eigentlich waren es vier Ps, wenn man bedenkt, dass es auch ein Paradies war inmitten eines vom Hunger verwüsteten Landes. Wer die Herren und Herrinnen waren in diesem Reich? Die *petroleros* und die *prostitutas.*

»Wir nannten sie nicht *putas* oder Nutten und hatten auch keine anderen beleidigenden Namen für sie«, erinnert sich Sacramento. »Wir nannten sie einfach *las mujeres,* die Frauen, weil es keine anderen für uns gab. In der Welt des Erdöls anerkannte man nur eine Form der Liebe, nämlich *el amor de café.*«

»Sie müssen wissen, dass wir, die Prostituierten, Tora nach unseren eigenen Gesetzen gegründet haben, und zwar lange bevor die Ehefrauen und die Bräute kamen und ihre Exklusivrechte geltend machten«, erzählt Todos los Santos mir souverän und trotz ihres vorgerückten Alters fest auf den Beinen stehend, während sie mit der Gestik einer Gräfin ein Gläschen *mistela* leert und mit dem Schnalzen des Kutschknechts eben dieser Gräfin eine dicke, wohlriechende Zigarre der traditionellen Marke Cigalia dazu raucht.

»Wie wär's mit einer kleinen Zigarre, *reina?*«, fragt sie und zeigt mit der Hand, die die Havanna hält, neben mich, woran ich merke, dass ihre Augen nicht mehr die besten sind.

»Was für eine Frage, Doña! Sehen Sie denn nicht, wie ich nach Luft japse«, sage ich, und sie lacht; sie findet, dass ich etwas sehr Komisches gesagt habe.

»Die Zurückhaltenden sind immer die Allerverdorbensten«, sie hält sich wie ein Mädchen die Hand vor den Mund. »Wenn Sie nicht rauchen, dann trinken Sie wenigstens einen *mistela* mit. Der ist erfrischend und aufheiternd. Den dürfen Sie mir nicht ausschlagen.«

Kurz nach seiner Gründung verbreitete sich die Nachricht in alle vier Winde, dass es in La Catunga eine Menge Geld gab und viele gesunde Männer dazu, was das Viertel zum idealen Marktplatz für die Liebe machte. Deshalb packten Schönheiten auf der ganzen Welt ihren Putz und ihren Tand zusammen und kamen, ihr Glück zu versuchen.

»Es kamen außergewöhnliche Schönheiten her und übertrafen alles, was an Reizen schon vorhanden war«, sagt Todos los Santos voller Stolz, entschuldigt sich aber sogleich kokett für die mangelnde Bescheidenheit. »Einige waren richtige Damen, ganz vornehm, und alle waren sehr fromm. In keinem Zimmer fehlten die Andachtskerzen für das Heilige Herz. Nie gingen wir grob miteinander um oder nahmen schmutzige Worte in den Mund, noch gab es Ausschweifungen wie später, wenn zwei Mädchen sich um einen Mann rauften und solches Zeug. Nichts dergleichen. Ordinäres Benehmen gab es damals bei uns nicht.«

Da die *mujeres* aus den verschiedensten Orten kamen, wurden Tarife eingeführt, die danach gestaffelt waren, wie exotisch und fern die Nationalität einer Frau war, wie klangvoll ihre Sprache, wie fremdartig ihre Sitten. Am meisten kassierten die Französinnen: die schöne große Yvonne, die schmachtende Claire, blass wie der Mond, Mistinguett, die ein Liebling der Maler vom Montmartre gewesen war, bevor sie hierher kam, um sich mit den *petroleros* herumzuschlagen.

»Sie hat immer davon geträumt, in ihre Heimat zurückzukehren, diese Mistinguett; sie behauptete, dort würde sie schon dafür bezahlt, sich nackt malen zu lassen. Zu uns ist auch einmal ein Künstler gekommen und hat sie für ein Bild Modell stehen lassen, aber das war ein moderner Maler, der grelle Farben und wirre Striche liebte.

Ihr hat sein Bild nicht gefallen, und sie beschwerte sich: Das bin ich nicht. Das sieht ja aus wie ein Huhn. Ich hätte viel mehr Geld von dir verlangen müssen, weil du mir meine Zeit gestohlen hast. Wo habe ich denn Federn, du Dummkopf? Verschwinde und geh Hühner malen, dann kommen vielleicht Frauen heraus. So hat sie ihn ausgeschimpft und ihm an den Kopf geworfen, er würde Vogelscheuchen malen und habe ihr Heimweh wieder geweckt, weil ein französischer Maler wenigstens etwas von seinem Handwerk verstünde.«

In der strengen Rangfolge der Nationen folgten auf die Französinnen die Italienerinnen, von hitzigem Temperament, doch im Gewerbe professionell, und nach ihnen, die Stufenleiter abwärts, die *mujeres* unserer Nachbarländer, Brasilien, Venezuela und Peru, dann in der nächsten Kategorie die *colombianas,* die Kolumbianerinnen aus unterschiedlichen Gegenden, und auf der niedrigsten Stufe die einheimischen *pipatonas,* die, wegen der Rassenvorurteile und weil sie die größte Gruppe bildeten, im Nachteil waren.

Männer von unterschiedlicher Begabung und verschiedener Herkunft machten sich auf die Reise in diese verheißungsvollen Gefilde, um einen olivenfarbenen, hellhäutigen oder mulattischen Fleischhappen zu kosten, der im stets freundlichen und willigen Überangebot, ohne Vorwurf und Verpflichtung, in einer harmonischen musikalischen Zusammenstellung aus *guarachas, tangos* und *milongas* für sie bereitstand. Denn nichts ist wirksamer gegen Heimweh und Einsamkeit als das Laster der süßen Liebe mit Küssen am Ufer des Flusses zwischen zwei Schlückchen Champagner oder Rum, mit Liebesgeflüster auf Italienisch oder auf Portugiesisch, aber fast immer mit schwerer Zunge.

»Unsere Worte waren aufrichtig. Sie dürfen nicht denken, dass wir ein ›Ich-liebe-dich‹ so dahin gesagt hätten, ohne es nicht wirklich zu meinen. Für jeden Mann hatten wir ein Kosewort parat, mein hübscher Junge, mein Zuckerstückchen, mein Augenstern und andere Schmeicheleien. Aber ›ich liebe dich‹ war nur für den *enamorado* bestimmt, den Geliebten, dem jede Frau in ihrem Herzen die Treue hielt.«

Um bei der Sache mit den internationalen Tarifen keine Missverständnisse aufkommen zu lassen und damit die männliche Kundschaft wusste, woran sie war, bürgerte sich die Gewohnheit ein, als Unterscheidungsmerkmal eine farbige Glühbirne über den verschiedenen Haustüren zu befestigen: grün für die französischen Blondinen, rot für die temperamentvollen Italienerinnen, blau für die Frauen aus den Nachbarnationen, gelb für die *colombianas* und landläufiges Weiß – eine simple Glühbirne von Philips – für die *pipatonas,* die Indias vom Pipatón, die nach nichts Höherem strebten als nach einem Stück Brot für ihre Kinderschar. Zumindest war das so, bis die unsägliche Sayonara in Erscheinung trat. Unsäglich? Ja, sie war Sage und Unsegen in einem, mit ihrem abschiedsschweren Namen.

Sayonara, die distanzierte Göttin mit den schrägen Augen, noch geachteter als die legendäre Yvonne und die Mistinguett, und die Einzige in der Geschichte des Viertels, in deren Fenster je eine violette Birne erglühte.

»Das violette Licht war der Schlüssel zu ihrem Erfolg«, behauptet Todos los Santos. »Es war ein neues Licht von einer unnatürlichen Farbe, so wie niemand sie sich vorgestellt hatte. Grüne Lichter sieht man häufig, bei Ampeln, bei Irrlichtern, auch blaue und rote, im Zirkus, in Lokalen, beim Feuerwerk und am Weihnachtsbaum. Aber violette? Violett ist eine mystische Farbe. Ein violettes Licht in der Nacht wirkt beunruhigend und verwirrend. Und wenn man bedenkt, dass wir es der Machuca zu verdanken haben – Gott schütze sie, obwohl sie so schlecht über Ihn redet. Die Machuca, die Gotteslästerin, hat nämlich diese violette, in ihrer Art so einmalige Glühbirne damals beschafft. Sie hat sie von einem Karussell gestohlen, das ein paar Tage in unserer Stadt gastierte.«

Sacramento, der Karrenzieher, war es, der Sayonara als Erster in Tora begegnete.

»Nicht Sayonara. Das Mädchen, das Sayonara werden würde und das später aufhören würde, Sayonara zu sein, um eine andere zu werden«, stellt Sacramento klar, und ich begreife allmählich, dass ich eine Bühne betreten habe, deren Darsteller mal mehr und mal weniger mit ihrer jeweiligen Figur übereinstimmen.

Der Fluss schleppte sich müde dahin wie ein schläfriges Krokodil, und der Sampan, der Reisende und Lebenskünstler, *tagueros* und *caucheros* – Taguanusssammler und Kautschukzapfer –, Lebemänner und Hungerleider aus allen Häfen am Magdalena herbeibrachte, verspätete sich mehr als an anderen Tagen. Sacramento wartete auf Kunden, die seine Dienste als Lasten- und Personenkuli verlangten, und ließ sich beim Warten von den braunen, vom Öl seifigen Wasserwirbeln einschläfern, die sich ein- und ausrollten, während sie träge an ihm vorüberglitten. Er sagt, er habe nicht bemerkt, wann sie, leicht wie eine Erinnerung, mit ihren beiden Pappkartons und dem verschlissenen Koffer auf seinen Handkarren geklettert sei, denn erst ihre Kinderstimme habe ihn aus dem Dämmerschlaf geschreckt, als sie ihm befahl:

»Bring mich in die beste Bar der Stadt.«

Er wandte ihr seine noch vom Träumen verhangenen Augen zu und sah ihr Gesicht nicht, weil es von ihren ungewaschenen, wirren Haarzotteln verdeckt war. Was er sah, war ihr schäbiges Gepäck und das Popelinkleidchen, aus dem die mageren, dunkelbraunen Glieder hervorsahen. Die ist noch nicht einmal dreizehn und besitzt keinen Peso, um mir die Fahrt zu bezahlen, dachte er, während er gähnte und ein Taschentuch aus der Hose zog, um sich den Schlaf, der ihm noch an den Wimpern hing, aus den Augen zu reiben.

»Wach auf, Mann, ich hab's eilig!«

»Rotznäsig und eingebildet dazu, was?«

Sacramento kam auf die Füße, ging ohne die geringste Eile zum Fluss, schöpfte in einer Blechdose etwas von dem trüben Wasser heraus, goss es sich über Kopf und Unterhemd, nahm einen Mund voll davon und spuckte es wieder aus.

»Diese Welt ist fertig«, bemerkte er. »Sogar das Wasser schmeckt jetzt nach Benzin.«

»Welches ist die beste Bar in dieser Stadt?«, bohrte sie weiter.

»Die berühmteste ist das Dancing Miramar. Was willst du da? Wen suchst du?«

»Ich will da hin, um Arbeit zu suchen.«

Neugierig und endlich wach, erforschte Sacramento nun diese knochige, zerzauste Kreatur, die ohne Erklärung und Ermächtigung auf seinen Handkarren geklettert war.

»Weißt du denn, wer da arbeitet?«, fragte er sie. »Die *mujeres de la vida*. Schlechte Frauen.«

»Das weiß ich.«

»Ich meine, sehr, sehr schlechte. Die schlechtesten überhaupt. Bist du sicher, dass du da hin willst?«

»Ich bin sicher«, sagte sie voller Überzeugung. »Ich will *puta* werden.«

Das verschlug Sacramento die Sprache, und er beschränkte sich darauf, mit den Augen einen Baumstamm mit Saurierrunzeln ein Stück auf seiner gemächlichen Reise die Strömung flussabwärts zu begleiten.

»Du bist zu dürr«, sagte er schließlich. »Bei dem Geschäft wirst du keinen Erfolg haben. Außerdem braucht man Manieren, ein bisschen Eleganz, aber du siehst aus wie ein Mädchen aus den Bergen.«

»Los, jetzt bring mich hin! Ich habe keine Zeit, mit dir zu diskutieren.«

Sacramento kann heute nicht mehr sagen, weshalb er schließlich gehorchte. Vielleicht, so erzählt er mir, habe er sich von den frischen fruchtigen Lippen und den gesunden Zähnen, die er hinter dem Zaushaar erahnte, in Unruhe versetzen lassen.

»Wenn ich daran denke, dass ich sie selbst nach La Catunga gebracht habe«, gesteht er mir, »Sie können sich nicht vorstellen, wie viele Nächte mir die Reue darüber den Schlaf geraubt hat.«

»Du hast sie hergebracht, weil sie es so gewollt hat«, sage ich zu ihm.

»Jahrelang habe ich gedacht, ich hätte ihr damals, als sie noch ein Kind war und ganz frisch hier eintraf, ihr Vorhaben ausreden müssen. Heute weiß ich, dass das nicht gegangen wäre.«

»Alles stand so geschrieben«, Todos Los Santos stößt den Rauch ihrer Cigalia aus. »Ein eigenwilliges Kind wie sie verhökert seine Zukunft und formt sie nach seiner Fantasie.«

Der Menge ausweichend und Tische und Stühle umfahrend, lenkte Sacramento, der Karrenzieher, seinen alten Holzwagen durch den Dunst des zum hundertsten Mal erhitzten Öls aus den überfüllten, schmierig-würzigen Garküchen, die sich längs der Mole aufreihten und Eintopfgerichte oder Bratfisch anboten. Das Mädchen war so leicht, dass sie im Handumdrehen beim Eingang der Tropical Oil Company waren, wo mehrere mit Gewehren bewaffnete Wachposten damit beschäftigt waren, ihr Maskottchen, einen eingesperrten Leguan, zu füttern.

»Was frisst das Vieh?«, fragte Sacramento beim Vorübergehen.

»Fliegen«, antwortete einer der Männer, ohne sich umzusehen.

Sacramento nahm eine Abkürzung und führte den Karren durch den beißenden Geruch des städtischen Schlachthofs.

»Mach schnell! Ich mag diesen Gestank nach Innereien nicht«, beschwerte sich das Mädchen.

»Du glaubst wohl, ich wäre dein Pferd und du könntest mich antreiben, was?«

»Hüa, Pferdchen!«, sagte sie und lachte.

Dann überquerten sie diagonal den Platz des Geköpften, der so hieß, weil in seiner Mitte die kopflose Statue einer bedeutenden Persönlichkeit stand, von der niemand mehr wusste, wen sie dargestellt hatte, und an der die Straßenhunde bei jedem Besuch die spitz zulaufende grüne Bemalung auffrischten.

»Wieso hat er keinen Kopf?«, wollte sie wissen.

»Den hat man ihm schon vor vielen Jahren gestohlen, beim Streik der Arbeiter.«

»Dem Mann oder seinem Denkmal?«

»Keine Ahnung.«

Sie bekreuzigten sich, als sie an der Kirche Santo Ecce Homo vorbeikamen, dann trafen sie auf die Calle de la Campana, besser bekannt als Calle Caliente, die heiße Straße. Kurz darauf verkündete Sacramento mit chauvinistischem Stolz ihre Ankunft in La Catunga.

»Die berühmteste *zona de tolerancia* des Planeten«, sagte er.

Das Mädchen stieg vom Wagen, strich sich das Kleid glatt, das verknittert war wie gebrauchtes Geschenkpapier, und hob die Nase zum Himmel, als wollte sie Witterung aufnehmen von der Zukunft, die ihr hier bestimmt sein würde.

»Ist es das hier?«, fragte sie, obwohl sie es wusste.

Unter der senkrechten Mittagssonne lag ein Dorf zusammengerollt im Staub, von ungepflasterten Gässchen durchfurcht, die zu beiden Seiten durch blühende Tongefäße und ungleiche Behausungen aus lehmverputzem Bambusrohr mit Zinkdächern beengt wurden, deren Türen zur Straße hin offen standen und den Einblick auf eine karge, geheimnislose Innenausstattung gewährten, mit Schrank und trägem Ventilator, Wasserkrug, Waschschüssel und einer ordentlich bezogenen Schlafstatt. Draußen tummelten sich streunende Haustiere, kleine Jungen, die als Erwachsene *petroleros* werden wollten, und kleine Mädchen, die davon träumten, Lehrerinnen zu sein; Frauen in Gummischlappen unterhielten sich schreiend, während sie die Straße vor ihren Häusern fegten oder auf Liegestühlen im Schatten lagen und sich mit einem Topfdeckel Luft zufächerten.

Ein Armenviertel wie jedes andere. Bis auf die bunten Glühbirnen. Das einzige Unterscheidungsmerkmal, das jetzt gelöscht und unsichtbar an den Fassaden hing. Das Merkmal des großen, unergründlichen Unterschieds. Kaum wollte das Mädchen den ersten Schritt tun, da gab ihr ein brutaler Stromschlag, der ihr durch die Beine fuhr, ein für alle Mal zu verstehen, dass La Catunga von einem imaginären Kabel umgeben war, das einen verletzen konnte wie ein Peitschenhieb.

»Wenn du einmal drin bist, kommst du da nie mehr heraus«, hörte sie Sacramentos warnende Stimme, und ein kurzes Zaudern regte sich in ihrem entschlossenen Herzen.

»Wo ist das Dancing Miramar?«, fragte sie mit klirrenden Silben, um die aufkommende Panik zu überspielen.

»Am Ende vom Durchgang hier, direkt am Maschendrahtzaun von der Troco.«

»Bring mich zum Dancing Miramar.«

»Das geht nicht, mein Wagen passt nicht da durch. Außerdem ist es noch zu früh; von den Cafés öffnet keines vor fünf Uhr nachmittags.«

»Dann werde ich vor der Tür warten«, sagte sie und nahm ihr Schicksal wieder in die Hand. Sie hob den Koffer und die beiden Pappkartons auf, und Sacramento staunte über die Kraft ihres schmalen jungen Körpers. Dann betrat sie, ohne den Karrenzieher zu entlohnen oder ihm wenigstens zu danken, jenes mit dem roten Eisen markierte Territorium, wohin gehörte, was draußen Anstoß erregte, wo sich das Leben von hinten zeigte und die Liebe mit den göttlichen Geboten kämpfte.

»Man kann wenigstens Danke sagen!«, rief Sacramento ihr hinterher.

»Bitte schön«, erwiderte sie, indem sie unvermittelt den Kopf in den Nacken warf und ihm zum ersten Mal ihr Gesicht zeigte, und Sacramento spürte, wie ihn ein alter, dunkler Blick aus asiatischen Augen traf. Die Kühnheit, mit der sie sich die Augenbrauen bis zum völligen Verschwinden ausgezupft und durch eine künstliche Linie ersetzt hatte, sowie die eine oder andere Aknespur auf ihren Wangen ließen ihn vermuten, dass sie nicht mehr ganz so jung war, wie er auf den ersten Blick gedacht hatte. Ein Pappkarton entglitt ihr und fiel zu Boden; da begann sie, ihn mit Fußtritten die Straße hinaufzubefördern, während Sacramento auf seinem Karren saß, sie anstarrte und sich fragte, was an dieser rüpelhaften Dürren eigentlich dran war, dass ein Mann wie er, der sogar einen Personalausweis besaß, umsonst für sie arbeitete und anschließend wie angewurzelt verharrte und bewunderte, wie sie mit einer Zähigkeit und Unverfrorenheit, als würde die Welt vor ihrem Willen schrumpfen, gegen eine Kiste trat.

»Warte, Mädchen!«, rief er. »Wenn du hier bleiben willst, dann wirst du eine *madrina* brauchen. Eine alte Häsin aus dem Geschäft, die dich einführt und dich beschützt.«

»Ich kenne keine.«

»Aber ich. Komm mit«, sagte er und war mit einem Satz auf den Füßen. »Ich bringe dich zu einer Freundin von mir. Wenn du als *puta* nichts taugst, dann nimmt sie dich vielleicht für die Schweine oder den Haushalt.«

Besagte Freundin von Sacramento war keine Geringere als die hier anwesende Matrone Todos los Santos, die jetzt ihre *mistela* in kleinen Schlückchen trinkt wie ein Vogel, an ihrer Cigalia saugt wie ein Plantagenbesitzer und in der Vergangenheit gräbt, um für mich die kleinsten Details einer Liebesgeschichte zutage zu fördern, die wie jede Liebesgeschichte qualvoll und glanzvoll zugleich war. Die Alte will mich erforschen, aber in ihren vernebelten Blicken spiegelt sich bloß Zigarrenrauch, kondensiert zu einer milchigen Undurchsichtigkeit; da erst bemerke ich, dass Todos los Santos' Augen vom grauen Star getrübt sind und sie mich gar nicht sehen kann. Sie kennt den Winkel, der ihr in dieser Welt Schutz und Obdach gibt, in- und auswendig und bewegt sich darin, als hätte sie ihr Augenlicht noch; somit bin ich das einzig unbekannte Element ihrer Umgebung. Aus diesem Grund gehe ich ganz dicht an sie heran und spreche ihr beinahe ins Ohr, worauf sie die von Arthritis knotige Hand hebt und mit dem sanften Schlagen einer alten, flügellahmen Taube mein Gesicht betastet.

»Ah, ja. Sehr gut, sehr gut«, bestätigt sie zufrieden, als sie sich vergewissert hat, dass meine Nase am rechten Fleck sitzt und ich zwei Augen habe, wie es sich gehört.

»Sieh mal, *madrina*«, sagt Sacramento zu ihr, »die Sonne geht unter.«

»Ja, ich sehe es, ich sehe es!«, sagt sie enthusiastisch und bohrt die weißen Blicke in die rosafarbene Luft. »Die Sonne geht unter.«

»Der Himmel ist jetzt ganz rot und von goldenen Staubkörnchen übersät«, erzählt er ihr.

»Von goldenen Staubkörnchen übersät, sagst du? Wie hübsch, wie hübsch! Wie eindrucksvoll und rot er heute ist ... Ich wette, er hat einen breiten, violetten Saum ...«

»Na ja, mehr oder weniger. Mit ein wenig Mühe kann man etwas Violettes erkennen.«

»Ich wusste es! Und ziehen auch Vögel vorüber?«

»... vier, fünf, sechs, sieben ... sieben Enten fliegen von Norden nach Süden.«

»*Ay!*«, seufzt sie. »Wie ich den Sonnenuntergang liebe!«

Man hat mir erzählt, dass Todos los Santos an einem Palmsonntag von einer Köchin und einem Hacienda-Besitzer aus Antioquia gezeugt wurde, während dessen Frau und Kinder bei einer feierlichen Messe welke Palmzweige schwenkten. Trotz ihrer Schönheit und der vom europäischen Vater geerbten Hellhäutigkeit wurde Todos los Santos Prostituierte und folgte dem Weg, der ihr schon bei der Zeugung vorgezeichnet war.

»Für mich gab es nirgends einen Platz, weder im Hause meines Vaters noch in der Gesellschaft von Medellín. Die unehelichen Jungen blieben als Hilfsarbeiter auf der Hacienda und basta«, erzählt sie. »Aber bei den Mädchen war das nicht ganz so einfach. Es gab nämlich die unehelichen Töchter vom Patrón, wie mich, und die so genannten Ausrutscher-Töchter aus den sündigen Verbindungen der adeligen Damen. Die Ausrutscher-Töchter hatten kein leichtes Los. Sie wurden im Herrenhaus in der Speisekammer oder hinter den Gardinen versteckt, während wir, die Unehelichen, frei auf dem Feld heranwuchsen, wie kleine Tiere. Wenn wir alt genug waren, unseren Verstand zu benutzen, mauerten sie uns bei lebendigem Leibe bei den Nonnen ein, wo wir bis zur Geschlechtsreife blieben. Ein paar von uns entschieden sich dann für die Kutte, aber die meisten machten es wie ich: Wir flohen aus dem Kloster und landeten im Bordell.«

Geheime Pfade, mal süß und mal bitter, führten sie von Liebe zu Liebe und von Gasse zu Gasse, bis sie nach Tora kam, in die Stadt der Freudenhäuser, und hier in ihrer Jugend und Reife so bewundert und begehrt war, dass sie zeitweilig sogar den materiellen Wohlstand kannte, ja sogar einen Abglanz von Ruhm und Reichtum. Ohne eine Spur von Geiz ließ sie ihre Schönheit auf einem erhabenen Scheiterhaufen brennen und trat, geleitet von einem feinen Gespür für Würde und Schicklichkeit, beim ersten Erscheinen der unansehnlichen Spuren des Alters diskret in eine Phase des weitgehenden Rückzugs ein, den sie ohne zu zögern von Zeit zu Zeit unterbrach, wenn ihre Seele nach Wärme und ihre Eingeweide nach Befriedigung lechzten. Als Pionierin und Begründerin des Viertels von La Catunga war sie stets geachtet und gefürchtet; sie setzte sich für die Rechte der Mädchen bei der Tropical-Oil-

Company und deren Auftraggeber, dem kolumbianischen Staat, ein; sie nahm junge Anfängerinnen in die Lehre und wurde erst kürzlich, auf der Schwelle zur Hundertjährigkeit, zur Blindheit und zur unerbittlichsten Armut, in die Kategorie der weisen Alten und heiligen Mutter erhoben.

Heute breitet sich ein lauer weißer Morgen ohne die leisesten Anzeichen des Bösen über ein unbewölktes Firmament, das Todos los Santos zwar nicht sehen kann, wohl aber zu erahnen vermag, ebenso wie die mit feuergelben Zungen in Rot und Violett aufspringenden Blüten der Stiefmütterchen, Balsaminen und des Hibiskus. Das Spektakel vom Papagei im Käfig und das Tröpfeln der Regenrinne im Waschbecken höre sie weniger, als dass sie ihnen nachtrauere, sagt sie. Und das Grün der Krotonblätter? Ja, ja, das sehe sie, es stehe ganz lebhaft vor ihrem geistigen Auge, wie jede ihrer Erinnerungen.

Sie erzählt mir, dass an jenem Nachmittag, als Sacramento mit der Prostitutionsaspirantin bei ihr vorsprach, ein einziger Blick auf das struppige, ungezähmte Geschöpf genügt habe, das da halb fordernd, halb flehend vor ihr stand, um zu erkennen, dass es die einmalige Kombination von Schutzbedürftigkeit und Souveränität besaß, die das Verlangen eines Mannes besser zu entzünden vermag als jedes Aphrodisiakum. Und da sie aus ihrer langjährigen Erfahrung wusste, wie selten diese Eigenschaft ist, sagte sie, es sei in Ordnung, die Kleine könne erst mal bei ihr bleiben, damit sie feststellte, ob sie etwas tauge.

Als Olguita, die Kinderlähmung gehabt hatte, in den Patio gehinkt kam, stieß sie auf die zierliche Anfängerin, die Todos los Santos ins Haus genommen hatte, und befürchtete, dass die *madrina* wohl nicht mehr alle Tassen im Schrank habe, vermutlich wegen der Wechseljahre.

»Ich habe noch für eine ganze Weile Blut«, sagte Todos los Santos fest und fragte zurück, weshalb die Schülerin ihr denn so unbrauchbar erschiene.

»Sie ist ein unterernährtes, unglückseliges Ding«, erwiderte Olguita, »um ihre Blutarmut zu beheben, wirst du dein ganzes Geld brauchen.«

»Hast du keine Augen im Kopf? Sobald dieses Mädchen zur Frau geworden ist, werden alle Männer sie lieben. Keiner wird ihr widerstehen können. Warte es ab! Das ist nur eine Frage der Zeit und des guten Willens.«

Todos los Santos und Sayonara hat das Schicksal zusammengeführt, aber vereint hat sie die Not. Aus nahe liegenden Gründen brauchten sie sich gegenseitig wie der Fisch die Wolke braucht, die später zu Wasser wird. Um ihr Überleben zu sichern, hatte Todos los Santos nämlich alles, bis auf Jugend, und Jugend war das Einzige, woran es dem Mädchen nicht fehlte.

»Die Arbeit hat mir nicht mehr so viel eingebracht, und ich fürchtete, dass mich das Alter an den Rand des Hungers treiben könnte, es ist schließlich nichts Neues, dass die ehrlich betriebene Hurerei einem keine Alterssicherung bietet. Als ich sie durch meine Tür kommen sah, da flog mich eine Ahnung an, und ich sah mich selbst dreißig Jahre früher über diese Schwelle treten. Jetzt sind Geduld und Klarheit gefordert, sagte ich mir, wir fangen nämlich noch einmal von vorne an, als ob das Rad zu seinem Ausgangspunkt zurückgekehrt wäre, um sich wieder von neuem zu drehen. Hier kommt die Liebe zurück mit all ihren Schmerzen, die aber letzten Endes erträglicher sind als das eintönige Verrinnen meiner Tage. Das habe ich damals gedacht. Aber offen gestanden dachte ich auch: Hier schickt mir Gott, worum ich ihn so inständig gebeten habe – eine Einnahmequelle für meine letzte Wegstrecke.«

Todos los Santos servierte Sacramento ein dürftiges Mittagsmahl und entließ ihn dann mit ein paar Münzen.

»Nicht ein paar. Haargenau sieben waren es«, verbessert Sacramento. »Sieben von den damaligen Zehn-Centavos-Stücken mit einem Indio mit Hakennase und Federschmuck vorne drauf. Sie brannten mir in der Hand wie eine Brennnessel, weil sie der Lohn dafür waren, dass ich eine Unschuldige ans Laster geliefert hatte. Ich fühlte, wie ich ganz tief fiel, und dachte, das Gesicht auf den Geldstücken war eigentlich mein eigenes Profil mit Federputz und Judasnase. ›Nein, Señora‹, sagte ich zu ihr, ›Sie brauchen mir nichts zu geben.‹ Doch sie bestand darauf und gab als Grund an, sie wolle mich für die kostenlose Beförderung des Mädchens entlohnen. Es war mein einziger Verdienst an jenem Vormittag, und nachmittags waren die Umsätze nie berühmt. Wenn sie es mir für meine ehrliche Arbeit gab, überlegte ich, dann war es recht verdientes Geld, und mein Gewissen hatte keinen Grund zu rebellieren.«

Sacramento wagte nicht, das Mädchen noch einmal anzuschauen, und ging auf die Straße hinaus, wo die bleierne Hitze des im eigenen Licht ertrinkenden Nachmittags auf ihm lastete wie eine Schuld. Weit und breit war kein Mensch zu sehen. Das ganze Viertel hatte sich zur Siesta in das dunkle, kühlere Innere der Häuser zurückgezogen, und er, der kein Haus hatte, tröstete sich bei dem Gedanken, dass er das Dreifache dessen in der Hand hielt, was er brauchte, um sich im Laden gegenüber ein kühles Bier zu kaufen. Aber die Vorstellung, den Schatten verlassen zu müssen und jenen farblosen, an den Rändern flirrenden Sonnenstreifen zu durchqueren, erstickte den Impuls im Keim, und er setzte sich, wo er war, auf die Erde, lehnte sich an die Tür, die sich gerade hinter ihm geschlossen hatte, und konzentrierte sich auf das Bild der an der Flasche kondensierenden Wassertropfen, wenn die Inhaberin ihm das kalte Bier aus dem Kühlschrank holte, sobald er ihr das Geld hinhalten würde. Gleichzeitig spitzte er die Ohren, um zu horchen, was in Todos los Santos' Haus jetzt passieren mochte. Drinnen herrschte eine Unheil verkündende Stille, und die deutete er als sicheres Zeichen, dass dieses Kind, das unbedingt *puta* werden wollte, schon vom Elend verschlungen worden war.

Erneut von der Reue übermannt bildete Sacramento sich ein, die Stimme seines Gewissens zu hören, die ihm befahl, auf den schändlichen Lohn zu verzichten. In der Furcht, bei seinem heimlichen Tun überrascht zu werden, kratzte er hastig mit den Händen die Erde auf, bis eine Mulde entstand. Darin vergrub er, eine nach der anderen, die sieben Münzen. Als er das Loch wieder geschlossen hatte, atmete er erleichtert auf: Er war das Beweisstück los. Dann hockte er regungslos da, um das Pochen seines Herzens zu beruhigen, und fing an, einen Schlager vor sich hin zu summen, der ihn schließlich in den Schlaf wiegte. Er sagt, er habe von jenem Bier geträumt, das sich ein anderer als er, ein Anständigerer, im Laden gegenüber gegönnt habe.

Indessen krempelte Todos los Santos die Ärmel hoch, zog Gummihandschuhe an und band sich mit einer Kordel die Haare zurück – die üblichen Vorkehrungen, wenn ihr ein Kampf größerer Ordnung bevorstand.

»Dann wollen wir mal mit deiner Erziehung beginnen«, verkündete sie mit feierlicher Stimme.

Um sich das Kind gefügig zu machen und ihm ein besseres Aussehen zu verleihen, musste sie damit anfangen, ihm den Hunger auszutreiben, ganz langsam, mit einem wohlbemessenen Stufenplan der Ernährung, der Monate in Anspruch nehmen würde und bei einer Kartoffelbrühe mit Petersilie begann, gefolgt von einer Hafer- oder Graupengrütze, um sich ohne Hast zu den grünen Bohnen, Linsen- und Saubohnengerichten zu steigern. Ein Geschöpf, das wie ein Aloebüschel von purer Luft zu leben gelernt hat, kann man nämlich nicht gleich mit Chorizos und Kutteln füttern, sonst bringt man es um.

Todos los Santos füllte die Brühe in ein Zinnschüsselchen und stellte sie ihr mit einem Stück Brot auf den Tisch. Das Mädchen ließ sie weder abkühlen noch nahm sie den Löffel zu Hilfe, sie schüttete die Suppe wie ein Waisenkind in einem Zug herunter und ließ das Brot, als die Señora ihr einen Augenblick lang den Rücken zukehrte, flink in der Rocktasche verschwinden.

»Fertig«, verkündete sie. »Ich will mehr.«

»Bitte, *madrina,* kann ich noch was haben?«, buchstabierte Todos los Santos und forderte sie in belehrendem Ton zu einer höflichen Formulierung auf.

»Wenn Sie noch was haben wollen, dann nehmen Sie sich doch, aber ich will mehr.«

Da als nächste zwingende Aufgabe ein Vollbad anstand, brachte Todos los Santos das Mädchen in den Innenhof und zog es aus: Ein Fröschchen, eine Grille, ein junges Kätzchen, dunkel und ungezähmt, mit einer von Rotz verkrusteten Nase und dem beißenden Geruch nach Rauch und Einsamkeit. Mit einer Desinfektionsseife der Marke Cruz attackierte die Señora die Läuse, die dem Mädchen munter über den Kopf spazierten, und schrubbte ihr anschließend mit Schaum und Scheuerschwamm die zähe alte Dreckschicht ab, die wie eine Rüstung um sie herum gewachsen war, bis darunter blau und verdutzt in der Wehrlosigkeit einer zarten Haut das Kind zum Vorschein kam. Es zitterte vor Kälte wie ein Neugeborenes, hatte hellwache Augen und glänzte, als es schaudernd die frischen Wassertropfen abschüttelte, die glitzerten wie die Sternenfasern im nächtlichen Waschbecken. Der Bestand war rasch aufgenommen: ein vom Kopf herabfallender Zottelpelz, zwei magere Ärmchen, zwei lang gezogene braune Beine, zwei puppenhafte Brustknospen und ein hauchzarter, gefältelter, unter den Achseln und zwischen den Beinen versteckter Flaum.

»Sie war das reinste Knochenbündel, wie ein verschrecktes Hühnchen sah sie aus, das einen Halt im Leben suchte«, sagt Todos los Santos. »Ich habe sie mit einem Handtuch abgerubbelt, ihr ein weites Baumwollhemd angezogen und ihr gesagt, sie brauchte keine Angst zu haben. Ich werde dich gut behandeln, versprach ich ihr.«

»Das Kleid ist mir zu groß und zu hässlich«, protestierte das Mädchen. »Geben Sie mir eins, das eng anliegt und glänzt. Damit sehe ich doch nicht wie eine *puta* aus.«

»Du hast nichts vorzuweisen, Kaulquappe«, entgegnete Todos los Santos ihr. »Warte ab, bis du was auf die Rippen kriegst, dann hast du auch was zum Einzwängen.«

Der Sonnenstreifen hatte sich verlagert. Er traf jetzt voll auf die Häuserfront und machte sich erbittert über den eingerollt schlafenden Sacramento her, der nass geschwitzt und mit trockenem Mund aus einem erstickten Schlaf erwachte. Wenn sie unbedingt eine *puta* sein will, dann soll sie doch, dachte er und jagte seine Gewissensbisse zum Teufel. Er öffnete das Erdloch wieder und holte seine Münzen heraus, alle, bis auf eine, denn die siebte war verschwunden, vom Staub verschluckt. Als er sie in der Tasche hatte, überquerte er entschlossen die Straße und betrat den Laden.

»Ein kühles Bier bitte«, verlangte er mit männlicher Stimme, während er im Haus gegenüber den ersten Schrei vernahm.

Dort hatte sich die *madrina* vorgenommen, dem Mädchen das verfilzte Haar, Strähne für Strähne, zu entwirren, indem sie mit Hilfe eines medizinischen Kammes mit engen Zinken die kleinsten Knötchen und Nissen aufspürte, während das Mädchen bei jedem Reißen laut aufschrie, nach ihr schnappte und unter die Möbel floh. Die *madrina* scheuchte sie dann mit dem Besen darunter hervor, packte sie am Kragen und unterzog sie der Tortur aufs Neue, bis das Kind sie wieder biss und das Gerangel von vorn losging. Als Sacramento und die Ladenbesitzerin beschlossen, nach dem Rechten zu sehen, fanden sie die beiden Frauen mit verdrehten Augen, zerschlagen und erschöpft vor, besiegt von der uneinnehmbaren Mähne, schwarz wie eine Korsarenflagge, mit ihrem vollständigen Läuseertrag.

»Sacramento hatte eine grausame Kindheit, und Olguita findet, man sollte deshalb versuchen, ihn zu verstehen«, erklärt mir Todos los Santos, »aber sie soll mir bloß mit diesem Psychologengewäsch wegbleiben, damit haben mir nämlich in letzter Zeit verschiedene Leute zugesetzt, die von mir wissen wollten, ob die Hurerei mich nicht traumatisiert hätte, aber ich habe sie allesamt hochkant hinausgeworfen. Unser gebenedeiter Sacramento, sage ich immer zur Olga, hat vielleicht eine schwere Kindheit gehabt, aber wir hatten überhaupt keine, ja wir wussten noch nicht einmal, was eine Kindheit ist.«

Eines Nachmittags, an dem er nicht da ist, erzählt mir die *madrina,* dass Sacramento von einem Mädchen in der Nachbarschaft zur Welt gebracht wurde, die ihn kurz darauf bei ein paar Freundinnen zur Pflege ließ, weil sie an die Küste fahren wollte, um mit dem Mann abzurechnen, der sie sitzen gelassen hatte. Sie ist nie mehr wiedergekommen, und der Knirps wurde jahrelang von Haus zu Haus und von Arm zu Arm weitergereicht, wie all die Kinder, die allen Frauen und keiner gehörten. Dann waren die Franziskaner zum Evangelisieren nach Tora gekommen, hatten die einzige Schule im Viertel gegründet und ihn als Laufburschen, Küchenjungen und Stipendiaten in ihre Anstalt aufgenommen.

»Hier bei uns war es vollkommen normal, eine Hure und als logische und schmerzlose Konsequenz ein Hurensohn zu sein«, erzählte mir Todos los Santos. »Wenn die Mönche nicht mit allen Mitteln versucht hätten, ihn von seinem Unglück zu überzeugen, wäre Sacramento genauso traurig oder fröhlich aufgewachsen wie jeder andere auch.«

»Um ihn an seine Herkunft zu erinnern, haben sie ihn mit den Spitznamen Sohn von La Catunga oder Sohn der Gasse verspottet, und als er sieben wurde, tauften sie ihn auf den Namen Sacramento«, erzählt Olga.

Alle Bastarde nannten sie Sacramento. Die Mönche besiegelten das Stigma für alle Ewigkeit mit dem Taufwasser und machten es unauslöschlich, weil es mit einem heiligen Segen verliehen worden war. Auf diese Weise wurde der Status als Unehelicher im Geburtenregister, im Personalausweis und auf den Militärpapieren erkenntlich gemacht. Aber den Leuten ist es trotzdem gelungen, diese und ähnliche Kränkungen zu ignorieren. Die Priester gaben jedem Kind nach der christlichen Tradition bei der Taufe drei oder mehr Namen und behielten dies auch bei den unehelichen bei. Sie hießen Juan Domingo Sacramento, Sacramento Luis del Carmen oder Evelio del Santo Sacramento, und für die anderen war es ein Leichtes, den sträflichen Beinamen aus Mitleid wegfallen zu lassen und sie einfach Domingo, Luis del Carmen, Evelio oder wie auch immer zu nennen. Unseren Sacramento, den Karrenzieher, hatte indes das harte Los getroffen, diesen Namen als Einzigen zu erhalten, oder, wenn es andere gegeben hatte, so waren sie nicht im Gedächtnis der Leute haften geblieben. Daher war er der einzige Sohn von La Catunga, den das ganze Viertel so nannte: Sacramento – und das war, als würde man ihn Sohn von La Catunga nennen oder Sohn der Gasse.

Als wäre die Strafe nicht groß genug, flößten die Franziskaner seiner jungen Seele außerdem den Abscheu vor der Sünde des Fleisches ein und ein blindes Misstrauen gegen alle Frauen, vor allem seine Mutter, diese Hure, die ihn im Stich gelassen hatte, um ihren Trieben zu folgen wie ein Tier. Geraume Zeit später verschwanden die Mönche aus Tora und gaben Sacramento, der nunmehr auf der Straße saß, dem Leben und der sanften Selbstverständlichkeit der *mujeres* von La Catunga preis, die ihm hier einen Teller Suppe anboten, da eine Wunde mit Enziantinktur versorgten oder seine Halsschmerzen mit Methylalkohol kurierten, ihn am Fußende ihrer Betten schlafen ließen und ihm wehmütige Liebeslieder vorsangen oder ihn mit Geistergeschichten das Fürchten lehrten. Das taten sie aus einem großzügigen unterschiedslosen Mutterinstinkt für all die Jungen und Mädchen ungewisser Abstammung, die nach Zuwendung dürstend das Viertel durchstreiften. So wuchs der Knabe auf, unfrei in seinen Gedanken, an seinen Werken zweifelnd und gepeinigt, weil er liebte, was er hasste, und hasste, was er liebte, und auf Schritt und Tritt Nahrung fand für den Aufruhr in seinem Inneren, in dem sich seine Dankbarkeit und Bewunderung für die Frauen mit einem schmerzlichen Groll gegen ihre vielen Sünden mischten, und ganz tief innen wütete das chronische Unvermögen, ihnen zu vergeben.

Ich frage Sacramento, ob er sich zufällig erinnere, was mit den berühmten Münzen passiert sei. Natürlich erinnert er sich; wenn sie entscheidend waren, erinnert man sich auch an die kleinsten Details.

»Die erste hat die Erde verschluckt«, sagt er.

»Das weiß ich schon.«

»Mit der zweiten und der dritten habe ich im Laden gegenüber ein Bier gekauft, aber nie getrunken, weil die Schreie in Todos los Santos' Haus mich veranlasst haben, dorthin zurückzukehren. Die vier anderen hatte ich noch in der Hosentasche, als ich das Mädchen so gefügig antraf, so brav in jenem Irrenkittel, dass ich dachte, es stünde ihr mit Fug und Recht wenigstens die Hälfte des restlichen Gewinns zu, und ihr zwei Geldstücke gab, die sie kommentarlos entgegennahm. Die beiden letzten steckte ich wieder in die Tasche, und dort mischten sie sich unter das übrige Geld, das mir an jenem Nachmittag ein Mann für einen Hilfsdienst zahlte – eine kleine Extraarbeit, die mir zufiel.«

Dann fragte ich Sacramento, ob er jemals zurückgekehrt sei, um das vergrabene Geldstück zu suchen. Er reagierte überrascht, lachte dann aber und sagte, nein, er sei nie auf die Idee gekommen. Aber der Gedanke beschäftigte ihn, und zwanzig Minuten später standen wir vor einem Lagerhaus, das auf Todos los Santos' einstigem Grundstück errichtet worden war. Ein ganzes Menschenleben ist vergangen seit dem Tag, als Sacramento seinen kleinen Schatz hier versteckt hat, und obwohl Häuser und Menschen inzwischen gewechselt hatten, war die Straße dieselbe geblieben: eine enge Schleuse, ohne Pflaster und ohne Wasserabzug. Mit einer kleinen Gartenschaufel begannen wir an der Stelle zu graben, wo er die einstige Tür vermutete. Ohne Hast lockern wir die Erde, einmal er, einmal ich, während wir unsere Unterhaltung fortsetzten und genau wussten, dass wir unsere Zeit verschwendeten. Es kamen mehrere Kronkorken zum Vorschein, eine verrostete Mutter, eine Kappe, die aussah, als stammte sie von einem Geschoss, ein paar Glasscherben und Plastikstücke sowie andere Schweinereien. Und plötzlich tauchte ein Zehn-Centavos-Stück auf, eins von denen mit Indianerkopf, die schon lange nicht mehr im Umlauf sind.

Seither sah Sacramento mich mit anderen Augen an. In seinem Blick lag plötzlich eine Spur Staunen und Misstrauen, die, wie ich glaube, dieses Buch erst möglich machten. Denn er wagte nicht mehr, mir irgendetwas zu verschweigen, als sei ich eine Hellseherin und wüsste alles, was man mir erzählt, schon lange im Voraus. Diese Situation wollte ich freilich nicht ausnutzen, um ihm Informationen zu entlocken, daher riet ich ihm, der Angelegenheit nicht allzu viel Bedeutung beizumessen, und sagte zu ihm, wir hätten wahrscheinlich irgendein Geldstück gefunden, das nicht unbedingt seines war. Daraufhin sah er nicht etwa enttäuscht drein, wie ich erwartet hatte, sondern ungläubig und beinah ärgerlich.

»Das ist meine Münze«, versicherte er mir. »Die würde ich selbst in Indochina wiedererkennen.«

Sein nachdrücklicher Ton nötigte mich, meine leichtfertige Behauptung zurückzunehmen und ihn um Verzeihung zu bitten. Später erklärte ich ihm, weshalb ich ihn ermuntert habe, nach dem Geldstück zu suchen: Weil Leute wie ich, die sich das Leben schreibend verdienen, den kleinsten Konkordanzen und subtilsten Koinzidenzen nachforschen, die uns bestätigen, dass das Geschriebene, wenn auch nicht notwendig, wenigstens nützlich ist, weil es untergründigen Wegen und unsichtbaren Pfaden folgt, die zu ihrem Ausgangspunkt zurückkehren und unser Schicksal zu Kreisen verbinden. Ich erzählte ihm auch von einem blinden Schriftsteller mit Namen Jorge Luis Borges, der daran glaubt, dass jede zufällige Begegnung eine Verabredung ist. Je länger ich redete, desto mehr verhedderte ich mich und desto magischer klangen meine Worte, während er mir hypnotisiert lauschte, als würde ich eine archaische Sprache sprechen. Später, im Laufe der Tage und im Zuge endloser Unterhaltungen, bei denen er mir seine ganze Lebensgeschichte und ich ihm einen Ausschnitt aus meiner erzählt habe, entstand ein entspanntes Vertrauensverhältnis zwischen uns, und die Magie konnte durch Freundschaft ersetzt werden. Aber eins hat Sacramento seit dieser Episode nie mehr verloren: die Überzeugung, die Literatur sei eine Art Beschwörung, die geheime Schlüssel zutage fördern kann. Und er, der alles gewesen war, nur kein Leser, begann auf einmal sich für Bücher zu interessieren.

Zwei

Todos los Santos wies dem Mädchen als Nachtlager einen Strohsack neben dem eigenen Bett zu, löschte vor dem Schlafengehen das Licht im Zimmer und vergewisserte sich, dass die Kerze im roten Glas unter dem Herzjesu-Bild ordnungsgemäß brannte. So habe sie es immer gehalten, sagt sie zu mir, und so werde sie es auch weiter halten, bis zum Tage ihres Todes.

Kolumbien ist bekannt als das Land des Heiligen Herzjesu. Er ist unser Schutzpatron und hat als solcher unseren kollektiven Geist und die Geschichte unseres Landes mit seinem romantischen, gequälten und blutigen Bild gefärbt. Das einzig gemeinsame Element in sämtlichen Haushalten armer Kolumbianer – aus denen der Reichen wurde es schon vor mehreren Generationen verbannt – ist das Bildnis eines Jesus, der dem Betrachter mit einer geradezu hündischen Resignation direkt ins Gesicht sieht und dabei ein Herz vorzeigt, das nicht etwa, wie man erwarten würde, *in* seinem Organismus pocht, sondern außerhalb desselben von seinem Besitzer unter dem dunkelblonden, gepflegten Bart vor die Brust gehalten wird. Doch ist dies keineswegs ein abstraktes, hübsch geschwungenes und rosarot gefärbtes Herz, das seinem Urbild nur vage ähnelt und wie man es von Kartengrüßen zum Valentinstag kennt. Das, was unser Christus da zur Schau trägt, ist ein zuckendes Organ von schlagender Überzeugungskraft, in lebendigem Karmesin und in Größe und Ausführung schauderhaft realistisch. Ein wahres Schlachterstück mit zwei beunruhigenden Attributen: Oben entspringt ihm eine Flamme und um seine Mitte windet sich ein Dornenkranz, der es bluten lässt.

Das Mädchen konnte in diesem fremden, ungewohnten, von unbekannten Gerüchen erfüllten Zimmer kein Auge zutun. Sie zog die Decke hoch, schlug sie wieder zurück, fand keine passende Schlafstellung. Sie fühlte sich belagert von der Anwesenheit jenes freundlichen, aber verwundeten jungen Mannes, der unentwegt von der Wand auf sie herunterstarrte, während das Kerzenlicht einen blutigen Schattentanz auf seinem Antlitz vollführte. Im Bett neben ihr quälte sich Todos los Santos mit einem schweren, schwülen Schlaf und fiel ohne Vorwarnung von einem rhythmischen Schnarchen in ein sekretreiches Gurgeln, dann setzte ihr Atem ganz und gar aus; kein Schnaufen war mehr zu hören, kein Einziehen und Ausstoßen von Luft, während der letzte Atemzug eine volle Minute lang reglos in ihrer Kehle gefangen blieb, zwei Minuten, drei, bis das Kind überzeugt war, dass sie gestorben sein musste. Da kehrte es endlich zurück, wie die Brandung des Meeres, das gleichmäßige Schnarchen ...

»*Madrina*«, wagte das Mädchen sie anzusprechen, »*madrina,* der Mann da macht mir Angst.«

»Welcher Mann?«, fragte Todos los Santos im Halbschlaf.

»Der mit dem Bart.«

»Das ist kein Mann, das ist Jesus. Vertraue ihm. Bitte ihn, dass er über deinen Schlaf wacht.«

Dem Feind vertrauen? Lieber wäre sie gestorben. Vielleicht, wenn er sie nicht so anschauen würde ... Sie zog die Decke über den Kopf und schloss die Augen, ahnte aber sogleich, dass der Jesus zu lächeln aufhörte und ihr schreckliche Gesichter zog. Mehrmals schlug sie rasch die

Decke zurück, um ihn in flagranti zu überraschen, aber er war schlau und ließ sich nicht erwischen. Jedes Mal begrüßte er sie mit einem heuchlerischen Lächeln, und kaum hatte sie die Augen wieder geschlossen, fing er erneut an, sie mit hässlichen Fratzen zu bedrängen.

»*Madrina,* der Jesus zieht mir Gesichter.«

»Sei still, Kind, und lass mich schlafen.«

Das Mädchen legte das Kopfkissen ans Fußende und drehte sich auf dem Strohsack um, sodass sie das Gesicht der anderen Wand zugekehrt hatte. Die Zuckungen des ewigen Lichts gelangten jedoch auch dorthin und wallten träge zu ihr herüber wie brennende Schleier. Obwohl sie sich Mühe gab, wach zu bleiben, schob sich die Schläfrigkeit allmählich über sie wie eine Wolke und trübte ihr die Augen. Von Zeit zu Zeit schrak sie hoch und drehte sich nach dem Jesus um; aber der sah sie nur melancholisch lächelnd mit seinem verletzten Herzen in der Hand an.

»*Madrina,* tut ihm das denn nicht weh?«

»Weh? Was?«

»Dem Jesus. Tut ihm denn sein Herz nicht weh?«

Da stand Todos los Santos auf, blies das ewige Licht aus, und der Jesus verschwand. Und mit ihm verschwanden die zuckenden roten Schatten und das traurige Lächeln, und die beiden Frauen fielen im Frieden des endlich finsteren Zimmers in einen tiefen, festen Schlummer.

Die Sonne ging früh auf, und die Tage eines neuen Lebens brachen für die beiden an. Das Mädchen legte nicht nur die Angst vor Jesus ab, sondern ging mit einer Ungezwungenheit und Gesprächsbereitschaft auf ihn zu, die Todos los Santos fehl am Platz und übertrieben fand.

»Man muss beten, Kind, aber nicht zu viel«, riet sie ihr.

Eines Tages, als sie den blutenden Jesus mit einem Staubwedel abwischte, entdeckte Todos los Santos ein paar sonderbare Kügelchen, die zwischen Leinwand und Rahmen klemmten und aussahen wie verpuppte Insekten, nur eben aus Papier. Sie entrollte eine und stellte halb erschrocken, halb erstaunt fest, dass sie dicht beschrieben war mit einer mikroskopischen Schrift, die, als sie sie mit einer Lupe zu entziffern versuchte, nicht etwa eine Aneinanderreihung der Buchstaben unseres Alphabets ergab, sondern eine Serie unverständlicher, bald gestreckter, bald geduckter Schnörkel, allesamt mit vielen Füßen.

»Komm mal her«, rief sie das Mädchen. »Kannst du mir erklären, was das hier ist?«

»Das sind Botschaften, die ich schreibe.«

»Für wen?«

»Für den Mann mit dem Ziegenbart.«

»Ich habe dir doch gesagt, dass das Jesus ist.«

»Also für Jesus.«

»Und was ist das für eine Schrift?«

»Eine, die er lesen kann.«

»Bist du nie zur Schule gegangen?«

»Nein.«

»Kannst du nicht schreiben wie alle Leute?«

»Nein.«

»Komm, ich will gleich anfangen, es dir beizubringen. Hol Papier und Bleistift.«

Unzählige angespannte, ermüdende Stunden widmeten sie dem Lesen- und Schreibenlernen mit einem karierten Heft, das Todos los Santos für ihre Buchführung benutzte, mit einer alten Fibel, die sie dem Apotheker abkauften, mit einem *Mirado*-Bleistift, Stärke zwei, und mit katastrophalen Ergebnissen. Das Mädchen sah sich unaufhörlich in der Gegend um, rutschte unruhig auf ihrem Stuhl hin und her, kaute an den Nägeln und konzentrierte sich kein bisschen. Es schien, als begriffe sie nicht, was Todos los Santos ihr beizubringen versuchte, die ihrerseits die Zähne zusammenbiss, um nicht die Fassung zu verlieren und das Kind zu ohrfeigen.

»Zeigen Sie mir lieber, wie man arbeitet, *madrina,* ich habe keine Zeit zu verlieren.«

»Alles zu seiner Zeit, komm auf den Teppich und lies das hier: D-er Z-w-er-g äfft d-en Af-fen n-ach.«

»Was für ein Zwerg?«

»Ein Zwerg eben, das ist doch egal.«

Bis zum Mittag hatte das Mädchen keine einzige Silbe gelesen, fragte aber weiter in einem fort nach dem Zwerg, sodass Todos los Santos den Unterricht auf den nächsten Tag zur gleichen Uhrzeit verschob und sich in der Küche einschloss, um beim Kartoffelschälen und Gemüseschnippeln ihre Nerven zu beruhigen.

Doch alles änderte sich an jenem unvergessenen Nachmittag, als die *madrina* mit ihren Lehrlingen, Machuca und Cuatrocientos, zusammensaß und ein paar *mistelas* trank, während sie über den alten Streit zwischen zwei Nachbarn tratschten, der in einer Schießerei geendet hatte. Das Mädchen hockte in der Nähe auf dem Boden und war mit Stift und Papier beschäftigt, ohne dass ihr jemand Aufmerksamkeit schenkte. Bis eine der Frauen bemerkte, dass das Mädchen, wenn sie *bala* sagten, mit großen, runden Buchstaben deutlich ›Kugel‹ schrieb; wenn sie *banco* sagten, schrieb sie ›Bank‹ und wenn sie *avaro* sagten oder Ana oder *mandarina,* schrieb sie das auch auf.

»Was!«, rief Todos los Santos und hob das Papier auf. »Das ist ja unglaublich! Gestern konntest du noch nicht schreiben, und heute kannst du es ...«

»Weil ich gestern nicht wollte, und heute will ich.«

Hat Todos los Santos ein Exemplar jenes frei erfundenen Gekrakels der Papierkügelchen aufgehoben? Ich mache eine Andeutung, dahingehend, dass das anfängliche Desinteresse des Mädchens an der üblichen Schrift wahrscheinlich damit zusammenhing, dass ihm eine Zweitversion unnötig erschien.

»Sie brauchte nicht schreiben zu lernen, weil sie es auf ihre Weise schon konnte ...«, sage ich und frage mich gleich darauf, wozu eigentlich. Wer hier etwas zu lernen hatte, war offenbar ich, und zwar, bei Todos los Santos nicht die Besserwisserin herauszukehren.

»Sie brauchen nicht zu meinen, dass ich nicht auch darauf gekommen wäre«, erwidert sie. »Statt sie zu zwingen, hätte ich mir natürlich auch ihre Schrift aneignen können. Dann hätten wir beide, besser noch mit Jesus, unsere Botschaften ausgetauscht, weil uns sonst niemand verstanden hätte.«

Vom Wunder der plötzlichen Schriftbeherrschung ermutigt und darauf bedacht, weder die Motivation noch das Temperament der Schülerin zu zerbrechen, machte die *madrina* sich geduldig an die Arbeit, die schärfsten Kanten der Adeptin gutmütig zu glätten. Sie brachte ihr bei, sich die Zähne mit Asche blank zu putzen, Guten Tag, Gute Nacht, bitte und danke zu sagen, sich die Sorgen anderer aufmerksam anzuhören und über die eigenen zu schweigen, in kleinen Schlucken Anistee aus dem Glas zu trinken, als wäre es Branntwein, für den frischen Atem Kardamomsamen zu kauen, sich einmal am Tag das Haar zu lösen und es in der Sonne auszubreiten, damit es sich mit Wärme und Glanz voll saugte.

Das Mädchen bemühte sich seinerseits mit der Sturheit eines Maulesels, der jedes Hindernis bezwingt, die Lektionen zu lernen, stieß dabei aber auf einige unausrottbare

Schwächen, wie das Führen des Essbestecks, das durch die ungeschickte Handhabung zu einer messerstechenden Bedrohung wurde, oder ihre Eigenart, zu jeder Stunde und bei jeder Gelegenheit, selbst beim Beten laut und schrill zu reden.

»Heiliger Herzjesus, ich vertraue dir!«, brüllte sie von Inbrunst gepackt das Bild an.

»Schrei ihn doch nicht so an. Ihm fallen noch alle Haare aus. Herrgott, warum kreischt das Kind nur so!«, klagte die *madrina,* die die Vorzüge einer gemäßigten, samtenen Stimmlage aus eigener Erfahrung kannte, obwohl die ihre durch den regelmäßigen Tabakkonsum inzwischen ziemlich kratzte.

So sehr sie das Kind auch bat, leiser zu sprechen, es ihr befahl und sich schließlich scheltend darüber ausließ, diese Fähigkeit überforderte das Mädchen offenbar, das wider besseres Wissen weiterkeifte und zeterte wie die Weiber auf dem Markt.

»Sie soll mit ihren eigenen Mitteln geschlagen werden«, beschloss Todos los Santos daraufhin und nahm sie mit zu einem imposanten, lärmenden Wasserfall, den der Río Colorado auf der Höhe von Acandai bildet. Dort hieß sie das Kind, das Gedicht ›Der Mond‹ von Diego Fallon so laut und deutlich aufzusagen, bis seine Stimme das Tosen des Wassers übertönte, und hoffte, ihm damit die Stimmbänder ein wenig abzuschleifen. Sie vom Schreien müde zu machen war Sinn und Zweck der Übung, doch als Erstes war sie Diego Fallons müde, und die Lehrerin ließ sie das verzweifelte Lied von Neruda, die finsteren Schwalben von Bécquer, die schmachtenden Kamele von Valencia und weitere Texte aus einer Gedichtsammlung rezitieren, die damals in La Catungas Gesellschaft sehr beliebt war.

Tag für Tag erhob das Mädchen nun ihre Stimme über das Rauschen des Wasserfalls, und dieser modellierte sie nach der Tonleiter und feilte an den Stufen ihres Volumens. Einmal schlug Todos los Santos im Lyrikband ein Gedicht von Rubén Darío auf und bat sie, ihre Übung aus voller Kehle schreiend zu beginnen. Es handelte von einer Prinzessin, die einen Stern vom Himmel stiehlt.

»Ist mit der Prinzessin nicht unsere Schutzpatronin gemeint, die Santa Catalina?«, fragte das Mädchen entzückt.

»Nun fantasier mal nicht. Das hier sind Gedichte und keine Heiligenlegenden. Man sollte niemals Himmel und Erde verwechseln. Sprich weiter.«

»Ich kann nicht, *madrina,* es ist zu schön.«

»Papperlapapp. Dann fangen wir hier an«, sagte die Expertin und suchte den Einstieg beim Ärger des Königs über den Raub.

»›Gestraft sollst du sein!‹ tobte der Herrscher. ›Kehre um und erstatte, was du dem Himmel gestohlen, zurück!‹«

»›Betrübt senkt die Prinzessin den Blick auf die süße Blüte vom Sternenlicht‹, erzählte Rubén Darío weiter, ›da erscheint ihr lächelnd der gute Christ.‹

›Diese Rose aus meinen Gärten will ich dir schenken‹, erklärte Jesus, ›wo die Blumen für die Mädchen stehn, die auch im Schlaf noch an mich denken.‹«

»Das muss der gute Christ sein, der in unserem Schlafzimmer wohnt«, bemerkte das Mädchen. »Der hat mir neulich auch eine Rose geschenkt.«

»Sei still! Du bringst alles durcheinander. Ich komme nur aus dem Rhythmus. Zu viel Frömmigkeit macht Nonnen gut und Huren unglücklich«, ermahnte Todos los Santos sie.

»Das Prinzesschen ist schön, weil es seine Brosche hat, an der Vers, Perle, Feder und Blüte mit dem Sternenlicht glitzern«, dichtete Rubén Darío, und das Mädchen wurde von einem für ihr Temperament ungewöhnlichen Seufzen geschüttelt. Dann ließ sie ihren Tränen freien Lauf. Da entdeckte Todos los Santos den Hang zur Poesie in ihrem Schützling und eine besorgniserregende Faszination für traurige Sterne; Letztere hielt sie für ein gefährliches Symptom bei einem vielversprechenden Lehrling des unbarmherzigsten Gewerbes, das die Menschheit kennt.

»Das ist kein Spiel, meine Kleine«, sagte sie zu ihr. »Prostituierte und Boxer dürfen sich keine Schwächen erlauben, sonst werden sie k. o. geschlagen. Das Leben ist eine Sache, und die Dichtung ist eine andere; du darfst nie wieder die Scheiße mit der Sahne verwechseln.«

Als es angebracht war, die Anforderungen an das Stimmtraining zu steigern, stellten die beiden sich an die neu gebaute Carretera Libertadores und unterzogen sich der schweren Prüfung des infernalischen, himmelschreienden Lärms endloser Autokolonnen.

»... die Matrosen küssen und gehen!«, brüllte das Mädchen dem ohrenbetäubenden Donnern der Lastwagen entgegen, die beim Vorbeirauschen fast ihre Röcke mitrissen und die ohnedies flüchtige Matrosenliebe verhallen ließen.

Wieder zu Hause, war das Mädchen nach dem Radau dankbar für die Stille und die kaum wahrnehmbaren Geräusche, denen sie bisher noch nie gelauscht hatte: das leise Zirpen des Kolibris, das Flirren des Lichts im Schlüsselloch, das Gemurmel der Nachbarinnen im Haus nebenan, das Schmatzen der nackten Füße auf den Fliesen im Patio. Sie hatte es geschafft, den Krach zu besiegen, und bekam dafür das zarte Geschenk einer Intimität, die ihr gestattete, heimlich zu beten, Boleros vor sich hin zu summen, im Inneren Sonette zu rezitieren, wie eine Tigerin aus Plüsch zu schnurren und mit den anderen zu flüstern.

»So ist es gut«, sagte Todos los Santos zu ihr, »das ist genau der Ton. Jetzt können wir dir die richtige Klangfarbe geben. Deine Stimme muss klingen wie die große Glocke von der Ecce Homo. Hör genau hin und schau sie dir an. Der Glockenturm ist aus dem ersten Bohrturm entstanden, der für die Erdölförderung in Tora errichtet wurde. Lausche ihr, wenn sie wie jetzt den Angelus ruft und wenn sie morgen Früh zur Messe läutet. Höre ihr immer wieder zu, weil deine Stimme genauso warm und voll klingen muss wie die große Glocke in deiner Stadt.«

»Aber, *madrina*«, wandte das Mädchen ein, »das hier ist nicht meine Stadt.«

»Sobald deine Stimme wie die große Glocke klingt, wird es deine Stadt sein.«

Nicht geringer war die Herausforderung durch die chronische Magerkeit des Mädchens, das noch immer einer ausgehungerten Katze glich und mit zunehmendem Appetit sogar dünner zu werden schien, hohlwangig, flachbrüstig, mit überlangen Gliedern. Todos los Santos hatte den Verdacht, dass alle Nährstoffe von ihren Haaren aufgebraucht wurden, die auf Kosten des übrigen Körpers kräftiger wurden und ins Unermessliche wuchsen. Wenn man das Haar abschnitt, da war sie sicher, dann würde das Mädchen die fehlenden Pfunde rasch zulegen.

»Es lebt«, sagte Olguita fasziniert, während sie es zu Zöpfen flocht. »Ich glaube, es kann auch beißen.«

Sie wussten, dass sie ein gemeines Verbrechen begingen, wenn sie es ihr abschnitten, und beschlossen, seine Besitzerin stattdessen zum Verzehr der doppelten Portion Suppe, Hülsenfrüchte und Obst zu nötigen, eine für sie und die andere für ihre Mähne, die jedoch als Einzige den Nutzen aus dieser Mästerei zog und zu einem rauschenden schwarzen Wasserfall wurde.

»Da der Herrgott dir eine so armselige fleischliche Ausstattung mitgegeben hat, wirst du wohl oder übel tanzen lernen müssen«, riet ihr Todos los Santos, entschlossen, das Problem auf andere Weise zu lösen, und führte sie in die Geheimnisse eines bestimmten Tanzes ein, der nicht aus Schritten, Hüftschwüngen und Drehungen besteht, sondern aus Wellenbewegungen, Absenzen und Stillstand. Sie erzählte ihr, Salome habe nur deshalb Johannes den Täufer zu bezirzen vermocht, weil sie sich auf den Zauber verstand, sich ohne Bewegung zu bewegen.

Das Mädchen nahm diese Worte in sich auf, ohne sie ein zweites Mal zu hören, und versetzte die Lehrerin in Erstaunen mit ihrer natürlichen Versenkung und dem harmonischen Rhythmus ihrer wiegenden Bewegungen, die keine Cumbia und kein Merengue waren, sondern das Kommen und Gehen des eigenen Blutes auf den verborgenen Pfaden ihres Leibes.

»Ich sah ihr gern beim Tanzen zu«, erzählt Todos los Santos mir. »Aber gleichzeitig machte es mir Angst, weil ich wusste, dass sie in diesen Momenten für uns verloren war. Nur beim Tanzen gestattete sie sich, das Land ihrer Erinnerungen aufzusuchen und sich in das weite Gewölbe ihres Inneren zurückzuziehen. Wenn sie tanzte, dann wusste ich, dass sie in fernen Gewässern schwamm, zu Gast in anderen Welten, die vielleicht schlechter waren oder besser.«

Die vielleicht schlechter waren oder besser, die aber nie zur Sprache kamen. Auffällig war bei der Kleinen nämlich von Anfang an, dass sie keine Freundin von Gerede und Gerüchten war, schon gar nicht, wenn sie ihre eigene Person betrafen. Über ihre Vergangenheit schwieg sie wie ein Stein, und als Grund für diese Unterschlagung stellten die Frauen Mutmaßungen über einen großen Schmerz oder eine große Schuld an. Wenn sie gefragt wurde, wo bist du geboren, wie heißt du, wie alt bist du, dann trat sie augenblicklich den Rückzug an und versank im einsamen Schweigen ihrer Erinnerung, oder sie ging zum Gegenangriff über, indem sie einem ungehemmten Wortschwall freien Lauf ließ, der ohne Sinn und Verstand aus ihr heraussprudelte, das ganze Haus füllte und noch verdächtiger war als ihr Verstummen.

»Du bist doch nicht erst gestern geboren«, drängte Todos los Santos. »Spuck deine Geschichte aus, Kind, sonst wird sie in deiner Seele anfangen zu faulen.«

Die Weigerung zurückzuschauen verwandelte das Mädchen in die Schwingung einer Gegenwart, die im Augenblick selbst vor dem Betrachter aufflammte wie eine vom Blitzlicht erhellte Szene. Aber manchmal entschlüpfte ihr auch etwas; wie unabsichtlich löste sich dann und wann ein Fragment.

»Gefällt euch mein neuer Rock?«, fragte Tana.

»Cecilia hat den gleichen«, bemerkte sie. »Nur ist ihrer gelb und nicht grün.«

Sogleich überfielen die *mujeres* sie mit Fragen nach Cecilia. Wer war sie, deine Mutter, eine Tante, eine Freundin deiner Mutter? Heiliger Herrgott, kannst du uns bitte erzählen, wer Cecilia war?

»Welche Cecilia?«, gab sie dann von der Neugier überrascht zur Antwort, als hätte sie den Namen nie erwähnt.

Eines Tages bat ein langjähriger Kunde, der in Todos los Santos verliebt war, diese um ein Abschiedsrendezvous. Er hatte es satt, jeden Tag beim Büro der Troco vorzusprechen und die Entschädigung für einen Berufsunfall zu verlangen, die stets aufs Neue hinausgezögert wurde, und war nun entschlossen, nach Antioquia zurückzugehen und dort einem seiner Söhne beim Aufbau einer Kaffeeplantage zu helfen. Es war eine erinnerungsreiche, nostalgische Begegnung, und Todos los Santos war bemüht, den Freund nach allen Regeln der Kunst zu bewirten, während das Mädchen, mit dem gewohnten Hemd bekleidet, damit beschäftigt war, Tanas Hündin Aspirina zu ärgern und ihr rote Schleifen um die Ohren zu binden. Dabei schenkte sie dem Gast keinerlei Aufmerksamkeit und unterbrach keinmal das Gespräch der Erwachsenen. Aber ganz zum Schluss, als der Señor im Begriff war zu gehen, hielt sie ihn an der Tür zurück.

»Wenn Sie zufällig irgendwo eine Frau aus Guayaquil treffen, die La Calzones heißt, dann sagen Sie ihr doch, ihre Nichte würde ihr ausrichten, dass es ihr gut ginge«, bat sie ihn.

Auf diese Weise erfuhr Todos los Santos aus purem Zufall, dass ihre Ziehtochter auf eigene Faust nach La Catunga gekommen war und irgendwo im Land eine Tante mit dem anzüglichen Spitznamen »Höschen« hatte, woraus sie schloss, dass das Mädchen mit ihrer Berufswahl eine Familientradition fortsetzte.

»Das erklärt zwar einiges«, äußere ich Todos los Santos gegenüber, »aber nicht alles. Eigentlich erklärt es gar nichts.«

»So ist es.«

Nicht einmal in den härtesten Phasen ihrer Ausbildung ließ sich die Schülerin die kleinste Niedergeschlagenheit oder Schwäche anmerken; sie klagte nie, gab weder Freude noch Traurigkeit zu erkennen, weder Kälte noch Wärme, lockerte für keinen Augenblick die selbst auferlegte militärische Disziplin und schien von einem Pflichtgefühl beseelt, das größer war als sie selbst. Nur ein einziges Mal verweigerte sie Todos los Santos den Gehorsam, als diese von ihr verlangte, den Schweinestall zu säubern, wo es stank wie in den Abtritten aus Laubzweigen, die in den hintersten Ecken der Ranchos standen.

»Ich habe beschlossen, *puta* zu werden, weil ich nie mehr Scheiße wegwischen will«, sagte das Mädchen zornig.

»Dann hast du dich wohl getäuscht. Hier verdient man nämlich mehr, wenn man bei einem Gringo die Wäsche waschen geht, als wenn man mit einem Mann ins Bett geht. Um es in unserem Gewerbe zu etwas zu bringen, muss eine Frau sich auch als Näherin, als Köchin, als Wahrsagerin und als Krankenschwester bewähren, so gewöhnlich und lästig das auch sein mag. Also, hol Eimer und Schrubber und putz mir den Patio, bis er glänzt wie eine Hostienschale.«

In einer Nacht übernatürlicher Helligkeit wachte Todos los Santos von einem Hustenanfall auf und verlangte mit erstickter Stimme nach einem Glas Wasser. Das Mädchen antwortete nicht, weil sie nicht auf ihrem Strohsack lag, sondern barfuß und im Nachthemd draußen vor dem Haus saß und von Mondlicht gebadet ganz langsam und höchst erstaunt aus ihren Abgründen emportauchte. Ihre Verwunderung war so echt und glaubwürdig, dass die *madrina* gerührt die Keller ihres Gedächtnisses aufschloss und nach der Erklärung kramte, die sie lange Zeit auf ihrem Weg begleitet hatte, bevor sie in all den Jahren des erbitterten Kampfes um das tägliche Brot gelernt hatte, ohne Erklärungen auszukommen.

»Dort oben drehen sich die sieben Himmelskörper singend um die Erde«, sagte sie und holte einen Hocker heran, um sich zu dem Mädchen in die hell erleuchtete Finsternis zu setzen. »Mond, Mars, Merkur, Jupiter, Venus, Saturn und Sonne, zu jedem Planeten gehörten ein

Ton, ein Metall und ein Wochentag. Der Mond, der dir den Schlaf raubt, ist aus massivem Silber, er summt sein Lied in der Note Cis und herrscht über den Montag. Das Brummen aus der Tiefe des Universums nennen die Weisen die Musik der Sphären, und unsere Erde hat in diesem wunderbaren Konzert eine tragende Stimme.«

»Wenn das wahr ist, weshalb kann ich sie dann nicht hören?«

»Du hörst sie doch. Eben, als ich herausgekommen bin, hast du dagesessen und ihr gelauscht.«

»Und unsere Erde, was singt die?«

»Ein Lied vom Wind, der aus deinem und meinem Atem entsteht, aus dem Lebenshauch aller Männer und Frauen, den lebenden, den toten und den ungeborenen.«

»Lassen Sie uns lieber hineingehen, *madrina,* sonst packt dieser fürchterliche Wind Sie noch, und Sie müssen wieder zu husten anfangen.«

Drei

Ich erkundige mich, wie es damals in Sacramentos Leben weiterging, und sie erzählen mir, dass er gewöhnlich nachmittags nach fünf Uhr zu Besuch kam und mit dem Mädchen spielte.

»Spielte?«, frage ich. »War er zum Spielen nicht zu alt?«

»Schon, aber er war ein Kind geblieben ...«

»Er hat mir erzählt, dass er damals schon einen Personalausweis hatte. Er muss also mindestens achtzehn gewesen sein.«

»Er hatte zwar einen Ausweis, aber das heißt nichts. Den hatte er schon vier oder fünf Jahre vorher von einem dieser verlogenen Politiker bekommen, die Personalausweise fälschen, um für die Wahlen die Stimmen von Minderjährigen, Phantomen und Verstorbenen zu sammeln.«

Sacramento und das Mädchen spielten barfuß in den staubigen Gassen des Freudenviertels. Sie spielten »Die Brücke brennt«, Tigerball und Seilhüpfen. Aber diese bekannten Geländespiele waren nicht ihr Lieblingszeitvertreib. Am liebsten spielten sie nämlich Krieg. Das Mädchen genoss auf der Straße den Ruf einer blitzschnellen Kämpferin. Niemand übertraf die Höhe ihrer Fußtritte, ihre Entfernung beim Spucken, ihre knochenbrecherische Kraft beim Armverdrehen oder wenn es darum ging, dem Gegner die Luft abzupressen, indem man ihm die Faust in die Magengrube drückte. Weitere beliebte Streiche waren das Weitpinkeln in Dosen, das Beinstellen und das Paprika-in-die-Augen-reiben.

»Das Herz der Ananas dreht sich, dreht sich, alle Kinder fallen, fallen«, summt Sacramento und erinnert sich, erinnert sich. »Es hieß das Herz der Ananas und war ein grobes Spiel, bei dem sich jeder irgendeine Verletzung zuzog. Ich? Mir hat das Herz der Ananas einmal beinahe das eigene Herz gebrochen.«

Das Herz der Ananas dreht sich; die Kinder hielten sich in einer langen Reihe an den Händen und liefen, stießen aneinander, schubsten sich und rollten sich zu einem menschlichen Knoten ein, zu einem echten Ananasherz, das einen erdrückte und beinah erstickte, bis der ganze Kinderhaufen in einem zu Boden ging. Eines Tages mischten sich ein paar größere Jungen aus einem anderen Stadtviertel unter die spielenden Kinder, und aus dem Ananasherz wurde eine wilde Raserei mit verknacksten Füßen und verrenkten Hälsen, sodass mehr als einer verletzt aus dem Gewühl hervorging. Die Großen wollten aber gar nicht spielen. Sie feuerten das Gerangel nur an, um den Tumult auszunutzen und das Mädchen zu betatschen, sie auf den Rücken zu werfen, an den Haaren festzuhalten und zum Küssen zu zwingen oder ihr den Rock hochzuheben. Sie wehrte sich und kratzte wie ein Igel mit seinen Stacheln, schlug um sich wie ein Delfin mit seiner Schwanzflosse und hatte es fast geschafft, sie abzuschütteln und wegzurennen, als Sacramento den Übergriff bemerkte, und ihre Entwürdigung durchzuckte sein Herz wie ein Stromschlag.

»In dem Augenblick dachte ich, es könnte keinen größeren Schmerz geben, als den, der mich durchbohrte. Wie ich mich da täuschte! Im Vergleich zu dem, was noch kommen sollte, war es nur ein Kinderschmerz.«

»Im Laufe der Jahre ist Sacramento gewachsen und kräftiger geworden«, erzählt Todos los Santos. »Aber damals war er noch ein schmächtiger Knirps, einen Kopf kleiner als das Mädchen, mit steifen Haaren und freundlichen Äuglein, die einen gleichzeitig zum Mitleid und zum Lächeln bewegten. Ohne zu bedenken, dass die anderen in der Überzahl waren und älter als er, stürzte er sich, rasend vor Wut und Rachegelüsten auf sie, und natürlich passierte, was passieren musste: Sie prügelten ihn windelweich und schlugen ihn halb ohnmächtig.«

»Wieso verteidigst du sie eigentlich?«, fragten die Großen ihn, als er blutend vor ihnen auf dem Boden lag, »sie wird doch sowieso eine *puta*.«

»Aber nur wenn sie arbeitet, ihr verfluchten Schweinehunde. Das hier war ein Spiel!«, schrie er schluchzend und fand seine kindliche Stimme selbst kläglich. Um den unbeabsichtigten Tränenausbruch zu überspielen, sammelte er aus seinem mit Füßen getretenen Stolz neue Kraft und ging noch einmal auf sie los.

»Er hatte Glück, weil sie ihn das zweite Mal mit einem Fingerschnipsen umwarfen und sich davonmachten.«

In Todos los Santos' Hof verbrachten Sacramento und das Mädchen Stunde um Stunde damit, die letzten Sonnenstrahlen ihrer Kindheit in die Länge zu ziehen. Sie spielten, sie wären schon erwachsen, und erfanden in endlosen Dialogen und Szenen, wie das Leben selbst sie schreibt, immer neue Episoden und Dramen. Es schien, als würden sie heranreifen, indem sie die Reife spielten. Einmal dachten sie sich zum Beispiel aus, dass sie zwei Geschwister waren, die von zu Hause fortgingen, um auf der Suche nach Ruhm und Glück in die Welt zu ziehen, aber sie mussten zuerst frühstücken, das hier ist wohl das Brot und das die Milch, nein, kein Brot, ich esse wohl belegte Brötchen, jetzt packen wir die Koffer, du bist die Frau, und ich würde zu dir sagen, dass du es machen sollst, nein, du bist wohl der Mann und kümmerst dich selbst darum, und ich würde unsere Schwerter wetzen, wir spielen, dass das hier deine Kleider sind und dieses meine, und diese Kiste hier ist wohl unser Koffer, da tun wir sie hinein, aber bevor wir aufbrechen, müssen wir unseren Pferden noch Heu geben. Dieses Geländer hier, das sind wohl die Pferde! Einverstanden, aber wir spielen, dass deins krank ist, es hat wohl einen Tumor, und ich muss ihm einen Verband anlegen. So verging der Nachmittag mit lauter Vorbereitungen, bis im Patio der Abend mit seinen langen Schatten anbrach. Todos los Santos brachte ihnen zum Abendessen echte belegte Brötchen und Gläser mit Milch, als die beiden abenteuerlustigen Geschwister mit Spielen aufhörten, ohne auch nur die Schwelle ihres Hauses übertreten zu haben.

Eines Tages begann Todos los Santos Teile aus ihrem Kleiderschrank zu vermissen, zuerst ein Paar Damenstrümpfe, dann gestickte Batisttaschentücher mit ihren Initialen, danach eine ärmellose Bluse und noch eine.

»In welchen Koffer haben die reiselustigen Geschwister denn meine Seidenstrümpfe gepackt?«, fragte sie nun schon zum wiederholten Mal, und obwohl die Geschwister schworen, keins der verschwundenen Stücke gesehen zu haben, verschwanden dann noch Kopfkissenbezüge und kleine Handtücher.

Eines Morgens, als Todos los Santos die Küche putzte, drang ein intensiver Fäulnisgeruch in ihre Nase, dessen Herkunft sie nicht zu bestimmen vermochte, obwohl sie sämtliche Schränke nach verdorbenen Lebensmitteln durchsuchte und die Möbel abrückte, um festzustellen, ob tote Mäuse dahinter lagen. Am nächsten Tag war der Gestank wieder da, sogar noch penetranter. Da kletterte die *madrina* auf einen Stuhl, um in den obersten Fächern vom Wandregal nachzuschauen, und zog einen ekelhaft stinkenden Korb voll schmutziger Lappen hervor. Lappen, die keine Lappen waren, sondern die gesuchten Seidenstrümpfe, Blusen, Kissenbezüge und Taschentücher, zerknüllt, verklumpt und mit geronnenem Blut verschmiert.

»Kind, komm sofort hierher!«

»Was ist denn, *madrina*?«

»Was ist das hier?«

»Keine Ahnung.«

»Das ist die ganze Wäsche, die verschwunden ist.«

»Wie gut, dass Sie sie wiedergefunden haben.«

»Wer hat sie denn so verdreckt da oben hineingepackt?«

»Wahrscheinlich Sie selbst, nur können Sie sich nicht mehr dran erinnern«, sagte das Mädchen und lief davon.

»Kind, komm zurück!«

»Ja, *madrina*?«

»Erzähl mir bitte, warum die Wäsche mit Blut verschmiert ist.«

»Wegen einer Wunde, die ich am Arm habe und die sehr stark blutet.«

»Zeig mal her!«

»Sie ist schon verheilt, *madrina*. Das war hier, am Knie.«

»Ich denke am Arm?«

»Eine am Knie und eine am Arm.«

»Ich sehe da keinen Schorf und auch keine Narbe ...«

»Die Wunde war ja auch nicht so groß.«

»Und wieso hat sie dann so stark geblutet ...«

»Ich glaube, dass sie ziemlich tief war.«

»Eine Schussverletzung also?«

»Eher von einem Messer, aber einem sehr scharfen ...«

»Die hast du dir wohl im Krieg zugezogen? Oder war es die Polizei?«

Da schlug das Mädchen die Hände vors Gesicht und brach in Tränen aus. Todos los Santos verschloss die Tür, um ungestört mit ihr zu sein, zog sie auf ihre Knie und begann ihr die gleiche verworrene Abenteuergeschichte von der Bestäubung der Blumen zu erzählen, die sie selbst vor Jahrzehnten unter ähnlichen Umständen von den Nonnen im Kloster gehört hatte. Darin ging es um ein Bienlein, das eine Rose umschwirrt, um in einem unüberschaubaren Gewusel aus Staubgefäßen, Korollen und Stempeln eine unverständliche Liebesmission zu erfüllen, bis Gott, der barmherzig ist, das Wunder geschehen ließ, dass aus diesem Reigen ein prächtiger Pfirsich zur Welt kam.

»Und der war das Kind von Gott und der Biene?«, fragte das Mädchen.

»Das Kind von der Biene und der Blüte. Etwas Ähnliches passiert jetzt auch mit dir, verstehst du? Deshalb brauchst du dich wegen deines Blutes nicht zu schämen und es nicht in einem Korb zu verstecken, auch wenn die Leute sagen, es sei schmutzig oder giftig. Du musst es jeden Monat mit kleinen Lappen auffangen. Ich werde sie dir geben. Die wäschst du dann mit warmem Wasser aus, so wie ich es dir zeigen werde, damit sie nicht anfangen zu riechen. Aber du brauchst dir keine Sorgen zu machen, weil es etwas Natürliches ist, das alle haben. Hast du das verstanden?«

»Ja, *madrina*«, sagte das Mädchen und fing erneut und noch hemmungsloser zu schluchzen an.

»Warum weinst du dann jetzt?«

»Weil es jedes Mal, wenn das Blut kommt, so wehtut, *madrina*. Mein Bauch brennt dann. Könnte es nicht sein, dass ich eine Wunde da drinnen habe? Dass diese Biene, von der Sie geredet haben, mir da reingeflogen ist und mich ganz tief unten gepikst hat? So fühlt sich das an, *madrina,* wie ein Wespenstich …«

»Es ist eine Wunde, mein Mädchen, bei uns Frauen bricht sie einmal im Monat auf und verheilt nicht, weil sie die Wunde der Liebe ist. Aber du wirst noch sehen, wenn du erst mit Männern zusammenkommst, wie glücklich dich die roten Rosen aus deinem Leib dann machen werden, weil sie dir zeigen, dass du nicht schwanger bist. Ich sehe dich schon, wie all die anderen, bange die Tage zählen, wenn sich die Blutflecken in deiner Wäsche mal verspäten.«

»Haben die Männer das auch?«

»Nein. Gott wollte, dass nur wir Frauen das haben. Deshalb lieben wir auch mehr, weil uns der Leib wehtut.«

»So wie das Herz von Jesus?«

»Ja, genauso.«

Da hörte das Mädchen zu weinen auf, putzte sich mit dem Ärmel die Nase ab und kehrte in den Patio zurück, um das unterbrochene Spiel der beiden Geschwister fortzusetzen, die jetzt vor dem Problem standen, keine warmen Decken für die eisigen Nächte auf ihrer Reise zu haben. Und von diesem Tag an konnte die abenteuerlustige Schwester Ruhm und Glück in der Welt suchen, ohne über ihre Monatsblutung in Panik zu geraten, denn die war keine Sünde, die sie im Regal verstecken musste. Vielmehr lernte das Mädchen, dafür weiße Lappen zu verwenden, sie anschließend in lauwarmem Wasser auszuwaschen, mit Bimsstein zu scheuern und in der Sonne zum Trocknen aufzuhängen, in der Gewissheit, dass sie, wenn sie eine Tochter hätte, diese beruhigen könnte und sie geduldig in das Geheimnis des Blutes einweihen würde, das

Bienenblut ist und im Schlüpfer erscheint, damit aus der Blüte eine Frucht zur Welt kommt.

»Erinnerst du dich noch an eure Schatzkiste?«, fragt Todos los Santos Sacramento.

Die Kinder amüsierten sich nämlich häufig mit einer Keksdose, die sie ihre Schatzkiste nannten. Sie enthielt eine bunte Sammlung aus losen Perlen, gerissenen Halsketten, Knöpfen, Schmucksteinen, modischen Broschen und fantasievollen Ohrringen und ließ die Kinderaugen smaragdgrün, rubinrot oder altrosa funkeln, je nachdem, welche Kostbarkeiten sie gerade begutachteten.

»Wie wunder-wundervoll!«, rief das Mädchen hingerissen über diese Herrlichkeiten und begann, Sacramento haushohe Lügen aufzutischen, die er ihr zu glauben heuchelte.

»Sie hat sich ausgedacht, dass die Dose den Schmuck von der heiligen Catalina enthielt, den sie von ihrem Vater, dem König, geschenkt bekommen hatte, und nahm mir unter Eid das Versprechen ab, sie mit meinem Leben, all meinem Hab und Gut und mit meiner Ehre gegen jeden zu verteidigen, der sie ihr stehlen wollte.«

Sacramento ging auf die Knie und tat seinen Schwur, während sie ihn mit ein paar Stockstreichen auf die Schultern zum Ordensritter der Heiligen Diamanten erkor. Aber die Vorstellung, dass die Großen ihn in dieser Untergebenenpose sehen könnten, machte ihm zu schaffen, und er ließ sich von ihr nur Ritter nennen, wenn kein Zeuge dabei war. Schließlich war er schon ein Mann, der sich sein Brot selbst verdiente, und empfand jenes Spiel – wie vieles bei dem Mädchen – als beschämend einfältig. Armer Sacramento, damals ahnte er nicht, dass dieser Titel der weitaus rühmlichste war, der ihm im Leben jemals zuteil werden würde.

»Zum Ordensritter des Heiligen Diamanten von ihr ernannt worden zu sein ...«, sagt er zu mir, »wird wahrscheinlich die beste Erinnerung an mich sein, wenn ich einmal tot bin.«

VIER

Sie haben mir erzählt, dass die Ungläubigen nur durch ein Wunder daran gehindert wurden, Santa Catalina, die Jungfrau und Märtyrerin, mit einem Zahnrad zweizuteilen. Der Scharfrichter habe sich damit begnügen müssen, die Heilige zu enthaupten, und dabei sei anstelle von Blut Milch aus ihren Wunden getreten, die ebenso unaufhaltsam wie das heilsame Aroma, das ihren Knochen entstieg, zum Wohle der sie umgebenden Kranken rundum verströmt sei. Sie haben mir auch erzählt, dass die *mujeres* von La Catunga den Gedenktag dieses schrecklichen Ereignisses als Datum für den Eintritt ins Berufsleben bevorzugten; für die Feuertaufe, wie sie selbst es nennen. Mir ist aufgefallen, dass es unter den Prostituierten einen ähnlichen Hang zu Regeln und Riten gibt wie in anderen Berufsgruppen, die ich gelegentlich beobachten konnte. Beispielsweise bei den *sicarios,* den Killern, in den Gemeinden von Medellín, bei den Lastwagenfahrern auf Strecken mit hoher Gewaltbereitschaft, bei den Dealern, die auf der Calle del Cartucho de Bogotá ihre Rauschgiftzigaretten aus Kokain und Marihuana verkaufen, bei Einbrechern, bei Mafiosi, bei Richtern, bei Zeugen, bei Stierkämpfern, bei Guerilleros, bei Paramilitär-Kommandos und bei vielen anderen Kolumbianern, die routinemäßig ihr Leben aufs Spiel setzen. Ihnen allen ist gemeinsam, dass sie ein oder mehrere Amulette der Virgen del Carmen tragen, der Schutzpatronin heikler Berufe, die sie wegen ihrer Zierlichkeit, ihrer Gerissenheit und ihrer langen Haare vertraulich La Mechudita nennen.

Wie all jene wissen auch die *mujeres* von La Catunga, dass jede von ihnen, die ganze Arbeit leistet, ihre Haut dabei riskiert, aber im Unterschied zu ihnen wissen sie, dass sie außerdem ihre Seele riskieren. Daher die pingelige Art, mit der sie pünktlich die Rituale ihrer selbst auferlegten Reinigung erfüllen; daher die Bedeutung, die ausgerechnet die heilige Catalina bei ihnen genießt, denn auf irgendeine dunkle Weise empfinden sie sich selbst als Märtyrerinnen, liefern sich der Tragödie aus und akzeptieren es, das Leben als Opfergang zu begreifen.

Bis zum Fest der heiligen Cata fehlten noch vier Monate, genau die Zeit, die sie noch brauchten, um die Erziehung des Mädchens in Liebesdingen abzuschließen. Aber: Der Mensch denkt, der Hunger lenkt, lautet ein Sprichwort, das ich oft in Tora zu hören bekam. Todos los Santos' Ersparnisse gingen allmählich zur Neige, und es war abzusehen, dass sie nicht bis zum offiziellen Berufseintritt des Mädchens reichen würden. Deshalb beschloss Todos los Santos, das Ganze zu beschleunigen und die Künstlerin noch grün hinter den Ohren nach einem kurzen Training in den Ring zu schicken, obwohl ihr Verhalten noch unberechenbar und sie psychisch unreif war.

»Du wirst keinen Mann mit Bettkunststücken und Schlafzimmertricks in dich verliebt machen«, lautete die erste rein professionelle Anweisung, die sie bekam. »Das solltest du denen überlassen, die nichts anderes drauf haben. Was du tun musst, ist ihn trösten und ihn verwöhnen, wie es auf dieser Welt nur seine Mutter getan hat.«

Eines Mitternachts in La Catunga, als das Zirpen der Zikaden besonders laut war, hatte sich in Todos los Santos' Haus ein Rat versammelt, der sich von *mistelas,* billigem

Tabak und trockenem Gebäck begleitet die Köpfe heiß redete, ohne über ein einziges Detail der Mise-en-scène Einigkeit zu erzielen. Am ausführlichsten wurde die Wahl des *nombre de guerra* diskutiert, des Namens, unter dem das Mädchen arbeiten sollte, und der in ihrem Fall außerdem der Rufname sein würde, weil sie nach wie vor behauptete, sich nicht zu entsinnen, je getauft worden zu sein.

»Erzähl uns wenigstens, wie sie dich genannt haben, bevor du hierher gekommen bist«, forderte die Argentinierin Tana sie unter dem Geklimper ihrer Armreifen und Ketten auf, die sie allesamt von ihrem Liebsten, einem Ingenieur bei der Company, geschenkt bekommen hatte.

»Sie haben mich gar nicht genannt«, erwiderte das Mädchen, und das war entweder eine Lüge oder das Eingeständnis ihrer absoluten Verlassenheit.

Eines gab sie indes preis, und zwar, dass sie gern La Calzones heißen würde, nach ihrer Tante, für die sie anscheinend irgendeine Bewunderung oder Zuneigung hegte.

»Nur über meine Leiche!«, schrie Todos los Santos auf. »Ich habe noch nie einen so ordinären und geschmacklosen Namen gehört.«

»Aber wenn das Mädchen doch gute Erinnerungen damit verbindet«, wagte Olguita zu widersprechen, die durch die Kinderlähmung, die ihr die Beine verkümmern ließ, ein sanftes Wesen bekommen hatte.

»Es gibt keine guten Erinnerungen. Erinnerungen sind immer traurig«, beendete die *madrina* das Thema.

»Wir wollen sie María, Manuela oder Tránsito nennen, das waren doch alles echte Teufelsweiber und Heldinnen«, schlug Machuca, die Gotteslästerin, vor, die ein Reifezeugnis besaß und viel gelesen hatte.

»Was haben die denn mit uns zu tun? Von denen musste keine die Beine breit machen.«

»Wenn du so eine suchst, dann könnte sie Magdalena heißen.«

»Bleib bloß weg mit der! Diese Verräterin: Erst sündigt sie und dann heult sie vor Reue für den Rest ihres Lebens.«

»Was haltet ihr von Manón oder Naná, die in Paris Geschichte gemacht haben?«, schlug Machuca vor, und das Wasser lief ihr im Mund zusammen.

»Paris und Tora in einem Atemzug? Das geht nicht.«

»Und was ist mit Margarita?«

»Die Margaritas heulen mir auch zu viel. Sie verlieben sich ins Geld und fangen an, Blut zu spucken. Blumennamen, das sage ich euch, die bringen kein Glück.«

»Also meine Tante väterlicherseits, eine gewisse Flor Estévez, die schließlich auch Blume hieß«, erzählte Delia Ramos, »soll angeblich ihr Glück in der Liebe zu einem Matrosen gefunden haben.«

»Die Matrosen küssen und gehen«, zitierte Todos los Santos die einzige in ihrem Gedächtnis verbliebene Zeile eines Liedes.

»Rosa la Rosse, das hat für mich immer so lieblich geklungen ...«, seufzte Olguita. »So hätte ich gern geheißen. Aber dann bin ich irgendwie ins Gewerbe reingerutscht, ohne es richtig zu merken, und als ich endlich die Augen geöffnet habe, war ich schon zur *puta* geweiht und bin einfach bei Olguita geblieben, wie in der Zeit, als ich noch gut war. Aber die Leute sagen, Gott würde keiner vergeben, die unter ihrem Taufnamen arbeitet. Sie sagen, der christliche Name würde dadurch besudelt und missbraucht.«

»Der liebe Gott ist zwar schon in die Jahre gekommen, aber er denkt sich immer neue Sünden aus.«

»Warum mache ich eigentlich Vorschläge, wenn mir eh kein Schwein zuhört«, warf Machuca streitsüchtig in die Runde und machte dann trotzdem einen weiteren Versuch: »Wir nennen sie Filomena, wie die Preisträgerin vom Wettbewerb für schöne Brüste.«

»Deine Filomena mag ja Möpse gehabt haben, die in Ordnung waren«, widersprach Delia Ramos, »aber bei unserer Kleinen hier ist doch noch kaum was davon zu sehen, und man ahnt jetzt schon, dass sie später bei ihr auch klein sein werden und dazu spitz, wie türkische Babuschen.«

»Ich habe von einer außergewöhnlichen Hure gehört, die Cándida hieß ...«, sagte Olguita leise.

»Einspruch«, protestierte Machuca. »Die Cándida, die du meinst, verdient einen Platz unter den Göttinnen im Olymp, weil sie ans Lager gefesselt war wie Prometheus an den Felsen und ewige Foltern über sich ergehen ließ. Cándida ist ein erhabener Mythos, unsere arme Kleine ist jedoch eine ganz gewöhnliche Sterbliche.«

»Du liest so viele Bücher und hast so viele hübsche Ideen«, sagte Tana zu Machuca, »und trägst selbst einen so armseligen Namen.«

»Ich habe ihn gewählt, weil ein Dichter, den ich sehr geliebt habe, mich so nannte«, verteidigte sich die Angesprochene und verlor sich im Dunst einer vergangenen Zeit.

Sie verstrickten sich in ihre Überlegungen, ohne zu einem befriedigenden Ergebnis zu kommen, und vertagten andere Entscheidungen allerhöchster Dringlichkeit; zum Beispiel die Frage nach der Tarifgruppe für das Mädchen und der Farbe ihrer Glühbirne, in Übereinstimmung mit den Hierarchien und Konventionen von La Catunga. Das Mädchen war so kupfern und indianisch wie die *pipatonas* und gehörte deshalb in die niedrigste Lohngruppe, aber Todos los Santos strebte für ihren Schützling nach

Höherem und gab sich nicht damit zufrieden, das Kind zur allergewöhnlichsten Glühbirne aus weißem Milchglas zu verdammen.

»Das kann nicht sein«, protestierte sie. »Seht euch doch nur ihre wunderschönen schrägen Augen an, wie eine japanische Prinzessin!«

»Das ist es«, im Nebel ihrer *mistelas* hatte Delia Ramos die Erleuchtung. »Japan! Sie wird die einzige Japanerin in unserem Rotlichtbezirk sein, dann kann sie einen exklusiven Tarif verlangen.«

»Unsinn! Japanerinnen sehen doch gelb aus wie gerupfte Hühnchen ...«

»Das macht nichts. Das kann hier niemand nachprüfen, weil noch keiner eine Japanerin zu Gesicht bekommen hat.«

»Außerdem können wir ihr die Haut mit Reistalk aufhellen ...«

»Aber sie kann doch kein Wort Japanisch.«

»Glauben Sie wirklich, *madrina*, dass unsere Französinnen Französisch sprechen? Falls sie es jemals gesprochen haben, dann haben sie es längst vergessen. Darauf kommt es ja gar nicht an, unser Gewerbe spricht schließlich eine universelle Sprache.«

Olguita schlug vor, sie Kimono zu nennen, das einzige japanische Wort, das sie kannte, und Delia Ramos rückte mit einer anderen Idee heraus:

»Ich fände es optimal, sie Tokio zu nennen.«

»Und was ist das?«

»Eine große Stadt in Japan.«

»Das funktioniert nicht, das vergrault uns nur die weiße Kundschaft.«

»Trotzdem klingt Tokio in meinen Ohren sehr passend.«

»Dann doch lieber Kioto, la Kioto.«

»Warum nicht Sayonara?«

»La Kimono oder la Sayonara«, entschied Todos los Santos. »Es geht beides.«

»Sayonara ist hübscher, das heißt doch Adiós.«

»Adiós für immer?«, seufzte von Tragik umwittert die nunmehr betrunkene Delia Ramos.

»Es heißt einfach Adiós.«

»Lassen wir das Mädchen entscheiden.«

Ohne zu zögern entschied sich das Mädchen für Sayonara und klammerte sich fortan an dieses nie gehörte Wort, als entdeckte sie darin endlich den Abdruck der eigenen Identität.

»So sei es denn: Sayonara. La Sayonara. Du wirst nicht mehr das Mädchen sein, sondern die Sayonara«, beschlossen sie einstimmig, und der feine rußige Niederschlag, der immer vom Dach rieselt, wenn eine Kindheit frühzeitig zu Ende geht, bedeckte ihre Haare mit einer grauen Schicht.

»Vier Monate«, sagte Delia Ramos hicksend. »In nur vier Monaten wäre sie erwachsen geworden.«

»Darauf kommt es nicht an«, sagte Todos los Santos, »vier Monate früher oder später. Haben wir denn nicht alle viel zu früh angefangen? Es gibt keine Kindheit. Das ist ein Luxus, den sich die Reichen ausgedacht haben.«

Heute, lange danach, behauptet Todos los Santos trotz ihrer bewölkten Augäpfel klar und deutlich zu sehen, dass Sayonara, unbewusst – oder wusste sie es vielleicht? – ihr eigenes Schicksal und das von La Catunga besiegelte, indem sie sich auf diesen Namen mit dem Beigeschmack des Abschieds versteifte.

In einer Sache waren sich Todos los Santos, Olguita, Delia Ramos, Tana und Machuca beim Gespräch in jener Nacht einig, nämlich, dass Señor Manrique der erste Freier des Mädchens sein sollte, der sie noch vor ihrer offiziellen Einführung in die Gesellschaft vom Dancing Miramar in ihr Handwerk einweisen sollte. Er war ein weicher, liebenswürdiger Fünfziger, ganz Gentleman, und gehörte zu denen, die das Brot lieber mit der Hand teilen, als ein Messer hineinzubohren. Er arbeitete beim Kommissariat der Troco als Prokurist und verdiente gut. Jeden Abend suchte er die Mädchen in La Catunga auf, um dort zwischen Dutzenden unentbehrlicher, langer, leidenschaftlicher Dominopartien dann und wann einen unspektakulären Beischlaf einzuschieben.

»Was meinst du dazu, Kind? Schließlich bist du ja die Betroffene ...«

»Ist mir egal.«

Señor Manrique wäre sofort einstimmig angenommen worden, wenn eine reizbare, forsche Blondine mit Namen Potra Zaina nicht in letzter Sekunde einen verführerischen Gegenvorschlag gemacht hätte:

»Sie soll vom Piruetas in die Liebe eingeführt werden; der kann tanzen und eine Frau zum Leben erwecken.«

Keine von ihnen, nicht einmal Todos los Santos, war unempfänglich für den zweischneidigen Charme vom Piruetas, der mit den leichtfüßigen Paraden eines Tänzers im Leben der Prostituierten ein und aus ging. Weil er unberechenbar und nicht zu fassen war, brüskierte er sie alle und ließ sie leiden; aber alle schlossen ihm für einen Blick aus seinen verlogenen Augen freiwillig ihre Küchen und Schlafzimmer auf; alle liebten ihn, ohne ihm je einen müden Peso abzuverlangen, nur, damit er ihnen den Tango und die neusten Pirouetten aus den Tanzsalons von Pereira und der Hauptstadt beibrachte.

»Komm zu mir, Piruetas!«, rissen sie sich um ihn, sobald sie die Gestalt des trügerischen Verführers mit seinem Ganovenhut und den Lackschuhen vorübergehen sahen. »Komm her, mein Liebster, und töte mich mit einem Blick aus deinen Augen! Zeig mir einen neuen Tanzschritt, einen von denen, wie nur du sie kennst.«

»Wir Prostituierten versuchen genauso wie die Stierkämpfer, mit dem Aberglauben gegen unsere Ängste vorzugehen«, gesteht Todos los Santos mir. »Und eine unserer vielen Überzeugungen lautet, dass das Leben einer Frau für alle Zeiten von dem Mann geprägt bleibt, der sie entjungfert hat. Deshalb war die Wahl des ersten Freiers eine schwerwiegende Angelegenheit. Ein Melancholiker wäre dafür nie in Betracht gekommen, erst recht kein Geizhals oder Kranker. Alle Gebrechen an Leib und Seele wurden nämlich auf dem Laken übertragen.«

»Der Piruetas für Sayonara?« Tana sprang auf. »Kommt nicht in Frage, dieser Señorito, der mit allen sein falsches Spiel treibt.«

»Das Leben ist kurz und will genossen sein, deshalb werden wir das Mädchen nicht zu der bitteren Erfahrung verdammen, von einem langweiligen Alten ins Handwerk eingeführt zu werden«, mischte die Machuca sich ein.

»Im Gegenteil, sie soll gar nicht erst auf die Idee kommen, dass unsere Arbeit ein Vergnügen und unsere Bezahlung ein Luxus ist. Diesen Spleen kann ihr nämlich später keiner mehr austreiben.«

»Was ist denn das für ein Blödsinn! Wenn sie von ihrem Körper lebt, dann soll sie wenigstens damit wackeln und ihren Spaß daran haben. Ihr scheinheiligen, mit Hostien voll gestopften Weiber!«

»Der Tod lauert immer irgendwo, und die Kunst besteht darin, ihn zu entdecken, bevor er ausholt und mit seiner Pranke zuschlägt.« Todos los Santos sprach diese finsteren Worte aus, und die Kameradinnen verstanden nicht, was sie damit sagen wollte. »Ich kann nur eins sagen: In unserem Viertel geht der Tod um, ein vorwitziger Tod, der zwischen den Füßen vom Piruetas tanzt.«

Ein unangenehmes Schweigen breitete sich aus, und die Frauen rückten schaudernd näher zusammen.

»Es steht mir nicht zu, dem Mädchen den Umgang mit dem Piruetas zu verbieten«, fuhr Todos los Santos fort. »Ihr wisst, dass er jahrelang nach Lust und Laune in meinem Bett ein und aus gegangen ist. Er hat uns alle belagert und für sich eingenommen und wird früher oder später mit seinen weibisch lackierten Fingernägeln auch ihr die Bluse aufreißen. Aber es sollte lieber später sein als früher.«

Ein dicht bewölkter Morgen schimmerte bereits, von Möwengeschrei durchdrungen, über dem ruhigen Fluss, als die Frauen endlich in ihre Häuser zurückkehrten und auf dem Heimweg dem Himmel für anständige Männer wie Manrique dankten, welche der fragwürdigen Faszination, die sie alle ohne Ausnahme für windige Gesellen wie den Piruetas empfanden, etwas entgegensetzten.

Als er die Nachricht erhielt, dass die Stunde des Mädchens gekommen war und der alte Manrique als *novio* für die erste Nacht erwählt worden war, sank Sacramento das Herz bis zur Erde und brach dort in tausend Stücke.

»Hast du sie damals schon geliebt?«, frage ich ihn.

»Geliebt nicht. Lieben, was man so lieben nennt, dass man nachts nicht mehr schlafen kann und am Tag nichts mehr essen, weil man nur an die eine denkt, so etwas empfand ich zum damaligen Zeitpunkt nur für Señorita Claire, mit ihrer Blässe und den unerklärlichen Schatten unter den Augen, die immer einsam war, auch in Gesellschaft. Und für Señora Machuca, die ihre dreißig Lenze so intensiv gelebt hatte, dass ihr keine Schönheit und keine Scheußlichkeit dieser Welt entgangen war. Auch für die milde Olguita, die beinlahm ist wie eine Nixe und mich mit den orthopädischen Schienen, die sich ihr ins Fleisch gruben, gleichzeitig ängstigte und faszinierte. Ich liebte sie alle und begehrte sie bis zum Irrewerden und noch mehr. Aber das Mädchen? Wer verliebt sich schon in eine glitschige, widerspenstige, langhaarige Kaulquappe? Nein, damals verband mich etwas Stärkeres und Schlimmeres mit ihr als die Liebe: die Qual meines Gewissens.«

Kaum hatte er von der Sache mit Señor Manrique gehört, wurde Sacramento von einer Arbeitswut gepackt, die seinen Nachbarn unerklärlich war, denn diese waren es gewöhnt, ihn im Schatten eines Baumes die Siesta halten zu sehen, und trauten ihren Augen nicht, als er nun wie eine emsige Ameise in der Gluthitze schuftete und vom frühen Morgen bis spät in die Nacht seinen Karren durch die Straßen der Stadt zog. Er transportierte Benzinkanister von der Mole zum Sägewerk und Holz vom Sägewerk zur Mole; er brachte frisch eingetroffene Passagiere vom Bahnhof zum Hotel Pipatón und abreisende Gäste vom Hotel Pipatón zum Bahnhof; er fuhr Ziegel und Zement zu den Baustellen, karrte Wasserkanister in die Oberstadt, schleppte Reis- und Getreidesäcke vom Fluss zur Kooperative und von der Kooperative zu den Betriebsküchen der Troco. Man sah ihn sogar den steilen Aufstieg zum Berg vom Christus der Baldigen Erlösung mit Kranken und Genesenen nehmen, die oben für ihre Gesundheit bitten oder für das Wunder ihrer Heilung danken wollten. Nach einer sehr einträglichen Woche wurde er bei Todos los Santos vorstellig und leerte die prall gefüllten Hosentaschen auf den Küchentisch.

»Ich bin gekommen, um das mit dem Mädchen zu bezahlen.«

»Was denn mit dem Mädchen?«

»Ihre erste Liebesnacht.«

Olguita, Tana, Machuca und Delia Ramos waren alle da, weil sie gerade gemeinsam *tamales* für einen Wohltätigkeitsbasar zugunsten der Lepraklinik machten. Sie füllten den aus Maismehl zubereiteten Teig mit Schweinefleisch, teilten kleine Portionen ab, packten sie in Bananenblätter und umwickelten diese sorgfältig mit einer Schnur. Wie gebannt blieben sie alle mit den Händen im Teig stehen und starrten den Jungen an, als sie den Ausdruck pathetischer Feierlichkeit in seinem Gesicht sahen, während er sein komplettes Vermögen ablieferte. Ein Lüftchen – von Leben oder Tod – streifte sein borstiges Haar, als er mit lyrischer Leidenschaft die Szene der *tamal*-Zubereitung unterbrach, um seinen Wunsch vorzutragen und das Unvermeidliche zu vermeiden. Doch seine delikate Bitte zerstob zu einem Stammeln, sobald das Gelächter anhob und er sah, wie sich die Frauen vor Lachen über die maisgelbe Masse bogen, während ihre Erheiterung ihm wie flüssiges Feuer ins Gehör drang und ihm ein inwendiges Geschwür beibrachte, das umso stärker brannte, als unter den Anwesenden auch seine vergötterte Claire war, die sich zwar nicht mit *tamales* abgab wie die Übrigen, sich jedoch in einiger Entfernung die Fingernägel *rouge fatal* lackierte und ihm, genau wie die anderen, den Schwall ihres Gelächters brühheiß ins Gesicht goss.

»Komm mal her, mein Süßer«, forderte Machuca ihn auf und drückte sein Gesicht an ihren weichen, noch von Heiterkeit geschüttelten Busen. »Dieser Junge ist sein Gewicht in Gold wert!«

»Mein Junge mit den prächtig gebogenen Wimpern«, sagte Olguita zu ihm und küsste ihn auf beide Augen. »Wenn du groß bist, wirst du ein angesehener Herr sein, gottlob!«

Todos los Santos, die als Erste wieder die Fassung gewann, sammelte die Münzen vom Tisch und steckte sie in eine Papiertüte, dann ging sie an den Schubkasten mit ihren Ersparnissen und legte ein paar weitere Geldstücke dazu.

»Hier«, sagte sie zu Sacramento und hielt ihm die Tüte hin. »Geh mit dem Mädchen ins Kino. Kauft euch Schokolade und Zuckerwatte. Dafür reicht dein Geld, und es bleibt sogar etwas übrig.«

Sie gingen zusammen ins Teatro Patria und sahen einen Cowboyfilm, in dem ein furioser John Wayne keine Rothaut am Leben ließ. Doch als sie wieder bei Todos los Santos angelangt waren, sagte Sacramento, er wolle nicht mit hineingehen und bestand darauf, sich vor der Tür von ihr zu verabschieden.

»Ich gehe weg von Tora, Mädchen«, teilte er ihr mit. »Ich will *petrolero* werden. Dann werde ich braun gebrannt und haarig mit einem Haufen Geld zurückkommen, und die *mujeres* von La Catunga werden sich nie wieder über mich lustig machen.«

»Einverstanden«, sagte das Mädchen, »wir gehen wohl ganz weit weg. Ich werde auch *petrolero,* und wir würden mit unseren Pferden in den Urwald reiten und ...«

»Genug mit diesen albernen Spielen. Diesmal ist es ernst. Adiós.«

Das Mädchen blieb wie angewurzelt in der Abenddämmerung stehen, die sich diesmal ohne Glanz und Gloria um eine von grauen und braunen Wolken verdeckte Sonne ausbreitete, und beobachtete, wie sich Sacramentos kleine Gestalt am Maschendrahtzaun der Tropical Oil Company entfernte, bis zu der Stelle, wo der Weg vom Gestrüpp verschluckt wurde, dort, wo die Stadt zu Ende war und der Urwald von Carare-Opón begann.

»Adiós, mein Bruder. Ich hoffe, dass du reich und mächtig wiederkommst!«, rief sie ihm winkend hinterher, und es war das erste von vielen Malen, dass er sie ohne die geringste Spur von Traurigkeit in der Stimme Abschied nehmen hörte.

Fünf

Das Mädchen wurde an jenem Tag, als Sacramento in der bewölkten Abenddämmerung davonging, erwachsen. Aufgrund des Namens, den ihr die Frauen verliehen hatten, wurde sie nie wieder das Mädchen genannt, sondern stets Sayonara. Auch wurde sie nie wieder bei den Straßenkämpfen der Nachbarskinder gesehen, und wenn sie von Zeit zu Zeit die Schatzkiste öffnete, dann nur, um sich mit Schmuck zu behängen und im Spiegel zu betrachten.

»Der Spiegel, andauernd siehst du in den Spiegel«, warf Todos los Santos Sayonara vor, die sie abwesend und in sich gekehrt fand, als wäre sie es, die Tora verlassen hatte. »Vom Spiegel lass dir gesagt sein, dass ihm nicht zu trauen ist, weil Eitelkeit und Betrug darin wohnen, zwei gierige Wesen, die das, was sie spiegeln, mit Haut und Haar verschlingen. Wer viel in den Spiegel sieht, ist viel allein.«

Nicht einmal ihrem Freund Jesus schenkte sie mehr Beachtung, und auch nicht der Hündin Aspirina, die sie sehnsüchtig überallhin verfolgte, ebenso wenig den Hofgesprächen der Frauen, denen sie als Kind hypnotisiert gelauscht hatte, ohne sich ein Wort entgehen zu lassen.

»›Ssst, Kind! Geh spielen, Erwachsenenleid gehört nicht in zarte Kinderohren‹, so mussten wir sie wegscheuchen, bis die Zeit kam, als sie sich nicht einmal mehr auf unser Drängen hin zu uns gesellte.«

Eines schönen Maitages erreichte ihre Abwesenheit solch ein Ausmaß, dass sie den Hausschweinen statt Kartoffelschalen die Rosenblätter vorwarf, die schon für die erwartete Madonnenprozession bereitlagen.

»Das ist es, was man Perlen vor die Säue werfen nennt«, verspotteten die anderen sie. »Wenn du so weitermachst, wirfst du am Ende der Jungfrau María noch Kartoffelschalen hin.«

Allein ihr Haar schien ihr in jener abgekapselten Zeit der Adoleszenz Gesellschaft zu leisten, und sie brachte ganze Tage damit zu, es mit den Zinken ihres Kammes zum Glänzen zu bringen und nach allen Regeln der Kunst zu frisieren; mal wirr, mal nach Art der Revoluzzer, mal wie eine Meduse, mal wie ein Lumpensammler, mal wie Policarpa Salvarrieta oder wie die im Brunnen ertrunkene Ophelia, je nachdem, welche Gestalten in Machucas Geschichten vorkamen.

»Wenn sie es striegelte, schnurrte ihr Haar vor Dankbarkeit wie eine Katze«, meint Olga sich zu entsinnen.

Manchmal stahl sie eine Zigarette und rauchte sie vorm Spiegel; dabei sog sie den Rauch ganz tief ein und übte mit langsamen Gesten, wie man auf vornehme Art ein Streichholz entzündete oder den Rauch ausstieß, wie man im engen Rock ging oder sich hinsetzte und die Beine übereinander schlug.

»Wovon träumst du, Mädchen?«

»Von einer Elefantenherde, die mir gehört, und vom Schnee. Ich hätte gern einen Vater, der König ist, dann könnte ich in den Sälen seines Schlosses herumschlendern und Zigaretten rauchen.«

Eines regnerischen Tages verkündete Todos los Santos ihr, dass es nun Zeit sei, mit der Arbeit zu beginnen, Señor Manrique sei bereits verständigt, und man habe ihm erzählt, dass es sich um eine kürzlich aus Japan eingetroffene junge Dame handele, die des Spanischen nicht mächtig sei, worauf er sich mit allem einverstanden erklärte. Das Mädchen Sayonara sagte nur, gut und in Ordnung, und Todos los Santos machte sich an die Arbeit, das passende Kostüm für das Handwerk der Liebe zusammenzustellen, das *amor de café* genannt wird und sich im Wesentlichen aus Illusionen, Effekten und Täuschungen speist.

»Hatte Señor Manrique das Mädchen denn noch nie gesehen?«, frage ich.

»Doch, sogar recht oft. Aber ebenso wie viele Erwachsene Kinder anschauen, ohne sie wirklich zu sehen. Er hatte sie umherspringen sehen und sie nie richtig wahrgenommen.«

Der Name, der erste Freier und das Datum standen fest, und das Mädchen wartete nur noch darauf, äußerlich in eine Sayonara verwandelt zu werden, in eine echte Japanerin, vielmehr, in eine falsche Japanerin, die jedoch authentischer sein sollte als die echten. In einem allgemein als »Klein-Paris« bekannten Kramladen kaufte die *madrina* ihr einen schwarzen Satinrock, röhrenförmig und so tief geschlitzt, dass der halbe Oberschenkel darin zum Vorschein kam. Anschließend ging sie, im Schatten eines Sonnenschirms, die Calle Caliente zwanzig Meter weiter hinunter zum Libanesischen Basar.

»Kannst du mir mal diese japanische Bluse zeigen?«, bat sie den Türken Chalela und wies auf ein rotes, hinten mit einem goldenen Drachen besticktes Seidenoberteil, das eine Modepuppe zierte.

»Die Bluse ist aus China, nicht aus Japan«, belehrte sie Chalela.

»Wo ist da der Unterschied?«

»Die Japaner haben den Krieg verloren.«

»Schlecht für sie ...«

»Schlecht.«

»Aber so schlecht auch wieder nicht. Dann tausch die Bluse um und gib sie mir in einer anderen Farbe.«

»Ich habe sie nur noch in Rot und in Weiß.«

»Dann hätte ich sie gern in Weiß.«

»Die Weiße ist aber auch aus China ...«

»Ja, aber sie ist wenigstens nicht so aufdringlich. Oder würdest du etwa Knallrot tragen, wenn dein Land den Krieg verloren hätte?«

»Ah, so«, sagte Chalela und packte ihr die Bluse ein, ohne dass er ein Wort verstanden hatte.

Sie kämmten dem Mädchen das Haar zurück und fassten es in einem Pferdeschwanz zusammen, und zwar so straff, dass ihr die Tränen in die Augen traten.

»Ein bisschen lockerer, *madrina*«, bat das Mädchen.

»Das geht nicht, weil wir dir so die Augen lang ziehen, damit du aussiehst wie eine Asiatin.«

Tana steuerte als Leihgabe zum Kostüm ein Paar Perlenohrringe bei. Dann befestigten sie ordnungsgemäß die violette Glühbirne, die Sayonara als Angehörige Nippons kennzeichnete, und Olguita trug ein Reliquienkästchen mit den Knochenkrümeln eines Märtyrers herbei, von dem sie versicherte, es würde die Frauen beim ersten Mal beschützen.

»Es hat schon andere Male gegeben«, bemerkte das Mädchen, das bisher noch nie eine Silbe darüber verloren hatte.

»Macht nichts, behalte die Reliquie trotzdem. Sie wird dich beschützen«, erwiderte Olga, die vor ihr auf den Knien lag und ihr den Rocksaum begradigte.

Als Señor Manrique schon vor der Tür stand und sich die Köstlichkeiten ausmalte, die jenes Stelldichein ihm versprach, nahm Todos los Santos ihren Lehrling rasch zur Seite, um ihr einen allerletzten Rat zu erteilen.

»Lass dich nie, niemals davon beeindrucken, dass dir ein Freier die Ehe anbietet. Vergiss nicht, dass das Glück im *amor de café* und das häusliche Glück zwei Paar Schuhe sind. Señor Manriquito, das hier ist meine Ziehtochter. Ich überlasse sie Ihnen zu treuen Händen«, verkündete sie dann. »Tochter, ich stelle dir Herrn Manrique vor, sei lieb zu ihm, er ist ein feiner Mensch.«

Und als der Alte mit dem schweigsamen schlanken Mädchen, das man in seine Obhut gegeben hatte, allein war, weckten die betörenden dunklen Augen und die hohen Wangenknochen ein solches Fernweh in ihm, und das warme Wohlbefinden in der Nähe ihrer nach Apfel und Zimt duftenden Haut war so groß, dass er nicht anders konnte, als ihr die Ehe anzubieten.

»Nein danke«, erwiderte sie mit der seidigen Stimme, der höflichen Zurückhaltung und dem klaren Urteilsvermögen, wie man sie ihr beigebracht hatte.

Todos los Santos verbrachte jene Nacht in ihrer Küche. Doch noch vor dem Morgengrauen drang sie ins Schlafzimmer ein und bahnte sich einen Weg durch die von Intimität schwangere Raumluft. Sayonara war verschwunden, Señor Manrique hingegen lag nackt da, weich und weiß wie Quark, und nach der Befriedigung seiner Träume selig schlummernd. Der ewigblaue Anzug erwartete ihn, sorgfältig über einen Stuhl gebreitet, steif und wohl geglättet, um dem Besitzer beim Anziehen sein menschliches Format zurückzugeben. Die *madrina* inspizierte leise das Zimmer, dann fegte sie wie eine Furie in den Patio hinaus und rief aus voller Kehle nach Sayonara. Diese stand, ihrer Verkleidung einer Göttin längst entledigt, mit bloßen Füßen und wirrem Haar im Schweinepferch und warf den Tieren aus einem Kübel Futter hin.

»Sayonara, komm sofort hierher!«

»Ja, *madrina.*«

»Wo ist der Füllfederhalter?«

»Welcher Füllfederhalter?«

»Welcher wohl. Der goldene Füllfederhalter von Señor Manrique ...«

»Keine Ahnung.«

»Er hat ihn immer im Jackett stecken, und jetzt ist er weg.«

»Dann hat er ihn wahrscheinlich verloren. Ich weiß es auch nicht.«

»Jetzt hör mir mal gut zu. Seit fünfzehn Jahren kommt Señor Manrique mit seinem goldenen Füller nach La Catunga, seit fünfzehn Jahren schläft er in irgendeinem Haus, seit fünfzehn Jahren geht er wieder, ohne jemals irgendetwas verloren zu haben. Du gehst sofort ins Haus und steckst, ohne ihn zu wecken, den Füller an den Platz zurück, wo du ihn hergeholt hast! Hure ist ein Beruf, aber eine hinterhältige Hure ist eine Sauerei. Wenn es mir nicht gelingt, dir das beizubringen, dann habe ich mit dir meine Zeit verschwendet.«

Als es dann Tag war, die Radios plärrten und die Temperatur bereits ihren Höchststand erreicht hatte, als ein am Waschbecken verjüngter Señor Manriquito Todos los Santos den vereinbarten Preis bezahlte und ihr zum Abschied einen Handkuss auf die Fingerspitzen stempelte, strahlte seine Miene eine nie gesehene, runde Zufriedenheit aus wie eine wohlverdiente Medaille.

»Sie sehen heute wirklich blendend aus, Señor«, sagte sie, um die Lage zu sondieren.

»Ohne mich allzu sehr rühmen zu wollen, Gnädigste, habe ich in der aufgetragenen Mission heute Nacht ganze Arbeit geleistet und glaube, dass meine Bemühungen als Initiator und Lehrer der Liebe nicht erfolglos waren.

Selbstverständlich erwarte ich nicht, dass sich eine so junge Dame in mich verliebt …«

»Ich verstehe, Señor.«

»Daher erübrigt es sich, Ihnen zu sagen, dass ich mir nicht allzu große Hoffnungen mache. Wie dem auch sei, immerhin, und das wissen Sie freilich noch viel besser als ich, vergisst eine Frau niemals den ersten Mann und wird jeden, der nach ihm kommt, an ihm messen …«

»Ganz recht, mein Lieber, ganz recht«, sagte sie nachsichtig. »Ganz recht.«

Jeder hat seinen eigenen Dünkel und klammert sich an seine Illusionen, so gut er kann, dachte Todos los Santos, als sie Manrique, mit jungfräulichem Vertrauen, in seinem dezenten blauen Anzug die Straße zum »Platz des Geköpften« hinuntergehen sah, während der goldene Füllfederhalter in der linken Innentasche seines Jacketts steckte, als wäre nichts geschehen.

Sechs

Heute besuche ich Todos los Santos in ihrem Schlafzimmer, weil sie sich krank fühlt und seit vorgestern das Bett hütet. Es ist merkwürdig, sie so vorzufinden, dem Alter ergeben, eingesunken in ihre vielen Kissen und die Decke bis zur Nase hochgezogen, obwohl uns die Hitze fast umbringt. Sie empfängt mich zum ersten Mal unfrisiert, ohne Ohrschmuck und ohne den sonst üblichen Appetit auf Cigalias und *mistelas*.

»Ich mag nicht mehr umherlaufen und nichts als Schatten sehen«, antwortet sie mir, als ich sie frage, weshalb sie nicht aufgestanden sei. Dann nimmt sie meine Hand, legt sie über ihre müden Augen und versichert mir, wie gut ihr das tue und dass sie eine angenehme Kühle verspüre.

»Sind denn viele Frauen aus Hunger zu diesem Handwerk gekommen?«, frage ich sie, nachdem wir uns lange über Gott und die Welt unterhalten haben. Sie überlegt.

»Viele nicht, eigentlich waren es nur wenige.«

Sie schweigt eine Weile und scheint mich vergessen zu haben, dann greift sie das Thema wieder auf.

»Meistens die Indias. Ich habe etliche *pipatonas* aus Hunger zu *putas* werden sehen. Der Beweis: Sobald sie genug zu essen hatten, sind sie wieder verschwunden und zu ihren Leuten zurückgegangen. Wir anderen konnten nie mehr zurück, weil wir für unsere Familien so gut wie tot waren. Bei den Indios ist das anscheinend anders. Vielleicht hatten ihnen die Missionare nie etwas von der Sünde erzählt. Oder sie haben anders gesündigt als wir, wer weiß. Es war jedenfalls nicht dasselbe. Sie hatten auch andere Gründe als wir, dieses Leben zu führen. Wenn uns nur der Hunger getrieben hätte, dann könnten wir es genauso machen wie sie, Geld verdienen und wieder gehen, Geld ausgeben und wieder zurückkommen, dann wieder gehen und uns auf diese Art über Wasser halten. Aber unsere Gründe sind langfristiger; so langfristig, dass sie für ein ganzes Leben gelten, einfach weil es für uns, wenn wir einmal zur *puta* geworden sind, kein Zurück mehr gibt. Wie für die Nonnen. Wenn eine Frau erst einmal in dieses Leben eingestiegen ist, dann ist sie dazu verdammt bis zum bitteren Ende, auch wenn das Ding, das den Männern zwischen den Beinen baumelt, sie längst nicht mehr interessiert.«

»Was meinen Sie mit langfristigen Gründen?«

»Sehen Sie, zum Beispiel Correcaminos«, antwortet sie mir und bringt das Gespräch, um nicht von sich sprechen zu müssen, auf eine andere, wie ich es schon häufiger bei ihr beobachtet habe. »Correcaminos ist es so ergangen wie vielen von uns. Innerhalb von vierundzwanzig Stunden wurde sie von der Jungfrau zur *puta*. Sie war eine anständige Analphabetin aus einem armen Elternhaus, die eines Tages ihre Jungfräulichkeit verlor, schwanger und zur Schande der Familie wurde. Du bist es nicht mehr wert, meine Tochter zu heißen, verurteilte der streng katholische Vater sie, und im nächsten Moment stand sie mutterseelenallein auf der Straße, mit dem Kind im Leib, ohne Dach über dem Kopf und ohne eine Chance für Vergebung oder Rückkehr. Alles, was ihr gehört hatte, war auf einmal weg: Vater, Mutter, Geschwister, ein Wohnviertel, Freundinnen, das Brot auf dem Tisch, die Sonne am Morgen und der Regen am Nachmittag.«

»Können Sie sich das vorstellen?«, empört sich Olga, die zuhört, während sie die Petersilie für die Kompresse der chronisch kranken Fideo hackt, die im Hintergrund in einer Hängematte liegt. »Mit diesem einen Satz haben sie ihr und dem Kind alles weggenommen: Du bist es nicht mehr wert, meine Tochter zu heißen. Das ist wie ein Bann, ein böser Fluch, einmal Abrakadabra gesagt, und alles ist aus, restlos und für alle Zeiten. Einfach aus und vorbei.«

»Ihr diese Gemeinheit anzutun, als der eigene Vater!«

»Die Delia Ramos ist von ihrem Stiefvater vergewaltigt worden, und als die Mutter es mitbekommen hat, ist sie so eifersüchtig geworden, dass sie es an der Tochter ausgelassen hat und sie aus dem Haus warf«, ruft die Fideo von ihrer Hängematte aus, nachdem sie mitbekommen hat, dass wir über Schicksalsschläge reden.

»Als wir sie danach gefragt haben, hat sie es natürlich abgestritten. Sie wollte sich keine Blöße geben und hat es niemandem erzählt. Der Alte konnte sich nicht einmal daran erinnern, was er getan hatte, während Delia Ramos sich vor Schuldgefühlen und Reue verzehrte. Ich weiß das, weil ihre Schwester es mir erzählt hat, eine gewisse Melones, die auch in unserem Gewerbe arbeitete, aber nicht hier in Tora, sondern in San Vicente Chucurí: ›Sie ist damals zerquetscht worden, als die beiden Busse auf der Autobahn Libertadores zusammengestoßen sind‹«, mischt Olguita sich mit ihrer bekannten Liebe zum Detail ein. »Könnt ihr euch an diesen schrecklichen Unfall erinnern? Delia Ramos musste hin, um die Leiche zu identifizieren, und als sie wiederkam, hat sie erzählt, sie hätte ihre Schwester durch eine Brandnarbe an der Wade erkannt, die sie sich mal mit kochendem Epilierwachs zugezogen hatte.«

Die drei fallen sich gegenseitig ins Wort, als sie das Unglück von Melones in ihrer Erinnerung wachrufen, und ich überlege mir, dass Delia Ramos und Correcaminos wahrscheinlich nicht allzu viele Wege haben gehen müssen, um nach ihrem Rausschmiss in La Catunga zu landen. Wahrscheinlich hat sogar ein Schritt gereicht, denn La Catunga ist überall und gleich um die Ecke, und die Entfernung vom Taufnamen Rosalba oder Anita zum Decknamen Soundso besteht nur aus einem Wort.

»Wenn dir niemand mehr die Hand reichen will, empfängt Mutter Prostitution dich mit offenen Armen«, sagt Olguita, »obwohl sie dich danach mit Haut und Haar auffrisst und sich alles wieder zurückholt.«

»Zwei Seiten derselben Medaille«, denke ich laut, »Heilige und Hure. Ehre und Schande.«

»So ist es, zwei Seiten von haargenau derselben Münze. Der Teufel wirft sie in die Luft, und dann mal sehen, welche dich trifft.«

»Hat denn der Vater Correcaminos je verziehen? Oder die Mutter Delia Ramos?«

»Weder ihr noch einer anderen«, schreit die Fideo aus dem Hintergrund. »Von da nach hier führt ein Weg, aber von hier nach da sind alle Brücken abgebrochen.«

»Alle«, fügt Olga hinzu, »nur die Brücke der Erinnerung nicht.«

Ich habe Todos los Santos dazu überredet, aufzustehen und draußen ein Stück mit mir spazieren zu gehen, und während ich so bei ihr untergehakt dahinschlendere, wird der Fluss allmählich rot, und die darüber hinwegsegelnden Reiher streifen mit den Flügeln das funkelnde Wasser. Die kurzfristige Auffrischung durch eine Gebirgsbrise lässt abrupt nach, was die Hitze ausnutzt, um von neuem drückend auf uns niederzubrennen.

»Der Fluss ist schamrot, nicht wahr?«, fragt Todos los Santos. »Die Hitze ist da, weil der Fluss rot angelaufen ist.«

»Und aus Spaß«, frage ich weiter, »ich meine, gibt es auch Frauen, die das Handwerk ergreifen, weil sie Lust dazu haben?«

Todos los Santos fängt an zu lachen, auf dieselbe Art, wie sie alle es tun, wenn sie wirklich amüsiert sind: Sie wirft den Kopf in den Nacken und schlägt sich mit der flachen Hand auf die Schenkel.

»Unser Handwerk hat auch einiges an Entschädigungen zu bieten«, sagt sie, »das stimmt. Mal wird gesungen und mal geweint, wie überall, und trotzdem, wie soll ich sagen, haben die Mädchen hier mehr Gelegenheiten, fröhlich zu sein als, na ja, sagen wir mal, als ein Zahnarzt. Oder ein Schlosser, nur so zum Beispiel.«

»Das stimmt, bei Gott«, bestätigt die hinter uns herhumpelnde Olguita vergnügt.

Sieben

Das äußerliche Leben besteht aus weißen und schwarzen Zeremonien, die sich auseinander ergeben und unvermeidlich eine Kette bilden. Während die unkomplizierte Begegnung mit Señor Manrique an Sayonara vorüberzog, ohne einen Schaden bei ihr zu hinterlassen, musste Todos los Santos sie am darauf folgenden Dienstag in die düstere Zeremonie einer bösen Routine einweihen. Das Gesetz verlangte es nämlich, dass sich die Prostituierten von La Catunga, jeden Dienstagmorgen, Woche für Woche, im Stadtzentrum einfanden und in der Calle del Comercio vor der Seuchenambulanz darauf warteten, dass ihr Gesundheitspass verlängert wurde.

»Es war der einzige Tag«, erzählt Todos los Santos mir, »an dem sie respektlos zu uns waren und uns als Huren behandelten.«

»Wieso brauchen wir einen Pass, *madrina?*«, fragte das Mädchen Sayonara, das hinter der *madrina* hertrottete, ohne diese einholen zu können.

»Damit die Regierung uns arbeiten lässt. Den verlangen sie von allen, die in La Catunga einen Rock tragen, sogar von den Nonnen. Und die Kranken werden nicht behandelt, sondern müssen für den Gesundheitsvermerk das Doppelte bezahlen.«

»Wieso das, *madrina?*«

»Weil die von der Regierung die fünfzig Pesos, die alle für den Stempel zahlen müssen, in die eigene Tasche stecken.«

»Aber wenn sie uns bestehlen, wieso gehen wir dann hin?«

»Damit sie uns in Ruhe lassen.«

»Und was passiert, wenn wir den Pass nicht haben ...?«

»Dann prügeln sie uns mit ihren Gewehrkolben ins Kittchen.«

Sie trafen auf die anderen Frauen, die in der heißen Morgensonne so grau und verdrießlich dastanden, als hätten sie Asche verschluckt, und eine lange Schlange bildeten. Der kollektive Unmut erstickte jede Unterhaltung im Keim, und Sayonara merkte, dass es besser war, mit den Fragen aufzuhören, weil sich Schlimmes oft noch verschlimmert, wenn man es in Worte fasst. Da waren sie alle: Yvonne, hoch aufragend auf ihren knallroten Stöckelschuhen; Ciaire, sterbensschön; Analia, die hin und wieder verstohlen ein Schlückchen aus einer schlecht versteckten Wodkaflasche nahm; die *pipatonas* mit ihren Babys an der Brust; Olga mit den kümmerlichen Beinen im Panzer ihrer orthopädischen Schienen. In einer Reihe standen sie an der Mauer, alle gleich in den Augen der korrupten Beamten, ohne den Statusvorteil einer Glühbirne oder einer Nationalität, ohne Tarifunterschiede und keine Hautfarbe besser als die andere. Dienstags war die Würde einer jeden genau fünfzig Pesos wert, nicht mehr und nicht weniger.

»Wer sich angesteckt hatte, bekam Kreuzchen in den Pass gemalt, eins oder mehrere, je nach Schweregrad; manche hatten so viele, dass der Ausweis wie ein Friedhof aussah«, erzählt mir Todos los Santos. Ein Kreuz bedeutete dünnes Blut; zwei verseuchtes Blut; drei geschwollenes Fleisch; vier unheilbares Stadium.

»Hosen runter!«

Männer in weißen Kitteln gaben Befehle, während Sayonara von Angst gepackt wurde und sich in ihrem Schoß ein Vorgefühl von eisigen Zangen ausbreitete. Gleichzeitig wurde ihr vom dichten Dunst des Desinfektionsmittels übel.

»Es riecht wie im Zirkus, *madrina.*«

»Das hier ist ein Zirkus, und wir sind die Clowns.«

»Hierher zur Genitaluntersuchung«, befahl ein Arzt bedenklicher Qualifikation mit einer groben Erscheinung und einem so schmutzigen Kittel, dass er nicht wie ein Arzt, sondern wie ein Klempner aussah.

Den Befehl wie ein eingeschüchtertes Tierchen befolgend, legte sich das Mädchen auf die gynäkologische Liege und bebte am ganzen Leib.

»Halte durch, Kind«, ermutigte Todos los Santos sie. »Denk an die heilige Cata, die, ohne zu murren, das gezähnte Rad ertragen hat.«

»Welch ein Trost, *madrina.*«

Der Mann im Schmutzkittel untersuchte sie mit der Zigarette im Mundwinkel und ohne jedes Interesse vor den Augen aller, indem er noch nicht einmal die Unterhaltung über die Rechtmäßigkeit der Wahlen mit seinem großen, schlaksigen Kollegen unterbrach, der auch nicht wie ein Arzt aussah, nicht einmal wie ein Klempner, sondern wie eine Giraffe im Zoo.

Als er mit dem Mädchen fertig war, ging der Mann zu einem Schreibtisch, versah einen Ausweis aus rosa Karton mit Stempel und Unterschrift, warf die fünfzig Pesos in die Schublade und brüllte, ohne sich die Hände zu waschen:

»Die Nächste!«

Todos los Santos versuchte Haltung zu bewahren, als sie auf die Liege stieg, aber sie verfing sich in ihren Unterröcken, begann zu husten, und ein Bein wollte nicht, wie es sollte, sodass sie nur einen Teilerfolg erzielte und mit dem Oberkörper quer über die Pritsche zum Liegen kam, derweil die andere Hälfte ihr den Dienst versagte und schwer und grotesk hängen blieb, worauf sie, ihrer fehlenden Gelenkigkeit wegen in Bedrängnis geraten, anfing sich zu entschuldigen und erklärte, sie sei in jungen Jahren schlanker gewesen.

»Wird's bald?«, fragte der Mann. »Ich hab noch mehr zu tun.«

»Sehen Sie denn nicht, dass die Señora nicht kann?«, sagte Sayonara, und aus ihrer Angst wurde Wut.

»Rauf mit Ihnen und die Beine öffnen.«

»Sie wird nicht raufgehen und auch nicht die Beine öffnen, Sie blöder Scheißkerl!«, spie Sayonara ihm mitten ins Gesicht; dann nahm sie Todos los Santos am Arm und zog sie mit sich.

»Mach hier keinen Aufstand, Kind, dann kriege ich meinen Stempel nicht«, protestierte die *madrina,* die ihre Handtasche noch nicht zurück hatte und sich auch die Frisur, die Strümpfe und Röcke noch nicht gerichtet hatte.

»Sie soll mich ruhig beschimpfen, Doña«, sagte der Arzt so laut, dass die anderen ihn draußen hören konnten. »Nächstes Mal muss dieser Rotzlöffel mir einen lecken, bevor ich ihr den Gefallen tue, den Gesundheitspass zu verlängern.«

»Da hast du selber was zum Lecken!«, mischte sich eine Frau aus Cali ein, die gerade eine Mango aß und mit dem Kern nach ihm warf, sodass er genau am Auge getroffen wurde. Dann fing sie laut und kehlig an zu lachen. Die anderen horchten auf und fielen nach und nach ein, zuerst verhalten, dann ungehemmter, bis sich das schulmädchenhafte Gekicher zu einem Gejohle meuternder

Huren gesteigert hatte, während die Ärzte mit Schimpfwörtern, Abfall und Steinen bombardiert wurden und es gerade noch rechtzeitig schafften, die Tür zu schließen, um vor der Revolte in Deckung zu gehen.

»Nieder mit dem Zuhälterstaat!«

»Nieder!«

Etwas abseits, aus einem Winkel sah Todos los Santos dem Ganzen mit ausgedörrten Augen zu, Augen die das alles schon einmal erlebt hatten, und nahm nur die Neuheit nebensächlicher Details wahr: den Farbhauch der Erregung auf Claires durchsichtigen Wangen, Yvonnes Geschicklichkeit beim Rennen auf den hochhackigen roten Schuhen, die Panik der *pipatonas,* als sie kampflos aufgaben und wie gejagtes Damwild mit ihren Kindern auseinander stoben. Aber sie beobachtete vor allem die Verwandlung ihrer Ziehtochter, die in der vordersten Schusslinie stand und mit gesträubtem Haar brüllte wie ein Raubtier aus den Bergen, um später mit einer teuflischen Behändigkeit über die Dächer auf das Vordach zu klettern und von oben anzugreifen.

»Als ich sie so sah«, erzählt sie mir, »habe ich bei mir gedacht: Es ist vielleicht besser, wenn ich nie etwas über die Vergangenheit dieser Wilden erfahre und nie weiß, aus welcher Kreuzung diese Zähigkeit und dieser Zorn entstanden sind.«

»Gauner! Blutsauger!«

Delia Ramos führte, vor Wut schäumend und mit dem Gebrüll einer Walküre, den Kampf an, während ein Mädchen von der Küste, La Costeña, die sie ›Die von der Küste‹ nannten, die Gartenmauer erklommen hatte und eine flammende Rede hielt.

»Nutten, Hurenpack!«, brüllten die Belagerten zurück. »Syphilitische Ekelweiber!«

»Da, für alle unsere Kameradinnen, die ihr in diesem Loch missbraucht und vergewaltigt habt!«, schmetterte Analia im Wodkarausch und schleuderte die leere Flasche ins Fenster der Ambulanz, sodass das Glas splitterte.

»Stinkende Tripperinnen!«, antworteten die Verschanzten.

»Tod den korrupten Beamten!«

»Nieder mit dem Zuhälterstaat!«

»Tod!«

Eine Orange flog im hohen Bogen durch das kaputte Fenster, prallte gelb und saftig gegen ein Regal, und alle Arzneiflaschen fielen zu Boden. Im nächsten Augenblick krachte mit einem klirrenden Getöse das Dach herunter.

»Sie werden uns bei lebendigem Leib verbrennen!«, heulten die eingeschlossenen Ärzte auf, als ein Regen aus brennenden Papier- und Lumpenfetzen auf sie niederging, die ihnen Sayonara, Feuerengel und junge Katze auf dem heißen Blechdach, auf die Köpfe segeln ließ, worauf der vergossene Alkohol aufflammte und alles in Brand setzte. Todos los Santos sah in ihrem Winkel ein Rauchfähnchen aufsteigen, harmlos und bleich, und beobachtete, wie es schwärzer wurde und sich bauschte, bis es die Form eines *cumulus nimbus* hatte. Sie sah auch die ersten Flammen auf der Suche nach Nahrung lang und lechzend herauszüngeln und die letzten Gläser eins nach dem anderen in der Hitze zerplatzen und in einem irren Freudentanz mit durchsichtigen Messern die Luft zerschneiden.

Und sie sah nicht zuletzt verblüfft, als begegnete sie einer Auferstandenen, ihr Mädchen wie gebannt über dem großen Feuer stehen und vom Schauspiel seiner wachsenden Kraft entzückt hineinschauen, ohne seinem Wellenschlag auszuweichen oder die Hitze wahrzunehmen, die allmählich die Stangen des Vordachs erreichte, auf dem sie sich, wie vom Himmel an unsichtbaren Schnüren geführt, unbewusst im Gleichgewicht hielt.

Etwas Irrationales, Herausforderndes lag in der Art, wie das Mädchen der Bedrohung trotzte, und plötzlich durchfuhr Todos los Santos die Erkenntnis, dass die Ziehtochter sich nicht aus ihrer Trance lösen konnte, die sie binnen kurzem mit ihren flammenden Armen umschließen würde, oder schlimmer noch: nicht lösen wollte.

»Nieder mit dem Zuhälterstaat!«, riefen die *mujeres* in fiebrig-feuriger Erregung.

»Nieder!«

»Alle Blutsauger raus aus Tora!«

»Raus!«

Halb erstickt vom Rauch kamen die belagerten Ärzte mit geröteten, tränenden Augen und erhobenen Armen wie verrenkte Marionetten genau in dem Moment heraus, um sich zu ergeben, als am Ende der Straße bewaffnete Männer in Olivgrün auftauchten und sich schnell näherten.

»Die Bullen kommen!« Eine stieß den Warnruf aus, und die Aufständischen stoben in alle Richtungen auseinander und ließen den Platz menschenleer zurück.

»Da kommt die Bullerei!«

»Tod den korrupten Beamten!«

»Tod der Armee, die sie deckt!«

»Alle Hurensöhne, die die *mujeres* von Tora ausbeuten, sollen auf der Stelle tot umfallen!«

Todos los Santos war als Einzige auf dem Platz verblieben. Ohne zu zögern durchquerte sie die dichte Stille, die die Luft elektrisierte wie Disteln und Schweinestacheln, und näherte sich der Ambulanz, so weit es die Drohgebärden der bereits aus Tür- und Fensteröffnungen leckenden Flammen zuließen. Sie wusste nicht, ob es ein Zerrbild der Hitze oder eine von den Giftgasen erzeugte Halluzination war, jedenfalls sah sie, als sie aufblickte, ihre Ziehtochter so selbstverständlich durch das Feuer gehen, wie Jesus über das Wasser gegangen war, und wie im Wahn über den Abgrund tänzeln, und sie schwört, ebenfalls gesehen zu haben, wie die Rauschschwaden ihr Haar umschmeichelten und die Feuersbrunst sich vor sie legte und ihr zahm den Rocksaum küsste und die Füße leckte.

Als sie dieser Waghalsigkeit gewahr wurde und ihr die Unverfrorenheit und Unverantwortlichkeit der Göre zu Bewusstsein kamen, schlug bei Todos los Santos die Angst in Ärger um, sie wollte loswettern, das Mädchen solle auf der Stelle herunterkommen und dem Zirkus ein Ende machen, sie tat gerade den Mund auf, da wurde sie von der Stimme ihres Instinkts zurückgepfiffen.

»Mir wurde mit einem Mal klar, dass ihre Verrücktheit ihre Rettung war«, sagt sie zu mir, »und dass ich sie mit meinem Gezeter wecken würde, sodass sie herunterfallen und vom Feuer verschlungen würde, ihre Umnachtung war nämlich ihr einziger Schutz, verstehen Sie? Wenn ich losgeschrien hätte, dann wäre der Zauber zerbrochen, und das Vordach hätte mit einem Mal nachgegeben und sie in die Flammen geworfen. Ich habe sie deshalb ganz ruhig angeschaut, ohne Vorwurf, als würde ich ihren Schattentanz durch das Inferno billigen, und sie mit der liebenswürdigsten Stimme, die meine Kehle herausbringen konnte, so, in diesem Ton, ohne jeden Tadel und ohne Druck, ganz sanft und leise angesprochen und zu ihr gesagt: ›Komm, Kind, lass uns nach Hause gehen, wir sind schon spät dran.‹ Ich weiß zwar nicht wie, das dürfen Sie mich nicht fragen, aber sie hat darauf gehört. Ich weiß auch nicht wie, aber sie kletterte mit derselben Geschicklichkeit, mit der sie hochgekommen war, wieder herunter und stand schon im nächsten Augenblick neben mir auf dem Boden und drängte darauf loszurennen, damit uns die Truppe nicht zu fassen bekam.«

»Laufen Sie, *madrina!* Geben Sie mir die Hand und laufen Sie! Sehen Sie denn nicht, dass sie hinter uns her sind?«, schrie sie, als ob nichts geschehen wäre, als ob das Ganze bloß ein Kinderstreich war, als ob es den Tod nicht gäbe, ein Soldat nicht tötet, der Kummer nicht betrübt und das Feuer nicht brennt.

Zum Davonlaufen war es zu spät, weil aus der Straße, die auf den Platz führte, bereits das Getrappel von Stiefeln im Laufschritt zu hören war, das hämmernd näher kam. Doch als die Soldaten den Ort des Geschehens erreichten und die Waffen zogen, waren die einzigen Spuren vom Vorbeiziehen eines Heers Aufständischer die roten, von der fliehenden Yvonne abgeschüttelten Schuhe und die vier oder fünf Scheinärzte, die wie geprügelte Hunde dastanden und in ihrer Verstörtheit nicht recht wussten, ob sie mit ihren Mündern fluchen oder Gott für ihre Rettung danken sollten. Wo Sayonara und Todos los Santos geblieben waren? Sie fanden Unterschlupf in einem befreundeten Haus, dessen Tür sich rasch für sie auftat.

»Übrigens hat ein französischer Forscher, der in den letzten Jahren hier war, herausgefunden, dass der Staat damals mit seinen Gesundheitskontrollen und Bußgeldern mehr Geld an uns Prostituierten von Tora verdiente, als er für die Lizenzen bei der Tropical Oil Company einnahm«, ergänzt Machuca nachträglich. Und indessen versuchten die Frauen der Syphilis und Gonorrhöe mit Gebeten und lauwarmen Wickeln beizukommen, und die Kreuze in den Gesundheitspässen und auf den Friedhöfen wurden immer zahlreicher.

Acht

Einige Zeit darauf kamen die gewittrigen Regenfälle, um das Fieber des Viertels zu lindern und seine Gassen in schlammige Sturzbäche zu verwandeln. Nächtliche Blitze entluden sich fahl über den Zinkdächern, und als die Osterwoche anbrach, legte sich mit der Trübsal über den Todesgang des Gekreuzigten eine träge, traurige Stille über die Menschen. Sayonara, die sich wieder mit dem Fanatismus von einst um Jesus kümmerte, versuchte ihn mit Blumen und Kerzen aufzuheitern, brachte ihm Zigaretten und Zündhölzer und Teller mit Reis, Gläschen mit Rum und allerlei, was ihm den bevorstehenden bitteren Kelch versüßen könnte.

Am Gründonnerstag war das Himmelsgewölbe von dunklen Wolken überzogen, und die *putas* von La Catunga legten Trauerkleidung an, wie die Tradition es verlangte, sie bedeckten ihre Köpfe mit spanischen Mantillen und legten als Zeichen ihrer Demut die Schuhe ab. Die ohne Schienen sehr behinderte Olguita, die all ihres Schmucks entledigte Tana, die anämische Claire und die sinnliche Yvonne, die diesmal nüchterne Analía, die friedfertige Delia Ramos und die sich im Fluchen zurückhaltende Machuca; die Italienerinnen, La Costeña, die Indias mit ihren Trauben von Kindern und all die anderen zogen barfuß durch die schmalen Gassen der Sünde, in einer freiwilligen, vom Regen noch gesteigerten Buße.

Sie kamen aus dem Dancing Miramar und gingen beim Barbier vorbei, bei der Apotheke, bei den Billardstuben, bei den Wirtshäusern, beim Denkmal des Geköpften und beim Schlachthaus. An der Ecce Homo war die Luft aufgewühlt von Glockengeläut und der Kirchenraum angefüllt mit Lilien, der Altar war für das letzte Mahl gedeckt und die Heiligenfiguren waren in violette Gewänder gehüllt. Aber die Frauen gingen weiter.

»Sind sie nicht in die Kirche gegangen?«

»Der Pfarrer hatte ihnen den Zutritt verboten, solange sie nicht öffentlich ihrem sündigen Tun abschworen.«

»Waren sie wirklich barfuß unterwegs?«

»Barfuß und in Kreuzwegs-Trance, ohne die Beschimpfungen und den Unrat abzuwehren, mit denen die Leute sie bedachten.«

Gegen elf Uhr vormittags erreichte die schwarze Prozession ihr Ziel, das *Cine Patria,* wo für sie in einer Matinee ›Jesus von Nazareth‹ als Sondervorstellung mit Leuchtbuchstaben angekündigt und in Technicolor gezeigt wurde, und das, so findet Olga, war beinah so gut, als wäre es live.

»Heilige Handlung in weltlichem Tempel ...«, bemerke ich.

»Wir *putas* sind dazu geboren, das Glück gegen den Strich zu bürsten«, meint Todos los Santos und nickt.

Kaum lief der Gottessohn auf der Leinwand vom *Patria* hinter den Schafen her, noch bevor er zu predigen begann und lange vor seinem tragischen Ende, fingen die *mujeres* von La Catunga an zu weinen. Sie ließen dem Sturzbach ihrer Tränen freien Lauf, und der ergoss sich warm und wohltuend, salzig und süß, wie die Ströme von Meeren und Flüssen. Sie weinten, weil sie sich nicht im Stande fühlten, so viel Tod und so viel Liebe auszuhalten. Sie weinten über den Mann, der ihnen am Kreuz vergeben würde, über die Fürsorge seines Vaters Josef und über den Leidensweg seiner Mutter María. Sie weinten auch über sich selbst, über ihre Mütter, die sie so lange nicht gesehen hatten, über ihre Väter, die sie nie sehen würden, über die Kinder, die sie hatten, und über die, die sie nie würden haben dürfen, über den Kummer alleinstehender Frauen, über all die Männer, die schon gegangen waren und die noch kommen würden, über all die Sünden, die sie begangen hatten und noch begehen würden, über die Vergangenheit und die Zukunft.

Ihr Weinen ebbte erst ab, als sie die Magdalena aus Zelluloid ein ums andere Mal schwören hörten, sie habe Christus leibhaftig gesehen, glorreich auferstanden, strahlend schön und heil von Wunden. Da verließen sie das *Cine Patria* und fühlten sich erleichtert, reingewaschen von Schuld und von allen Tränen befreit, bereit, ohne Murren und ohne Widerstand ein weiteres Lebensjahr auf sich zu nehmen. Bis die Welt am nächsten Gründonnerstag wieder mit Bächen aus Regen und Tränen gereinigt und getröstet wurde.

Sayonara und Todos los Santos gingen Arm in Arm wenige Schritte hinter den anderen über die Calle del Comercio nach Hause zurück; die eine alt und die andere jung, die eine weiß und die andere schwarz, die eine Mutter und die andere Tochter, aber beide hoch erhobenen Hauptes im schwarzen Gewand, ohne sich umzusehen oder jemanden zu grüßen.

»Nutte die Mutter, Nutte die Tochter, nuttig die Decken, unter denen sie stecken«, sagten die braven Leute, als sie die beiden vorbeigehen sahen.

»Wenn die Kleine von ihr wäre«, tuschelten einige, »dann würde diese Puffmutter sie nicht auf den Strich schicken, sondern hätte sie zu den Nonnen in die Klosterschule gesteckt.«

»Zu den Nonnen?«, ruft Todos los Santos entsetzt. »Wie hätte ich sie an die Nonnen ausliefern können? Wer sind diese Señoras eigentlich, um sie besser zu erziehen als ich?«

Nachdem sie zwei Jahre zusammengelebt hatten, wusste Sayonara alles, was sie wusste, von ihrer *madrina*. Sie ahmte ihre Redensweisen nach, hatte den gleichen stolzen Blick und wie sie den Tick, barfuß zu gehen und jede Krankheit mit Petersiliensud zu behandeln. Sie hatte sogar deren eigenwillige Art sich die Zähne zu putzen übernommen, indem sie so fest schrubbte, dass die Zahnbürste nie länger als eine Woche hielt.

»Das Mädchen ist an meiner Hand groß geworden, stark und schön. In ihren Schritten erkannte ich meine eigenen Fußspuren und in ihrem Spiegelbild die Züge meiner eigenen Jugend.«

Sie lehrte sie, eine *puta* zu sein, nichts anderes, weil das der Beruf war, den sie kannte; genauso wie ein Schuster keinen Schreinerlehrling nimmt und ein Geiger niemanden zum Pianisten ausbildet.

»Was ich getan habe, habe ich aus bestem Wissen und Gewissen getan«, versichert Todos los Santos mir, »und ich bin nach wie vor davon überzeugt, dass das Leben einer *puta* so sauber sein kann wie das einer anständigen Hausfrau und so verdorben wie das einer unanständigen Hausfrau.«

Neun

Die Leute sagten, dass die *petroleros* aus allen Lagern der Erde früher oder später auf ihrem Wanderleben zwischen den Ölquellen in Infantas und den Treibstofflagern im Irak fromm und brav in den sündigen Gassen von La Catunga einkehrten, als kämen sie ein Versprechen einzulösen, weil dieser Ort Herzstück und Heiligtum des großen Erdöllabyrinths war. In La Catunga schloss sich der Kreis, dorthin kehrten sie nach jeder Umsegelung zwangsläufig wieder zurück.

»Als Junge habe ich unsichtbar in Tora gelebt und mein bescheidenes Dasein gefristet, indem ich Lasten und Personen auf meinem Karren transportierte«, sagt Sacramento. »Auf diese Weise wirst du natürlich von niemandem richtig beachtet, schon gar nicht von den *mujeres de café*, den Halbweltdamen, die den Umgang mit Ingenieuren, Unternehmern und gebildeten Leuten gewohnt sind. Deshalb bin ich weggegangen, damit ich zurückkommen und etwas vorweisen kann, was alle wollen, wenn sie weggehen.«

»Sacramento hat seine Karre verkauft und sich von dem Erlös ein Paar feste Schuhe angeschafft, dann ist er losmarschiert«, erzählt Todos los Santos.

Wohin? Darüber war er niemandem Rechenschaft schuldig. Er marschierte einfach los, folgte dem Rhythmus der umherziehenden Menge, schloss sich dem großen Pilgerstrom der Glücksucher an und kam eines Tages zur Erdöl-Förderstation von El Centro, wo die Welt in einem Dauerregen ertrank und er eine von Schauern gepeitschte und bis auf die Knochen durchweichte Menschenmenge vorfand, die ihm seine eigene Schutzlosigkeit vor Augen führte. Er traf an einem Vormittag dort ein und stellte sich unverzüglich, ohne vor dem Wettersturm zurückzuschrecken, ans Ende der Schlange vor dem Einstellungsbüro in den Regen. Nachdem er schon mehrere Stunden gewartet hatte und seine Haut unter den pitschnassen Kleidern aufgequollen war wie Reis, fasste er sich ein Herz und richtete das Wort an den jungen Mann hinter ihm.

»Ihm tropfte der Regen aus dem Haar, genau wie mir, und lief ihm in die Augen, in den Mund und in die Ohren. Ich fragte ihn: ›Ziemlich feucht hier, was?‹ Eine überflüssige Frage, die nur dazu diente, ein Gespräch anzuknüpfen, und er antwortete: ›Offensichtlich, ein Frosch im Teich ist nichts dagegen.‹ Von da an konnte die Unterhaltung ernster werden, weil das Eis zwischen uns gebrochen war, und er erzählte, er sei aus der Stadt Popayán gekommen, um hier sein Glück zu versuchen. ›Popayán? Wo zum Teufel liegt denn das?‹, fragte ich ihn, auch diesmal aus Vergnügen am Schwatz oder weil ich das Bedürfnis hatte, einen Komplizen zu finden, denn die Lage der Stadt Popayán war mir mehr oder weniger bekannt.

›Das ist am anderen Ende des Landes‹, erwiderte er.

›Tröste dich, hier gibt es sogar manche, die sind vom anderen Ende des Planeten. Ich habe Armenier getroffen, Kanadier, Juden, Griechen ...‹

›Jedenfalls musste ich drei Monate gehen, um hierher zu kommen.‹

›Alles klar, Payanés‹, habe ich zu ihm gesagt, weil man die Leute aus Popayán so nennt, und ich habe ihn all die guten Tage, die wir dicke Freunde waren, weiter so genannt, und danach auch. ›Da du ja jetzt hier bist, könntest du mir vielleicht mal den Platz freihalten, weil ich nämlich pinkeln muss‹, habe ich scherzhaft und vertraulich hinzugesetzt, wie ein schüchterner Bursche, der die Dringlichkeit seines Bedürfnisses überspielen will, dabei hatte ich ihn nur angesprochen, weil ich mir beinahe in die Hose machte, aber meinen Platz in der langen Reihe der Wartenden, die sich wie eine echte Schlange nervös aufrollte, nicht verlieren wollte.«

Um zwölf Uhr mittags gebot eine unverhofft auftauchende Sonne dem Regen Einhalt und trocknete ihnen die Kleider auf der Haut. Gegen drei Uhr nachmittags waren sie endlich an der Reihe und durften dem Einstellungschef gegenübertreten, einem Schwarzen mit der Stirn und der Haltung eines angriffslustigen Stiers.

»Hände vorzeigen!«, brüllte er sie an, und sie folgten ohne zu zögern dem Befehl. »Mädchenhände, schämt euch! Raus hier, wir brauchen keine Weiber.«

»Mit Verlaub!«, bat Sacramento vorsichtig, damit der Stier nicht auf ihn losging.

»Ja, mit Verlaub!«, wiederholte der Payanés, und dieser erste Protest schweißte sie für alle kommenden zu Komplizen zusammen.

»Ich bringe diesen Hurensohn um!«, drohte Sacramento, als die Bestie außer Hörweite war. »Ich werde ihn mit meinen eigenen Händen erwürgen, mal sehen, ob es dann immer noch Mädchenhände sind.«

»Du wirst niemanden erwürgen und schon gar nicht diesen Fettsack«, sagte der Payanés und führte ihn zu den anderen Abgewiesenen, die ihnen rieten, sich einen Job im Straßenbau zu suchen und so lange die Schippe zu schwingen, bis ihre Hände schwielig genug waren, um gestählt und besser vorbereitet zum Einstellungsbüro zurückzukehren.

Sie drangen durch einen Tunnel, den sie nur mit großer Mühe und mit Hilfe einer Machete öffnen konnten, ins gefräßige Dickicht des Urwalds von Carare ein, und wie der Biss eines gezähnten Mauls schloss sich der Dschungel wieder direkt hinter ihnen. Sie schlugen sich blind vorwärts, ertasteten sich ihren Weg, zogen sich Schrammen und Giftwunden zu, wurden angegriffen und angefaucht von sukkulenten Tieren und pelzigen Pflanzen, von deren Existenz Sacramento in seinen schlimmsten Albträumen nichts geahnt hatte, der Payanés aber nach ihrer Zugehörigkeit zum Tier-, Pflanzen- oder Mineralreich einzuordnen verstand.

»Das hier ist ein *sarrapial,* der Baum da mit den feuerroten Riesenblumen heißt Bukare, die Schreie, die du hörst, sind von einem weißgesichtigen Affen, *maicero* genannt, das hier dürften die Spuren vom *momano* sein, eine Kreuzung zwischen Mensch und Affe, der auf zwei Beinen durch den Urwald streunt; er ist hinterhältig, kaum behaart und versteckt sich vor den Menschen, weil er sich seiner Nacktheit schämt.« Wenn Sacramento ein Blatt pflückte, war es ein Insekt, wenn er nach einem Stock griff, war es eine Schlange, wenn er einen Vogel rufen hörte, dann war das ebenfalls eine Schlange: eine singende Natter.

»Ich lerne das nie«, sagte er verzagt. »Hier ist nichts, was es zu sein scheint, und alles hat die Gabe, sich in sein Gegenteil zu verwandeln. Nur eines ist hier sicher: der Heißhunger, mit dem der Dschungel einen beobachtet. Wenn man eine Sekunde nicht aufpasst, ist man ein gefressener Mann.«

Acht Tage später stießen sie, durch Feuchtigkeit und Lichtmangel schon ganz grün, schwammig und scheckig, mit verdorbenen Mägen von der vielen Amöbenbrühe und den zahllosen *corozo*-Kernen, auf den Camino de Prudencia, den der Konquistador Jiménez de Quesada einst am Río Opón gezogen hatte und den die Troco jetzt zu einer Verbindungsstraße zum Campo Escondido ausbauen wollte, weshalb sie für die Erd- und Planierarbeiten frisches Blut anwarb.

Sie kamen gegen Mitternacht an und wurden vom Zauber eines Flusses begrüßt, der in ein glänzendes Band aus reglosen Sternen verwandelt war, die sich an den Rändern aus dem Wasser lösten und in Schwärmen aufflogen.

»Die Funken, die du da siehst, sind Glühwürmchen auf der Suche nach Männchen«, sagte der Payanés.

»All das unerschöpfliche Grün, all das leuchtende Viehzeug, all die Männer, die sich paaren wollen«, sagte Sacramento. »Die Natur ist doch eine sehr verliebte Angelegenheit, *hermano.*«

Sie zogen die Schuhe aus und legten sich neben die anderen Männer unter den weiten Himmel, wobei sie die Köpfe vorsorglich auf ihre Schuhe betteten, die ein sehr begehrtes Gut auf den Wegen und Stegen ziehender Leute waren. Trotz dieser Vorsichtsmaßnahme schliefen sie mit vier Schuhen ein und wachten mit dreien auf, dem vollständigen Paar von Payanés und dem Rechten von Sacramento, worauf dieser sich mit dem verwitweten Schuh im Arm in ein Bachbett setzte und bitterlich zu weinen anfing. Er weinte aus Erschöpfung, weil er sich so verlassen fühlte und aus Verzweiflung über den nackten Fuß, der fortan den spitzen Steinen, den Larven und den Sandflöhen ausgesetzt sein würde, die durch die Fußsohle eindringen und ihre Eier unter der Hornhaut ablegen.

»Montags, mittwochs und freitags kriegst du das vollständige Paar«, tröstete der Payanés ihn und hielt ihm eine Blechdose mit heißem Kaffee hin. »Und dienstags, donnerstags und samstags kriege ich es. Zwei Sonntage im Monat du, zwei ich.«

»Montags, dienstags, mittwochs, donnerstags, freitags, samstags und sonntags«, korrigierte Sacramento ihn, »wird der erste Hurensohn, der heute Nacht nicht aufpasst, zum Hinken verurteilt sein, weil ich einen Linken stehlen werde.«

»Wieso ist denn nur einer weggekommen?«

»Das muss ein gottverdammter Einbeiniger gewesen sein.«

»Dann müssten wir ihn doch leicht finden können.«

»Vielleicht hat der Dieb auch zwei Beine und selbst einen einzelnen Schuh gestohlen bekommen?«

»Das hieße, dass hier eine Kettenreaktion in Gang gekommen ist, die selbst der liebe Gott nicht mehr zum Halten bringt.«

Sacramento und der Payanés zerbrachen sich die Köpfte darüber, welches Glück zwei Männern und drei Schuhen die Rettung bringen könnte, als ein mürrischer Alter fluchend auf sie zukam.

»Ich haue ab«, presste der zwischen den Zähnen vor, während Sacramento an seinen Füßen das schwere Stiefelpaar mit Absatz und Riemen bemerkte. »Ihr könnt meine Stelle haben, wenn ihr wollt. Behaltet sie. Lieber verhungere ich in meiner Heimat, als dass ich meine Knochen in diesem verfluchten Sumpf begrabe, in dem es von Ungeziefer nur so wimmelt. Seht nur, da läuft eins und da noch eins. Die Leute sagen, dass diese widerlichen Viecher stechen. Ich haue ab, *hermano,* bevor mich diese ekelhaften Krabbeltiere auffressen.«

»Wenn Sie sowieso gehen, wieso tun Sie mir dann nicht einen Gefallen und lassen mir Ihre Stiefel da?«, schlug

Sacramento ihm, von den Musen seiner Verzweiflung inspiriert, vor.

Der Payanés sah ihn verwundert an.

»Wie das, meine Stiefel?« Der Alte machte einen Satz nach vorn. »Hast du vielleicht tausend Pesos, die du mir dafür geben kannst?«

»Ich habe nichts, was ich Ihnen dafür geben kann, aber hören Sie nur, in welcher Lage ich bin, dann werden Sie mich verstehen: Mir ist ein Schuh abhanden gekommen, dabei braucht man hier so nötig welche. Und Sie gehen doch ohnehin nach Hause, da haben Sie womöglich noch ein zweites Paar ...«

»Und wie stellst du dir vor, soll ich nach Hause kommen? Fliegen oder was? Du Hornochse! So was hat mir in diesem Schlamassel gerade noch gefehlt: ein Trottel, der mich um Almosen bittet. Sehe ich vielleicht aus wie der liebe Gott?«

Aber Sacramento beharrte auf seinem Unsinn. Er führte alle möglichen Mitleidsgründe für sein Begehren an und schilderte in aller Ausführlichkeit sein Missgeschick, verkannte dabei jedoch, dass keine Macht dieser Welt einen Fremden dazu bewegen konnte, freiwillig und ohne jeden Gewinn, das Andenmassiv mit bloßen Füßen zu überqueren.

»Wie war das? Sie wollen uns Ihre Stelle überlassen?«, fragte der im Verhandeln geschicktere Payanés den Alten.

»Arbeit gibt es hier genug. Was fehlt, sind willige Männer. Das Einzige, was man hier braucht, sind zwei Hände, eine Schippe und die Bereitschaft, wie eine Kröte in diesen Schlamm hier zu hüpfen. Und eure Schaufeln? Wo sind eure Schaufeln?«

»Wir haben keine.«

»Nur Leute mit Schippe kriegen Arbeit.«

»Das ist ein echtes Problem, *hermano*«, sagte der Payanés zu Sacramento, während er seine rote Schirmmütze vom Kopf nahm und sich am Schädel kratzte.

»Na schön, wenn ihr wollt, verkaufe ich euch meine.«

»Wie viel wird die kosten, ich meine, mindestens und wenn man bedenkt, dass sie schon schadhaft ist ...«

Das Hin und Her der Preisgebote begann ganz oben, sank rasch auf ein mittleres Niveau und endete beim Feilschen um einen Tauschhandel – die Schaufel gegen die Schirmmütze vom Payanés, ein Pfund Kaffee und die Schaufel gegen Sacramentos Messbuch, den Kaffee gegen die Schirmmütze –, bis sich der Alte wegen der jämmerlichen Insolvenz seiner Verhandlungspartner abwandte und beschloss, einen Besserbietenden zu suchen.

»Nicht weggehen«, bat Sacramento und fasste ihn am Ärmel. »Ich gebe Ihnen meinen Schuh im Tausch gegen die Schaufel.«

»Was zum Teufel soll ich mit einem einzelnen Schuh anfangen?«

»Falls Ihnen einer von den Stiefeln wegkommt ...«

»Was für eine Schnapsidee! Wie sollte der denn wegkommen?«

»Das kommt vor, sehen Sie nur mich an. Jedenfalls wird Ihnen auf Ihrer Wanderung ein Ersatzschuh wesentlich nützlicher sein als eine kaputte Schaufel.«

Und der Alte trat seinen Heimweg mit Sacramentos Schuh im Rucksack an, während die beiden jungen Männer sich darauf einigten, ihre Ausrüstung abwechselnd zu nutzen: Wenn der eine sich ausruhte, würde der andere mit der Schippe und den Schuhen vom Payanés zur Arbeit gehen, und tags drauf würden sie tauschen.

»Sprecht mir nach: Hacke, das ist mein Vater; Schaufel, das ist meine Mutter!«, war die einzige Anweisung, die sie vom Vorarbeiter bekamen, bevor dieser einen Felsblock laut donnernd zu Schotter sprengte, dass die Affen und die Papageien zum Mond flogen.

So fingen sie an zu arbeiten und zu leiden. Sie klammerten sich an die Schaufel wie fahrende Ritter an Speer und Schild und bezwangen damit tausend Urwaldplagen, während sie am Ufer des Flusses in der Schlammbrühe eines Stauwassers standen, das so stank, dass es einem den Atem verschlug.

»Das ist das Sumpffieber«, diagnostizierte einer. »Diese verpestete Luft heißt Sumpffieber.«

»Dummes Zeug, das Sumpffieber fliegt nicht, es wird von einem Moskito übertragen«, widersprach ein anderer. »Von der Anophelesmücke. Da stechen nur die Weibchen. Sie leben sieben Tage lang und können währenddessen sieben Männer anstecken.«

»Und die werden von hundert Moskitos gestochen, die allesamt wiederum siebenhundert Männer stechen, bis am ganzen großen Río Magdalena kein einziger gesunder Mensch mehr übrig ist.«

»Und auch nicht in ganz Kolumbien.«

»Aber stechen tun sie schon«, jammerte der Payanés, und Sacramento ärgerte sich über den Satz, weil eine Unannehmlichkeit dadurch real wurde, die er bis dahin hatte ignorieren können.

»Sei still, Payanés, und rede das Unglück nicht herbei. Wenn du nicht an die Moskitos denkst, dann werden sie dich auch nicht stechen. Sie sind wie Hunde und beißen nur den, der Angst vor ihnen hat.«

Kaum waren die Worte ausgesprochen, als Sacramento auch schon die Stiche spürte, an der Wange, auf der Hand, durch den Hosendrillich hindurch in den Oberschenkel. Obwohl er sie vorher nie bemerkt hatte, sah er sie plötzlich überall: In Wolken und Bataillonen fielen sie über einen her und zwangen einen, sich bis aufs Blut zu kratzen, wichen den Schlägen ihrer Opfer aus und spotteten dem widerlichen Gestank bestimmter, von den Männern als Abwehr gegen sie gerauchter Zigaretten. Er erzählt mir, einer der vielen Stiche, die er sich in den Carare-Sümpfen zugezogen hat, habe ihn infiziert, und er behauptet sogar zu wissen, welcher.

»Ich habe gewusst, wann sich der Stachel der Anophelesmücke wie eine Injektionsspritze in meinen Nacken bohrte und mir die unersättlichen Parasiten in die Venen fütterte, damit sie in mir fortlebten und nach und nach mein Blut fraßen. Es ist doch erstaunlich, wie sich die Dinge fügen: Genau an dem Tag, an dem ich mit Malaria infiziert wurde, habe ich zum ersten Mal von ihr gehört.«

Er hörte jemanden von Sayonara erzählen, einer jungen Frau in La Catunga, welche die Männer zu lieben behaupteten, sobald sie aus den Gassen des Freudenviertels zurückkehrten. Ihr Ruhm verbreitete sich unter den wandernden Arbeitern von Mund zu Mund, die zu tausenden in der Umgebung vom Magdalena nach Lohn und Brot suchten, nach Gelegenheiten, wie sie es nannten, um eine Sammelbezeichnung für ihre Suche nach einer Zukunft, nach Liebe, nach ihrem guten Stern, nach dem Heiligen Gral, nach dem Schatz von Eldorado, dem Stein der Weisen, dem mütterlichen Erbarmen, dem Bett der Geliebten und dem schwarzen Gold zu haben. Sacramento sagt:

»Ich glaube, dass wir blind nach irgendetwas suchten, das die Suche wert war; nach einer Sache, die es sich zu finden lohnte und die uns erlauben würde, in der Stunde des Todes zu sagen: Dafür habe ich gelebt.«

Es geschah nicht selten, dass ein spontaner Wind diesem Objekt kollektiver Suche den Namen einer Frau einhauchte; dann wurde die Auserwählte rasch zur Legende, und ihre Glorie verbreitete sich überall dahin, wo Öl durch Pipelines floss. Genau das passierte mit Sayonara, der Schlanken. Sayonara, der Dunklen und Schweigsamen, der Geliebten von vielen und von keinem: Fortan kehrte kein Mann mehr aus Tora zurück, ohne dass der Funke von ihrem Glanz auf ihn übergesprungen war. Ob Wunsch oder Wahrheit, es war keiner dabei, der sich nicht rühmte, bei ihr gelegen zu haben.

»Das Einfachste kapieren wir oft zuletzt«, gesteht mir Sacramento. »Nie hätte ich mir damals vorgestellt, dass meine langhaarige Freundin aus den Bergen, meine Schwester endloser Fantasiereisen die japanische Göttin war, von der alle redeten. Oder gab es in der glühenden Sehnsucht meiner Jugendjahre vielleicht doch diese Vorstellung?«

Eines Nachts, als die Hitze Sacramento fast den Verstand raubte, hörte er jemanden »Sayonara« sagen und hatte das Gefühl, dass ihm allein die Wiederholung dieses Namens Erfrischung brachte und Glück verkündete. In den darauf folgenden Tagen holte er ihn wie einen Talisman immer wieder gegen die Nöte des Alltags hervor und begann, sich mit dem Andenken an jene Frau aufzurichten, das weder das eigene war noch ihm allein gehörte, zumal er ihr – wie er meinte – noch nicht einmal begegnet war, denn ihre Verehrung war ein weit über jene Gestade und Gebirge hinausreichendes Gemeingut. Sayonara war nämlich, wie die von den Troubadouren der Provence besungene geheimnisvolle Unbekannte, in der Welt des *petroleros* zur Inspiration jeden Mannes geworden, der stolz genug war, sich so zu nennen. Einzig diese Überlegung brachte Sacramento zur Vernunft, während sein unverbesserliches Herz ihn glauben machte, dass die erträumte Schöne ihm allein gehörte, weil all die anderen sie käuflich erwarben, wogegen er sie für alle Zeiten zu verehren verstünde. Er beging den Fehler, in seiner Wachsamkeit nachzulassen und ließ zu, dass sich das Delirium jenes Frauennamens in einer eifersüchtigen, besitzergreifenden Variante, die noch schwerer zu bekämpfen ist als die Malaria, in sein Blut schlich, sodass er beide Plagen in sich trug und davon eingeschlossen wurde wie von zwei verschiedenen, in ihm zusammenfließenden Strömen aus Feuer und Fieber.

»Das war das eigentliche Problem, dass Sacramento noch bevor er Sayonara je geliebt hatte, eifersüchtig war«, meint Todos los Santos.

Doch die ersten Symptome von Sacramentos frisch erworbener Doppelerkrankung brauchten Monate der Inkubation, bis sie sich zeigten, und gaben ihm damit einen Aufschub, die fauligen Sümpfe am Río Opón zu verlassen. Nachdem sie ein neues Paar Schuhe erstanden hatten, versuchten der Payanés und er ihr Glück als Reparateure der Pipeline, die in die Bucht von Cartagena mündete; danach verlegten sie Schienen auf der Eisenbahnstrecke zwischen Papayal und Espiritu Santo. Wo sie auch hinkamen, überall hörten sie dieses schmerzliche Seufzen, wie ein Gebet aus den Kehlen dutzender einsamer Männer für die junge Prostituierte von Tora.

»Wahrscheinlich trauerten sie vielen Frauen nach, jeder seiner eigenen«, räumt Sacramento heute ein, »aber für mich war es, als würden sie nur von ihr reden. Mir kam nie ein anderer Namen zu Ohren als Sayonara, immer nur Sayonara, der wie Schnee mitten in der glühenden Hitze auf die Wipfel der Bäume fiel, und ich glaubte, dass es keine größere Leidenschaft gab als jene, die von ihr ausging.«

Ohne zu wissen wie oder wann, begannen Sacramentos Lebenspläne um die messianische Obsession zu kreisen, die schöne Unbekannte aus seinen Fantasien vom Pfad der Sünde zu retten. Er ahnte dabei nicht, dass er sie bereits aus nächster Nähe kannte und dass jene ferne Japanerin mit der Verlockung einer Legende, die ihn verfolgte und einfing, keine andere war als die abgemagerte Kröte, die er höchstpersönlich zu Todos los Santos geschleppt hatte, damit diese ihr Manieren beibrachte, als sie noch keinen exotischen Namen hatte, nicht einmal einen Vornamen, sondern schlichtweg ›das Mädchen‹ gerufen wurde, und ebenso wenig aus dem Orient kam wie die Heiligen Drei Könige, sondern aus irgendeinem Nest stammte, wie es viele gibt, mit einem Namen, den sich niemand die Mühe machte nachzuprüfen. Damals wohnte ihr keine Faszination und kein Mysterium inne, bloß die nackte Existenz einer eingeschüchterten, halb verhungerten Kreatur von solcher Charakterstärke, Geistesfreiheit und Eselssturheit, dass Sacramento, wenn er so ein aufmerksamer Seelendeuter gewesen wäre wie Todos los Santos, ebenfalls bemerkt hätte – oder hatte er es? –, dass diese dahergelaufene Kleine das Potential hatte, sich in der Welt des *petroleros* in eine lebendige Reliquie zu verwandeln, unter einer einzigen Bedingung: dass sie Lust dazu hatte.

Jedes Mal, wenn Sacramento mit der zivilisierten Welt in Berührung kam, nahm er sich als Erstes, noch bevor er nach einem Wasserkrug griff und sich das Gesicht wusch oder sich vor einen Teller warmes Essen an den Tisch setzte, eine Postkarte und schickte sie nach Tora, adressiert an das Mädchen, die er dann mit einem Reisenden, einem Gastarbeiter, mit der Flusspost oder mit dem Kommen und Gehen der Fuhrmänner auf den Weg schickte.

Er tat das einfach so, aus einem Affekt heraus, aus der natürlichen Zuneigung zu dem Einzigen, was in seinem Leben je einer Verwurzelung geglichen hatte, und ihm war nicht im Entferntesten klar, dass er vom Schicksal gefoppt wurde, das sich auf seine Kosten amüsierte, indem es ihn drängte, derjenigen Nachricht zu geben, die er unwissend vergötterte, und im Labyrinth seiner Straßen genau dem nachzujagen, was er daheim zurückgelassen hatte.

Es waren farbige Postkarten mit Fotografien und Motiven unterschiedlicher Herkunft und Thematik, deren Rückseite Sacramento in Gerundien mit Grüßen für die gute Gesundheit bekritzelte. Zum Beispiel die FASSADE DES PANCHAYAT-PALASTES IN KATMANDU, HAUPTSTADT VON NEPAL, worauf geschrieben stand: Eurer gedenkend und erinnernd. Das ist momentan alles, Sacramento. Oder die FRAUEN AUS TOLEDO IN IHREN TYPISCHEN TRACHTEN MIT TRADITIONELLEN SPITZEN, welche umseitig, die Gerundien durch Adverbien ergänzend, mitteilten: Alles glatt laufend, hoffend für Sie ebenso. In liebendem Gedenken an Sie und Señora Todos los Santos. Oder Sayonaras Lieblingskarte, TELLER UND OBSTSCHALE AUS FEINEM SÈVRES-PORZELLAN, auf der in blauer Tinte die Höflichkeitsfloskel stand: Hoffend und wünschend, Sie bald wiederzusehen. Hochachtungsvoll, Ihr Sacramento.

Sayonara empfing die Postkarten mit Jubelrufen, als das, was sie auch waren: Klatschmäuler aus Karton, die auf mysteriösen Wegen aus anderen Welten in ihre Hände gelangten und ihr verkündeten, dass sie auf dieser nicht allein war. Ganz gleich, womit sie gerade beschäftigt war, sie unterbrach auf der Stelle ihr Tun und trug die Karten von Haus zu Haus, um sie ihren Freundinnen zu zeigen; und nachdem sie sie unzählige Male gelesen hatte, heftete sie alle mit Tapeziernägeln, als Raute, als Kreis, als stilisierter Schmetterling oder in einer anderen, teils geometrischen, teils selbst erfundenen Figur, um den roten Jesus herum an die Wand, wo sie von den scharlachartigen Reflexen des ewigen Lichts überzogen und auf eine beinah gottlose Weise von der Furcht und der Faszination vereinnahmt wurden, die diese heilige Nische ihr einflößte.

Sobald eine neue Karte ankam, überlegte Sayonara ausgiebig, wo sie diese im alten Muster an der Wand unterbringen könnte. Schließlich nahm sie alle Postkarten herunter, nutzte die Gelegenheit, sie noch einmal zu lesen, mischte sie wie ein Kartenspiel und hängte sie, von Launen und Impulsen geleitet, eine nach der anderen, wieder auf. TELLER UND OBSTSCHALE AUS FEINEM SÈVRES-PORZELLAN diesmal weiter weg von ELISABETH II., KÖNIGIN VON ENGLAND und rechts daneben STIERKÄMPFER VOLLFÜHRT FIGUR AUF GESCHECKTEM STIER; DIE TANZSTUNDE, ÖLGEMÄLDE VON PIETRO LONGHI diagonal zu LACKMÖBEL MIT CHINAPORZELLAN, DETAIL; DIE LAUBE IM JARDIN DU LUXEMBURG neben dem AUSSICHTSPUNKT AN DER QUINTA DE BOLIVAR, SANTAFÉ DE BOGOTÁ und immer so weiter in einer wechselnden, kabbalistischen Ordnung, die zwar weder von ihr noch von irgendjemand anderem zu deuten war, aber eine Ahnung vom Ablauf der Ereignisse in ihrem Leben zu enthalten schien.

Zehn

Durch den nordamerikanischen Ingenieur Frank Brasco erfuhr ich, dass Sayonara fasziniert war vom Schnee, obwohl oder gerade weil sie ihn noch nie gesehen hatte. »Du musst verrückt sein, Sayo«, sagte Brasco zu ihr. »Man kommt hier bei dreißig Grad im Schatten fast um, und du fragst mich nach Schnee ...«

Sayonara, die Frau der Tropen, gewöhnt an die Raserei einer fortwährend blühenden und sprießenden Vegetation, an ein Grün, das unersättlich und unerbittlich binnen Stunden alles, was still steht, verschlingt, muss bei der Vorstellung eines reglosen Schneefeldes sehr gestaunt haben. Eine unter dem grenzenlosen Weiß schlafende, auf Fotografien und Postkarten kaum zu ahnende Natur muss auf sie wie pure Magie gewirkt haben, wie ein fernes Märchen, das ihr genauso absurd vorkam, als wollte man einem Europäer weismachen, dass sich der Himmel in anderen Erdteilen rot-weiß kariert wie ein Tischtuch über die Menschheit breitet.

»Es war mehr als Neugier«, versichert Frank Brasco mir. »Der unbekannte Schnee weckte eine tiefe Sehnsucht in ihr, etwas, wonach sie großes Verlangen verspürte – wer weiß warum.«

Vor mir tauchen, jenseitig und überwältigend – wie mit Sayonaras Augen gesehen –, die Wälder des winterlichen Vermont auf, wohin Brasco sich im Ruhestand, an der Schwelle zum Alter zurückgezogen hat, wo er geboren wurde und unzählige Winter verbracht hat. Ich bin ihm bis dorthin nachgereist, weil ich ihn kennen lernen und den Schatz der Erinnerungen an seine Zeit bei der Tropical Oil Company heben wollte, bei der er als leitender Ingenieur vom Campo 26 angestellt war. Damals war er als Akademiker mit liberalen Auffassungen nach Kolumbien gekommen, der seine Beziehungen zu Frauen im freiheitlichen Universitätsmilieu knüpfte, weshalb er nie auf den Gedanken gekommen wäre, die Liebe im Rotlichtmilieu zu suchen. Außerdem hatte er wegen einer schlecht auskurierten Hepatitis in der Kindheit eine empfindliche Leber und vertrug keinen Alkohol. Aus diesen Gründen glaubte er gegen die vermeintlichen Verlockungen, die all die anderen Männer mit Macht ins Viertel von La Catunga zogen, immun zu sein. Obwohl er regelmäßig vom Campo 26 in den benachbarten Ort fuhr, hatte Frank Brasco die Grenzen der *zona de toleranda* nie überschritten, und dabei wäre es wahrscheinlich auch geblieben, hätte das Schicksal ihn nicht für ein paar erlebnisreiche, großartige Tage mit Sayonara, der dunklen Braut von Tora, zusammengeführt.

»Was ist Ihnen als Erstes an ihr aufgefallen?«

»Im allerersten Augenblick war ich fast erschüttert von ihrer Schönheit und schmerzlich berührt von ihrer großen Jugend, denn sie war beinah noch ein Kind. Ein wunderschönes, widerspenstiges Kind wie ein junges Kätzchen, und das sollte eine *puta* sein? Als Nächstes nahm ich ihr unbeugsames Temperament wahr und eine ungewöhnliche Intensität, die von ihr ausging. Wie soll ich es erklären? Es war der Ausdruck einer ungebrochenen menschlichen Wärme. Das heißt nicht, dass sie immer freundlich oder fröhlich gewesen wäre. Manchmal ließ sie einen links liegen, weil sie so sehr mit sich beschäftigt war, dass sie gar nicht merkte, wenn man da war. Aber selbst in diesen

Augenblicken war ihre Gegenwart so einnehmend, dass man sich ihr kaum entziehen konnte. Jede Bewegung ihres Körpers, jeder gesprochene Satz, ihre Art, einen anzusehen oder zu lachen, alles an ihr erstaunte, weil es so natürlich war, so ohne jede Absicht, so sicher und so wahr. Als wenn die Erde von Außerirdischen bewohnt wäre und sie die Einzige war, die wirklich hierher gehörte.«

»Meinen Sie damit, dass sie in ihrem Sein so überzeugend war?«

»Ganz genau. Woher wissen Sie das?«

»Irgendjemand hat es mal so ausgedrückt.«

»Ich erinnere mich an einen kolumbianischen Schlager, in dem es etwa so hieß: ›Ich will meine Mulattin, weil sie die ganze Wirklichkeit ist.‹ Der muss für sie komponiert worden sein.«

Frank Brasco erzählt mir, dass Sayonara ihn vom ersten Tag an über den Schnee befragt und bis zu dem Moment an dem Thema festgehalten habe, an dem sie sich für immer voneinander verabschiedeten.

»Es war eine Obsession«, sagt er zu mir. »Ich weiß bis heute nicht, warum ich sie nie mit hierher genommen habe, damit sie den Winter sieht, der sie doch so sehr beschäftigte. Aber ich frage mich gleichzeitig, woher ihr Interesse für den Schnee eigentlich kam, denn das war bei ihr eine wahre Manie.«

Während er mit einer Schippe den hohen Schnee beseitigt, der den Eingang zu seinem Holzhäuschen versperrt, versucht Brasco in der Erinnerung die tausend Grüntöne der ach so grünen kolumbianischen Erde in sich wachzurufen, vom grellsten bis zum schwärzesten; von den jungen Trieben der Bambusknospen bis zu den nächtlichen, im Mondlicht badenden Blättern der Mauritiuspalme; dazu das Geschrei der Papageien nach dem Regen; den stechenden Geruch der Hochweiden und den Limonenduft, der Tora in den heißesten Stunden des Tages Erfrischung brachte.

»Und die grünen Mangoscheiben, die mit Salz bestreut an den Straßenecken verkauft werden«, fügt er hinzu. »Wie gern würde ich mal wieder grüne Mangos mit Salz essen!«

»Nicht nur Sayonara konnte fantasieren, nicht wahr?«, frage ich. »Mitten in dieser Kälte, wo Sie bis zu den Knien im Schnee stehen, reden Sie von grünen Mangos mit Salz ...«

»Ich habe sie gefragt: ›Wieso liebst du den Schnee so, Sayo, du hast ihn doch noch nie gesehen?‹«

»Ich habe ihn schon gesehen, im Traum. Und auf Bildern. Schauen Sie, Mister Brasco«, antwortete Sayonara und reichte ihm eine Postkarte von Sacramento, eine Reproduktion von Alfred Sisley mit dem Bild einer lieblich vom Winter verhüllten Dorfstraße.

»Nicht wahr, das hier ist Ihr Dorf, Mister?«, hat sie ihn gefragt.

»Nein, das ist ein französisches Dorf. Meins liegt oben im Norden der USA, in der Nähe von der Grenze zu ...«

»Ja, ja, Sie brauchen mir nicht zu erzählen, wo es liegt, sagen Sie mir bloß, ob es genauso aussieht wie das hier auf der Karte.«

»Nur ein wenig.«

»Ich würde sagen, es sieht fast genauso aus, weil alle Dörfer im Schnee gleich aussehen. Können Sie mir erklären, Mister, warum der Schnee nie bis zu uns nach Tora kommt?«, fragte sie ihn, um dann, ohne auf eine Antwort zu warten, über irgendetwas anderes weiterzureden.

Tags darauf, als Brasco um Punkt sechs aus der stickigen Hitze des Zimmers getaumelt kam, die ihn die ganze Nacht gequält hatte, und im Halbschlaf zum Waschbecken ging, um sich abzukühlen, indem er den ganzen Kopf ins klare Wasser tauchte, saß sie schon frisch gewaschen und angekleidet auf einem Höckerchen und erwartete ihn ungeduldig.

»Stimmt es, Mister«, überfiel sie ihn ohne ein Guten Morgen, »dass der Schnee manchmal blau und klar herabfällt wie der Himmel und andere Male grau und schmutzig wie Schlamm?«

»Er ist fast immer weiß, aber er hat so viele Schattierungen, dass die Eskimos, die in der Eislandschaft von Alaska leben, für die Farbe Weiß hundert verschiedene Namen haben. Ihr Kolumbianer müsstet tausend verschiedene Namen für all das Grün haben ...«

»Das Grün, das Grün, andauernd erzählen Sie mir vom Grün, aber ich will vom Weiß reden. Und stimmt es, ja oder nein, dass man, wenn es stark schneit, keine Seidenstrümpfe anziehen darf, weil sie einem an den Beinen festkleben und man sich die Haut abreißt, wenn man versucht, sie wieder auszuziehen? Stimmt das?«

»Wo hast du denn das gehört ...«

»Das sagen die Leute.«

»Du musst verrückt sein. Mitten in dieser wahnsinnigen Hitze andauernd vom Schnee zu reden ...«

»Meine Freundin Claire mochte das auch nicht.«

»Mochte was nicht?«

»Vom Schnee reden. Wenn ich sie danach gefragt habe, hat sie immer abgelenkt. Sie wurde bei der Erinnerung daran zu traurig. Stimmt es, dass der Schnee traurig ist, Mister Brasco?«

»Nein, Sayo, er ist nicht traurig. Er ist weiß und schön und fröhlich, ich rede sehr gern darüber. Ich finde es nur amüsant, dass er dich so beschäftigt ...«

Und wenn ich ihr vorschlage, mit mir nach Vermont zu kommen, überlegte Frank Brasco, aber weniger ernsthaft als aus einer unverantwortlichen Laune und genüsslichen Vorstellung heraus. Und wenn ich ihr sage, dass sie sich nicht zu fürchten braucht, weil mein Dorf, obwohl es ganz anders aussieht als das auf der Postkarte, ihr sicherlich gefallen wird, und die Seidenstrümpfe ihr nicht an der Haut festkleben werden, fantasierte er weiter, und dass sich der Schnee blauweiß und strahlend ausbreitet, weil niemand da ist, der ihn betreten könnte, aber dann behielt er das alles für sich, weil er im Grunde nicht bereit war, eine solche Verpflichtung auf sich zu nehmen, und weil ihr Interesse am Schnee offensichtlich nicht dazu da war, sie von ihrem Schicksal fortzuführen, sondern um ganz konkrete, noch unerforschte Aspekte ihrer Auseinandersetzung mit dem Schnee zu klären. Daher schaute sie weiter nach oben, wo sich ihre Augen an einem von Licht und Hitze strahlenden Firmament verloren, und fragte ihn:

»Was fliegt höher, Mister, der Schnee oder ein Flugzeug?«

»Der Schnee fliegt nicht, er fällt.«

»Ein Flugzeug kann auch fallen.«

»Okay, okay. Vielleicht kann man es so sagen: Die Flugzeuge fliegen höher, weil sie über die Wolken steigen, der Schnee aber fällt aus den Wolken.«

»Dann sind die Schneeflocken also lauter kleine Wolkenstückchen? Wenn der Schnee fällt, bleibt er dann für immer liegen?«

»Nein, er schmilzt wie Eis.«

»Er fällt auf die Tiere, und die Tiere werden weiß. Er fällt auf die Bäume, und die Bäume werden weiß ... Das würde mir gefallen: Wenn hier in Tora alle Bäume und

Dächer weiß wären! Das wäre aber hübsch! Ich hätte dann bestimmt einen warmen Wollmantel gegen die Kälte«, versicherte sie, und ihr dunkler, sonnendurchfluteter Körper in dem ärmellosen Baumwollkleid erschauerte. »Tragen Sie in Ihrem Land einen Mantel, Mister Brasco?«

»Einen fellgefütterten Mantel und hohe Stiefel, Handschuhe und eine Pudelmütze.«

»Das würde mir auch gefallen! Eine rote Pudelmütze ... Olguita kann stricken, sie könnte mir eine machen ... Für den Fall, dass es auch mal in Tora schneit, meine ich, sonst wäre sie ja zu nichts nütze ... Und stimmt es, Mister, dass Schnee brennt?«

»Das kommt vor. Er ist so kalt, dass er einen verbrennt.«

»So kalt, dass er einen verbrennt!« Sie lachte und schlug sich mit der flachen Hand auf die Oberschenkel. »Was der Gringo mir da erzählt! Eine feine Sache, dieser Schnee, und was Claire gesagt hat, dass er traurig ist, stimmt also nicht. Ich hätte ja so gern mal ein bisschen Schnee, nur eine Hand voll!«

»Irgendwann, irgendwann«, log er und dachte: Was ist, wenn ich ihr vorschlage, mit mir nach Vermont zu kommen und Todos los Santos mitzunehmen? Und Olguita auch, damit sie ihnen Pudelmützen strickt. Nein, das wäre eine riesengroße Dummheit, erkannte er und sagte deshalb nichts, sondern fühlte nur, dass sich all die nie ausgesprochenen Liebesworte weich und feucht wie Schneeflocken auf seine Schultern legten.

»Nicht schwindeln, Mister!«, widersprach ihm Sayonara und schien seine Gedanken gelesen zu haben. »Wie sollte ich je den Schnee anfassen, wenn es hier in Tora niemals schneien wird? Allerhöchstens hageln, und zwar am

Tag des Jüngsten Gerichts, aber Schnee, das, was man Schnee nennt, das fällt nur da oben, wo die große Welt ist.«

Die große Welt, so pflegte sie zu sagen und begleitete diese Worte mit einer weit ausholenden kreisförmigen Armbewegung, als wollte sie eine unendlich weite Reise andeuten, unmöglich, unvorstellbar.

»Aber Tora gehört zur großen Welt dazu«, erwiderte er aufmunternd.

»Ach, Quatsch. Die große Welt ist gaaaanz weit weg, da irgendwo und noch viel weiter, da, wo nur noch Flugzeuge hinkommen.«

»Was willst du wissen von der großen Welt? Du kannst mich alles fragen, ich werde dir antworten.«

»Ohne zu schwindeln?«

»Die reine Wahrheit.«

»Dann, Mister Brasco, sagen Sie mir bitte, was passiert, wenn die Leute, die über uns in den Flugzeugen fliegen, aufs Klo müssen? Fallen uns ihre Kacke und ihr Pipi auf den Kopf?«

»Ich weiß es nicht. Genau das habe ich mich auch schon öfter gefragt.«

»Sehen Sie? Wozu soll ich Sie dann fragen, wenn Sie sowieso nichts wissen. Erzählen Sie mir lieber noch mehr vom Schnee. Woraus, sagten Sie, ist der gemacht?«

»Was glaubst du?«

»Aus Mehl oder Sand. Oder aus Reis. Ich weiß es nicht, jedenfalls aus einem ganz weißen Puder.«

Frank Brasco macht den Weg zu seinem Holzhaus frei, indem er Mehl oder Sand oder Reis auf die Seiten schaufelt; dabei beschreibt er mir Sayonaras schwarze Indianeraugen, die sich vergebens und ohne es zu sehen vor all dem Grün öffneten, das um sie herum leuchtete, weil sie es vorzogen, sich in ihre weiß gemalten Träumereien zu versenken.

»Und Sie haben niemals die Möglichkeit erwogen, für immer in Tora zu bleiben, Señor Brasco?«, frage ich ihn.

»Als ich dort lebte, hatte ich das sichere Gefühl, hierher zu gehören, und jetzt, wo ich hier bin, geht es mir genau umgekehrt: Es kommt mir vor, als wäre ich nirgends mehr zu Hause gewesen als dort.«

Er habe niemals mit ihr geschlafen, gesteht er mir, nicht, weil er sie nicht begehrt hätte, sondern weil er während des so genannten Reisstreiks nach La Catunga gekommen war. Die Arbeiter vom Campo 26 riefen ihn aus, und er führte zu einer nichtpolitischen allgemeinen Arbeitsniederlegung in Tora, mit der sich die gesamte Zivilbevölkerung den Forderungen der *petroleros* anschloss. Auch die Prostituierten ließen damals die Arbeit ruhen und beschlossen, so lange auszuharren, bis der Streik seine Ziele erreicht hatte, weshalb sie fast zwanzig Tage und Nächte mit niemandem für Geld ins Bett gingen, sondern nur gelegentlich Liebe machten, aber dann aus reiner Liebe.

»Wenn Sie möchten, kann ich Ihnen nachher vom Streik erzählen. Das ist nämlich eine wirklich lohnende Geschichte. Jetzt würde ich meine Erinnerungen lieber auf Sayonara konzentrieren, ohne abzuschweifen. Ich möchte, dass Sie wissen, dass sich unsere Körper nie begegnet sind, sich aber etwas anderes, wahrscheinlich unsere Seelen, nach Herzenslust liebkosten, fanden und wie Boot und Wasser im selben Rhythmus schwangen. Die Tage von damals waren außerdem durch die Hoffnungen, die Ängste und den Gemeinsinn, die der Streik bei allen auslöste, so von Energie und Enthusiasmus geladen, dass es zwar möglich war, aber uns nicht nötig erschien, Liebe zu machen.«

»Eins verstehe ich nicht, Señor Brasco. Erlauben Sie mir deshalb, nur eine einzige Frage zum Streik vorwegzunehmen. Auf wessen Seite standen Sie eigentlich? Auf der Ihres nordamerikanischen Arbeitgebers oder auf der der kolumbianischen Arbeiter?«

»Auf der der Arbeiter natürlich. Was glauben Sie, warum mein Aufenthalt in Kolumbien so abrupt zu Ende gegangen ist? Die Tropical Oil konnte mir den Vorwurf, mit der Gegenseite kollaboriert zu haben, nicht nachweisen und hat mich deshalb, wie in meinem Kündigungsschreiben nachzulesen war, wegen meiner »unstatthaften Beziehungen« zu kolumbianischen Prostituierten entlassen. Dieser Umgang war uns nordamerikanischen Angestellten nämlich ausdrücklich verboten, um, wie behauptet wurde, einer Ansteckungsgefahr mit Syphilis und anderen Geschlechtskrankheiten vorzubeugen. Die Anspielung galt ihr, Sayonara, weil wir an den Streiktagen zusammen gesehen worden waren. Das war also der offizielle Grund für meine Kündigung, obwohl es so ist, wie ich Ihnen gesagt habe: Ich hatte nie eine körperliche Begegnung mit ihr und auch nicht mit einer anderen. Ich will Ihnen jetzt von meiner letzten Nacht in Ihrem Land erzählen, die ich bei Todos los Santos im Haus verbracht habe.«

»Ich höre.«

»Außer mir schliefen etwa fünfzehn Leute dort, während es draußen noch gefährlich war, weil die Company und die Regierung, die den Streik gewaltsam zerschlagen hatten, den Verantwortlichen noch immer hinterherjagten.«

Während Sacramento, Frank Brasco und die anderen Männer ihre Strohsäcke in einem der Zimmer ausgebreitet hatten und auf dem Boden schliefen, waren die Frauen auf das übrige Haus verteilt: Sayonara, Todos los Santos, Machuca, Analía und einige andere. Brasco erzählt mir, dass in dem schlafenden Haus, trotz der Enge und der Anspannung, eine große Geborgenheit zu spüren war und die Wärme der zusammengerückten Körper jede Bedrohung zu bannen schien. Ab und zu war ein Hüsteln, ein Seufzen im Schlaf oder das Knarren der Bodendielen zu hören, das einem ein wohliges Gefühl von Verbundenheit und Nähe zu dieser friedlich unter einem Dach versammelten Gruppe vermittelte, die nur durch eine Tür vom Rest des Universums getrennt war. Brasco fand keinen Schlaf und spürte beglückt, wie gut es ihm tat, sich als Mitglied eines Clans zu fühlen; er empfand eine nie geäußerte Zuneigung zu denen, die mit ihm diesseits der Mauern ruhten, im geschützten Zirkel einer Familie und eines Zuhauses.

»Das einzige Wohlbehagen, das mit jener Nacht in so zahlreicher Gesellschaft vergleichbar ist«, sagt er zu mir, »ist die gemütliche Einsamkeit meines jetzigen Lebens.«

Am folgenden Morgen musste er vor vier Uhr in der Frühe über Land nach Bogota aufbrechen, um dort das Flugzeug in seine Heimat zu erreichen. Er stand im Finsteren auf, mitten im Zirpen der Grillen und den Rufen anderer Nachttiere, die er nicht zu unterscheiden vermochte, und ging auf leisen Sohlen zum Abort, ohne jemanden zu wecken. Aber Sayonara war schon auf den Beinen und kam barfuß auf ihn zu, die Haare vom Schlaf zerzaust und den Körper gegen die morgendliche Kühle in ein Laken gehüllt.

»So ist es gut, pinkeln Sie lieber jetzt, Mister«, empfahl sie ihm lachend. »Dann bespritzen sie uns wenigstens nicht nachher aus der Luft.«

»Ich werde dich nie vergessen«, versprach er ihr.

»Sie werden mich niemals vergessen? Was hat dieser Gringo nur für komische Einfälle! Sagen Sie keine unnötigen Worte, Mister Brasco, denn Erinnerungen schmelzen genau wie Schneeflocken.«

Elf

An einem Morgen, der nur verhalten anbrach und wie in das trügerische Licht einer Sonnenfinsternis getaucht war, verließ die schöne Claire, die ätherische Reisende, diese Welt, vielleicht bevor sie richtig in ihr angekommen war. Sie hatte in Tora gelebt wie ein melancholisches Lüftchen, wie der schwebende Schatten einer Person, die da ist, ohne da zu sein und ohne die Gesetze der Schwerkraft zu kennen. Und sie starb in La Catunga unter der geballten Wucht ihres Elends. Ihr Tod kam für alle überraschend und ließ das Viertel vor Schreck erstarren und mit Entsetzen und Erstaunen erkennen, wie wenig die Einheimischen doch von den Fremden wissen, die unter ihnen weilen. Ganz gleich, ob er zehn oder zwanzig Jahre da ist: Ein Ausländer bleibt ein Unbekannter – ein Beargwöhnter – und ein Neuankömmling. Von Claire, dieser bleichen Beauté mit dem fliehenden Wesen, hätte man erwartet, dass sie mit Leib und Seele verzückt gen Himmel fahren würde wie die Jungfrau María. Doch dem war keineswegs so: Ihr Tod war irdisch und brutal.

»Eines bösen Tages warf sich Claire vor den fahrenden Zug«, erzählt mir Todos los Santos. »Das ist weniger verwunderlich als Sie denken, es war eine häufige Todesart unter den Prostituierten von Tora. Viele haben sich aus Verzweiflung, aus Einsamkeit oder wegen einer Zurückweisung auf die Schienen gelegt. Manchmal auch aus Überdruss oder schlichtweg aus Trunkenheit. Nie vor drei Uhr morgens und nie nach fünf, und alle an derselben Stelle: An der Ecke, die *Armería del Ferrocarril* genannt wird, im unteren Teil des Stadtviertels *Hueso Blanco*.«

Heute stehen dort eine Tankstelle, eine Autowerkstatt und ein Imbissstand mit Zeitungen, *almojábanas* und Getränken, wie an irgendeiner Ecke des Planeten. Aber Todos los Santos versichert, mit ein wenig Aufmerksamkeit könne man beobachten, dass die Leute sich beim Vorübergehen immer noch bekreuzigen, weil sie wissen, dass sie dort entweihten Boden betreten: eine Opferstätte.

Wie üblich wurden Claires sterbliche Überreste auf einen Handkarren gesammelt und zu ihrer Bleibe, in der ärmlichen *Calle de los Veinte Cuartos,* der Straße der Zwanzig Zimmer, gebracht. Todos los Santos wurde in das Zimmer der Verstorbenen gerufen, eines von den zwanzig, die sich in dieser nach Exkrementen und faulen Früchten stinkenden Gasse dicht aneinander drängten. Sie hatte die Aufgabe, die Leichenteile aus Barmherzigkeit so menschlich wie möglich im Sarg anzuordnen, der Toten die Augen zu schließen und, wenn möglich, die Hände auf der Brust zu falten, sie in ein Leichentuch zu wickeln und ihr den Kopf mit einer seidenen Spitzenmantille zu bedecken.

»Es brach mir das Herz, dieses Zimmer zu betreten«, sagt sie zu mir. »Claire war eine von denen, die mit ihrer Arbeit am meisten verdienten. Sie sparte ihre Einnahmen und war regelrecht vermögend geworden. Sie lebte nur nicht wie eine Königin, weil sie es nicht wollte und immer dachte, sie wäre bloß vorübergehend hier.«

Obwohl Claire ein ganzes Jahrzehnt dort gewohnt hatte, war ihre Kammer eine dürftige Behausung mit einer kargen, provisorischen Ausstattung geblieben. Kein Tier, keine einzige Pflanze, nichts, was das trostlose, unpersönliche Pensionsambiente belebt hätte, nichts, was nicht von einem Augenblick zum nächsten eingepackt werden konnte, nichts, was einen in der Stunde des Abschieds zurückhielt.

»Erst als wir eins und eins zusammenzählten, da wurde es uns klar. Auch der fahrende Zug konnte Claire letztlich nicht von dem gebrochenen Versprechen retten, das ihr wie eine würgende Hand die Luft zum Atmen nahm«, erinnert sich Todos los Santos. »Während der zehn Jahre, die sie in Kolumbien lebte, wurde sie von einer falschen Hoffnung verzehrt, und wir wissen heute, dass diese das wahre Motiv für ihren Freitod war.«

Während dieser zehn Jahre des Leidens und Wartens hatten sie Claire des Öfteren um einen gewissen Maríano seufzen hören, ohne ihn freilich jemals in Tora zu erblicken, und sie waren alle davon überzeugt, dass Claires entrücktes Schmachten jenem Maríano galt, dem sie ihr Herz geschenkt hatte. Auch trafen in Abständen Briefe in feinen Kimberley-Umschlägen ein, worauf Claires Name und Anschrift in Sepia mit einer königlichen neunzehnhundertjährigen Handschrift verzeichnet waren, sodass im Dorf das Gerücht kursierte, sie würde von einem Verehrer per Postanweisung Geld bekommen.

»Das mit den Postanweisungen stimmte schon, allerdings nicht von ihm an sie, sondern umgekehrt«, erklärt die Fideo, während sie in ihrer Hängematte schaukelt wie in einem Boot.

»Wie das?«

»Genauso wie ich es sage. Claire hat Geld an Maríano in die Hauptstadt geschickt, um ihn bei seinen Wahlkämpfen zu unterstützen. Er war nämlich Berufspolitiker.«

Der Version zufolge, die Mistinguett – auf welchen Grundlagen auch immer – in Umlauf brachte, hatte Claire das heimatliche Frankreich verlassen und war in den Fußstapfen eines Mannes nach Amerika gekommen, der ihr in einer Frühlingsnacht auf dem Pont des Arts die Ehe versprach. Aber offensichtlich hatte er sich dann doch für eine andere entschieden, wie die *mujeres* von La Catunga an dem Tag feststellen mussten, als sie bei Claire die Totenwache hielten.

Die bildhübsche Französin lag wie all die ihr vorausgegangenen Kameradinnen im großen roten Saal des Dancing Miramar aufgebahrt, umgeben von Lilien und Altarkerzen wie eine Braut. Das auf wunderbare Weise vom Unfall verschonte und immer noch schöne Gesicht war von einem seidenen Spitzenschal umhüllt, und die endgültige Bleichheit des Todes wurde vom Schatten ihrer Wimpern weich untermalt, während die Wangen aus feinem Sèvres-Porzellan zu sein schienen, wie das auf Sacramentos Postkarte abgebildete Geschirr.

Bis auf Sayonara, die nirgends zu sehen war, hatte sich ganz La Catunga eingefunden, um der von eigener Hand und fern der Heimat Verstorbenen in der Einsamkeit ihres Todes Gesellschaft zu leisten. Der große Saal im Miramar, der mit seinen Spiegeln, seinen venezianischen Kronleuchtern und seinen roten und schwarzen Samtpolstern im nächtlichen Schummerlicht träumerisch und pompös wirkte wie ein Salon in Versailles, ähnelte, wenn er indiskret von der Sonne ausgeleuchtet wurde, zugegebenermaßen eher einem Bestattungsinstitut: traurig, verblichen, staubig und muffig.

Das Dancing Miramar war – doppelt zwielichtig? – der einzige und eigentliche Raum für den Liebes- und Todeskult, und das weniger freiwillig als aus Ermangelung anderer Möglichkeiten. Mit Ausnahme einiger weniger altgedienter *putas*, wie Todos los Santos oder Olguita, die ein eigenes Haus besaßen, standen den Frauen nämlich nur winzige Einzelzimmer in einer Reihe baufälliger Unterkünfte mit Gemeinschaftsküchen und -bädern zur Verfügung, wahre Schlupflöcher eines Ameisenhaufens, in denen kaum ein Bett und ein paar Habseligkeiten Platz fanden, und die nicht einmal ein Zehntel des gewöhnlich zu Totenwachen herbeiströmenden Publikums zu fassen vermochten.

Andererseits war den Prostituierten auf Anweisung des Pfarrers der Zutritt zur Kirche untersagt, tot oder lebendig, was wörtlich gemeint war und der Negra Florecida eine zweite Geschäftsidee eingab. Die Besitzerin vom Dancing Miramar kassierte nämlich pro Mädchen und Abend zehn Pesos, um in ihrem Etablissement zu tanzen und Freier zu finden, und für die Totenwache hundertzwanzig Pesos, ein Betrag, der ja schließlich nur einmal im Leben anfiel. Für die Totenwache stand der Saal nur tagsüber zur Verfügung, und die Inhaberin lieferte als Dreingabe die Altarkerzen, die Kerzenhalter, schwarzen Kaffee in kleinen Tässchen für die Señoras, Rum in diskreter Abmessung für die *caballeros*, ein Trauerschild mit dem Namen der Verstorbenen in gotischen Lettern für den Eingang, sowie vier Dutzend weiße Duftblumen.

Als sie an jenem Nachmittag bei Claire wachten, sahen die Anwesenden, wie ein gewaltiger Totenkranz von der Größe eines LKW-Reifens hereingebracht wurde, der aus mindestens zweihundert gespenstisch weißen Rosen gebunden war und ein purpurnes Satinband mit dem goldenen Schriftzug *Maríano Azcárraga Caballero und Frau* trug. Die Mädchen von La Catunga lasen jenen tönenden Namen und hielten die Luft an; fünfzehn Monate zuvor war Maríano Azcárraga Caballero, hochkarätiger Wahlbonze und Chef der mächtigsten politischen Partei, zum

Senator der Republik Kolumbien gewählt worden. *Und Frau?* Von der Existenz dieser Frau hatte man vor drei Monaten durch die Tageszeitung *El Tiempo* erfahren, als ihr Hochzeitsfoto mit eben jenem Maríano publiziert wurde, in den Claire bis zu dem Tag ihres übergroßen Kummers und ihrer nicht wieder gutzumachenden Verzweiflung ihren ganzen Glauben, ihre ganze Hoffnung und den Großteil ihrer milden Gaben investiert hatte.

»Das ist ihr passiert, weil sie der Macht vertraut hat, die Schaden anrichtet und die Menschen verrät und verachtet«, ergänzt die Fideo beiläufig.

Die unwilligen Beine nachziehend, belud Olguita sich mit dem Kranz, ging zu Claire und legte ihn ihr zu Füßen.

»Dein Maríano lässt dir ausrichten, dass er in der Stunde des Todes bei dir ist«, sagte sie leise und schob der Toten eine welke blonde Haarsträhne aus der Stirn.

Das Dancing Miramar gibt es nicht mehr, wohl aber die Negra Florecida, die inzwischen Urgroßmutter, Großmutter und Mutter eines Stammes von Señoras und Señores mit akademischen Titeln ist. Sie leidet an einer Darmentzündung, die, wie sie mir mitteilte, die Siebzehn Fäkalstoffe genannt wird, und als ich sie mit verblüffter Miene bitte, mir den Namen ihres Leidens zu wiederholen, erwidert sie, wenn ich ihr nicht glaube, könne sie mir gern die Laborbefunde zeigen, worauf ich mich beeile, ihr zu versichern, das sei nicht nötig, weil ich eigentlich ganz andere Dinge von ihr wissen wolle.

»Hundertzwanzig Pesos für jede Tote, das war doch nicht viel«, sagt sie zu mir, »wenn man bedenkt, dass ich nach der Totenwache einen Berufsbeter anheuern musste, der mir alles wieder sauber machte, weil der Raum völlig verseucht war, nachdem ein Haufen Leute dort vier oder fünf Stunden lang geheult und gejammert hatte. Hier bei uns herrscht nämlich seit jeher der Glaube, dass die Räume nach einem Trauerfall voll Schmerz und Gram bleiben, den die Leute dort abgeladen haben. Wenn ich den Raum nicht gereinigt hätte, wäre am Abend niemand gekommen, um sich im Miramar zu vergnügen, zu verlieben und zu lachen.«

Das Dancing Miramar: eine doppelte Schutzzone für die Liebe und für den Tod? Nein, ein ganzes Universum, dreifach, mit Geburt, Liebe und Tod, wie die Dreifaltigkeit.

»Ich war nicht nur für den Tod zuständig«, erzählte die Negra Florecida mir und sah mich durch ihre Brillengläser, dick wie ein Flaschenboden, an, während ihr die siebzehn Fäkalstoffe in den Eingeweiden rumorten, »sondern auch für die Geburten: Ich hatte nämlich im zweiten Stock ein Zimmer für Entbindungen eingerichtet; schließlich wurden die Mädchen oft schwanger. Wenn sie so weit waren, dann schickte ich eine los, um die Cuatrocientos zu holen, die mir bei den Geburten half.«

Auf dem Weg zu Claires Beerdigung machte Todos los Santos einen Abstecher zu ihrem Haus, um Sayonara abzuholen, aber sie war nicht da. Sie fragte in der Nachbarschaft, ob jemand sie gesehen habe, aber die Leute schüttelten die Köpfe. Claire wurde am Spätnachmittag ohne Kreuz und Stein, weitab vom Dorf, auf einer großen Viehweide am Ufer des Magdalena bestattet, die im Volksmund der andere Friedhof hieß. Dort, wo sie nur durch den Flug der vorüberziehenden Reiher Geborgenheit und durch eine Trauerweide Gedenken fanden, wurden die Selbstmörder, die Freimaurer, die ungetauften Kinder, die Frauen, die abgetrieben hatten, und die Prostituierten zur ewigen Ruhe gebettet, all die verlorenen Sünder, denen die Priester den Zugang zum Hauptfriedhof verwehrten. Ihr Unglücksstern hatte Claire mindestens doppelt stigmatisiert, als Prostituierte und als Selbstmörderin, man verwies sie erst im Leben und dann im Tod an Orte der Verbannung.

»Claire war keine traurige Frau«, sagt Todos los Santos schwermütig, »sie war die Traurigkeit in Person. Mein ganzes Leben lang habe ich keine verzagtere Seele kennen gelernt als sie. Und ausgerechnet von ihr haben wir erfahren, dass wir, die Kurtisanen, im Frankreich der Ludwigs triumphierten und uns voll Stolz die Töchter der Freude nennen ließen.«

Ich habe mir diese Episode immer so herrlich surrealistisch vorgestellt: Wie all die Frauen in ihren schwarzen Kleidern, unangefochten von der schattenlosen Mittagshitze, in der kein Lüftchen ging, mitten im Nichts der weitläufigen Weideflächen vor dem in Toras roter Erde frisch ausgehobenen Loch stehen. Zwei Dutzend Zeburinder mit je einem Fischreiher auf dem Rücken beobachten die Szene mit kindlicher Neugier und stellen sich zutraulich im Halbkreis um die ungewohnten Eindringlinge ihrer Futterwiese.

Monate später, als ich unter ähnlichen Umständen selbst bei einer Bestattung an genau dieser Stätte anwesend war, konnte ich feststellen, dass die Hitze brannte wie in meinem Bild – unerträglich für mich und erträglich für sie –, und dass auch die rotbeinigen Reiher, das berittene Vieh und die Tote dem Bild in meiner Fantasie sehr ähnelten. Aber meine Vorstellung enthielt auch zwei Fehler, die ich unverzüglich ausräumen möchte: Es gab sehr wohl Schatten, weil die Grube unter dem Dach eines riesigen lilablühenden Guayacán geschaufelt wurde, und die Frauen standen nicht feierlich und ruhelos um die Grabstelle herum, um sie baldmöglichst wieder zu verlassen, wie die Trauergemeinden in den Gärten der Erinnerung, im Apogäum, im Tal des Friedens, und wie die Friedhöfe unserer Stadt alle heißen, sondern sie ließen sich müßig und mit eherner Geduld auf der Wiese nieder, als wären sie gekommen, um zu verweilen, und unterhielten sich zwanglos über die Verstorbene, über ihre Tugenden, ihre schlechten Angewohnheiten und über die Krankheit, die sie ins Grab gebracht hatte, über alles und nichts und über den Hühnereintopf, den sie an Ort und Stelle zubereiten und von Rum begleitet, in trauter Gemeinschaft mit der Reisenden zwischen den Welten und gleichsam zur Einberufung ihrer ewigen Seligkeit zu verzehren gedachten.

Während sie im Gespräch über die schöne Claire mit dem Eintopf den Totenschmaus hielten und auch danach, als die Erde dumpf auf den Sarg fiel, schaute Todos los Santos immer wieder zum Weg, auf dem sie ihre Ziehtochter erwartete, aber sie kam nicht und auch nicht später, als sie bis nach elf Uhr zu Hause auf sie warteten, ohne Nachricht zu bekommen, dass sie im Dancing Miramar, in den umliegenden Cafés, bei ihren Freunden, in der Waschküche, in den Läden der Araber, am Acandai-Wasserfall oder den anderen gewohnten Plätzen gesehen worden sei, weshalb die *madrina*, Olga und Machuca gegen Mitternacht ins Krankenhaus, zur Polizeiwache und schließlich ins Leichenschauhaus gingen, um sicher zu gehen, dass sie nicht dort war – und das war sie nicht.

»Sie ist weder verletzt noch krank noch tot«, schloss Todos los Santos, weigerte sich weiterzusuchen und schickte die anderen zu Bett: »Sie ist freiwillig gegangen.«

Warum war Sayonara fortgegangen? Welches Motiv mochte sie genau in dem Moment, als das Leben so großzügig zu ihr war, zur Flucht veranlasst haben? Sie war zur goldenen Legende geworden, umworben von der Liebe hunderter *petroleros*, im Besitz einer strahlenden Jugend und einer wilden, durch ihren Ruf weit verbreiteten Schönheit. Sie wurde von ihrer *madrina*, die in La Catunga eine einflussreiche Persönlichkeit war, geliebt und unterstützt, desgleichen von den meisten Einwohnerinnen ihres Viertels, die neidlos ihre professionelle Überlegenheit akzeptierten. Sie war auch in ihrer Berufsausübung privilegiert, weil sie so viele Freier hatte, dass sie sich den Luxus leisten konnte, die Stinkenden und die Betrunkenen, die Pockennarbigen, die Aufmüpfigen und die Anhänger abenteuerlicher Praktiken abzuweisen. Sie war so verwöhnt und gebenedeit unter den Frauen, dass ein kurzer Auftritt im Dancing Miramar genügte, wo sie lustlos und gelangweilt im Scheinwerferlicht tanzte, um ihre Verehrer dazu zu bringen, das Fünfzehnfache des üblichen Preises hinzulegen, nur damit sie die Vergötterte mit ihren Blicken streicheln konnten.

Einen Tag nach ihrem Fortgang bestanden Olguita, Delia Ramos und die anderen darauf, sie zu suchen und zu finden, wo sie auch sein mochte. Es gelang ihnen durch Nachforschungen und Befragungen, ihre Schritte bis zu einem winzigen Flusshafen namens Madre de Dios, eineinhalb Fußstunden von Tora entfernt, zu verfolgen, wo ein paar Fischer bezeugten, dass sie gesehen hatten, wie sie allein, barfuß und ohne Gepäck angekommen sei. Ab Madre de Dios verlor sich ihre Spur.

»Vielleicht hat sie eine *chalupa* genommen und ist auf dem Fluss weitergefahren«, überlegten die Fischer wenig überzeugt. »Vielleicht, wer weiß.«

Allein zu Hause, schloss Todos los Santos sich niedergeschlagen und wie vor den Kopf gestoßen im Schlafzimmer ein und zündete vor dem Altarbild drei zusätzliche Kerzen an.

»Verrate mir, wo sie ist, Jesus Christus«, flehte sie. »Wenn du es nicht weißt, wer dann?«

Der heilige Christus lächelte wie immer sein mildes, schmerzliches Lächeln, ohne Bezug zu den Anliegen der Menschen, und sagte kein Wort.

Dann blieb ihr Blick an den Postkarten haften, und Todos los Santos fiel ein, mit welcher Frömmigkeit Sayonara in ihnen den Schlüssel für irgendein Vorhaben zu suchen schien.

»Hat sie sich vielleicht auf den Weg zu Sacramento gemacht?«, fragte sie sich und fand die Möglichkeit verlockend, weil sie verhieße, dass das emotionale Band, das sie gemeinsam geflochten hatten, nicht zerrissen war, und das Mädchen nicht, wie zu befürchten, in die unerreichbaren Abgründe einer fremden Vergangenheit zurückgetaucht war. Doch nein, es war sehr unwahrscheinlich, dass sie Sacramento gefolgt war, aus seinen Postkarten war der Aufenthaltsort des Absenders nämlich gar nicht zu ersehen.

Zwei Dinge waren an jenem unseligen Vortag geschehen, grübelte Todos los Santos und hoffte einen Zusammenhang zu erkennen, während sie die Kartensammlung aufmerksam betrachtete, mit dem Wunsch, ihnen ihr Rätsel zu entlocken. Claires Tod und Sayonaras Verschwinden, was könnten diese beiden Schicksalsschläge wohl mit dem PALAST VON KATMANDU zu tun haben, der seine Gärten den Durchreisenden öffnete, oder mit diesen beiden Frauen, die so in ihre Spitzenklöppelei vertieft waren, dass die Welt um sie herum nicht mehr zu existieren schien? Was zum Teufel verbarg sich hinter dieser ELISABETH II., KÖNIGIN VON ENGLAND, die aussah, als würde sie unter dem Gewicht der riesigen Krone mit offenen Augen schlafen? Welche geheime Verbindung bestand wohl zwischen der GRABURNE DER CHIBCHAKULTUR und dem PORZELLANKRUG DER MING-DYNASTIE, 14. JAHRHUNDERT? Nichts, absolut nichts, abgesehen davon, dass beide tausendjährige Töpfe waren. Auf diese Weise fuhr sie fort, im Recht die Spuren des Unrechts zu suchen, bis sie vor Verwirrung wie betäubt den Morgen heraufziehen sah. Danach brauchte sie noch zwei Tage. Sie aß wenig und sprach noch weniger, käute dagegen unentwegt die Namen der Postkarten wieder. Dann war sie ihrer überdrüssig und schob sie beiseite.

»Schluss mit dem Unsinn!«, befahl sie sich selbst. »Die Wahrheit über einen Menschen sagt einem nur das Herz, und meines schreit regelrecht, dass das Mädchen wiederkommen wird. Man muss ihr nur Zeit lassen.«

Beim ersten Schimmer des fünften Morgens sah Todos los Santos, noch bevor sie richtig aufgewacht war, Sayonara. Oder sie meinte jedenfalls, sie an der Schwelle zum Hausaltar im Türrahmen ihres Schlafzimmers stehen zu sehen. Aber sie wirkte geduckt, menschenscheu und mager wie vor zwei Jahren, als sie nach Tora gekommen war. Die gespenstische Erscheinung schaute Todos los Santos an ohne zu lächeln, wieder eher ein Kind als eine Halbwüchsige, wieder unterernährt, scheu, barfuß und zerzaust und den bekannten beißenden Geruch nach Rauch und Verlassenheit ausströmend. Als hätte die Zeit stillgestanden und alles eine Täuschung wäre und genauso wie am Anfang.

»Bist du ein Mensch oder eine Erinnerung?«, wisperte Todos los Santos.

Sie war im Begriff in Ohnmacht zu fallen, da brachte eine zweite Erscheinung, in der gleichen Öffnung derselben Tür ihr die Rettung. Diesmal war es die echte Sayonara, haargenau das prachtvolle, lächelnde Mädchen, das am Tag von Claires Tod aus dem Haus verschwunden war.

»*Madrina*«, sagte sie nur und schob die kleine Replik ihrer selbst vor sich her, »das hier ist meine kleine Schwester Ana. Ich wollte Sie fragen, ob sie bei uns wohnen kann.«

Drei weitere Male verschwand Sayonara im darauf folgenden Jahr unter ähnlich geheimnisvollen Umständen und tauchte wieder auf, ohne irgendjemanden in ihre Pläne einzuweihen oder über ihren Verbleib zu unterrichten, doch stets mit dem gleichen Ergebnis. Diese drei anderen Gelegenheiten hatten ebenfalls Namen: Susana, Juana und Chuza. Auf diese Weise war das Haus im Dezember voll und die fünf Schwestern vollzählig, wie Sayonara der *madrina* schwor. Sie gab ihr die Hand darauf, dass sie ihr kein weiteres Mädchen anschleppen würde. Sayonara war die Älteste, dann kamen Ana, Susana, Juana und zuletzt die kleine Chuza, ein zierliches, dunkelhäutiges Kind mit funkelnden Augen, einer bis zur Taille reichenden Mähne und den Reflexen einer Mauereidechse, das kein Spanisch und auch keine andere Sprache sprach und kaum größer war als fünfzig Zentimeter.

Die fünf richteten sich unbefristet bei Todos los Santos ein, alle aus dem Nichts gekommen, alle schwarz, zierlich und zottig, und folgten aufeinander wie die Puppe in der Puppe aus bunt bemaltem Holz, die man öffnet und die gleiche darin vorfindet, nur kleiner, und dann noch eine und noch eine, von abnehmender Größe, bis zur letzten, in diesem Falle die kleine Chuza.

Als sie von dem brutalen Tod der holden Claire erfuhr, fiel ein Schatten, wie ein toter Vogel, auf Sayonaras Blick, und ihre Miene erstarrte zu einer Maske, als beträfe sie dieses Unglück persönlich und hätte auf unerwartete Weise etwas mit ihr zu tun.

»Meine Mutter und mein großer Bruder haben sich umgebracht«, sagte sie plötzlich, fünf oder sechs Tage später, und ließ ihre Zuhörer erschauern. »Bis dahin hatte es in meinem Dorf nie einen Selbstmord gegeben. Niemand war je bei uns auf die Idee gekommen, so zu sterben. Und plötzlich waren es gleich zwei, im Abstand von nur wenigen Stunden, und beide aus meiner Familie.«

Sie schwieg eine Weile und fügte dann hinzu: »Ich habe meinen Bruder sehr geliebt.«

Todos los Santos stellte ihr keine Fragen und erzählt mir, dass sie dafür mehrere Gründe hatte. Weil es Schmerzen gibt, die keine Fragen zulassen und keine Antworten kennen; weil man die Erinnerung eines Menschen respektieren muss, sie ist unantastbar und privat; und weil sie nicht in diese okkulte Geschichte vordringen wollte, die sie schon immer geahnt und gemieden hatte, als wenn das Wissen darum sie gleichsam heraufbeschwören würde. Und aus Eifersucht, würde ich hinzufügen. Denn ich glaube, dass sie sich die Existenz einer anderen Familie und anderer Beziehungen als den eigenen in Sayonaras Leben nur ungern eingestand.

»Ich war noch nicht auf der Welt, als meine Mutter starb«, mit ihrer Neigung, andere in die Irre zu führen, trug Sayonara nicht gerade dazu bei, die Daten in Übereinstimmung zu bringen.

Die *madrina* sagte also nichts zu ihrer Ziehtochter, aber sie begann, unbemerkt deren Schritte zu überwachen, besonders in den Stunden zwischen Nacht und Tag, und sobald sie sah, dass das Mädchen die Richtung zur Eisenbahn einschlug, nahm sie unter irgendeinem Vorwand ihren Arm und ging mit.

»Ich hatte Angst, dass ihr Blut sie rufen und unter den Zug werfen würde«, bekennt sie mir gegenüber. »Die Todesart ist nämlich erblich, wussten Sie das? Wie die Augenfarbe und die Schuhgröße.«

Nicht nur Todos los Santos und ihre Freundinnen, auch ich erfuhr nur durch jenen einen Satz von der Mutter und dem Bruder und von deren Selbstmord. Für einen kurzen Augenblick zeigten sie sich, fesselten meine Aufmerksamkeit mit dem Rätsel ihres Todes, tauchten wieder unter und bescherten mir eine schlaflose Nacht, in der ich wach lag und aus meinem Zimmerfenster vom Hotel Pipatón den Fluss anschaute. Der einstige Gran Río de la Magdalena kam mir vor wie eine lange Abwesenheit: Langsam, schwarz, voller Bagger – waren diese braunen Ungeheuer mit den Beinen im Wasser überhaupt Bagger? – und anderer orthopädischer Eisenapparaturen ist er die Erweiterung der Raffinerie geworden, die sich am gegenüberliegenden Ufer erstreckt und den nächtlichen Himmel mit dem pausenlosen Ausstoß ihrer hohen Schlote verpestet. Ein damit unvereinbarer weiblich-süßlicher Geruch entstieg den metallenen Röhren. Don Pitula, der Taxifahrer, der mich nach Tora fuhr – und fünfundzwanzig Jahre lang als Schweißer bei der Raffinerie angestellt war –, hatte mir am Nachmittag erzählt, dass die parfümierten Rauchschwaden aus der Duftmittelanlage stammten, wo das Erdöl zu Shampoos, Gesichtscremes und anderen Kosmetika weiterverarbeitet wurden.

»Die Anlage mit dem angenehmsten Geruch ist am giftigsten«, sagte er zu mir. »Wer da arbeitet, unterschreibt sein eigenes Todesurteil.«

Dieser tödlich-frivole Duft, diese toxische Ausdünstung billiger Parfüms lagerte sich in meinem Hotelzimmer ab, kroch mir durch die Nasenhöhlen bis ins Gehirn und malte dort ein verschwommenes Bild von Sayonara, deren Wesen ich, ohne sie je gekannt oder gesehen zu haben, seit mehreren Wochen zu ergründen versuchte. Dabei stellte ich mich zwar nicht ungeschickt an, wie ich mir bis dahin einbildete, war aber dennoch bemüht, ihre einzelnen Teile so zu bearbeiten, dass sie sich zu einem kohärenten Ganzen fügten. Da tauchten die Gespenster der Mutter und des Bruders mit der ganzen Brutalität ihres Freitods auf und machten mir das Puzzle, das ich bis dahin halbwegs zusammengelegt hatte, ein für alle Mal kaputt. Wer waren sie? Warum hatten sie sich das Leben genommen? Welchem nekrophilen Ruf folgten diese Menschen? Gestern hatte ich noch nichts von ihnen gewusst, und heute warfen sie sich mit der Bürde einer so unabweisbaren und unergründlichen Vergangenheit auf mein Bild von Sayonara, dass die feine Zeichnung ihrer Gegenwart in ihrem Sandbett zu versickern drohte. Diese Mutter und dieser Bruder standen aus dem Nichts plötzlich vor mir und hatten einen beunruhigenden Gast dabei, mit dem ich nicht gerechnet hatte, jedenfalls noch nicht und auch nicht in diesem Maße: den Hauch des Todes, der sich in jener Nacht mit dem klebrig süßen Geruch aus der Duftmittelanlage mischte.

»Der hässliche Vogel flatterte um Sayonara herum«, hat mir die Fideo mit einer Klarheit und einer Schärfe erklärt, wie nur Sterbende sie besitzen, und meint damit den Tod. »Das steht fest, aber sie hat es verstanden, ihn zu bändigen. Mir wirst du nicht die Augen auskratzen, befahl sie ihm, und das Biest hat stillgehalten. Es ist nicht weggeflogen, aber es hat ihr auch nichts zuleide getan.«

Ich erfuhr, dass Todos los Santos ihre Nachstellungen und Ängste vor Sayonaras selbstmörderischem Instinkt bald wieder fallen lassen konnte. Diese zeigte nämlich zunehmend Gefallen am Leben und ein wachsendes Vertrauen in seine guten Seiten, und es deutete nichts darauf hin, dass sie zu denen gehörte, die sich diesseits des Himmels nicht wohl fühlten. Es stimmte zwar, wie die Fideo erkannte, dass der gierige Todesvogel immer auf ihrer Schulter saß, aber es stimmte ebenso, dass sie wusste, wie sie ihn dazu bringen konnte, ihr aus der Hand zu fressen.

Zwölf

Wie ging es unterdessen bei Sacramento weiter? Gemeinsam mit Freund Payanés lenkte er seine Schritte über eine holperige, von Alteisen und schadhaften Geräten gesäumte, von den Vögeln beargwöhnte und von der Vegetation bald verschlungene Landstraße. Mit schwieligen Händen und Füßen für den Arbeitsmarkt gerüstet, hatten sie die Pilgerschaft zum berühmten Campo 26 von der Tropical Oil Company angetreten, das sich in der Ungastlichkeit des Urwaldes erhob wie ein riesiger Industriepark, grau und eintönig mit seinem metallischen Getöse und umgeben von einem Stacheldrahtzaun. Bewaffnete Wachmänner hüteten den Schatz aus Wippen und Türmen, aus Kränen und Turbogeneratoren, aus Steigrädern, Kesseln und Pumpanlagen vor jeglicher Bedrohung.

»Das gefällt mir nicht, *hermano*, sieht aus wie ein Gefängnis«, protestierte Sacramento, als sie die Anlage von Ferne erblickten.

»Freu dich, anstatt dich zu beschweren«, erwiderte der Payanés, »das hier ist nämlich das Gesicht des Fortschritts. Sieh es dir genau an, denn in fünfzig Jahren wird es überall auf der Erde so aussehen: Wohlstand pur für die ganze Menschheit.«

Ein Einstellungschef vom gleichen Zuschnitt wie jener, der sie vor einem Jahr abgewiesen hatte, stellte sie diesmal als Gehilfen des *cuñero* ein, den Payanés mit dem Ausweis Nummer 29.170 und Sacramento mit dem nächsten, Nummer 29.171.

»Das ist die allerschönste Zahl, die schickt mir mein guter Stern«, sagte der Payanés zu Sacramento. »Meine Mutter ist an einem 29. gestorben – ein gesegnetes Datum.«

»Und die anderen drei Zahlen von deiner Nummer, die Eins, die Sieben und die Null, was hat es damit auf sich?«

»Ist doch klar, Mensch, die Null ist das Universum, Symbol der Ewigkeit und außerdem rund wie das Loch im Arsch.«

»Und die Siebzehn?«

»Die ist übrig; damit hat es gar nichts auf sich.«

»Ich hätte gern eine Fünf in meiner Nummer gehabt. Die Fünf ist meine Lieblingszahl.«

»Beschwer dich nicht. Du hast auch die 29 bekommen, den Todestag meiner gesegneten Mutter.«

»Aber ich kenne sie doch gar nicht ...«

»Sei dir gewiss, dass sie dich geliebt hätte wie einen eigenen Sohn.«

»Na gut, wenn du meinst ...«, sagte Sacramento halbwegs versöhnt.

Ein Arbeitsvertrag auf irgendeinem Ölfeld und insbesondere auf den Campos 9, 22 oder 26, wo die meisten Barrels gefördert wurden, war gleichbedeutend mit einem Stammplatz im Himmel. Eine größere Ehre und eine höhere Sicherheit hätte sich kein Mann vorstellen können, das war ein Halt inmitten stürmischer Zeiten. Jetzt sind wir Arbeitnehmer, wiederholten sie sich ein ums andere Mal gegenseitig und sprachen den Satz mit mehr Stolz aus, als wenn sie zu Königen von Rom gekrönt worden wären. Inmitten dieser riesigen, umherziehenden Menschheit zum *petrolero* gekürt zu werden, war die Rettung schlechthin.

Das Glück der beiden jungen Männer, endlich mit Dienstausweis und Lohn als ein vollwertiges Mitglied zur

Arbeiterklasse und obendrein zum heldenhaften Verband der *petroleros* zu gehören, war so groß, dass sie vergaßen zu fragen, was ein *cuñero* eigentlich war und erst recht der Gehilfe des *cuñero*.

»Geht zur dünnen Emilia und fragt nach Abelino Robles, dem Gruppenchef. Ihr müsst seinem Befehl unbedingt gehorchen, auch wenn er von euch verlangt, einer Nixe Hosen anzuziehen.«

Sie beteuerten, dass sie das selbstverständlich tun würden, dass auf sie Verlass sei, und stürmten vor lauter Begeisterung mehr fliegend als gehend aus dem Büro, ohne genau zu wissen wohin.

»Könnten Sie mir bitte sagen, wer die dünne Emilia ist und wo ich sie finden kann?«, fragte Sacramento einen Arbeiter mit freundlichem Gesicht, der gerade vorüberkam.

»Habt ihr das gehört?«, fragte der Arbeiter seine Begleiter. »Hier ist einer, der es kaum erwarten kann, Emilias Bekanntschaft zu machen.«

»Hüte dich davor, sie zu ficken, sonst reißt sie dir den Schwanz ab«, riefen sie ihm lachend nach und gingen weiter.

Da die dünne Emilia sich weder als dünn noch als eine Frau erwies, sondern einer der Bohrtürme vom Campo 26 war, liefen Sacramento und der Payanés wegen dieses Patzers dunkelrot an, und sie erkannten, dass sie in Zukunft besser aufpassen mussten, die Augen aufmachen und sich lieber auf die Zunge beißen sollten, als etwas Falsches zu sagen. Emilia, der älteste und verehrteste Turm der Station – ein Gardner-Denver von 1912 – dominierte mit seiner soliden Struktur das Zentrum des Ölfeldes wie ein ritueller Obelisk. Dickhäutig und anachronistisch, imposant, allmächtig und brutal in der erbarmungslosen Besessenheit, sich mit ihren diamantenen Bohrkronen ins Herz der Erde zu schrauben, war Emilia nicht nur dafür berühmt, seit Jahrzehnten Tag und Nacht fehlerfrei zu funktionieren, sondern auch für unerbittliches Temperament. Man sagte ihr nach, sie sei nachsichtig mit jenen, die sie mit Weisheit und unter Einsatz aller fünf Sinne zu bedienen verstünden, lasse jedoch Stümper und Dummköpfe ihre Unachtsamkeit mit dem Leben bezahlen, wie es bereits bei zwei Gelegenheiten geschehen war, einmal, als sie einen Bohrturmwächter aus fünfzehn Metern Höhe wie eine Taube ohne Flügel zu Boden fallen ließ, und das zweite Mal, als sie Jahre später einen Schweißer mit dem Hieb eines Drahtseils, das sich plötzlich ohne Vorankündigung aus seiner Verankerung löste, wie mit einer Peitsche zweiteilte.

»Seht sie euch genau an«, riet ihnen Abelino Robles, der älteste *cuñero*. »Sie dreht nicht nur den Bohrer in einem Affenzahn; auch das kleinste Teil von ihr wiegt so viel wie ein Mann. Es genügt, dass euch ein Ventil auf den Fuß fällt, damit ihr für immer lahm bleibt, und wenn ihr die Hand dahin steckt, wo sie nicht hingehört, dann gnade euch Gott.«

»Was für ein Turm, diese Emilia! Ich habe noch nie eine so großartige Bestie gesehen«, sagte der Payanés beeindruckt und betrachtete den Bohrturm mit einer Mischung aus Achtung und Argwohn wie eine heidnische Kirche, während er zärtlich mit der Hand über ihre Stahlkonstruktion fuhr und ihr, ohne es recht zu merken, die Treue schwor, die er ihr von jener ersten Begegnung an bis zum Tod halten würde.

»Dann ist der Payanés also schon gestorben?«

»Emilia ist gestorben.«

Der Bund zwischen den beiden wurde noch am selben Abend besiegelt, als ein fliegender Händler, der in der Kunst des Tätowierens einiges Geschick zu haben schien, des Weges kam und dem Payanés anbot, ihm den Namenszug seiner Geliebten schmerzlos an einer beliebigen Körperstelle zu verewigen.

»Schreib Emilia hierher, auf die Brust. Und mach ein kleines Bildchen daneben.«

»Willst du lieber einen Dolch oder eine Schwalbe?«

»Nein, keinen Dolch und auch keine Schwalbe.«

»Und wie wäre es mit einer Rose?«

»Das geht, eine Rose; eine Rose mit Stachel und Blutstropfen.«

»Die Rose ist nicht besonders gut gelungen, sie sieht eher aus wie eine Nelke«, bemerkte Sacramento später, als er das für alle Ewigkeit mit blauer und roter Tinte in die linke Brust seines Freundes gestochene Bild betrachtete. »Der Tropfen sieht wirklich sehr echt aus. Aber das ›Emilia‹ ... Das ›Emilia‹, ich weiß nicht, das kommt mir gewagt vor. Wenn sie dich an einen anderen Arbeitsplatz versetzen, dann kannst du dir das Hemd nicht mehr ausziehen, nicht mal, um dich zu waschen.«

»Sie werden mich an keinen anderen Arbeitsplatz versetzen«, versicherte der Payanés, bevor er in seiner Hängematte einschlief. »Ich werde nämlich der beste *cuñero* im ganzen Land werden, warte mal ab.«

Drei Tage lang – ihre gesamte Lehrzeit – erledigten die beiden Burschen die niedrige Aufgabe eines Gehilfen des *cuñero*, die darin bestand, den Schlamm von der Plattform zu entfernen. Gleichzeitig verfolgten sie, ohne ein Detail zu verpassen, ganz genau, wie Abelino Robles mit einem anderen erfahrenen Arbeiter den Beruf des *petrolero* mit der Präzision eines Uhrmachers und dem psychologischen Scharfsinn eines Raubtierdompteurs so ausübte, dass sie die monumentale Emilia mit ihrem rasenden Räderwerk regelrecht zu bändigen schienen.

»Jetzt seid ihr dran«, verkündete Abelino Robles am Morgen des vierten Tages.

»Auf, auf!«, ermunterte der Payanés Sacramento. »Wir wollen der Nixe Hosen anziehen!«

Der Rohrstrang, der beim Bohren bis zu dreizehntausend Fuß in die Erde eindrang, wurde zusammengesetzt, indem die *cuñeros* von einer tief liegenden Bühne aus die einzelnen Rohrabschnitte von jeweils fünfzehn Metern Länge daran festschraubten. Dafür musste Sacramento das neue Rohrstück, das von der Mitte des Turmes vertikal herabhing, mit einem als Skorpion bezeichneten Kraftschlüssel packen, während der Payanés am Ende der bereits versenkten Röhre eine hundertdreißig Pfund schwere Zahnkrone aus Stahl verkeilen musste. Jedes Mal, wenn der Drillbohrer verbraucht war, mussten sie das Gestänge herausholen und alle Teile in umgekehrter Reihenfolge wieder auseinander nehmen.

»Ihr müsst zu zweit arbeiten, dabei ist jeder auf den anderen angewiesen«, warnte der Berufsveteran sie. »Wenn du mit dem Skorpion abrutschst, Sacramento, dann zerschneidet das Rohr deinem Freund die Hände, und wenn du die Zahnkrone nicht richtig aufsetzt, Payanés, dann rutscht der Rohrstrang durch, bei Sacramento dreht sich der Skorpion, gerät außer Kontrolle und verletzt ihn.«

Von Anfang an bewies der Payanés seine angeborene Fertigkeit und Berufung für diese Arbeit, die er mit Gelassenheit, ja sogar mit Freude verrichtete und dabei voller Stolz die pochende Rose des *petrolero* mit ihrem spitzen Stachel und dem Blutstropfen auf seinem entblößten, schweißgebadeten Oberkörper zur Schau stellte. Demgegenüber wirkte Sacramento ängstlich, unsicher, nervös und angespannt, als würde er Minute für Minute jede Stunde zählen, die ohne Zwischenfall bis zu ihrem Schichtwechsel verging.

»Keine Sorge, *hermano*, ich verfehle dich nicht«, brüllte er immer wieder durch das ohrenbetäubende Kettenrasseln zum Payanés hinüber, als wollte er sich selbst beruhigen.

Nach einem achtstündigen Einsatz ohne Pause erklang die Sirene, und die beiden verließen die dünne Emilia und trabten, Arm in Arm, erschöpft, bis an die Zähne mit Schlamm bespritzt und glücklich wie zwei Schuljungen, die soeben ein Fußballspiel gewonnen hatten, auf die Baracken zu.

Nur drei Wochen lang genoss Sacramento sein Arbeiterglück, und das bedeutete für ihn vor allem die Möglichkeit, Sayonara näher zu kommen. Die Krankheit, deren Keim er bereits in sich trug und die ihm auf den Fuß gefolgt war, fiel nun mit aller Wucht über ihn her. Zunächst kündigte sie sich mit einem dumpfen, andauernden Kopfschmerz an, den er aber der täglichen Achtstundenschicht am Bohrloch zuschrieb.

»Meine Gedanken wurden immer verworrener und meine Liebe zu Sayonara immer qualvoller, die Schuld dafür schob ich auf das Maschinengetöse. Auch wenn ich mich davon entfernte, verfolgte mich das Gehämmer. Ich hörte es die ganze Nacht hindurch, und das Vibrieren erschütterte mich bis ins Mark.«

Dann verlor er den Appetit, erbrach, selbst nüchtern, gelben Schleim und andere Körpersäfte, aber auch dafür hatte er eine Erklärung: Diesmal waren es die klumpigen Kugeln aus kaltem, schmalzverklebtem Reis, die zur Mittagszeit an die Arbeiter ausgeteilt wurden und deren kompakte Konsistenz so ungenießbar war, dass sie es vorzogen, damit zu kicken.

Als Nächstes wurde er blass wie eine Altarkerze, und ein starkes Stechen durchbohrte ihm die Schläfen, begleitet vom beginnenden Fieber. Sacramento wurde krankgeschrieben, und die Ärzte diagnostizierten Sumpffieber. Er kam ins reinliche weiße Lagerhospital und teilte nun den Saal und das Schicksal mit ein paar Glückspilzen, die nach fünfzehn oder zwanzig Tagen als geheilt entlassen wurden, und ein paar Pechvögeln, die, von Gebirgslepra, Malaria, Darminfektionen oder Tuberkulose verzehrt, für die Company untauglich waren und eine finanzielle Einbuße darstellten.

In diesen aseptischen Winkel des industriellen Paradieses verstoßen, wehrte sich Sacramento mit allen verbleibenden Kräften gegen den invasiven Parasiten, und die Erbitterung des in ihm tobenden Kampfes begann sich in einem extrem hohen Fieber auszudrücken, begleitet von Schüttelfrost und einem Beben bis in die Knochen, die bei ihrer Selbstverteidigung krachten.

»Ich werde schon schwarz, *hermano*«, sagte er zu einem Krankenwart namens Demetrio.

»Das sind die Säfte der Melancholie, die durch deinen Körper fließen«, erklärte Demetrio ihm, der nicht gerade diplomatisch war, wenn es darum ging, den Kranken die Symptome ihrer Gebrechen zu erläutern.

»Schwarze Säfte, sagst du?«

»Richtig. Sie verkorksen dir nach und nach die Leber, die Milz, das Hirn, die roten Blutkörperchen. Also alles. Alles wird allmählich schwarz davon.«

»*Hermano*, ich sterbe bei lebendigem Leibe«, klagte Sacramento gegenüber dem Freund Payanés, der ihn in jeder freien Minute besuchen kam. »Ich brenne vor Fieber und vor Liebe und vergehe bei kleiner Flamme. Findest du nicht, dass ich schon ganz schwarz aussehe?«

»Schwarz? Nein, eher gelb. Aber das wird schon wieder vorbeigehen. Früher oder später ist das bei allen vorübergegangen.«

Trotz der krampfhaften Trostworte seines Freundes fühlte Sacramento sich immer schwächer und immer dünner werden, während der mikroskopische, aber kühne Feind in seinem Inneren immer größer wurde, sich vermehrte und in Ringen, Stäbchen und Trauben beängstigende Formen annahm.

Apathische Krankenpfleger schritten zweimal täglich die Bettreihen der so genannten Konvaleszenten ab, wo Sacramentos Pritsche, wer weiß nach welchem Kriterium, gelandet war; dabei schenkten sie niemandem besondere Aufmerksamkeit und stellten den Kranken auch keine Fragen, sondern teilten nach Gutdünken die einzigen verfügbaren Arzneien aus: Chinin gegen Fieber, Aspirin gegen Schmerzen, Brown Mixture gegen Entzündungen und White Mixture gegen alles andere.

»Freu dich nicht zu früh. Die Tabletten sind nämlich noch giftiger als die Krankheit«, warnte Demetrio ihn, wenn er ihm seine Chininration verabreichte. »Schau dir diese Pillen an, sie sind dick und rosa wie die Frauen und genauso schädlich wie sie.«

Wie ein schlechter Schauspieler führte Sacramento jeden Morgen dieselbe kurze, trügerische Szene auf. Er erhob sich auf seinen zittrigen Beinen, spritzte sich ein wenig Wasser ins Gesicht, führte den Kamm die halbe Strecke durch die struppigen Strähnen und verkündete, dass es jetzt gut sei, dass er geheilt sei und man ihn zur dünnen Emilia bringen solle, er würde nämlich jetzt an seine Arbeit zurückkehren.

»Sagt mir, wo es Öl gibt«, faselte er, »und ich bohre euch das Loch.«

In der nächsten Minute sank er erschöpft von der unnötigen Anstrengung wieder auf sein Lager, überließ sich dem Fieber, gab seine Existenz in dieser Welt auf und versank in seiner delirierenden Leidenschaft für Sayonara. Er verharrte stundenlang reglos, die Augen in die Höhlen zurückgesunken, und flüsterte ihr, seines ganzen Daseins entseelt, ungereimte Bitten ins Ohr, bis er spürte, dass ihm der Schweiß auf der Haut gefror und zu einer hauchdünnen Salzschicht wurde, die ihm zuraunte, dass alles vergebens sei und seine Träume für immer enttäuscht würden.

»Ich war davon überzeugt, dass es meine letzte Rettung war, aus Liebe zu sterben; je eher desto besser.«

Nachdem er sich dieser Starre hingegeben und sich widerstandslos in die Vorstellung des Nichts gefügt hatte, bemerkte er verärgert, wie sein Organismus ohne seine Zustimmung erneut den Kampf gegen den Parasiten aufnahm; wie sich das Heer der weißen Blutkörperchen ohne seinen Befehl noch einmal gegen das Fieber und die Verschlechterung seines Zustands aufbäumte; wie das fordernde Leben sich empörte und wider ihn selbst nicht bereit war aufzugeben, ohne ein letztes Mal zu seiner Verteidigung Stellung bezogen zu haben.

An seinem ersten arbeitsfreien Freitag fuhr der Payanés nach La Catunga, kam aber nicht ins Dancing Miramar, weil es überfüllt war und davor noch eine zwei Häuserblocks lange Menschenschlange auf Einlass wartete. Daher begnügte er sich damit, in einer drittklassigen Kneipe ein paar Gläser zu trinken, und ließ sich dabei von einem Mädchen namens Molly Flan Gesellschaft leisten. Am Sonntagabend kehrte er zum Campo zurück und lief unverzüglich ins Hospital, um dem bettlägerigen Freund Nachricht von Sayonara zu bringen.

»Ich konnte sie nicht sehen, *hermano*, aber ich habe gehört, was die Leute von ihr sagen. Dass sie die beeindruckendste Frau von ganz Tora ist und dass sie keine Frau ist, sondern ein Panther.«

»Warst du mit ihr zusammen?«

»Ich habe doch gesagt, dass ich nicht drin war, sie ist viel zu begehrt. Die Leute erzählen, dass sie sich nur mit Gringos, mit Ingenieuren und Verwaltungsangestellten abgibt. Sie sagen, dass sie für einfache Arbeiter wie uns kein Interesse und auch keine Zeit hat.«

»Dann stimmt es also, dass es sie gibt ...«, vor Sacramentos glasigen Pupillen zogen die Fäden des Fiebers einen schwarzen Schmutzfleck auseinander, formten ihn zur Katze, zum Sumpf, zur Frau, zur Gewitterwolke und wieder zur Katze.

»Erzähl weiter«, bat er den Payanés, während dieser die bemitleidenswerte Magerkeit des Kranken und seine ungesunde, zwischen gelb und grün schwankende Gesichtsfarbe wahrnahm.

»Ich muss gehen, Sacramento. Ich will noch ein wenig schlafen, bevor die Arbeit wieder beginnt.«

»Erzähl es mir noch einmal, dann kannst du gehen.«

»Was soll ich dir erzählen ...«

»Der Panther, sag mir, wie der Panther ist?«

»Was für ein Panther?«

»Jene Frau, Sayonara. Hast du nicht gesagt, sie würde aussehen wie ein Panther?«

»An deiner Stelle würde ich meine Ziele niedriger stecken, um Enttäuschungen zu vermeiden. Ich habe eine kennen gelernt, die Molly Flan heißt, du hättest sehen sollen, was die für funkelnde Äuglein hat ...«

»Sei still, mir tut der Kopf weh. Erzähl mir von Sayonara.«

»Schon wieder?«

»Nur noch einmal.«

»Ich habe dir doch erzählt, was sie sagen, dass sie dunkelhäutig ist und einem Angst macht. Dass sie nach Räucherzeug riecht und, wenn sie tanzt, die Männer hypnotisiert wie eine Schlange.«

Vor Sacramentos Augen zog sich der schwarze Fleck in die Länge und wurde zu einer Schlange, zu einer behaarten Schlange und dann zu einem Panther, ohne Augen und ohne Schwanz, dann wieder zu einem undefinierbaren, goldschimmernden Ölfleck, zu einem Fleck, der sich verführerisch drehte, mit Taille und langen, biegsamen Beinen, zwei Beinen, die seinen Hals wie Bänder umwickelten, ihm die Kehle zuschnürten und ihn vor Durst ersticken ließen.

»Hol mir Wasser, *hermano.*«

»Sie sagen, dass das Wasser vom Campo verseucht ist und Krankheitserreger enthält.«

»Gib mir trotzdem Wasser. Wann wirst du sie wiedersehen?«

»Was ist los?«

»Die Frau da ...«

»Am nächsten Freitag nehme ich dich mit, damit du sie selbst sehen kannst. Dann wirst du wieder auf den Beinen sein ...«

»Red keinen Scheiß, Payanés, ich werde sterben.«

»Unkraut vergeht nicht.«

»Hör gut zu, was ich dir jetzt sage. Wann fährst du wieder nach La Catunga?«

»Wahrscheinlich in einem Monat.«

»Bring dieses Geld hier einer Kleinen, die sie ›das Mädchen‹ nennen«, sagte er zu dem Freund und übergab ihm unangetastet den einzigen Halbmonatslohn, den er verdient hatte. »Sie ist wie eine Schwester für mich und wohnt bei ihrer *madrina*, Todos los Santos. Sag ihr, dass Sacramento ihr das schickt, damit sie sich was zu essen kaufen kann und nicht auf die schiefe Bahn kommt. Dann gehst du zu Sayonara und richtest ihr Folgendes aus, mit genau den Worten, die ich dir jetzt auftrage: Sie soll sich keine Sorgen machen, sobald ich wieder bei Kräften bin, komme ich und heirate sie.«

»Du bist verrückt, *hermano*. Willst du der Erlöser von gefallenen Mädchen werden? Und was ist, wenn sie gar nicht von dir gerettet werden wollen?«

»Sag ihr das. Sag Sayonara, das wäre die Botschaft von einem Mann namens Sacramento, und dass ich wüsste, wie sehr sie leidet, und kommen werde, um sie zu holen, sobald ich wieder gesund bin. Schwörst du mir das?«

»Ich schwöre es.«

Nachdem er sich davon überzeugt hatte, wie aussichtslos der Zustand seines Seelenfreundes war, verließ der Payanés bekümmert den Saal der Konvaleszenten. Du bist fertig, *hermano*, dachte er voller Schmerz, voller Zorn, voller Ohnmacht. Das Gehämmer eines Bohrers, der mit aller Macht versuchte, dem Planeten das Rückgrat zu brechen, dröhnte wie die Schritte eines Mammuts, weshalb ihn niemand hörte, als er laut ausrief:

»Sie lassen ihn sterben, diese verdammten Schweinehunde!«

Dreizehn

Llegaron los peludoooos!«

Jeden Freitagabend ging der Ruf in La Catunga von Frau zu Frau: *Llegaron ya los peluuudoooos!* Dies war der Auftakt zu einem romantischen Kostümfest von dunklem Glanz, opulent und elend.

Während der Woche folgten die Frauen von Tora beim hellen Sonnenschein in verblichenen Hängekleidern und mit baumelnden Brüsten einer zwanglosen Hausfrauenroutine. Dann bedienten sie, wenn sie mal nicht ihre Kinder stillten, in kurzen Bettepisoden, die sie sich versilbern ließen, ohne ihnen mehr Bedeutung beizumessen als dem Scheuern der Töpfe oder dem Füttern der Hühner, wahllos Kautschukarbeiter, Taguanuss-Sammler, Ruderer oder Händler.

»Woran dachten Sie währenddessen«, frage ich Todos los Santos. »Ich meine, wenn Sie mit einem von den Männern zusammen waren ...«

»Ich rechnete. Ich dachte an das Geld, das er mir geben würde, und rechnete mir aus, wie lange es beim aktuellen Preis für Kartoffeln, Bananen und für die Miete reichen würde. Während der Mann seine Sache erledigte, stellte ich meine Rechnungen an.«

Aber Freitag war Freitag, seine Ankunft lag in der Luft und kündigte sich mit dem Geschrei von Kindern, denen niemand die Windeln wechselte, an, mit der Ziellosigkeit der Hühner auf der Suche nach Brotkrumen, mit der Aufregung unter den Frauen, die, Boleros vor sich hin trällernd, am Wasserbecken standen und sich die Haare wuschen oder ihre Seidenstrümpfe zum Trocknen auf die Leine hängten. Die Abenddämmerung senkte sich über das Viertel und vergoldete die Armut, während die Gassen im künstlichen Licht der zahlreichen Glühbirnen wie ein Weihnachtsbaum erstrahlten. Die Kinder, vom Weinen müde, verkrochen sich in irgendeine Ecke und schliefen ein, während ihre Mütter wie Nachtfalter losflatterten, um sich dem Ritual von Galanterien, von Tanz und Trank hinzugeben.

Gegen sieben Uhr abends begannen die Frauen beim Dancing Miramar einzutreffen, in Zweier- oder Dreiergrüppchen, manche allein. Nicht wiederzuerkennen und meilenweit von ihrer Alltagserscheinung entfernt, hatten sie ihre weiblichen Rundungen in ein buntes Versprechen verwandelt, das hier und da seiner prachtvollen Verkleidung aus blauer Kunstseide, smaragdgrünem Satin und sonnengelber Viskose zu entschlüpfen drohte. Hals und Ohren von trügerischem Schmuck und falschen Diamanten glitzernd, die Elizabeth-Arden-Münder knallrot wie Herz-Asse, so strömten sie herbei, geschminkt, dramatisch, transvestitisch, eine Horde koketter, raublustiger, ungezähmter Katzen. Nein, eher Füchsinnen und mit dem vollen Bewusstsein, Huren zu sein, so wie der Stierkämpfer zum Stierkämpfer wird, wenn er die Arena betritt, oder der Priester erst Priester ist, wenn er am Altar das Abendmahl austeilt.

Von diesem Moment an webte das Leben schummrige, vom Alkohol vernebelte Trugbilder: Die Schatten der Wimpern waren wie von Geisterhand verlängert, die markantesten Gesichtsfalten geglättet, und die Nacht roch statt nach Abwasser nach Orangenduft. Aus den Grammofonen erklangen Tangos, die sogar die Katzen aufjaulen ließen, während im Hinterzimmer des Dancing Miramar, das wie ein UFO im Rauch schwebte, zwischen Kacheln und Putzmitteln die Liebe gedieh.

Vollmondfetzen stauten sich wie zersplittertes Glas zwischen Zigarettenstummeln und leeren Flaschen in den Ecken, als nach der Sause der Morgen am Horizont aufzog und sich die Melancholie über die nackten Paare auf den Lagern senkte und sie mit der Liebkosung eines Engels zudeckte.

Um acht Uhr abends, an einem anderen letzten Freitag im Monat, fand sich der Payanés plötzlich, verwundert und verzaubert zugleich, an einem Tisch im Dancing Miramar wieder. So muss es im Himmel sein, dachte er. Exakt, haargenau so muss es dort sein. Noch nie hatten seine Augen eine solch verschwenderische Pracht und Herrlichkeit erblickt. Die roten und schwarzen Samtpolster, das Dämmerlicht, der betäubende Rauchnebel, das Klirren der Kristallgläser, das Vorüberziehen all der festlich gekleideten Frauen, der Duft nach kostbaren Parfüms, das große Orchester mit den Klängen von Pérez Prado. Aber vor allem die eigene Selbstsicherheit, genährt aus der Gewissheit, das nötige Geld in der Tasche zu haben, um all dies auch bezahlen zu können; er, der Payanés, hatte es sich redlich verdient. Das hier ist also die Entschädigung für den *petrolero*, glaubte er zu verstehen. Er setzte sich bei Molly Flan auf die Knie und bestellte eine ganze Flasche Whiskey.

Auf der Bühne tanzte, über allen und niemanden wahrnehmend, im Schutz des Lichtkegels vom auf sie gerichteten Scheinwerfer, Sayonara in einer hochgeschlossenen Seidenbluse mit dichter Knopfreihe über dem Herzen, mit ihrer ungezähmten, wie ein Wasserfall herabfließenden Mähne und dem engen, langen, trauerfarbenen Rock, in dessen seitlichem Schlitz ihr braunes Bein zum Vorschein kam: Fußspitze, Knie, Schienbein und Oberschenkel.

»Ist sie das?«, fragte er Molly Flan.

»Ja, das ist sie. Was hat sie eigentlich, was wir nicht haben?«

»Sie ist dünn, aber schön«, bemerkte der Payanés wie zu sich selbst.

»Sie ist schön, aber dünn«, verbesserte ihn Molly Flan.

In sich selbst versunken, als würde sie auf den Wellen ihrer Träume reiten, ließ Sayonara ihre Bewegungen in ihrem Käfig ans Licht fließen. Inmitten des Lärms und der menschlichen Ausdünstungen wirkte der Raum um sie abgesondert, wie ein Sanktuarium, ungreifbar und unverletzbar, als schwebte er über der Mondlandschaft einer jenseitigen Welt.

»Niemand kann in die Einsamkeit dieser Frau eindringen«, dachte der Payanés laut.

Soll ich zur Bühne gehen und ihr von unten zurufen, dass ich ihr gratuliere, dass dies ihr Glückstag ist, weil mein Freund Sacramento ihr die gute Nachricht übermittelt, er würde sie heiraten? Er spülte einen brennenden Schluck Whiskey hinunter und fasste den Entschluss, ihr keinen Pieps zu sagen. Auf diese Weise würde er es dem Freund ersparen, sich zum Idioten zu machen, und – nebenbei gesagt – auch sich selbst, was noch wichtiger war. Er würde dem Mädchen den Umschlag mit dem Geld bringen, aber was die Mitteilung an jene Frau anging, die wollte er schleunigst vergessen.

»Bricht man ein Versprechen, wenn man es nur zur Hälfte erfüllt?«, fragte er Molly und versuchte, sich Gehör zu verschaffen, indem er das ohrenbetäubende Schweigen überschrie, das sich um das Mädchen von der Bühne ausbreitete.

»Was hast du gesagt?«

»Gar nichts.«

Vierzehn

Ich habe mir sehr oft dieselbe Frage gestellt wie Molly Flan: Was hatte Sayonara nur, was die anderen nicht hatten? Was war es eigentlich, was sie in einem bestimmten Augenblick von La Catungas Geschichte zu einer Art Rückgrat jenes entlegenen Universums aus Erdölarbeitern, *mujeres de la vida* und *amor de café* machte? Eine erste Antwort scheint in ihrer herausfordernden Art zu liegen, von der mir viele erzählt haben. Sie sagen, sie habe eine eigentümliche Wildheit besessen, die mehr war als Schönheit und anziehend und einschüchternd zugleich. Sicherlich könnte man auch eine notorisch hybride Kraft anführen, die die Mischung ihres Blutes ihr verlieh und ihr den Schwung und den Glanz eines jungen Fohlens gab.

Mit diesen Vermutungen bahne ich mir meinen Weg durchs Dunkel, weil ich Sayonara persönlich nicht gekannt habe, sondern die Einzelheiten ihrer Geschichte den Erzählungen und Erinnerungen ihrer Leute entnehme, insbesondere denen von Todos los Santos, die eines dieser monumentalen Wesen ist, denen zu begegnen ein Privileg im Leben ist. Mit ihr habe ich an unzähligen Nachmittagen, die wir plaudernd im Schatten der Gummibäume von Olgas Patio verbrachten, eine innige Freundschaft geknüpft, weshalb es absurd wäre, als Recherche, Reportage oder Roman zu bezeichnen, was meinerseits die Faszination für gewisse Menschen und ihre Lebensumstände war. Es trifft eher zu, dass dieses Buch aus einer Reihe winziger Geheimnisse aus Sayonaras Leben entstanden ist, die eins nach dem anderen gelüftet wurden, so wie man einer Blüte die Blätter auszupft, um zum Kern vorzustoßen.

Todos los Santos, Sacramento, Olguita, Machuca und die Fideo haben sich als vorzügliche Erzählerinnen erwiesen – mit der erstaunlichen Gabe, ihre jeweilige Tragödie ohne Pathos zu schildern, von sich selbst ohne jede Selbstgefälligkeit zu reden und dabei ihre Berichte mit der Intensität derer zu durchdringen, die, aus mir noch unverständlichen Motiven, bereit sind, sich einer Fremden anzuvertrauen; und zwar nur, weil diese schreibt oder aber gerade weil sie eine Fremde ist oder einfach weil sie ihnen zuhört. Als bekäme die eigene Lebensgeschichte, wenn man sie einem Außenstehenden erzählt, plötzlich eine tiefere Absicht, eine Art Beständigkeit und die Erklärung für ihren verborgenen Sinn.

Der bloße Zufall wollte es, dass ich mit der Welt von La Catunga in Berührung kam. Ich schrieb nämlich im Wettlauf mit der Zeit an einer Reportage über ein völlig anderes Thema, den Raub und inoffiziellen Wiederverkauf von Treibstoff durch eine kriminelle Vereinigung, welche im Volksmund das Benzinkartell genannt wird. In diesem Zusammenhang landete ich an einem Dienstag um elf Uhr vormittags mit einem Sportflugzeug der Linie Aces in Tora. Um zwei Uhr nachmittags war Sayonara mir bereits über den Weg gelaufen, rein zufällig, aber dafür mit beeindruckender Nachhaltigkeit.

Ich benötigte für meinen Auftraggeber, eine kolumbianische Wochenzeitung, das Foto eines gewissen Sergeants Arias Cambises, der sechs Monate zuvor ermordet worden war, weil er über den *modus operandi* jenes Kartells zu viel wusste. Daher fragte ich beim Fotoarchiv der Tageszeitung *Vanguardia Petrolera* nach dem Foto. Der junge Angestellte war gerade auf dem Weg zum Mittagessen, aber er vertraute mir und ließ mich selbst nach dem Foto suchen.

»Ich bin in einer halben Stunde zurück«, sagte er zu mir, worauf ich mich sofort an die Arbeit machte.

Da ich in den alphabetisch geordneten Karteikästen nicht fand, was ich suchte, wandte ich mich als Nächstes einem Haufen noch nicht archivierten Materials zu, einer wahren Pandorabüchse, die alles enthielt, nur keinen Sergeanten Arias Cambises: Straßenunruhen, *bambuco*-Komponisten mit ihren Sopranistinnen im Arm, junge Mädchen, die an ihrem fünfzehnten Geburtstag in die Gesellschaft eingeführt wurden, eine Demonstration in den Zwanzigerjahren mit der berühmten Arbeiterführerin María Cano an der Spitze, Prominente bei Ordensverleihungen, einen einheimischen Charles Atlas, der, als Amazonas-Indio bezeichnet, unter dem Rio Magdalena hindurchgeschwommen war. Ich fand sogar einen Wurf junger Angorakatzen in einem Körbchen, die mit einem Wollknäuel spielten. Unter hunderten Fotos allen möglichen Inhalts stieß ich auf eines, das nicht zu übersehen war.

Das Portrait eines Mestizenmädchens von einer dunklen, biblischen Anmut, ohne Schmuck und Schminke, vom Urwald umweht und gleichzeitig von einer abgründigen, wahrhaft verwirrenden Tiefe. Sie hatte die Haltung der Tahitianerinnen von Gauguin, aber keine Spur von der Naivität der gutmütigen Wilden. Ihre Züge waren indianisch, allerdings abgeschwächt, ihr Ausdruck hingegen – ich hätte nicht sagen können weshalb – verriet eine städtische Durchtriebenheit.

Ich legte das Foto beiseite, um weiter nach meinem Sergeanten zu suchen, aber ohne es recht zu merken, hatte ich es plötzlich wieder in der Hand und betrachtete den rigorosen Fall ihres dichten, streng in der Mitte gescheitelten Haars, die unmaniküre Vollkommenheit der mandelförmigen Fingernägel, die Augen dieses Mädchens, die schon zu viel gesehen hatten, und den zweideutigen Ausdruck der halb geöffneten vollen Lippen. *Strahlend wie Jerusalem und schrecklich wie ein Heer in Kampfstellung.* Als ich sie betrachtete, begriff ich endlich, wie die im Hohelied besungene Schulammit schön und schrecklich zugleich sein konnte.

Auch die Rückseite des Fotos hielt eine Überraschung für mich bereit. Es war kein Datum darauf verzeichnet, dafür aber die Unterschrift von Tigre Ortiz, einem berühmten kolumbianischen Fotografen, der in dem Ruf stand, die attraktivsten Frauen des Kontinents, darunter die Göttin María Félix, nicht nur abgelichtet, sondern auch geliebt zu haben. Unter der Signatur stand in Anführungsstrichen ein Wort: »Sayonara«.

»Haben Sie gefunden, was Sie suchen?«, fragte mich der Angestellte, als er vom Mittagessen zurückkehrte.

»Nein, aber ich habe das hier gefunden«, ich hielt ihm das Foto der jungen Frau hin. »Wissen Sie, wer das ist?«

»Das weiß doch jeder. Sie war eine berühmte Prostituierte hier in Tora.«

Einige Zeit später suchte ich in Santafé de Bogotá den inzwischen pensionierten, achtzigjährigen Tigre Ortiz auf, weil ich ihn bitten wollte, mir die Geschichte jenes Fotos zu erzählen, allerdings machte ich mir keine allzu großen Hoffnungen, dass er sich daran erinnern würde, schließlich musste sie viele Jahre zurückliegen. Doch, doch, er erinnere sich an dieses Foto, sagte er, und an alle anderen auch – er hatte das Gedächtnis eines Elefanten.

Er erzählte mir, dass ihn die Tropical Oil Company – die Troco – zu irgendeinem Anlass mit einer Fotoserie ihrer Anlagen für ihren Katalog beauftragt habe und er für die Abbildungen von Fördertürmen, Wippen und allerlei anderen Maschinen nach Tora, nach Infantas und nach El Centro gereist sei.

»Ich erinnere mich noch gut an einen berühmten Gardner-Denver-Turm vom Beginn des Jahrhunderts«, sagte er zu mir, »ein Museumsstück, fürwahr, das trotzdem funktionierte wie ein Schweizer Uhrwerk und auf das alle mächtig stolz waren. Ich kann mich entsinnen, dass ein paar Arbeiter mich gebeten haben, sie unter diesem Turm zu fotografieren.«

Nach zwei Wochen zog er in Begleitung einiger Ingenieure ins Freudenviertel von Tora, um den erfolgreichen Abschluss seiner Arbeit zu feiern. Da entdeckte er sie zur Nachmittagszeit, als sie barfuß, in einem losen Hemdblusenkleid, im Patio ihres Hauses stand und sich die Mähne entwirrte.

»Als ich sie erblickte, fiel mir Santi Muti ein, ein befreundeter Dichter, der den Ausdruck von der ›endgültigen indianischen Schönheit‹ prägte. Genau die hat dieses Mädchen besessen: eine kühne indianische Schönheit, die einem den Atem raubte.«

Er fragte sie, ob er sie so fotografieren dürfe, wie er sie angetroffen hatte, und statt einer Antwort lief sie erst ins Haus und holte sich die Zustimmung einer älteren Frau, die Tigre für ihre Mutter hielt. Er nahm an, dass die Frau von ihm Geld für das Foto verlangen würde, aber sie sagte bloß: »Na los, geh schon, Kind, lass dich fotografieren, das tut schließlich nicht weh.«

»Ich habe das Mädchen gefragt, wo sie herkäme«, erzählte Tigre mir weiter, »weil ich seit jeher glaube, dass

Frauen mit der Überzeugungskraft einer Eva aus Tolima kommen. Und ich hatte Recht. Zuerst hat sie geantwortet, sie sei Japanerin, dann hat sie gelacht und zugegeben, dass sie in Ambalema, Tolima, geboren wurde.«

Fünfzehn

Der Payanés hielt die Zechtour mit seiner Freundin, Molly Flan, in einem wohligen, unvergesslichen Alkoholrausch mit VAT 69-Likör und einem engen Merengue sechsunddreißig Stunden am Stück durch und ging am nächsten Morgen, noch ohne Bodenhaftung und in der wässrigen Benommenheit seines Katers, das Mädchen von Sacramento dort suchen, wo dieser ihn hingeschickt hatte: zum Haus einer Matrone namens Todos los Santos.

Da war es, Sacramentos Mädchen, und es war kein Mädchen mehr, sondern eine Frau in einem Patio, in dem die Zeit stillzustehen schien, mit Ana, Juana, Susana und der kleinen Chuza, alle fünf in frisch gebügelten hellen Sonntagskleidern aus Baumwolle, alle hintereinander in einer Reihe und damit beschäftigt, der Vorgängerin die Haare zu flechten, Susana Juana, Juana Ana, Ana Sayonara und Sayonara Chuza, die nicht stillhielt und sich nicht kämmen ließ, weil sie ihrerseits der Hündin Aspirina Bänder ins Fell flocht.

Mir ist nicht klar, ob der vom blauen Schimmer in den glänzenden Haaren der fünf Mädchen geblendete Payanés in jenem Moment gemerkt hat, dass Sayonara und das Mädchen ein und dieselbe Person waren, oder ob er vielleicht von Molly Flan schon vorgewarnt war. Es war nicht leicht, die Schöne der Nacht, die das Erzeugnis ihres eigenen Ruhmes war und sich auf ihrem erhöhten Podest der Liebe unzähliger Männer sicher sein konnte, mit dem Nachbarskind dieses Sonntagmorgens in Einklang zu bringen, das ganz die Schwester ihrer Schwestern war, ganz die Tochter ihrer *madrina*, ganz greifbar und authentisch in ihrem dörflichen Kleid, mit der Gestik eines einfachen Mädchens, diese Eine-unter-Vielen aus der anonymen Masse der Armen.

Tatsache ist, dass der Payanés im Torbogen stehen blieb und nicht wusste, was er sagen sollte, weil er diese Alltagszeremonie der Frauen im Inneren des kühlen, beinah dunklen Hofes, der sich gegen die irisierende Hitze der Straße abhob, nicht unterbrechen wollte, und dass er dort verweilte, weniger ein Beobachter als ein Erinnernder, als würde er von etwas träumen, was er früher, in den privilegierten Tagen einer gnädigeren Zeit, schon einmal gesehen hatte. Diese Mädchen könnten meine Schwestern sein, hat er vielleicht gedacht, die Schwestern eines jeden Mannes, und Sayonara könnte meine Frau sein oder die Verlobte meines Bruders, und jene Frau, Todos los Santos, oder eine andere wie sie, könnte meine Mutter sein, und dieses Haus, warum eigentlich nicht, dieses Haus hätte mein Haus sein können.

»Und die violette Glühbirne?«, frage ich Olga. »Die violette Glühbirne muss ihn doch auf den Boden der Tatsachen zurückgeholt haben …«

»Morgens wurden die Lichter gelöscht, und eine gelöschte Glühbirne ist eine stumme Glühbirne.«

Sie sagen, dass der Payanés von einer Ruhe überwältigt worden sei, die den vom Alkohol in ihm angerichteten Aufruhr besänftigte, von einem Wiedersehensglück mit dem eigenen Inneren und von der jähen Gewissheit, dass die Welt, trotz allem, immer noch die seiner Kindheit war.

»Aufwachen, Junge«, weckte Todos los Santos ihn plötzlich, als hätte sie seine Träumereien erraten. »Das hier ist weder das Haus deiner Schwestern noch deiner Verlobten, dies ist ein Haus von *putas.*«

»Sag Sacramento vielen Dank, aber ich schicke ihm das Geld zurück. Ich will dieses Leben nämlich gar nicht aufgeben, weil es mir nicht so schlecht erscheint«, sagte Sayonara zu ihm, als er ihr den Halbmonatslohn des Freundes aushändigen wollte. »Sag ihm, solange er weit weg ist, soll er mir weiter Postkarten schicken, ich habe nämlich schon lange keine mehr bekommen, und sie fehlen mir.«

Daraufhin versicherte ihr der Payanés, Sacramento habe weder Kartengrüße geschickt noch sei er nach Tora heruntergekommen, weil seine Arbeit ihn daran hindere, dass er aber stets an sie denke und es ihm im Allgemeinen gut ginge und er sich einer prächtigen Gesundheit erfreue.

Einer prächtigen Gesundheit – sie bestätigen mir, dass er genau das gesagt habe. Warum in aller Welt hat er kein Wort über die Malaria verloren, die Sacramento aufzehrte? Warum sprach er nicht von dem weißen Krankenhaus, wo die Kranken vom eigenen Schatten in den Schlaf gewiegt wurden, von den Schüttelfrost- und Fieberschüben, von den allein in eine Chinintherapie gesetzten Hoffnungen, deren Nebenwirkungen womöglich einen größeren Schaden anrichteten als die Krankheit selbst? Er, der Payanés, der stets solidarisch, unzertrennlich und verlässlich gewesen war, warum versagte er gerade jetzt? Vielleicht um den Freund nicht bloßzustellen, vielleicht aus Angst, indiskret zu sein, oder um die Leute nicht mit schlechten Nachrichten zu beunruhigen ... Oder aus einer bei sämtlichen Vertretern des männlichen Geschlechts bekannten Scham im Umgang mit den zutiefst menschlichen Dingen des Lebens? Als ob Einsamkeit, Unglück,

Schwäche, Kummer oder Malaria peinlich wären, unaussprechlich und selbst im Beichtstuhl, vor dem Arzt oder auch vor sich selbst nicht eingestanden werden dürften.

Was mich betrifft, so glaube ich einen anderen Grund zu ahnen, weshalb der Payanés schwieg. Im Laufe der Zeit und je besser ich Sacramento kennen lernte, habe ich nämlich zu bezweifeln begonnen, dass er damals tatsächlich krank war. An Malaria, meine ich, denn krank war er ganz gewiss: vor Sehnsucht. Er hungerte danach, zu lieben und geliebt zu werden, zu vergeben und Vergebung zu üben. Gegeißelt von der eigenen und der fremden Schuld, hatte sich der sanfte, gequälte und furchtsame Sacramento wie ein Vogel in den Wolken fremder Firmamente verloren, unfähig, sich mit dem zufrieden zu geben, was seine Augen erblickten und seine Hände berührten. Er wurde vom Fieber geschüttelt, das will ich glauben, aber vom Fieber des Widerspruchs zwischen Utopie und greifbarer Realität, zwischen einer mythischen und einer irdischen Liebe. Und er erbrach sich auch, gewiss: Denn er rang darum, seine voll gestopfte Seele, die sich partout ihrem Leib nicht fügen wollte, auszuspeien.

Kann es sein, dass der Payanés beim Freund vielleicht auch eher diese Erkrankung annahm und die Malariaschübe deshalb für sich behielt? Schon möglich. Kann es sein, dass er Sayonara den Heiratsantrag aus reiner Rücksichtnahme unterschlug, weil er davon ausging, dass Sacramento – der die doppelte Identität des jungen Mädchens nicht kannte – jene, die er als Schwester ansah, nicht würde heiraten wollen, was der Payanés mit großer Wahrscheinlichkeit zu wissen meinte? Schon möglich. Oder war auch das nicht der Grund?

Ganz offensichtlich deutet die erschreckendste – und einzig haltbare – Hypothese darauf hin, dass bereits in dieser Unterschlagungssünde das Schicksal die Hand mit im Spiel hatte, indem es begann, Stück für Stück das Fundament einer Tragödie zu legen. Obwohl ich bezweifle, dass es ein Genre gibt, das man tropische Tragödie nennen könnte. Denn im blendenden Licht der heißen Länder werden die scharfen Umrisse jedes Dramas weichgezeichnet, abgerundet, zu Traumgespinsten verzerrt und am Ende dem Vergessen übergeben.

Von einer Kraft getrieben, die größer war als er, und entgegen seinem gewohnten Verhalten und seinem hilfsbereiten Wesen, hätte der Payanés in dieser Situation eigennützig gehandelt, wenn Todos los Santos und Sayonara ihn so herzlich und erfreut willkommen geheißen hätten, als wäre der Ankömmling Sacramento persönlich gewesen; wenn sie ihm eine kühle Limonade angeboten und ein paar gefüllte Kartoffeltaschen, *empanadas de pipián* genannt, auf dem Herd aufgewärmt hätten. Dann hätte der stets um andere Besorgte, der Payanés, der Versuchung nicht widerstehen können, sich umsorgen zu lassen, sich einmal fremden Händen zu übergeben, die ihm das Gefühl vermittelten, daheim zu sein, in einem Haus, wo die frische Wäsche auf der Leine trocknete, wo die Papageien im Mangobaum saßen und krächzten, wo das Holz im Ofen brannte und die Legehennen im Hühnerhof gackerten, wo alles war, was einem Mann aus der lieblosen Härte des Lagerlebens vorkommen musste wie der Himmel auf Erden.

Ana, Juana, Susana und Chuza spähten aus ihrem Versteck hinter einer Bananenstaude und senkten stumm vor Schüchternheit die Köpfe, als er sie nach ihren Namen fragte. Meinte der Payanés vielleicht zu spüren, dass der Lärm der Welt in jenem Patio leiser wurde, dass die Hitze erträglicher war und der Limonenduft zum Aufatmen einlud, obwohl alles nur geliehen war? Insgeheim hat er dankbar sein müssen für Sacramentos Abwesenheit, für den Tausch der Gestirne, der ihm gestattete, den leeren Platz eines anderen einzunehmen und für eine Weile ein anderer zu sein – der er nicht sein durfte –, dessen Luft zu atmen und sich in die Frau zu verlieben, der man eine fremde Liebesbotschaft bringt. Wie dem auch sei, jedenfalls ist es nicht verwunderlich, dass er in dieser Situation so wenig und so diffus von dem fernen Kranken sprach.

»Heute ist *orillada*. Willst du mitkommen?«, lud Todos los Santos ihn ein.

In der Zeit der ansteigenden Pegel, wenn der Fluss anschwoll und sich mit Fischen füllte, organisierten die Frauen von La Catunga sonntags eine Veranstaltung, die sie *orillada* nannten, einen Ausflug mit gebratenem Fisch, starkem Rum und einer Combo mit Holzinstrumenten, in einer der kleinen braunen Sandbuchten am Ufer des Magdalena, die wenige Monate später, wenn sich der Strom erneut aufbäumte und über die Ufer trat, mitsamt den Fischen verschwunden sein würde.

»Das macht dreißig Pesos«, sagte Todos los Santos zu ihm. »Dafür bekommst du zu essen, zu trinken, Musik und Liebe.«

»Nur dreißig Pesos? Das Glück ist nicht teuer.«

»Das zeitweilige Glück, meinst du. Ein anderes gibt es nicht.«

Als der Payanés seine Tasche nach dem Geld durchwühlte, merkte er, dass er sein eigenes schon ausgegeben hatte und nur noch Sacramentos Kapital da war, das ihm die Finger versengte, kaum, dass er es berührte. Er überlegte zweimal und zweifelte dreimal, während die Alte mit ausgestreckter Hand vor ihm stand. Sacramento, *her-*

mano, nimm es mir nicht übel, entschuldigte er sich innerlich. Ich schwöre, dass ich dir deine Scheinchen durch die gleichen ersetzen werde.

Eine Stunde später schwamm der Payanés auf einem festlich mit Girlanden geschmückten Boot voller Musik und Menschen – noch immer in fremden Gewässern – flussabwärts. Er tanzte weder wie die anderen mit den Mädchen noch trank er wie die alten Frauen den Rum aus der Flasche. Stattdessen schwieg er und suchte unter dem kühleren Palmdach Zuflucht vor der Sonne. Er dankte den Nordwinden, dass sie den Vormittag ein wenig auffrischten und die altmodischen Klänge verteilen halfen, die von der Combo zur Erheiterung der Ausflügler angestimmt wurden und in ihm ein stechendes Bedürfnis nach wer weiß was weckten, das sich wie eine Nadel in sein Herz bohrte. Das erzählt mir Olguita, und ich frage sie, ob sie vielleicht von einer ersehnten, gewollten Nostalgie rede, wie der Stachel von der Rose, die der Payanés sich auf die Brust hatte tätowieren lassen.

»Darin war er ein Mann wie jeder andere: verliebt in seine Traurigkeit. Deshalb betrank er sich von Zeit zu Zeit, weil er am nächsten Tag, beim *guayabo*, dem Katzenjammer, seinen Kummer am stärksten spürte«, antwortet mir Olguita, und ich stelle fest, dass der kolumbianische Begriff *guayabo* im Gegensatz zu anderen spanischen Worten für Kater zwei Bedeutungen hat: Er heißt Kater und Nostalgie.

Sayonara hatte neben dem Payanés Platz genommen und unterhielt sich mit ihm, dabei ging sie mit dem Mund ganz nah an sein Ohr, damit der Wind ihre Worte nicht davontrug, und merkte womöglich gar nicht, dass sich ihr rechter und sein linker Arm ganz leicht berührten. Der Payanés dagegen nahm das sehr wohl wahr; mehr noch, er richtete seine gesammelte Konzentration auf dieses Vergnügen.

»Sieh mal«, sagte sie zu ihm und zeigte auf etwas. »Sieh mal, die wilde Schweineherde da drüben. Die kommen zum Fluss herunter, wenn sie durstig sind. Sieh mal, die Bucht dort heißt La Ciénaga de Doncella, wenn du genau hinguckst, siehst du die Spuren der Schildkröten, die nachts kommen und ihre Eier ablegen.«

»Und dort, wo die Frauen die Wäsche waschen?«, fragte er.

»Die Bucht heißt La Ciénaga de Lavanderas«, sagte sie, ohne den Körper von ihm zu lösen, der angenehm war und gut roch und den er mit seinem Begehren zu liebkosen begann, als wäre der leichte Hautkontakt mit ihr ein Versprechen für Kommendes.

Danach schwamm eine Leiche, feierlich und aufgedunsen wie ein Bischof, so nah am Boot vorüber, dass einer der Ruderer sie mit der Spitze seines Steckens wegstoßen musste, damit ihnen ihr süßlicher Totengeruch nicht in die Nasen stieg.

»Was glaubst du, haben die Guten oder die Bösen den umgebracht?«, fragte der Payanés, während die anderen weitertanzten, als hätten sie nichts gesehen.

»Das kann man nie wissen«, antwortete Sayonara.

»Kommen viele hier langgeschwommen?«

»Jeden Tag sind es mehr. Ich weiß auch nicht, warum die Toten den Fluss so mögen. Wer weiß, wo sie von ihm hingebracht werden wollen.«

Doch solange er die Nähe der warmen, sonnengebräunten Haut des Mädchens spüren durfte, war die feine Welt für Payanés eine ferne Kulisse – die Gebirgsschweine mit ihrem Durst, der Tote mit seinem Unglück auf dem Buckel, die Schildkröten und ihre Spuren, die Steine, die sich vor den Wäscherinnen bückten, die Frauen, die ihre Laken mit Leichenwasser spülten, die Flöten mit ihrem Geplärr, sogar die Stimme des Mädchens, die Worte und Nichtigkeiten aneinander reihte und ihn auf lauter kleine Erfindungen vom Herrgott hinwies. Von einem Herrgott, der vor allem diese Haut erfunden hatte, welche die seine genauso behutsam streifte, wie die Unterseite ihres Bootes die Wasseroberfläche streichelte.

»Auch ich bin vom Fluss. Aber ich komme aus einer anderen Stadt, von weiter oben«, vertraute sie ihm an. Auch ich, hatte sie gesagt und meinte damit, so wie die durstigen Schweine dort und die alternden Musiker hier und die noch älteren Schildkröten da drüben, wie der alterslose Tod und die Wäscherinnen am Ufer. Das sagte sie, und obwohl ihr der Payanés kaum zuhörte, würde er sich nie mehr in seinem ganzen Leben dem Río Magdalena nähern können, ohne an sie zu denken.

»Weder dem Magdalena noch einem anderen Fluss oder einer Stadt oder einem Berg«, versichert Olguita mir, die mehr als die anderen an die große Liebe zwischen dem Payanés und Sayonara glaubt. »Von diesem Tag an konnte er seine Augen nicht mehr öffnen oder schließen, ohne an sie zu denken.«

Sie fanden einen breiten Sandstrand, umgeben von großen Wiesen; dort legte das Boot an, und sie gingen an Land, schleppten den Proviant herbei und begannen die *orillada* vorzubereiten. Die jungen Frauen flochten sich leuchtend rote Cayennepfefferblüten ins Haar und rührten in einem Topf kühle Limonade mit einem Schuss Rum an, während die Alten immer wieder die Rumflaschen ansetzten und nach einem alten Rezept der Flussbewohner den *viudo* in Angriff nahmen. Sie gruben im Strand ein Loch, das als Ofen dienen würde, kleideten es mit *vihao*-Blättern aus und legten die während der Fahrt von den Ruderern geangelten Welse und Kleinmaul-Barsche vollständig und fast noch zappelnd hinein, dazu Maniok- und Bananenstücke, dann übergossen sie das Ganze mit einer Soße aus Zwiebeln, Salz und Tomaten. Zum Schluss bedeckten sie den *viudo* nochmals mit *vihao*-Blättern und zündeten über der Grube ein Lagerfeuer aus trockenem Holz an.

»Komm hierher, Kind«, befahl Todos los Santos, die keine Freundin von Sentimentalitäten während der Arbeitszeit war, und holte Sayonara vom Payanés fort. »Komm her und kümmere dich um die wichtigen Señores, die dort auf dich warten.«

Ohne zu merken wie lange, blieb der Payanés allein auf einem Baumstumpf am Strand sitzen und versank in der Betrachtung der vor seinen Augen schwirrenden Moskitos, die in den blauen Himmel Arabesken zeichneten. Durch den Nebel seiner verlangsamten, vom Rausch des Vortags noch stumpfen Wahrnehmungsfähigkeit beobachtete er die anderen mit einem Ausdruck von Unverständnis und Abwesenheit, die untrüglich den Fremden kennzeichnen. Nachdem sein Kontakt zu jener alles ordnenden Haut unterbrochen war, versank die Welt vor ihm im Rauch und zerbrach zur zusammenhangslosen Vision einer uralten Szene aus einer fernen, frevelhaften Vergangenheit. Junge Frauen mit Blumen im Haar tanzten zum Takt einer längst vergessenen Musik und überließen sich ohne Hemmungen ihren Bewegungen und ihrem Lachen. Andere Frauen, dunkel und faltig, hockten mit spröden Fersen, die Rockschöße zwischen den Knien, vor einem Erdloch, dem ein eindringlicher Essensgeruch entströmte. Er mochte angenehm sein, so dachte der Payanés, wenn man hungrig war, doch seinem geschändeten

Magen erschien er geradezu unerträglich. Der Payanés kam sich vor, als würde er die geheimen Riten eines fremden Stammes ausspionieren, als wären es die Urahnen jener jungen Frauen, die sich dort im Tanz drehten, und deren greise Mütter, die das Festmahl mit Maniok und Fisch zubereiteten. Noch wenige Stunden zuvor war ihm in der Frische des Patio von La Catunga die Welt klar und gesund erschienen, und während der Überfahrt hatte die Gesellschaft jenes Mädchens mit der duftenden Haut ihm die Seele geweitet, aber jetzt, als er sah, wie sie sich lachend von einem Fettwanst mit Sombrero in den Nacken küssen ließ, fiel das Leben plötzlich in vier Teile auseinander: den Essensgeruch, der seinem mangelnden Appetit fehl am Platz vorkam; den braunen Sand, der ihm die weiße Hose schmutzig machte und an seinen Schuhen klebte; eine Liebe, die in seinem Inneren starb, ohne je geboren worden zu sein, und ihn selbst, der in einiger Entfernung wie versteinert dasaß und dem vergnügten Schauspiel zusah und diese vier Teile zu keinem Ganzen mehr zusammenbekam.

Zu den Flöten hatten sich das Schlagen einer Trommel, ein Chor und die Solostimme einer betrunkenen Alten hinzugesellt, und die Luft war mal mit Jauchzern, mal mit Heulern und Schreien erfüllt. Nachdem er Sacramentos Mädchen, das jetzt einem anderen Señor im Arm lag und dann mit ihm in die Büsche verschwand, eine Weile verdrießlich zugeschaut hatte, verstand der Payanés endlich, was er lange nicht verstanden hatte. Dieses Unbehagen, das mir wie gemahlenes Glas im Magen liegt, ist das Gleiche, das Sacramento umbringt, hat er wahrscheinlich gedacht und korrigierte im nächsten Augenblick den Fehler, sich eine Sorge aufzubürden, die er instinktiv als falsch empfand.

»So, wie sie ist – eine *puta*. So will Gott, dass ich sie liebe«, sagte er fast laut vor sich hin und spürte, wie sich die Erleichterung in ihm ausbreitete und das Gefühl, auf Glas zu beißen, nachließ.

Als das Essen fertig war, richteten die alten Frauen es auf Bananenblättern an, die sie an alle verteilten, indem sie die Leute mit einer Handbewegung zum Essen riefen. Der Payanés, der ein Bewohner der Berge war und in der Kunst des Fischessens unerfahren, hatte den Mund voller Gräten, ekelte sich vor den runden Glotzaugen, die ihn mit der Aufforderung ansahen, sie zu verschlingen, und hegte ein solches Misstrauen gegenüber diesem schuppigen Wassertier, als wenn es giftig wäre.

»Du siehst aus, als ob du ein Stachelschwein isst«, lachte Sayonara, die wieder neben ihm saß und versuchte, ihm behilflich zu sein. »Sieh mal, du musst das Fleisch mit den Fingern aus den Zwischenräumen holen, dann machst du ein Häufchen, so, drückst es ein wenig zusammen und formst es zu einem Klumpen, bevor du es in den Mund steckst, damit du die Gräten findest und herausziehen kannst.«

Sie nahm ein Stück Fisch, säuberte es von den Gräten, wie sie es ihm erklärt hatte, und reichte es an ihn weiter.

»Ich kann nicht«, weigerte sich der Payanés und schob jenes allzu weiße, allzu weiche Stück Fleisch von sich. »Ich kann nicht. Ich muss noch immer an den Toten denken.«

»Hör auf mit dem Quatsch«, sagte sie zu ihm. »Du musst essen, und du musst leben, selbst wenn andere gestorben sind.«

»Wahrscheinlich ist es sogar eine Sünde, dieses auf so seltsame Art zubereitete Tier zu essen.«

»Hör auf, solchen Quatsch zu reden.«

Kurz danach schlüpften sie ins Buschwerk und zogen sich aus. Der Payanés liebte sie lustvoll und in einem gewissen Augenblick sogar jubelnd, doch vermisste er bei dieser gewöhnlichen Episode das eigentümliche Hochgefühl brennenden Wassers, das ihn Stunden vorher auf dem Fluss erschauern ließ. Sie dagegen bekam eine ganz sanfte Stimme, auch ihr Blick wurde weich, als wäre sie wieder ein Kind oder dürfte zum ersten Mal eins sein, und vergrub sich, auf der Suche nach Wärme und Frieden, in der Geborgenheit seiner Umarmung. Vielleicht auch auf der Suche nach Liebe? Ja, versichert mir Olguita, die Ruhe jenes Mannes wirkte von Anfang an tröstlich auf sie. Seine Worte versöhnten sie mit dieser Welt, und die Gewissheit seiner Gegenwart gab ihr darin Halt.

»Die beiden, Sayonara und der Payanés, waren für uns die wahrhafte Verkörperung des legendären Traumpaars von *puta* und *petrolero*. Wenn Sie mich fragen, welches der beste Moment in der Geschichte von La Catunga war, dann würde ich Ihnen antworten: ihre Begegnung. Vielleicht erzählen andere Ihnen, die Beziehung sei hochproblematisch gewesen, alles andere als vollkommen und dieses und jenes. Sie sollten nicht darauf hören. Für mich muss die Liebe rein und unverfälscht sein, wie bei den beiden.«

»Ist Emilia deine Freundin?«, fragte Sayonara und fuhr mit dem Zeigefinger über die pulsierenden Linien der Tätowierung auf seiner Brust.

»Nein«, lächelte er. »Das ist nur der Bohrturm, an dem ich arbeite. Wir nennen ihn die dünne Emilia.«

»Zum Glück«, sagte Sayonara mit einer unbegründeten Erleichterung, denn sie wusste noch nicht, dass ein Mann, der mit seiner Arbeit verheiratet ist, sein Herzblut in diese fließen lässt.

»Ich bin *cuñero*, weißt du? Ich glaube, ich kann es mit der Zeit schaffen, der schnellste *cuñero* von ganz Kolumbien zu werden«, sagte er und begann ausführlich von seiner Arbeit zu erzählen.

»Bleibst du heute Nacht bei mir?«, unterbrach ihn Sayonara.

»Ich kann nicht«, antwortete er ohne nachzudenken. »Ich muss noch heute ins Lager zurück, weil ich morgen Frühschicht habe.«

»Wann kommst du wieder nach Tora?«

»Am letzten Freitag im nächsten Monat, wenn Gott will.«

»Wirst du dann zu mir kommen?«

»Kann ich machen. Aber du musst dir den Tag für mich freihalten. Schwör mir, dass an diesem einen Tag kein anderer Mann zu dir kommt.«

»So war das«, klärt Olguita mich auf. »Die beiden saßen ein Stück von der Gruppe entfernt, sodass wir sie nicht sehen konnten, schließlich respektieren wir die Privatsphäre, unsere und die der anderen, und ein paar *patavacales*, die dort regelrecht wuchern, standen vor ihnen und verdeckten sie. *Patavacales?* Sie wollen aber auch die kleinsten Nebensächlichkeiten wissen! Also gut, wenn Sie schon fragen, dann will ich es Ihnen sagen. Ein *patavacal* ist ein Dornenstrauch mit Blättern, die wie Rinderhufe geformt sind, also herzförmig. Wie gesagt, die beiden saßen abseits und versteckt, aber das war ja nicht verwunderlich und ist bei Liebespärchen immer so. Man sucht sich eine halbwegs geschützte Lichtung, breitet eine Decke auf der Erde aus und tut da ohne viel Aufhebens seine Arbeit. Danach geht man mit seinem Partner, oder auch alleine, in den Fluss und kommt wie neugeboren wieder heraus. Ich habe ja erzählt, dass wir den Payanés und Sayonara nicht sehen konnten, aber wir haben trotzdem gewusst, was sich bei ihrem Schäferstündchen abspielte, und ich habe es auch auf Todos los Santos' besorgter Miene gelesen: Sie befürchtete nämlich, das Mädchen könnte sich in Sacramentos Freund verknallen und die anderen Kunden vernachlässigen. Anschließend haben wir sie nackt im Fluss baden sehen, sie, schmal und braun, er, ein eindrucksvoller, gut gebauter Mann mit zimtfarbener Haut; da standen die beiden bis zur Taille in dem von Lila ins Malvenfarbene spielende Wasser, und obwohl sie auf die Entfernung nur vage zu erkennen waren, sprang es einem regelrecht ins Gesicht, dass sie sich ineinander verliebt hatten. Es war die Dämmerstunde, wenn das Spektakel der Vögel verstummt und sich das Keuchen des Flusses legt, und wie wir später erfuhren, haben sie genau zu diesem Zeitpunkt ihren Schwur geleistet. Einen Schwur, der nach den Gesetzen vom *amor de café* die größtmögliche gegenseitige Verpflichtung war und ein Treueversprechen für einen einzigen Tag im Monat oder in der Woche besiegelte; für jedes Mal, wenn der Arbeiter vom Campo ins Vergnügungsviertel kam. Der Payanés und Sayonara schworen sich die eheliche Treue für den letzten Freitag von jedem Monat, und alle Leute wissen, dass ein Versprechen hier bei uns etwas Heiliges ist.«

»Abgemacht?«, fragte er, drückte die Frau an sich, die dank eines Eids fortan ein wenig mehr die Seine war, als die eines anderen – Sacramento eingeschlossen –, und merkte, wie sein Herz wieder in freudiger Erregung zu pochen begann: Er sah wieder die entflammten Fluten, er sah wieder die bis zur Phosphoreszenz schimmernde Luft, und er sah auch, wie sich eine riesige goldene Krone um ihren Kopf legte und leuchtete wie bei der Virgen de Guadalupe, geformt von den letzten Strahlen des Tages, die sich vom Abendhimmel ins flüssige Blau ihrer Haare stahlen.

»Abgemacht.«

»Wenn du Tora eines Tages verlassen solltest ...«, wollte er ihr Anweisung geben.

»Ich habe nicht vor, Tora zu verlassen.«

»Man kann nie wissen, wo einen das Leben hinschubst. Ich wollte sagen, wenn du Tora eines Tages verlassen solltest und dich irgendwo anders niederlässt, wo auch immer, dann warte den Tag ab, an dem wir unsere Verabredung haben, gehe auf geradem Weg zum Magdalena hinunter und warte am Ufer auf mich.«

»Der Fluss ist aber ziemlich lang«, wandte sie ein. »Er geht von oben nach unten durch das ganze Land ...«

»Du suchst einfach den Fluss, ich werde dann schon wissen, wo ich dich zu finden habe.«

»Später«, erzählt Olguita mir weiter, »als sie sich anzogen und wir das Picknick wieder auf das Boot verluden, um nach Hause zu fahren, passierte dann noch die Sache mit dem Medaillon. Auch da haben sie sich nach den Bräuchen gerichtet, weil *el amor de café* kein Versprechen ohne Pfand anerkennt. Manche nennen es auch Amulett, je nachdem. Und wussten Sie auch, dass es immer vom Mann getragen wird, niemals von der Frau? Außer wenn der Schwur für jeden Tag galt und für ein Zusammenleben, das gab es nämlich auch. Ansonsten hat es immer der Mann getragen, weil sie ja weiterarbeiten musste, verstehen Sie? Und kein Mann stößt bei einer Frau gern auf die Spuren seines Vorgängers.«

Mit einem kleinen Messer, dessen Griff ein Geißfuß war, schnitt der Payanés ihr eine lange Haarsträhne ab. Die flocht er und drehte sie zusammen, dann band er eine Hanfschnur darum, verknotete sie zu einer Halskette und segnete sie rasch mit kindlicher Feierlichkeit und den Gebärden eines Messdieners, küsste sie und legte sie sich um den Hals.

»Sag mir deinen richtigen Namen«, bat er.

»Du kennst ihn: Sayonara.«

»Das ist nur ein Spitzname.«

»Den richtigen habe ich vergessen.«

»Na los, sag ihn mir, nur mir.«

»Ich kann nicht. Wenn mein Vater erfährt, was ich für ein Leben führe, dann kommt er und bringt mich um.«

»Dann lassen wir es dabei.«

Der Payanés kam zu spät zum Bus, der ihn ins Lager zurückbringen sollte, und Sayonara begleitete ihn bis zu der wesentlich langsameren Bahn, zu jener unheilvollen Kreuzung, der Armería del Ferrocarril, über der stets ein Schwarm winziger, Trauer tragender Engel schwebt, die aussehen wie Fliegen.

»Genau hier hat sich meine Freundin Claire für immer von uns verabschiedet«, versuchte sie ihm im letzten Moment durch das Wagenfenster zu erzählen, aber der Zug, der ihn mitnahm, hatte sich schon in Bewegung gesetzt.

Sechzehn

»Sie saßen sittsam da«, erzählte mir gestern Abend Don Alonso Olmeda, ein altgedienter Arbeiter von der Troco, der zu Sayonaras Zeiten in La Catunga verkehrte und die *mujeres de la vida* kannte und achtete.

Sie saßen sittsam da, hat Don Alonso über die damaligen Prostituierten gesagt und mich mit dieser einfühlsamen Beobachtung überrascht, die mir für die Entschlüsselung jener Welt einen unentbehrlichen Hinweis lieferte, mit dem dieses Buch in Einklang stehen sollte, weshalb ich mich gezwungen sah, mir bestimmte, bereits niedergeschriebene Passagen noch einmal anzuschauen. Zum Beispiel den Satz: »... ihre weiblichen Rundungen in ein buntes Versprechen verwandelt, das hier und da seiner prachtvollen Verkleidung ... zu entschlüpfen drohte.« Wenn sie aber doch sittsam dasaßen? Ein kurioser und archaischer Begriff, diese »Sittsamkeit«, den meine Großmutter so häufig in den Mund nahm, nach ihr aber kaum noch jemand, als würde er eine aus der Mode gekommene Tugendhaftigkeit beschreiben. Sittsamkeit: ein magisches Wort, wenn es, wie bei Don Alonso, auf eine *puta* angewandt wird. Auf Spanisch heißt es recato, kommt vom lateinischen recaptare – das Sichtbare verbergen – und scheint sich auf eine geheime Welt zu beziehen, in der die Zurschaustellung gemieden wird. Bezeichnenderweise ist dies das Gegenteil von prostituere: vorn hinstellen, einem niedrigen Zweck unterstellen und dadurch herabwürdigen, ausstellen.

»Wie kleideten sie sich, Don Alonso?«

»Mit der Eleganz armer Frauen, die ihre Schönheit zum Strahlen bringen möchten.«

»Keine Dekolletés und anschmiegsamen Stoffe?«

»Dekolletés schon und anschmiegsame, auffällige Kleider auch, aber nichts, was irgendwie auf vulgäre Weise aufmerksamkeitsheischend gewesen wäre. Das berühmte Striptease wäre damals niemandem in den Sinn gekommen. Heute ist es aus keinem Bordell mehr wegzudenken, auch nicht aus dem Dancing Miramar und all den anderen Nachtlokalen in La Catunga. Dafür hatten wir Spaß an Tanzwettbewerben. Wir setzten Preise aus und veranstalteten Feiern für das beste Tanzpaar in Tango, Rumba oder Cumbia. Es war eine andere Welt, in der die Dinge eine andere Färbung hatten, und die Prostitution, verzeihen Sie mir diese persönliche Bemerkung, die Prostitution war keine Schande, weder für die Frau, die sie ausübte, noch für den Mann, der dafür zahlte.«

»Obwohl sie käuflich war?«

»Der *petrolero* hat hart gearbeitet und sein Geld sauer verdient. Die *prostituta* hat auch hart gearbeitet und bekam das Geld vom *petrolero*. Es heißt zwar, käufliche Liebe sei sündige Liebe, aber für mich ist das nichts anderes als das Gesetz des Marktes, schließlich fällt keinem das Brot vom Himmel. Und Sie dürfen nicht glauben, was sie Ihnen erzählen, dass *el amor de café* nur Lust ohne Liebe gewesen wäre. Wenn sich nämlich ein Kumpel in eine von den Frauen verguckt hatte, dann haben wir anderen versucht, uns von ihr fern zu halten und nicht dazwischenzugehen.«

»Hat das denn immer geklappt?«

»Nein, nicht immer. Manche Mädchen waren ziemlich skrupellos und haben ihre Männer gequält – manchmal bis in den Tod. Ihnen konnte keiner was vorwerfen, schließlich lebten sie nach ihrem Gesetz; wenn sich einer in eine Halbweltdame verliebte, musste er einfach auf sein Glück vertrauen. Aber im Allgemeinen wurden Paare respektiert, und dass zwei sich die Liebe und die Treue schworen und sich aus freien Stücken, nicht aus Pflichterfüllung daran hielten, kam ziemlich oft vor. Ich könnte Ihnen eine ganze Reihe von *petroleros* nennen, die im Einvernehmen mit ›ihrer‹ *prostituta* eine Familie gegründet haben und Kinder bekamen, ohne dass sie ihren Beruf aufgeben musste. Es war eine einfache, aufrichtige Welt ohne Heuchelei. Ohne Heuchelei heißt aber nicht, dass sie herzlos war. Vielleicht klingt das alles ein wenig konservativ verklärt in Ihren Ohren, aber es herrschte eine gewisse Züchtigkeit. Eine gewisse Züchtigkeit, wissen Sie? Und eine gewisse Eleganz. Um das zu verstehen, hätten Sie sie sehen müssen, wenn sie anmutig ihre Röcke schürzten und einen Paso doble tanzten.«

»Waren Sie, Don Alonso, in eine von ihnen verliebt?«

»Für einen Mann, der der Witwer einer treuen, anständigen Frau ist, würde es sich nicht ziemen, so eine Geschichte auszuplaudern. Aus Respekt gegenüber der Verstorbenen sozusagen. Viele von uns waren bis über beide Ohren in eine bestimmte Prostituierte verliebt, und im vorgerückten Alter, mit Blick zurück, müssen wir am Vorabend unseres Todes gestehen, dass sie die große Leidenschaft unseres Lebens war.«

Siebzehn

Als Kind wollte Sacramento Heiliger werden. Niemand ahnt, wie lang und dunkel die Nächte eines schlaflosen Jungen sein können, der einsam unter der hohen Zimmerdecke im Schlafsaal eines Internats liegt, während sein Herz sich in der flehentlichen Bitte um Vergebung an einen Gottvater verkrampft, der alles sieht, an ein großes, weit aufgesperrtes Auge, ein voyeuristisches, zorniges, dreieckiges Auge, das nur den wohlwollend anblinzelt, der es an einer vorbildlichen Keuschheit, an Demut und Opferwillen nicht fehlen lässt. Niemand kann ermessen, wie abgrundtief die Einsamkeit eines Kindes ist, das Heiliger werden will.

Vor allem, wenn die Begnadigung, die dieser Knabe anstrebt, nicht ihm allein gilt, sondern die ganze Welt von ihren Sünden reinwaschen und insbesondere die Schande der eigenen Mutter auslöschen soll, deren Leibesfrucht eben dieses sündig von ihr empfangene Kind ist. In der karitativen Schule, die von den Franziskanern in Tora geleitet wurde und die Sacramento während der Grundschuljahre besuchte – was übrigens seine einzige Schulbildung blieb –, träumten die meisten Schüler davon, als Erwachsene *petroleros* zu werden. Nur einer wollte Fleischer werden wie sein Vater und sein Großvater, und ein anderer sprach davon, sich zum Kampfpiloten ausbilden zu lassen. Sacramento dagegen war entschlossen, die Heiligkeit zu erlangen. Das hat Pater Nataniel mir erzählt, einer seiner damaligen Lehrer und geistigen Mentoren.

Sacramento selbst kann sich noch lebhaft an jenen Morgen erinnern, als er in die Sakristei geschickt wurde, um das vom Pater Direktor dort vergessene Brevier zu holen. Plötzlich stand er allein in der menschenleeren Kapelle und ängstigte sich zu Tode, als er die Blicke all der Heiligen rundherum auf sich spürte, die aus ihren dunklen Nischen auf ihn herabstarrten, umgeben vom stillen, violetten Licht, das durch die bunten Kirchenfenster hereinfiel.

»Es waren glotzäugige Heiligenfiguren aus Holz«, sagt er zu mir, »mit Glasaugen und echten Blicken. Am meisten Angst hatte ich vor Judas Thaddäus, der mit der rechten Hand ein scharfes Hackebeil umklammerte. Und es war bekannt, dass er als Einziger eine Waffe trug, weil er der Schutzpatron der Schurken und Verbrecher war. Wie man sich bei all der Gewalt, die damals in den unterschiedlichsten Formen blühte, gut vorstellen kann, war der heilige Judas Thaddäus hochverehrt und wurde mit mehrflammigen Öllampen und Opfergaben verwöhnt, aber ich misstraute ihm, empfand seine Blicke als böswillig und vorwurfsvoll und fühlte mich von seinem Hackebeil bedroht, weil ich mir einbildete, dass er mit den blauen Murmeln, die er in seinen Augenhöhlen hatte, mein Inneres ausleuchten und sehen konnte, dass ich in meiner Pflicht zum Bußopfer versagte.«

Die Fastenzeit kam regnerisch und mit Gewissensbissen befrachtet, und jeder Junge sollte, dem eigenen Gewissen entsprechend, die Kasteiungen wählen, die er auf sich zu nehmen bereit war, um Sprosse für Sprosse die Himmelsleiter zu erklimmen. Man begann mit Entbehrungen wie dem Verzicht auf die Milchbrötchen, die es zum Nachtisch gab, oder indem man eine Stunde vor der Morgenglocke zum Beten aufstand, und steigerte sich über Fastentage und Nachtwachen bis zu Misshandlungen des Fleisches, die darin bestanden, barfuß über die Kiesel im Hof zu gehen oder sich den rauen Jutestrick der Franziskaner unters Hemd um die nackte zu Taille schlingen. In den Händen der bußfertigen Waisenknaben von Tora lag die Macht, Leiden zu erdulden, um die Menschheit von den Schandflecken der Sünde zu reinigen, und keiner ahnt, wie schwer eine solche Last wiegt und niederdrückt, wenn sie auf die Schultern eines Kindes fällt.

»Sei kein Idiot«, riet Dudi Abdala, der Türke war und Atheist dazu, seinem Kameraden Sacramento. »Iss getrost dein Milchbrötchen. Begreifst du denn nicht, dass der Pater Rektor sonst alle allein futtert?«

Aber Sacramento, der sich für den Weg des Heiligen entschieden hatte, koste es was es wolle, übte sich im Verzicht und widerstand der Versuchung.

»Wenn du es schon nicht isst, dann schenk es wenigstens mir«, bettelte Dudi Abdala, der nicht nur Türke und Atheist war, sondern auch ein Schleckermaul. »Gott ist das sowieso egal ...«

»Wegen dir wird die Menschheit zum Teufel gehen«, warf Sacramento ihm vor und rührte das Milchbrötchen auf dem Tablett nicht an.

Am Eingang zur Kapelle hatten die Franziskaner einen Topf mit Kichererbsen aufgestellt, dann hängten sie jedem Knaben ein kleines Leinensäckchen um den Hals, wo er eine Kichererbse für jede selbst auferlegte Kasteiung hineinlegen durfte. Somit waren die Kichererbsen der eindeutige und nachzählbare Beweis für den Grad der Güte, die sich jeder erworben hatte, und die Kinder mit dem größten Opferwillen prahlten stolz mit den schwersten Säckchen.

»Ich habe mich eifrig bemüht, der Beste zu werden«, sagt Sacramento zu mir. »Ich habe mir die Füße auf dem

Schotter zerschunden und die Taille mit dem Jutestrick aufgescheuert, weil ich wusste, dass ich als Sohn einer Sünderin das Doppelte leisten musste, wenn ich den gleichen Lohn wollte wie die anderen. Aber ich verschwieg eine uneingestandene Sünde: die Sünde von Falschheit und Stolz. Denn ich ließ mich vom Teufel dazu verleiten, unverdiente Kichererbsen in mein Säckchen zu legen, damit es praller aussah. Und an jenem Morgen, als ich allein in der Kapelle war, überfiel mich das blanke Entsetzen, weil der heilige Judas mir zu verstehen zu geben schien, dass er meinen Betrug entdeckt hatte. Von da an begann er, mich nachts zu verfolgen, und ich fand keinen Schlaf mehr. Stunde um Stunde, bis zum Morgengrauen meinte ich das Ritschratsch seines Hackebeils auf dem Schleifstein zu hören, und war jeden Augenblick darauf gefasst, ihn an meinem Bett erscheinen zu sehen, wo er mir mit einem einzigen Hieb den Kopf abschlagen würde. Damals habe ich viel geweint, besonders nach meiner Mutter, die ich lieb hatte, obwohl ich sie nie wiedergesehen habe. Die Padres rieten mir, meine Bußübungen nicht an meine Mutter zu vergeuden, die ohnehin vor Gott keine Gnade mehr fände, weil sie schon verdammt sei. Daher könne ich nichts mehr für sie tun.«

Am helllichten Tage konnte man den Versuchungen noch standhalten und dem Pfad der Enthaltsamkeit folgen, ohne zu straucheln, aber die Nacht war Luzifers Reich. Kurz nach neun Uhr, wenn das letzte Röcheln des Stromgenerators verstummte, ging in den Schlafsälen die Sünde um und beschlich in der Finsternis die Herzen der Knaben, dann tauchten nämlich im komplizenhaften Schein einer Kerze die Hochglanzbilder aus ihren Verstecken auf. Es waren Kalenderbilder, Ausschnitte aus Illustrierten oder Postkarten mit Frauen in Badebekleidung, im Handtuch, in kurzen Hosen, in Unterwäsche, die unverhoffte Einblicke in die Nacktheit gewährten, in die Schwindel erregenden Geheimnisse des Fleisches und die fremdartigen Wunder, die das weibliche Geschlecht unter der Kleidung barg. Die Jungen starrten sprachlos darauf, und selbst Gott, der in seiner Allgegenwart alles sah, schaute sich, überrascht von der Kühnheit seiner eigenen Schöpfung, jene Hochglanzbilder an und konnte nicht verhindern, dass ihm das dreieckige Auge überging bei der Glätte jener Schenkel und der Zartheit jener Nacken, bei den Rundungen dieser Knie und Schultern, beim Wunder dieser Brüste und Gesäßbacken, neben denen die Wonnen der Milchbrötchen und die Qualen des Schotters im Hof sich wie mindere Passionen ausnahmen. Die Fotos zeigten sowohl hellhäutige Schöne mit rosafarbenen Brustknospen als auch dunkelhäutige Schöne mit braunen Brustknospen; darunter Schamhafte, die ihren Busen mit den verschränkten Armen bedeckten, und Dreiste, die sich so hinsetzten, dass man ihr Höschen sehen konnte; Blonde mit ebenso blondem Schamhaar; Tänzerinnen in Wolken aus Federn und Tüll; Grazien mit Mieder, schwarzen Seidenstrümpfen und hochhackigen Schuhen.

Um nicht entdeckt zu werden, reichten die Waisenkinder die Glanzbilder von einer Hand zur nächsten, warfen einen raschen Blick darauf und ließen sie hastig wieder unter den Matratzen verschwinden. Dann kroch jeder in die Höhle seiner Decke, um die geheimnisvolle Glückseligkeit einzuberufen, von der er gerade einen Vorgeschmack bekommen hatte, und sie ganz für sich zu genießen. Minuten später war im Schlafsaal eine erotische Aktivität entfesselt und erfasste schaukelnd und ratternd die Kajütenbetten. Nach und nach löste sich die Szene in

Seufzern und Stille auf, und das Auge Gottes schloss sich von der Müdigkeit besiegt, und vor zehn Uhr waren alle Knaben – erlöste Sünder – bereits Hand in Hand mit jenen Schönen mit den roten Lippen, den schwarzen Haaren und den warmen Schenkeln aus Milch und Honig in das Land ohne Schuld und ohne Träume geflohen.

Alle Knaben bis auf Sacramento, der statt von den Küssen der Schönen zu träumen, das Ritschratsch vom Hackebeil des heiligen Judas Thaddäus im Ohr hatte.

»Ab und zu platzte ohne Vorwarnung Bruder Eligio herein, der für die Disziplin in den Schlafsälen zuständig war. Er riss uns die Bilder aus den Händen, zerfetzte sie in tausend Stücke und sagte, die Frauen wären *putas*, und wir würden in den Höllenfeuern schmoren. Huren, wie meine Mutter eine war, ging es mir durch Mark und Bein, und mir stiegen die Tränen in die Augen, vor Wut gegen Eligio, der sie so beleidigte, und gegen meine Kameraden, aber vor allem gegen mich selbst, weil ich Frauen wie meine Mutter so sehr begehrte.«

»Ein merkwürdiger Junge, dieser Sacramento«, bemerkt Pater Nataniel an mich gewandt. »Gehorsam und fromm, aber er hat nie gelernt, sich die Schuhe zu binden.«

Ich frage ihn, was er damit sagen wolle, und während er mir antwortet, schält er mit einem Taschenmesser eine von den selbst gezogenen süßen Birnen aus dem Garten des Pfarrhauses von Puentepiedra, Cundinmarca, wo er die langen Stunden seines Ruhestandes verbringt.

»Nichts anderes als das, was ich gesagt habe, dass ich mich intensiv darum bemüht habe, ihm das Schuhebinden beizubringen. Aber trotz meiner geduldigen Anstrengungen hat er nie das nötige Geschick aufgebracht, sondern lief stets mit offenen Schnürsenkeln umher.«

Als ich ein paar Tage später wieder in Tora bin und Sacramento treffe, wandern meine Blicke als Erstes zu seinen Füßen. Pater Nataniel hatte Recht: Sacramento läuft immer noch mit offenen Schuhen durch die Welt.

»Ich habe den Padres in der Schule nicht geglaubt, wenn sie mir erzählten, dass es für meine Mutter keine Erlösung gab«, sagt er zu mir. »Ich war davon überzeugt, dass ich, wenn ich ein Heiliger geworden war, Gott dazu überreden könnte, ihr zu vergeben und sie nach dem Tod für alle Ewigkeit in sein Reich zu nehmen. Ich wollte mich höchstpersönlich darum kümmern, dass Gott ihr vergibt, koste es, was es wolle, das stand für mich felsenfest. Weniger eindeutig war allerdings, ob ich selbst ihr vergeben konnte.«

Achtzehn

Der Payanés reiste viereinhalb Stunden auf dem Weg der *petroleros* bis ans Ende der Bahnstrecke in Infantas und musste von dort noch mit den anderen Arbeitern, die als Nachzügler zum Campo 26 zurückkehrten, zwei Stunden zu Fuß durch den beschwerlichen Morast des finsteren Urwalds stapfen, der sie wie ein Bauch umschloss. Die ganze Strecke über träumte er mit offenen Augen von jenem namenlosen Mädchen, dem er für die letzten Freitage im Monat seine Liebe geschworen hatte; schwierige, widerstreitende Träumereien, die ihm entglitten und von dem Bild seines Freundes Sacramento behindert wurden, der auftauchte, um Einspruch zu erheben und ihn des Verrats zu bezichtigen. Entweder du stirbst oder ich werde vor Reue umkommen, gab der Payanés ihm innerlich zu verstehen, und auch: Ich schlage dir eine Abmachung vor, Sacramento, *hermano,* wenn du am Leben bleibst, dann kannst du sie haben, aber wenn du stirbst, dann lässt du sie mir. Und eine Weile später entschied er sich für einen anderen Tauschhandel, den er als weniger grausam empfand: Wenn sie ihr jetziges Leben aufgibt und dich heiratet, dann verspreche ich dir, dass ich sie nie mehr wiedersehe. Aber wenn sie es fortsetzt, dann wirst du zugeben müssen, dass ich dasselbe Recht habe wie du, zu ihr zu gehen. Auf diese Weise meinte er die Konten mit dem kranken Freund begleichen zu können, und versuchte, den Faden der Erinnerung wieder aufzunehmen und nur an sie zu denken, indem er die Hände seines Gedächtnisses so weit zurückstreckte wie nur möglich, um Sayonara zu greifen, aber jedes Mal schob sich Sacramento unerbittlich dazwischen und hinderte ihn daran.

Endlich sah er von Ferne die kalte Silhouette der beleuchteten Emilia über einem Teich aus Nebel vom Campo aufragen und stellte erstaunt fest, dass er die ganze Zeit über kaum an sie gedacht hatte. Er lief zum Krankenhaus, das nachts vom mondsüchtigen Geflatter der unter seinen Dachziegeln nistenden Fledermäuse umwogt war, steckte dem Nachtwächter ein Schmiergeld zu und schlüpfte heimlich hinein, denn die Besuchszeit war längst vorbei. Auf Zehenspitzen schlich er in der beklemmenden Stille durch die Reihen der schlaflosen Kranken und war beinah angekommen, als er um ein Haar mit dem Krankenwart Demetrio zusammenstieß. Der Payanés stammelte eine Entschuldigung, weshalb er um diese unpassende Stunde da sei, und erkundigte sich nach dem Befinden des Freundes.

»Keine Besserung in Sicht. Der Kerl wird wahrscheinlich demnächst unters andere Dach geholt ...«

»Moment mal, wie unters andere Dach geholt, welches Dach denn ...?«

»Wohl bisschen schwer von Begriff, was? Wo bist du denn zu Hause, dass du kein Spanisch verstehst? Ich habe versucht, dir verständlich zu machen, dass er wahrscheinlich krepieren wird.«

»Und warum operiert ihr ihn nicht, ihr Schufte! Gebt ihm eine Medizin, irgendwas, aber lasst ihn nicht sterben!«

»Ruhig! Du weckst mir noch die paar auf, die hier schlafen. Beruhige dich, wir haben getan, was wir konnten.« Der Krankenpfleger zog den weißen Kittel aus und beeilte sich, nach Hause zu kommen.

»Hast du ihr mein Eheversprechen ausgerichtet?« Die Frage platzte aus Sacramento heraus, während er den Payanés mit sehnsüchtigen, im Hintergrund schon vom Nebel des anderen Ufers verhangenen Augen prüfend ansah.

»Ja, *hermano,* ich habe ihr dein Versprechen ausgerichtet«, versicherte ihm dieser, seine Worte sorgsam abwiegend, um nicht offen zu lügen, und mit dem Todkranken wie mit einem Kind sprechend, dem man durch einen kleinen Betrug einen großen Schmerz ersparen will.

»Hat sie Ja gesagt?«

»Ja, sie hat Ja gesagt.«

»Dann ist alles gut. Jetzt muss ich mich wieder aufrappeln, damit ich es einlösen kann. Aber wie soll ich wissen, dass du mich nicht anlügst?«

»Sie hat mir als Pfand eine Haarsträhne mitgegeben ...«

»Die hier«, sagte Sacramento ohne den leisesten Zweifel und riss dem Payanés mit einem Ruck das Amulett vom Hals, hob es an die Nase, um daran zu riechen – mit einer Gier, die bei einem Sterbenden wahrhaft überraschte. »Ja, das ist es, das sind ihre Haare ... Jetzt binde sie mir bitte um den Hals ...«

Der Payanés tat, wie ihm geheißen, ohne Protest einzulegen, weil er es unbarmherzig gefunden hätte, dem Todgeweihten das letzte lindernde Elixier zu verweigern; weil er tief im Inneren wusste, dass er die Reliquie zurückbekommen würde, sobald das Lebenslicht des Freundes erloschen war; und auch, weil er mit einer Intuition, die zu benennen er nicht gewillt war, begriff, dass der Freund und er schon seit Monaten, aber insbesondere jetzt, in der Stunde des Abschieds, zwei Teile einer Person waren, der Teil, der geht, und der Teil, der bleibt, und dass die

Verwirrung mit dem Amulett – dein Hals, mein Hals – nur eines von vielen Zeichen für das Kommen und Gehen zweier Schicksalswege war, die sich in aller Unschuld begegnet und miteinander verschmolzen waren.

»Und das Mädchen«, fragte Sacramento weiter, »hast du ihr das Geld gegeben?«

»Sie wollte es nicht haben, *hermano,* sie hat gesagt, du sollst ihr lieber Postkarten schicken.«

Es folgte ein langes Schweigen, begleitet vom rhythmischen Tröpfeln des Totenwassers, das auf Sacramentos Kopfkissen rann.

»Die beiden, sind sie ein und dieselbe Person?«, fragte er dann endlich und sprach die Worte, die wahrscheinlich seine letzten waren, mit großer Zärtlichkeit aus.

»Wovon redest du?«, fragte der Payanés zurück und wünschte von ganzem Herzen, dass der Freund ihm niemals diese Frage gestellt hätte.

»Das ist der Grund, weshalb ich dich zu den beiden geschickt habe, damit du mir bestätigst, was ich schon immer wusste, dass das Mädchen und Sayonara identisch sind. Ich habe sie dahin gebracht, und jetzt ist es nur recht und billig, dass ich sie auch wieder da heraushole. Aber wenn ich es nicht mehr schaffe, *hermano,* dann schwöre mir, dass du es für mich tust.«

Neunzehn

Ich weiß, dass dieses Buch keine Seele besitzt, solange ich die Verzweiflung nicht kenne, die Sayonaras Mutter und ihren Bruder dazu trieb, sich das Leben zu nehmen, und solange ich die Hoffnung nicht kenne, die Sayonara dazu bewog, selbst am Leben zu bleiben, nachdem das passiert war.

Auf der Suche nach Antworten verlasse ich Tora auf dem Río Magdalena, dessen quecksilberfarbene Wasser beim Sonnenuntergang zu rosten scheinen, und bewege mich auf einem anachronistischen Dampfer vorwärts, dessen Existenz der reinste Glaubensakt ist und dessen unwahrscheinliches Vorankommen jeden Hafen von der Landkarte löscht, den wir hinter uns lassen: Yondó, Chucurí, Puerto Parra, Barbacoas, El Paraíso, Puerto Nare, Palestina, El Naranjo, La Dorada, Santuario, Cambao und am Ende der Reise Ambalema, Tolima, wo Sayonara laut Tigre Ortiz auf die Welt kam.

Es muss mir gelingen, mich vom Magdalena an den Knoten der Erinnerung führen zu lassen, aber ich kann mich nicht darauf verlassen. Er ist ein geistesabwesender Fluss geworden und lässt sich, von der Geschichte vergessen und vom eigenen Ufer abgedriftet, freudlos von den zahmen Strömungen der Gegenwart voranschleppen, die nichts von ihrem Ursprung wissen und so tun, als wüssten sie nicht, wohin sie gehen.

Bisher hat sein Lauf mich nach Ambalema geführt, in das einst wohlhabende Ambalema, Hauptstadt eines längst vergangenen Tabakbooms, der nur ausgelaugte Böden hinterlassen hat und Bewohner, die davon überzeugt sind, dass das Leben rückwärts geht wie die Erinnerung.

»Gestern hatten wir den Fortschritt«, sagt Señor Mantilla zu mir, der Inhaber des Gran Hotel Astolfi im Herzen der Stadt. »Seitdem gibt es hier nur noch Verfall und Verlassenheit.«

Auf dem Hauptplatz, zwischen der Kirche auf der linken und einer spektakulären Eisdiele mit englischem Namen, verspiegelten Wänden und Techno-Musik auf der rechten Seite, habe ich gefunden, wonach ich suchte: ein fast verschwundenes Relikt aus der Vergangenheit und diskret bis zur Unkenntlichkeit, das sich Gran Hotel Astolfi nennt und aus demselben Archäologiebuch zu stammen scheint wie der Dampfer, der mich auf dem Fluss hierher brachte. Es ist zu einer Herberge für Lastwagenfahrer verkommen, zur »Zimmervermietung mit Badbenutzung wochen- oder monatsweise«, zum Stundenhotel, obwohl im Vestibül noch eine Saalorgel der Marke Acme Queen steht und die Solidität edler Hölzer und eleganter Ausführungen von besseren Zeiten künden. Ich frage nach dem Besitzer, und als ich erfahre, dass inzwischen seine Tochter das Hotel führt, bestehe ich darauf, ihn persönlich zu sprechen.

»Der Besitzer ist Don Julio Mantilla, der Señor, der draußen vor dem Eingang sitzt«, gibt man mir zu verstehen.

Ich sehe ihn, genau unter dem G vom Schild »Gran Hotel Astolfi« auf einem Lederstuhl an der Fassade sitzen und die Vorübergehenden mit einem Kopfnicken grüßen, als wollte er ihnen die Sommersprossen auf seinem kahlen Schädel vorführen. Ich stelle mich vor, nenne ihm meinen Beruf und erkläre ihm, dass ich gekommen sei, um eine traurige Geschichte zu recherchieren, die sich vor vielen Jahren hier zugetragen hat und mir nur durch einen vagen Hinweis bekannt ist.

»Ich habe mir gedacht, ich könnte nirgendwo anders als hier, in Ihrem Hotel, etwas darüber in Erfahrung bringen. Wenn ich zum Beispiel in der Eisdiele nachfragen würde«, dabei hebe ich die Stimme über die aus dem Nachbarlokal herüberschwappenden Dezibel, »wird mir wahrscheinlich niemand weiterhelfen können.«

»Also, da sind Sie bei mir genau richtig«, antwortet er. »Seit einem Vierteljahrhundert sitze ich hier auf diesem Platz und beobachte, was in unserem Dorf vor sich geht.«

»Sie müssen über vieles Bescheid wissen ...«

»Von früher ja, und von den Leuten, die ihr ganzes Leben hier verbracht haben auch, aber von der modernen Zeit verstehe ich nicht allzu viel. Da fragen Sie am besten meine Tochter Adelia. Sicherlich wollen Sie etwas von der modernen Zeit wissen, schließlich sind Sie noch jung ...«

»Nein, es handelt sich um einen weit zurückliegenden Fall«, sage ich. »Ein ungewöhnliches Ereignis, das Ambalema damals erschüttert haben muss. Es geht um eine Mutter und einen Sohn, die sich das Leben genommen haben. Können Sie sich an etwas Derartiges erinnern?«

»Meinen Sie Doña Matildita und ihren Sohn Emiliano?«

»Ich kenne weder ihre Vornamen noch ihre Nachnamen. Ich weiß nur, dass beide, Mutter und Sohn, Selbstmord begangen haben und dass der Junge mehrere Schwestern hatte.«

»Das sind Matildita und ihr Sohn Emiliano gewesen«, sagt er mit Bestimmtheit. »Das müssen sie sein. Die Selbstmörder in diesem Dorf kann man nämlich an den Fingern einer Hand abzählen, und soweit ich weiß, hat es nur dieses eine Mal zwei Fälle zur gleichen Zeit und aus derselben Familie gegeben. Rosalba, meine Schwester, war mit Doña Matildita bekannt; sie wird Ihnen von dem Unglück erzählen können«, sagt er und fordert mich auf, ihm zu den Zimmern im zweiten Patio des Hotels zu folgen, wo zwischen Rosensträuchern Rosalba mit ihrer Tochter und ihren beiden Enkelkindern lebt. Sie ist eine betagte Señorita und würde Don Mantilla aufs Haar gleichen, wenn sie auf der Glatze Sommersprossen hätte wie er und nicht eine feine weiße, zu einem kleinen Knoten, vielmehr einem Wölkchen frisierte Wolle, die ihr über dem Kopf schwebt. Señorita Rosalba serviert mir schwarzen Kaffee mit *bizcochitos de achira* und heißt mich ebenfalls in der althergebrachten Gastfreundschaft willkommen, die, trotz der allgemeinen Verrohung durch die Gewalt, immer noch überall im Lande üblich ist, sogar bei Leuten, die einen gar nicht kennen und nichts von einem wissen.

Ich rühme die herrlichen Rosen in ihrem Patio, ich rede über die alten Tabakhaziendas in der Umgebung und über vieles mehr, nur um nicht auf das Thema zu kommen. Ich weiß nicht weshalb, aber in letzter Sekunde kommen mir Bedenken, ob es sich gehört, Erkundigungen über eine Vergangenheit einzuziehen, die Sayonara niemals preisgeben wollte; mich überfällt der Zweifel, ob es zulässig ist, durch eine Frage, die kurz davor ist, beantwortet zu werden, zwei Welten miteinander zu verbinden, die sie sorgsam getrennt und in Unkenntnis voneinander gelassen hat. Es ist Jahre her, sage ich mir selbst zur Beruhigung und rede trotzdem weiter von Rosen und anderen Belanglosigkeiten, bis Señor Mantilla meinen Konflikt auflöst, indem er seiner Schwester erzählt, was mich hierher führt.

»Die Señora kommt, um nach Matildita, der Selbstmörderin, zu fragen, möge sie in Frieden ruhen.«

»Das wollen wir hoffen, obwohl ich es nicht glaube, weil es ja heißt, dass die Selbstmörder keine Ruhe finden«, sagt Señorita Rosalba; dann fragt sie mich, ob ich eine Angehörige sei und bekreuzigt sich, als ich gestehe, dass das nicht der Fall ist. »Diese Leute hatten ein trauriges Schicksal. Es ist in die Annalen unseres Dorfes eingegangen, weil ein Selbstmord bis dahin etwas Unvorstellbares bei uns war; Messerstechereien, ja, die hat es schon gegeben, auch Morde, aber noch nie hatte man von jemandem gehört, der gewagt hatte, freiwillig aus dem Leben zu scheiden. Die Leute haben Angst vor der Dritten Brigade und nennen sie auch Haus der Pumas und die Helden von Chimborazo, alles Namen für ein und dieselbe Brutalität. Sie behaupten, die Männer dort stünden unter dem Fluch, den Doña Matildita mit ihrem Tod über sie gebracht hat.«

»Bei den Helden von Chimborazo gibt es eine Menge Halunken«, findet Señor Mantilla. »Es ist ein einziger Trost zu wissen, dass ihr Gewissen an der Bürde der beiden Toten, Mutter und Sohn, die sie in den Tod getrieben haben, schwer zu tragen hat. Das Hauptquartier der Brigade ist am Dorfausgang, an der Landstraße nach Ibagué. Wenn Sie möchten, fahren wir mal eben hin. Es heißt doch, wer einen Fremden aufnimmt, den wird der Himmel aufnehmen?«

Don Mantilla ruft nach dem alten Wilfredo, mit dem links verschobenen Unterkiefer, der im Hotel Laufbursche, Springinsfeld und Mädchen für alles ist, und bittet ihn, uns in der Familienkutsche, einem immer noch fahrtüchtigen Buick, Baujahr 1959, zur Brigade am Dorfausgang zu bringen.

»Schauen Sie genau hin«, sagt die Señorita zu mir. »Gucken Sie, während Wilfredo langsam daran vorbeifährt, denn das hier ist Sperrgebiet vom Militär, und sie schießen auf jeden, der hier anhält. Dort ist es passiert, genau da, wo Sie jetzt das Kontrollhäuschen mit dem Wachtposten sehen. Das haben sie hingestellt, damit die Leute keine Blumen mehr hinbringen. Stellen Sie sich mal vor: Das ist nun schon so viele Jahre her, und immer noch werden Nelken von der Landstraße aus dorthin geworfen, weil es wie gesagt verboten ist, als Fußgänger an dem Gebiet vorbeizugehen oder mit dem Auto anzuhalten. Wenn man die Leute ließe, dann hätten sie das Kontrollhäuschen schon längst niedergerissen und stattdessen einen Altar aufgebaut.«

»Einen Altar nicht, wir hätten eine Gedenkstätte gebaut«, widerspricht ihr der Bruder. »Viele Leute glauben an Matildes Heiligkeit und sind davon überzeugt, dass sie Wunder wirkt. Für mich ist sie keine Heilige, sondern eine Vorkämpferin und eine nationale Märtyrerin, weil sie mit ihrem Opfer die Boshaftigkeit sühnen wollte, die in unserem Dorf verübt wurde. So wie die Franzosen ihre Jeanne d'Arc haben, haben wir hier in Ambalema unsere Matildita.«

»Noch Monate nach dem Drama hat man den kreisförmigen Brandfleck an der Stelle gesehen, wo es passiert ist«, sagt die Señorita. »Vor ein paar Jahren haben sie ihn mit Kalk geweißt und das Kontrollhäuschen darauf gestellt, damit sich niemand mehr daran erinnert.«

»Wo sie gebrannt hat, genau da haben sie den Wachtposten aufgestellt«, ergänzt Wilfredo und macht, wegen seines verschobenen Kiefers, dabei den Mund so rund und weit auf, dass die Worte wie Seifenblasen herauszuschweben scheinen. »Der hat den Befehl, auf alles zu schießen, was näher kommt. Angeblich, damit die öffentliche Ordnung gewahrt bleibt, aber alle wissen, dass sie nur Angst vor ihrer Seele haben.«

Hat Sayonaras Mutter gebrannt? Hat sie sich im Feuer geopfert wie ein buddhistischer Priester, wie ein florentinischer Mönch, wie die Jungfrau von Orleans? Die Selbstverbrennung wühlt mich mehr auf als jeder andere Suizid. Als ich einmal bei einer Kubareise mein Erstaunen darüber ausdrückte, wie hoch die Zahl der Frauen ist, die nach der Statistik jährlich dem Feuertod zum Opfer fallen, klärte man mich darüber auf, dass dies seit undenkbaren Zeiten auf der Insel die traditionelle Form des weiblichen Selbstmords sei – eine nach wie vor weit verbreitete Praxis, obwohl die Revolution einiges unternommen hat, um sie auszurotten. Man hat mir etliche Fälle mit ihren verwirrenden Einzelheiten beschrieben, und seither verfolgt mich die Vorstellung von einer geschlossenen Kette, gleichzeitig heilig und pervers, deren Glieder Feuer, Frau, Tod und wieder das Feuer sind, das alles anzieht, was daraus geboren wurde.

Wir ließen den Buick auf derselben Straße ein Stück weiter vorn anhalten, etwa zehn Minuten von der Unglücksstätte entfernt, wo an einem Stand bei einer Abzweigung alle möglichen Früchte verkauft wurden: Von den Dachbalken hingen Orangen, Mandarinen und Limonen in dichten Trauben herab, darunter türmten sich Grapefruits, *guamas,* Schattenbaumfrüchte, Wassermelonen, *chirimoyas,* Honigäpfel, *anones,* Zimtäpfel, Maracujas, *mamoncillos* und Papayas in einem bunten Feuerwerk aus Farben und Gerüchen, die mir einreden wollten, dass hier nichts Böses passiert sei, weil an einem Stand, prallvoll mit frischen Südfrüchten, einfach nichts Böses passieren kann.

»Früher war dies ein Ausflugslokal, *Los Tres Amigos,* die Drei Freunde«, erzählt Señor Mantilla mir. »Es war immer voll. Tabakhändler, Haziendabesitzer, die Arbeiter von den Haziendas, Soldaten und sogar die Offiziere von der Brigade kamen hierher. Der Inhaber stammte aus Antioquia, Abelardo Monteverde, und war der Mann von Doña Matildita, einer Guahíba-Indianerin, die eine gesegnete Hand fürs Kochen und Würzen hatte.«

»Im Dorf gab es eine vulgäre Redensweise. Verzeihen Sie, wenn ich sie hier wiedergebe«, pustet Wilfredo seine Seifenblasen in die Luft, »sie sagten, das Geschmorte und Gebratene würde bei Matildita nur deshalb so gut schmecken, weil sie den Herd mit einer Flamme entzündete, die sie sich zwischen den Beinen herausholte.«

»Das, Wilfredo, ist das Geschwätz von Dummköpfen«, wies Señor Mantilla ihn barsch zurecht.

»Weil sie eine India war, hielten die Leute sie für eine Hexe und erzählten solche Sachen«, entschuldigt sich der Getadelte, und diesmal platzen die Seifenblasen noch vor dem Losfliegen.

»Wie gesagt, Señora, Don Abelardo war der Mann von Matildita, obwohl sie nie in der Kirche geheiratet haben, aber sie hatten Kinder, einen Sohn und etliche Töchter. Bei uns ist das so: Der Weiße sucht sich eine India, aber heiraten tut er sie nicht, und die Weiße sucht sich gar nicht erst einen Indio und heiraten tut sie ihn erst recht nicht. So sind hier die Gepflogenheiten.«

»Man sagt, die Indias würden sich aufs Hexen verstehen«, wiederholt Wilfredo und riskiert einen weiteren Rüffel, »ich kenne einige Männer, die nie etwas von deren Händen essen würden, weil sie sonst von ihrem Feuer eingefangen würden. Viele Kerle kommen von ihrer India nicht mehr los, weil sie ihrem Zauber verfallen und unserem Heiland schon abgeschworen haben.«

Wie so viele *antioqueños* mit dem Blut der Kolonisatoren war auch Don Abelardo Monteverde vom Tabakfieber angelockt nach Ambalema gekommen und hatte eigenhändig die zum Stand gehörende Holzbude gebaut und seine Garküche darin eröffnet. Die Kohlenöfen, der Spülstein und das Schlafzimmer der Familie waren im hinteren Teil, dort, wo heute ein Garten mit Obstbäumen gedeiht. Ich sehe mich um: Hier wurde also das Mädchen Sayonara geboren. Ihre Mutter, die Guahíba-Indianerin, hatte sie vermutlich in der Hocke über einer Schüssel in einem Versteck hinter der Brache zur Welt gebracht, ohne fremde Hilfe, ohne einen Klagelaut und ohne jedes Zeremoniell.

»Matildita hat gekocht, abgewaschen und die Gäste bedient. Sie hat der Garküche einen Namen gegeben, und die war immer gut besucht, weil die Leute ihr Spanferkel nach Tolima-Art, ihren Kürbiseintopf, ihren gefüllten Ziegenbraten und ihre geschmorte Leber mit Zwiebeln zu schätzen wussten. Wie gesagt, alles, was Matildita anfasste, schmeckte köstlich.«

»Wie hat Matildita Don Abelardo kennen gelernt?«, frage ich.

»Kennen gelernt ist gut. Sagen wir lieber, er hat sie erjagt bei einer dieser Treibjagden, die von den weißen Siedlern in den Llanos Orientales veranstaltet wurden. Die haben mit ihren Flinten nämlich kein Raubzeug erlegt und auch keine Wildvögel, jedenfalls nicht nur. *Guahíbar* nannten sie es, was bedeutete, dass sie loszogen und ihr Pulver auf die Guahíbo-Indios abfeuerten. Sie hetzten sie kreuz und quer durch die endlosen Weiten der Ebenen, wo ihre Opfer keine Zuflucht fanden, weil zwischen Kugel und Indio kein einziger Baum stand, der ihnen Deckung gegeben hätte. Es wird erzählt«, sagt Señor Mantilla, »dass die Guahíbos, um nicht getötet zu werden, gerufen hätten, dass sie auch *hiwi* wären, was in ihrer Sprache Mensch heißt, aber die Weißen taten so, als würden sie sie nicht verstehen.

Matildita stammte von einem Gehöft aus Palmzweigen, das am Ufer des Río Inírida in den Wäldern versteckt lag, und Abelardo, der *antioqueño,* wollte sie lebend hierher bringen. Da sie einen heidnischen Namen hatte und nur die Sprache der Wilden sprach, hat er sie Matilde getauft und ihr Spanisch beigebracht, die Sprache der Leute.«

»Trotz seiner Belehrungen hat Matilde ein paar Unarten beibehalten und Don Abelardos Tadel auf sich gezogen. Einmal habe ich gesehen, wie er ihr mit weit aufgerissenen Augen verboten hat, Würmer zu essen. ›*Moriche* sind gut‹, hat sie in ihrer stockenden Aussprache erwidert, die sie nie ablegte. Und sie sagte auch: ›Sie schmecken gut, die *bachaco*-Ameisen.‹ Hat sie vielleicht auch Ameisen gegessen?« Diese Vorstellung löst bei Señorita Rosalba Heiterkeit aus. »Vielleicht hat sich diese Gaunerin hinter dem Rücken ihres Mannes den Mund mit *bachaco*-Ameisen voll gestopft! Warum auch nicht, schließlich wissen oben bei Santander sogar die Weißen die Ameisen zu schätzen, schön geröstet und gesalzen. Ich weiß noch, wie sehr Matildita sich beschwert hat, weil sie das Öl von der Terecay-Schildkröte nicht zum Braten verwenden durfte. Aber sie war auch gewieft, die gute Matilde. Obwohl sie nach außen so angepasst und unterwürfig wirkte, war sie ziemlich eigensinnig. Sie hatte ihre Tricks und ihre Schrullen, kochte zwar für ihre Gäste zivilisierte Küche, aber für sich selbst und ihre Kinder bevorzugte sie die wilde Kost, Yukka, Süßkartoffeln, Yams und Ají, die in den Augen der Weißen Fraß sind und für den Gaumen der Indios Leckerbissen.«

»Sie war unglaublich fleißig, hielt das Haus und das Restaurant in Ordnung und schaffte es, neben dem Kochen auch noch Baumwolle zu spinnen und die Stoffe für ihre Kleider und die der Kinder zu weben.«

»Nun übertreib nicht, Julio, du wirst ja wohl zugeben, dass sie ziemlich ungepflegt war und die Kinder zerlumpt herumlaufen ließ. Den Ältesten hat sie zur Schule geschickt, aber die Mädchen nicht, die hat sie zum Arbeiten angestellt«, kritisiert die Señorita, und ich stelle mir vor, wie Sayonara und ihre Schwestern hier herumtollten. Ich sehe sie vor mir, mit ihren Gesichtern und den langen Haaren, aber mit den Körpern einer Mauereidechse, einer Katze, einer Libelle. Ich sehe sie ungewaschen und ungebildet die Kartoffeln schälen und das Geschirr spülen, wie Señorita Rosalba mir erzählt, aber flink und frei, ungebändigt, ungezogen und respektlos.

»Sei still, Frau, und verleumde sie nicht«, weist Señor Mantilla seine Schwester zurecht. »Man soll nie schlecht über die Toten reden. Und was halten Sie davon, Frau Journalistin? Doña Matildita konnte auch Körbe und Fußmatten flechten. Ich will damit sagen, dass sie Don Abelardo eine Menge Geld eingebracht hat und dabei keine Ausgaben verursachte. Er hat ihr das auf seine ungehobelte, bäuerliche Art zu danken gewusst. Er kam gut mit ihr aus und hatte sie bis zum Schluss als einzige Frau.«

Die Töchter, so erzählen die Mantillas mir, waren alle genauso zierlich wie die Mutter, mit schwarzbraunem, üppigem Haar, schrägen Augen und einer Haut so dunkel wie gebrannter Ton. Der einzige Sohn und Älteste kam dagegen mehr nach dem Vater, er hatte hellblaue Augen, dunkelblondes Haar und war eher hellhäutig. Er hing mit einer so leidenschaftlichen Hingabe an der Mutter, dass Don Abelardo ihm als kleinen Jungen drohte, ihn ins Internat zu schicken, wenn er nicht von ihren Rockschößen abließ und sich seinem Alter gemäß benahm. »Du bist ein Mann, und du bist weiß«, bläute er ihm ein, »also hör mit der Heulerei auf.«

»Dieses Kind, das sie Emiliano nannten«, sagt die Señorita, »war Matildes Augenstern und ihr ganzer Lebensinhalt. Der einzige Luxus, den sie sich in jenem Tal der Tränen erlaubte, war, ihn zu lieben und zu umsorgen wie einen echten Prinzen. Sie hätte ihr eigenes Leben für ihn gegeben, wie man sagt, nur ist in ihrem Fall genau das tatsächlich passiert.«

Als er achtzehn Jahre alt war, geriet Emiliano in eine Militärrazzia und wurde als Rekrut für die Dritte Brigade erfasst. Das Leben beim Militär war keine allzu schlechte Option, und Don Abelardo war zufrieden, seinem Spross die Chance zu bieten, sich in einer Laufbahn an der Waffe zu bewähren. Aber Doña Matildita war nicht einverstanden, weil sie dadurch das Objekt ihrer liebenden Fürsorge verlor und auf die Hilfe des Sohnes würde verzichten müssen, der bei den zahllosen Aufgaben inzwischen ihre rechte Hand war. Da der Militärdienst kurz war und sie mit ihrem Einspruch nichts erreichte, gab Matildita schließlich nach, »damit dir diese Lümmel wenigstens das Schreiben beibringen«, wie sie ihm erklärte. Zum Abschied tätschelte sie ihm den Kopf – eine seltene Geste bei ihr, der jegliches Geschmuse fremd war – und hämmerte ihm ein, damit er es in seinem Herzen bewahrte: Vergiss niemals, dass du *hiwi* bist, und lass dich nie wie ein Tier behandeln. Entgegen ihren Befürchtungen stellte sich die Soldatenausbildung zunächst als erträglich heraus, die Nähe der Brigade erlaubte es dem Jungen sogar, regelmäßig zur Garküche zu kommen, um seinen Vater zu besuchen; außerdem gelang es Doña Matilda, ihm jeden Tag einen Henkeltopf mit gutem Essen in die Kaserne zu schmuggeln.

»Aber die Vorgesetzten und Oberen haben die Angewohnheit, die Rekruten zu demütigen«, erzählt Señor Mantilla mir, »und Emiliano hängte leichtfertig die eigene Würde zu hoch. Unter den Unteroffizieren gab es einen, der boshafter war als die anderen, und dieser Unteroffizier ließ seine Wut ausgerechnet an ihm aus und schrie ihm ins Gesicht: ›Was kannst du denn schon verstehen, als Sohn einer Wilden!‹ Er machte ihn vor den anderen zum Gespött, indem er ihn das Kind von Tarzan und Chita schimpfte. Bis Emiliano, der kräftig und gut gebaut war, die Schmach nicht länger ertrug und ihn mit der Faust mitten ins Gesicht schlug.

Zur Strafe zogen sie ihn nackt aus und steckten ihn in eine Grube, die sie das Grab nannten, einen Kerker mit verputzten Wänden, der tief und eng war und oben mit einem Eisengitter versehen, sodass der Gefangene den bei uns häufigen Regenfällen ausgesetzt war, der Kälte am Morgen und der sengenden Hitze am Mittag. Vergammle du nur da drin, du Affe, du Wilder, du menschenartiges Tier, brüllte ihn der Unteroffizier Emiliano von oben an, wenn er vorbeikam, und andere Offiziere spuckten auf ihn und verhöhnten ihn: ›Wir werden nicht im Traum daran denken, dich da wieder rauszulassen. Du tust besser daran, gleich zu sterben, nutz die Gelegenheit, du bist doch sowieso schon unter der Erde.‹«

Don Abelardo konnte mit seinen Vorstößen zur Befreiung des Sohnes genauso wenig ausrichten wie Matildita mit ihrem Flehen. Sie ließ die Arbeit ruhen, vergaß die Töchter und stand Tag und Nacht am Tor der Brigade, schrie, heulte und bettelte bei jedem Offizier, den sie hereinkommen oder hinausgehen sah, um Gnade für ihren Sohn.

Emiliano indessen versank in seiner Totengrube in Demenz und den eigenen Exkrementen, wurde von Pilzen und Larven zerfressen und stillte womöglich auch seinen Hunger und seine Angst mit Ameisen und Würmern, wie seine Mutter es ihn gelehrt hatte, während er mit dem Rotz der Helden von Chimborazo bespuckt und mit dem Urin der Pumas von den Anden besudelt wurde. Sah er aus seinem Verlies denn wenigstens den Mond? Ja, den habe er gesehen: den Mond, die Sterne und gelegentlich einen Meteoriten, der mitleidig über seinem Kopf den Himmel kreuzte, und sie erzählen mir, dass er seine Nächte als Gefangener in den Eingeweiden der Erde damit zubrachte, seine Augen und seine Sehnsucht in die Eingeweide des Firmaments zu bohren. Wenn man den Geschwistern Mantilla glauben will, hörte man seine Stimme unentwegt die Worte wiederholen: ›Ich bin hiwi, ich bin hiwi‹, manchmal murmelnd, wie im Gebet, andere Male als deutlichen Ruf, damit er selbst nicht vergaß, dass er ein Mensch war und kein Unrat, ein Lebewesen, kein Leichnam. Ein rebellierender Leichnam, der den eigenen Verfall nicht wahrhaben will und die Erde, die ihn bedeckt, verabscheut?

»Genau dazu wurde er«, bestätigt die Señorita.

Es gelang ihm, sechsundvierzig Tage zu überleben. Und jede einzelne Minute davon rang er dem Grauen ab, bis er sich in einer Nacht zum 17. Oktober, unter einem blassen Mond, der ihm sein Licht vorenthielt, mit einer Scherbe die Pulsadern auftrennte, und sein Todeskampf dauerte bis zum Morgengrauen. Da hat ihn das Putzpersonal aufgefunden. Erst dann haben sie das

Gitter geöffnet und ihn aus der Grube gezogen, aber er hat nicht mehr hiwi gesagt und auch sonst nichts und wurde mit ausgeblutetem, stillstehendem Herzen in der Krankenstation eingeliefert, endlich eines wahren Todes gestorben, nachdem er im Leben schon so viele Tode gestorben war.

Als sie ihr die Nachricht brachten, war Doña Matildita noch barfuß und mit ungeflochtenem Haar gerade dabei, den Herd anzuzünden, wie an jedem Morgen um diese Zeit, indem sie die Kohlen mit Petroleum besprengte, bevor sie ein Zündholz daranhielt. Die Boten waren mit ihrer Rede noch nicht fertig, da rannte sie mit dem Kanister in der Hand die Straße hinauf, und als sie vor der Kaserne angelangt war, goss sie sich den Inhalt über und steckte sich an. Als Erstes brannte das Haar, diese prächtige, schwarzblaue Matte, einzige Ausschweifung und alleinige Extravaganz ihres Lebens, und hob sich mit einer rotweißen Stichflamme wie ein Kienspan vor dem unschuldigen Himmel ab, bis der dürre Körper wie ein trockener Holzscheit Feuer fing, ihre Augäpfel schmolzen und ihre mütterliche Trauer, ihr maßloser Schmerz, der nicht fleischlich war, mit lodernder Flamme verbrannte, und als die Soldaten das Feuer unter Kontrolle gebracht hatten, war nicht mehr von ihr übrig als ein elendes Häufchen gepeinigter Gebeine.

»Und die Mädchen?«, frage ich. »Matildes Töchter? Was ist aus den Mädchen geworden?«

Aber die Mantillas wissen fast nichts von ihnen und kennen nicht einmal ihre Namen. Auch Wilfredo zuckt die Schultern und entschuldigt sich für sein Unwissen.

»Sie waren noch ziemlich klein«, rechtfertigen sich die drei, »und eine wie die andere, sodass wir sie nie auseinander halten konnten.«

»Was ist aus den Mädchen geworden?«, wiederhole ich hartnäckig. »Irgendetwas wird doch von ihnen bekannt sein ...«

In Ambalema war lediglich bekannt, dass sie noch eine Weile beim Vater lebten, völlig verwahrlost und halb verhungert, bis das kleine Restaurant, dem nach Matilditas Tod die Kundschaft fern blieb, geschlossen wurde und der Vater aus dem Dorf San Miguel Abajo, im Departement Antioquia, eine weiße Señora mitbrachte, die er alsbald gesetzlich und kirchlich ehelichte. Diese Frau hatte bereits eigene Kinder, die ebenfalls weiß waren, und wollte von den Sprösslingen aus der wilden Ehe ihres Mannes nichts wissen. ›Ich bin nicht gekommen, um hier Wilde zu hüten‹, verkündete sie dem neuen Gatten, und Matilditas Töchter wurden der Barmherzigkeit Gottes befohlen.

»Danach haben wir nie wieder etwas von ihnen gehört oder gesehen ...«

Mit einem Korb Obst bedanke ich mich bei den Mantillas und bei Wilfredo für die mir erwiesene Freundlichkeit und sage ihnen Lebewohl. Dann weise ich mich in der Kaserne der Dritten Brigade als Journalistin aus und bitte um eine Unterredung mit dem Kommandanten, General Omar Otoya, der mich in einem fensterlosen, klimatisierten Wartesaal eine halbe Stunde lang warten lässt. Dort stelle ich mir vor, wie Matilditas gequälte Seele heulend und halb verkohlt des Nachts durch die Hallen der Kaserne geistert, bis die Finsternis von Angstschweiß durchtränkt ist, denn die Helden von Chimborazo, die den Tod nicht fürchten, grausen sich vor der Rache der von ihnen misshandelten Toten. Flackert in den Augen der Soldaten, die ich in gespielter Lässigkeit an mir vorbeigehen sehe, vielleicht doch eine alte Angst, weil sie genau wissen, dass sie mit ihren Gewehren nichts gegen die

Asche ausrichten können, die sich in ihren Lungen festsetzt?

Ein Gefreiter führt mich in das großzügige und gut gelüftete Büro von General Otoya, wo nichts auf vergangene Qualen oder Grauen erregende Erinnerungen hinweist und sich eine Tür auf den von Farnkraut überquellenden Balkon öffnet.

»Die Leute haben eine grenzenlose Fantasie«, sagt der große, gut aussehende General zu mir, der nach Toilettenwasser duftet und mir wie mit Gillette Platinum Plus frisch rasiert vorkommt, als ich ihn nach dem Soldaten Emiliano Monteverde frage. »Lebendig Begrabene gibt es hier nicht und hat es auch nie gegeben, genauso wenig wie Eingemauerte oder Geköpfte, nichts dergleichen. Zellen wie Gräber? Sagen Sie bloß, Sie lassen sich solche Horrorszenarien einreden.«

Ich beuge mich mit seiner Erlaubnis über das Geländer des begrünten Balkons, suche mit den Augen die verleugnete Zelle und kann sie, wie nicht anders erwartet, nirgends entdecken.

Der Gefreite, der mich wenige Minuten zuvor ins Büro des Kommandanten geführt hat, begleitet mich wieder zur Pforte zurück und mustert mich durchtrieben, während er mir meinen Personalausweis zurückgibt.

»Es war kein Disziplinarverfahren, das mit Emiliano Monteverde. Es war eine Liebesgeschichte«, sagt er zu mir, als uns niemand hören kann.

»Wie? Sie wissen also doch Bescheid?«

»Der Einzige, der was weiß, ist mein General, aber Sie haben es ja selbst gehört: Hier ist nichts passiert.«

»Sie haben doch gerade zu mir gesagt ...«

»Vergessen Sie, was ich gesagt habe. Sie haben erzählt, Sie wären von Tora hierher gekommen, nicht wahr? Fahren Sie zurück und erkundigen Sie sich nach einer Prostituierten, die sie die Soldatenwitwe nennen. Die können Sie fragen.«

Die Soldatenwitwe? Ein Spitzname, den man nicht so leicht vergisst. Der Zufall will es, dass er mir sogar schon begegnet ist.

Als ich flussabwärts nach Tora zurückfahre, zermartere ich mir das Gedächtnis nach der Person, die ich zum ersten Mal die Soldatenwitwe habe erwähnen hören. Todos los Santos war es nicht und Olguita auch nicht. Sacramento vielleicht? Oder die Fideo? Nein.

Der Fluss ist so zahm, so ruhig in seinem Lauf, dass es philosophisch gesehen doch machbar erscheint, zweimal darin zu baden. Meine Gedanken kreisen um Sayonaras Mutter, die so viel gemeinsam hat mit diesen inwendig glühenden Zauberinnen, deren Existenz Mircea Eliade mit dem Hinweis erwähnt, sie trügen ein verstecktes Feuer in den Genitalien und würden damit ihr Essen garen. India und Hexe die Mutter, India und Hexe die Tochter: Die eine erprobt in der Kunst, Kienspäne aneinander zu reiben, um das Feuer im Herd zu entfachen, die andere erprobt in der Kunst, Geschlechter aneinander zu reiben, um das Feuer im Herzen zu entfachen.

Ein alter Ruderer in einem grellgelben Hemd kommt uns auf einer *chalupa,* die er mit den Stößen eines einzelnen Ruders vorwärts treibt, entgegen, und ich tauche ein ins Strahlen dieses Gelbs, das vor der reglosen Strömung leuchtet. Jetzt fällt es mir wieder ein: Es war Machuca, die gebildete *puta,* die Belesene, die Ketzerin des sechsten Zirkels, der den Tod Gottes verkündet. Sie war es, die die Soldatenwitwe erwähnt hat. Ich sehe sie in einer Ecke der Bürgermeisterei von Tora hinter ihrer Olivetti Lettera 22 sitzen, wo sie heute Urkunden abtippt, Protokolle und Dokumente, dabei nimmt sie einen Zug nach dem anderen von ihrer ewigen Zigarette, ohne sich um die Asche zu scheren, die wie die Flocken der Zeit auf ihre Bluse rieselt, auf ihre Unterlagen, auf ihren Schoß, überallhin, nur nicht in den blechernen Aschenbecher. Ich sehe auch ihre Schuhe, die breit und altmodisch wie die von Tante Daisy unter dem Schreibtisch hervorschauen, ihre vom Nikotin verfärbten Finger, ihr Gesicht, das aussieht wie das eines schlecht einbalsamierten Pharaos, ihre rastlosen Eichhörnchenaugen, den riesigen Mund, der mir erstaunliche Geschichten von den Bewohnern des längst versunkenen Vergnügungsviertels von La Catunga erzählt, zu denen auch die beiläufig und emotionslos erwähnte Soldatenwitwe gehört. Ich meine, ich hätte sie gefragt, wer diese Frau mit dem sprechenden Namen sei, denn ich kann mich entsinnen, sie versichern zu hören, die sei nicht der Rede wert, und, von ihrem Spitznamen einmal abgesehen, eine völlig durchschnittliche Person gewesen.

Sobald ich in Tora ankomme und noch bevor ich die Reisetasche in mein Hotel bringe, laufe ich zur Bürgermeisterei, um Machuca aufzusuchen; es ist nämlich schon fünf Uhr nachmittags, aber zum Glück ist noch nicht geschlossen.

»Machuca«, frage ich sie, »haben Sie die Soldatenwitwe gekannt? Wohnt sie noch in Tora? Wissen Sie, wo ich sie finden kann?«

»Woher dieses plötzliche Interesse? Die Witwe kam nach La Catunga, als sie ihre besten Zeiten schon hinter sich hatte, und sie zog wieder weg, um ihre schlechtesten Zeiten hinter sich zu lassen. Sie ist nie eine von uns gewesen, die Soldatenwitwe.«

»Und warum nicht?«

»Aus Scham. Sie war eine miesepetrige *puta,* eine lustlose Frustfotze, die das Gewerbe aus Not ausübte, nicht aus Berufung. Eine fanatischere Kerzenlutscherin und Frömmlerin als jede Klosterschwester. Ich glaube, die hätte ihre Freier am liebsten vor dem Altar geliebt, nur um die Nische mit dem Heiligen Kind nicht aus den Augen zu lassen, das übrigens bei ihr vor lauter Bitten schon ganz blau war. Es sollte ihr Gesundheit schenken, Geld geben und bitte, bitte, tröste mich ein wenig, ich bin so allein, und dies und das, denn mit dem Leben unzufrieden, ja das war sie wirklich, die Soldatenwitwe. Sie hat einfach nicht zu uns gepasst. Und sie würde auch nicht zu Ihnen passen, wenn Sie sie kennen lernen. Eine begnadete *puta* und von den Musen geküsst, das war unsere Todos los Santos. Ja, die! Ach, Sie hätten sie in ihren Glanzzeiten sehen sollen! Da hatte sie die Kraft eines Traktors und die Fröhlichkeit von einem Paar Kastagnetten. Was für eine Lebensfreude! Die arme Witwe war dagegen eine hundsnormale, traurige Figur und spuckhässlich.«

»Warum wurde sie die Soldatenwitwe genannt?«

»Das ist eine lange Geschichte.«

Als sie in La Catunga ankam, war sie bereits verbraucht und im Gewerbe altgedient, ihr blondes Haar war schon ergraut, und die Aura einer trostlosen Verlassenheit umgab sie. Sie war vom Geheimnis der eigenen Legende umwittert, die besagte, dass sie als junge Frau die Geliebte eines edelmütigen, schmucken Soldaten gewesen sei, der von ihrem Bruder, einem Unteroffizier desselben Bataillons, in den Tod getrieben wurde, um die Liebe zwischen den beiden zu verhindern.

Die von Machuca wiedergegebene Version der Geschichte widerspricht nicht dem Bericht der Mantillas. Sie schmückt diese eher aus und ergänzt sie durch zwei rühmliche Elemente, die ihr einen Sinn geben, nämlich Leidenschaft und Heldenmut. Die anderen Ingredienzen sind die Gleichen geblieben: das Verlies, der eingesperrte junge Mann, der rachsüchtige Unteroffizier mit seinen Beleidigungen, seinem Rassenhass und seinem Machtmissbrauch. Nur ist diesmal auch eine Frau beteiligt, die Schwester des Unteroffiziers und Geliebte des Rekruten. Der Rassen- und Klassenunterschied fällt stärker ins Gewicht, weil der Soldat der Sohn einer Indianerin und eines Bauern ist, während der Unteroffizier und seine Schwester aus einer alteingesessenen, begüterten Familie stammen.

»Ich hole dich aus dem Loch, wenn du mir versprichst, dass du sie nie wiedersiehst«, erpresst der Unteroffizier den gemeinen Soldaten. Aber dieser, ein integrer, treuer junger Mann, weigert sich, selbst unter der Folter seines Höllenwinkels, der Geliebten abzuschwören, und beugt sich nicht einmal der Forderung, sein Eheversprechen zurückzunehmen, als er bei lebendigem Leibe in seinem Grab zu verfaulen beginnt.

»Schwörst du es endlich?«

»Ich schwöre gar nichts.«

»Schwörst du es? Das ist deine letzte Chance.«

»Soll doch die Hure von deiner Mutter schwören, dafür hat sie dich doch geboren.«

»Dann bleibst für immer da drin hocken, weil du es so haben willst, weil du ein Arschloch bist und ein Idiot dazu. Und weil du ein Indio bist.«

Diese zweite Variante erzählt auch ausführlicher von der Reaktion des Vaters des Soldaten – Don Abelardo Monteverde, wie die Mantillas wissen –, der eine Schlüsselrolle hatte bei der Beendigung des Dramas.

»Der Vater des Soldaten«, erzählt Machuca mir, »ein gewitzter Mestize aus Antioquia, ahnte, dass der Unteroffizier bereit war, bis zum Letzten zu gehen und nicht lockerzulassen, ehe sein Sohn nachgab, daher ging er zu dessen Braut und überredete sie, eine handschriftliche Botschaft zu verfassen, in der sie dem Soldaten gestand, dass sie ihn nicht mehr liebte und ihm für immer Lebewohl sagte. Diese sollte sie in einem Umschlag mit einem unverwechselbaren Pfand ihrem Bruder, dem Unteroffizier, übergeben. Mit diesem Schwindel hat der Vater versucht, den Sohn durch die Zurückweisung der Geliebten dazu zu bewegen, dass er von ihr abließ. Denn dann würde der Unteroffizier die Strafe aufheben und ihn freilassen.«

»Da, überzeug dich selbst, du Unglückswurm«, hat der Unteroffizier vielleicht zum Soldaten gesagt, als der ihm den Brief mit einem Medaillon von der Virgen del Carmen durch das Gitter reichte, welches die Geliebte immer ans Mieder gesteckt trug. »Meine Schwester liebt dich nicht. Du brauchst dich also nicht für sie umbringen zu lassen, sie wird einen anderen heiraten, einen, der nicht so primitiv ist wie du und der ihrem Stand entspricht.«

In beiden Versionen nimmt sich der Soldat das Leben, indem er sich die Pulsadern aufschneidet; in der ersten überwältigt vom Leiden und von der Verzweiflung und in der zweiten vernichtet vom angeblichen Verlust der Geliebten. Als die Braut erfährt, was geschehen ist, überwirft sie sich mit dem Bruder, dem Unteroffizier, und verlässt für immer das Haus ihrer Eltern. Ihre Weigerung, ihm zu vergeben zwingt sie, ihr Leben selbst in die Hand zu nehmen und sich als Prostituierte über Wasser zu halten. Auf diese Weise kommt sie, nach vielen Kämpfen, auf beschwerlichen Wegen und Umwegen eines Tages nach La Catunga.

»Egal, was sie sonst noch war, die Witwe war die Protagonistin einer intensiven Lebensgeschichte, so viel steht fest«, widerspreche ich Machuca.

»Nur ist die eigene Lebensgeschichte für manche Leute ein paar Nummern zu groß.«

»Warum sind Sie so unerbittlich gegen sie, Machuca, immerhin hat sie den Edelmut gehabt, ihre Familie zu verlassen für das, was ...«

»Es stimmt, den hatte sie«, unterbricht sie mich, »aber danach ist sie in die völlige Lethargie verfallen. Da wäre es doch besser, diese herausfordernde Haltung einer Stierkämpferin gar nicht erst einzunehmen, wenn sie einen letztlich so viel Kraft kostet, dass man danach völlig erledigt ist.«

»Und was war mit Sayonara und der Witwe? Sind die beiden mal befreundet gewesen?«, taste ich mich behutsam vor, um zu erfahren, ob Machuca ahnt, wie eng die beiden Schicksale in Wirklichkeit miteinander verknüpft waren.

»Irgendwas hatten die beiden, aber ich habe nie genau gewusst, was, eine Freundschaft war das nämlich nicht; ich kann es nicht sagen. Vielleicht eher so etwas wie Mitleid füreinander, als würden sie ein trauriges, dunkles Geheimnis teilen. Weiß der liebe Gott! Schade nur, dass es den nicht gibt.«

»Das weiß allein der liebe Gott«, bestätige ich. »Aber, Machuca, ich würde mich trotzdem gern mal mit der Soldatenwitwe unterhalten, und ich hoffe, Sie verzeihen es mir. Schon alleine wegen ihres Namens hat sie meine Aufmerksamkeit verdient, außerdem könnte ich mir vorstellen, dass sie eine Menge zu erzählen hat.«

»Zu erzählen? Also, da wird wohl nicht viel mehr kommen als die Ave Marias von den Perlen ihres Rosenkranzes. Sie sitzt nämlich im Kloster bei den Nonnen in Klausur, ist zu den Klarissinnen von Lilla de Leyva in Boyacá geflohen. Da lebt sie endlich nach ihrer wahren Bestimmung, die sie zwar für eine Weile aus den Augen verloren hatte, aber eigentlich immer auf sie gewartet hat. Sie ist sicher hochzufrieden, dass sie jetzt von früh bis spät dem Jesuskind das Kleidchen abschlecken darf – das ist nämlich das Einzige, was sie kann. Die Leute sagen, die Klarissinnen hätten sie wegen ihrer Vergangenheit erst abgewiesen, aber dem wundersamen Einfluss des Geldes bleibt keine Tür verschlossen, und keine Klarissin ist dafür unempfänglich. Die Leute sagen, dass ihre Familie ein hübsches Sümmchen bezahlt hat, damit sie sich mit ihrer Schande da einsperren lässt und hinter den Klostermauern, die noch dicker sind als Grabsteine, alt und grau wird. Deshalb werden Sie die Geschichte nicht weiter verfolgen können, denn alles, was die Witwe weiß, sitzt mit ihr hinter Schloss und Riegel.«

Zwanzig

Du hast wunderschöne Augen«, sagte der Arzt Antonio María Flórez zu Sayonara, als sie das dritte oder vierte Mal in seine Sprechstunde kam.

»Was wollen Sie damit sagen, Doc?«, fragte sie, schüttelte die blau schimmernde Mähne und sah ihn misstrauisch an.

»Weiter nichts, nur dass du wunderschöne Augen hast. Scheinbar kannst du es nicht ertragen, wenn jemand nur das zu dir sagt.«

Olguita erzählt mir, dass Sayonara es nie verstehen konnte, wenn ein Mann nicht irrsinnig in sie verliebt war. Sie akzeptierte nicht, dass es Leute gab, die ihr nicht erlagen, so sehr war sie daran gewöhnt, die Liebe auf den ersten Blick zu erwecken und schon durch die Berührung ihres Rockes Begehren zu erregen. Wenn ein Mann auftauchte und die Karten für ein Spiel mischte, bei dem es nicht um Leidenschaft ging, war das für sie ein Grund, ihre ganze Aufmerksamkeit auf ihn zu lenken und ihn genau zu beobachten, ihn von Kopf bis Fuß zu erforschen, um die Mechanismen seiner Immunität zu entschlüsseln und dann seine Gleichgültigkeit anzugraben, wie eine Ratte daran zu scharren, bis sie schwankte und zusammenfiel. Zum Schluss entfaltete sie ihr ganzes prächtiges Federkleid des verführerischen Weibchens, denn nichts beunruhigte sie mehr, als wenn sie einen nicht beunruhigte.

»Das ging ihr nicht nur mit den Menschen so«, erläutert mir Todos los Santos. »Diese Hartnäckigkeit besaß sie gegenüber allen Geschöpfen Gottes. Ach, was war sie damals hochmütig und verwöhnt! Mein armes Mädchen, sie ahnte nicht, wie schwer das Leben wirklich ist ...«

Sayonara, die Besitzlose, die kindliche *prostituta* von Tora, die dunkelhäutige Waise, schlenderte ziellos durch die Gassen ihres Armenviertels, bemerkte nicht die Einsamkeit der herrenlosen Hunde und auch nicht den Fett- und Urindunst, den die anderen verströmten, hatte ein kleines Transistorradio in der Hand und trällerte die Melodie der romantischen Balladen der Emisora Melodía mit, aß mit glatten Bissen süße Orangen und warf die Schalen auf die Erde, trank eisgekühltes Bier aus der Flasche und kickte den Kronkorken auf der Straße vor sich her. So kam sie frisch gebadet und mit noch feuchtem Haar vom Waschbecken, herausgeputzt in der einzigen Eleganz, die sie je gekannt hat – dem seitlich geschlitzten Rock und der rot und golden bestickten chinesischen Seidenbluse – und bahnte sich ihren Weg durch das Gewimmel schuftender Menschen an einem heißen Markttag, wie eine müßige maurische Königin, die nackt unter ihren sieben Schleiern die kühlen Wasserwege ihrer Alhambra auf und ab schritt.

In Ermangelung eines kostbaren Salböls trug sie die Penetranz eines billigen Parfüms zu Markte, anstelle von Mantel und Krone stellte sie keck die braune Haut zur Schau, und vom Podest ihrer abgestoßenen, hohen Stöckelschuhe aus behandelte sie das gesamte Universum wie einen Vasallen zu ihren Füßen. Wenn eine Sternschnuppe vom Himmel fiel, dann nur, um ihr Nachricht von anderen Welten zu bringen, und für wen, wenn nicht für sie, kündete der Nachtwächter jede Stunde mit zwei gekränkten Pfiffen seine Runden an? Der Kaffeegeruch aus dem Tontopf, der auf dem Feuer stand, stieg jeden Morgen nur für sie auf und drang bis an ihr Nachtlager, um sie zu wecken; und die Narden schwängerten die Nachmittagsluft während der Siesta mit ihrem öligen Aroma, nur um sie lächeln zu sehen. Alle frei schwebenden Sorgen suchten bei ihr Trost und tranken ihre Tränen, und der Nebel, der das Tal zur Ebene machte, legte sich wie ein Brautschleier um ihre Schultern, die Augen der Katzen funkelten, weil sie hineinschaute, die Tage verstrichen gemächlich, weil sie von ihr ausgiebig liebkost sein wollten, und der Río Grande de la Magdalena machte sich nur die Mühe, mit seinem Wasser ein Bett bis nach Tora zu graben, um das Privileg zu genießen, ihr die Füße zu waschen.

»Es war nicht ihre Schuld«, räumt die Fideo ein. »So viele Leute sagten ihr, sie würden sie lieben, dass sie irgendwann selbst daran glaubte. Angefangen bei Ihnen, Doña Todos los Santos. Sie waren die Erste, die ihr den Kopf verdreht hat.«

»Ich habe getan, was ich konnte, um ihr die Augen zu öffnen«, verteidigt sich Todos los Santos. »Eines Tages hörte ich sie sagen, der Vogel Sinfín würde nur für sie seinen unermüdlichen Gesang anstimmen. ›Oh, mein eingebildetes Kind!‹, habe ich sie da gerügt. ›Strebe nicht danach, ein Goldstück zu sein, und sei nicht so unbescheiden, von der Welt geliebt werden zu wollen. Begreife ein für alle Mal, dass wir *putas* nur die Unterseite des Teppichs sind, die raue Seite der Existenz, und von der dunklen Seite des Mondes bestrahlt werden. Wir? Ja, wir, die Bewohnerinnen der Hinterzimmer. Sie verehren uns, wenn sie uns in den Abgründen und im Finstern leuchten sehen, aber wehe, wir wollen hinaustreten ans Licht des Tages, dann zertreten sie uns. Vergiss niemals diese große Wahrheit vom *amor de café,* mein Kind: Wir *putas* sind immer im Krieg.‹«

»Im Krieg gegen wen, *madrina*?«, fragte Sayonara, als ob sie es nicht wüsste.

»Gegen alle, mein Kind. Gegen alle.«

Die *madrina* warnte sie, weil sie ahnte, was für eine harte Lektion die Zukunft der Ziehtochter bereithielt. Aber ein hübsches Mädchen wie sie hatte es nicht nötig, darauf zu hören, und Sayonara fuhr fort, über rote Teppiche durchs Leben zu schreiten.

Die Wirklichkeit ist zwar anders, aber heute würde ich trotzdem behaupten, dass Todos los Santos, die weise Alte, die heilige Kupplerin, damals Unrecht hatte und sich dieses eine Mal irrte. Im strahlenden Egoismus ihrer Schönheit gelang es ihrer jugendlichen Jüngerin nämlich durchaus, in ihrem Universum der Nabel der Welt zu sein, das privilegierte Objekt der Liebe aller.

»Verzeihen Sie, wenn ich Ihnen das sage, Todos los Santos«, wage ich zu widersprechen, »aber in dieser einen Sache und zu genau dem Zeitpunkt hatten nicht Sie, sondern das Mädchen Recht.«

Einundzwanzig

Vom Bürgermeister unter Vertrag genommen, kam der Gynäkologe Antonio María Flórez mit seiner Frau Albita Lucía und seinen vier Kindern fast ein Jahr nach der Meuterei mit dem Brandanschlag, der die Krankenstation in Schutt und Asche gelegt hatte, in die Stadt. Als er den unbrauchbaren Zustand der Räumlichkeiten sah, die ihm als Praxis dienen sollten, vergeudete er seine Zeit nicht mit Behördengängen, um Gelder zu beantragen und auf bürokratischem Weg Unterstützung zu suchen, sondern packte sofort zu und baute die Ambulanz Backstein für Backstein eigenhändig wieder auf, um baldmöglichst das Projekt in seinem Kopf zu verwirklichen. Er hatte nämlich beschlossen, die Zwangskontrollen für den Gesundheitspass abzuschaffen – die seit dem Aufstand der *mujeres* de facto schon aufgehört hatten –, und den Prostituierten stattdessen eine kostenlose und freiwillige medizinische Versorgung anzubieten. Er kam nach Tora, um die Nachfolge der Betrüger in den weißen Kitteln anzutreten, nachdem die ungebremste kollektive Rache der *putas* sie aus der Region vertrieben hatte. Diese Vergeltungswut hatte sich an einem Tag in einem brutalen Scherz Luft gemacht und am nächsten in einer massiven Bedrohung oder einem vernichtenden Gerücht, bis es gelungen war, den falschen Medizinern jede Minute ihres Lebens zu verleiden, sodass sie schnellstens das Weite suchten.

Kaum war er in Tora angekommen, wurde der Arzt Antonio María das Opfer einer ähnlichen Behandlung. In der Überzeugung, dass auch er gekommen sei, um sich mit Verachtung und Erpressung an ihnen zu bereichern, empfingen die *putas* ihn schon in der ersten Nacht mit dem stinkenden Kadaver einer erdrosselten Katze auf der Türschwelle; aber damit konnten sie ihn genauso wenig schrecken wie mit einer Kampagne, um im Dorf seinen Ruf zu ruinieren. Sie behaupteten, er sei schwul, ein Randalierer, ein Atheist und ein Zuhälter. Sie brachten das Gerücht in Umlauf, er habe Stinkfüße, er würde erbarmungslos auf seine Mutter einschlagen, er wäre so geizig, dass er seine Kinder fasten ließe. Doktor Antonio María, ein Mann von einer Gutmütigkeit, die über jede Verleumdung erhaben war, fuhr einfach schweigend mit seiner amateurhaften Maurerei fort und verschloss seine Ohren gegen dieses lachhafte Gerede. Er war äußerlich und charakterlich ohne jeden Tadel, sodass der Vorwurf seiner stinkenden Füße von niemandem wirklich ernst genommen wurde; man erfuhr, dass er eine Waise war, worauf sich das Gerücht über die geschlagene Mutter als Falschmeldung erwies; er vertrat seinen Atheismus mit solchem Stolz, dass niemand es wagte, ihm diesen wirklich übel zu nehmen; und wenn seine Frau für die ganze Familie kochte, drangen so verlockende Essensdüfte aus seiner Küche, dass die Leute den Vorwurf anzuzweifeln begannen, dass er seine Kinder zum Fasten zwang. Auf diese Weise fielen die Lügengeschichten eine nach der anderen in sich zusammen, und er musste sich noch nicht einmal darum bemühen, etwas darauf zu erwidern.

Aber der Groll von La Catungas Frauen wurde von der lebendigen Erinnerung an die erst kurz zurückliegenden Demütigungen genährt und weigerte sich hartnäckig, auf die süße Rache zu verzichten. Der Doktor hatte die Bauphase abgeschlossen und war dabei, neue Fenster in der Ambulanz einzusetzen, als seine Frau Albita Lucía eines Morgens auf dem Weg zum Markt aus einem Fenster den Inhalt eines Nachtgeschirrs über den Kopf geleert bekam. Dieser Affront war selbst der leiderprobten Geduld von Doktor Antonio María zu viel, der sicherlich darüber hinweggegangen wäre, hätte der Angriff dem eigenen Haupt gegolten, doch empfand er ihn als vernichtenden Schlag, weil er sich am roten Lockenkopf seiner Frau vergriff – einer lebenslustigen, hellhäutigen, parfümierten Sommersprossigen, die er als die Sonne seiner Tage anbetete, und er fasste unverzüglich und unwiderruflich den Entschluss, diesen Ort, der seiner Familie nur Abweisung entgegenbrachte, innerhalb der nächsten vierundzwanzig Stunden zu verlassen.

Sie wollten am folgenden Tag mit dem Zwölf-Uhr-Zug wieder abreisen. Der Doktor verbrachte eine schlaflose Nacht voller Bitterkeit über dieses noch vor dem eigentlichen Beginn gescheiterte Projekt und stellte sich am nächsten Morgen im Arztkittel und mit dem Stethoskop um den Hals in die Öffnung der noch fehlenden Eingangstüre seiner Ambulanz.

»Erzählt weiter, dass ich ab jetzt bis um halb zwölf die einzige und letzte Sprechstunde hier abhalten werde«, sagte er zu mehreren Passanten und brauchte nicht länger als eine Viertelstunde zu warten, bis die ersten Patientinnen bei ihm eintrafen.

Was er dann sah, veranlasste Doktor Antonio María Flórez jedoch, seinen Entschluss zur Abreise rückgängig zu machen und zehn Jahre lang in Tora zu bleiben, wo er beinahe zum Pendant der heiligen Catalina wurde: ein wohltätiger Apostel im Vergnügungsviertel von La Catunga. Bei drei von fünf untersuchten Frauen entdeckte er in den Genitalien die unverwechselbaren roten Pusteln, umgeben von infektiösem Schleim, und die eindeutigen gummiartigen, weichen Geschwulste.

»*Treponema pallidum*«, diagnostizierte er. »Dieses Dorf wird bei lebendigem Leib von der Syphilis aufgefressen.«

Das Gewicht dieser Feststellung bewirkte, dass der Zwischenfall mit dem Nachttopf und all die anderen Beleidigungen für den Arzt nicht mehr so schwer wogen, und schenkte ihm die Einsicht, dass Vergebung allein dadurch stattfindet, dass man sie ausspricht.

»Ich vergebe euch allen!«, rief er mit zum Himmel ausgebreiteten Armen, als er in der Mittagshitze durch die leeren Straßen nach Hause eilte.

Er überzeugte seine Frau von der Richtigkeit, alles noch einmal auszupacken, meldete seine vier Kinder in der einzigen nicht konfessionellen Schule am Ort an und verbrachte hinfort seine gesamte Zeit damit, die von der Krankheit befallenen Frauen zu versorgen und zu trösten, die Gesunden zu beraten, um Ansteckungen vorzubeugen, und die Geschlechtskrankheiten mit einer Verbissenheit zu bekämpfen, die so fanatisch war, dass sie einem Savonarola, der in der Renaissance gegen die fleischlichen Lüste zu Felde zog, alle Ehre gemacht hätte.

Doch sollte sich bald herausstellen, dass der Abschied von den erpresserischen Methoden der Zwangsuntersuchung unerwarteterweise dazu führte, dass sich mehr als die Hälfte der Frauen grundsätzlich weigerten, die Praxis des Gynäkologen aufzusuchen.

»Wie kam das, Doktor?«, frage ich Antonio María Flórez, als ich ihn kennen lernte. »Wie erklären Sie sich, dass so viele von ihnen dann gar nicht mehr kamen?«

»Bei den meisten war der Grund ein tief verwurzelter Fatalismus. Sie waren davon überzeugt, dass niemand vor seiner Zeit stirbt. An solche Dinge glauben sie, an Gemeinplätze. Zum Beispiel daran, dass das Schicksal in Gottes Hand liegt, oder dass die Todesstunde eines jeden vorbestimmt ist. Ich bin nach Tora gekommen, als die *prostitutas* noch die Königinnen und die Herrscherinnen der Stadt waren, was nicht ausschließt, dass sie tief im Inneren das Gefühl hatten, in Sünde zu leben. Da sie für ihre Sünden eine gerechte Bestrafung erwarteten, sahen sie die Syphilis als Tribut an, den sie nicht unbedingt loswerden wollten, weil sie ihn in gewisser Weise verdient hatten. Und was die Ansteckungsgefahr betraf, damit spielten sie russisches Roulette: Sie gingen mit jedem Mann ins Bett, so wie man sich den Revolver an die Schläfe hält und abdrückt, um dann festzustellen, ob man getroffen wird oder verschont bleibt. Der Gedanke, dass Gott ihnen vergeben könnte, lag ihnen ganz und gar fern. Als sie erfuhr, dass ihre beste Freundin sich mit Syphilis angesteckt hatte, sagte Fandango, es sei eben für sie an der Zeit, ein ganzes im Unfrieden mit dem Himmel geführtes Leben abzuzahlen.«

»Trotzdem finde ich es merkwürdig, Doktor, dass diese Frauen, die so unbefangen mit Sex umgingen, solche Panik vor dem Frauenarzt hatten«, bemerke ich.

»Ich finde das eigentlich ziemlich logisch. Zunächst gibt es niemanden Mysteriöseres als eine *prostituta,* und das Geheimnis ihrer Gesundheit hütet sie mit größter Sorgfalt, weil ihr Auskommen davon abhängt, dass die anderen sie für gesund halten. Doch es gibt noch etwas, ich weiß nicht, wie ich es nennen soll, aber darin sehe ich das Haupthindernis: Der Gynäkologe hat etwas damit zu tun, dass man sich sein Handeln anschaut, es rational wahrnimmt, und das wollen sie um keinen Preis. Sie praktizieren die Prostitution mit der Blindheit eines Todeskandidaten, der sich vor der Erschießung die Augen zubinden lässt. Außerdem setzen sie, um den Beruf auszuüben, irgendwelche Fähigkeiten ein, die nicht mit Vernunft greifbar sind, wie ich es von der Hexerei annehme. Irgendetwas passiert da unten mit ihnen, unter den Röcken, unter den Laken, auf jeden Fall weit weg vom Gesicht. Je weiter weg vom Gesicht und vom Gehirn das stattfindet, desto besser. Viele mögen beispielsweise nicht geküsst werden, am wenigsten auf Mund und Brust, während sie dem Freier von der Taille abwärts mehr oder minder alles erlauben. Wenn sie sich in einen Mann verlieben, dann bringen sie ihr ganzes Wesen in den Geschlechtsakt ein, aber in der Regel verhalten sie sich wie zweigeteilte Wesen: Von der Taille aufwärts wohnt die Seele, und von der Taille abwärts lebt das Geschäft. Sie müssen verstehen, dass man als Gynäkologe das Auge ist, das hinschaut, derjenige, der das Verborgene aufdeckt, die Gefahren benennt und ihnen in Bezug auf Krankheiten die Binde von den Augen reißt. Deshalb sind mir anfangs so viele aus dem Weg gegangen, weil ich sie, gewollt oder ungewollt, zum Hinschauen und Nachdenken gezwungen habe und auch dazu, beide Körperhälften zusammenzubringen, ein Prozess, von dem ich glaube, dass er sehr schmerzhaft für sie ist. Das ist eine weit verbreitete Haltung: Du kannst Stierkämpfer oder Feuerschlucker sein, solange du den Tod als dein Schicksal akzeptierst, aber sobald du Vorsicht und gesunden Menschenverstand mit ins Spiel bringst, trittst du erschrocken den Rückzug an. Genauso war es auch bei den Prostituierten. Ich glaube, viele fanden aus diesem Grund meine Anwesenheit in den ersten Monaten noch bedrohlicher als die der früheren Ärzte, weil die sie angeschwindelt haben und eine blinde Komplizenschaft mit ihnen praktizierten. Das Bedürfnis der *prostitutas* nach Selbstbetrug war nämlich so groß, dass sie manchmal sogar versucht haben, mich zu betrügen und eine halbe Stunde vor dem Termin einen alten Trick anwandten. Sie nahmen in einer Bütte ein lauwarmes Sitzbad mit Lavaseife, Soda und einer Menge Limonensaft, um die Sekretionen abzuwaschen und den Krankheitsgeruch zu überdecken. Dann war bei der Untersuchung alles in Ordnung, und ich bat die Nächste herein. Warum sie sich die Mühe gemacht haben, mich hinters Licht zu führen? Weiß der Himmel, wo doch die Zeiten der Zwangsuntersuchung und des Gesundheitspasses längst vorüber waren. Ich glaube, sie haben das nur getan, weil sie der Wahrheit nicht ins Gesicht sehen wollten. Die *mujeres* von La Catunga entwickelten mit der Zeit ein sehr herzliches, freundschaftliches Verhältnis zu mir, aber sobald sie in meiner Sprechstunde auf die Liege sollten, fingen sie an zu zittern wie Espenlaub. Das Erdöl in der Region musste erst knapper werden und das Geschäft mit der Prostitution abflauen, damit sie freiwillig zu mir kamen, mit dem aufrichtigen Wunsch, gesund zu werden und ihren Körper aus dem Teufelskreis der Krankheit zu befreien und, wenn man so will, in das ersehnte Reich der Gesundheit hinüberzuretten.«

Doktor Antonio María war davon überzeugt, dass dieses besondere mentale Universum der *prostitutas* von Tora unmittelbar mit ihrer christlichen Sozialisation zusammenhing, denn unter den indianischen *pipatonas*, so erzählte er mir, habe er einen gänzlich anderen Umgang damit beobachtet. Sie verkauften ihren Körper, um zu essen und ihre Kinder durchzubringen – das reichte ihnen als Rechtfertigung, und sie brauchten sich das Gewissen nicht zu zermartern.

»Die *pipatonas* haben meine Sprechstunde am fleißigsten besucht«, sagt er, »und soweit ich weiß, sind sie außerdem zu ihren Medizinmännern gegangen. Sie haben also beides genutzt, meine Arzneien und ihr traditionelles Heilwissen. Mit dem Erfolg, dass sich die Krankheit unter ihnen nicht so stark ausgebreitet hat wie bei den anderen.«

Sie hatten eine vorurteilsfreie, geradlinige Einstellung zu einem Beruf, in den sie je nach Bedarf einsteigen oder wieder aussteigen konnten, und machten keinen großen Unterschied zwischen einem Mann, der bezahlte, um sie zu besitzen, und einem Mann, der sie ohne zu bezahlen zu Hause besaß. Es ging ihnen ums Überleben und um sonst nichts. Daher war für sie alles gut, was sie am Leben erhielt, und alles böse, was zum Tod führte. Eine kompliziertere sexuelle Ethik kannten sie nicht, doch sie folgten weniger einer Ethik als ihrer biologischen Bestimmung, nach der eine Frau eine Frau war, ob *prostituta* oder nicht, und ein Mann war ein Mann, ganz gleich, was er tat. Ich musste schmunzeln, als ich erfuhr, dass ein männlicher Körper für sie aus Kopf, Armen, Beinen, Stamm und Stämmchen bestand und ein weiblicher Körper aus Kopf, Armen, Beinen, Stamm und Für-das-Stämmchen.

Da Doktor Antonio María nicht bereit war, tatenlos zuzusehen, wie der harte und der weiche Schanker weiter gediehen und die Erreger sich ausbreiteten, nahm er sich vor, ein Haus nach dem anderen zu besuchen, um alle Nachlässigen und Widerspenstigen aus ihren Verstecken zu holen. Zu Letzteren gehörte auch Sayonara, denn als sie bei der Meuterei alles in ihrer Macht Stehende tat, damit die Flammen den Schwindlern die Schnurrbärte versengten, schwor sie beim wahrhaftigen Kreuz Christi, nie mehr im Leben irgendeinem falschen oder echten Arzt die Erlaubnis zu geben, sie anzufassen, selbst wenn die Schwindsucht sie zwang, Blut zu spucken, oder der Aussatz ihr die Gliedmaßen verstümmelte. Deshalb machte sie sich sofort aus dem Staub, als sie eines Tages Doktor Antonio María vor der Tür stehen sah, mit seiner ewigen Trauerkrawatte, die er zu Ehren des vor über hundert Jahren ermordeten Marschalls Antonio José de Sucre trug, und mit seiner Ledertasche voller Gerätschaften, Arzneikräutern und Fläschchen, das Gesicht vor der sengenden Sonne mit einem breitkrempigen Hut geschützt. Sayonara floh in den Patio und wäre um ein Haar über die Lehmmauer entkommen, doch Todos los Santos bekam sie im letzten Moment am Fußgelenk zu packen und zog sie wie mit einer Zange unbarmherzig zurück.

»Komm da runter, Kind, es ist zu deinem Besten.«

»Ich komme nicht runter, und ich lasse mich von dem Mann nicht anfassen.«

»Hol mir mal jemand einen Strick!«, befahl Todos los Santos. »Der Wildfang lässt sich untersuchen, und wenn ich ihn mit einem Strick an die Pritsche fesseln muss!«

»Nein, ich will nicht, dass er näher kommt, *madrina,* dieser Mann führt Böses im Schilde. Haben Sie nicht sein freches Grinsen gesehen?«

Als ich Antonio María Flórez kennen lernte, dachte ich bei mir, dass Sayonara gar nicht so Unrecht hatte, seinem Lächeln zu misstrauen. Denn er trägt tatsächlich mitten in dem streng geschnittenen Gesicht mit dem scharfen Profil das Gebiss eines Spielzeughasen, das eher zu einem Zauberer oder zu einem Tangosänger gepasst hätte als zu einem Gynäkologen.

»Da hast du Unrecht«, widersprach Todos los Santos dem Mädchen und hielt deren Fußgelenk weiter fest umklammert. »Das Lachen mit den breiten Zähnen macht ihn menschlich. Wenn er es nicht hätte, dann würde er trocken und zugeschnürt wirken wie eine Zigarre.«

Als Sayonara, die Unbezähmbare, dem Arzt endlich gegenübersaß und feststellen konnte, dass seine ernste Miene, sein professionelles Auftreten und das seriöse Schiefergrau seiner Augen von dem spaßigen Anblick seiner überdimensionalen Schneidezähne aufgewogen wurden, unterdrückte sie ihren Impuls, aufmüpfig zu werden, und war bereit, sich ohne Unterwäsche mit aufgestellten, halb geöffneten Beinen hinzulegen. Doch der Arzt hatte kaum mit der Hand ihren Oberschenkel gestreift, da spürte er, wie sie zusammenzuckte. Ihre bis zum Äußersten angespannten Nerven waren kurz vorm Zerreißen, wie die Saiten einer Gitarre. Er versuchte eine Unterhaltung zu beginnen, damit sie sich entspannte und auf andere Gedanken kam, sodass ihre Abwehr nachließ und er sie berühren konnte, aber der elektrisierte Körper des Mädchens bebte von Kopf bis Fuß und bäumte sich gegen ihn auf wie ein junges Fohlen.

»So geht es nicht«, sagte der Arzt zu ihr.

»Dann lassen wir es«, sagte sie, war schon wieder auf den Füßen und schob den Rock über die Beine.

»Komm mal her«, sagte Doktor Antonio María, der sah, dass es nicht möglich sein würde, sie bei dieser ersten Begegnung zu untersuchen. Er musste seine Taktik ändern, um ihr Vertrauen zu gewinnen. Als sie zu ihm ging, steckte er ihr die Hörer vom Stethoskop in die Ohren und legte das andere Ende des Apparates auf ihre linke Brust.

»Was klopft da?«, fragte Sayonara, riss sich das Instrument vom Kopf und machte einen Satz.

»Dein Herzschlag.«

Sie näherte sich wieder, ließ sich noch einmal das Gerät aufsetzen und versank für eine lange Zeit staunend ins Lauschen ihres Lebens. Das kam und ging schubweise und eigenwillig, strömte mal gestaut, mal ungehemmt durch die geheimen Gänge des weichen Labyrinths aus purpurnen Röhren in ihrem Inneren und hallte lautstark in den Höhlungen ihrer Brust wider.

»Mein Herzschlag!«, sagte sie mit einem Seufzer und würde von diesem Moment an Doktor Antonio María, den ersten Menschen auf der Welt, der sie aufgefordert hatte, dem verborgenen Rhythmus ihrer eigenen Seele zuzuhören, nie mehr vergessen.

Es war keine Woche vergangen, da stieß der Doktor, als er nach einem langen Arbeitstag im Begriff war, seine Sprechstunde zu schließen, auf Sayonara, die vor dem Eingang der Ambulanz auf einer Treppenstufe saß und auf ihn wartete.

»Du hier?«, fragte er hocherfreut über ihren Entschluss, sich endlich von ihm untersuchen zu lassen.

»Dafür bin ich nicht gekommen, Doktor, ich bin gekommen, um zu fragen, ob Sie mich noch mal durch den Apparat hören lassen ...«

Sie gingen hinein. Ohne dass sie jemand dazu aufgefordert hätte, legte sich Sayonara auf die Liege, und der Arzt positionierte das Stethoskop auf ihrem Herzen. Wieder verharrte sie reglos und lauschte staunend dem Aufruhr in ihren Eingeweiden, der aus den tiefsten Tiefen des Universums zu kommen schien.

»Sagen Sie mal, Doc«, fragte sie ihn nach einer Weile und sah ihn so voller Ernst und Unschuld an, dass er ganz ergriffen war. »Sagen Sie mal, Doc, hat man zwei Herzen?«

»Nein, nur eins, da in der Brust, wo ich es dir gezeigt habe. Gib mir mal deine Hand«, sagte er, nahm ihre flache Hand und legte sie sich auf die Brust. »Bum, bum, bum, bum ... Es schlägt wie eine Uhr, genau wie deins.«

»Man erkennt sein Herz also daran, dass es schlägt, nicht wahr?«

»So ist es.«

»Schlägt es denn stärker, wenn es verliebt ist?«

»Ja, ich vermute schon.«

»Aber Sie sind sicher, Doc, dass man nur ein Herz hat?«

»Wieso fragst du?«

»Weil ich neulich einen Mann vom Campo 26 kennen gelernt habe, einen, den sie den Payanés nennen, und da habe ich zwei Herzen in meinem Körper gefühlt, eins in der Brust, so wie Ihrs, und das andere hier unten«, das Mädchen nahm die Hand des Arztes und legte sie auf ihr Geschlecht. »Spüren Sie, wie es schlägt? Das ist mein zweites Herz.«

Zweiundzwanzig

Olguitas sanfte Präsenz schaut durch ein unauffälliges, stets seitlich gelegenes Fenster ins Leben. Wenn jemand nicht zur *puta* geboren wurde, dann sie, die friedliebende Olguita mit der klaren Seele und dem von der Kinderlähmung verkümmerten Leib. Und dennoch hat sie es verstanden, sich bei der Ausübung des Gewerbes auf eine bewundernswerte Weise zu entfalten. Sie besaß die Gabe, sich aus einer Gruppe erlesener Einzelgänger einen festen Kundenstamm aufzubauen, der ihr bis ins Alter treu blieb, weil ihre Freier es zu schätzen wussten, in den makellosen Leinenlaken ihres Bettes eine vertrauenswürdige, aufmerksame Zuhörerin zu finden, eine Frau, die auf dem Holzfeuer ihres Herdes den besten *candil* aller Zeiten mit Brandy einkochte und in ihrem Patio mit geschickter Gärtnerhand die Düfte von Pfefferminze und Basilienkraut, von Kamille und Majoran gedeihen ließ, die dazu angetan waren, in ihren Besuchern die Hoffnung auf eine Zukunft zu wecken, die ihnen noch viele Annehmlichkeiten bereithielt.

Zu den Männern, die in Olgas Armen den Sinn ihres Lebens fanden, ohne sich dessen eigentlich bewusst zu sein, gehörte auch ein gewisser Evaristo Baños, ein Schweißer von der Troco, von den Gefährten Nostalgia genannt. Er ging gewöhnlich freitags auf direktem Weg, ohne die obligatorischen Zwischenstationen in den Bars, zu ihrem Haus, und wenn er feststellte, dass sie noch Kundschaft hatte, dann setzte er sich auf die Treppenstufen vor ihre Tür und wartete geduldig, mit den Ellbogen auf den Knien und dem Kopf in den Händen, bis er an die Reihe kam. Sobald er zu ihr vorgedrungen war und seine Kleidung abgelegt hatte, widmete er sich in genießerischer Wiederholungslust der ewig gleichen Zeremonie: Er holte den Fächer seiner Familienfotos aus der Brieftasche – Mutter, Ehefrau und Kinder, in Zeit und Raum entrückt – und legte sie andächtig und im festen Glauben an sie eines nach dem anderen aufs Bett, indem er wie eine Beschwörungsformel gegen das Vergessen, bei jedem Bild den Namen und das Alter der Person hersagte.

»Und die Kleine da, wer ist das?«, fragte Olguita ihn, obwohl sie diesen Rosenkranz unzählige Male bis zur Erschöpfung mit ihm heruntergebetet hatte und längst alles auswendig wusste. »Ist der Große schon mit der Schule fertig? Im wie vielten Monat ist deine Frau hier schwanger? Dieser gefleckte Hund heißt also Capitán? Und der schwarze Hund da, ist das nicht Azabache?«

So ging das Freitag für Freitag, bis an einem Mittwoch in der erdrückenden Hitze der Straßenverkäufer Nayib die Kunde vom Erdölfeld brachte, dass Nostalgia sich den Ringfinger abgerissen hatte, als er im Bohrloch stand und eine Klappe befestigte. Nayib selbst übernahm es, die Nachricht von Haus zu Haus zu tragen und sich damit aufzublasen, er selbst habe seinen Teil zu dem Drama beigetragen, weil die Ursache des Unfalls, ein achtzehnkarätiger Goldring, aus seinem Warenkoffer stammte und just in jenem Augenblick an einem Bolzen hängen geblieben war, als Nostalgia mit seinem ganzen Gewicht eines kräftigen Santanderaners daran zog.

»Hier ist ein Unfall passiert!«, hörte man die Männer Alarm schlagen, und Nostalgia wurde von zwei Kameraden heraufgezogen, die den schlammbedeckten Verletzten mit der weniger vor Schmerz als vor Schreck erstarrten Miene ins Krankenhaus trugen. Nostalgia heftete die Pupillen auf eine Rechte, die nicht mehr ihm zu gehören schien, weil sie weniger wog als seine Linke, und die mit einem von geronnenem Blut durchtränkten Handtuch umwickelt war.

»Das ist der Grund, weshalb bei der Company das Tragen von Ringen und Ketten verboten ist, genauso wie Hemden, die aus der Hose hängen und alle anderen Marotten, die zu solchen Unfällen führen«, erklärte der Krankenwart Demetrio, während er das Handtuch abnahm, die Lücke vom fehlenden Finger begutachtete, den chirurgischen Schnitt bewunderte und den Stummel mit groben Stichen vernähte, wie man einen Sack flickt. »Deshalb gibt es für die Arbeiter die Vorschrift, Schuhe zu tragen anstatt Sandalen, weil die eure Füße nicht schützen. Tja, wer die Vorschriften missachtet, der muss mit solchen Folgen leben.«

Am nächsten Tag kamen viele Frauen in Olguitas Haus, um auf die Ankunft des Versehrten zu warten. Dabei stellten sie allerhand Spekulationen über das Schicksal des Ringfingers an.

»Man sollte ihn den Hunden zum Fraß vorwerfen, finde ich.«

»Der Ring soll ja angeblich noch am Finger stecken ...«

»Man sollte ihn Nayib zurückgeben; der kann dann Nostalgia sein Geld wiedergeben, und der Finger, den können sie ja in den Fluss werfen.«

»Damit ihn die *bagres* fressen, die wir uns dann braten? Was für eine eklige Vorstellung. Man sollte lieber ein Eckchen auf dem Friedhof suchen und ihn anständig beerdigen; eine Zigarrenschachtel müsste dafür doch reichen.«

»Wir sollten ihn als Andenken in Formol legen ...«, schlug Olga vor, die sentimental war und dazu neigte, sich zu bekreuzigen, sobald es um Blut ging.

»Begrab ihn doch in deinem Garten und pflanz einen *manzanillo* darauf, damit der schön giftig und tödlich wird«, schlug Sayonara vor, die für ihre wüsten Fantasien bekannt war.

»Was sagst du da, Kind!«

In diesem Augenblick teilte sich die Menge und gab dem Ehrengast, dem verstümmelten Nostalgia, Einlass, der Olguita aufsuchte, um mit ihr zu reden und Trost zu suchen, denn er wusste wohl, dass er nicht nur den Finger und einen Teil der Hand eingebüßt hatte, sondern seine Berufschancen als Schweißer dazu. Die Company hatte ihm für den erlittenen Schaden eine Entschädigung gezahlt und einen Monat Urlaub gegeben, aber es war ein offenes Geheimnis, dass Krüppel als Laufburschen und Gärtner und mit anderen schlecht bezahlten und noch schlechter angesehenen Tätigkeiten abgespeist wurden.

»Was wohl aus dem Ring geworden ist?«, fragte Nostalgia, ohne überhaupt auf die Idee zu kommen, nach seinem Finger zu fragen. »Ich habe ihn gekauft, weil ich ihn eines Tages meiner Frau mitbringen wollte, die sich seit sechzehn Jahren darüber beschwert, dass wir nie geheiratet haben. Vielleicht liegt er noch im Bohrloch ... Wo der Ring wohl geblieben ist? Weiß jemand etwas davon?«

»Vergiss den Ring, Nostalgia«, sagte Todos los Santos zu ihm. »Dein Unfall ist ein weiterer Beweis dafür, dass dieser barbarische Ort nur für Unverheiratete taugt und die Ehe hier nichts als Unglück bringt.«

Weder der Finger noch der Ring tauchten je wieder auf, und Nostalgia, der in den Büros der Troco als Bote weiterarbeitete, hat alle beide vergessen, genauso wie seine Karriere als Schweißer. Und obwohl er fortfuhr, jedem, der sie sehen wollte, die Fotos von seiner Frau, seinen Kindern und seinen Hunden zu zeigen, sollte er nie wieder zu ihnen zurückkehren. Aber deshalb war er durchaus kein unglücklicher Mann, denn er behielt die Gewohnheit bei, alle acht bis vierzehn Tage nach Tora herunterzukommen und sich bei Olguita seinen Trostpreis zu holen, wenn sie ihn in ihrer frisch gebügelten Leinenbettwäsche zärtlich umarmte.

Dreiundzwanzig

»Zieht eure besten Sachen an und macht euch die Haare zurecht, ich will euch mitnehmen, damit ihr die andere Welt kennen lernt«, verkündete Todos los Santos Sayonara und ihren vier Schwestern, Ana, Susana, Juana und der kleinen Chuza eines Tages.

Sie zogen die steifen Organza-Kleider an, die sonst nur an kirchlichen und nationalen Feiertagen getragen wurden und mit ihren Reifen und Miedern und den weiten gerüschten Röcken über den Krinolinen aussahen wie pastellfarbene Wolken aus Wäschestärke: kükengelb das von Sayonara, zuckerwattenrosa das von Ana, himmelblau das von Susana, minzgrün das von Juana und von angegrautem Schneeweiß das von der kleinen Chuza. Sie frisierten sich mit Pomade, parfümierten sich und putzten sich die Zähne, sie zogen Strümpfe und Schuhe an und folgten der *madrina* in ihrem Sonntagsstaat an einem Dienstag quer über die Felsen und durchs Gebüsch, das ihnen an den Kleidern riss, sich in ihren Haaren verfing und ihnen die Frisuren ruinierte. Trotzdem setzten sie mit der Vornehmheit von Bauern, die zur Messe aus den Bergen ins Dorf herunterkommen, achtsam einen Fuß vor den anderen, denn Todos los Santos hatte sie ermahnt, dass sie mit Würde ankommen mussten, um die andere Welt kennen zu lernen.

»Damit niemand auf die Idee kommt, uns zu bemitleiden«, setzte sie hinzu.

»Mein Kleid kratzt so schrecklich«, beschwerte Susana sich.

»Du wirst es ertragen.«

Über einen schmalen Pfad, den nur Todos los Santos kannte, erreichten sie einen entlegenen Punkt am Maschendrahtzaun. Dort stiegen sie den Hang hinunter und überquerten barfuß den Bach, um ihre Schuhe nicht nass zu machen. Auf der anderen Seite setzten sie sich auf die Steine und ließen die Füße an der Luft trocknen, zogen dann Schuhe und Strümpfe wieder an, kämmten sich noch einmal die Haare und kamen schließlich an.

»Da habt ihr sie. Das da ist die andere Welt«, verkündete Todos los Santos an einer Stelle, wo die wuchernden Ranken von dem ansonsten dicht bewachsenen Maschendraht heruntergerissen waren und aus irgendeiner Nachlässigkeit bei der Bewachung des Geländes kein bewaffneter Wächter stand, um Neugierige und Delinquenten zu vertreiben.

Eine über der anderen hingen sie wie ein Stapel bunter Pralinenschachteln in ihren Organzakleidern am Zaun und hatten eine bessere Sicht auf die andere Welt als von einem Logenplatz im ersten Rang. Um nicht quadratisch zu sehen, drängten sie ihre fünf Gesichtchen dicht ans Drahtgeflecht, und die fünf geschlitzten Augenpaare wurden so rund, dass ihre natürliche Schräge verloren ging, als sie sahen, was sie sich niemals hätten vorstellen können: das sagenumwobene und unbetretbare Barrio Staff, das abgeriegelte Wohnviertel des nordamerikanischen Personals von der Tropical Oil Company. Es war den Mitarbeitern der Direktion, der Verwaltung und der Beratung vorbehalten und bestand in einer maßstabgetreuen Replik des American Way of Life, als ob aus einem Mittelklasse-Wohnviertel in Fort Wayne, Indiana, oder Phoenix, Arizona, eine Scheibe herausgeschnitten und mitten in den tropischen Regenwald verpflanzt worden wäre, mit Gärten und Swimmingpools, gepflegten Rasenflächen, Briefkästen wie Vogelbauer, Golf- und Tennisplatz und dazwischen drei Dutzend großzügig auf das Gelände verteilte weiße Einfamilienhäuser, die einander haargenau glichen und vom ersten Dachziegel bis zur letzten Schraube mitsamt Schlafzimmereinrichtung komplett importiert waren. Im Hintergrund stand auf einer Anhöhe, die das Wohnviertel beherrschte, das so genannte Casa Loma aus Kiefernholz, die weiträumige Residenz des Generaldirektors der Company mit Vestibül, Terrassen und Garagen.

Für geraume Zeit versanken die fünf Schwestern stumm in diesen Anblick, und da sie niemanden sahen, glaubten sie, die andere Welt sei eine verzauberte Einöde wie das Schloss von Dornröschen. Ihre Bewohner schienen überstürzt abgereist zu sein, ohne Zeit, all ihr Hab und Gut mitzunehmen. Ein Handtuch lag vergessen neben dem Schwimmbecken, in dem sich das klare Wasser noch kräuselte, nachdem der letzte Schwimmer ihm entstiegen war; davor lag ein umgekipptes Dreirad, als wenn das Kind, das darauf gefahren war, heruntergefallen und losgelaufen wäre, seine Mutter zu suchen; ein Rasenmäher schien stumm auf einen Mann zu warten, der hineingegangen war, um sich mit einem Glas Wasser zu erfrischen. Lauter blendend neue, unbenutzte Gegenstände, machtvoll wie Fetische, Garanten eines Wohlgefühls, das ihren Besitzern zu fehlen schien.

»Wohnt hier niemand, *madrina*?«, fragte Sayonara leise, weil sie fürchtete, die Fata Morgana zu verjagen, aber im selben Augenblick erschien wie aus dem Nichts der Mann vom Rasenmäher, stellte das Gerät an und begann damit zu arbeiten.

»Was tut der Mann da, *madrina*?«, fragte Susana.

»Er mäht den Rasen.«

»Damit die Tiere was zu fressen haben?«

»Nein, er mäht ihn, weil er ihn kurz lieber mag.«

»Was für ein komischer Mann ...«, sagte Ana. »Und wieso sind diese armen Leute in einem Gehege mit Maschendrahtzaun eingesperrt?«

»Die Eingesperrten sind wir, denn sie können raus, aber uns lassen sie nicht rein.«

»Und warum lassen sie uns nicht rein?«

»Weil sie Angst vor uns haben.«

»Und warum haben sie Angst vor uns?«

»Weil wir arm sind und braun und kein Englisch sprechen.«

»Aber die Häuser sind auch Käfige, sehen Sie, *madrina*«, sagte Juana, »man kann weder aus den Türen noch aus den Fenstern raus.«

»Das sind Fliegengitter, damit keine Moskitos hineinkommen.«

»Da können keine Moskitos rein? Und andere Tiere, können die auch nicht rein?«

»Nur Hunde.«

»Und können die Hunde wieder raus?«

»Ja, wenn die Leute ihnen die Tür aufmachen.«

»Was macht die Frau da?«, fragte Ana, als sie die Besitzerin des Handtuchs auftauchen und auf einem Liegestuhl Platz nehmen sah, um sich zu sonnen.

»Sie sonnt sich.«

»Sonnt sich? Dann ist ihr Blut also kalt. Machuca hat mir erzählt, dass sich die Eidechsen in die Sonne legen, um sich aufzuwärmen, weil sie kaltes Blut haben.«

»Nein. Sie sonnt sich, um braun zu werden.«

»Und wozu will sie das«, fragte Sayonara, »wenn wir braunen Leute ihr doch gar nicht gefallen ...«

»Man muss sie verstehen«, sagte Todos los Santos. »Sie sind nicht von hier. Das sind Nordamerikaner.«

»Und wozu sind sie hier?«

»Um das Öl aus dem Gelände zu holen.«

»Und warum holen sie es raus?«, fragte Juana.

»Für den Verkauf.«

»Ach so! Dann ist es wohl ein gutes Geschäft, das Gelände ohne Öl zu verkaufen?«

»Was machen die zwei da?«, fragte Ana und deutete auf zwei Frauen, die sich an einer Haustür unterhielten.

»Sie sprechen auf Englisch miteinander.«

»Und wie können sie sich dann verstehen?«

»Sie können Englisch. Keiner da drinnen spricht Spanisch.«

»Dann müsste es ihnen mal jemand beibringen ...«

Eine Gruppe Kinder plantschte im Swimmingpool, ein Mann begann, sein Auto zu waschen, eine Frau holte einen Gartenschlauch und fing an, einen Hund einzuseifen. Die kleine Chuza sah sich das alles staunend an, ohne sich das kleinste Detail entgehen zu lassen, aber auch ohne Fragen zu stellen, die kleine Chuza sprach nämlich nie ein Wort.

»Sie waschen Hunde, sie waschen Kinder, sie waschen Autos ...«, sagte Juana. »Was für saubere Leute! Aber wo werden sie denn so dreckig, wenn es doch da drin gar keinen Schmutz gibt?«

»Es gibt keinen Schmutz, weil sie ihn wegmachen.«

»Und wieso machen sie ihn weg, wenn es gar keinen gibt ...«

»Einfach, um sich zu beschäftigen und um die Zeit totzuschlagen, bis sie wieder in ihr Land zurückkönnen.«

»Sieh mal, *madrina,* die sind ja barfuß! Haben die denn keine Schuhe?«

»Doch natürlich. Sie gehen freiwillig barfuß. Die Schuhe bewahren sie im Haus auf.«

»Um sie nicht schmutzig zu machen?«

»Kann sein.«

»Und wenn ihre Beine schmutzig werden?«

»Dann waschen sie sie eben, genauso wie den Hund.«

»Und wozu waschen sie den Hund«, fragte Ana, die noch nie im Leben irgendjemanden einen Hund hatte waschen sehen.

»Damit er nicht stinkt.«

»Stinken ihre Hunde denn?«

»Alle Hunde riechen gleich.«

»Mir hat mal einer was erzählt«, sagte Sayonara, »Señor Manrique war das. Er hat gesagt, dass in manchen Häusern der Boden mit Wolle bedeckt ist, wie die von den Schafen.«

»Das ist merkwürdig!«, rief Susana. »Das ist bestimmt wieder eine von Sayonaras Lügengeschichten ...«

»Nein, das stimmt«, bestätigte Todos los Santos. »Das sind Häuser mit Teppichen.«

»Wie verrückt die sind!«

»Und die dort drüben, was machen die, *madrina?*«, drängelte Juana und zog sie am Rock.

»Sie spielen ein Spiel, das man Tennis nennt.«

»Aber sie sind doch keine Kinder ... Spielen denn bei denen auch die Erwachsenen?«

»Ja, die spielen auch«, sagte Susana, stolz auf ihre Kenntnisse. »Und wer den Ball mit der Hand fängt, der hat gewonnen.«

»Nein, derjenige, der ihn mit dem Schläger am weitesten schlägt, hat gewonnen«, verbesserte Todos los Santos sie. »Der Schläger, das ist dieser plattgedrückte Korb, den sie in der Hand haben.«

»Und die Leute da drin, im Barrio Staff«, wollte Ana wissen, »sterben die auch?«

»Ja, die sterben auch. Der Tod ist der Einzige, der bei ihnen nach Belieben ein und aus geht.«

Vierundzwanzig

Eine Reiskugel. Die kritischen Ereignisse, die anschließend eintraten, wurden durch eine zusammengepresste, in Palmfett gegarte Kugel Reis verursacht; einen jener Reisbälle, die ohne Salz und ohne Erbarmen mittags von der Betriebsleitung an die Arbeiter der Troco ausgeteilt wurden. Aber statt ihren Widerwillen zu überwinden und hineinzubeißen, improvisierten sie damit lieber Fußballspiele im gleichzeitig als Casino genutzten Speisesaal.

An jenem Morgen zogen unentschlossene Regenwolken in Fetzen über den Himmel und verdampften, wo sie mit der heißen Erde in Berührung kamen, während die Männer vom Campo 26 lustlos in stickigen Hitzeschwaden arbeiteten. Sacramento vertagte sein Rendezvous mit dem Tod und hatte beschlossen, die Standfestigkeit seiner schwachen Beine im Freien zu erproben, nachdem er überraschend aus dem Krankenhaus entlassen worden war, von einem Leiden befreit, das teils Sumpffieber, teils Amöbenruhr und teils Todessehnsucht gewesen und schlagartig wieder verschwunden war; und zwar weniger durch die Brown Mixture, die White Mixture oder die giftigen, rosafarbenen Chinintabletten als durch das belebende Herzflattern einer Illusion und die therapeutische Wirkung des Objekts, das diese symbolisierte: ein Haarmedaillon, das der Payanés dem Kranken gegeben hatte. Denn, wie Olguita mir erläuterte, sind der Schutz und die Stärkung durch ein Amulett aus dem Haar des geliebten Menschen durch nichts zu übertreffen, aber es kann einem auch umgekehrt aus einem einzigen Kopfhaar einer Person, die einen hasst, der größte Schaden erwachsen.

»Man braucht gar nicht besonders intelligent zu sein, um sich klar zu machen, wie viel Kraft im Haar liegt«, sagt sie zu mir. »Es genügt zu beobachten, dass es nach dem Tod weiterwächst. Aber das ist nicht alles, das Haar ist auch das einzige Körperteil, das völlig schmerzunempfindlich ist und nicht zu Staub zerfällt.«

»Beschützt es einen denn auch, wenn die Strähne, die man um den Hals trägt, gar nicht für einen selbst bestimmt war, sondern für jemand anderen, und ihr ehemaliger Eigentümer oder ihre Eigentümerin noch nicht einmal weiß, dass man sie besitzt?«, frage ich sie.

»Ich nehme an, dass sie einen auch unter diesen Bedingungen beschützt, vielleicht weniger, aber schützen tut sie einen trotzdem. Jedenfalls hat es bei Sacramento funktioniert, und er ist nicht der Erste, den die Haare einer anderen Person gerettet haben.«

»Bist du am Leben oder bist du ein Geist?«, fragte der Payanés verwirrt, als er den eben noch totgeglaubten Freund vom Wind des Jenseits umweht mit den unsicheren Schritten eines Lazarus, der aufsteht und wandelt, auf der Plattform der dünnen Emilia auftauchen sah.

»Ich weiß es selbst nicht«, antwortete der Wiederauferstandene.

»Fühlst du dich gut?«

»Ich fühle mich, und das ist schon eine Menge.«

»Es ist ein Wunder geschehen! Du bist von einem Moment zum anderen ins Leben zurückgekehrt ...«

»Das weiß ich nicht. Aber wenigstens ist mein Wunsch, am Leben zu bleiben, zurückgekehrt.«

»Das ist ja unglaublich! Ich könnte schwören, du bist sogar gewachsen«, sagte der Payanés, indem er versuchte, den Aufruhr seiner Gefühle zu verbergen. Er gestand sich ein, dass er darauf gefasst gewesen war, den einzigen und besten Freund sterben, aber niemals erneut leben zu sehen. »Vorher war ich ein paar Zentimeter größer als du, aber jetzt scheinst du mich überholt zu haben.«

»Sie sagen, das Fieber würde einen entweder umbringen oder strecken«, antwortete Sacramento, setzte sich erschöpft von der Strapaze, wieder unter den Gesunden zu atmen, an den Rand, und beobachtete sprachlos, was für eine Geschwindigkeit und Präzision sein Freund der Payanés inzwischen an den Tag legte, wenn er das Stahlseil aufrollte und Hand in Hand mit seinem neuen Arbeitskollegen Pajabrava, dem Ersatzmann für Sacramento, verkeilte. Jener besaß einen starren Blick und das Gehabe eines Apostels, der seinen Nächsten mit den Augen durchbohrt, bis er es geschafft hat, ihm den Wurm des Selbstzweifels ins Herz zu pflanzen. Eine lange Berufserfahrung rund um den Erdball hatte einen *petrolero trashumante* aus ihm gemacht, wie man die Männer nennt, die der Pipeline auf ihrem Weg von den Urwäldern am Río Catatumbo bis in die syrische Wüste und wieder zurück folgen. Sacramento erzählt mir, dass sie den Mann Pajabrava nannten, weil er keine Gelegenheit ausließ, um seine Moralpredigten zu halten gegen die in den Lagern voller einsamer Männer so verbreitete Masturbation. Dabei durchdrang Pajabrava seinen Gesprächspartner mit einem unangenehm bohrenden Blick und überschüttete ihn mit Zitaten und Maximen der unterschiedlichsten Meister des östlichen Denkens, bis er ihm das Eingeständnis abgerungen hatte, dass die Praxis der Onanie der Grund sei, weshalb der Mensch ins Verderben gehe und in seiner Willenskraft geschwächt sei.

»Wie flott du deine Arbeit machst, *hermano*«, sagte Sacramento zum Payanés, während dieser mit nacktem, von Schweiß und Nieselregen glänzendem Oberkörper, auf dem sich die blutende Rose wie ein Orden ausnahm, im barbarischen Schütteln der dünnen Emilia schuftete wie ein Männchen bei der Kopulation mit einem mächtigen, wilden Weibchen. »Du bist zehnmal schneller geworden als an unserem gemeinsamen Anfang.«

»Siehst du, inzwischen habe ich den Spitznamen Cuña a Mil, Tausendkeil, ich habe dir doch gesagt, dass ich der beste *cuñero* im ganzen Land werde.«

»Weil du die verdammte Marotte aufgegeben hast, dich zu befummeln«, mischte sich Pajabrava mit seinem blöden Geschwätz ein. »Deshalb hast du Kraft. Wenn du wieder damit anfängst, wird dein Arbeitseifer nachlassen und das flotte Tempo, das du dir zugelegt hast, ist zum Teufel. Ein masturbierender Arbeiter taugt weniger als ein abgebranntes Zündholz. Das ist der Grund, warum hier so viele Schlappschwänze herumlaufen. Sieh dich nur mal um: ein armseliger, bleichgesichtiger Haufen unerlöster Wichser.«

»Das Wichsen ist Opium fürs Volk«, deklamierte der Payanés, einen Spruch parodierend, der letzthin auf dem Campo die Runde machte.

»Wichser aller Länder vereinigt euch«, ergänzte Sacramento amüsiert und empfand sich aufs Neue als Teil der menschlichen Gattung.

»Macht euch nur lustig, das ist mir egal«, erwiderte Pajabrava. »Aber lasst euch das gesagt sein: Mit jedem Samentropfen, den ihr vergießt, verliert euer Körper eine Unze seiner Lebenskraft.«

»Du hast Recht, den Schatz sollte man nicht vergeuden. Wir sollten die Unternehmensleitung bitten, jedem Arbeiter einen Napf zu geben, um ihn darin aufzufangen.«

»Gute Idee, *compañero*«, sagte Montechristo, ein weiterer Arbeiter ihrer Schicht. »In der Mitte vom Campo könnten dann ein paar Fässer aufgestellt werden, wo alle Männer ihre Näpfe ausleeren. Außerdem sollte man über die Möglichkeit nachdenken, einen großen See auszubaggern, in dem die Lebenskraft der ganzen Nation gesammelt wird.«

»Ja, genau, und dann könnte eine Pipeline unter dem Ozean verlegt werden, damit wir sie ins Ausland exportieren. Die geilsten Länder mit den meisten Wichsern werden die neuen Weltmächte.«

»Und die Arbeiter mit dem größten Einzelbeitrag kriegen einen Bonus gezahlt«, sagte Macho Cansado und mimte eine krampfartige Masturbation.

»Die Epoche des weißen Goldes bricht an!«, rief der Payanés und war begeistert von diesem Protest, der sich gegen Pajabrava erhob. Bisher hatte ihm nämlich keiner zu widersprechen gewagt, weil er ein alter Hase war und eine Menge Erfahrung hatte, und weil so mancher wegen des sündigen Vergnügens seiner einsamen Stunden Schuldgefühle hatte und fürchtete, zu Stein zu erstarren, wenn Pajabrava ihn mit seinen kalten Augen einer wandelnden Leiche ansah.

An der unruhigen, aufgeheizten Stimmung war aber nicht allein der böse Blick schuld, mit dem Pajabrava seinen aufdringlichen Moralismus verbreitete. Ein unbestimmtes Unwohlsein hing über dem Campo, wie eine Pfefferwolke oder ein Schwarm Stechmücken oder einfach die viel zu hohe Luftfeuchtigkeit. Irgendetwas elektrisierte die Umgebung, stimmte die Männer verdrießlich, als wüssten sie nicht mehr, was sie eigentlich taten, als wäre ihnen die eigene Haut plötzlich zu weit oder zu eng geworden, als wenn das, was bis gestern richtig und gut war, heute nicht mehr passte und überholt wäre. Eine überall spürbare Nervosität breitete sich an jenem aufgewühlten Morgen auf dem ganzen Campo 26 aus und machte die Männer gereizt, schwatzhaft, zu Spott und Spaßen bereit.

Sacramento saß aus einem Bedürfnis nach Kontakt beim Payanés und wünschte sich, heimliche Worte mit ihm zu wechseln, Worte, die nur sie allein betrafen, oder besser, jenes eine, nur ihnen gehörende geheime Wort, das sie abseits vom ansteckenden Geplänkel der Übrigen leidvoll miteinander verband: ihr Name.

Als ich mich entschied, Sacramento in diesem Buch eine Rolle zu geben, habe ich mich zwangsläufig mit der Frage auseinander setzen müssen, wie seine schwer fassbare Figur eines tropischen Werther zu verstehen und einzuschätzen sei: jemand, der von seiner unrealistischen Liebe so besessen war, dass er einer anderen, melodramatischen und exzessiven Epoche anzugehören scheint, wenn man ihn aus der Perspektive unseres Jahrhunderts betrachtet, das sich hinter einer panischen Angst vor der Lächerlichkeit verbarrikadiert und alles als lächerlich brandmarkt, was eines eindeutig praktischen Nutzens entbehrt. Wie, so habe ich mich gefragt, könnte ich mich Sacramento nähern, wie könnte ich seine übertriebene Art, bis zum Tod zu lieben und sterbend zu leben, wiedergeben. Wie gelingt es mir, ihn weder zu beschneiden noch als übertrieben exzessiv abzulehnen, und wie ist die Aufrichtigkeit seiner hartnäckigen und zugleich selbstgenügsamen Liebe einzuschätzen, die einerseits radikal ist und andererseits vom geliebten Subjekt losgelöst, was sie verdächtig macht. Die theatralische Reinheit seiner Anbetung hat mich gerührt, aber in mir war der Gedanke unüberhörbar, dass das Objekt seiner glühenden Liebe ein von ihm selbst erfundenes

Wesen war, weder das Mädchen noch die *puta*, sondern eine dritte, nicht existente Frau zwischen beiden.

»Ich kann mir nicht vorstellen, wie sie jetzt als Erwachsene ist«, sagte Sacramento und unterbrach den Payanés bei der Arbeit. »Bitte, sag mir, wie sie ist.«

»Sie ist wie alle, wie sollte sie denn sein? Sie hat Arme und Beine und kleine Brüste ...«, wich der Payanés ihm aus, und zugleich beschwor er vor seinem inneren Auge ihre vollständige Erscheinung einer frühreifen Jugendlichen herauf, mitsamt dem rauchigen, lavendelartigen Geruch ihrer Haare und den rot lackierten Zehennägeln, die aussahen wie die Blütenblätter einer Geranie.

Inzwischen glaube ich, dass sich Payanés, der ganz aus dem Holz dieser Welt geschnitzt war, an Sayonara, ihre Schönheit und ihren Duft mit den Augen der gewöhnlichen Liebe erinnerte, während Sacramento sie in den veilchenblauen Porositäten seiner Leber trug, der man nachsagt, das Organ der Melancholie zu sein, und sie mit den Augen der Verzückung verehrte. Darum stöhnte er am Tag voller Hoffnung und seufzte nachts voller Verzweiflung.

Pajabrava kletterte ins Eisengerüst des Bohrturms hinauf, um den Posten des *encuellador* zu besetzen und seinen Platz für Sacramento zu räumen, aber Sacramento stellte sich bei der Arbeit so unkonzentriert und ungeschickt an, dass der Arbeitsrhythmus sofort ins Stocken geriet.

»Payanés«, knüpfte Sacramento die Unterhaltung wieder an und spann weiter am Netz seiner Hartnäckigkeit, dabei bemühte er sich, das Rohr mit der Zange zu halten. »Payanés, sag mir, ob es stimmt, dass sie nach Lavendel riecht.«

»Was ist los?«

»Sayonara, riecht sie nach Lavendel?«

»Keine Ahnung. Ich weiß ja noch nicht einmal, was Lavendel überhaupt ist.«

»Aber du hast doch neulich gesagt, sie würde nach Lavendel riechen ...«

»Ja, stimmt«, gab er zu. »Sie riecht ein wenig danach. Halt lieber die Klappe und steck die Nase in das, was du tust, sonst zerfetze ich mir wegen deines Geplappers noch die Finger.«

»Bist du sicher? Ich würde sagen, sie riecht eher nach Rauch. Wenn man mich fragt, dann würde ich sagen, Sayonara riecht nach Rauch. Und nach den Bergen.«

»Scheiße, jetzt halts Maul, du machst mich noch zum Krüppel!«

»Das Amulett, das du mir gegeben hast, das riecht nach den Bergen, weißt du? Genauso wie ihre Haare. Als Junge bin ich manchmal ganz dicht an sie herangegangen und habe an ihren Haaren gerochen, ohne dass sie es merkte und Angst bekam. Ich dachte, dass es stimmte, was die Leute sagten, dass sie ins Gebirge geflohen ist, bevor sie nach Tora kam. Sie sagten, dass viele Erwachsene ums Leben kommen wegen der vielen Gewalt und dass die Kinder dann als Waisen zurückbleiben und ganz allein in irgendwelchen Höhlen wohnen. Da habe ich Gott gedankt, dass ich keine Eltern habe, wenigstens kann sie dann niemand umbringen, und ich musste nicht in die Berge fliehen.«

»Scheiße, Sacramento! Konzentrier dich. Wir sind in zwei Stunden kein Stück vorangekommen, Abelino Robles wird uns Ärger machen.«

»Ich habe sie gefragt, ob sie im Gebirge auch Tiger gesehen hätte, und sie hat Ja gesagt. Dann wollte sie spielen, dass wir Geschwister auf Tigerjagd wären und uns Reißzähne um den Hals hängen würden. Aber ich hatte keine Lust dazu. Ich wollte sie mir nur als verlassenes Mädchen vorstellen, das von Tigern umlauert in den Bergen lebt.«

»Verfluchte Scheiße, Sacramento! Um ein Haar hättest du mich zerquetscht! Scheiß auf deine Mutter! Jetzt ist Schluss! Ich kann so nicht arbeiten. Sag Abelino Robles, dass du noch zu schwach bist und er dich zum Rohrputzen schicken soll.«

Der Payanés ließ kein Wort über seine Liebe zu Sayonara fallen, dafür war er viel zu sehr mit seinem Beruf beschäftigt. Ich glaube auch, dass der Payanés, im Unterschied zu Sacramento, der ununterbrochen von seiner Leidenschaft reden musste, um sich selbst zu vergewissern, dass es sie noch gab, damit zufrieden war zu schweigen und zu wissen, dass auf der anderen Seite des Urwaldes das begehrte Mädchen zwischen Daumen und Zeigefinger das andere Ende des unsichtbaren Bandes aus Jubel und Sehnsucht festhielt, auf das er mit den Zähnen biss. Sacramento bestand aus Zweifeln, der Payanés aus Feststellungen.

»Meinetwegen kannst du für heute abzischen, Junge«, verwarnte der Vorarbeiter Abelino Robles Sacramento. »Aber wenn du morgen noch immer nicht spurst, dann steck ich dich zu den anderen Nichtsnutzen in den Garten zum Gladiolenpflanzen.«

Hat jemand die jungfräuliche Blässe in Sacramentos Gesicht gesehen, als er, vom Vorgesetzten verwarnt, den Schraubenschlüssel ablieferte und die Plattform verließ, in den Pferch mit den ausgegrabenen Rohren ging, der abwertend *la olla*, der Kochtopf, genannt wurde, eine Bürste zur Hand nahm und die Rohre so lange mit Benzin schrubbte, bis sie von Fett und Schlamm befreit waren? Bei dieser Degradierung zur Scheuerfrau hätte jeder andere vor Demütigung gekocht, jeder andere bis auf Sacramento, dem es in jenem Moment einerlei war, ob er Gladiolen pflanzte oder Abelino Robles die Schuhe putzte; ob er sich hinkniete und Rohre entfettete oder Ölmagnat war und auf die Welt scheißen konnte. Er war blass, ja, und Ringe unter den Augen hatte er auch, aber der Kummer, der an ihm nagte, war ein anderer.

Nachdem er eine Weile mit der Bürste hantiert hatte, konnte er nicht mehr an sich halten, verließ den Kochtopf und kletterte wiederum auf die Plattform, wo der Payanés und ein neuer Kollege bei der Plackerei mit den Keilen schwitzten.

»Sag mal, Payanés, wieso hast du eigentlich das Amulett am Hals getragen, als du zurückgekommen bist?«

»Oh, Jesus Christus, schenk mir Geduld! Wo sollte ich es denn sonst tragen. An den Eiern vielleicht?«

»Jetzt sei nicht so, ich wollte es ja nur wissen. In der Hosentasche zum Beispiel. Warum hattest du es nicht in der Hosentasche? Wenn man die Frau seines Nächsten nicht begehrt, dann gibt es auch keinen Grund, sich ihre Haare um den Hals zu binden.«

Der Payanés zuckte so heftig zusammen, dass ihm der Keil fast die Hand zerstieß, schluckte den Vorwurf und seine Schuldgefühle herunter und wusste nicht, was er darauf erwidern sollte, stattdessen nahm er den Lärm der Kette beim Passieren der Winde als Vorwand und sagte, er könne nichts verstehen. Dann schrillte der erlösende Pfiff zum Schichtwechsel, die sieben Männer der Truppe beeilten sich, den Turm zu verlassen, und wandten sich dem Casino zu. Um sich aus der Affäre zu ziehen, schloss sich der Payanés Pajabrava an und frotzelte: »Sagen Sie, Meister, glauben Sie, dass eine Nonne auch masturbiert?«

»Es ist bekannt, dass Sor Juana de la Cruz in den kalten Nächten in ihrer Zelle ...«, hob Pajabrava mit seinem Redeschwall an und war noch immer nicht mit der Antwort fertig, als sie im Casino ankamen und feststellten, dass dort das Chaos ausgebrochen war und die Reiskugeln durch die Luft zischten. Sie klatschten gegen das großformatige Foto von Mr. L. P. Maier, seines Zeichens geschäftsführender Direktor der Tropical Oil Company, das an der Stirnseite des Speisesaals an der Wand hing, von wo er den Vorsitz führte und unbeeindruckt vom Kugelhagel, der seinem Abbild galt, seine Arbeiterschaft weiter mit dem breiten Lächeln eines weißen, protestantischen Nordamerikaners bedachte.

Soeben hatte ungeahnt und ungeplant jene gewalttätige Erschütterung eingesetzt, die im Leben aller Personen dieses Romans zum einschneidenden Erlebnis wurde und als Reisaufstand in die Geschichte einging.

Fünfundzwanzig

Eine Zeit lang kam Sayonara fast täglich in die Praxis von Doktor Antonio María Flórez, nicht zur gynäkologischen Untersuchung – die ließ sie trotz der vom Arzt betonten Dringlichkeit nie zu –, sondern um ihm bei seiner Arbeit zur Hand zu gehen. Denn sie erwies sich als talentierte Sprechstundenhilfe und interessierte sich mit einer solchen Leidenschaft für alle Krankheiten und Gebrechen, dass es sie förmlich drängte, jede Wunde zu betasten. Sie meldete sich freiwillig, um Spritzen zu verabreichen und Verbände zu wechseln, untersuchte eingehend jede Pustel, jede Schwellung und jede Eiterung, die ihr vor Augen kam, und fragte mit einer schier unersättlichen Neugier nach Symptomen, Heilweisen und Arzneien.

»Manchmal, Doc, da glaube ich, dass die Liebe der Männer nicht für mich bestimmt ist«, bemerkte sie einmal wie beiläufig an einem Mittwoch bei Sonnenuntergang gegenüber Doktor Flórez, als die letzte Patientin gegangen war und die beiden alles in Ordnung brachten, bevor sie die Ambulanz schlossen und nach Hause gingen.

»Wie kommst du denn darauf, gerade du, die von allen geliebt wird.«

»Das ist so gut wie keiner, Doc. Ich will, dass mich nur einer liebt, aber richtig. So wie Sie Ihre Frau lieben und beschützen, verstehen Sie?«, sagte sie, als sie nach dem Zusammenräumen am Waschgestell stand und sich die Hände mit Desinfektionsseife einschäumte.

Doktor Antonio María antwortete weder mit Ja noch mit Nein, sondern blieb einfach hinter ihrem Rücken stehen, während sie mit den ahnungslosen Bewegungen von jemandem, der sich unbeobachtet fühlt, in ihrer Beschäftigung fortfuhr. Er betrachtete sie auf eine Weise, die er sich noch nie bei ihr gestattet hatte, nämlich mit den Augen des Begehrens, und ließ mit schmerzlicher Sehnsucht seine Blicke über jene Hände mit den langen Fingern und den mandelförmigen Nägeln wandern, die jemandem wie ihm, dessen Nägel eingedrückt waren und auf gedrungenen Fingern saßen, wundervoll erschienen. Dann folgte er, langsam, Stück für Stück, der sanften Linie ihres Unterarms, bis er ihn im kurzen Ärmel eintauchen sah, von dort ging er zur Ohrmuschel über und erforschte fasziniert dieses kleine, fleischige Labyrinth, um anschließend die Pracht der widerspenstigen Mähne zu bestaunen, die ihr glänzend über den Rücken floss und sich von ihren wiederkehrenden kurzen Kopfbewegungen nicht davon abhalten ließ, ihr immer wieder lebendig und ungezähmt über die Schulter nach vorn zu fallen. Und weil Doktor Antonio María es heute selbst zugibt, soll nicht unerwähnt bleiben, dass er bei dieser Gelegenheit mit eigenen Augen jenes verwirrende Vibrieren bei ihr wahrnahm, das von den energischen Bewegungen des Händewaschens ausging und sich bis zu ihrem Gesäß fortsetzte.

Eine Stunde später setzte sich der Doktor in seiner Küche vor einen Teller Reis mit Soße und Salat, den seine Frau Albita Lucía ihm hinstellte. Dabei bemerkte sie die Verwirrung, die ihm auf der Stirn tanzte.

»Du bist noch gar nicht richtig hier, nicht wahr?«, fragte sie ihn, und er bat sie ausweichend um den Pfeffer, konnte aber nicht verhindern, dass seine Frau bis zu den

Bildern vordrang, die sich kurz zuvor in seine Netzhaut gegraben hatten.

»Glaubst du, ich hätte keine Lust gehabt, *puta* zu werden?«, fragte sie unvermittelt und legte so anmutig den roten Lockenkopf schief, dass er schlagartig aus der Traumreise mit jener Fremden erwachte und zu seiner eigenen häuslichen Zufriedenheit zurückfand.

»Sag nur?«, hakte er amüsiert nach und lächelte so breit, dass seine Hasenzähne Wind und Wetter ausgesetzt waren. »Ich hätte dir nie zugetraut, mit vielen Männern schlafen zu wollen.«

»Das will ich auch nicht. Wenn ich *puta* wäre, dann würde ich mich La Preciosa, die Kostbare, nennen und so viel Geld verlangen, dass kein Mann mich bezahlen kann.«

Am nächsten Tag verließ Doktor Antonio María die Praxis vor der gewohnten Stunde und bat Sayonara, beim Hinausgehen die Tür sorgfältig zu verriegeln.

»Adiós, mein Kind. Ich muss mich sputen, zu Hause wartet nämlich La Preciosa auf mich«, sagte er zum Abschied. Er beschleunigte seine Schritte, um sich rasch und ohne zurückzuschauen von der Ambulanz zu entfernen, denn er wusste, dass Sayonara in der Türöffnung stand und ihm mit der Aura jener erhabenen Einsamkeit, die sie stets umgab, hinterhersah, und dass er es nicht hätte verhindern können, zu ihr zurückzugehen und sie in die Arme zu nehmen, wenn er sich nach ihr umdrehte.

»Traurigkeit ade«, hörte man den Piruetas rufen, der mit affigen Verrenkungen mitten auf der Straße vorüberschwankte, eine Flasche Rum in der Hand und zwei reichlich betrunkene Mädchen in beiden Armen.

»Traurigkeit ade«, habe Sayonara wiederholt, während sie die Tür verriegelte, so wurde es mir erzählt.

Sechsundzwanzig

Ich versuche mich auf die Daten der berühmten *Huelga del Arroz*, des Reisstreiks, zu konzentrieren, die ich der damaligen Presse, Protokollen und Gewerkschaftsakten entnommen habe, aber meine Gedanken preschen in zehn verschiedene Richtungen gleichzeitig vor, als wollten sie alles auf einen Schlag erfassen. Das Schreiben dieser Geschichte ist für mich zu einem längst verlorenen Wettlauf gegen die Zeit und das Vergessen geworden, dieses mit seinen langen Fingern nach allem greifende Zwillingspaar. Täglich tauchen zahllose Fetzen und Reflexe von Situationen und Augenblicken vor mir auf, von ungesagten oder ausgesprochenen Worten, von Gesichtern, die für kurze Zeit vor mir herflattern, bevor ich sie als unbrauchbare Bruchstücke des großen Rätsels von La Catunga wieder verwerfe; worauf sie mir nachstellen mit ihrer Aufforderung nach Beachtung und mir befehlen, sie niederzuschreiben, damit sie nicht mit dem großen Besen fortgefegt werden und für immer im Schutthaufen des einstigen Freudenviertels untergehen. Ich komme mit der Bemühung nicht hinterher, bei dem Versuch, eine Welt einzufangen, die in Nebelschwaden an mir vorüberzieht wie ein Traum, an den man sich am Morgen erinnert: ungreifbar in seiner Verschwommenheit und bannend in seiner Intensität.

Wie bei meinen eigenen Träumen vermag nur ich dieses zerbrechliche, flüchtige Kaleidoskop, hauchzart wie die Flügel eines Insekts, scharf zu stellen; kenne nur ich das Schlüsselloch, um die Welt hinter der Tür auszuspionieren, wo der Verfall voranschreitet und aus der allein das überdauern wird, was ich einfangen kann und mit einer Nadel durchbohre, um es auf diesen Seiten zu fixieren.

Doch ist dieses Unterfangen insofern teuflisch, als mich die Überzeugung beschleicht, dass der Akt selbst, mich in eine fremde und private Geschichte einzumischen und einer Angelegenheit nachzuschnüffeln, die anderenfalls dem Untergang preisgegeben wäre, widersprüchlicherweise den Prozess des Vergessens noch beschleunigt; so wie die Kamera in Fellinis Film »Roma«, die in einen antiken, jahrhundertelang hermetisch verschlossenen Raum eindringt und mit ihrer Linse die letzten Momente einiger Fresken einfängt, bevor sie durch den vernichtenden Kontakt mit der Außenatmosphäre von der Wand rieseln. Die Kamera, welche die Bilder der Fresken bewahrt, zerstört diese gleichzeitig, als könnten die Malereien nur so lange Wirklichkeit bleiben, wie sie von niemandem gesehen werden. Ich habe das Gefühl, dass La Catunga wie jene Fresken sich selbst genügt, sich im eigenen Vergessen bewahrt und unbemerkt von den anderen fortlebt.

Gleichzeitig existiert es nicht, ohne dass ich Zeugnis davon ablege. Aus diesem Grund halte ich durch, mische mich weiter ein, lege meine Nachforschungen offen. So habe ich beim Aufwachen das Bedürfnis, ein Bild, dem ich bisher kaum Beachtung geschenkt habe, deutlicher herauszuarbeiten, nämlich das Bild des Malers, der Mistinguett porträtierte und damit nur Missfallen bei ihr erntete. War es ein unbekannter Künstler, ein Hobbymaler oder jemand, der es geschafft hat, seine Bilder in Museen und Reproduktionen für die Nachwelt zu erhalten? Gibt es das Bild noch, auf dem Mistinguett sich selbst als

Huhn empfand? Die Neugier treibt mich aus den Federn und zum Haus von Todos los Santos, ohne mir vorher ein Frühstück zu gönnen.

Als ich ankomme, ist sie schon auf den Beinen, hat ungewohnt gute Laune und erstrahlt in einer plötzlichen Anwandlung von Eitelkeit in neuem Glanz: Sie hat ihren betagten, kränkelnden Körper in ein auffälliges, leuchtend rosa Nylonkleid gehüllt, in ihrem winzigen Haarknoten steckt mädchenhaft ein mit Gemmen eingefasstes hohes Schmuckkämmchen, und an den Füßen trägt sie Kaninchenfell-Pantoffeln in gedämpfterem Rosa.

»Sie sind sehr elegant heute, Todos los Santos.«

»Das ist nur ein Trick, um meine Erschöpfung zu verbergen«, erklärt sie mir, und ich beginne, sie nach besagtem Maler zu fragen, während sie, wie eine rosa Duftwolke, nacheinander alle Käfige ihres eigentümlichen Kleintierzoos besucht – unangenehm wie jeder Zoo –, den sie im Patio, im Garten, im Flur und in der Küche des mit der Fideo und der Olga gemeinsam bewohnten Hauses untergebracht hat.

»Das Bild? Wo das hingekommen ist, weiß ich nicht«, antwortet sie mir und versucht mit ihren matten Pupillen einen hässlichen Vogel zu fokussieren, der sie aus seinen runden, perlmutternen Augen wie mit zwei Muschelknöpfen ansieht, während er sich auf seinem einzigen Bein am Zeigefinger der Alten festkrallt und angestrengt mit den Flügeln schlägt, um das Gleichgewicht zu halten, als sie ihm ein Stück Banane hinhält.

»Was ist das für ein Vogel, und wer hat ihm das Bein amputiert?«

»Das ist ein Chauchi. Ich habe ihn als junges Täubchen geschenkt bekommen, aber da war er schon einbeinig, der Ärmste. Er heißt Felipe.«

Sie erzählt mir, dass Mistinguett zwar in dem Ruf einer Diva gestanden habe, aber in Wirklichkeit eine vollbusige, streitlustige Vettel gewesen sei, während der Maler ein zierliches, bis zur Verzweiflung schüchternes Männlein war, der es nach diesem Vorfall nicht mehr gewagt habe, ›moderne Bilder‹ von den Mädchen zu malen, weil sie ihm vorwarfen, sie hässlich darzustellen, mit zerzausten Mähnen und aufgerissenen Augen, als wäre soeben die Eisenbahn über sie hinweggerollt.

»Nur die *pipatonas*. Die hat er weiter modern gemalt, weil es denen nichts ausmachte«, sagt Todos los Santos zu mir, die jetzt einem zutraulichen Papagei Reis hinstellt, während dieser ihren Arm entlangläuft und ihr über die Schulter auf den Kopf klettert, um an den glitzernden Gemmen ihres Kämmchens zu picken.

»Und dieser aufdringliche Papagei, wie heißt der?«

»Das ist kein Papagei, es ist ein *guacamayeta*; er heißt Felipe.«

»Heißen sie alle Felipe?«

»Nein, das Äffchen dort drüben heißt Niño.«

»Und das hier, was ist das für eine Kreuzung aus Fisch und Schwein?«

»Das ist ein *zaíno*, er ist noch ein Baby. Er heißt Niño und ist mein Baby.«

»Niño!«, ruft sie und Niño kommt herbeigetrabt, während etliche weitere unspezifizierte Exemplare, die wahrscheinlich auch alle Niño heißen, unruhig werden, die Köpfe wenden und sie ansehen.

»Ich nehme an, der Maler hat danach La Catunga verlassen und ist woanders hingegangen, wo seine Bilder mehr Anklang fanden ...«

»Nein, er ist nicht weggegangen«, korrigiert sie mich ungeduldig. »Ich habe Ihnen doch schon gesagt, dass er bei den *pipatonas* geblieben ist und sich von ihnen umsorgen ließ und sie umsonst im modernen Stil malte. Gleichzeitig hat er, um ein Auskommen zu haben, die Landschaftsmalerei herkömmlicher Art praktiziert. Die haben wir anderen Frauen auch gemocht und ihm ab und zu eins abgekauft.«

Wie ich mir aus später Gehörtem zusammenreime – denn es ist mir nie gelungen, eines seiner Bilder zu sehen –, bestand die »Landschaftsmalerei herkömmlicher Art« aus Meeresbildern und Pariser Straßenszenen, die er nach dem Hörensagen malte, denn er kannte die Küste genauso wenig wie er je in Paris gewesen war, und aus Sonnenuntergängen mit grellen Violetttönen und dramatischem Orange, die sein Verkaufsschlager wurden; mit ihnen erwarb er sich die Bewunderung aller *putas* von Tora, einschließlich Todos los Santos'.

»Das, ja, das war Kunst! Das war Inspiration!«, ruft sie euphorisch, während sie einem Tukan mit einem überdimensionalen gelben Schnabel das Wasser wechselt. »Er war ein kleinwüchsiger Maler mit einer bleichen Haut, aber ich habe gehört, obwohl ich selbst in der Hinsicht keine Erfahrung mit ihm gemacht habe, er sei der glückliche Besitzer eines potenten, ungewöhnlich großen Griffels gewesen, vielleicht so wie der Schnabel von diesem Tukan hier. Er hieß Enrique. Enrique Ladrón de Guevara y Vernantes mit mehr Nachnamen als das Telefonbuch, weil er aus einer vornehmen Familie stammte.«

Aber das Blut eines Großgrundbesitzers und Aristokraten, das in seinen Adern floss, bewahrte ihn weder vor dem moralischen Ruin noch vor der physischen Not, im Gegenteil, es trieb ihn gerade dort hinein, denn er war das letzte Glied in einer Kette von Generationen, die sich als Kreuzung zwischen den Dieben der Guevaras und den

Damen der Vernantes fortgepflanzt hatten, weil beide Familien beschlossen hatten, nur untereinander zu heiraten, um die Vollständigkeit ihrer Vermögen und die Reinheit ihrer Abstammungslinie zu erhalten. Das führte zu dem bedauerlichen Ergebnis, dass die Familie sich aller Offensichtlichkeit zum Trotz nicht eingestehen wollte, dass ihre Mitglieder so lange durch Defekte und fortschreitende Degenerationen verunstaltet und missgebildet wurden, bis ihre Nachkommenschaft zu wahren Jahrmarktsexemplaren entartet war, deren physiologische Seltenheit dennoch anstatt eines Erbschadens hartnäckig einer vermeintlich erworbenen Krankheit zugeschrieben wurde. Zu den Letztgenannten gehörte auch Enrique mit einer Körpergröße von knapp einem Meter dreiundfünfzig, die aber wegen der Rundung seiner O-Beine noch geringer war. Als wäre sein missgestalteter Körper nicht schon Strafe genug, spross ihm anstelle von Haupthaar, Wimpern und Bart ein feiner Flaum, der an eine Pusteblume erinnerte, mehr durchscheinend als weiß, und mangels Konsistenz und Pigmentierung nur noch mit Enriques eigener Haut vergleichbar, die wie Seidenpapier bei jeder Beanspruchung zu reißen drohte und die Farbe von wässriger Milch besaß, überzogen mit den bläulichen Reflexen eines überall durchschimmernden Adernnetzes.

»Dann war Enrique Ladrón de Guevara y Vernantes also ein Albinozwerg«, sage ich zu Todos los Santos.

»Für Mistinguett und die anderen vom Dancing Miramar war er ein Albinozwerg, wie Sie sagen, und sie nannten ihn verächtlich Bebeco, aber die Leute in der *Copa Rota*, einem Lokal der untersten Kategorie, nannten ihn stets respektvoll Don Enrique. Wenn Sie jetzt noch mehr über ihn wissen wollen, dann wenden Sie sich an die Fideo, weil niemand ihn besser gekannt hat als sie.«

Die Fideo, die wie ihr Spitzname ›Nudel‹ schon andeutet, nicht dünner hätte sein können, liegt in ihrer Hängematte im Sterben, braun und schrumpelig wie eine Trockenpflaume, spuckt Erinnerungen und wehrt sich gegen das schon bedenklich nah gerückte Jenseits; ihre panische Angst vor dem Tod ist nämlich noch stärker und erhält sie am Leben. Ausnahmsweise einmal nüchtern und klar im Kopf, ringt sie am Vorabend des allerletzten großen Besäufnisses ihrem qualvollen Todeskampf heimlich ein Tröpfchen Lebensfreude ab und schenkt es mir in Form eines Lächelns, als ich sie auf Don Enrique anspreche.

»*Ay*, Don Enrique!«, seufzt sie und holt tief Luft. »*Ay*, Don Enrique ...«

Die Fideo, die spindeldürre Tänzerin von der *Copa Rota*, war schon mit dreizehn, maximal vierzehn betrunken, längst verdorben und notgedrungen eingeführt ins harte Gewerbe der Liebe. »Die Fideo soll tanzen! Die Dürre soll tanzen!«, verlangen die barfüßigen *tagueros*, die hier Stammkunden sind und im Halbschatten auf Sorgho-, Reis- und Haferbündeln hocken. Da entblößt sie sich, nimmt einen Schluck aus der Flasche und hebt die Arme, verdreht die Augen und lässt die Taille kreisen wie einen Strich, noch einen Schluck und über ihren dunklen – fast durchsichtigen, schattenhaften – Leib fließt im Kerzenschein ein goldener Schimmer, während ihr ein paar Münzen vor die Füße mit den abgetragenen weißen Kinderschuhen auf die Tanzdielen geworfen werden. Als die anderen vorgeben nicht hinzuschauen, steht einer der *tagueros* schwankend auf, hebt die Fideo in die Luft, als würde sie nichts wiegen, und verschwindet mit ihr durch den Vorhang an der Rückwand, um ins Hinterzimmer zu gelangen.

Für eine Kreatur wie die Fideo war in den mit rotem und schwarzem Samt ausgestatteten Salons vom Dancing Miramar kein Platz, auch nicht im weniger ehrgeizigen Ambiente der Tanzclubs, dem Las Camelias, dem Tabarín oder dem Quinto Patio; in den Volkskneipen, wie dem Candilejas oder dem El Cantinflas, war sie nicht gelitten, nicht einmal im La Burraca, einer Bar mit Billardtischen, wo sich heimlich die Schulbuben einfanden, damit irgendeine alte *puta* sie für eine Limonade oder umsonst in die Liebe einführte.

»Warum?«, frage ich Todos los Santos. »Warum wurde ihr denn überall der Zutritt verweigert? Etwa wegen des Alkohols?«

»Wegen des Alkohols auch, denn in den gehobeneren Cafés wurde es nicht gern gesehen, wenn eine Frau sich betrank; deshalb wurde uns auch vom ersten Tag an beigebracht, wie wir so tun konnten, als würden wir trinken, indem wir den Rum zu Dreivierteln mit Apfelsaft mischten, ohne dass die Freier es merkten. Aber das war nicht der Hauptgrund. Der Hauptgrund war eine schlechte Angewohnheit von der Fideo.«

»Und die wäre ...«

»Den Männern das Gesicht zu zerkratzen und die Fingernägel ins Fleisch zu bohren. Die Fideo hatte von klein auf ein verteufeltes Temperament und fügte ihren Kunden bei den kleinsten Unstimmigkeiten Verletzungen zu. Die beschwerten sich dann beim Inhaber der Bar, und wenn sich die Beschwerden häuften, flog die Fideo raus.«

Wochenlang zog sie dann auf der Suche nach einem neuen Arbeitgeber durchs Viertel, und wenn sie endlich einen fand, dann hatte sie die Lektion schon wieder vergessen und zeigte beim geringsten Anlass die Krallen. Sie fing wieder an zu kratzen und nahm auf diese Weise eine weitere Stufe ihres Abstiegs, denn jede Tür, die hinter ihr zuschlug, lag eine Etage tiefer, bis sie, der strengen Hierarchie von Tora folgend, ganz unten angelangt war: in der *Copa Rota*, einem Getreideladen mit Strohdach und gestampftem Lehmboden, der tagsüber als Lebensmittelgeschäft diente und nachts zum Bordell wurde, mit einem alten Tontopf als Abort in einer Ecke und einem Bunsenbrenner zur Beleuchtung, weil es keinen elektrischen Anschluss gab. Die *Copa Rota* lag an einem Trampelpfad, eine halbe Stunde vom Dorf entfernt, wo im Schatten des Dickichts schon die bedrohlichen Tiger und der grüne Atem des großen Regenwaldes zu spüren waren. Dort arbeitete ein halbes Dutzend *pipatonas* aus einem Nachbardorf für die ärmsten Freier von ganz Tora, ein barfüßiges Migrantenvölkchen aus Jägern, Holzfällern, *tagueros* und anderen besitzlosen Sammlern und Pflückern aus dem Regenwald, die erschöpft, krank an Malaria und verwurmt von ihren Streifzügen zurückkehrten, um zwischen den ersten Beinen, die bereit waren sie zu empfangen, ein wenig Trost zu finden.

Wo hätten Don Enrique und die Fideo, zwei Verstoßene aus ihrem jeweiligen Universum, sich in diesem Leben sonst begegnen können? Wo, wenn nicht an diesem hinterletzten, ausgegrenzten Ort, weitab jeglicher menschlichen Eitelkeit, hätten sich die Wege dieser missbrauchten, trunksüchtigen Halbwüchsigen und dieses aristokratischen, künstlerisch begabten Zwergwüchsigen kreuzen sollen? Nur in der *Copa Rota* – so viel ist nach den Zentrifugalgesetzen der Marginalisierung sicher –, in dieser primitiven Absteige, wo die *pipatonas* eine Prostitution ohne rote, grüne oder gelbe Glühbirnen trieben – auch ohne weiße, weil bis dorthin keine elektrische Leitung verlegt war –, nachdem sie ihre selbstverständliche Nacktheit im Dschungel gegen enge Kleider aus billigen Stoffen eingetauscht hatten, die sie unförmig und gedrungen machten wie kleine Tönnchen, gegen Schuhe mit krummen Absätzen, in denen ihre Zehen dunkelviolett anliefen, und gegen Ohrgehänge und unechte Goldringe – ausgerechnet sie, die nach der Überlieferung einst in purem Gold erstrahlt waren und davon genauso viel hatten wie Wasser und Mais.

»Gefielen der Fideo denn die Porträts, die Don Enrique von ihr malte?«, frage ich Todos los Santos.

»Ja, sie gefielen ihr sehr, und sie brachten sie zum Lachen. Er machte Witze, während er sie porträtierte, denn er war ein echter Clown, der gute Don Enrique. Wenn er furzen musste, dann hielt er sich ein Streichholz an den Hintern und brachte eine Flamme zum Vorschein.«

Don Enrique zeichnete sich durch eine umfangreiche Erfahrung im Bett aus, was dazu führte, dass die übrigen Kunden von der *Copa Rota* in Liebesdingen unbedarft und ungebildet wirkten, wenn sie müde und mit dem Hunger nach einer Frau dort eintrafen, taten, wozu sie gekommen waren, und dann auf den Getreidesäcken einschliefen oder auf Nimmerwiedersehen verschwanden und manchmal auch zurückkehrten, wenn die Frauen das Warten längst aufgegeben hatten. Don Enrique dagegen mietete sich auf Dauer in einem Hinterzimmer des Bordells ein und wurde einer von ihnen, ein Mitbewohner, der mit den anderen Mieterinnen im Patio frühstückte und es niemals eilig zu haben schien. Außerdem war er geschickt genug, sich seine sexuelle Gier nie anmerken zu lassen. Die Vormittage verbrachte er mit der Fideo beim Würfel- oder Parques-Spiel und brachte sie mit Witzen über Señoras, die Pipi machen, und über Señores, die Kacke machen, zum Lachen. Und an den Nachmittagen malte er sie. Er malte sie und malte sie und malte sie, liegend, stehend und sitzend, angezogen, ausgezogen, halb angezogen, mit roten Schleifen und duftenden Blumen im Haar, bei der Siesta, beim Mangoessen und beim Spielen mit der Katze, als wenn es seine einzige Lebensfreude wäre, sie abzubilden. Dabei stießen sie mit ihren Schnäpsen an: auf das Modell, auf den Maler, noch einen auf das Modell, noch einen auf den Maler. Denn sie tranken beide mit derselben Maß- und Skrupellosigkeit.

Wenn die Fideo nicht kam oder schlecht gelaunt war und keine Lust hatte, ihm Modell zu stehen, dann war das Don Enrique genauso recht, und er malte irgendeinen Betrunkenen, dem der Kopf auf den Tisch gesunken war, oder den Burschen von der Theke, der es verstand, sich als Fee, Zigeunerin oder Schönheitskönigin zu verkleiden; aber vor allem malte er die *pipatonas*, wenn sie dasaßen, ihre Blicke ins Leere gerichtet, und auf Freier warteten, wenn sie ihre Kinder stillten oder wenn sie auf der nackten Erde hockten und Körbe aus Espartogras flochten.

Sogar die Katze der Besitzerin malte er mehrmals, und die Fideo findet, sie sei ihm am besten gelungen. Er genoss es, den Mädchen beim Tanzen zuzusehen, wenn sie ganz dicht beieinander waren, und bei anderen Dingen, die Fideo und Todos los Santos aus Scham unerwähnt ließen. Die Fideo und die *pipatonas* waren ihm treu ergeben. Sie massierten ihm die ewig schmerzenden Beine mit Erdölpaste und Schmierfett und sahen ihm alles nach, schließlich war er der Künstler, und ein Künstler hatte das Recht, über die Stränge zu schlagen und anders zu sein als die anderen. Sie kämmten ihm hingebungsvoll mit ihren Rosshaarbürsten den Kopfflaum und nannten ihn zärtlich Engelshaar, im festen Glauben, dass sein sonderbares Haar und seine ungewöhnliche Gestalt ihn als einen Liebling des Himmels auszeichneten und nur Gutes verhießen, schließlich musste Gott sich mächtig angestrengt haben, um ein so einzigartiges und amüsantes Geschöpf zu erfinden.

»Wie blond du bist, Don Enrique!«, schmeichelte die Fideo ihm, wenn sie ihm zärtlich über die farblose Watte strich. »Ich hätte gern ein Kind, so blond wie du.«

»Und hat die Fideo Don Enrique nie gekratzt, wie es sonst ihre Art war?«, frage ich Todos los Santos.

»Sie hat ihm ein paar Schrammen beigebracht, aber nichts von Bedeutung. Grund genug hätte sie gehabt, weil Don Enrique ihr nachstellte und sein Gerät dort hineinstecken wollte, wo es nicht hineingehört. Wer weiß, wo er das Vergnügen an solchen Schweinereien gelernt hatte, vielleicht in den Adelspalästen seiner Kindheit und Jugend«, erzählt Todos los Santos, und die Fideo fügt aus ihrer Hängematte ein ergriffenes »Ach ja!« hinzu.

Ohne jede Absicht gelang es der Fideo, ihren eigenen, hormonalen, angriffslustigen, rauen Stil zu kultivieren, indem sie die Grenzen des Erlaubten Zentimeter für Zentimeter nach hinten verschob, indem sie beim Striptease ihre vergewaltigte Seele und ihren unterernährten Froschkörper zur Schau stellte, indem sie den Männern das Gesicht fürs Leben zeichnete und sich vor allen Leuten erbrach, wenn ihr die Hand mit dem Schnapsglas ausgerutscht war. In der damaligen Welt der Prostitution, in der ein Tanzwettbewerb zu den größten Kühnheiten zählte, galt die Fideo als Skandal, sie erregte Aufsehen und Anstoß, und Tora erinnert sich noch heute, wie die dürre Draufgängerin in ihren jungen Jahren auf den Tisch stieg und mit heiserer Stimme brüllte:

»Bringt mir einen Kerl, der mich fickt, und einen Tiger, der mir den Arsch aufreißt!«

Eines Tages vertraute Don Enrique den Mädchen an, dass er ein Zwerg sei, weil sein Vater und seine Mutter Vetter und Cousine waren und in seiner Familie unaussprechliche Katastrophen geschähen. Da war für sie endlich das Rätsel geklärt, warum ihr geliebter Don Enrique nicht bei den Seinen in Wohlstand und Eleganz lebte, sondern in der *Copa Rota* die Not mit ihnen teilte: Er war selbst eine dieser Katastrophen, die in seiner Familie als unaussprechlich galten. Und bei ihnen konnte er seine Schmach und seine Hässlichkeit vergessen, weil er wusste, dass sie ihn liebten, so wie er war, klein, weißhaarig, sehr gut bestückt, liebenswürdig und verspielt.

Während ich dies schreibe, wird mir bewusst, dass die *Copa Rota* genau der Ort war, den das Schicksal auch Sayonara bestimmt hatte, die Fideo übrigens an Magerkeit kaum nachstand, fast so indianisch war wie eine *pipatona* und von Gott und den Menschen ebenso verlassen wie beide. Dann überlege ich, dass der Kern dieser Geschichte im beträchtlichen Maße aus den Umwegen besteht, die sie nahm, um dieser Fatalität zu entkommen. Oder, um ihr gerade nicht zu entkommen, weil sie – nach Auslassung sämtlicher Anekdoten – die orientalische Prinzessin, die Auserwählte, die Vielgeliebte, die dunkle Braut, auch und vor allem zum weiß glühenden Nukleus jener Welt gehört, welche die *Copa Rota* ist und bleiben wird, wo immer sich diese befinden mag: zum unteilbaren Inneren, dem Zentrum und Herzstück, dem lebendigen Fleisch und Blut, dem Kern. Alles andere auf dieser Welt sind roter Plüsch, bunte Jahrmarktsbirnen und Zierrat. Diese Ideen kamen mir im Eifer meiner Schreiberei, aber später am selben Tag, als ich beim kühlen Einbruch der Nacht beobachte, wie sich eine Bruthenne mit Namen Felipe zum Schlafen bereitmacht, indem sie ihre Füße in das rosa Kaninchenfell Todos los Santos' vergräbt, die schläfrig in der Küchenecke sitzt, wird mir klar, dass sich die Dinge ganz von selbst erklären und es gar nicht nötig ist, so viel Aufhebens darum zu machen.

Siebenundzwanzig

Alles scheint darauf hinzudeuten, dass Sayonara zum Zeitpunkt des Reisstreiks, der in der Geschichte von Tora und seinen Bewohnern ein Vorher und ein Nachher markiert, ein Mädchen von verletzlicher Liebe und spontaner Begeisterungsfähigkeit war, deren flatterhafte Seele nie für längere Zeit an ein und demselben Ort Ruhe fand. Sie hatte damals etwas Fluchtartiges, ein Unvermögen, sich festzulegen und Schwierigkeiten vorauszusehen oder die Augen auf das zu richten, was unmittelbar vor ihr lag.

Ihre Weigerung, sich den anderen zu öffnen, zeigte sich vor allem in ihren Beziehungen zu Männern, die ihr körperlich nah waren, aber seelisch fern blieben; und das gab Todos los Santos Anlass zu allerlei Schelten, denn sie warf der Ziehtochter vor, zu wenig mit dem Herzen beteiligt zu sein, wenn sie ihre Kunden bediente.

»Du bist mit ihnen zusammen und nimmst sie gar nicht wahr«, sagte sie zu ihr. »Du hörst ihnen weder zu noch verwöhnst du sie. Du behandelst sie wie Gespenster. Ich frage mich, wie lange du diese schlechte Eigenschaft, dich einzig und allein mit dir zu beschäftigen und so zu tun, als wären alle anderen Luft, noch beibehalten willst?«

Einmal hatte Señor Manrique, der sie in seiner senilen Liebe unaufhörlich mit Schmeicheleien und Liebenswürdigkeiten umwarb, Sayonara gebeten, ihm seinen dunkelblauen Dreiteiler mit dem Bügeleisen zu glätten, und sie hatte den Anzug verbrannt. Ein anderes Mal wies sie einen Ingenieur von der Troco, der einen vollständigen Nachmittag lang auf sie gewartet hatte, mit der Begründung ab, sie sei jetzt müde. Einem reichen Haziendabesitzer, der sie bis zur Selbstaufgabe liebte, warf sie einmal in aller Öffentlichkeit vor, er habe sich seinen Grundbesitz mit der Pistole ergaunert. »Gehen Sie wieder nach Hause, Don Tomasito, ich verpetze Sie sonst bei Ihrer Frau«, verhöhnte sie bei anderer Gelegenheit einen verheirateten Mann, als er, um kein Aufsehen zu erregen, in aller Verschwiegenheit zu ihr kam.

»Du vergisst, dass du kein verhätscheltes Fräulein bist, sondern eine öffentliche Frau, und die Verpflichtung hast, deinen Freiern mit Höflichkeit und Sachverstand zu begegnen«, sagte Todos los Santos ihr immer wieder und vergaß wahrscheinlich selbst, dass gerade diese rüde, schonungslose Art das schöne Mädchen für die Männer so begehrenswert machte.

Wie mir erzählt wurde, war dieses Verhalten aber nicht nur auf Männer beschränkt, vielmehr ging sie mit aller Welt so um. Einige haben sie als Egoistin beschrieben, aber ich finde, dass ihr beharrliches Bemühen um ihre Schwestern, das sie nicht ruhen ließ, bevor sie sie alle vier, eine nach der anderen, aus der Verlassenheit gerettet hatte, mit einem ausgeprägten Egoismus nicht vereinbar ist. Was nicht heißen soll, dass ihre Fürsorge andauerte und sie ihnen bei der Verrichtung ihrer täglichen Aufgaben geholfen hätte, sobald sie sie alle wieder um sich versammelt hatte. Weit gefehlt. Statt Ana, Juana, Susana und Chuza die Mutter zu ersetzen, überließ Sayonara diesen Part vom ersten Tag an Todos los Santos, in deren Gegenwart sie obendrein zum zusätzlichen Kind wurde – immer noch die kleine Schwester in der herzzerreißenden Erinnerung an den großen Bruder? Wie die anderen fing sie wegen Nichtigkeiten Streit an, trieb heimlich Unfug, verbündete sich mit den einen gegen die anderen und brachte danach alle zum Weinen.

Todos los Santos war über diese Rollenverteilung ganz und gar nicht glücklich und ärgerte sich sehr, dass Sayonara sie mit der schwierigen Aufgabe, einen Haufen schwer erziehbarer Kreaturen zu bändigen, allein ließ, besonders direkt nach ihrer Ankunft. Einerseits waren sie schüchtern und wehrlos bis zum Herzerweichen, aber andererseits quälten sie Todos los Santos mit ihren Unarten. Zum Beispiel versteckten sie das Essen unter den Betten, verscharrten fremdes Eigentum im Patio, und, was am allerschwierigsten war, hoben den Rock, wo sie gerade standen, und verrichteten ihre Notdurft in irgendeiner Ecke wie kleine Tiere.

Sayonara fühlte sich der kleinen Chuza mehr verbunden als den anderen Schwestern und nahm sie mit in die Waschküche, auf den Markt, ins Kino und zu Freundinnen, vielleicht weil die Stummheit der Jüngsten sie für eine große Schwester, die nur Ohren für ihre inneren Stimmen hatte, zur idealen Verbündeten machte. Die kleine Chuza ihrerseits verehrte Sayonara mit einer Frömmigkeit, die nur den Heiligen im Himmel zusteht, sie ließ sie keine Sekunde aus den Augen, veranstaltete Drolligkeiten und schlug Purzelbäume, um sie auf sich aufmerksam zu machen, versank verzückt in ihren Anblick, wenn sich die Große das Haar kämmte und sich anzog, aber ebenso, wenn sie in einer Anwandlung von schlechter Laune herumschrie, wenn sie sang, weil sie glücklich war, und wenn sie schwieg, weil sie in Gedanken irgendwo anders war. Die kleine Chuza lebte nur, um ihre große Schwester zu vergöttern, und drückte in Ermangelung von Worten ihre Bewunderung damit aus, dass sie sich fortwährend beide Hände vor den Mund schlug.

Sie sei schon als Kind eine kleine Persönlichkeit gewesen, erinnern sich diejenigen, die Sayonara aus ihrer allerersten Zeit in La Catunga kennen, und bedauern, dass sie später so eingebildet wurde. Einmal brach in der Umgebung die Cholera aus, und die mit Keimen verseuchte Luft drang bedrohlich durch die Fenster. Todos los Santos schloss voller Sorge kurzfristig ihr Geschäft und verwehrte jedem Fremden den Zutritt zum Haus, um einer Ansteckung der Mädchen vorzubeugen, denen sie außerdem vorschrieb, nur noch abgekochtes Wasser zu trinken und gewaschenes Obst und Gemüse zu essen, von niemandem Bonbons anzunehmen und keine Speise anzurühren, die nicht zu Hause zubereitet worden war. Trotz all dieser Vorsichtsmaßregeln zeigten sich bei Susana schon bald die Symptome der Krankheit: Sie hatte so hohes Fieber, dass sie zwischen den Laken zu glühen schien, und ihr Durchfall ließ sich weder mit dem traditionellen *Corona-de-Cristo*-Extrakt noch mit den modernen pharmazeutischen Mitteln von Doktor Antonio María beruhigen. In einer Rettungsaktion nahm Tana Ana, Juana und Chuza zu sich nach Hause, damit sie außer Reichweite der Ansteckungsquelle waren, während Todos los Santos, Olguita und Sayonara dablieben, um über das kranke Kind zu wachen. Diese bekam neben den bereits beschriebenen Störungen noch Brechanfälle, die sie in der Mitte bogen, als wollten sie ihr die Seele aus dem Mund pressen, und die Befürchtung aufkommen ließen, dass die Kranke austrocknen könnte. Während die beiden erwachsenen Frauen in der Küche Umschläge und Krankensüppchen zubereiteten, sollte Sayonara mit einem Lappen das Erbrochene vom Schlafzimmerfußboden aufwischen, doch als die beiden Frauen hereinkamen, sahen sie das Mädchen wie gelähmt mit dem Tuch in der Hand dastehen und die stinkende Lache betrachten.

»Was hast du, Señorita? Ekelst du dich zu sehr vor der Kotze deiner Schwester?«, fragte Todos los Santos wie eine Tigerin fauchend. »Gib her, ich mach es selbst.«

»Es ist nicht Ekel, *madrina*«, antwortete Sayonara und gab ihr unbeeindruckt den Lappen, »ich beobachte gerade etwas sehr Merkwürdiges. Ist Ihnen schon mal aufgefallen, dass, wenn jemand erbricht, immer Mohrrüben dabei sind? In so ganz kleine Stücke zerhackt, auch wenn die Person vorher gar keine Mohrrüben gegessen hat …«

»Deine Schwester stirbt uns, und du philosophierst«, bellte Todos los Santos sie an. »Du stehst da wie eine Gipsfigur.«

Wie sich herausstellte, war Susana nicht an Cholera erkrankt, sondern hatte sich durch die Sterilisationsmaßnahmen von Todos los Santos und den fehlenden Straßendreck eine Vergiftung zugezogen, und heute, Jahre nach dem durchlittenen Schrecken, kann diese mir lachend von Sayonaras Eigenwillen berichten.

»Aber Sie dürfen nicht glauben, dass uns das damals auch so komisch vorkam«, gibt sie mir zu verstehen. »Wir hätten sie fast umgebracht, weil sie, wie immer, über die Eier vom Hahn sinnierte, während wir anderen uns totschufteten, damit die Welt nicht über uns zusammenbrach.«

Konnte denn irgendein Appell den Panzer der jungen Sayonara durchdringen, hallte ein geheimer Ruf in ihrem Innern wider? Oder hing sie mit Zuneigung an irgendeinem Menschen oder einer Sache? An einem Geschenk vielleicht, irgendetwas, einem Foto, einem Plüschtier?

»Bei Geschenken benahm sich Sayonara wie ein kleines Kind«, erzählt Todos los Santos mir, »kaum hatte sie die Verpackung aufgerissen, da lag es auch schon in der Ecke. Sie hat nie etwas für sich verlangt, nicht einmal einen Teil ihres selbst verdienten Geldes. Sie lieferte alles bei mir ab, ohne nachzuzählen und ohne einen Centavo für sich zu behalten. Ich habe es dann so aufgeteilt: ein Viertel für das Notwendigste im Haus, ein weiteres Viertel für den täglichen Bedarf, einen kleinen Teil für das Vergnügen, und den Rest habe ich auf die Bank gebracht und für sie gespart. Wenn ich sie um ihre Aufmerksamkeit bat, weil ich ihr, nur so, erzählen wollte, wie viel Geld ich schon für sie zusammenhatte, weil ich den Tag kommen sah, an dem sie darauf angewiesen sein würde, dann antwortete sie mir gähnend: ›Ach, *madrina*, bitte lassen Sie mich mit Zahlen in Ruhe, die vernebeln mir nur den Kopf und verursachen mir Migräne.‹«

Sie verlor nie ihre Leidenschaft fürs Schlafwandeln und ging nachts im Nachthemd hinaus, um die Unendlichkeit des Firmaments zu bewundern.

»Ich habe nicht gezählt, wie oft ich ihretwegen nachts vor die Tür musste, um ihr die Geschichte von der Musik der Sphären zu erzählen«, erinnert Todos los Santos sich. »Sie hat sie auswendig gelernt, und zwar genau in dem Wortlaut vom ersten Mal. Und wenn ich ein Detail anders erzählt habe, dann hat sie mich sofort darauf aufmerksam gemacht, und ich musste noch einmal von vorn beginnen, bis ich die Geschichte in ihrer ursprünglichen Fassung aufgesagt hatte.«

Ich erkundige mich auch nach Sayonaras Neigung zur Poesie, weil ich wissen möchte, ob uns diese einen Wegweiser zu ihrem Innenleben liefert.

»Als sie klein war, habe ich gedacht, sie würde eine eifrige Leserin werden«, gesteht mir Machuca, »und ich habe gehofft, in ihr eine Freundin zu finden, die die Liebe zur Literatur mit mir teilt. Aber da bin ich gründlich enttäuscht worden. Nicht, weil sie nicht gelesen hätte; das Problem war eher, dass sie immer dasselbe lesen wollte. Lesen ist falsch ausgedrückt: Sie wollte, dass ich es ihr vorlas, denn sie hörte schrecklich gern zu. Aber wie gesagt, immer dasselbe, wie eine Schallplatte, die hängen geblieben ist. Dann kam sie zu mir und wollte noch einmal die Geschichten von der ertrunkenen Ophelia hören oder die von Marie Antoinette oder von Jeanne d'Arc auf dem Scheiterhaufen oder der Erschießung der Policarpa Salavarrieta. Es ging immer um leidende Heldinnen, die ein tragisches Ende nahmen. Davon konnte sie nie genug bekommen. Aber wehe, ich wollte ihr einmal etwas Neues erzählen! Oder ich forderte sie auf, Shakespeare, Tirso de Molina oder einen der großartigen Autoren selbst zu lesen, die bei der heutigen Jugend ganz in Vergessenheit geraten sind. Nein, sie wollte immer dieselben Geschichten hören, wieder und immer wieder.«

Ich weiß, dass es zwei Termine gab, die Sayonara stets ängstlich und mit Vorfreude erwartete. Der erste war der Dienstag, wenn in der Poststelle die Post ankam. Dann ging sie hin, um Sacramentos Karten in Empfang zu nehmen. Das tat sie jede Woche, auch in den Zeiten, als er nur selten schrieb. Der zweite war der letzte Freitag im Monat.

»Am selben Tag, als sie und der Payanés sich das Versprechen gegeben haben«, erzählt Olguita mir und wird dabei so leidenschaftlich, dass man meinen könnte, es wäre ihre eigene Geschichte, »hat Sayonara einen Wandkalender an die Tür gehängt, ein Werbegeschenk von der

Eisenwarenhandlung Mora Hermanos mit einem Foto von Turnierpferden darauf, und jeden letzten Freitag im Monat eingekringelt. Und das war eine echte Leistung, wenn man bedenkt, dass sie nie eine Armbanduhr besaß und sich nicht im Geringsten darum scherte, ob es Montag, Donnerstag oder Samstag war, und wenn man mich fragt, auch nie in der Lage war, sich die Reihenfolge der Monate zu merken. Manche Leute leben ja mit der Uhr in der Hand, aber zu denen hat Sayonara nicht gehört.«

Sie war wie von einer inneren Unruhe getrieben, als hätte sie einen Pyjama aus Brennnesseln an, vom Drang, wer weiß wohin zu kommen. Gleichzeitig war ihre Gleichgültigkeit gegenüber der Tageszeit schon fast peinlich. Für sie waren die Tage endlos – jedenfalls was ihr äußeres Leben betraf –, und wenn abends die Dunkelheit kam, war sie jedes Mal so überrascht, als hätte sie alles erwartet, nur das nicht.

»Wie? Es ist schon dunkel?«, fragte sie dann. Und wenn Todos los Santos sie morgens wecken kam, protestierte sie gewöhnlich: »Schon, *madrina*? Ist es denn schon Tag?«

Sie futterte zwischendurch Süßigkeiten und aß zum Mittagessen keinen Bissen. Sie ging zum Spielen auf die Straße hinaus, wenn sich das ganze Viertel zur Siesta legte, und schlief mühelos mitten im Kneipenrummel ein. Sie akzeptierte keine Verabredung und keine Pflicht mit festen Zeiten, und kam es doch zu einer solchen Vereinbarung, dann hielt sie sich nicht daran. Sie war wie die Fischer am Fluss, sagt Olguita, die sich in den Schatten legen und warten, bis der Anstieg des Pegels ihnen das Netz mit Fischen füllt. Sayonara stand am Ufer des Lebens und wartete. Aber was war es, worauf sie so sehnlich wartete? Große Ereignisse, nehme ich an, aber ich weiß es nicht genau, wahrscheinlich, weil es auch für sie nicht klar war.

Nur eins ist mir klar. Sie hat nicht geduldig gewartet und auch nicht ruhig oder gelassen, und sie wusste nur deshalb nicht, welcher Tag als nächster folgt, weil das, worauf sie hoffte, nicht für morgen bestimmt war, auch nicht für übermorgen oder die nächste Woche, sondern sie zwang, abzuwarten, die Zeit vergehen und den Wind wehen zu lassen. Deshalb blieb sie innerlich in ihrem angespannten, ängstlichen Warten gefangen, und weil ihre Sehnsucht keinen Namen hatte und erst recht nicht zu erfüllen war, hatte sie solche Macht über sie. Was ging in dem undurchschaubaren Geist dieses jungen Mädchens vor sich, das von der Welt ins Leben einer Erwachsenen gedrängt worden war? Über weite Strecken waren da Lagunen mit Wassern, so still, dass sie gefroren schienen, aber von Zeit zu Zeit bäumten sich die Flutwellen so hoch auf, dass sie nicht mehr mit den Monden zu erklären waren.

Ich glaube, ich kann mir Sayonara als Kind ganz gut vorstellen, wie sie strubbelig und so mager wie eine halb verhungerte Katze nach La Catunga kam und *puta* werden wollte. Als Halbwüchsige, die vor dem Spiegel die eigene Schönheit entdeckt und anfängt, ihre Faszination auf andere zu nutzen, kommt sie mir schlüssig vor. Als Mädchen mit loderndem Blick, das seine Mutter lodern sah, überrascht sie mich nicht. Ich weiß, dass ihr Charakter fest war, wenn es gefordert wurde; dass sie beim Machtkampf geschickt war und sich erst auflehnte, um dann den Rückzug anzutreten; dass ihre fehlende Ehrerbietung provozierend war. Aber ich muss zugeben, dass mich die junge Frau erstaunt, die nur wenige Monate später erscheint, die Angebetete, die sich mit zunehmender

Beliebtheit immer mehr nach innen wendet, die sich ansehen lässt, ohne jemanden zu sehen, die von den Männern genauso offen aufgenommen wird, wie sie sich ihnen verschließt, innehaltend im Lauf ihrer eigenen Zeit, ohne passierbare Brücken zur Außenwelt. Kann es sein, dass sie sich auf irgendetwas vorbereitete und Kraft sammelte?

Hin und wieder frage ich mich, ob und in welchem Ausmaß Sayonaras Geist und ihre Empfindungen unter dem übermenschlichen Schmerz der Vergangenheit verstummt waren. Kann sie um den Bruder weinen, ohne zu verbluten? Kann sie an die Mutter denken, ohne zu verglühen? Wie lieben, ohne dem Grauen neue Nahrung zu geben? Es gibt Bilder, die zerstören, und der schlimmste Tod ist selten der eigene. Bei uns, in diesem von Gewalt geschüttelten Land, weiß man, dass ein Kind, das den gewaltsamen Tod eines Angehörigen miterlebt, zwei Möglichkeiten hat: Entweder es geht zugrunde oder es geht dem Sein auf den Grund oder beides. Wenn es zugrunde geht, wird es um die Hälfte reduziert. Wenn es aber dem Sein auf den Grund geht, kann es sich ausdehnen und eine dritte Hälfte dazugewinnen. Bei Sayonara ahnte man den Durchbruch eines dieser gegensätzlichen Schicksale, aber noch stand nicht fest, welches von beiden ihr bestimmt war.

Achtundzwanzig

Von Mister Brasco haben wir Ihnen ja schon erzählt, erinnern Sie sich? Er war ein Freund von uns und hatte sich bis über beide Ohren in Sayonara verliebt. Er erzählte ihr immer vom Schnee und von den Kältestürmen in seinem Land, er war nämlich Ausländer und kam von sehr weit her. Wir nannten ihn *Dime-por-qué*, Sagmal-warum, wegen seiner Angewohnheit nachzufragen und alles wissen zu wollen, aber wir nannten ihn auch den Erhängten wegen der Sache, die ihm beim Reisstreik passiert ist.«

Mister Frank Brasco, ein blonder, hellhäutiger Hüne, lang wie eine Windböe und schlaksig wie eine Marionette, wusste, was es bedeutete, einen Strick um den Hals zu spüren; er kannte die unmittelbare Todeserwartung, das Zählen der letzten Minuten und die Verwunderung über die ein Jahr zuvor noch absurde Tatsache, seine Tage als Erhängter in einem Land zu beschließen, dessen Lage er im Atlas nicht einmal präzise hätte angeben können. Und alles nur, weil die Männer vom Campo 26 eines Tages nicht mehr bereit waren, mit den widerlichen kalten Reisklößen ihren Stolz herunterzuwürgen.

»Was ist hier los?«, fragte der Payanés, als er ins Casino kam, und wurde augenblicklich von der Welle eines kollektiven Unmuts mitgerissen, der ihm in diesem Ausmaß bislang unbekannt gewesen war. »Erzählt mir mal, was hier eigentlich los ist«, forderte er noch einmal mitten in der über seinem Kopf tobenden Kanonade aus Reiskugeln, die durch den Raum flogen, um an der gegenüberliegenden Wand aufzuklatschen.

Mit etwas mehr Erfahrung hätte er gewusst, dass der beschleunigte Pulsschlag, das Flirren der Luft von großer Erwartung sowie die glänzenden Augen der Männer die verlässlichen Vorzeichen für den Ausbruch einer Rebellion waren, deren Hitze Tora, wie andere Regionen der Sommer, mit zyklischer Regelmäßigkeit heimsuchte.

»Was ist hier los?«, fragte auch Sacramento mit der schwächeren Stimme des Rekonvaleszenten.

»Dass wir die Nase voll haben von diesem Scheißfraß«, antwortete ihm einer der aktivsten Aufrührer.

»Und warum heute und nicht schon vorher? Es gibt doch jeden Tag das Gleiche!«

»Diese Gringos finden sich sehr schlau«, antworteten sie ihm. »Es gibt heute schon wieder nur heißes Wasser mit braunem Zucker und Reisklöße. Schlimmer als im Knast, *hermano*. Das ist nicht in Ordnung.«

»Hier gibt es immerhin Klöße. Draußen kriegst du nicht mal die ...«, lautete Sacramentos Kommentar.

Diese Worte spiegelten eine Weltsicht, die ihre Unschuld noch nicht verloren hatte, aber sie wurden anders aufgefasst. Sie riefen Ärger und Misstrauen hervor und brachten Sacramento Beschimpfungen als Streikbrecher, als Verräter und Nestbeschmutzer ein, und in ihrem Überschwang hätten die Männer Sacramento womöglich den Schädel eingehauen, wäre nicht der historische Lino el Titi Vélez für ihn in die Bresche gesprungen, ein großer Anführer früherer Revolten, der noch den Heiligenschein seines einstigen gewerkschaftlichen Ruhmes um den Kopf trug.

»Ich will für diesen Burschen antworten. Er sagt das aus Unschuld und ohne böse Absichten«, sagte Lino el

Titi mit Nachdruck, dessen komplettes Privatleben sich zwischen den Bars und Betten von La Catunga abgespielt hatte und der Sacramento daher von klein auf kannte und ihn noch als einen Knirps vor Augen hatte, dem niemand die Windeln wechselte und der ohne fremde Hilfe, am Mauervorsprung von der Ecke der Calle Caliente Halt suchend, das Laufen lernte.

»Du gibst dich mit wenig zufrieden«, sagte er zu ihm, als die anderen von Sacramento abgelassen hatten. »Nicht einmal die Hunde fressen diese Reiskugeln. Neulich habe ich mal einem kleinen hungrigen Kläffer eine vorgeworfen. Er hat daran geschnuppert und sie liegen lassen. Was meinst du, was im Direktoren-Casino gegessen wird? Die Gringos kriegen wahrscheinlich Eier und Milch, Obst und Gemüse; warmes, gesundes Essen, das dir unglaublich gut täte, mein Junge, weil dir der Dschungel das Mark aus den Knochen saugt.«

»Na ja, stimmt schon, die Klöße schmecken ziemlich eklig«, gab Sacramento zu. »Aber was ist, wenn die Gringos sauer werden und beschließen, uns nicht mal mehr diese Klöße vorzuwerfen?«

»Sie können uns nicht verhungern lassen, weil sie uns zum Arbeiten brauchen«, sagte Lino el Titi und tauchte anschließend im Kampflärm des Tumults unter.

Der Payanés, der den Dialog mit angehört hatte, nahm eine Reiskugel in die rechte Hand. Spaßeshalber, um mitzumachen und nur mal so. Er tat das schüchtern und mit Gewissensbissen, wie ein Kind, das einen Apfel stiehlt. Aber im selben Augenblick packte ihn eine unbändige Lust, damit auszuholen. Ihn, einen verantwortungsbewussten, friedliebenden Mann, bescheiden und voller guter Absichten gegenüber seinen Vorgesetzten, der bisher nichts anderes gekannt hatte als die Dankbarkeit für die

Chance, arbeiten zu dürfen, die ihm jene fremden, von ihren Fotos auf ihn niederlächelnden Bosse einräumten, die in ihrem eingezäunten Wohngebiet am Swimmingpool über seine Zukunft entschieden. Wenn er vorher nur Dankbarkeit und Ergebenheit gekannt hatte, so fand er, als er jene Reiskugel in der Hand hielt und der Pulsschlag der Empörung von den anderen auf ihn übersprang, plötzlich Gründe genug für seine eigene Enttäuschung. Er erkannte zum ersten Mal, dass die Welt vielleicht für andere freundlich war, aber ihm ein feindseliges Gesicht zeigte, und er fasste den Entschluss, die Dinge ändern zu wollen, er, der Payanés, der jedes Leid so tapfer von sich fern zu halten verstand oder so feige, wie man es nimmt; er, der alles Jammern verabscheute, der nie einen Zweifel an seiner Zufriedenheit gehegt hatte, der Schmerzen so abwehrte, dass er sie gar nicht erst bemerkte; er, der sich das Träumen nur im Schlaf gestattete; heute, heute ließ er sich unversehens von der Wut mitreißen und spürte in seinen Knochen die chronische Feuchtigkeit der Hängematte in den stickigen Urwaldnächten, die zu kurz waren, um einem Erholung zu schenken; er fühlte seinen Hass auf die einsamen, allzu langen Tage unter Männern, die trotz des Aufeinanders kein Miteinander kannten; er bemerkte eine Erschöpfung, die er sich nie zu bemerken erlaubt hatte, und gönnte sich, zum ersten Mal, seit er aus seiner fernen Heimat Popayán fortgezogen war, den Luxus des Heimwehs nach den Menschen, die er verlassen und lange nicht wiedergesehen hatte.

»Ja, zum Teufel, ich habe es auch satt«, gab er zu und wollte für jede Härte und Gemeinheit in seinem Leben einzeln abrechnen; der Tropical Oil Company wollte er das Reißen seiner vor Anspannung verkrampften Muskeln vorwerfen; den ohrenbetäubenden Maschinenkrach, der sein ganzes Denken lahm legte; seine allzu bereitwillig akzeptierte Routine eines Galeerensträflings; aber vor allem den tintenschwarzen Himmel, der Nacht für Nacht bleischwer über ihm hing, fern der Umarmung der jungen Geliebten, die ihren Namen für sich behalten, ihm aber am Fluss ihr Wort gegeben hatte. Er hasste die dicken, nach Alkohol stinkenden Männer, die sie vermutlich genau in diesem Augenblick in den Nacken küssten, und er hasste, vom allgemeinen Aufruhr angestachelt, auch die ausländischen Bosse, die er, ohne sie je gesehen zu haben, für diese peinigende Abwesenheit verantwortlich machte, für dieses unerfüllte Warten, in dem er dreißig Tage Zwangsarbeit für die Aussicht auf ein einziges Stelldichein aushalten musste. Er presste die Reiskugel in der Hand zusammen und warf sie mit Wucht auf das Foto an der Wand, wie jemand, der den entscheidenden Schritt in die galvanisierte Gefahrenzone tut und weiß, dass es daraus kein Zurück mehr gibt.

Was der Payanés nie vermutet hätte, nicht einmal in dem Augenblick, als seine Reiskugel auf den unverdrossen weiter lächelnden Mister Maier klatschte, war, dass dies die Vorwehen des ab sofort und für alle Zeiten als Reisstreik berühmten Aufstands waren, der fünfte und gewalttätigste der so genannten primitiven oder heroischen Streiks der Gewerkschaftsbewegung von Tora. Der brach aus, als man es am wenigsten vermutete, nämlich genau in dem Moment, als die Wurfgeschosse erschöpft waren, die erhitzten Gemüter sich wieder abkühlten und der auf dem Fußboden verteilte Reis dem Casino das Aussehen eines Kirchenvorplatzes nach einer Hochzeit verlieh.

Da wollte ein lautstarker Haufen Randalierer, darunter mehrere für ihre Radikalität bekannte Arbeiter aus der Instandhaltungsabteilung, das Spektakel nicht für beendet geben und umringte den nordamerikanischen Ingenieur Brasco. Dieser bekleidete den Posten des Generalaufsehers der Troco und war als einziger Vertreter der Geschäftsleitung bereit, sich unter die kolumbianischen Arbeiter zu mischen und eine Art persönlicher Beziehung zu ihnen zu pflegen.

Der magere und viel zu lange Brasco hatte Mühe, die Hoheit über seine eigenen Körpermaße auszuüben. Er ging wie auf Stelzen und konnte nicht umhin, dabei mit den Armen zu rudern und mit dem Kopf zu schaukeln, die aus den Hemdsärmeln bzw. dem Kragen hervorsahen. Er war von seinen Vorgesetzten bereits auf die Gefahr hingewiesen worden, die Distanz nicht einzuhalten, und man hatte ihm sogar angedroht, ihn von der Krankenversicherung auszuschließen, wenn er die Gewohnheit nicht aufgab, die einheimischen Hexenmeister und Medizinmänner aufzusuchen. Aber Brasco hatte es weiterhin abgelehnt, sich in der exklusiven Welt der Nordamerikaner abzuschotten, die er im Übrigen als freiwilliges Konzentrationslager empfand. Deshalb ging er mit den Arbeitern zum Mittagessen und saß bisweilen auch spätabends bei ihnen, wenn sie sich beim Zikadenkonzert unter dem Sternenhimmel um einen Topf Kaffee versammelten und sich Geschichten von rastlosen Seelen und Geistern erzählten, die auf der Erde umherwandelten und Dinge taten, die ein Angelsachse wie er nicht mehr nachvollziehbar fand.

»*Pero, dime por qué*, sag mal warum«, mit diesen Worten begann er jeden Satz, und die Arbeiter gaben ihm den Spitznamen Dime-por-qué. »Sag mal warum nimmt der *Mohán* die Mädchen mit in den Fluss, wenn er sie doch am Flussufer wesentlich bequemer lieben könnte und sich dann nicht nass machen müsste?«

»Der Mister mit seinem ewigen Sag-mal-warum«, lachten die anderen. »Weil er im Wasser wohnt und am Boden des Flusses herrliche Paläste besitzt.«

»Aber, sag mal warum frisst Luz-de-la-Ciénaga denn kleine Kinder, hier gibt es doch so viele Schweine, Hühner und Fische ...«

»Weil die Leute nur Angst vor ihm haben, wenn er kleine Kinder frisst, Mister Brasco, sonst würde sich niemand für seine Geschichten interessieren, auch Sie nicht.«

Nach den Aussagen der ehemaligen Arbeiter der Troco, die aktiv am Reisstreik beteiligt waren und mit denen ich mich über die Ereignisse von damals unterhalten habe, blieb Brasco als einziger Mitarbeiter der Firmenleitung da, als die Meuterei anfing. Alle anderen sind nämlich in den Golfclub geflohen, der neben riesigen Grünflächen auch und vor allem aus einem Clubhaus bestand, das vorsorglich für Zwischenfälle dieser Art erbaut worden war – eine wahre Festung aus Beton, getarnt unter leuchtend bunten, darüber rankenden Bougainvilleen.

»Wir tun Ihnen nichts, Mister Brasco, wir wollen nur, dass Sie diesen Fraß mal probieren, damit wir wissen, was Sie davon halten«, versicherte ihm einer der Männer, die ihn eingekreist hatten und in eine Ecke drängten.

»Schon gut, ich werde ihn probieren, aber ich will von niemandem geschubst oder angefasst werden«, sagte er. »Ihr habt Recht, das ist ein saumäßiger Fraß. Ab heute gibt es keine Reisbälle mehr«, versprach er, und die Arbeiter applaudierten, erklärten den Aufruhr für beendet und setzten sich befriedigt wieder auf ihre Plätze, um das Mittagessen fortzusetzen. Ein paar verspätete Wurfgeschosse flogen lustlos durch die Luft, während Pajabrava, die Gunst der Stunde nutzend, auf einen Tisch kletterte und zu predigen anfing, um Anhänger für seine Antimasturbations-Kampagne zu werben, und andere sich dem Fußballspiel zuwandten. Die Angelegenheit wäre damit erledigt gewesen und eine der vielen lautstarken, aber folgenlosen Situationen geblieben, in denen sich täglich die Anspannung der harten Arbeit auf der Bohrstation entlud, wenn nicht ein Sprecher der Geschäftsleitung im selben Augenblick über Lautsprecher angekündigt hätte, dass die Ordnungskräfte bereits zum Campo unterwegs seien, dass sofort Ruhe einkehren solle, sonst würde es Repressalien gegen die Initiatoren des Aufstands geben, und dass Mister Brasco, der widerrechtlich als Geisel festgehalten werde, von den Arbeitern umgehend freizulassen sei, weil sich die Company anderenfalls gezwungen sähe, mit Gewalt gegen die Rebellen vorzugehen.

Beim gellenden Ton dieser Erklärung schlug die Feststimmung von wenigen Minuten vorher in Eiseskälte um, und die bloße Erwähnung von Repressalien sowie die Ankündigung Uniformierter entfachte die Gemüter aufs Neue und dreimal stärker, als jede Reiskugel es vermocht hätte. Frank Brasco, der sich schon auf dem Weg aus dem Esssaal befand, war am allermeisten über die Unangemessenheit dieser Androhung überrascht und beschloss, sich geradewegs zum Golfclub zu begeben, um dort Bescheid zu sagen, dass der Konflikt beigelegt sei und er selbst gesund und munter, als ihm ein paar Arbeiter der Instandhaltung, die ihn vorher umzingelt hatten, den Weg versperrten.

»Sie gehen nirgendwo hin, Mister Brasco. Hier wollte Sie zwar niemand als Geisel nehmen, aber wir werden anscheinend dazu gezwungen. Sie haben ja mit eigenen Ohren gehört, dass die Idee von oben kommt. So wie die Dinge stehen, müssen wir darauf reagieren. Sie sind jetzt unsere letzte Sicherheit.«

»In dem Moment hatte ich Angst. Zum ersten Mal in den zwei Jahren, seit ich auf dem 26. arbeitete, hatte ich Angst«, erzählt Frank Brasco mir, während er den Weg zu seinem Holzhäuschen in Vermont vom Schnee befreit. »Die Arbeiter von der Inganghaltung waren anständig und korrekt, bei denen habe ich mich immer sicher gefühlt, aber die Instandhaltung beschäftigte ein paar Haudegen. Es hieß, sie würden einen erbitterten Kampf gegen die Unternehmer führen. Ein gewisser Mono Nieves und ein anderer, den sie Caranchas nannten, waren die Radikalsten unter den Instandhaltern, und genau diese beiden Kerle haben damals eine Geisel aus mir gemacht. Zu meinem Pech war ich in dem Moment schon um die Ecke vom Casino gebogen, sodass die anderen uns nicht sehen konnten. Ich wusste nämlich, wie schwierig die Vermittlung zwischen zwei irrationalen Positionen sein würde: auf der einen Seite die Geschäftsleitung und auf der anderen Mono Nieves und seine Kumpanen, denen man hier auf dem silbernen Tablett einen Anlass bot, Stunk zu machen.«

»Seid unbesorgt, Jungs. Ich bin gerade auf dem Weg ins Büro, um Bescheid zu sagen, dass das Ganze ein Missverständnis ist. Ihr werdet sehen, mit ein wenig gutem Willen ist die Sache sofort geklärt«, versuchte Brasco sie zu beschwichtigen, aber Mono Nieves und seine Leute hatten an diesem Punkt der Ereignisse bereits andere Pläne.

»Aber, sagt mal, warum wollt ihr das tun?«, setzte der Mister erneut an.

»Hier kann Sie kein Sag-mal-warum mehr retten«, unterbrach Nieves ihn. »Sie kommen jetzt mit und können Ihre Fragerei fürs Erste vergessen.«

Unterdessen hatte sich im Casino die Anspannung von mindestens zweihundert Mann ins Unerträgliche gesteigert, denn sie wussten sich in einem Gebäude umstellt, das sich bald als Mausefalle erweisen würde. Die Lautsprecher drohten weiter mit dem Eingreifen der Ordnungskräfte, falls die Arbeiter Ingenieur Brasco nicht unverzüglich freiließen, »nachdem die Rebellengruppe, die sich im Casino verschanzt hat, ihn heimtückisch als Geisel gefangenen genommen hat«, wie es hieß.

»Wo ist denn Dime-por-qué?«, rief plötzlich Lino el Titi Vélez und versuchte, den Aufruhr unter Kontrolle zu bekommen, aber der Ingenieur war spurlos verschwunden und niemand wusste etwas über seinen Verbleib.

In kritischen Momenten wie diesem, angesichts eines unmittelbar bevorstehenden Desasters, flammt der alte, gewerkschaftliche Kampfgeist in der Regel neu auf. Er hatte nach einer Reihe aufreibender Streiks mit Toten und Massenentlassungen für ein paar Jahre geruht, doch nun erwachten die einstigen Anführer, wie Lino el Titi, aus ihrem Dornröschenschlaf, brüllten wie die Löwen, und die Herde erkannte ihr Gebrüll an. Sie erklärten sich selbst zur ständigen Versammlung, bestimmten Mitternacht zur Stunde null für die Ausrufung des Streiks, einer zückte einen Bleistift, ein anderer zauberte ein Blatt Papier hervor, und plötzlich saßen fünf altgediente Kämpfer von Enthusiasmus beseelt und ohne sich der lähmenden Lektionen der Vergangenheit zu entsinnen, an einem Tisch, wo kurz darauf einer von ihnen, ein gewisser Bollo'e yuca, dessen Mutter seit Jahren vor der Bohrstation mit Yucca belegte Brötchen verkaufte, ein improvisiertes Forderungspapier vorlas, dessen erster Punkt den sofortigen Abzug der Ordnungskräfte betraf.

Im zweiten Punkt kamen sie auf den Anlass der Revolte zu sprechen, den nämlichen Reis: »Wir Arbeiter vom Campo 26 haben die Nase voll von der miserablen Qualität der Verköstigung durch die Tropical Oil Company, insbesondere von den fettigen Reiskugeln, die wir kategorisch ablehnen, weil sie ungenießbar sind. Wir fordern, sie gegen anständigen Reis guter Qualität auszutauschen und mit einer Ration Fleisch oder Gemüse zu ergänzen. Reis als einziger Bestandteil des Mittagessens, wie das in der Vergangenheit häufig der Fall war, wird ab sofort von den Arbeitern nicht mehr akzeptiert.« Dieser Kernforderung folgte eine Aufzählung alltäglicher Demütigungen, die schon seit einiger Zeit im Lager für Missstimmung sorgten; außerdem verlangten sie Trinkwasser für das Lager, um die Ausbreitung von Darminfektionen, Diarrhöe und Ruhr einzudämmen; eine Waschküche neben den Baracken, weil die Männer nirgends ihre Wäsche waschen konnten; einen Lagerfriedhof für Tora, damit die Toten christlich beigesetzt werden konnten, anstatt sie auf irgendeiner Lichtung im heidnischen Urwald zu verscharren, und schließlich eine ausreichende Anzahl von Latrinen, weil vor den vorhandenen Toiletten für jeweils fünfzig Mann stets so lange Warteschlangen standen, dass die meisten es vorzogen, sich hinter den Büschen zu erleichtern, was entsprechende Verunreinigungen und Gesundheitsrisiken nach sich zog.

Über die Lautsprecher drohte die Geschäftsleitung weiter mit dem gewalttätigen Eingreifen, wenn Ingenieur Brasco nicht innerhalb der nächsten halben Stunde wohlbehalten vor dem Eingang vom Krankenhaus ausgeliefert wurde. Aber wie sollten sie ihn ausliefern, ohne zu wissen, wo er war? Da tauchten Mono Nieves, Caranchas und die anderen Aufrührer von der Instandhaltung auf und gestanden dem Streikkomitee, dass sie den Ingenieur in ihrer Gewalt hatten und mit ihm das Militär zum Abzug zwingen wollten.

»Wir haben Dime-por-qué, und wir haben auch das Elektrizitätswerk. Wir haben es gerade besetzt. Wir überstellen beide dem Komitee, wenn wir darin drei Plätze bekommen«, schlug Mono Nieves als Tauschgeschäft vor.

»Sie begannen miteinander zu verhandeln, und ich verstand nicht genau, worum es ging«, erzählt Sacramento mir, »aber als sie fertig waren, gab Lino el Titi Befehle aus und fing an, die Leute in Komitees aufzuteilen, für Streikposten, für die Verköstigung und wer weiß was noch alles. Ein Befehl erging an mich, einen Mann seines Vertrauens, wie er mir versicherte, weil er mich kannte, seit ich in den Windeln gelegen hatte. Er ernannte mich zum Mitglied eines Sicherheitskommandos und trug mir auf, die Männer von der Instandhaltung zum Versteck von Dime-por-qué zu begleiten und die nächsten vierundzwanzig Stunden dort zu bleiben, falls ich keinen anderen Befehl erhielt.

»Du lässt dich eher umbringen«, sagte Lino el Titi, »als ihn entkommen zu lassen oder zu erlauben, dass ihm Schaden zugefügt wird. Das sind zwei Befehle, und beide sind gleich wichtig: Er darf nicht abhauen, und er darf nicht ums Leben kommen. Kapiert?«

»Kapiert.«

»Hast du einen guten Freund, den du mitnehmen kannst?«

»Ja, der Payanés. Er war in den letzten Monaten mein Weggefährte.«

»Bist du sicher, dass er dich unter keinen Umständen verraten würde?«

»Einigermaßen.« Sacramento fühlte, wie die Erinnerung an Sayonaras Haare, die sein bester Freund um den Hals getragen hatte, erneut in ihm brannte.

»Dann nimm ihn mit, er soll dir helfen, auf den Gringo aufzupassen. Aber sonst darf niemand erfahren, wo ihr seid.«

Caranchas führte Sacramento und den Payanés zu einem dunklen, feuchten Werkzeugschuppen neben dem Elektrizitätswerk, in dem sie Brasco versteckt hielten, während dieser in einem Mitleid erregenden Zustand darauf wartete, dass sich sein Schicksal entschied. Von Natur aus schon blass, sah Brasco nun fahl aus wie der Tod, seine bläulichen Augen waren rot unterlaufen, und er hatte die Hände auf dem Rücken zusammengebunden, während sein schlanker Körper in seiner ganzen pathetischen Länge mit den Füßen auf einem Petroleumkanister stand und mit dem Hals in einer Schlinge steckte, die an einem Strick vom Deckenbalken herabhing.

»Wenn die dich auf die blöde Tour frei kriegen wollen«, gaben seine drei Aufpasser ihm zu verstehen, »dann geben wir deinem Kanister einen Tritt, und Good-bye, Mister. Auf Nimmerwiedersehen.«

»Es war nämlich so«, erläutert mir Sacramento, »sie hatten Dime-por-qué vorsorglich am Galgen stehen, weil noch nicht klar war, welches Schicksal ihm beschieden sein würde.«

Wie sich von diesem Moment an die Ereignisse draußen weiterentwickelten, dass sich das Streikkomitee aufspaltete in die Gemäßigten von der Inganghaltung und die Radikalen von der Instandhaltung, dass die Arbeiter die Kontrolle über die Lage verloren – all das erfuhren Sacramento und der Payanés erst mehrere Tage später, weil sie mit dem Todeskandidaten in dem stickigen Verschlag eingesperrt waren.

»Caranchas hatte gesagt, wir sollten dort warten, ohne den Mister aus den Augen zu lassen, bis er mit neuen

Anweisungen zurückkam. Aber die Stunden verstrichen, und wir schienen von aller Welt vergessen. Das Geschrei der Rebellion drang aus der Ferne zu uns herein, aber als Geräuschkulisse, der wir kein einzelnes Wort entnehmen konnten. Deshalb wussten wir auch nicht, ob es die Stimmen von Freunden oder Feinden waren. Da fand ich mich also mit dem Payanés blind und unwissend als Mitgefangener in diesem aufgeheizten Loch wieder. Wir saßen im stummen Misstrauen gegeneinander da, wegen unserer Eifersuchtsgeschichte, und wussten nicht, ob die Soldaten das Lager schon eingenommen hatten oder nicht. Unser Gringo stand indessen auf dem Kanister, und die Drohungen von den drei Instandhaltungsleuten gegen ihn nahmen zu, wurden immer verbitterter und überheblicher, während sie eine Flasche *Guarapo*, Zuckerrohrschnaps, leerten.«

Ab und zu verließ einer das Versteck, um zu erkunden, was draußen los war, aber er kehrte jedes Mal nur mit bruchstückhaften, widersprüchlichen Nachrichten zurück. Die Soldaten würden uns schon belagern; viele Arbeiter würden sich am anderen Ende des Lagers in den Urwald absetzen; wir hätten den unbefristeten Streik ausgerufen; die Company würde den Streik für illegal erklären; Lino el Titi habe mit einer Abordnung über die Befreiung von Mister Brasco verhandelt; die Gringos hätten gesagt, wir könnten mit Brasco machen, was wir wollten; Lino el Titi sei nicht mehr der Anführer, Mono Nieves sei verletzt worden, und jetzt würde Caranchas an der Spitze die Revolte stehen; Caranchas habe die Parole ausgegeben, dass es für alles zu spät sei und den Arbeitern nichts anderes mehr zu tun bliebe, als die Anlage zu plündern und zu zerstören.

»Sie wissen nicht, was es bedeutet, vier Stunden am Stück mit einem Strick um den Hals dazustehen, ohne zu wissen, was draußen passiert, und jeden Augenblick fürchten zu müssen, dass jemand dem Kanister einen Tritt gibt und man wie eine Dauerwurst in der Speisekammer baumelt. Mein Körper wurde taub, weil ich so lange in derselben Stellung blieb, und mein Kopf, der auf der anderen Seite aus der Schlinge guckte, kam mir vor, als gehörte er nicht zu mir und drehte sich mit tausend Umdrehungen in der Minute. Zum Glück vertraute ich dem Payanés. Ich kannte ihn gut, weil wir die Leidenschaft für die dünne Emilia teilten, das älteste und wertvollste Stück der ganzen technischen Anlage auf unserem Campo. Außerdem hatte er mich mehrmals bei den Inspektionen des Bohrturms begleitet, die ich in regelmäßigen Abständen durchführen musste. Sacramento sah ich dagegen zum ersten Mal, aber ich beobachtete seinen Charakter und kam zu dem Schluss, dass er zwar noch ein halbes Kind war, aber genauso vertrauenswürdig wie der andere. Vor dem Instandhaltungstrio ängstigte ich mich allerdings zu Tode, doch ich rechnete damit, dass mein Hals Chancen hatte, heil davonzukommen, solange der Payanés und der andere Bursche bei mir waren. Aber ich spürte irgendeine Rivalität zwischen den beiden, und die beunruhigte mich. Es kam mir vor, als würden sie sich zusammen nicht wohl fühlen.«

»Ihre Spannungen also waren schon damals zu bemerken?«, frage ich Brasco.

»Ja, durchaus; fragen Sie mich nicht wieso, aber es war eindeutig. Damals wusste ich nicht, dass es um eine Frau ging, und stellte mir alles Mögliche vor, zum Beispiel, dass sie unterschiedlicher Meinung darüber waren, was mit mir passieren sollte. Glauben Sie mir, wenn man am Galgen steht, dann wird man ziemlich paranoid ... Wenn ich gewusst hätte, dass es bei ihrem Konflikt um eine Frau ging, wäre ich beruhigter gewesen.«

Irgendwann hatte Brasco ihnen mitgeteilt, dass er pinkeln musste.

»Das wird wohl nicht gehen«, antwortete ihm nach kurzer Überlegung einer der Betrunkenen. »Wir können ihm weder die Hände losbinden noch uns überwinden, ihm den Spatz zu halten. Dafür werden sich die hier versammelten Kerle bestimmt nicht hergeben. Bitten Sie uns um etwas anderes, um Wasser, eine Zigarette, irgendetwas, wir helfen Ihnen gerne, aber für dieses Problemchen sehe ich keine Lösung.«

»Es ist dringend«, beharrte Frank Brasco. »Tut mir nicht die Schande an, mir in die Hosen zu machen, Payanés, bitte, binde mir die Hände los.«

»Ich werde sie Ihnen losbinden«, beschloss der Payanés nach einer Weile und nahm ihm auch die Schlinge vom Hals. »Aber versuchen Sie bloß nicht abzuhauen, Mister Brasco.«

»Hand aufs Herz«, versprach Brasco. Nachdem er befreit war, verrichtete er seine Notdurft vor der Tür und bat dann um die Erlaubnis, sich ein wenig auszuruhen. »Das lange Stehen ...«, sagte er und setzte sich einfach auf den Boden, ohne dass sich unter seinen Wächtern Protest regte.

»Gehen Sie jetzt an Ihren Galgen zurück, Mister. Wenn Caranchas reinkommt und sieht, dass wir hier zusammen auf dem Boden hocken wie *hermanos*, die gemeinsam ihre Siesta halten, dann lässt er uns allesamt standrechtlich erschießen«, sagte der Payanés nach geraumer Zeit zu ihm, und Brasco kam der Aufforderung nach.

Als hätte der Payanés es geahnt, tat sich keine zwei Sekunden später die Tür auf, und Caranchas kam zurück. Er war schweißüberströmt und keuchte, als hätte er einen Sprint eingelegt, dabei verzog er das Gesicht wie unter Zahnschmerzen.

»Ihre Landsleute haben Sie im Stich gelassen, Mister Preguntas«, sprudelte es aus ihm hervor. »Sie sagen, dass sie weder verhandeln wollen noch nachgeben werden oder sich durch Ihre Entführung erpressen lassen. Sie sagen, sie hätten Ihnen sowieso nie über den Weg getraut, und Sie wären vielleicht ein Komplize von uns. Sie sagen auch, sie hätten Sie schon lange gewarnt. Dass Sie jetzt in der Patsche sitzen, das hätten Sie sich selbst zuzuschreiben. Sie hätten sich Ihr eigenes Grab geschaufelt.«

»Das kann nicht sein. Das glaube ich dir nicht, Caranchas. Ich glaube nicht, dass sie das gesagt haben.«

»Und warum macht das Militär dann nicht kehrt, wenn es nicht stimmt? Die Soldaten stehen draußen, kaum dreihundert Meter weg, und zielen durch den Maschendraht auf uns. Sie können jeden Augenblick die Anlage stürmen. Du nützt uns einen Scheißdreck, Mister Dime-por-qué«, beschimpfte Caranchas ihn eher desillusioniert als zornig. »Wir haben uns in dir getäuscht. Aber wenn wir den Campo in die Luft jagen, wird das Militär auf keinen Fall reinkommen.«

»Aus dem Mann sprach eine solche Enttäuschung«, erzählt Brasco mir und wirft eine Schaufel glitzernden Schnees hinter sich in die frostige Vermonter Luft, »dass ich hätte schwören können, er würde im nächsten Augenblick meinem Kanister einen Tritt versetzen, um dem Trauerspiel seiner gescheiterten Hoffnungen ein Ende zu machen. Aber er tat es nicht. Er ist einfach gegangen, und ich blieb mit dem Strick um den Hals stehen und habe mich auf einmal schrecklich erschöpft und furchtbar verwirrt gefühlt.«

Darauf hatte der Payanés verkündete, er werde hinausgehen und nachsehen, ob es stimme, dass sie vom Militär belagert würden. Er kam nach wenigen Minuten wieder, um es zu bestätigen.

»Die streikenden Arbeiter bewaffnen sich mit Stöcken, Stangen und Steinen und bereiten sich darauf vor, Widerstand zu leisten«, berichtete er den anderen und hatte außerdem eine Hand voll gemahlenen Kaffee besorgt und zwei Büchsen, um ihn zuzubereiten. Er zündete hinter der Tür ein kleines Feuerchen an, brachte Wasser zum Sieden, streute den Kaffee hinein und goss ihn dann von einer Dose in die andere, indem er den Stoff seines Hemdes als Filter dazwischen legte. Mit der dampfenden Dose ging er zu Brasco, der immer noch mit gefesselten Händen dastand, und gab ihm Schluck für Schluck davon zu trinken, blies aber zuerst darüber, damit der andere sich nicht den Mund verbrannte.

»Sag mal, warum«, hörte man Brasco murmeln, »warum musste das alles so enden ...«

»Trinken Sie den Kaffee und stellen Sie keine Fragen, Mister Gringo«, riet ihm der Payanés, »hier ist nämlich keiner, der sie Ihnen beantworten könnte.«

»Und was sollen wir jetzt machen?«, fragte Sacramento besorgt.

»Jetzt schließen wir Sor Juana Inés in ihrer Zelle ein, damit sie sich selbst verwöhnt«, erwiderte ihm der Payanés, der seit einer Weile über die Geheimnisse nachdachte, die ihm der Pajabrava über die Nonnen anvertraut hatte.

»Ich meine das ernst. Ach, wenn ich doch den alten Lino el Titi finden könnte, um ihn zu fragen, was wir jetzt tun sollen!«

»Wenn es einen Streik gibt, dann müssen wir ihn unterstützen«, faselte einer der Betrunkenen.

»Na klar, du Idiot, aber wie? Auf der einen Seite stehen die Leute von Lino el Titi, auf der anderen die von Caranchas und in der Mitte Besoffene wie ihr. Und jeder sagt was anderes.«

»Wir können uns mit Stöcken bewaffnen und rausgehen, dann werden wir ja sehen, mit wem wir's zu tun kriegen«, schlug ein anderer vor, der noch betrunkener war als der Erste und im nächsten Augenblick, vom *guarapo* gefällt, zusammensackte. Seine beiden Kumpanen kamen auf die Füße und wankten mit ihren Knüppeln bewehrt aus dem Verschlag, um bei den Randalen mitzumischen, wie sie sagten.

»Es hätte ein einziger Schuss genügt, um die Bohrlöcher in Brand zu setzten. Dann wäre das ganze 26. in Flammen aufgegangen«, erzählt mir Brasco. »Weil ich meinen eigenen Glauben längst verloren hatte, bat ich Mohán, Patasola, Luz-de-la-Ciénaga und all die anderen Seelen, von denen sie mir so oft erzählt hatten, um ihren Beistand. Wenn die uns nicht retten können, dachte ich, dann kann uns niemand mehr retten.«

»Ziehen Sie die Krawatte aus Agavenfasern aus, Mister Fragensteller, wir gehen«, forderte der Payanés ihn ohne weitere Erklärungen auf, nahm ihm den Strick vom Hals und band ihm die Hände los. »Du auch, Sacramento.«

»Wohin?«, fragte Sacramento. »Ich rühr mich nicht von der Stelle, bevor ich einen Befehl von Lino el Titi habe.«

»Bis Titi kommt und uns verklickert, was man in solchen Fällen tut, lasst uns gehen und Emilia verteidigen. Wir werden nicht zulassen, dass jemand der Dünnen etwas zufügt, zu welcher Seite er auch gehört. Wenn einer versuchen sollte sie einzunehmen, dann nur über unsere Leichen!«

Draußen war die Nacht hereingebrochen, und um die Erde herum war es dunkel, während auf ihr ein verheißungsvolles Chaos herrschte: Soeben hatte der große Aufstand vom Reis begonnen.

Neunundzwanzig

Die Nacht senkte sich so sanft über die Erde, dass Teile ihrer Dunkelheit wie Schaum zergingen, bevor sie den Boden verhüllten. Im Patio saßen die Frauen in ihren Schaukelstühlen und unterhielten sich, während die Finsternis sich in weichen Flocken auf ihre Köpfe, ihre Schultern und Schöße legte und dort auftürmte, bis sie alles zugedeckt hatte. Tana versuchte sich mit dem trügerischen Luxus ihres fantasievollen Geschmeides gegen die eigene Nostalgie zu schützen; die stets um ihre Schützlinge bemühte Olguita strickte einen Schal für den Nachtwächter, der Stammkunde bei ihr war und von der kühlen Morgenluft Husten bekam; Sayonara flocht und entflocht geistesabwesend die Haarsträhnen ihrer Mähne in dem Versuch, Gott weiß welche Ängste mit diesem ruhelosen Gefummel in Schach zu halten; Ana und Susana hielten Ausschau nach den funkelnden Sternen im Gürtel des Orion, die soeben am nächtlichen Himmel erschienen waren; die kleine Chuza hockte zu Füßen ihrer großen Schwester und legte eine lange Reihe aus Kieselsteinen auf den Boden; Todos los Santos verteilte in kleinen rosa Gläschen mit schlankem Fuß *mistela* an die Anwesenden; und Machuca fächelte sich mit einem Topfdeckel Luft zu, während sie eine jahrhundertealte Geschichte erzählte, der die anderen teils mürrisch, teils neugierig lauschten, und die, wie sie es nannte, von wahren Begebenheiten in der heidnischen Hurenwirtschaft handelte.

Diese Geschichte hatte sich, nach Olgas Erinnerung, in einem verlorenen, namenlosen Land zugetragen, wo alle Frauen, ohne Ansehen von Rang und Alter, einmal im Leben den Tempel der Göttin aufsuchen und sich dem erstbesten Fremden hingeben mussten, der ihre Liebe verlangte, ohne das Recht, sich seinem Körper zu verweigern. Sie bekränzten sich die Köpfe mit Girlanden aus Gaze und Margeriten und betraten den Tempel, bereit, der Gottheit die Ehre zu erweisen. Den Männern oblag es dagegen, die Stätte zu durchstreifen, um unter den Anwesenden eine Frau zu erwählen und ein einziges Mal zu lieben. Es kamen wohlhabende, in wertvolle Brokatstoffe gekleidete und von Dienstboten umringte Damen ebenso wie Bettlerinnen in Lumpen, junge, strahlend schöne Frauen, die, als Erste erkoren, bald dieser Pflicht enthoben nach Hause zurückkehren durften, und daneben hässliche Frauenzimmer, denen die Männer rasch den Rücken zukehrten und die oftmals zwei oder sogar drei Jahre in der auf dem Vorplatz des Tempels versammelten Menge ausharren mussten, ehe sie ihr heiliges Opfer vollbracht hatten. In dem selben Maße waren die herbeikommenden Männer bald stattlich und vermochten die Erwählte zu beglücken, bald so unansehnlich oder krank, dass sie bei den Frauen Abscheu erregten.

Die Freundinnen von La Catunga verfolgten die Geschichte verwirrt und mit offenen Mündern, und als Machuca geendet hatte, war die Stille im Patio so groß, dass man das Surren der drei Abendsterne im Gürtel des Orion zu vernehmen meinte.

»Das ist die seltsamste Geschichte, die du uns je erzählt hast«, ergriff Todos los Santos als Erste das Wort in der Dunkelheit. »Wenn du mich fragst, ist das der reinste Unsinn.«

»Hat es nicht auch einen zweiten Tempel gegeben, in dem sich die Männer hinsetzten, damit die Frauen reinkommen und sich einen aussuchen konnten?«, fragte die kleine Ana, die inzwischen an den Unterhaltungen der Frauen teilnahm, obwohl niemand sich die Mühe machte, ihr zu antworten.

»Wie kannst du es wagen zu behaupten, Machuca, dass sie sich in einem Tempel versammelt hätten?«, warf Tana ihr mit der Empörung ihrer orthodoxen Überzeugungen vor. »So etwas kannst auch nur du glauben, weil du eine Ketzerin bist und vom Glauben abgefallen. Was soll das denn für eine Kirche gewesen sein? Die Kirche Gottes ja wohl kaum ...«

»Es war der Tempel der Göttin.«

»Göttinnen gibt es doch gar nicht, das weiß man doch. Bis auf die Jungfrau María, und die ist rein und keusch. Die würde sich bestimmt keinem Mann anbieten und schon gar nicht den Rock für ihn heben.«

»Wir werden ja schon mit Stockhieben hinausgejagt, wenn wir nur zum Beten in die Kirche wollen«, hörte man eine sagen. »Aber im Gotteshaus anschaffen gehen, das sollte uns einfallen!«

»Früher gab es Göttinnen«, versicherte Machuca. »Da war es anders. Alles war vollkommen anders, weil die Frauen geherrscht haben.«

»Also, mir gefällt die Welt besser so, wie sie jetzt ist«, widersprach Sayonara, die immer widersprach. »Stell dir mal vor, da kommt ein ekliger Kerl mit *carate*-Flecken oder mit Mundgeruch oder einer, der vor lauter Schrunden ganz kratzig ist, und man kann nicht Nein sagen!«, lachte sie. »Was nützte es den Frauen denn zu herrschen, wenn es nicht mal erlaubt war, einem Pickelgesicht Nein zu sagen? Ich würde mich mit meinen Haaren zudecken, damit der Mann weitergeht und die Nächste anquatscht.«

Das erheiterte auch die anderen, und sie mussten plötzlich alle schrecklich lachen, und sie lachten so herzlich, dass sie den Kopf in den Nacken warfen und sich mit der flachen Hand auf die Schenkel schlugen, wie sie es stets zu tun pflegten, wenn ihnen etwas von ganzem Herzen Vergnügen bereitete.

»So kannst du nur reden, weil du noch jung bist«, wies Todos los Santos sie zurecht. »Drei Jahre warten, weil dich keiner haben will, ist wesentlich schlimmer.«

»Ach was«, widersprach Sayonara wiederum. »Lieber allein als in schlechter Gesellschaft.«

»Du weißt nicht, was du da redest. Du kennst die Einsamkeit nicht. Die, das kannst du mir glauben, kratzt dich erst recht.«

Während Olga mir weiter erzählt, was sie an jenem Abend redeten, der genauso verlief wie unser heutiger Abend, bis auf den Unterschied, dass Sayonara nicht mehr dabei ist, versuche ich herauszubekommen, worin der tiefere Sinn des obligatorischen Hautkontakts zu einem Fremden bestehen könnte. Einen Unbekannten nicht abweisen. Sich dem Unbekannten hingeben, sich von ihm nehmen lassen, bedeutet das Untergang oder Rettung? Welche unerforschten Dimensionen eröffnen uns hier die eigene Angst und die eigene Lust? Was haben wir dabei zu verlieren, was können wir entdecken?

»Wie ist es eigentlich, einen Fremden so dicht an sich heranzulassen?«, frage ich meine Gesprächspartnerinnen heute, als sie Jahrzehnte später in einem ähnlichen Patio wie damals, in die gleiche Dunkelheit gehüllt, unter eben jenen Gürtelsternen des Orions, des himmlischen Jägers, in ihren Schaukelstühlen sitzen, während er in dieser Nacht genauso wie in der damaligen die wilden Tiere um den Äther jagt. Als sie meine Frage hören, sehen sie sich amüsiert an und brechen erneut in ausgelassenes Gelächter und Schenkelklopfen aus, wie die jungen Frauen von damals.

»Manchmal stellte sich ein Freier als schweinisch heraus, dann wurde die Sache übel«, erwidert mir Machuca, die berühmte Tintenkleckserin mit den schwarzen Stulpen an den Unterarmen, die verhindern sollen, dass sie sich bei der Schreibarbeit in der Bürgermeisterei die Blusenärmel verschmiert.

»Sag ihr die Wahrheit«, drängen die anderen sie, »erzähl es ihr, Machuca, dass es dir Spaß gemacht hat, und wie!«

Aber Machuca erzählt mir nichts, sie schaltet auf Durchzug.

»Man muss lernen, da zu sein, ohne da zu sein. Üben, den Geist vollkommen vom Körper zu lösen. Die Männer dürfen einem nicht das Gesicht berühren. Sie dürfen einen auch nicht ins Gesicht küssen. Sie bringen einem sowieso nur die Frisur und die Schminke in Unordnung«, lautet die Empfehlung von Tana, und mir kommen die Bilder von christlichen Märtyrern in den Sinn, die das unberührte Gesicht von heiterer Gelassenheit erleuchtet zum Himmel kehren, während ihr geschundener Leib vor Grauen vergeht.

»Und der Körper«, frage ich, »empfindet der kein Verlangen, keine Lust?«

»Das Verlangen, dass der Freier schnell fertig ist, und die Lust, dass er dich bezahlt und du mit Einkäufen beladen nach Hause kommst«, sagt eine und erntet schallendes Gelächter.

»Erinnert ihr euch an Pilar, die Insulanerin?«, brummt die Fideo mit männlicher Stimme von ihrem Siechenlager in der Hängematte aus. Jetzt kann sie sich plötzlich wieder an den Unterhaltungen beteiligen. Nachdem die anderen sie schon für so gut wie tot hielten, hat sie aus lauter Trotz beschlossen, sich noch einmal aufzurappeln. »Die Pilar hat eines Tages gesagt, sie würde gehen, und zwar weil sie den Geruch aus den Mündern der Männer nicht mehr ertrug. Sie hat ihren Krempel gepackt und ist verschwunden.«

»Das ist kein Witz, und ich konnte sie gut verstehen«, sagt Todos los Santos. »Der Atemgeruch eines Unbekannten kann einem manchmal eine unerträgliche Übelkeit bereiten. Ich rede nicht davon, dass einer aus dem Mund nach Knoblauch riecht, eine Schnapsfahne hat oder nach Tabak stinkt. Das sind ja bestimmte Gerüche, und die sind immer gleich. Ich meine den ganz persönlichen Atemgeruch eines fremden Menschen, den Geruch seiner intimen inneren Befindlichkeit.«

»Aber kommt es denn nicht auch vor, dass eine Frau ihr Vergnügen dabei hat?«, bohre ich weiter, obwohl ich den in Tora so oft wiederholten und zum geflügelten Wort gewordenen Satz kenne: Sie zahlen fürs Fühlen, wir kassieren fürs Nicht-Fühlen.

»Sag es ihr, Machuca ... Erzähl ihr, warum alle dich die Genießerin genannt haben.«

»Ich bin nicht aus Not *puta* geworden«, sagt Machuca endlich, »und auch nicht weil ich vergewaltigt worden wäre oder weil mich jemand auf den Strich geschickt oder dazu verführt hätte, sondern aus purer Lust und reiner Freude. Warum sollte ich Sie eigentlich anlügen? Ich hatte schon immer mein Vergnügen am Feiern, am Geld, am Schnaps, am Tabak und, vor allen anderen weltlichen Genüssen, am männlichen Geruch. An der Hitze des Mannes, falls Sie verstehen, was ich meine. Ich gehöre nicht zu denen, die über dieses Leben jammern und behaupten, dass sie zufällig und ohne eigenes Zutun da hineingeraten sind. Ich habe meine Jugend in vollen Zügen ausgekostet und sie in Saus und Braus verlebt, bis kein Körnchen mehr davon übrig war. Und das Bett? Das Bett war mein Altar, jeder Freier war mein Bräutigam und das Laken jeder Nacht mein Brautkleid. Vielleicht ist das der Grund, weshalb die anderen mich für eine *bruja* halten. Ich kann dazu nur sagen: Wahrscheinlich haben sie sogar Recht, und ich bin eine Hexe. Ich hoffe jedenfalls, dass es Gott doch gibt, damit ich ihm am Tag des Jüngsten Gerichts gegenübertreten und mitten ins Gesicht sagen kann, dass ich das, was ich getan habe, im Namen der nackten Lust tat und weil ich es so wollte.«

»Sehen Sie, was sie für eine Hexe ist?«, lachen die anderen. »Einmal *bruja*, immer *bruja*, einmal *puta*, immer *puta*.«

Für Olguita gab es keine Fremden, denn sie brauchte ihnen nur in die Augen zu sehen, ganz gleich, ob sie einäugig, schieläugig oder blind waren, ob unter ihren seidigen Wimpern die Liebe lockte oder ihre Pupillen vom schönsten, trügerischsten Blau umgeben waren. Ich will damit sagen, dass sie nur liebevoll mit ihnen reden musste, um sie zu kennen.

Andere, wie Tana und Machuca, ließen alle Männer vorüberziehen und fanden keinen, der dablieb und in ihren Träumen wohnte. Noch Unglücklichere, wie die schöne Claire, fanden den einen und haben ihn wieder verloren.

»Keine Quälerei ist schlimmer als die einer verliebten Hure«, röhrt die Fideo mit mitternächtlicher Stimme. »Es kommen andere, immer andere, aber der Ersehnte, der lässt auf sich warten.«

Als er auf die biblische María Magdalena zu sprechen kommt, spricht Saramago von der tiefen Wunde als einer offenen Tür, durch die andere hereinkommen, aber der Geliebte nicht. Bei den *prostitutas* von Tora waren es der Schmerz und die eitrigen Absonderungen dieser Wunde, die sie dazu trieben, um drei Uhr morgens an die Ecke zu gehen, die sie *Armeria del Ferrocarril* nannten, und sich vor die alten Waggons der Eisenbahn zu legen, bevor diese lärmend vorüberfuhren und auf den Schienen ihre rostigen und manchmal blutigen Spuren hinterließen.

Todos los Santos glaubt zu wissen, dass Sayonaras Leid nicht von dieser Wunde rührte, an der die Freude blüht und der Tod keimt. Sie versichert mir, dass ihr Schmerz ein anderer gewesen sei und nicht einmal von ihr selbst als solcher erkannt wurde, weil er sie nicht in den Tod trieb, sondern eine ungebremste Lebensgier in ihr weckte. Es habe sie in der Seele gejuckt, versucht Todos los Santos mir zu erläutern. Sayonara, zu der alle Männer zurückkehrten, die von keinem verlassen oder aufgegeben wurde, sie, die es verstand, viele zu lieben, sich an vielen zu freuen, sich in vielen zu finden, sie, die Vielgeliebte, kannte dennoch ein Unglück: ihre Unfähigkeit, sich mit dem Segen einer einzigen Liebe zu begnügen.

Sie liebte gute Männer, die sie gut liebten, und schon kamen andere, löschten ihre Fußspuren aus und öffneten sich neue Wege zu ihrem Herzen. Jeder von ihnen wäre der Richtige gewesen, um ein wenig zur Ruhe zu kommen, aber sie zog es vor, sich neuen Männern zu öffnen, die alsbald neue Geliebte wurden: edle Kavaliere, auf ihre Weise treu, die ihr mit Leidenschaft begegneten und für sie dennoch nicht mehr waren als Augenblicke, aufrichtige zwar, aber flüchtige auf einem sehr viel längeren und verschlungeneren Weg.

»Glauben Sie, *madrina*, dass es einem Mann gelingen konnte, Ihre Ziehtochter in sich verliebt zu machen?«, frage ich Todos los Santos und mache mich auf das Schlimmste gefasst, denn ich weiß, wie jähzornig sie werden kann, wenn ich sie zum Spekulieren herausfordere. Aber dieses Mal überrascht sie mich mit ihrer Nachdenklichkeit.

»Genau das habe ich mich auch oft gefragt.«

Als Sayonara schon eine Weile in La Catunga war, in der Phase ihrer Erziehung und Ausbildung bei Todos los Santos, als sie noch das Mädchen war und nicht Sayonara, damals habe die *madrina* sich Sorgen gemacht, denn sie habe keinen Einblick in ihr fest verschlossenes Inneres gewinnen können, in das von einem Schildkrötenpanzer geschützte Herz des Mädchens. War sie denn durch nichts und niemanden in der Welt zu erschüttern? Vermochte keine Erinnerung ihr Heimweh zu wecken? Hegte sie keinen heimlichen Wunsch, den sie dem Christus vom Heiligen Herzen vortrug? Oder hatte der Hunger aus vergangenen Tagen sie zu der Überzeugung gebracht, dass das einzige Glück, das diesen Namen verdient, ein Teller Reis mit Linsen war?

»Ich fürchtete, dass mein Mädchen zu gefühlskalt sein könnte, um eine gute Geliebte abzugeben. Denn wer ohne Liebe mit einem Mann ins Bett gehen will, muss wenigstens wissen, wie das Lieben geht, und wer anders darüber denkt, hat nichts verstanden«, lässt die Alte mich wissen, nachdem sie einem Koffer mit in Mottenkugeln gebetteten Erinnerungsstücken einen sehr toten, sehr 40er-Jahre-artigen Silberfuchs entnommen und sich um die Schultern geschlungen hat. »Damit sie innerlich süßer wurde, habe ich ihr zunächst jeden Tag einen Becher heiße Milch mit fünf Löffeln Honig gegeben. Doch als ich sah, wie merkwürdig sie sich nach einiger Zeit benahm, dachte ich, ich hätte mit dem Honig doch etwas übertrieben, und ein paar Jahre später dachte ich dann wieder das Gegenteil, nämlich, dass es zu wenig Honig gewesen war. Ich war damals sogar der Meinung, dass acht oder neun Löffel Honig das absolute Minimum gewesen wären, um ihren Charakter halbwegs genießbar zu machen.«

»Und heute, sind Sie zu einem Schluss gekommen?«

»Vielleicht. Sayonara hat entweder zu viel geliebt, oder sie konnte nicht lieben. Ich bin mir da noch nicht ganz sicher.«

»So geht es uns doch allen«, wiederholt Machuca. »Wir, die professionellen Frauen, wir teilen uns auf hundert Liebhaber auf und verstehen es nicht, die Freuden einer einzigen Liebe zu genießen.«

Dreissig

Zurück in der Hauptstadt habe ich zu recherchieren begonnen, unter welchen Umständen und wo das Leben und Werk von Don Enrique Ladrón de Guevara y Vernantes ihr Ende gefunden hatten. Ich erfuhr, dass seine Familie, nachdem er sich in Tora niedergelassen hatte, zwei Jahre lang nichts von seinem dortigen Aufenthalt wusste – oder nichts wissen wollte – und ihn für verschollen beziehungsweise für erfolgreich untergetaucht hielt, bis eines Tages ein Freund der Familie auf einer Geschäftsreise die Erdölstadt passierte und mit Nachrichten von Enrique zurückkehrte.

»Und was treibt Enrique in Tora?«, erkundigte sich Alfonso Vernantes, ein Onkel mütterlicherseits. »Wovon lebt er?«

»Er malt«, erwiderte der Freund. »Ich habe einige seiner Bilder gesehen. Dein Neffe hat sich darauf verlegt, Frauen zu malen, die nach Syphilis stinken.«

Sie gingen ihn suchen und fanden ihn zwischen den Armen und Beinen der Fideo. Sie rissen ihn von ihr fort und brachten ihn in eine Irrenanstalt, sagen die einen, während die anderen behaupten, sie hätten ihn in allergrößter Verschwiegenheit ins Ausland geschafft, um jedes Gerede zu vermeiden, das Anlass zu einem Skandal geben könnte. Sobald ich wieder in Tora war, habe ich Todos los Santos davon berichtet, aber sie kannte die Geschichte schon.

Als er aus der *Copa Rota* verschleppt wurde, hatte Don

Enrique da mit seinen kurzen Armen um sich geschlagen und mit den rheumatischen Beinen gestrampelt? Hatte er mit schriller Zwergenstimme um Gnade gebettelt oder im hochmütigen Ton eines Herren verlangt, in Frieden gelassen zu werden – aber alles vergeblich? Kann sein. Ich werde nie mit Sicherheit zu sagen wissen, wie sich jene Szene abgespielt hat, weil die Fideo, die einzige Augenzeugin, auf meine Nachfrage in eine katatone Starre verfällt und vollends verstummt, und ich merke, dass ich sie quäle, wenn ich ihr weiter mit meinen Fragen nach der Vergangenheit zusetze.

»Es war für Enrique nicht einfach, unter diesen Leuten zu leben, die unsereins so völlig fremd sind«, erzählt mir seine Schwester María Amalia, eine liebenswürdige, intelligente alte Dame, mit der ich mich einen Nachmittag lang beim Tee unterhalte. »Und auch nicht an diesem miserablen Ort, den er sich da ausgesucht hatte. Das gestand er meiner Mutter einmal in einem Brief, in dem er schrieb, dass ihn jeder Tag, den er nicht zu Hause verbringen könne, Überwindung koste und zum Verzicht zwinge.«

»Wusste seine Mutter denn, wo er war?«, frage ich sie.

»Natürlich, sie hat es immer gewusst, aber sie hat ihn nie verraten. Sie haben Enrique von dort weggeholt, nachdem meine Mutter gestorben war; zu ihren Lebzeiten hätten sie das niemals gewagt.«

»Und weshalb hat Ihre Mutter ihn nicht gebeten zurückzukommen, wenn er ihr doch gestanden hatte, dass das Leben dort für ihn nicht einfach war?«

»Weil meine Mutter Enrique vergötterte und genau wusste, dass es für ihn noch schwerer sein würde, in unserer Familie einen Platz zu finden. Können Sie sich vorstellen, was es bedeutet, in solch blasierten Kreisen wie den unseren ein Zwergwüchsiger zu sein? Wenn Sie mich fragten, was für meinen Bruder das Beste in dieser anderen Welt war, dann würde ich antworten, die Unsichtbarkeit. Er war dort unsichtbar und hatte keine Zeugen für seine Missgestalt. Das ist für jemand so Sensiblen, wie er es war, einfach unschätzbar.«

Sobald sie Don Enrique eingesperrt – oder über die Landesgrenze geschafft – hatten, war Onkel Alfonso Vernantes höchstpersönlich, im Auftrag des Familienrats, mit der inquisitorischen Aufgabe nach Tora gekommen, Enriques komplettes Werk bis zum letzten Bild einzusammeln und jeden Beweis für das Auftauchen ihres Namens in der Welt der Schande zu tilgen. Wenn es ein Meeresbild war, ein Sonnenuntergang oder eine Pariser Szene, dann zahlte er dafür nur wenig, er steigerte aber sein Gebot, sobald eine Frau darauf zu sehen war, und für einen Akt legte er noch einmal etwas drauf. Wenn er fünf oder sechs Bilder zusammen hatte, dann machte er ein Feuer und verbrannte sie unter freiem Himmel. In Tora erzählt man sich noch heute die Anekdoten dieser sonderbaren Geschäfte, wie zum Beispiel die der kleinen Zeichnung zweier eng umschlungener Mädchen auf einem Bett, für die Don Alfonso ein Vermögen hinblätterte.

Nichts macht einen Menschen angreifbarer als sein Bestreben, ein Geheimnis zu schützen, das schon bekannt geworden ist – wie alle Geheimnisse –, und niemand hat leichtere Beute als einer, der sich diese Schwäche zunutze macht. Es mussten nur wenige Tage vergehen, da witterte der Piruetas die Chance seines Lebens. Er tat sich mit einem befreundeten Fotografen zusammen, der einiges Geschick für die Malerei besaß, und produzierte obszöne Bilder in Serie, signierte sie mit Don Enriques Vor-

und Zunamen und lieferte sie Don Alfonso als Originale seines Neffen.

Ganze zwei Wochen fiel Don Alfonso auf den Schwindel herein und sah im Piruetas und dessen Fotografenfreund zwei unersetzliche Erfüllungsgehilfen für seine heikle Mission, weil sie gewieft und diskret waren und tun konnten, was ihm verwehrt war: die Unterwelt durchstreifen und in verrufenen Bars und den Hinterzimmern der Bordelle nach seinen Beweisstücken suchen. Der Piruetas und sein Kumpan lebten indessen auf Kosten der Skrupel von der Familie Ladrón de Guevara y Vernantes auf großem Fuße, bis Don Alfonso ihnen eines Tages auf die Schliche kam. Die Dreistigkeit des Pirueta bei seinen Betrügereien kannte keine Grenzen, und seine selbst gemalten Bilder waren an Geschmacklosigkeit und Schlamperei kaum zu übertreffen. Dann kam es mit dem Fotografen zu einem Streit um Geld, der zum Zerwürfnis führte, und der Piruetas führte die künstlerische Arbeit auf eigene Faust und ohne jede fremde Hilfe fort, obwohl er den Umgang mit dem Zeichenstift noch nie verstanden hatte, von einem Pinsel ganz zu schweigen.

»Das ist nicht von Enrique«, sagte kurz darauf der misstrauisch gewordene Don Alfonso. »Das ist einfach zu schlecht.«

»Das ist moderne Kunst, Don Alfonso, davon verstehen Sie nichts«, erwiderte der Pseudomaler, um seine Kritzelei zu verteidigen.

Doch selbst der vor Schmach und Schande halb blinde Don Alfonso, der aus Abscheu und Prüderie jeweils nur einen kurzen Blick auf die Bilder seines Neffen warf, selbst Don Alfonso, so erzählen sie mir, sah genug, um den Unterschied zu bemerken, und warf den Betrüger wütend zur Tür hinaus.

»Was mag aus Don Enrique geworden sein?«, frage ich Todos los Santos. »Sitzt er immer noch im Irrenhaus oder irgendwo auf der Welt in der Verbannung?«

»Er ist vor ein paar Jahren an Syphilis gestorben, wie jeder, der die wahre Liebe kennen gelernt hat.«

»Komisch«, denke ich laut. »Seine Schwester kann sagen, was sie will, aber ich glaube, dass er in der *Copa Rota* auf seine Weise glücklich war.«

»Glücklich nicht«, widerspricht sie mir, weil sie mir keinen hohlen Satz durchgehen lässt, ohne ihn mit der grausamen Wirklichkeit zu füllen. »Sagen wir, dass er in der *Copa Rota* seine Bestimmung fand und dass er, wenn auch nicht das Glück, dort wenigstens sein Licht kennen gelernt hat.«

»Es soll ja Männer geben, die sich ins Bordell zurückziehen, um dort dasselbe zu suchen wie ein Mönch im Kloster.«

»Das steht wohl in irgendeinem Buch, nicht wahr?«

»Bestimmt.«

»Da sehen Sie, wie viel Scheiße in Büchern steht.«

Einunddreissig

Die anderen Frauen verstehen nichts davon«, sagt Olguita später zu mir, als wir allein sind. »Sie glauben, sie wüssten etwas, dabei wissen sie gar nichts. Sie können mir glauben, wenn ich Ihnen sage, dass Sayonara sehr wohl im Stande war zu lieben, und dass sie den Payanés von Anfang an irrsinnig geliebt hat.«

»Und warum tat sie dann das, was sie getan hat?«

»Weil der Weg des Herzens nicht unbedingt gerade ist, sondern oft krumm und verschlungen und wir zwar sehen können, wo er beginnt, aber nicht, wohin er führt. Aber das sind schon die Schlussfolgerungen einer Geschichte, die ganz einfach begann: Der Payanés war der erste Unbekannte, dem sich Sayonara geöffnet hat. In ihm fand sie das Brot für ihren Hunger und das Wasser für ihren Durst.«

»Er hat die süßeste Haut, die ich je kennen gelernt habe«, so, das beteuert Olguita, habe Sayonara von ihm gesprochen. »Aber sie ist nicht süß wie Zucker, sondern süß wie ein alter Schmerz. Von der Taille aufwärts ist er dunkelbraun gebrannt, am übrigen Körper ist er heller. Am meisten vermisse ich seine Brust, diese breite Brust mit der eintätowierten Rose, weich und gewölbt, aber nur ein wenig, gerade genug, um so stark zu sein wie die Brust eines Mannes und so freundlich wie der Busen einer Frau. In seinen Augen liegt eine tiefe Traurigkeit, eine Art Verlassenheit von einer gelblichen Farbe, ich meine von einem Gelb mit grünen Sprenkeln, wie die Augen eines streunenden, herrenlosen Tieres. Auch seine Haare sind zweifarbig, mal schimmern sie schwarz, mal glitzern Silberfäden darin.«

»Graue Haare nennt man das«, belehrte Olguita sie.

»Na ja, dann eben graue Haare.«

»Wieso hat er eigentlich schon graue Haare, er ist doch noch so jung?«

»Er muss wohl sehr gelitten haben.«

»Manche Frauen schauen den Männern in die Augen«, erzählt Olguita mir. »Während sich andere von einer eleganten Erscheinung blenden lassen. Wieder andere beschweren sich, wenn ein Mann krummbeinig ist oder flacharschig, zusammengewachsene Augenbrauen hat oder hängende Schultern. Viele der Mädels sehen einen Mann am liebsten in Lederschuhen oder noch lieber in Stiefeln und rümpfen die Nase, wenn einer in Sandalen kommt, denn die sind ein sicheres Zeichen für Armut. Alle Frauen wissen ein potentes männliches Glied zu schätzen, und die meisten bevorzugen darüber hinaus ein freundliches Lächeln und ein gesundes Gebiss. Einmal habe ich gehört, dass man nicht mit einem Mann ins Bett gehen soll, der nur ein Ohr hat, wie eine Henkeltasse. Wenn du von so einem schwanger wirst, dann bringst du mit größter Wahrscheinlichkeit ein taubes Kind zur Welt. Und so weiter. Aber Sayonara verliebte sich in eine Brust und behauptete, dass sie an der Brust vom Payanés Halt und Heimat fand.«

Wie die Windböen in einem leeren Haus, so wehte der Atem vieler Fremder in ihrem Nacken – und ihr Leben verging in der schläfrigen Benommenheit unbekannter Leiber, die gleich einer Prozession durch ihr Bett zogen. Ihr Schlafzimmer war besetzt von fremden Truppen und bot jedem Heer ein Lager, und ihr weißes Laken war die

Friedensfahne ihrer käuflichen Liebe. Ihre Nacktheit erlebte unbeteiligt die Berührung mit all den Körpern, die nach nichts oder nach fernen Orten rochen und auf denen weder ihre Hände noch ihre Augen verweilen mochten. Aber dann auf einmal, war da ohne Vorwarnung ein Körper, dem es gelang, sie aufzuwecken und ihren endlich fühlenden Fingerspitzen die lang ersehnte Begegnung zu schenken. Denn in der Haut jenes Fremden fand sie genau die richtige Temperatur, um sich an das Gefühl vom Glück zu erinnern, das sie plötzlich mit Händen greifen konnte.

»Mein Mann schmeckt nach Moos, nach Krippe und dem Jesuskind«, verkündete Sayonara. »Er schmeckt nach Weihnachten.«

»Halt den Mund, Mädchen, du versündigst dich!«

»Er riecht nach einem köstlich duftenden Wald, und er riecht nach Pferd. Das gefällt mir an ihm, dass er nach Pferd riecht. Nach Pferdeschweiß, der hat denselben Geruch wie das Verlangen.«

»Mädchen, was erzählst du da?«

»Wissen Sie, wie ein *petrolero* nach der zehnstündigen Zwangsarbeit in dieser unbarmherzigen Hitze riecht?«, fragt Todos los Santos mich. »Nein, das können Sie sich nicht vorstellen. Er riecht nach reiner Rasse, *mi reina*. Er riecht ganz und gar nach Mensch.«

»Je nach Hautfarbe«, fügt Olguita hinzu. »Die hellhäutigsten, die echten Mestizen, die riechen nämlich am intensivsten, wer hätte das gedacht.«

»Deck mich mit deiner Haut zu«, bat Sayonara den Payanés, und er breitete sich aus und hüllte sie ganz ein, war mehr ihre Haut als seine, deckte sie mit seiner Brust zu, jener fremden Brust, die ihr in einem einzigen wunderbaren Augenblick restlos vertraut war. Und wohltuend. Eine Männerbrust wie ein Hausdach, das einen bedeckt und schützt, während draußen die Welt untergehen kann, es Blitz und Donner geben kann, passieren kann, was Gott will.

Olguita, die hoffnungslose Romantikerin, erzählt mir Geschichten, und ich weiß nicht, ob sie wahr sind oder erfunden. Sie erzählt mir beispielsweise, der Payanés habe Sayonara beim Einschlafen an sich gedrückt wie ein bedürftiges Waisenkind, das er für eine Weile zu trösten verstand, und dass sein Schlaf nur die Sekunde währte, die sein Gedächtnis am andern Tag brauchte, um sich an sie zu erinnern; die ewige Sekunde eines Lidschlags beim Schließen und erneuten Öffnen seiner Augen.

»Währt denn die Liebe eines Fremden nur so lang?«, hat Sayonara sich gefragt, als sie ihn gehen sah. »Gibt es eine innigere, eine vergänglichere Liebe? Gibt es eine andere Form der Liebe?«

»Jede Menge Dichtung, jede Menge Dichtung«, mault Todos los Santos, als sie das liest. »Aber ich wüsste hier niemanden, der bereit ist, die harte Wahrheit auszusprechen, denn wird dir eine Haut allzu bekannt, dann ist das auch kein großes Geschenk. Erstens, weil sie neben dir ergraut, und zweitens, weil sie immer fadenscheiniger und unsichtbarer wird, alt und abgenutzt wie ein täglich benutztes Halstuch. Am Ende kommt sie dir vor lauter Vertrautheit so beliebig vor wie das Leder von den Schuhen deines Nachbarn: eine Haut eben, irgendeine Haut. Aber hört nicht auf mich und dichtet nur eifrig weiter an euren Versen, denn hier scheint niemand wirklich an der Wahrheit interessiert zu sein.«

Zweiunddreissig

»Brandanschlag von krimineller Hand auf La *Copa Rota*«, lautete einen Tag nach Don Enriques erzwungener Abreise die Schlagzeile in der *Vanguardia Petrolera*, der Tageszeitung von Tora. Den oder die Täter hat man nie ausfindig machen können, doch dem Bericht zufolge wurde der Anschlag um sieben Uhr früh an einem Morgen im August verübt, als sich kein Gast im Lokal befand. Die Fideo wachte halb erstickt vom Qualm auf, sprang aus dem Bett und lief, ohne den Körpern der auf dem Boden schlafenden Frauen auszuweichen, ins Freie hinaus, wo man sie Sekunden später alle stehen sah, so wie der Erzengel Eva bei ihrer Vertreibung aus dem Paradies: splitternackt und laut fluchend. Die Frauen schafften es gerade noch rechtzeitig, den Flammen zu entkommen, ebenso wie die Inhaberin des Lokals, der Thekenjunge und die Katze. Aber die Holzbude, deren Schilfdach als Erstes Feuer fing, brannte lichterloh, als der trockene Sommerwind in die Flammen blies und sie in ein Aschenhäufchen verwandelte, gekrönt von einer Tonflasche: das improvisierte Pissoir – das einzige für die Nachwelt erhaltene Erinnerungsstück.

Nun wird man mir vielleicht vorhalten, dass das Feuer sich schon zum dritten oder vierten Mal in meine Geschichte einschleicht, um die Realität zunichte zu machen. Aber das ist kein Zufall. Als Kolumbianerin weiß ich, dass die hier von mir beschriebene Welt sich in einem Dauerzustand der Verbrennung befindet, dass sie stets am Rand ihres endgültigen Zusammenbruchs steht und es trotzdem – Gott weiß wie – schafft, sich unmittelbar vor dem Absturz mit Zähnen und Klauen, in einer allerletzten stürmischen Kraftanstrengung genau an diesem Rand festzuklammern, als gebe es kein Morgen mehr, bis dieser dann doch am Firmament aufzieht, um hier unten in einem unfassbaren, endzeitlichen Delirium neue Feuer zu fordern. Vielleicht sind wir deshalb gleichzeitig so tot und so lebendig: weil jede Abenddämmerung uns vernichtet und jeder Tagesanbruch uns rettet.

»Wohin ist denn die Fideo gegangen, nachdem das Feuer ihr letztes Refugium zerstört hatte?«

»Alles, was aufsteigt, muss eines Tages wieder fallen«, sagt Todos los Santos zu mir, »und manchmal, selten zwar, aber es ist schon vorgekommen, kann, was gefallen ist, auch wieder aufsteigen.«

Viele Stammkunden vom Dancing Miramar und aus den anderen Lokalen mit Prestige, vor allem jüngere Leute, ließen sich damals von der Versuchung der rohen Erotik anlocken und begannen, die *Copa Rota* zu besuchen, um die Fideo in ihrem kranken Glamour tanzen zu sehen, die leibhaftige Vertreterin der tiefsten Unterwelt, das Letzte vom Letzten, die der eigenen Haut beraubte Frau, nackt und aufgeschnitten wie ein rohes Stück Fleisch, das in der Gosse zum Verkauf angeboten wurde.

Die brutale Trennung von Don Enrique brach ihr das Herz, das sie ohnehin nicht mehr besaß, und wenn sie vorher eine Bestie war, so wurde sie danach eine herzlose Bestie, die sich in Ermangelung eines mit den Zähnen zu traktierenden Opfers mit wütenden Bissen den eigenen Körper verunstaltete. Der Anblick ihrer Nacktheit, ihr obszönes Geschrei und ihre Selbstverstümmelung brachte die Gäste auf Hochtouren und ließ deren Männlichkeit gerade stehen. Sie feuerten sie an und gaben ihr zu trinken, gaben ihr zu trinken und feuerten sie an. Und die Fideo machte nur mit, weil sie sich selbst längst verloren hatte und nur noch in der Wunde wiederfand, die dort klaffte, wo einst ihr Herz gewesen war.

»*Ay*, Don Enrique!«, seufzt die Fideo auf ihrem Totenlager in der Hängematte.

Je trüber die Aura, die sie umgab, umso stärker der Duft, der ihr entströmte, und je tiefer sie sich im Dreck suhlte, umso weiter reichte ihr Ruf. Bis eines Tages Negra Florecida, die Inhaberin vom Dancing Miramar, vom Abwandern ihrer treuen Kunden in einen wirtschaftlichen Engpass getrieben, beschloss, diese zurückzugewinnen, indem sie ihnen die Arznei gab, nach der sie verlangten, und die Gelegenheit nutzte, um der Fideo eine Anstellung in ihrem Lokal anzubieten. Noch heute wird übrigens rumort, das für den Anschlag verantwortliche Streichholz sei auf Geheiß eben dieser Negra Florecida aufgeflammt.

So kam es also, dass Sayonara und die Fideo, Engel und Teufel, Leben und Tod, fortan in ein und derselben Arena um die männliche Liebe wetteiferten und es mit La Catungas vormals harmonischer Weltordnung auf einmal vorbei war, jedenfalls stellte sich das für die Leute so dar.

Die Stammkundschaft vom Dancing Miramar spaltete sich nun in kompromisslose Sayonaras – die der alten Zeit nachtrauerten – und in nicht gerade kompromissbereitere Fideistas – die den Genuss des Augenblicks verlangten –, und obwohl beide Frauen ähnlich rochen, nämlich nach Mensch, wurde von Sayonara behauptet, sie dufte nach Weihrauch, und die Männer verehrten ihren Nimbus der kindlichen *puta*, ihre Unerreichbarkeit, ihre Unberührtheit, wenn sie da war, ohne da zu sein, und unschuldig durch all die Hände ging, während von der Fideo gesagt wurde, sie dufte nach Moschus, und die Männer zu ihr gingen, weil sie durch und durch *puta* war und sich mit Haut und Haar dem Gewerbe verschrieben hatte, ihr Innerstes nach außen kehrte und nicht die kleinste Geste, das geringste Geheimnis und die leiseste Erinnerung für sich behielt. Oder doch? Eine Erinnerung, eine einzige Erinnerung, delikat und lieblich, hat sie wohl doch für sich behalten: *Ay*, Don Enrique!

Ich versuche Todos los Santos meine Interpretationen zu vermitteln, und sie lacht.

»Verwirren Sie mich nicht mit Ihren Worten«, bittet sie mich dann. »Der Unterschied war der: Sayonara musste man lieben, aber bei der Fideo genügte es, sie zu bezahlen. Das ist alles.«

»Einverstanden. Wir meinen beide dasselbe, Sie auf Ihre Weise und ich auf meine«, sage ich zu meiner Verteidigung. »Aber sagen Sie mal, war es für die beiden schwer, sich gegenseitig zu akzeptieren? Konnte Sayonara damit umgehen, plötzlich eine Konkurrentin zu haben? Musste sie nicht um ihre Position bangen?«

»Wie soll ich sagen. Sie waren beide zu sehr mit sich selbst beschäftigt, als dass sie sich um die andere geschert hätten.«

Sie haben unter ein und demselben Dach gearbeitet, aber sie gehörten zwei verschiedenen Welten an, die nichts miteinander zu tun hatten. Jede brachte in ihrer Sache den vollen Einsatz, vermutlich ohne zu ahnen, was dabei für sie auf dem Spiel stand.

Außerdem ließen ihre Rollen als die perfekten Geliebten – und das waren sie ja auf ihre Weise beide – ein Gefühl der Eifersucht gar nicht erst aufkommen, weil die Existenz einer Rivalin überhaupt nicht wahrgenommen wurde. Darüber hinaus war für keine eine echte Rivalin vorstellbar, denn sie wussten, dass sie diese blutige Pokerpartie um ihre eigenwillige individuelle Art, die Liebe zu verstehen, zu ihrem eigenen Besten oder Schlechtesten längst und seit jeher gewonnen hatten.

Eine Tatsache lässt sich, so literarisch meine Geschichte auch scheinen mag, mit einem historischen oder soziologischen Rückblick auf die damalige Zeit unschwer nachweisen. Fideos Eintritt ins Dancing Miramar fiel nämlich mit zwei sehr wohl dokumentierten und keineswegs allegorischen Fakten zusammen: Das Ende des Reisstreiks und die Verbreitung der Syphilis in einem nicht mehr zu kontrollierenden Ausmaß haben in La Catunga den Moment markiert, den man das Ende der Unschuld nennen könnte. Und mit diesem Ende der Unschuld ging der Schmerz einher, sich dem Gewohnten zu entfremden, und es kam die Einsamkeit, weil sich die Haut des Unbekannten plötzlich stachelig und fremd anfühlte. Das Elend hielt Einzug, als die Leute anfingen mehr zu wollen und ihnen die Hochachtung vor der Würde der Armut verloren ging.

Der Eintritt der Fideo ins Dancing Miramar war das symbolische Ereignis, das den Beginn vom Niedergang des Freudenviertels La Catunga markierte, wie man es bis dahin kannte: als offenen Hafen ohne Misstrauen gegen die Stürme der verrückten Liebe, als durchsichtige Oberfläche eines Sees, bevor sich das Wasser im Wind kräuselt.

Dreiunddreissig

Nachts sind alle Katzen grau, und in jener Nacht waren alle Männer Kater. Sie schlichen auf leisen Sohlen durch die angespannte Atmosphäre auf dem Campo 26, während sich um sie herum die dunkle Nacht hermetisch schloss, die zum ersten Mal in sieben Jahren ungewohnt still war – der schwere Maschinenpark ruhte wie eine Herde träumender Tiere im Nebel –, denn die Aufständischen hatten im Elektrizitätswerk den Strom abgeschaltet und die Ein- und Auslassventile blockiert. Nachdem die Technik überwältigt und zum Schweigen gebracht war, nahmen die menschlichen Stimmen wieder vom Campo Besitz und erprobten neugeboren, in einem anonymen, bald erlöschenden, bald erstarkenden Gebrüll ihre Kräfte, während hier und da ein bebendes Keuchen zu vernehmen war und andere gedämpfte Geräusche, erzeugt von den geduckten Männern, die irgendwo warteten, den Platz wechselten oder Schutz suchend hinter den Brennstoffkanistern in Deckung gingen.

»Trotz der Nervosität habe ich nur an sie gedacht«, gesteht Sacramento mir, »und damit erzähle ich Ihnen nichts Neues, denn ich habe nie an irgendetwas anderes gedacht. Ich machte mir Vorwürfe, weil ich ihr keine Postkarten mehr geschickt hatte, obwohl sie sich immer so darüber freute, aber im nächsten Moment verzieh ich es mir mit der Überlegung, dass ich sie keineswegs vergessen hatte und ihr nicht aus Nachlässigkeit nicht schrieb, sondern aus einer sprachlichen Verunsicherung heraus: Seit mir bestätigt worden war, was ich längst geahnt hatte, dass nämlich das Mädchen und Sayonara ein und dieselbe Person waren, hatte ich kein Gefühl mehr dafür, wie ich mich an sie wenden sollte, vor allem blieb die heikle Frage ihrer Anrede für mich ungeklärt – Meine vergötterte Verlobte? Hochverehrte Señorita? Liebes Mädchen? Meine Herzallerliebste? Solche grammatikalischen Erwägungen verwirrten mich, während die Revolte auf dem Campo bedrohliche Züge annahm. Wir waren unterwegs zu Emilia, Payanés, unser Gringo Mister Brasco und ich, dem es zufiel, unseren Weg mit einer Werklampe zu beleuchten. Ich hielt die Lampe weit vom Körper weg, damit niemand meine Gestalt erkannte, falls jemand auf die Idee kommen sollte, auf uns zu schießen. Die beiden anderen fanden es besser, die Lampe zu löschen, weil die Verunsicherung und die Unordnung in der Finsternis um uns herum mit Händen zu greifen waren. Ich wollte die Lampe anlassen, weil mich ihr grünliches Licht tröstete, doch sie überzeugten mich, und wir tappten im Dunklen weiter und schnupperten zweifelnd in die Luft, bis wir unseren Turm gefunden hatten.«

»Anfangs haben uns die Sprecher der Unternehmensleitung über Lautsprecher eingeschüchtert und den Streikenden Repressalien und die Räumung vom Campo durch das Militär angedroht«, berichtet mir in einer Bar von Tora der ehemalige Schweißer Don Honorio Laguna, der in jener Nacht vor dem Ausbruch des Streiks dabei war, »doch dann hat jemand die Lautsprecher zertrümmert, sodass wir nichts mehr vom Feind zu hören bekamen, aber natürlich auch nicht mehr wussten, wie die Ereignisse von ihm gedeutet wurden. Danach haben sich verschiedene Gruppen mit Werkzeug und Stangen ausgerüstet und dazu aufgerufen, die strategisch wichtigen Punkte zu besetzen, wie die Pumpenhäuser, die Vorratslager und die Abteilung UCD, und einer hat die Leute aufgewiegelt, die Arbeitsplätze der einzelnen Trupps zu demolieren, also Sabotage zu verüben, indem irgendein Teil so verändert wurde, dass die ganze Mechanik kaputtging, sobald die Streikbrecher kamen, um die Maschinen wieder in Betrieb zu nehmen. Wir sollten die Rohrleitungen verstopfen und dann zum Angriff auf den Golfclub übergehen, in dem sich die ganzen Ausländer verschanzt hatten.«

»In jener Nacht hatte ich wüste Vorstellungen«, sagt Sacramento zu mir, »und ich ließ mich von den aufrührerischen Reden, uns zu bewaffnen, anstecken, damit ich jedem, der mir in die Quere kam, den Schädel einschlagen konnte. Ich war mir nämlich sicher, dass unter diesen chaotischen Umständen jemand wie Lino el Titi genauso wenig zu melden hatte wie irgendeine andere Autoritätsperson, die sich erhob, um uns Anweisungen zu geben.«

»Es ist bekannt, dass Sacramento in jener Nacht aufgewühlt war und entschlossen, sich den Befürwortern des Jüngsten Gerichts anzuschließen«, sagt Machuca. »Ich glaube, er hat damit unbewusst die persönliche Katastrophe vorweggenommen, die ihn am nächsten Morgen erwartete. Wahrscheinlich ahnte er im Voraus, dass die Welt für ihn schon bald zu Bruch gehen würde, und zog ein sofortiges Ende, das rasch und gründlich kam, vor.«

Aber zu diesem Vernichtungsfeldzug kam er nicht, weil der Payanés hartnäckig blieb und sich das entgegengesetzte Ziel in den Kopf gesetzt hatte. Er wiederholte ihnen ein ums andere Mal die Warnung, sich bloß nicht der Meute anzuschließen, die bescheuert sei, weil sie die Maschinen zerstörte, die ihre einzige Lebensgrundlage seien. Stattdessen forderte er sie auf, mit ihm die dünne Emilia gegen jeden zu verteidigen, der ihr zu nahe kam.

»Er redete von dem Turm, als wäre er nicht ein Eisengerüst, sondern eine Frau, die schutzlos und allein der blinden Zerstörungswut der Männer ausgesetzt war«, erzählt Sacramento, »und mich regte seine Art auf, von einem Gegenstand zu sprechen, als hätte der eine Seele.«

»Seht nur«, rief der Payanés aufmunternd, »hier steht sie, meine Emilia, unter den Sternen, brav und schweigsam und holder denn je.«

»Ich wollte das überprüfen und hob den Blick zu den Sternen«, sagt Sacramento, »aber der Himmel muss sich zugezogen haben, denn ich konnte nicht mehr als fünf oder sechs Sterne erkennen; kein Vergleich zu den sonstigen Nächten des *petrolero*, gesprenkelt von Sternen, wie es in dem Schlager heißt. Daher habe ich zum Payanés gesagt, er solle mal nicht so übertreiben, das sei nicht der richtige Augenblick.«

»Sacramento und der Payanés kletterten in jener Nacht wie zwei Affen auf den Turm und stritten da oben bis zum Morgengrauen, wegen einer Rivalität, die ihre Freundschaft aushöhlte, aber auf tausend Nebenschauplätzen ausgetragen wurde, um das eigentliche Thema zu meiden«, erinnert sich Machuca. »Ab und zu warfen sie von oben mit Steinen nach einer vermeintlichen Bedrohung, aber ohne in der tiefen Finsternis zu sehen, wohin sie fielen, und ohne die Absicht, jemanden zu treffen. Frank Brasco war auch bei ihnen, und später gesellte sich noch der alte Pajabrava dazu, der sich auf dem Bohrturm in Sicherheit brachte.«

»Mir tut es hier weh, Herr Apostel«, sagte Sacramento zu Pajabrava und bohrte ihm den Zeigefinger unter der linken Brustwarze in die Rippen. »Hier, sehen Sie, genau hier brennt es teuflisch bei mir. Sie wissen doch so gut Bescheid, können Sie mir bitte sagen, weshalb mir das

Herz so wehtut, wenn ich an ein bestimmtes Mädchen denke?«

»Dafür trägst du es in deiner Brust«, belehrte Pajabrava ihn. »Wie Jahwe Samuel offenbart hat, ist das Herz unser Organ für den Schmerz und die Liebe, die ein und dasselbe sind. Es heißt, es sei ein Zeichen göttlicher Inbrunst, wenn das Herz sich anfühlt, als würde es von Flammen verzehrt, und dass es reumütig sei, wenn es schmerzt, als habe ein Pfeil es durchbohrt. Wenn es sich anfühlt wie Messerstiche, dann leidet das Herz unter einer der harten Prüfungen, die uns das Leben auferlegt; wenn es sticht wie von Dornen, dann quält es sich mit der menschlichen Liebe, und wenn es blutet, ist dies das Zeichen, dass es verlassen worden ist.«

»In meinem findet dann wohl alles gleichzeitig statt, Flammen, Pfeil, Messer, Dornen und Blut, so verflucht höllisch tut es mir weh«, sagte Sacramento, der keine Zurückhaltung kannte, wenn es darum ging, die Heftigkeit seiner Gefühle auszudrücken.

»Nach all den Stunden mit der Schlinge um den Hals war ich plötzlich frei und wie durch ein Wunder am Leben geblieben. Das machte mich froh«, erzählt Frank Brasco mir, während ein Kaminfeuer sein Holzhäuschen in Vermont von innen erwärmt, »aber es fiel mir nicht leicht, mich mit der Situation abzufinden. Zunächst mit dem Chaos der allgemeinen Lage, aber vor allem mit meiner persönlichen. Die Direktion der Troco, meine Landsleute, hatten mich im Stich gelassen, als sie sich weigerten, im Tausch gegen mein Leben Verhandlungen mit den Rebellen zu führen. Womit eine Sache klar war und eine andere im Dunkeln blieb. Klar war, dass ich keine Verbündeten hatte, und im Dunkeln blieb, wer eigentlich meine Feinde waren. Mitten in diesem Wirrwarr hatte der Payanés als Einziger etwas Konkretes anzubieten, er wollte nämlich, dass wir zusammen die dünne Emilia verteidigten, was ich gut fand, weil ich mich diesem prähistorischen Ungeheuer ebenfalls verbunden fühlte. In Ermangelung einer besseren Strategie verschanzten wir uns also mit einem ordentlichen Vorrat an Wurfgeschossen auf dem Turm und verhinderten auf diese Weise, dass sich ihm jemand näherte, um ihn zu beschädigen, während wir uns selbst in Deckung brachten. Die Nacht war mein Vorteil, weil sie die Tatsache verbarg, dass ich ein Gringo war, einer von den Ausbeutern und Imperialisten, nach deren Köpfen der Pöbel jetzt schrie. Zwar war ich ein abtrünniger und abgeschobener Gringo, aber das wussten die Meuterer nicht, deshalb versprach meine Lage bei Tagesanbruch schwieriger zu werden. Aber bis dahin hatte ich noch Zeit und dachte bei mir, wie man in Kolumbien zu sagen pflegt: Wenn der Tag kommt, dann sehen wir weiter.«

Der Tag kam, und sie sahen weiter. Auf der anderen Seite des Maschendrahtzauns, der die Bohrstation wie ein Metallring umgab, hatte die 104. Brigade der Armee unter dem Befehl von General Demetrio del Valle vollzählig mit ihren dreihundertzwanzig bewaffneten Soldaten in Tarnuniformen Aufstellung genommen.

»Noch in derselben Nacht gelangte die Nachricht aus dem Campo 26 nach La Catunga und trieb uns aus den Bars«, berichtet Machuca. »Wir waren schnell informiert und wussten alles: von der Schlacht mit den Reiskugeln, von Frank Brascos Geiselnahme und von der Auferstehung des alten Gewerkschaftsführers Lino el Titi. Kurz darauf hielten wir, die *putas*, eine Versammlung ab und fassten den Beschluss, Lebensmittel und andere Utensilien einzupacken und uns schleunigst auf den Weg zum

Campo zu machen, aus Solidarität und weil wir wussten, dass die Streikenden ziemlich ausgehungert sein mussten. Als wir im Morgengrauen bei der Förderstation ankamen, sahen wir, dass die Soldaten die Anlage bereits umstellt hatten. Die Kerle waren belagert wie die berühmten Tapferen von Masada, und es stimmte, dass sie vor Hunger schon jaulten.«

Die freigiebigen *mujeres de la vida* bahnten sich schubsend und mit Hilfe ihrer Ellenbogen durch den Ring aus Soldaten einen Weg bis zum Zaun und warfen einen Hagel aus Broten, Apfelsinen, Zwieback, Bananen, Schinken und Konservendosen über die Absperrung, wo die Arbeiter alles empfingen wie Manna vom Himmel, weil sie seit dem Frühstück vom Vortag, als die Revolte ausgebrochen war, nichts mehr in die Bäuche bekommen hatten.

»Machuca«, sagt die Fideo, »erzähl ihr doch mal die Geschichte vom Payanés und den schwarzen Bohnen.«

»Die Arbeiter haben Lagerfeuer angezündet, die Dosen warm gemacht und sich satt gegessen«, erzählt mir darauf Machuca, »während ihnen die Soldaten mit knurrenden Mägen von draußen zusahen und dabei Gesichter zogen wie geprügelte Hunde. Da kam der Payanés auf die Idee, einen zu fragen: ›Wollen Sie was?‹, und hielt einem jugendlichen Soldaten einen Teil seiner Ration aus schwarzen Bohnen hin, worauf dieser, zwischen Hunger und Misstrauen schwankend, nicht wusste, ob er das Angebot annehmen konnte.«

»Rühr das nicht an!«, brüllte der Gefreite den jungen Soldaten an, der bei diesem Befehl augenblicklich stramm stand. »Das ist bestimmt vergiftet …«

»Was fällt Ihnen ein, *hermano*! Sind wir vielleicht Unmenschen?«, empörte sich da der Payanés. »Wollen Sie mich zum Mörder machen, weil ich Mitleid mit diesem

Burschen habe, der nichts im Magen hat? Denken Sie doch mal nach, *hermano*, wir Arbeiter sind das Volk, und ihr Soldaten, ihr seid auch das Volk. Wir haben keinen Grund uns gegenseitig zu zerfleischen ...«

»Ihr seid Rebellen von der Guerilla ...«, versuchte der Gefreite sich zu rechtfertigen, während der Soldat die schwarzen Bohnen mit der Gier eines ausgehungerten Kindes verschlang, denn genau das war er im Grunde.

»Sie sind lecker, die schwarzen Bohnen«, sagte er. »Wenn sie vergiftet sind, dann ist das Gift jedenfalls sehr schmackhaft. Guten Appetit!«, rief der Junge nach drinnen, und die anderen Arbeiter folgten dem Beispiel von Payanés und teilten ihr Brot durch den Zaun mit den Uniformierten, bevor die Ereignisse sie wenige Stunden später in eine blutige Auseinandersetzung miteinander verwickeln würden.

Die vom Bataillon drohten damit, die Absperrung zu stürmen, die Anlage einzunehmen und die Rebellion zu zerschlagen, aber sie zögerten immer wieder und schoben den entscheidenden Befehl hinaus, als wollten sie Zeit gewinnen, weil sie wussten, dass sie innerhalb der Bohrstation nicht schießen durften, denn jeder Fehlschuss konnte die Bohrlöcher in Brand stecken und ein Inferno auslösen. Indessen organisierte sich der Widerstand unter der Arbeiterschaft. Das Streikkomitee war bereits an einem geheimen Ort zusammengetreten, Lino el Titi übernahm wieder das Kommando und rief einen unbefristeten Streik aus, bis zum Sieg oder bis zum Tod. Diese Nachricht verbreitete sich wie brennendes Schwarzpulver und bewirkte, dass das anfängliche Chaos, die Angst und die Unordnung einem inbrünstigen Engagement wichen und die Arbeiter sich in dem glühenden Wunsch, für ihr Recht zu kämpfen, bedingungslos zusammenschlossen.

»Sieg oder Tod«, wiederholt Brasco. »Ihr Volk liebt die Übertreibung. Mein Vorschlag wäre gewesen, Sieg oder eine akzeptable Alternative.«

»Damals ist bei uns Geschichte geschrieben worden«, erklärt mir der einstige Spezialist für Schweißarbeiten, Don Honorio Laguna, während sich ein paar Tränen der Rührung aus seinem linken Auge lösen; das rechte ist längst ausgetrocknet.

»Genau in diesem Moment sah er sie und wusste, dass ein großes Unglück über ihn hereinbrach«, sagt Machuca zu mir.

»Wer sah wen?«

»Na, Sacramento. Die beiden.«

Sacramento, der wie benommen in diesen geschichtsträchtigen Tag hineintaumelte, in Gedanken stets bei Sayonara, wandte den Kopf nach einem Frauengrüppchen um, das unter Gejohle das mitgebrachte Essen über den Maschendrahtzaun beförderte, als er unter ihnen das Mädchen entdeckte, größer und in ihrer Kampfkleidung, einer hochgeschlossenen orientalischen Seidenbluse mit einer engen Knopfreihe, doch mit denselben Bewegungen eines nicht zu bändigenden wilden Tieres, die er schon am ersten Tag bei ihr bemerkt hatte, und mit der schimmernden Mähne, die ihr von der Mitte des Kopfes in einem langen, wehenden Pferdeschwanz über den Rücken fiel.

»Zuerst habe ich sie gesehen, dann habe ich sie erkannt, und dann habe ich bemerkt, was sie tat ...«

Sayonara streckte die schlanken Finger mit den mandelförmigen Nägeln durch die Löcher des Maschendrahts der derben Hand eines Arbeiters entgegen, der kein anderer war als der Payanés. Sie waren getrennt durch den Zaun und die Präsenz der Armee, aber vereint durch ihre

Blicke, die in der Süßigkeit ihrer Begegnung verschmolzen und sie im zeitlosen Augenblick ihres Kontakts hypnotisierten und betäubten. Ihre Zeigefinger suchten sich begierig und vertraut, ohne zu ahnen, dass die bloße Berührung derselben ihrer Geschichte einen neuen Anfang und neuen Zündstoff gab; ohne zu vermuten, dass allein ihre Verbindung – die Berührung ihrer Fingerspitzen – für beide die Rettung und das Fehlen derselben für beide eine Katastrophe bedeutete.

»Funken, *mi reina*«, ergänzt Olguita. »Von seinem Zeigefinger sprangen Funken und Blitze zu ihrem über und beleuchteten den Himmel.«

»Als ich sah, wie sie sich anschauten, da wusste ich alles«, sagt Sacramento zu mir. »Ich spürte ein Reißen in den Eingeweiden und eine unbändige Lust, auf der Stelle tot umzufallen, mir schwindelte, und eine Totenstarre stieg in mir auf und füllte mir den Mund mit ihrem bitteren Geschmack. Was für sie das Leben bedeutete, war für mich der Tod, und wenn ich davon erzähle, habe ich jedes Mal das Gefühl noch einmal zu sterben, wie damals, und diesen Augenblick erneut zu durchleben. Die Welt blieb für mich stehen, und es wurde Nacht am helllichten Tag, als hätte sich alles Sichtbare aufgelöst, und um mich herum herrschte nur noch ein eiskaltes, schwarzweißes Nichts, während ich gleichzeitig innerlich verglühte. Eifersucht? Nein, eifersüchtig war ich vorher gewesen; was ich empfand, war weitaus schlimmer, es war, wie gesagt, ein Sterben, aber keines von der angenehmen Sorte, sondern ein qualvoller Tod. Im Laufe der nächsten Stunden flaute die Panik bei mir ab, ich fiel zu einem Aschehäufchen zusammen, und in mir blieb nichts am Leben als die Erinnerung an einen unerträglichen Schmerz. Ich ging umher, aber ohne Fleisch und Blut, ohne Augen und

Ohren, ohne Haare: ein dumpfes schmerzendes Bündel, das herumlief und nicht mehr wusste, wohin.«

Sacramento bemerkte nicht, wann die Soldaten die *putas* mit Gewalt vom Zaun wegrissen, während diese sich mit eisernen Fingern am Drahtgeflecht festhielten. Ebenso wenig erinnert er sich an die langen Stunden der Blockade, als sie von der Außenwelt abgeschnitten waren, ohne jede Möglichkeit, sich mit Lebensmitteln zu versorgen. Er weiß nicht mehr, dass sie in ihrer Not sogar Leguane, kleine, *chiguiros* genannte Nagetiere, Katzen und andere zutrauliche Tiere fingen und aßen; und es entging ihm ebenfalls, dass Lino el Titi in der Ausübung seiner Rolle als Anführer aufs Neue sein ganzes Charisma entfaltete und bekannt gab, dass jeder Arbeiter, der eine Maschine beschädigte, dafür mit dem Leben zahlen müsste.

»Als er diese letzte Devise ausgab, haben ihm der Caranchas und die anderen Männer von der Instandhaltung vorgeworfen, einen Fehler zu machen. Spätestens wenn der Betrieb Streikbrecher einsetzte, um die Produktion wieder aufzunehmen und den Streik zu zerschlagen, würde er das zu verantworten haben«, berichtet Don Honorio mir, »aber Lino el Titi war ein *petrolero* des alten Zuschnitts, der Sohn eines *petrolero* und selbst Vater dreier junger *petroleros*, daher ertrug er die Vorstellung nicht, dass die Produktionsmittel beschädigt wurden, die, wie er glaubte, später auch seinen Enkeln und Urenkeln den Lebensunterhalt sichern würden. Er war ein geradliniger Mann, unser Lino el Titi, und er wäre nie auf die Idee gekommen, der Gegner könnte ihn hinters Licht führen.«

Weil sie durch den Hunger und durch General del Valles psychologische Kriegsführung, der ununterbrochen seine Tiefflieger vom Militär über den Campo schickte, in die Enge getrieben wurden, erklärten sich die Arbeiter – weil sie ohnehin entschlossen waren, den Streik von Tora im Untergrund fortzusetzen – über ihr Streikkomitee bereit, die Maschinen und Anlagen der Bohrstation ohne industrielle Sabotageakte zu räumen, wenn die Armee ihnen freies Geleit gab, sie nicht angriff und die Company auf Kündigungen und Repressalien verzichtete. Obwohl der Schmerz ihn blind machte, kann sich Sacramento noch gut an die Kolonne der Arbeiter erinnern, die beim Verlassen des Geländes durch einen Korridor aus schimpfenden Soldaten ziehen musste, an die unerträgliche Spannung, an die Angst, den Schuss im Nacken zu spüren, und die Erwartung, dass einer der Soldaten, die links und rechts mit den Gewehren im Anschlag standen, abdrücken und den Startschuss für das Massaker geben würde.

Kurz zuvor war Lino el Titi, von den Mitgliedern des Streikkomitees und einem Trupp Leibwächter umringt, von wer weiß wo aufgetaucht und mit gewichtiger Mimik und Gestik, als wollte er ihm sein vollstes Vertrauen signalisieren, auf Sacramento zugekommen.

»Du kennst doch Machuca, nicht wahr?«, hatte er ihn gefragt. »Wenn du nach Tora kommst, dann geh zu ihr und sag ihr, sie soll das Matrizengerät ausgraben, es ölen und Tinte einfüllen. Es wird wieder ein Streikbulletin geben. Kümmere dich darum. Wir vom Komitee lassen dir die Texte zukommen, wie auch immer, und du sorgst dafür, dass jeden Tag eintausend Exemplare gedruckt werden. Machuca kann Maschine schreiben und mit dem Matrizengerät umgehen. Außerdem hat sie Erfahrung bei der Geheimhaltung. Ist das hier dein Freund?«, fragte er ihn und deutete auf den Payanés.

»Das ist der Payanés«, antwortete Sacramento, indem er den Namen ausspie, als wenn er Judas gesagt hätte, aber Lino el Titi hörte die Nuance nicht.

»Du, Payanés, übernimmst anschließend die Verbreitung, und die muss in aller Verschwiegenheit geschehen«, befahl er ihm. »Du gibst das Bulletin an die Vertreterinnen der Stadtviertel weiter, und die verteilen es an die Verantwortlichen für die einzelnen Straßenblocks, damit es unters Volk kommt. Auf diese Weise kann jedes Exemplar von mindestens acht bis zehn Leuten gelesen werden, verstanden?«

»Ja, Señor«, sagte der Payanés mit stolzgeschwellter Brust und konnte es kaum glauben, dass ihm die Ehre einer solchen Verantwortung erwiesen wurde. »Ja, Señor, seien Sie unbesorgt, wir werden alles genauso machen, wie Sie gesagt haben, aber bitte klären Sie mich noch über eine Sache auf: Wer sind die Vertreterinnen der Stadtviertel und die Verantwortlichen für die Straßenblocks?«

»Die Frauen wissen das selbst, sie wissen es noch vom letzten Streik, und sie werden die Aufgabe bereitwillig übernehmen, sobald das erste Streikbulletin von Hand zu Hand geht. Das Bulletin ist das Herzstück des Streiks«, klärte Lino el Titi ihn auf, bevor er, von seiner Leibgarde eskortiert, majestätisch seinen Abgang machte. »Solange das Bulletin erscheint, lebt der Streik.«

»Der Payanés drängte mich, zu den Soldaten zu gehen und mich als nordamerikanischer Funktionär zu erkennen zu geben, damit sie mich laufen ließen und mir die bevorstehende Zitterpartie erspart bliebe«, erzählt Frank Brasco mir. »Aber ich wollte nichts davon wissen. Erstens, weil ich auf meine eigenen Leute sauer war, die mich dem Tod ausgeliefert hatten, zweitens, weil ich mich mit den Kolumbianern solidarisch fühlte und ihre Forderungen realistisch und gerechtfertigt fand. Also habe ich mir einen Strohhut aufgesetzt und mir ein Halstuch über Mund und Nase gezogen, wie ich es bei vielen anderen beobachtet hatte, und die Bohrstation im Schutz der Arbeitermasse verlassen, die mich mit hinausschob.«

Es kam, was zu erwarten war: die verräterischen Gewehrsalven vom Militär und die Antwort der Arbeiter in Form von Flaschen voller Schwefelsäure und Phenol, mit dem tragischen – erst drei Tage später veröffentlichten – Ergebnis von elf getöteten Arbeitern und drei verbrannten Soldaten. Davon kann mir zum Glück Don Honorio Laguna berichten, denn Sacramento, der sich in der Bewusstlosigkeit seines übermäßigen Kummers verlor, hat keine klare Erinnerung an diesen Augenblick. Er habe noch nicht einmal die Schüsse gehört, erzählt er mir, weil die Stimmen der Verzweiflung in seinem Inneren noch lauter gewesen seien.

»Damals wurde bei uns Geschichte gemacht«, versichert Don Honorio mir und lässt jetzt die Tränen ungehemmt durch die Furchen seiner linken Gesichtshälfte laufen.

Ich halte ein Exemplar des sechsten Streikbulletins von damals in der Hand, gedruckt in verblichenen violetten Buchstaben auf brüchigem Papier von einer pergamentenen Starre, wie mit den Jahren jedes Papier. Genau dieses Blatt muss durch die Hände vom Payanés gegangen sein, als es frisch gedruckt aus dem Matrizegerät kam, und er hat es vermutlich an Sayonara weitergegeben, die seine Komplizin und seine Geliebte war, eine tatkräftige, bedingungslose Assistentin bei der Ausführung seines riskanten Auftrags, die Streitschrift heimlich zu drucken und zu verbreiten, zu einem Zeitpunkt, der ihnen das Gefühl vermittelt haben muss, nicht nur die Protagonisten ihres eigenen Lebens, sondern auch die der Geschichte ihres Landes zu sein, als diese sich für einen kurzen Moment auf ihren Knien niederließ.

»Der Cocktail aus kollektivem Enthusiasmus, Solidarität und Angst war so explosiv«, sagt Frank Brasco in Vermont zu mir, »dass man hätte meinen können, wir wären alle ineinander verliebt. Wir brauchten nichts zu trinken und waren trotzdem berauscht, und wir brauchten mit keiner Frau ins Bett zu gehen und spürten trotzdem Lust und Ekstase miteinander.«

Ich verstehe seine Worte: Sie sind eine Anspielung auf einen gemeinschaftlichen Erotizismus, der in außergewöhnlichen Momenten manchmal die Stimmung elektrisiert und uns glauben lässt, dass Glück möglich ist, dass das Leben großartig ist und die Einsamkeit und Verlassenheit zu bewältigen sind, dass es an einem selbst liegt, ob auf das Heute endlich auch ein Morgen folgt und auf das Morgen ein Übermorgen und die ganze wunderbare Entfaltung einer Zukunft, die für uns Kolumbianer ein Fremdwort ist. Deshalb, und obwohl sie von einem Schreckensmoment zum nächsten kaum die Zeit für einen Kuss fanden und von einer Aufgabe zur nächsten kaum die Zeit, sich in die Arme zu nehmen, genossen der Payanés und Sayonara das Privileg, ihre Liebe in jenen aufgewühlten Tagen leben zu dürfen und sich auf eine erhabene Weise von ihr befruchten und beflügeln zu lassen, sodass sie über die eigenen Grenzen hinauswuchsen, sich in die Welt stürzten und alle anderen mitrissen. Nie waren sie so jung wie damals, nie so schön und so glücklich, und nie so sicher, dass sie sich immer lieben und niemals sterben würden.

Machuca, die sich als Tintenkleckserin hervortat und die Schreibkunst beherrschte, Lino el Titis Stellvertreterin und geheime Chefin der Untergrundoperationen, hat dieses Exemplar des Streikbulletins Nummer sechs viele Jahre lang zwischen Fotografien und Liebesbriefen, ausländischen Münzen, Zeitungsausschnitten und anderen kostbaren Erinnerungsstücken aufgehoben.

»Dieses Blatt Papier«, sagt sie zu mir, »ist womöglich das Bedeutendste, was wir im Leben geleistet haben.«

Die Chronik des Bulletins Nummer sechs berichtet davon, wie die Streikenden vom Campo 26 in Tora ankamen und wie sie in den Untergrund gingen, weil der Streik als illegal deklariert wurde und damit eine Straftat darstellte. Weil eine Strafanzeige gegen ihn lief und er polizeilich gesucht wurde, blondierte Lino el Titi, der damals schon eine Legende war, sich die Haare und rasierte sich den Schnurrbart ab, um in der Menge unterzutauchen. Aber das führte nur dazu, dass die Leute, wenn sie ihn vorbeigehen sahen, zueinander sagen: »Sieh mal, Lino el Titi mit blondiertem Haar und abrasiertem Schnurrbart.« Daraufhin tarnte er sich mit einer Schirmmütze und einer dunklen Brille, und sie sagten: »Sieh mal, Lino el Titi mit Schirmmütze und schwarzer Brille.«

Angesteckt von dieser rebellischen Leidenschaft, gingen die *putas* von La Catunga, unter der Führung der Machuca, in den ›Beinstreik‹. Sie kreuzten die Beine und blieben den Bars fern, um ihre Solidarität mit den *petroleros* zu bekunden: Sie tauschten ihre baumelnden Ohrringe und glitzernden Diademe gegen rote Tücher ein, die sie sich um die Köpfe knüpften; drängten gemeinsam mit der übrigen Bevölkerung auf die Straße, um sich an den Diskussionen zu beteiligen, die an jeder Ecke stattfanden, und in vorderster Linie in Demonstrationszügen mitzumarschieren oder bei Massenaktionen mitzumachen, die den Forderungskatalog der Arbeiter unterstützten und nebenbei auch ein Aquädukt und eine Kanalisation für die von Durst und Dürre ausgebrannten Wohngebiete Toras verlangten. Derweil schärfte die Repression ihre Krallen und holte sich ihre Opfer: Die Festgenommenen, bald hundert an der Zahl, harrten unter der mittäglichen Sonnenglut und dem mitternächtlichen Mondtau im Baseballstadion aus, das in ein provisorisches Gefängnis umgewandelt worden war; und General del Valles Männer schlugen bei einer unnötig brutalen Hausdurchsuchung die Chaparrita tot und die Caracoles krankenhausreif, sodass sie halbseitig gelähmt blieb, und das nur, weil die beiden es gewagt hatten, ein paar streikende Arbeiter unter ihren Betten zu verstecken.

Um zu verhindern, dass sich die Bevölkerung mit Lino el Titi und den anderen Mitgliedern des Komitees solidarisierte, erließ die Armee im Namen des Unternehmens die schriftliche Anordnung, dass »niemand, der nicht zur Familie gehört, in Privathäusern untergebracht werden darf, ebenso wenig Personen von zweifelhaftem Ruf oder schlechtem Benehmen, die dem guten Namen der Familie schaden können.« Ungeachtet dieser Vorschrift verbarg Machuca, als Lino el Titis Seelenfreundin und langjährige Unterhaltsempfängerin, diesen eine Woche lang in einem wuchtigen Eichenschrank zwischen seidigen Morgenmänteln und Federboas, direkt gegenüber von einem Tag und Nacht offen stehenden Fenster zur Straße, in das jeder, der draußen vorüberging, hineinschauen und sich selbst überzeugen konnte, dass es dort keinen Grund für Verdächtigungen gab. Um Titi einmal am Tag einen Teller Essen hineinzuschmuggeln, ihm den vollen Nachttopf abzunehmen und die beim Licht einer Taschenlampe gekritzelten Texte, welche den Arbeitskampf mit präzisen Anweisungen und allgemeinen Gedanken zur Politik versorgten, tat Machuca so, als ob sie Kleidung aus dem Schank suchen und sich umziehen würde. Nachts, wenn es dunkel war, holte Machuca Lino el Titi aus ihrem Schrank, geleitete ihn zu ihrem Bett und deckte ihn mit der Fülle ihres reifen Matronenleibes zu; dann brachte sie ihn flüsternd auf den neusten Stand der Dinge und übermittelte ihm die Nachrichten der übrigen Komiteemitglieder, und am Ende presste sie mit so vorsichtigen Bewegungen, dass sich kaum das Laken verschob, die Lust aus ihm heraus, bis er erschöpft in die Kissen sank und einschlief. Beim ersten Zwitschern der Amseln sperrte sie ihn wieder in das gewaltige Eichenmöbel, wo Lino el Titi in Gesellschaft von Büstenhaltern und Babydolls in Übergröße, eingezwängt zwischen unerklärlichen, mit Kampfer imprägnierten Wintermänteln, einen weiteren Tag meditierend, schlummernd und mit dem Schreiben von Anweisungen, Ratschlägen und revolutionären Aufrufen zubrachte, die so erhitzt waren wie er selbst in seinem unbelüfteten Gefängnis.

»Unter diesen Bedingungen schrieb er das Streikbulletin Nummer sechs«, erzählt mir Machuca, »in seinem altbekannten Stil, der instinktiv das allgemeine Volksempfinden traf und mit den einleitenden Worten begann: ›Die Leute und ich glauben, dass ...‹, oder ›die Leute und ich merken, dass ...‹ Es waren Appelle zum Widerstand von ›einer Stimme, die vibriert ohne zu zittern‹, für ein ›Leben als Mensch, nicht als Tier‹ und andere leidenschaftliche Forderungen dieser Art. Ich kann sie nicht mehr wörtlich wiedergeben. Dann hat er das Blatt durch eine Ritze aus dem Kleiderschrank geschoben, und ich steckte es mir in den Busen, um es zum Payanés zu bringen wie die fünf vorherigen Bulletins, doch diesmal wurde ich auf dem Weg von meinem Haus zum Haus von Adela la Pies Ligeros, der leichtfüßigen Adela, bei der wir das Matrizengerät versteckt hatten, festgenommen. Das Papier haben sie aus purem Glück nicht entdeckt, aber sie haben mich daran gehindert, es abzuliefern.«

Die Vertreterinnen der Stadtviertel warteten schon darauf, um es an die für die Straßenblocks verantwortlichen Frauen weiterzuleiten, auch die Anwohnerinnen warteten, weil sie es unter ihren Bananen und Kohlköpfen in den Marktkörben befördern wollten, und genauso die Kinder, die an den Straßenecken Schmiere stehen sollten; das Matrizengerät stand schon geölt und mit frischer Tinte gefüllt da, um die Papierstapel durch seine Walzen zu wringen, und der Payanés flatterte vor Ungeduld, während Sayonara an die Tür ging, um nachzusehen, ob Machuca endlich käme; auch die Gruppe der Almosenjäger und Bettelmusikanten, die sich als Freiwillige erboten, das Rattern der Druckmaschine mit dem Lärm ihrer musikalischen Darbietungen zu übertönen, war schon zur Stelle: Ganz Tora stand unter Spannung und wartete auf sein Bulletin, weil es die Bestätigung brauchte, dass der Streik noch lebendig war und ihre Anführer ungeachtet aller Repressalien standhaft blieben und der Sieg allen Widrigkeiten zum Trotz schon in erreichbare Nähe gerückt war. Aber Machuca wurde im Baseballstadion festgehalten und kam nicht.

»Gib mir einen Bleistift, meine Süße«, bat darauf der Payanés Sayonara, »ich werde dieses verfluchte Bulletin selbst schreiben.«

»Was fällt dir ein! Woher willst du wissen, wie die Anweisungen lauten?«

»Wart's ab.«

Ein paar Stunden später flogen die Blätter von Hand zu Hand: Sie brachten den Streik auf seinen Höhepunkt und verdoppelten den Einsatz des Volkes, das sich bis heute ergriffen an den auf drei Worte, vielmehr auf ein einziges, dreimal wiederholtes Wort reduzierten Inhalt erinnert: *Rebeldía, Rebeldía, Rebeldía!*

Während die Arbeiter mit der Unzufriedenheit der Massen kalkulierten, um das Volk zu vereinigen, verstand die Company es, sich dessen Genügsamkeit zunutze zu machen, um es zu spalten, und begann denjenigen Beförderungen, Gratifikationen und Privilegien zu versprechen, die sich von der Gewerkschaft abwandten und an ihre Arbeitsplätze zurückkehrten. »Kostenloses Haus für jeden Arbeiter, der eine Familie gründet«, versprach eines der Flugblätter einer Kampagne zur Modernisierung und Moralisierung, das die Troco in Umlauf brachte, um für die Rückkehr zur Normalität zu werben. Prompt fiel dies Sacramento in die Hände, dem braven, bekümmerten Sacramento, der sich abseits der kollektiven Aufregung, als Opfer einer Eifersuchtsagonie, grollend in sein Missgeschick ergab. Ich wage nicht, ihn zu fragen, wann und wie er den Entschluss fasste, zum Personalbüro zu gehen und sich auf die Liste der Bewerber für eine bezuschusste Wohnung setzen zu lassen, weil ich weiß, dass dies ein nie verheilter wunder Punkt ist, der noch immer in seinem Bewusstsein, in Toras Gedächtnis und in Todos los Santos' Missfallen schwärt, denn sobald dieses unselige Thema zur Sprache kommt, vergisst sie nie, ihn aufs Neue dafür zu tadeln.

»Wegen der Hartnäckigkeit des Streiks«, erklärt Don Honorio Laguna mir, »hat die Company ihr Konzept neu überdacht. Die Geschäftsleitung hat erkannt, dass sie es bei den entwurzelten Männern mit einer Horde erbitterter, schwer zu lenkender Feinde zu tun hatte, weil sie in Baracken hausten und nichts besaßen als eine Hängematte und eine Garnitur Wäsche zum Wechseln und nur die Liebe einer *puta* kannten, also viel zu gewinnen und nichts zu verlieren hatten. Aber ein Mann mit einem Haus, einer Frau und Kindern, den die Company dabei unterstützte, seine Verantwortungen zu tragen, würde zweimal überlegen, ob er seine Stelle riskiert und sich in den Arbeitskampf stürzt. So jedenfalls kalkulierte die Tropical Oil Company: Dass es an der Zeit war, ihre Strukturen zu modernisieren, um ihre rebellische Belegschaft, die in den Lagern der Bohrstationen wie in Käfigen lebten, besser unter Kontrolle zu bringen.«

»Sacramento wusste, dass er Sayonara nur von der Prostitution abbringen konnte, wenn er ihr weitab von La Catunga eine Bleibe anbot«, erzählt Machuca. »Deshalb ist er sofort hingelaufen und hat sich auf die Liste setzen lassen. Und auch, weil er dem Payanés eins auswischen wollte: Auge um Auge, Zahn und Zahn, so wie du mich im Kampf um die Geliebte verraten hast, verrate ich dich jetzt im Arbeitskampf. Natürlich hat er das im Grunde für sie getan, ganz allein für sie, aber das reichte den anderen nicht als Entschuldigung.«

Es ist der Company nämlich gelungen, mit Hilfe von Streikbrechern und der Sentimentalität von Arbeitern, die ihre Maschinen nicht beschädigen wollten, die Förderstation teilweise wieder in Betrieb zu nehmen. Damit versetzte sie der durch den Einsatz von Gewalt bereits geschwächten Arbeiterbewegung den Gnadenstoß.

»Wir Arbeiter hatten nicht mit den achtzig Überlebenden der blutigen Auseinandersetzungen in Orito gerechnet, die zwei Wochen vor dem Ausbruch des Streiks auf Jobsuche nach Tora kamen«, erzählt mir Don Honorio, »und auch nicht mit den vierzig Familien, die als Flutopfer nach den Überschwemmungen vom Rio Samaná hier auftauchten; oder mit den Neuankömmlingen aus Urumita, Guajira, die dringend Arbeit brauchten; oder mit den hundertsechzig *pipatonas*, die die Troco bei der Ausdehnung ihrer Industrieanlagen kurz zuvor aus ihren traditionellen Stammesterritorien verdrängt hatte; genauso wenig mit den Vertriebenen von hier und den hundertsiebenundzwanzig Arbeitslosen von dort, mit den tausenden Wanderarbeitern und Tagelöhnern, die bereit waren, jede Beschäftigung anzunehmen, ohne eine Bedingung zu stellen.«

»Ganz zu schweigen von den Sacramentos, die unsere Sache aus Rache verrieten ...«, sagt Todos los Santos giftig.

»Urteile nicht, Todos los Santos«, entgegnet Olga ihr, und zum ersten Mal vernehme ich eine gewisse Strenge in ihrer Stimme. »Keiner weiß, mit wie viel Durst ein anderer trinkt.«

»Eines will ich jetzt aber mal klarstellen«, meldet sich Machuca zu Wort, »nämlich, dass Sacramento die anderen nie hintergangen hat. Er ist ja nicht hinter dem Rücken der Streikenden zur Arbeit gegangen, damit sie zum Aufgeben gezwungen werden. Er hat auch nicht von der Situation profitiert. So etwas hätte er niemals getan. Er hat lediglich den Fehler begangen, sich in diese Liste einzutragen, damit er eine Wohnung bekommt, und dieser Fehler ist ihm in der damaligen Situation von den Leuten als ein Verbrechen ausgelegt worden.«

Ob es regnete oder stürmte, jeden Tag erschien das Streikbulletin und wurde zum sichtbaren Beweis für den Widerstand der Streikenden, die sich nicht ergaben und ihren Kampf im Untergrund fortsetzten. Es entging Drohungen, Schlägen und Festnahmen, erschien bis zur Nummer vierzehn, aber als die fünfzehnte Ausgabe gerade vorbereitet wurde, führte General del Valle mit seinen Leuten in der Wohnung der Pies Ligeros eine Razzia durch und nahm sie und die Musikanten-Combo fest, beschlagnahmte das Matrizengerät und zerstörte Töpfe, Pfannen und Papiere, also das vermeintlich bei ihr gefundene ›Guerillamaterial‹. Sayonara und dem Payanés krümmten sie kein Haar, weil die beiden noch rechtzeitig über die Dächer entkommen konnten und anschließend getrennt untertauchten. An diesem Tag haben die Leute zum ersten Mal seit der Ausrufung des Streiks vergeblich auf ihr Bulletin gewartet und nahmen dies als eindeutiges Zeichen, dass etwas schief gelaufen war.

»Es stimmt, dass der Reisstreik so gut wie keines seiner Ziele erreicht hat und in einer Niederlage endete«, gibt Don Honorio Laguna zu und trinkt den letzten Schluck aus seiner Kaffeetasse, »aber es war eine tapfere und würdige Niederlage, die einem Sieg ebenbürtig war. Ach doch, eins haben wir erreicht: Es hat auf dem Campo 26 nie wieder Reiskugeln zum Mittagessen gegeben«, fügt er abschließend hinzu und lacht über seinen eigenen Scherz.

Vierunddreissig

Während des Streiks rückten Frank Brascos Identität und sein Status als nordamerikanischer Ingenieur und höherer Angestellter des ausbeuterischen Unternehmens offenbar ganz in den Hintergrund, denn er richtete sich häuslich bei den Leuten von Tora ein, bekundete den Streikenden schweigend seine Zustimmung und unterstützte sie, indem er dutzende Verletzte als Krankenpfleger versorgte, einen Beruf, den er in seinen jungen Jahren beim Internationalen Roten Kreuz erlernt hatte und jetzt als humanitäre Hilfe ausübte, was ihm schließlich niemand vorwerfen konnte. In seinen seltenen freien Momenten entführte er Sayonara in Isaías Bar und spendierte ihr Eissorbets – die einzige Art, ihr das sinnliche Erleben einer mit dem Schnee vergleichbaren Materie zu verschaffen.

Die Company bestrafte ihn natürlich, indem sie ihn aufforderte zu kündigen, was er auch unverzüglich tat und dazu einen langen offenen Brief schrieb, von dem ich leider keine Kopie zu sehen bekam, weil Brasco keine aufbewahrt hat. In dem Brief, so habe ich gehört, hatte er eine intelligente Analyse der imperialistischen Enklave und ihrer Auswirkungen auf die ortsansässige Bevölkerung erstellt.

Aber genauso wenig wie seine Landsleute ihm verziehen, hat er sich je von dem Eindruck befreien können, einer Nationalität anzugehören, die andere Völker misshandelt und missbraucht. Er war weder Arbeiter noch

Boss, weder Nordamerikaner noch Kolumbianer, kein Südländer und kein Nordlicht, und ihn beschlich mit der Zeit das chronische Leiden seiner Entwurzelung und ein irreparables Widerstreben, sich seinesgleichen anzuschließen. Dieses Unvermögen, sich den einen oder anderen zuzurechnen, war womöglich der Grund, weshalb er begann, seine Winter im heimatlichen Vermont zu verbringen, und nach seiner Pensionierung den endgültigen Entschluss fasste, dort zu bleiben und seine Tage zu beschließen.

»Vielleicht, weil man inmitten all des Schnees den Eindruck gewinnen kann, nirgendwo zu sein«, sagt er zu mir. »Im grünen Kolumbien habe ich die Leidenschaft kennen gelernt und erfahren, wie schwierig es ist, zu überleben; das winterlich weiße Vermont erweist mir dagegen die Freundlichkeit, ausruhen zu dürfen. Es bedeckt mich wie ein Laken und gestattet mir, in Frieden zurückzuschauen.«

Fünfunddreissig

Nach dem Streik versank Tora, so wasserarm wie eh und je und die üblichen Kloakendämpfe ausdünstend, in der Nostalgie dessen, was hätte sein können. Reglos im Trübsinn seiner Niederlage verharrend und erneut in seiner Machtlosigkeit bestätigt, zerfiel die Stadt obendrein in zwei feindselige Lager: auf der einen Seite die Freunde und Familien der Streikenden, die bis zum Schluss durchgehalten hatten, und auf der anderen die Angehörigen derer, die nachgegeben hatten und sich von den Reizen und Angeboten des Arbeitgebers locken ließen. Alle nicht entlassenen Arbeitnehmer, zu denen auch Sacramento und der Payanés gehörten, kehrten unter denselben oder noch schlechteren Bedingungen als vorher an ihre Arbeitsplätze zurück; der Opfer des Arbeitskampfes wurde mit Ansprachen und Blumen gedacht; von den Häftlingen im Baseballstadion wurden drei Viertel freigelassen, ein Viertel kam vor den Kriegsrat und wurde bei einer mündlichen Verhandlung zu langen Strafen mit Freiheitsentzug auf der Gefängnisinsel Gorgona verurteilt.

Als sie am Tag der Razzia aus dem Haus der Pies Ligeros geflohen war, hatte Sayonara sich unter eine Gruppe Frauen gemischt, die in der Waschküche mit Wäsche hantierten, und es so geschafft, unbemerkt zu bleiben, dabei hatte sie aber den Payanés aus den Augen verloren. Nachdem sie ins Haus von Todos los Santos zurückgekehrt war, bekam sie die Nachricht, dass er ebenfalls in Sicherheit sei, und eine Woche später erfuhr sie, dass er seine Arbeit auf dem Campo 26 wieder aufgenommen habe.

»Dann werde ich hier auf ihn warten«, verkündete sie, wie die Frauen mir erzählen, und war bereit, die Zeit vergehen zu lassen und ihre Unruhe zu zügeln. »Ich bin sicher, dass ich meine glücklichen Tage schon hinter mir habe«, sagte sie. »Wird die Erinnerung daran jeden Tag weniger oder jeden Tag mehr wehtun?«

Und dann brach endlich der letzte Freitag im Monat, wie aus dem inbrünstigen Warten des Mädchens geboren, in La Catunga an, nachdem sich Montage anonym in die Länge gezogen hatten und Donnerstage sinnlos zerronnen waren. Sayonara erkannte ihn schon vor dem Erwachen an einer Windböe, die ihr mit verheißungsvollem Gezwitscher und winzigen Schauern durch das offene Zimmerfenster hereinblies, als käme sie aus einem Land voller Vögel. Sie verkroch sich in die dünnwandige Höhle ihrer Laken, um von dem Mann zu träumen, der ihr sein Kommen zugesagt hatte, rief ihn mit der Hartnäckigkeit ihrer Gedanken und mit dem Pochen ihrer weiblichen Teile herbei, dehnte die Minuten des Dämmerns aus, damit sich die Erregung, die ihre Lider bereits unruhig flattern ließ, über ihren Hals nach unten fortsetzen und sprudelnd über ihre Brüste ergießen konnte, die selbst entblößt den Augen der Fremden verborgen blieben und sich jetzt, von Natur aus fest und klein wie zwei Walnüsse, der Begegnung mit dem Geliebten weich und willig entgegenwölbten.

Als sie vollends wach war, stellte sie beglückt fest, dass genau im Zentrum ihrer Einbuchtungen, in der Mitte des Hüftbeckens, dort, wo so viele eindrangen, ohne ihre Spuren zu hinterlassen, ein unberührter Raum feucht und warm wurde, nach Empfängnis drängte und sehnsüchtig wie der Magnet nach dem Metall nach einem Bewohner verlangte.

Sie stand ohne fremde Aufforderung auf, obwohl sie sonst die Gepflogenheit hatte, sich im Bett zu wälzen, bis ihre *madrina* sie zum fünften oder sechsten Mal zum Frühstück rief; dann durchquerte sie den Patio, wo die Vögel in ihren Käfigen aufschraken, und ging zum Becken, um sich zu waschen, als der Ruf erscholl, der den Nebel ihrer Morgenträume an einem anderen Tag nur für einen kurzen Moment zerrissen hätte: »Der Kakao steht auf dem Tisch!«

»Sayonara! Das Frühstück wird kalt!«

»Nein, danke, *madrina*, heute nicht.«

»Komm! Die *arepas* verbrennen schon ...«

»Vergiss die *arepas, madrina*, heute nicht.«

»Hast du schon die Rüben an die Kanarienvögel verteilt?«

»Bin schon unterwegs.«

»Habe ich dich nicht gebeten, ein paar Eimer heißes Wasser ins Klo zu schütten, weil es stinkt und verstopft ist?«

»Bin schon unterwegs, *madrina*«, sagte sie, war es aber nicht. Sie stand da und striegelte mit träumerischen Bewegungen ihr langes Haar, ließ den Kamm immer wieder in der Hand ruhen und die Gedanken zu dem Glück ausschwärmen, das schon bald da sein würde, während sie unbewusst den unmöglichen Versuch unternahm, die verschiedenen Rhythmen der eigenen Natur miteinander in Einklang zu bringen.

»Es gibt Rätsel im Leben«, höre ich Todos los Santos sinnieren, »die so unergründlich sind, dass unser menschliches Gehirn sie nicht fassen kann. Zum Beispiel der Zauber elektrischen Stroms oder die Substanz des Regenbogens, oder, noch unbegreiflicher, die unbefleckte Empfängnis. Aber keins ist so erstaunlich wie das Rätsel vom Glück. Sie«, und sie deutet auf mich, »die Sie an der Universität studiert haben, bitte seien Sie so gut und erklären Sie mir, warum der Mensch diese Unart besitzt, sein ganzes Glück in die Hände von seinesgleichen zu legen. So hat Sayonara, mein Mädchen, es mit diesem Erdölarbeiter getan, von dem wir kaum etwas wussten und der Payanés genannt wurde. Sie erlag dem Schwindel und klammerte sich an die Liebe dieses Mannes wie ein Baby an die Brust seiner Mutter oder ein Schiffbrüchiger an die rettende Planke, als wenn sie ihn fürs nackte Überleben brauchte, und ohne ihn auf die Probe zu stellen oder einen Ratschlag anzunehmen, schenkte sie ihm das blühende Sträußchen ihrer Hoffnungen. Mein Mädchen, das alles hatte, dem weder die Fürsorge einer Mutter noch die Aufmerksamkeit liebender Männer fehlte, weder Schönheit noch Gesundheit und auch das Brot auf dem Tisch nicht. An nichts mangelte es ihm, an nichts und wieder nichts. Was hat sie denn bei ihm gesucht, ohne dass jemand sie darum gebeten hätte? Wer kann mir dieses Rätsel erklären? Vielleicht Sie? Sie sagen doch, Sie hätten an der Universität studiert.«

»Ich glaube, ich bin ganz krank vor Liebe. Mir tut der ganze Körper weh, so sehr begehre ich ihn. Wenn ich ihn nicht berühren kann, muss ich sterben«, vertraute Sayonara an jenem Morgen der Olguita an, in genau diesen Worten ohne irgendwelche Zusätze, weil die wunderliche Alchemie, die einen dazu bringt, sein Glück in die Hände eines anderen zu legen, mit einer irreversiblen Einfachheit in ihr gewirkt hatte.

Gegen drei Uhr überraschte Todos los Santos die Ziehtochter, als sie sich die Zähne mit Asche polierte, wie sie es ihr selbst beigebracht hatte. Dann sah sie sie ein paar Kisten mit Kleidung und anderem Krimskrams voll stopfen und später das hübsche gelbe Organdy-Kleid anziehen, sich Seidenbänder in die Haare flechten und die vier Schwestern festlich zurechtmachen, Ana in Chrysanthemenrosa, Susana in Himmelblau, Juana in Selleriegrün und die kleine Chuza in einem makellosen Lilienweiß. Während des übrigen Nachmittags beobachtete sie, wie Sayonara auf den Flügeln ihrer Sehnsucht umherflatterte und alles mit den abwesenden Augen derer betrachtete, die weggeht, um nie wiederzukommen; wie sie von oben nach unten durchs Haus lief und alle möglichen Einrichtungsgegenstände ohne Sinn und Verstand von hier nach da räumte. Todos los Santos stellte ihr keine Fragen, weder als das Mädchen einen schweren Tonkrug vom einen Ende des Flures zum anderen schleifte, noch als sie aus einem Haufen ausrangierter Gegenstände einen chinesischen Wandschirm zog und ihn der *madrina* vermachte, noch nicht einmal, als sie die seit Dezember sorgfältig verwahrten Krippenhirten aus ihrer Schachtel holte und sie zur Unzeit deutlich sichtbar zu den Porzellanfiguren auf den Sims stellte.

»Weihnachten ist längst vorbei, zum Teufel mit den Hirten!«, rief Todos los Santos verärgert und packte sie wieder an ihren Platz. »Jetzt werd mir bloß nicht paranoid«, warnte sie die Ziehtochter, »das ist ein schlimmes Übel. Du wirst dann wie die Pferde, die im Stall nur Luft kauen und auf der Weide nichts mehr fressen wollen. Nur deshalb bist du so dürr, weil du dich von deinen blanken Nerven ernährst.«

»Bei Gott, Kind, was tust du da?«, wollte Olguita wissen, als sie Sayonara wie eine Verrückte herumwirtschaften sah.

»Es ist nur, dass ich nicht weiß, ob er mich holen kommt, Tante Olga. Vielleicht hat er mich ja schon vergessen ...«, gab sie zur Antwort und fuhr mit ihrer ziellosen, völlig unsinnigen Schlepperei kreuz und quer durchs Haus fort, die nur dazu diente, die Ungewissheit in ihrem Inneren zu besänftigen und das rastlose Hin und Her ihrer Zweifel zu beruhigen, die auf den Hinwegen Ja flüsterten und auf den Rückwegen Nein. Würde er auf das Datum Acht geben? Würde er kommen können? Wollte er überhaupt kommen? Auf diese Weise schlug das Pendel in ihrer Brust unbarmherzig mal auf der einen, mal auf der anderen Seite gegen ihre Rippen, hin und her: ja, nein, ja.

»Sayonara! Da ist ein Freier an der Tür, der will wissen, ob du ...«

»Heute nicht, *madrina*, sagen Sie ihm, heute nicht.«

»Aber, es ist Don Anselmo ...«

»Nein.«

»Nicht Anselmo Navas, sondern Anselmo Fuentes, der immer so großzügig ist!«

»Sagen Sie ihm, morgen.«

»Er sagt, es müsste heute sein, weil er morgen nach Valledupar abreist ...«

»Dann sagen Sie ihm, ich würde ihm eine gute Reise wünschen und dass er sich meinetwegen auch schon heute verziehen kann«, erwiderte sie, ohne von ihrer nutzlosen Räumerei aufzusehen, und bekam ihre bebenden Hände, die sie daran hinderten, die Wirklichkeit zu erfassen, kaum in ihre Gewalt.

»Ich sage es Ihnen noch mal, *madrina*, ich bin heute für niemanden zu sprechen. Ein anderes Mal herzlich gerne, aber heute nicht.«

Sie fuhr mit dem Putzlappen über die Fliesen im Patio, mit dem Besen durch die Küche und noch einmal mit dem

Putzlappen durch den bereits geputzten Patio, fegte das Saubere noch sauberer, in der eigentlichen Absicht, den Tag selbst fortzufegen, die Stunden, die sich ihr wie tote Kühe in den Weg legten, endlich hinauszukehren, weil sie sie von der einzigen für sie interessanten und sinnerfüllten Stunde trennten – der lang ersehnten, definitiven Stunde ihres Wiedersehens.

Würde er kommen? Oder würde er nicht kommen? Es war niemand zu sehen, als Sayonara ans Flussufer kam, nur die Möwen mit ihrem lautlosen Gleitflug. Das Wasser atmete schwer, wie das Vieh im Stall, und am Himmel starb der Nachmittag eines natürlichen Todes, ohne blutende Röten oder Ausbrüche von Orange; nur ein leuchtendes Lila, das allmählich in immer matteren Grautönen erlosch. Es war weit und breit niemand zu sehen.

Ohne die Beklemmung ihrer ältesten Schwester zu bemerken, sagten die Mädchen zum Zeitvertreib Kinderreime auf und klatschten sich im Takt gegenseitig auf die Hände: Ich suchte Papier und Stift, *tibi-di*, und schrieb dem Wolf einen Brief, *tibi-da*, der Wolf schrieb mir zurück, *tibi-do*, und bellte vor Liebesglück, *tibi-du*, erst Juana mit Ana und Susana mit Chuza und dann in wechselnden Paaren, wobei Hände, Arme und Stimmen zu einem anmutigen Reigen verschmolzen.

Da hinten, die Silhouette eines weiß gekleideten Mannes, der Schritt für Schritt näher kam. War er es? Oder war er es nicht? Er war es.

Aber seine Art zu schauen, war nicht die übliche. Als hätten seine Blicke erwartet, eine einzige Frau zu umfangen und nicht dieses verfünffachte Bild der Geliebten, sie und ihre Schwestern, sie und viermal ihr Spiegelbild, von groß nach klein, und obendrein mit Gepäck und dem ganzen Drumherum der Familienversammlung.

»Wo wollt ihr hinziehen?«, fragte der Payanés noch von Ferne, und Sayonara brachte nichts heraus als ein ganz leises Röcheln, das außen als Schluckauf vernehmbar war, aber innen die Größenordnung einer Katastrophe annahm, mit einem momentanen Stillstand der lebenswichtigsten Organe und einem jähen Blutandrang in der oberen Körperhälfte, während die untere weich wurde wie Watte.

»Ich habe dich Stunde um Stunde erwartet, dreißig Tage und Nächte lang«, sagte der Payanés, als sie sich von Angesicht zu Angesicht gegenüberstanden, doch dieser Satz war weniger eine Feststellung als ein Vorwurf.

»Ich dich auch.«

»Und deine Schwestern?«, fragte er.

»Die habe ich mitgebracht«, stammelte sie und sagte damit, was offensichtlich war.

»Aber warum?«, wollte der auf eine köstliche Zweisamkeit eingestellte *petrolero* von ihr wissen.

Sayonara wunderte sich sehr über diese völlig unverhoffte Frage, deren Antwort für sie so einleuchtend war, dass sie keiner Worte bedurfte, und wusste nicht, was sie darauf erwidern sollte. Warum hatte sie sie mitgebracht? Zu der einzigen Verabredung ihres Lebens, die sie je mit ihrer ganzen Sehnsucht erwartet hatte, warum war sie nicht allein gekommen, wie es sich gehörte? Sie, die schöne *puta*, die Verführerin, die Meisterschülerin, wieso benahm sie sich hier mit der Unbesonnenheit einer Anfängerin? Sie betrachtete die Schwestern, die genauso verlassen wie sie, allerdings ohne die Kenntnis ihrer Verlassenheit, neben ihr standen, und es schnürte ihr das Herz zusammen, ihre vier Augenpaare so scheu wie die des Gürteltiers dreinschauen zu sehen, die kaum wagten, auf irgendetwas zu ruhen, und von vornherein auf alles verzichteten, weil sie wussten, dass es auf dieser Welt nichts gab, was ihnen gehörte. Und trotzdem wirkten sie gespannt und voller Erwartung auf wer weiß was, etwas Freundliches, Außergewöhnliches, das ihnen an diesem besonderen Tag eine Zukunft schenken würde.

»Ich habe sie mitgebracht, weil ich ich bin und meine Schwestern«, sagte sie schließlich und klang so jämmerlich, als wollte sie weinen und konnte nicht oder würde vergebens die Tränen zurückhalten. Aber der Payanés war kein Mann, der sich im Namen der Liebe eine familiäre Verantwortung auflud. Jeden letzten Freitag im Monat, das hatten sie von Anfang an vereinbart, und diese Verpflichtung war er auch bereit zu erfüllen, bis zuletzt. Aber mehr nicht. Einen festen Wohnsitz und ein ruhiges Herz sollte man von ihm lieber nicht verlangen, denn die hatte er nicht zu bieten; nur einen Arm für die Arbeit und einen für die Umarmung und die Straße vor seinen Füßen, wie man unter der entwurzelten Bevölkerung dieser Gegend zu sagen pflegte.

»Aber, Todos los Santos«, melde ich mich zu Wort, »haben Sie nicht selbst erzählt, oder war das eine Vermutung von Olguita, dass der Payanés, als er zum ersten Mal Ihren Patio betrat, Heimweh nach seinem eigenen Zuhause bekam? Hat er nicht eine Mutter in Ihnen gesehen und in Sayonaras Schwestern seine eigenen Geschwister?«

»Kann sein. Und in Sayonara hat er vielleicht auch die Erinnerung an seine erste Liebe wiederentdeckt, das ist durchaus möglich. Aber für jemanden wie ihn war es ein großer Unterschied, ob er sich die Sehnsucht nach einer Familie aufbürdete oder ob er sich tatsächlich eine Familie aufbürdete«, klärt sie mich auf. »Sobald sie nach Tora kommen, kehren alle Männer den Verpflichtungen den Rücken und fangen an, von Illusionen zu schwärmen, weil die lange nicht so einengend sind.«

»Was hast du?«, fragte Sayonara ihren Liebsten.

»Seit der Streik zerschlagen ist, bin ich in einer scheußlichen Verfassung und denke andauernd darüber nach, wie sehr wir uns getäuscht haben. Das will mir einfach nicht aus dem Kopf gehen.«

»Ich bin davon ausgegangen, dass du und ich uns heute Abend ein Liebesversprechen für immer geben würden …«, wagte Sayonara den Vorstoß, wohl wissend, dass sie mit ihrem Ernst gleichermaßen höchstes Glück oder höchste Lächerlichkeit herausfordern konnte.

Der Payanés sah sie kariert an, als hätte sie Chinesisch mit ihm gesprochen. Ihr gelbes Festkleid aus Organza hatte er offenbar eher als Verkleidung interpretiert und weniger als eine Aufmachung, die ihr für den Anlass dieser Rede würdig erschien. Die Worte »Versprechen« und »immer« machten für ihn im Zusammenhang mit etwas Unverwüstlichem wie der eisernen Stabilität der dünnen Emilia einen Sinn, aber sie hatten nichts zu tun mit der Einfältigkeit dieses Mädchens, das dastand und ihm ihr ganzes Leben in die Hände legte und das ihrer Schwestern noch dazu.

»Wenn nicht für immer, dann gar nicht«, wies Sayonara den in tiefes Schweigen gehüllten Payanés böse und trotzig zurück, denn wenn sie etwas nicht ertrug, dann dass man ihre Pläne durchkreuzte.

»Man muss zugeben, dass Sayonara für eine *puta* ziemlich merkwürdige Vorstellungen hatte«, findet die Machuca, »und ein unerwünschtes Temperament auch, weil sich kaum ein Freier auf eine Frau einlässt, die Wutanfälle bekommt und Ansprüche stellt.«

»Das stimmt«, räumt Olga ein, »für eine *puta* hatte Sayonara es in sich. Außerdem ist es nicht gerecht, sich dem Payanés als hartherzig vorzustellen, denn das war er nicht. Er war ein anständiger Mensch, das muss man sagen, und er war bis über beide Ohren in sie verliebt. Aber es stimmt genauso, dass ihm der Ausgang des Streiks wahrscheinlich ziemlich zusetzte und sein Vertrauen ins Leben getrübt hatte, das ging uns nämlich allen so. Nach diesem Fiasko kam uns sogar die Luft zum Atmen giftig vor.«

»Liebesversprechen für alle Ewigkeit, die gibt es vielleicht in Boleros und *radionovelas*«, wirft Todos los Santos ein, »aber sie passen nicht nach La Catunga. Mein törichtes Mädchen plapperte allzu vorlaut weit hergeholte Ideen nach, die sie irgendwo aufgeschnappt hatte. Wie kann man nur von Ewigkeit reden«, steigert sie sich aufgebracht in ihre Rede, »in diesen leidgeprüften Gegenden, wo man nicht einmal weiß, was in ein paar Stunden passiert ...«

»Genau deshalb«, sagt Olga. »Deshalb.«

»Nur Motteneier sind ewig«, lässt sich die Fideo vernehmen, die sich heute scheinbar in einer delirierenden Phase ihrer Krankheit befindet.

»Du solltest wissen, dass ich in Popayán ...«, setzte der Payanés an, aber Sayonara beeilte sich, ihn zu unterbrechen, weil sie von etwas anderem reden wollte, ganz gleich wovon, nur, um ihre Sinne mit Geschwätz zu betäuben, sie ahnte nämlich, dass das, was er im Begriff war zu beichten, ihr das Herz brechen würde.

»In Popayán ...«, beharrte der Payanés, zum Bekenntnis entschlossen, aber noch mit sich ringend, als wäre jede Silbe ein riesiger Felsbrocken, den er auf dem Rücken heranschleppen musste, während Sayonara erkannte, dass eine Salve auf sie abgefeuert wurde, vor der sie nirgends Deckung fand, und noch im selben Augenblick dieser niederschmetternden Eröffnung, bevor die Worte an ihr Ohr drangen, verstand, weshalb der Payanés nie von einem Gestern sprach und immer so tat, als sei er gerade eben auf einer rosa Wolke zur Welt gekommen. Plötzlich wusste sie, was alle anderen, nur sie selbst nicht, längst vermutet hatten; was ihre *madrina* von Anfang an ahnte und ihr deshalb unentwegt gepredigt hatte: »Stell ihm keine Fragen. Geh zu deinen Freitagstreffen und lass dir deine Liebe in klingender Münze bezahlen, aber verleg dich bloß nicht darauf, ihn irgendetwas zu fragen. Die Hoffnung lebt, solange du ihm keine Fragen stellst, weil die Antworten sie zerstören werden.«

»In Popayán habe ich Kinder und eine Frau hinterlassen. Zwar nicht die Frau, die ich gern hätte, aber die, die ich nun mal habe ...«, der Payanés hockte sich bekümmert und erschöpft von der Anstrengung, die Wahrheit ans Licht zu bringen, auf den Strand und begann, flache Steine in den Fluss zu werfen, sodass sie über die stille Wasseroberfläche hüpften. Der Rio Magdalena, der zu ihrem Empfang einst seine Fluten entzündet und in eine verzehrende, aber nicht versengende Feuersbrunst verwandelt hatte, zog dumpf und gelangweilt dahin, ein apathischer Zeuge ihrer unseligen Begegnung, und brachte weder Wäscherinnen noch Schildkröten, weder Rhythmen noch alte Musikanten zur Sprache und auch nichts, was einer Schweineherde geglichen hätte, die an sein Ufer kam, um ihren Durst zu löschen.

»Sayonara war von der Härte dieses Schlages wie gelähmt«, erzählt Olguita mir, »und wusste nicht, wie sie diesen bitteren Kelch trinken sollte. Außerdem kam sie sich lächerlich vor, mit ihren Bändern in den Zöpfen, ihren hochtrabenden Worten, ihrem Puppenkleid und den gepackten Kisten. Aber als sie nach einer Weile bemerkte, dass der Payanés fortfuhr, Steine ins Wasser zu werfen, ohne ein Entgegenkommen zu signalisieren, begann sie, um ihn herumzugehen, in dem Versuch, sich ihm zu nähern, was sie aber nicht wagte.«

Der feine Faden ihrer Verbindung war zerrissen, und sie wusste nicht, wie sie ihn wieder flicken sollte, obwohl sie inzwischen bereit war, ihm ohne große Forderungen zu vergeben, oder, wenn auch das nicht möglich war, dann eben fast umsonst, eigentlich nur für die Erlaubnis, den Duft seines frisch gewaschenen weißen Hemdes in sich aufzusaugen, oder den Kopf an seine breite Brust zu lehnen oder mit dem Zeigefinger die Linien der offenen Blütenblätter seiner tätowierten Rose nachzufahren oder die Festigkeit der Schenkel unter seiner Drillichhose zu spüren.

»Was tust du da?«, wagte sie endlich zu fragen, aber der Payanés wandte nicht einmal den Kopf, um sie anzusehen.

»Brot und Käse.«

»Was?«

»Nichts. Wenn man die Steine auf der glatten Wasseroberfläche tanzen lässt, dann nennt man das bei uns zu Hause Brot und Käse machen«, sagte er mit der tonlosen Stimme der Ernüchterung und sah all die angehäuften Wünsche seiner einsamen Nächte in den Baracken der *petroleros* wie geköpfte Kobolde zu Boden kullern.

Ay, amor mío, lass mich die Augen schließen und auf dir ausruhen, und sei es nur für einen Moment, weil das Leben zu schwer auf mir lastet und ich es nicht mehr ertrage, so hätte Sayonara am liebsten gefleht, doch sie wusste, dass sie keine Antwort erhalten und sich all ihr Bitten im Meer ihrer Entfremdung verlieren würde.

»Gehen wir?«, murmelte sie hoffnungslos, weil sie wusste, dass die Viertelstunde Glück, die ihr vergönnt war, schon vorbei war.

»Wohin?«

»Egal, irgendwohin …«

»Wo sollen wir denn hingehen, mit den Kindern und dem ganzen Krempel? Sieh mal, Sayonara, oder wie du auch heißen magst, du kannst doch nicht von mir verlangen …«

»Ich verlange ja gar nichts von dir«, versuchte sie die eigenen Worte zu widerrufen und die Spuren ihrer fehlgegangenen Illusionen zu verwischen – denn sie war tatsächlich mit den vier Schwestern in ihren bunten Organdy-Kleidern wie von Geschenkpapier umhüllt, mit ihren drei Rucksäcken und den beiden Pappkisten, in die sie all ihre Besitztümer gepackt hatten –, keine Forderung, sondern eine Bitte, eine inständige Bitte, und die bedingungslose, stumme Selbstauslieferung an irgendjemanden, der bereit war, sie zu lieben und zu beschützen.

Als Todos los Santos im selben Moment einen gefangenen Tapir in ihrem Patio mit Kürbisstückchen fütterte, hatte sie plötzlich eine Vorahnung von dem Drama, das sich gerade am Ufer abspielte: Der Wind, so sagt sie, habe ihr mit einem ungesunden Dunstfetzen Kunde vom Fluss zugetragen.

»*Ay*, mein törichtes Mädchen«, klagte sie laut, obwohl ihr nur ein Guacamaya, ein paar Papageien und der Tapir zuhörten, »wie oft habe ich dir gesagt, dass die Hurenliebe keine Liebe fürs Leben, sondern eine Liebe für Stunden ist. Und wie oft soll ich dir noch sagen, dass wer Lust bringt, nach Flohkraut stinkt, und wer sich zu eifrig gibt, einen Tritt in den Arsch kriegt. Halt dich fest, mein Kind, und versuch, den Schlag zu ertragen, wir werden sehen, ob du fürs nächste Mal daraus gelernt hast.«

Was anschließend kam, waren die tollpatschigen Schwanzschläge einer kopflosen Szene, die mit dem Blindenstock nach ihrem Ausgang suchte. Sie marschierten aufs Geratewohl mit dem geschulterten Gepäck los, ohne Ziel und ohne Richtung, bis sie bei mehreren, von einem Handkarren geladenen und am Fuß des Bahnhofs aufgeschlagenen Ständen Halt machten, die entfernt an einen Jahrmarkt erinnerten, von anämischen Glühbirnen beleuchtet waren und vom einschläfernden Gedudel dreier Musikanten in Stimmung gebracht wurden. Ein flüchtiges Denkmal aufgesetzter Heiterkeit: fürwahr das passende Mausoleum für die drittklassige Beerdigung einer Liebesgeschichte, die auf eine solch jämmerliche Weise zu Ende gegangen war.

Die Mädchen gewannen irgendwelche Kleinigkeiten, als sie auf einen Pappclown mit Wurfpfeilen trafen, kauften sich schmierige Bonbons, die ihnen die Haare verklebten, zogen sich die Schuhe aus und schneuzten sich die Stupsnasen in die Volants ihrer Organdy-Kleider, und der Payanés, der nicht wusste, ob er sie als Prachtstücke oder als Ungeheuer ansehen sollte, wie es jedem mit den Kindern anderer geht, gab sich Mühe, artig zu sein und spendierte ihnen eine Runde Tuttifrutti-Eis und eine Runde gebackene Maiskolben mit Butter und Salz. Er schenkte jedem Kind ein Plüschtier und verabschiedete sich bald darauf mit einem lakonischen »Ich gehe« im Profil, bei dem er kaum den Mund aufmachte, und Sayonara, die begriff, dass dies ein Adiós ohne mildernde Umstände war, sah ihn im Gebüsch verschwinden und spürte, wie ihr das Herz in der Ohnmacht eines gnädigen Todes schwindelte, als sich der Schatten hinter ihm schloss. Aber sie gab trotzdem die Hoffnung nicht auf, ihn im allerletzten Moment den Kopf noch einmal wenden zu sehen und »Wir sehen uns« sagen zu hören. »Heute in einem Monat sehen wir uns am Fluss.«

»Und, hat er es gesagt?«

»Nein, er hat es nicht gesagt. Er ist einfach so gegangen, ohne ein Wort.«

Sechsunddreissig

Die Mädchen sanken schon mit den neuen Plüschtieren in den Armen und der Gewissheit, an jenem Jahrmarktsabend das Glück kennen gelernt zu haben, in den Schlaf, als Sayonara sich noch sträubte, nach Hause zu gehen und im dunklen Schlafzimmer über das hohle Echo dieses »Ich gehe« nachzugrübeln, das in ihrem Inneren eine blutende Wunde geschlagen hatte.

Sie verharrte dort, unfähig, sich aus dem Licht der längst verloschenen Glühbirnen zu lösen, wie hypnotisiert von der eindringlichen Leier der seit geraumer Zeit entschwundenen Musiker, mit demselben perplexen Gesichtsausdruck eines Kindes, das einen Freund zum Spielen einlädt und seine neuen Spielsachen plötzlich kaputt am Boden liegen sieht. Als hielte sie unter ihren Röcken schnurlose Kreisel, gliederlose Puppen und fluguntaugliche Drachen verborgen, so stand sie da und kam nicht über ihr Erstaunen hinweg, dass sich all ihre Verzauberung und ihr ganzer Zauber mit einem Mal auf unerklärliche Weise als unwirksam erwiesen und zurückgewiesen wurden.

War dieses Gefühl der Wutanfall einer sitzen gelassenen *bella* oder das echte Bedürfnis, tot umzufallen? Beides zusammen und durcheinander. In ihrem Stolz gekränkt und in ihren Grundfesten erschüttert, spürte Sayonara ein Stechen in der Brust – wie von gebrochenen Rippen – und gab dem ersten Impuls ihrer Füße nach, die sie mitnehmen wollten, um diesen verzweifelten Abend blindlings im Dancing Miramar zu beschließen, wo es ihr an Verehrern nicht fehlte, um sich abzulenken, bis sie diesen unseligen Freitag mit seinem bitteren Nachgeschmack hinter sich gelassen hätte. Sie war schon unterwegs, da wurde sie von einem Zweifel überfallen, der sie jäh zum Stillstand brachte. Und wenn sie mitten auf der Calle Caliente den Payanés traf, der sich jetzt vermutlich in Molly Plans Armen über ihre Trennung hinwegtröstete?

»Allein der Gedanke ließ sie vor Wut schäumen«, erzählt mir Olguita. »Eine gefährliche Sache. Wenn eine *prostituta* in Eifersucht entbrennt und sich von ihrem Temperament hinreißen lässt, dann ist ihr Schicksal besiegelt. Und das können Sie mir getrost glauben, wir haben nämlich tausende so enden sehen.«

Sicherlich heulte sich der Payanés bei Molly aus: Grund genug, hinzugehen und diese Nutte umzubringen. Hatte die Fideo denn die Rache für sich gepachtet? Oh, wie wäre es süß, Molly umzubringen, doch warum eigentlich, da sie doch niemandem etwas zuleide tat und die wahre Vergeltung darin bestehen würde, nach Popayán zu fahren und dieser Señora die Augen auszukratzen, obwohl, wenn sie es recht bedachte, was hatte diese arme Frau am anderen Ende der Welt damit zu tun, die sich wahrscheinlich schief und krumm arbeitete, um ihre Kinder durchzubringen, während ihr Mann hier mit zwei gefallenen Mädchen und einem *Vallenato*-Trio seinem Vergnügen nachging. Das einzig Wahre würde es sein, dem Scheißkerl selbst an die Gurgel zu springen, ihm die Zähne ins Fleisch zu schlagen, ihm so die Fresse zu zerkratzen, dass sie für immer gezeichnet blieb, ihm einen Tritt in die Eier zu verpassen und ihm die vier kardinalen Beleidigungen ins Gesicht zu schreien: Arschloch, Lügner, Verräter und Mörder meiner Träume.

Das war ein gemeiner, aber rhythmischer und leicht zu singender Bolero, den in der Tat schon so viele vor ihr gesungen hatten, sodass er in die Folklore von La Catunga und anderer Rotlichtbezirke quer über den Planeten eingegangen war. Ab diesem Punkt war alles vorauszusehen: die Poesie des Niedergangs, die kalte, harte Anekdote – ein Drehbuch des Elends, das schon viele geschrieben hatten. Betrunken würde Sayonara drohen, sich vor den fahrenden Zug zu werfen, würde diesen allzu dramatischen Abgang dann wieder verwerfen und beschließen, stattdessen mit gebrochener Stimme *rancheras* zu grölen, während sie einem anderen Betrunkenen am Hals hing.

Am nächsten Abend würde sie nicht mehr im Dancing Miramar auftauchen, weil dann alle wüssten, dass ihr diese Umgebung nicht mehr entsprach, dass die gefragteste *puta* von ganz Tora abgerutscht und nicht mehr auf der Höhe der gehobenen Klientel war, der Champagner-Nächte und der Staffage aus Kristallgläsern und Samt, sondern sich damit abfinden musste, in eine billigere Bar überzuwechseln.

»Die Mädchen wissen, dass es immer eine billigere Bar gibt«, sagt Machuca zu mir, »und nach dieser noch eine und noch eine. Auf einem leicht abschüssigen Weg entfernst du dich immer weiter vom Zentrum, ohne es selbst wirklich zu merken, auf diese Weise tut der Fall nicht so weh, und du kannst dich damit trösten, dass du viele Jahre und etliche Stufen herunterpurzeln musst, bevor du ganz unten angelangt bist, beim Bodensatz, wie es vollkommen richtig heißt.«

»An jenem Abend setzte Sayonara ihr Schicksal aufs Spiel«, erzählt mir Todos los Santos und muss sich bei der Erinnerung schneuzen. »Eine Weile ging sie auf Messers Schneide und war nur einen Schritt von der endgültigen, nie wieder gutzumachenden Entscheidung entfernt, deren Tür weit offen stand vor ihr. Diese jeder *mujer de la vida* gut bekannte Tür wartete am unteren Ende der Gasse auf sie. Aber nein. Sie trat nicht ein. Sie war nicht dazu geboren, in einem melodramatischen Tango besungen zu werden. Ich habe es vom ersten Tag an gewusst, als sie hierher kam und noch die verlauste Rotznase war: Die wird von ihrem Stolz gerettet werden. Erinnern Sie sich, dass ich Ihnen das schon an dem Morgen gesagt habe, an dem wir beide uns kennen lernten, als Sie hier aufgetaucht sind und angefangen haben, uns Fragen zu stellen?«

»Nie mehr gelbe Tüllkleider«, beschloss Sayonara, als wollte sie die Überbleibsel ihrer Kindheit mit einer Handbewegung fortwischen. »Zum Teufel mit den Bändern im Haar.«

Sie riss sich ruckweise die Puffärmel und den gestickten Kragen ab, zerfetzte den Reif mit den bauschigen Volants am weiten Rocksaum, löste die Zöpfe und hieß die Liebkosung der befreiten Haarpracht, die ihr langsam den Rücken herabfloss, mit halb geschlossenen Lidern willkommen.

Absurde Haarfülle für eine so bekümmerte kleine Frau. Genau wie die ihrer Mutter und das einzige Erbe, das ihr von dieser geblieben war. Glänzend wie Persianerpelze und mit dicken schimmernden Strähnen wie Blaufuchsschwänze, nahm die wallende Mähne schwebend von der Nacht Besitz, flog lang, frei und ausufernd in der Luft und warf, als die Brise stärker blies, großartige seidige Wellen wie ein sturmgepeitschter Fluss.

Als wenn ihr Schutzengel sie an der Hand geführt hätte, jenes geflügelte Wesen, das seine Schützlinge bei ihren Herzbeben und Gefühlsausbrüchen vor dem Lockruf des Abgrunds bewahrt, machte Sayonara mitten auf dem Weg zur Calle Caliente plötzlich kehrt, um in Richtung Magdalena zu gehen, und gönnte sich, als sie am Ufer angelangt war, den Luxus das zu tun, was jede Frau, der die Widerstandskraft und der Hang zum Drama einer *prostituta* fehlten, in ihrer Situation längst getan hätte: Sie setzte sich hin und weinte.

Es geschah zu der Stunde, als die Mauritiuspalmen, jene herrlichen Mondbäume, Reflexe von phosphoreszierendem Silber warfen, aber sie war nicht in der Stimmung, auf die Landschaft rundum zu achten. Während Ana, Juana, Susana und Chuza seelenruhig schliefen – vier träumende Bündel aus Rüschen, die geduckt unter irgendeinem Gebüsch Schutz vor dem Himmel suchten, überließ sich Sayonara, ohne ihren Schluckauf zu unterdrücken oder ihr Schluchzen zu zügeln, einem unkontrollierten, untröstlichen, magdalenischen Tränenausbruch, wie sie ihn sich noch nie gestattet hatte und ihn sich nie wieder gestatten würde, und sie war überrascht vom salzigen Geschmack ihrer Tränen, deren brennende Konsistenz sie staunend zur Kenntnis nahm, als sie wie Weihwasser über ihre Wangen liefen und sie röteten. Sie ließ sie fließen, Tropfen für Tropfen, und hatte dabei nichts im Sinn als ihren Kummer. Ihren ganzen gestrigen und heutigen Kummer, verschmolzen zu einem einzigen Kummer ohne Namen und ohne Gesicht, zu einem großen, weichen Kummer, der nährte und tröstete wie eine Brust, ihr alter, so bitterer, aber letztlich ureigener Familienkummer.

»Sie weinte den ganzen Abend, Sayonara, die Untröstliche, bis das Weinen sie beruhigt hatte. Nicht umsonst sagen die Leute, dass es gut sei zu weinen«, erklärt Todos los Santos mir, »weil man dadurch seinen Kummer durch die Augen herauswäscht und in sein wahres Element verwandelt, das Wasser ist. Was glauben Sie eigentlich, warum Tränen salzig sind? Weil sie aus Kummerwasser bestehen. Deshalb.«

Die Tränen der jungen Frau strömten zum Fluss, und er gab ihr das seine, spendete Vergebung und Taufe. Das ist so zu verstehen: Der Magdalena nahm ihr Leid in sich auf und floss über vor Erbarmen. Deswegen hoben sich die Umrisse des Mädchens klarer und leichter vor dem Hintergrund der mondbeschienenen Mauritiuspalmen ab, je mehr sich die Wasser beluden, traurig wurden und schwermütig dahinflossen. Bis Sayonara endlich, kurz vor dem Austrocknen, beschloss, dass es genug sei. Ich bin ich und meine Tränen, konnte sie zum ersten Mal bekennen, seit sie geboren war, und ihr Weinen verebbte.

Riesige Bestien streunten schattenhaft über die nächtliche Flussweide und verströmten ihre lauen Dünste, während sich die Fluten wie schwarz gelackt zusammenstauten: eine finstere Masse, die dazu einlud, auf ihr zu wandeln. Woher kam dieser breite Strom lebendigen Wassers? Woher kam all dieses in seinem Bett fließende Nass? Regen, Pflanzensäfte, Milch, Blut, Schnee, Schweiß und Tränen, der Magdalena wurde gespeist von den Ausdünstungen der Natur und den Gemütsregungen der Menschen.

Obwohl die Nacht sie daran hinderte, die mit der Strömung reisenden Toten zu sehen, spürte Sayonara sie in einer friedlichen weißen Prozession langsam vorüberziehen. Sie wurden einzeln oder paarweise angeschwemmt, bisweilen formten sie Kreise und fassten sich an den Händen, zersetzt und löcherig wie Schwämme, so trieben sie zahm und bleich und endlich im Mondlicht badend als poröse Materie auf dem Fluss, nachdem ihr unstetes Blut schon vor langem schmerzvoll an seinen Ufern vergossen worden war. Sayonara, das Mädchen des Abschieds, tauchte die Füße ins Wasser, um ihnen näher zu sein, wurde jedoch sogleich von Panik erfasst, als sie gewahrte, wie sie ihr beim Vorbeischwimmen um die Fesseln strichen, sich wie schleimige Algen um ihre Beine schlangen und ihr mit einem organischen, im Dunkel verklingenden Gurgeln in ihrer eigentümlichen Sprache Botschaften sandten. Später, als sich der Mond verbarg und der Himmel von Sternen übersät war, wollte sie den Fluss nicht verlassen und auch nicht die Füße aus seinen Wassern nehmen, denn sie war sicher, dass auch ihre geliebten Wesen an dieser schweigenden Wallfahrt teilnahmen, ihre verbrannte Mutter, die sanfte Claire, ihr vergötterter Bruder, alle miteinander trieben sie den Magdalena hinab, endlich bereinigt und in eine freundliche Erinnerung verwandelt, nachdem sie all die Jahre gelitten und Sayonara mit ihren gespenstischen Erscheinungen heimgesucht hatten.

»Deshalb haben sie sich nicht beerdigen lassen«, verstand diese endlich. »Deshalb haben sie den Fluss gewählt, weil sie unter der Erde still und allein wären und sterben müssten, während sie auf dem Strom reisen können, ausgiebig den Himmel betrachten und bei den Lebenden einkehren ...«

Da wusste sie: Ich bin ich und meine Toten, und sie fühlte sich nicht mehr ganz so allein, als ob Millionen Schritte der Entfernung zu ihnen überbrückt wären.

Todos los Santos erzählt mir, dass Sayonara erst am Morgen des nächsten Tages, ein Samstag und das Fest der heiligen Onofre, mit den vier Schwestern und ihrem Gepäck wieder nach Hause zurückgekehrt sei und dass sie, sobald sie das Mädchen in dem zerfetzten Kleid, mit dem zerzausten Haar und den vom vielen Weinen ausgedörrten Augen hereinkommen sah, gewusst habe, dass es stimmte: Ihr war etwas Ernstes zugestoßen. Etwas Ernstes und Endgültiges.

»Ich wagte nicht, sie danach zu fragen«, sagt die Alte zu mir, »weil sie schon lange nicht mehr die Gewohnheit hatte, mir zu antworten, und ich meine Fragen immer ein Dutzend Mal wiederholen musste, bevor sie sich zu irgendetwas äußerte, als ob sie aus Berufung taub wäre und ihre Zunge zu faul, um sich zu regen.«

Sie nahm Juana und Ana beiseite und fragte sie in ernsthaftem Ton und indem sie sie eindringlich aufforderte, ihr Rede und Antwort zu stehen, ob ihr irgendjemand oder irgendetwas ein Leid zugefügt habe, aber die beiden Mädchen schworen, dass es keinen Angriff und keine Auseinandersetzung gegeben habe.

»Ich trug ihr das Frühstück auf und hoffte, die Worte würden von selbst kommen, aber sie kamen nicht. Ich sah, wie sehr die Zurückweisung sie verletzt und die Einsamkeit sie gezeichnet hatte, alles aus ihr sprach von Schmerzen und Erschöpfung, wie bei einem Packesel. Dann fasste ich mir ein Herz und fragte sie, indem ich alle Sinne für die Deutung ihrer Worte öffnete, und war überrascht, als ich ihre Stimme mit der größten Selbstverständlichkeit vernahm, ohne dass sie sich lange bitten ließ, und mit der Süßigkeit, wie sie einst geklungen hatte, als sie noch ein Kind war:

»Das Leben tut weh, *madre,* ein bisschen.«

Todos los Santos stellte fest, dass sie ruhig war, verletzt zwar und am Boden zerstört, aber ruhig und wie Moses aus den Fluten errettet: siegreich über ihre eigenen Geister. Auf diese Weise erfuhr die *madrina,* dass ihre Ziehtochter während der Nacht dasselbe getan hatte wie die Schlangen, die sich dann und wann an rauen Steinen reiben, um die alte Haut abzustreifen und eine neue zu tragen.

»Endlich«, sagt Todos los Santos zu mir, und ein winziger Funken leuchtet in ihren erloschenen Augen auf, »als ich schon glaubte, dass sie sich nie ändern würde, ließ Sayonara die glitschige, geistesabwesende Hülle ihre Jugendjahre hinter sich.«

Siebenunddreissig

»Ich war es, der sie hierher gebracht hat, deshalb muss ich sie auch von diesem Leben erretten«, lautete Sacramentos Credo. Diesen Vorsatz machte er sich zum Befehl, und als treuer Kreuzritter war er zu allem bereit, um seine Sache zu einem siegreichen Ende zu führen. Inzwischen konnte er bei dem Projekt, die Angebetete zu erlösen, auf die Unterstützung eines mächtigen Verbündeten zählen: Die Tropical Oil Company hatte aus einem betriebswirtschaftlichen Kalkül heraus beschlossen, sämtliche *prostitutas* der Region auf den Pfad der Tugend zu führen.

Denn das Tauschgeschäft von Lohn gegen Liebe öffnete der Unzucht und der Unvernunft Tor und Tür: Solange die Begierde brannte, fraß sie allen Wohlstand auf und hatte dafür nichts zu geben als neue Begierde, aber dieser Teufelskreis kam weder der Company noch dem Fortschritt oder der öffentlichen Ordnung zugute, so jedenfalls erklärt Don Horacio Lagunas das Problem, als ich mich in unserem Stammcafé El Diamante mit ihm unterhalte.

»Auf diese Weise kann der Kapitalismus nicht wachsen«, sagt er, »und das war der Grund, weshalb die Gringos von der Unternehmensleitung der Promiskuität den Kampf ansagten, jedenfalls unserer Promiskuität, der der Kolumbianer.«

Obwohl ihnen Häuser angeboten wurden, Schulen für ihre Kinder, eine Gesundheitsversorgung und sogar die Nutzung eines Kommissariats, wo Fleisch unter dem Marktpreis verkauft wurde, lehnten die meisten Arbeiter diesen Kuhhandel ab, erstens aus Prinzip und zweitens aus einer überlieferten Anhänglichkeit zu den Lastern der süßen Liebe. Nicht so Sacramento, denn in dieser neuen Unternehmenspolitik sah er eine Chance für seine Zukunft.

Während ganze Brigaden von Franziskanern mit einem nicht zuzuordnenden mediterranen Akzent in sackleinenen braunen Kutten, als kämen sie direkt aus dem Mittelalter, in Tora einfielen und Vorbereitungskurse für die Ehe hielten, zogen auch andere Brigaden, ebenfalls mit Kapuzen, aber diesmal über den Gesichtern, durch Toras Straßen und demütigten die Bevölkerung, um ihr nachträglich ihre Freundschaft mit den »Banditen des Streiks« heimzuzahlen. Eines Nachmittags, als Sayonara nach einem dreitägigen Besuch bei ihren ausländischen Kunden aus der Hafenstadt Madre de Dios zurückkam, überfiel sie plötzlich eine schlimme Vorahnung. Sie beschleunigte ihre Schritte und kam bald darauf außer Atem zu Hause an, um dort die blanke Wut in den unerforschlichen Mienen von Todos los Santos und dem Kind Susana zu sehen, die reglos neben der Haustür auf dem Gehsteig hockten und all ihrer Eitelkeit beraubt und gedemütigt zwei kahl geschorene Köpfe emporreckten.

Sie waren mit sieben weiteren Frauen von La Catunga auf grausame Weise einer Zwangsrasur unterzogen worden, die auf ihren nackten Schädeln hässliche Schrammen sowie hier und da ein paar spärliche, der unbarmherzigen Schere entgangene Strähnen hinterlassen hatte.

»Sie haben gesagt, sie würden uns die Haare abschneiden, damit wir Bescheid wüssten. Juana und Chuza sind davongekommen, weil sie nicht da waren, als die Vermummten das Haus überfallen haben«, erzählte Susana ihr, und Sayonara brachte kein Wort heraus, weil ihr eine namenlose Entrüstung die Kehle zuschnürte.

»Und Ana?«, fragte sie dann, weil diese nirgends zu sehen war.

»Die hat ihre Haare behalten, aber sie ist nicht mehr hier. Sie ist gestern mit den Soldaten mitgegangen, weil sie gesagt haben, sie wollten sie tanzen sehen.«

»Meine ärmste Schwester! Dieses Hurenleben hat sie ins Verderben gestürzt!«, schrie Sayonara außer sich und war drauf und dran, auf Todos los Santos loszugehen, aber die anderen hielten sie zurück und erinnerten sie daran, dass man eine Mutter nicht einmal mit einem Rosenblatt anrühren darf. Da fing das Mädchen an, mit den Fäusten an die Mauern zu schlagen, bis ihr die Fingerknöchel bluteten, und mit den Füßen an die Türen zu treten. »Meine ärmste Schwester, kaputt, eine *puta,* und ich bin schuld, ich und dieses Hurenleben, in das ich sie hineingezogen habe! Diese Hundesöhne haben sie mitgenommen!«

»Sie haben sie nicht mitgenommen. Sie ist aus freien Stücken mitgegangen.«

»Das ist eine Lüge! Wie können Sie so etwas zu mir sagen, *madrina!*«

»Gestern sind wir selbst zu General del Valles provisorischen Soldatenunterkünften in Loma de Tigres gegangen, um sie zu holen, weil man uns informiert hatte, dass sie dort sei. Wir haben über zwanzig Frauen zusammengetrommelt, um ihre Herausgabe zu fordern, ihre und die von vier anderen jungen Mädchen aus dem Viertel. Aber Ana kam und hat selbst gesagt, dass sie dableiben wollte, wir haben es alle gehört. Unser ganzes Flehen und Bitten, unsere Drohungen und unsere Argumente haben sie nicht davon abbringen können. Sie hat gesagt, sie wollte nicht mehr hierher zurück, und ist dageblieben.«

Aus Sayonaras Mund löste sich ein lang gezogener Schmerzenslaut – eher das Heulen eines Tieres als die Klage eines Menschen. Der Verlust vom Payanés hatte sie in ein erhabenes, ernstes, man könnte fast sagen nobles Leiden gestürzt, schließlich ist die Intensität der fehlenden Liebe nur mit der einer vorhandenen Liebe vergleichbar. Doch jetzt überkam sie eine so düstere, so abgrundtiefe Verzagtheit, die nichts mehr gemein hatte mit der erlesenen Bußübung goldener Nadelstiche von vorher. Beide zusammen, die eine der anderen noch obenauf gesetzt, eine hehr, die andere schäbig, führten sie an die Grenzen ihrer eigenen Hoffnungen, wo sie entdeckte, dass etwas in ihr starb und sich ganz leise der Gedanke an die göttliche Strafe zu Wort meldete, der niemand entrinnen kann. Genau in diesem Moment erschien Sacramento mit den Plänen für die zukünftige Arbeitersiedlung in der Hand und einer unterzeichneten Zusage für eine geförderte Wohnung in der Tasche. Er schlug ihr eine kirchliche Heirat vor und bot ihr an, sie mit ihren Schwestern aus La Catunga zu holen und ihnen ein Leben mit mehr Sicherheit und Anstand zu geben, und Sayonara sagte Ja, ohne zwei Sekunden darüber nachzudenken.

»Ich würde sagen, sie hat keine einzige Sekunde darüber nachgedacht«, besinnt sich Olga, »aber das galt es noch abzuwarten, denn Sayonaras Schicksal wurde von einem schnellen, launenhaften Stern gelenkt, wie wir inzwischen wissen.«

»Du willst in ein Haus ziehen, das die bezahlen, die uns erniedrigen?«, fragte Todos los Santos empört und ungläubig und fuhr sich beinah automatisch mit der

Hand über den nackten Schädel, als nähme sie erst jetzt von dem Schaden Notiz.

»Und wenn der Teufel selbst es bezahlen würde, Hauptsache weg von hier«, entgegnete ihr Sayonara, und im selben Moment tat sich der Himmel auf und ließ einen feinen Sprühregen auf die Erde rieseln, da aber die Sonne nicht gänzlich verdunkelt war, spannte sich gleichzeitig ein bleicher Regenbogen wie eine zarte Brücke über den Fluss.

»San Isidro, du Schutzpatron der Himmelsbilder«, erzählt Olguita, habe sie bei diesem Anblick gebetet, »bewahre dieses Mädchen vor der Brandung ihrer Launen, die sie von einem Wellenkamm zum anderen werfen, ohne dass sie Herr darüber wird ...«

»Mein Mädchen war krank von überzogenen Hoffnungen«, erläutert mir Todos los Santos und legt eine Toleranz an den Tag, die sie damals offenbar nicht hatte. »Ich habe ihr so oft gesagt, dass man nicht zu viel erwarten darf, weil das Leben nicht so ist wie der Dreikönigstag, an dem es Geschenke gibt.«

»Wie hast du geheißen, bevor du nach Tora kamst?«, fragte Sacramento seine Verlobte später. »Ich möchte dich nämlich bei deinem richtigen Namen nennen, deinem Vornamen, den muss ich auch dem Priester sagen, der uns trauen wird.«

»Ich glaube kaum, dass er dir gefallen wird ...«

»Tomasa? Hermina? Eduviges? Na komm, verrate ihn mir, du brauchst keine Angst zu haben, mir ist jeder Name recht, egal, ob er schön oder hässlich ist.«

»Also gut, ich habe Amanda geheißen.«

»Amanda!«, entsetzte sich Sacramento. »Das ist ja auch ein Hurenname ...«

»Dir käme es sogar wie ein Hurenname vor, wenn ich Santa Teresa de Jesus hieße, *hermanito*.«

»Sei still und erzähl mir lieber nichts mehr. Alles, was ich von dir erfahre, ist nur ein weiterer Dolch, der mir in den Leib sticht.«

»Wenn du so weitermachst, dann hast du dir am Ende mehr Wunden zugezogen als die Mater Dolorosa, und die hatte immerhin sieben Schwerter auszuhalten – und zwar im Herzen.«

»Sie heißt Sayonara, verstanden?«, entfuhr es Todos los Santos, als sie aus dem Schlafzimmer kam, wo sie sich eingeschlossen hatte. »Was fällt dir eigentlich ein, einfach hier anzukommen und ihr ihren Namen wegzunehmen?«

»Nein, *madrina,* ich heiße nicht Sayonara, ich habe einen Namen, wie es sich gehört, den mein Vater und meine Mutter mir am Taufbecken gegeben haben. Ab heute bin ich keine *puta* mehr, meinen Schwestern zuliebe und weil ich wieder meinen richtigen Namen tragen will. Auch wenn Ihnen das wehtut, *madrina,* aber ich heiße Amanda Monteverde.«

»Amanda Monteverde«, wiederholte Todos los Santos, als würde sie sich geschlagen geben, und spürte, während sie diese beiden Worte aussprach, wie sich ein Abgrund zwischen ihr und der Ziehtochter auftat.

»Nein, Olga, ich tue das nicht, weil ich böse bin. Oder jedenfalls nicht nur, weil ich böse bin. Hier ist was faul. Und gerecht ist es auch nicht. Es wird mit den beiden noch ein schlimmes Ende nehmen«, sagte sie, als Olguita sie darauf hinwies, wie bitter sie es fand, dass Todos los Santos ihrer Ziehtochter nicht zur Hochzeit gratulieren wollte. »Wenn eine Liebesheirat schon nicht funktioniert, was kann man dann von einer Ehe erwarten, die aus lauter Enttäuschung geschlossen wurde? Das wird mir dieser Volltrottel von Sacramento noch büßen, dieser gemeine Schuft ...«

»Bist du denn nicht in der Lage, einem Burschen, der sein Lebtag nichts gehabt hat, keine Mutter, kein Dach überm Kopf, nicht die geringste Zuwendung, ja nicht einmal einen anständigen Namen, kannst du dem denn nicht seinen Wunsch nach ein bisschen Glück verzeihen?«

»Sacramento wird sich mit dieser Schnapsidee selbst am meisten schaden, du wirst schon sehen. Und er wird uns allen damit schaden, weil er mit dieser Heirat eine Tür aufstößt, von der niemand weiß, wo sie hinführt.«

»Hör auf mit deinen Unkenrufen, Todos los Santos. In Wirklichkeit geht es dir doch nur um eines: Du hast Sayonara zur *puta* erzogen und kannst es nicht ertragen, dass sie jetzt beschließt, etwas anderes zu sein.«

»Irgendetwas ist daran faul, Olga. Ich weiß das, obwohl ich dir auch nicht sagen kann, was.«

Was würde die Braut für die improvisierte Zeremonie wohl anziehen? Das gelbe Organdy-Kleid, mutmaßten alle, die sich darüber den Kopf zerbrachen, ohne zu wissen, dass sie es zerrissen hatte und bei seinen Fetzen geschworen, ihre Kindheit für immer abzulegen. Was dann?

»Ihre Kampfkleidung natürlich, was sonst«, erzählt mir Olga. »Goldene Ohrgehänge, enger schwarzer Röhrenrock und reinseidene Bluse: wie eine chinesische Prinzessin. Oder vielmehr eine japanische.«

Wie nicht anders zu erwarten, war der Priester mit diesem Aufzug nicht einverstanden, weil er sich, wenn er zum ersten Mal seit Jahren einem gefallenen Mädchen seine Kirche öffnete, wenigstens von der Zeremonie eine gewisse Belehrung erhoffte, also schickte er jemanden los, eine lange, schneeweiße Spitzenmantille zu holen, und bat die Braut, diese umzulegen, die, wie die Leute von Tora noch heute erzählen, bei ihrer Hochzeit wunderschön ausgesehen habe. Sayonara, von diesem Tag an überwiegend als Amanda bekannt, erschien innen als *puta* und außen in Weiß.

Wunderschön, fürwahr, aber von einer fast literarischen, unwirklichen Schönheit, wie eine klassische Heldin. Ihre Schwestern, Freundinnen und Kolleginnen von La Catunga zogen es vor, die Ecce Homo nicht zu betreten, weil sie dort so lange als unerwünscht gegolten hatten, und erwarteten das Brautpaar am Ausgang der Kirche, die Herzen überfließend von ambivalenten Gefühlen zwischen Illusion und Enttäuschung. Todos los Santos mit einer tief in die Stirn gezogenen Schlägermütze über den trauerfarbenen Augenringen, um die ihr kürzlich auferlegte Glatze zu kaschieren; Tana, glitzernd von Modeschmuck und vor Rührung zerfließend; die Mädchen natürlich in Organdy, wie bei jedem größeren Anlass; Olguita mit dunkler Brille vor den geschwollenen Augen, um ihre tränenreiche Ergriffenheit zu verbergen, und Machuca fehlte, denn sie hätte sich nicht einmal gefesselt zur Kirche schleppen lassen.

»Das Leben ist ein Reinfall«, seufzte die tangoerfahrene Tana.

»Man kann es nur leben«, verbesserte Todos los Santos sie. »Es ist weder ein Reinfall noch ein Erfolg; es will nur gelebt sein.«

»Sayonara geht von uns«, sagte die unbelehrbare Tana und fing wieder an zu weinen.

»Sie war nie richtig hier.«

Endlich trat das Brautpaar vom Segen vereint aus der Kirche, aber niemand warf Reis, die Glocken läuteten nicht, und es heulten auch keine Raketen, stattdessen tauchte plötzlich mitten an diesem faden, farblosen Nachmittag der Piruetas auf, mit einem Schwulenkäppi, einem knallroten Tuch um den Hals und einem Karibikhemd mit blauen Palmen vor orangefarbenem Grund, und während Sayonara die Mantille abnahm, um sie dem Priester zurückzugeben, liebkoste er sie vom Scheitel bis zu den Füßen mit den lüsternen, schmierigen Blicken eines alten Gockels.

»Die *puta* kann sich so weiß anziehen, wie sie will, sie bleibt trotzdem eine *puta*«, schrie er ihr hinterher, dann trollte er sich, und beim Vorüberziehen seines kalten Schattens überlief alle ein unbehagliches Schaudern.

»Wir ziehen weg von Tora«, bleich und bebend vor Wut über diese Beleidigung, brach Sacramento das Versprechen vom bezuschussten Haus, schlug die Bruchstücke in den Wind und fasste noch auf der Kirchenschwelle den überstürzten Entschluss fortzugehen, was er seiner Gattin und den wenigen Anwesenden umgehend mitteilte.

»Wohin?«, fragte Sayonara.

»Irgendwohin, wo niemand uns deine Vergangenheit um die Ohren hauen kann.«

»Und das Haus, Sacramento? Das Haus, das du bekommen solltest?«

»Das einzige Haus, das hier auf uns wartet, ist die Schande.«

»Wenn eine Frau von ihrem Mann viel verlangt, kriegt sie wenig. Wir *putas* verlangen gar nichts und kriegen auch gar nichts«, lallt die Fideo auf ihrem Krankenlager in der Hängematte und fällt sofort wieder in den Schlaf.

Achtunddreissig

Seit ein paar Tagen hat Todos los Santos, mit rosa Fellpantoffeln an den Füßen, Fuchsschwänzen um den Hals und der qualmenden Zigarre im Mundwinkel, ihre Übersiedlung in die strahlenden Gefilde des Jenseits begonnen und ist dazu übergegangen, nicht nur zu ihren zahlreichen und vielgesichtigen Tieren Felipe zu sagen, sondern auch zu den Menschen, die ihr nahe stehen.

»Du da, Felipe, komm mal her«, befiehlt sie mir, »ich will, dass du noch etwas von den Abenteuern meiner Tochter Sayonara verstehst, deshalb werde ich dir etwas erzählen: Nachdem wir aus dem gelebten Leben Bilanz gezogen und das Maß unserer Tage ehrlich gewogen hatten, haben die meisten von uns beschlossen, hier zu bleiben und sich zum Überleben an die uns verbliebenen Krümel zu klammern. Sie war als Einzige in der Lage, tatsächlich zu gehen, ohne Furcht, ohne die Sicherheit einer Rückkehr, strahlend und in der vollen Blüte ihrer Kraft. Aber ebenso in einem ungeheuren Egoismus und einer brutalen Härte gegen ihre Nächsten.«

Ich frage Todos los Santos, wie oft Sayonara ihrem Namen die Ehre gab und Abschied nahm.

»Man darf nicht nur zählen, wie oft sie gegangen ist«, erwidert sie mir, »sondern auch, wie oft sie gehen wollte, und das war unzählige Male.«

Neununddreissig

Oh, Payanés, wann wurdest du mir bloß zum Albtraum ...?« Alles in Sayonara verwandelte sich in Schmerz: der Schmerz um den Payanés, den sie liebte und nicht hatte; und der Schmerz um Sacramento, den sie liebte und nicht wollte, und der Schmerz um sich selbst.

»Können Sie sich an Sacramentos und Sayonaras Kinderspiel von den reisenden Geschwistern erinnern?«, fragt mich Olguita. »Nun, es wurde für sie zur Wirklichkeit. Nach der Hochzeit blieb ihnen nichts anderes übrig, als ihre Siebensachen zu packen und sich diesmal tatsächlich auf den Weg zu machen, denn sie waren auf der Flucht, wie in ihrer Kindheit, unterwegs in jenes Land der gelöschten Erinnerungen, in dieses Nie-mehr-wieder-Land.«

Das beständige Fliegen der Zugvögel wies ihnen als Einziges die Richtung, während sie monatelang auf ihren Schuhsohlen gen Süden zogen und sich mit jeder aufgeschobenen Ankunft weiter von Tora entfernten, Tag für Tag entlegeneren Härten entgegen, im Gefolge von Graureihern und Löffelenten, von *paco-pacos,* von Silberreihern und Moorhühnern und all den anderen gefiederten, durch die Lüfte fliehenden Geschöpfen, deren Namen sie nie kennen lernen würden. Sie wurden zu Bewohnern des Weges, folgten den Launen seiner Windungen und Wirrungen und wanderten, ohne Rast und Ruhe, einer hinter dem anderen und der andere hinter dem einen, als ob sie immer noch auf Fantasiepferden in Todos los Santos' Patio hintereinander herjagten, getrieben von dem Wunsch fortzugehen, aber ohne den Mut, irgendwo anzukommen. Und so reihten sich ihre Tage auf diesem fliehenden Zug aneinander wie die Perlen an einer Schnur.

Ist Sayonara, die junge Dirne aus Tora, durch Sacramentos Liebe im heiligen Bund der Ehe denn tatsächlich errettet worden und hat sich in eine Amanda verwandelt, eine, die geliebt werden muss, in den Star einer *radionovela*? Ist an ihr denn wirklich das Wunder der durch die Liebe geläuterten Schurkin geschehen, der Rose, die aus dem Morast gepflückt zur Protagonistin eines neuen Glücks wird?

»Alles dummes Zeug!«, wettert Todos los Santos. »Seit wann sind Tage der Verblendung denn glücklich? Es waren Tage, in denen sich mein Mädchen Sayonara aus lauter Verlorenheit dazu getrieben fühlte, ihr Glück bei einem Mann zu suchen; und als wäre das nicht schlimm genug, obendrein noch bei einem Mann, den sie gar nicht liebte. Man muss auch dies dazu sagen: Es waren Tage der Verlassenheit, geprägt vom zermürbenden Abschied, und endlosen Stunden der Angst.«

Das Leben ist fürwahr geneigt, uns mit Versprechen zu locken und mit Zaubertricks zu täuschen – doch es machte weder Wunder noch *radionovelas* wahr, weil es noch am Tag der Hochzeit seine verspiegelte Maske ablegte, um so etwas wie ein Gesicht zu zeigen, das Sayonara zwang, mit einer verirrten Liebe und einem verfehlten Traum im Gepäck einen ungewissen Weg anzutreten, der ihr keine andere Wahl ließ, als sich mit Müdigkeit zu betäuben, damit sie nicht anerkennen musste, dass sie sich nicht erkannte und nur die Hälfte ihres Wesens in der Haut dieser neuen Frau steckte, die Amanda heißen wollte, während die andere Hälfte keinen Platz mehr darin fand. Es war keineswegs so, als hätte Amanda nicht ihr Möglichstes getan, um Sayonara mit aller Gewalt aus dem Durcheinander herauszuhalten, das ihre Schritte in die Irre lenkte. Denn mit der gleichen Verbissenheit, mit der Sayonara einst *prostituta* werden wollte, widmete Amanda sich jetzt der Aufgabe, sich in eine Señora zu verwandeln, weil dies nun mal ihre Art war, gestern wie heute, beherzt im Leben einen Ausweg zu suchen, wenn eine Tür vor ihr zufiel und sie die Kraft fand, eine neue aufzustoßen, selbst wenn diese am anderen Ende des Korridors lag.

»Im Namen meines Mädchens kann niemand von einem Es-stand-geschrieben sprechen, diesem heiligen Wort für Schicksalsgläubige aller Art«, sagt Todos los Santos, »denn sie hat immer nur das getan, was ihr gerade in den Kram passte.«

Was Amanda betrifft, so zeichnete keine Schrift, weder eine heilige noch eine weltliche, ihr Schicksal vor. Aber den eigenen Stern zu überwinden und selbst von Grund auf eine andere zu werden, das war ein schwieriges Unterfangen, zumal Sayonara ihr dabei alles andere als behilflich war, denn sie weigerte sich hartnäckig, ihre Stellung aufzugeben, und wurde vom wilden Sturzbach einer Lebenslust und Todessehnsucht genährt, den jener verliebte Nachmittag am Fluss in ihr zum Sprudeln gebracht hatte. Dieses Strömen war durch nichts zu drosseln, weder durch den Payanés, der mit dem Geständnis seiner Gefühle geizte, noch durch Sacramento, der ihre Zuneigung mit solcher Vehemenz einforderte, ja, nicht einmal durch Amanda selbst, die so eifrig darum bemüht war, sie auf geraderen Wegen zu führen.

»Was geschieht mit dem Herzen einer Frau, die einen Mann liebt und einen anderen heiratet?«, fragt Olga sich laut. »Meiner Ansicht nach bricht es, und beide Hälften gehen im Strom der Verwirrung unter.«

»In ihr lebten nicht zwei, sondern drei Frauen«, widerspricht Todos los Santos, »Sayonara, Amanda und sie selbst. Sayonara liebte der Payanés, Amanda heiratete Sacramento, und sie selbst hat nur sich geliebt.«

»Sayonara beschwerte sich, dass kein Mann sie richtig liebte«, sagt der Arzt Antonio María Flóres bei unserem Gespräch zu mir, »aber ich sehe es eigentlich umgekehrt. Sie war es nämlich, die sich nicht entschließen konnte, irgendjemanden zu lieben. Das Mädchen hat mich immer an ein paradoxes Gedicht von Meister Pedro Salinas erinnert: ›*Por qué este afán de hacerte la posible, si sabes que eres la que no será nunca?*‹«

Todos los Santos bittet mich, ihr einmal vorzulesen, was ich gerade schreibe, und ich tue ihr den Gefallen.

»Viel zu viele Worte«, protestiert sie. »Das Leben einer *puta* gleicht immer dem Leben einer anderen *puta,* selbst wenn sie eine auffällige Erscheinung ist, wie unsere Sayonara es war. Tatsache ist, dass wir *mujeres de café* nur zwischen drei Kategorien von Männern wählen können, weil nämlich mehr nicht geschaffen worden sind: ›die Strafe‹, ›das große Los‹ und den Freier. Beim Letzten ist man am besten dran, und wirklich zu empfehlen ist nur er, weil er zahlt und geht und dir erlaubt, deine eigene Geschichte weiterzuspinnen, denn wenn er wiederkommt, dann spielt er das Spiel vom Kennen-wir-uns? mit dir. Die anderen beiden Typen, ›das große Los‹ und ›die Strafe‹, bringen nichts als Kummer und Mühen.«

»›Das große Los‹, so nennen wir den Märchenprinzen, wenn er endlich bei dir anklopft«, sagt Olguita. »Er ist der heiß ersehnte Geliebte einer jeden Frau. Und sie weiß, dass er eines Tages kommen wird, sie heiratet und ihr mit seiner ewigen Liebe das Leben mit Annehmlichkeiten, Schmeicheleien und kleinen Geschenken versüßt. Sayonara hatte mit Sacramento ihr großes Los gezogen, jedenfalls glaubte sie das.«

»›Das große Los‹ wird auch ›der Hauptgewinn‹ oder ›der goldene Käfig‹ genannt«, sagt Todos los Santos, »denn die Liebe schnürt dir mit einer seidenen Schnur die Luft ab, legt sich eng um deinen Hals wie ein Perlenkollier oder das geflochtene Haaramulett, das Sacramento seit damals ununterbrochen getragen hat. Amanda hatte sich entschieden, mit ihm eine Ehe einzugehen. Es war ihre Sache. Wir haben ihr alle davon abgeraten, aber sie ist selbst, ganz freiwillig, in den Turm gestiegen und hat den Schlüssel ins Wasser geworfen.«

»Und ›die Strafe‹«, fährt Olga fort, »das ist der Mann, der dich leiden lässt, weil er dich in sich verliebt macht, ohne dass er sich selbst auf dich einlässt, oder er tut es nur zum Teil, wie der Payanés. Der war genauso wie die tätowierte Dornenrose auf seinem Herzen: *rosa dolorosa* und Windrose. Wie jeder respektable *petrolero* hatte der Payanés nämlich nur zwei Dinge zu bieten: die offene Straße und den Schmerz der Freiheit. Und wenn sich eine Professionelle in einer Sache auskennt, dann ist das die Freiheit, sie weiß, wie zermürbend die sein kann. Ein Geliebter, der dir seine Liebe für jeden letzten Freitag im Monat verspricht und sein Versprechen treu hält, ist gewiss eine feine Sache, solange du nicht anfängst darunter zu leiden, dass Gott, außer diesem tröstlichen Freitag, noch drei weitere Freitage im Monat geschaffen hat und dazu vier Montage, vier Dienstage, vier Mittwoche und so weiter, ganze 365 Tage im Jahr, und an denen musst du mit den Höhen und Tiefen deines einsamen Herzens alleine zurechtkommen.«

Hin- und hergerissen zwischen Sacramento und dem Payanés, ihrem Hauptgewinn und ihrer Hauptstrafe, was geschah da, so fragt sich Olga, mit Amandas gebrochenem Herzen? Ging es zugrunde an ihrer Unfähigkeit, sich zu entscheiden? Sehr wahrscheinlich und ziemlich sicher ist, dass sie den Verdacht hegte, das Wohlbefinden, wenn es so etwas überhaupt gab, wäre an irgendeinem Punkt zwischen diesen Extremen zu finden.

Sacramento, Sayonara und ihre drei verbliebenen Schwestern bildeten eine mickerige Karawane, als sie ihren Weg in die Verbannung fortsetzten, und Sacramento, der seine ganze Liebesglut stets in das gelegt hatte, dem er am meisten misstraute, wandte sich jetzt von seinem alten Leiden ab und lernte dem, das er am meisten liebte, bis zur Selbstaufgabe zu misstrauen. Gleichzeitig war er, um jede weitere Verwirrung zu vermeiden, dazu entschlossen, Amanda so weit wie möglich von Tora wegzubringen, weil er sie von der Belagerung der Erinnerungen retten wollte, aber er bedachte nicht, dass die Erinnerungen leichtfüßig sind und überall, wo sie hinkamen, bereits auf sie warteten.

Die drei Mädchen folgten dem Paar wie ein bunter Kometenschweif, Susana, Juana und die kleine Chuza. Bald quälte sie der Hunger, bald labten sie sich in den Plantagen, die sie durchquerten, an aufgelesenen Ananas und Mangos; bald verzehrten sie sich vor Heimweh nach ihrer Schwester Ana, nach ihrer *madrina* Todos los Santos und nach all den Tanten, um sie im nächsten Augenblick allesamt vergessen zu haben, weil ihnen heute die Vorstellung, ihr Glück unter dem weiten Himmelsgewölbe zu finden, genauso vertraut war wie gestern die Gewohnheit, unter einem nahen Dach Schutz und Zuflucht zu suchen.

Als sie neun Tage auf dieser Wanderung ohne Schiffbruch und Leitstern waren, kamen sie zu den Nebelwäldern im Gebirge von Amansagatos, die ihre Berühmtheit der Tatsache verdanken, dass bisher niemand herausgefunden hat, ob ihr ewiger Regen ständig fällt oder ständig steigt, indem er sich schon als Nebel erhebt, bevor er den Boden berührt hat. In dieser Gegend ließen sie sich in der Nähe eines Holzfällerlagers für Zedern, Guayakbäume, *amargosos* und anderer Bäume der Regenwälder nieder, und Sacramento fand auf Empfehlung eines Bekannten eine befristete Anstellung in einem Sägewerk. Am ersten Arbeitstag lief Sayonara, im Eifer der Frischvermählten, die keine Ehepflicht versäumen will, mit einem Hühnchen, das sie angewidert gerupft und nach bestem Wissen gebraten hatte, den von Regen und grünen Gewitterwolken verhangenen Berg hinunter, um ihrem Gatten das Mittagessen zu bringen. Sie hatte nämlich gehört, dass eine anständige Frau treu dafür zu sorgen habe, ihren Mann gut zu ernähren, der ihr im Gegenzug Schutz und Unterhalt bot. Als sie in die Helligkeit der von oben beschienenen Lichtung des gerodeten Waldstücks wie auf eine Bühne hinaustrat, wurde Sacramento, als er ihre Schönheit sah und wusste, dass sie sein war, von einer Welle der Freude durchströmt, und sein Stolz schwoll an wie Schaum auf einem Bierglas und krönte seine Männlichkeit.

»Aber ich war nicht der Einzige, der sich nach ihr umdrehte«, erinnert er sich mit Unbehagen, denn, um sich gedemütigt zu fühlen, brauchte nicht seine Frau einen anderen Mann anzuschauen, es reichte schon, wenn ein anderer Mann seine Frau anschaute.

Amandas Ankunft in ihrer strahlenden Jugend, umgeben vom weißen Licht, den Topf mit dem Mittagessen in der Hand, während ihr das durchnässte Kleid am Körper klebte und ihr Rinnsale aus den wilden Haarsträhnen liefen, führte dazu, dass die gesamte Belegschaft wie auf Kommando aufhörte, die Axt zu schwingen und jede Beschäftigung ruhte, weil alle sie mit Blicken durchbohrten wie die Nadeln das Nadelkissen des Schneiders, und die alte Bitterkeit stieg in Sacramento wieder auf.

»Jedes Mal passierte dasselbe«, sagt Sacramento im bangen Ton dessen, der um Verständnis fleht. »Kaum tauchte sie auf, wo auch immer und obwohl niemand sie kannte, schon fingen die Männer an, sich merkwürdig zu benehmen. Sie streckten den Brustkorb heraus, wischten sich die verschwitzten Hände am Hemd ab, hüstelten, um sich bemerkbar zu machen, ich kann Ihnen nicht sagen, was es war, aber es war merkwürdig. Als wollten sie sich gegenseitig in irgendeiner männlichen Geheimsprache die verschlüsselte Botschaft weitergeben, dass sie da war. Sie, die Schöne, war da und verhexte sie, obwohl sie nichts tat. Sie beunruhigte die Männer und hinterließ in ihnen die glühenden Spuren des Verlangens.«

Sacramento fasste sie so fest am Arm, dass er ihr wehtat, nahm sie auf die Seite und schüttelte sie.«

»Wie kannst du es wagen, so hier aufzutauchen, mit den nassen Kleidern, merkst du denn nicht, dass das eine Aufforderung ist, halb nackt, wie du bist?«

»Aber wenn es doch wie aus Kübeln schüttet, Sacramento, was soll ich denn tun. Du bist doch genauso pitschnass, *hermanito,* was ist los mit dir ...«

»Nenn mich nicht Brüderchen, ich bin dein Ehemann. Du willst wissen, was los ist? Sie wissen alle Bescheid, das ist los ...«, sagte er mit erstickter Stimme, als überbrächte er ihr die schlimmste aller Nachrichten.

»Worüber wissen sie Bescheid?«

»Über deine Vergangenheit.«

»Aber sie wissen doch gar nichts, was erzählst du da? Es hat doch niemand irgendetwas gesagt, wir haben ihnen noch nicht einmal unsere Namen genannt. Wahrscheinlich verrätst du dich selbst, weil du so laut daran denkst, dass man deine Gedanken hören kann ...«

»Und wenn sie es nicht wissen, dann werden sie sich jetzt wegen deines schamlosen Benehmens ihren Teil denken. Geh nach Hause«, befahl er ihr und nahm ihr den Schwur ab, sich nie wieder auf der Lichtung blicken zu lassen, auch nicht, um ihm das Essen zu bringen.

»Schon gut«, sagte sie versöhnlich, »aber du wirst hier unten verhungern, und ich werde mich da oben zu Tode langweilen.«

»Lieber verhungere ich, als zuzulassen, dass sie meine Frau so ansehen. Das ist eine Frage des Anstands«, sagte er zu ihr, und es war das erste Mal, dass Sayonara jenes Wort zu hören bekam, das ihr noch die Tränen in die Augen treiben sollte.

Am nächsten Tag blieb Amanda mit den Mädchen im Gebirge und versuchte, ein Stück Boden in einer kleinen Bergkluft urbar zu machen, indem sie die dichte Vegetation aus dem Boden riss, um vielleicht eines Tages Erträge aus dem eigenen Gemüsegarten zu ernten; währenddessen stieg Sacramento für sein Tagewerk beim Sägewerk den Hügel hinab. Nach Sonnenuntergang kehrte er, von Flohstichen gepeinigt, übellaunig in die gemietete Bude aus vier ungehobelten Bretterwänden zurück, die Feuchtigkeit und Verlorenheit ausdünsteten.

»Was hast du den ganzen Tag gemacht?«, fragte er seine Frau.

»Ich habe einen *zaino* gefangen und eine Mauereidechse und sie gebraten, damit wir etwas Warmes zu essen haben.«

»Und was fällt dir ein, mir kein Mittagessen zu bringen?«

»Aber du hast doch gesagt ...«

»Allen anderen bringen die Ehefrauen das Essen, allen, nur mir nicht, nur ich musste hungern. Was werden meine Kollegen wohl von mir denken, vielleicht, dass meine Frau sich vergnügt, während ihr Mann bei der Arbeit ist und hungern muss ...«

Der Dialog war so absurd, dass Amanda laut loslachte, denn das Ausmaß ihres Melodramas war ihr noch nicht bewusst und das Lachen noch nicht vergangen. Ungeachtet seiner Verdächtigungen konnte Sacramento nicht an sich halten und stimmte in ihr Lachen über seinen Wutanfall mit ein.

Später, als sie sich schon hingelegt hatte, ließ sie sich von einer Woge aus Zärtlichkeit und Dankbarkeit für ihn überschwemmen, denn sie sah, wie er die Ritzen zwischen den Brettern mit Erde zustopfte, damit die bereits schlafenden Mädchen sich nicht vor den Nebelfetzen und den nächtlichen Vogelschreien gruseln mussten, die sich hineinschleichen wollten. Für einen Moment nahm Sayonara wahr, dass die Angst draußen blieb, dass die Coleman-Lampe gemütlich summte und dass die Träume der Schwestern friedlich aufschwebten, und es gelang ihr, die brennende, stets gegenwärtige Erinnerung an den Payanés zum Schweigen zu bringen und sich von der Vorstellung einlullen zu lassen, dass es für sie gut war, so wie es war, und dass es angenehm und wohltuend war, einen Ehemann zu haben.

»Hermanito«, murmelte sie und schlummerte zufrieden ein.

Sacramento streckte sich neben ihr auf das Lager und sah sie lange Zeit an. Es ist so hübsch, dein Gesichtchen, sagte er zu ihr, aber gegen Mitternacht hatte er immer noch keine Ruhe gefunden und konnte sich nicht zurückhalten, sie noch einmal zu wecken.

»Hast du dich wirklich nicht vergnügt?«, fragte er sie.

»Wann?«

»Heute, um die Mittagszeit ...«

»In diesem Elendsquartier? Wie sollte ich mich in diesem Elendsquartier vergnügen?«

»Mit anderen Männern ...«

»Nein, Sacramento, ich habe den Tag damit verbracht, mit den Mädchen das Gestrüpp wegzuhacken, wir haben uns bestimmt nicht vergnügt.«

»Und hast du oft an ihn gedacht? Hast du ihn vermisst?«

»Der Payanés? Den versuche ich zu vergessen, Sacramento, aber du bist es, der mich ständig an ihn erinnert.« Sayonara drehte sich um, verschränkte die Arme über dem Kopf und mimte einen Weinkrampf, weil sie sich dem erneuten Ansturm seiner Wahnvorstellungen entziehen wollte. Als Sacramento ihren nackten braunen Rücken sah und darauf den warmen Schimmer des Lichts aus der Coleman, begann er, ihre Schultern mit Küssen zu bedecken und sie um Verzeihung zu bitten. Die gebratene Eidechse, die du mir gemacht hast, war wirklich köstlich, ich bin ein undankbarer Kerl, säuselte er seine Schmeicheleien in den höchsten Tönen. Vergib mir, meine Liebste, wie konnte ich dir bloß misstrauen, aber der Ton entglitt ihm immer mehr, und er verfiel wieder in die alten Vorwürfe; ich bin nicht eifersüchtig und hege auch keinen Groll, weil ich dir vergebe, wegen des Fehltrittes, den du getan hast. Dieses triste Los, dieser undankbare Weg und dieser falsche Schwur, überstürzten sich die Gemeinplätze der Erbitterung, bis er wieder bei den Beleidigungen angelangt war; du wirst von Hand zu Hand gereicht, von Mund zu Mund; deine Lippen betrügen mich, Verräterin, Lügnerin ...

»Es reicht, Sacramento! Jetzt halt den Mund, sonst erschreckst du noch meine Schwestern. Lass den Unsinn, ich will schlafen.«

Dann zog er sie vor Leid und Liebe bebend an sich, und sie ließ ihn gewähren, aber die Vorstellung von jener anderen Umarmung kehrte mit aller Macht zurück, und unwillkürlich tat es ihr weh, den Kopf an eine Brust zu lehnen, die nicht die Brust des Geliebten war.

»Genauso wie das Vieh, das durchgeht, weil es in den Stall zurückwill«, sagt Olguita zu mir, »so geht es einer Frau, die liebt, mit ihren Gedanken: Unentwegt ringt sie darum, sich von allem frei zu machen, um zur Erinnerung an den Geliebten zurückzukehren, dem einzigen Ort, an dem sie Rast und Ruhe findet.«

Ich möchte genauer wissen, was Sacramento in jenen Tagen gegenüber dem Payanés empfand, und frage ihn, ob er damals häufig an ihn denken musste.

»Ich konnte ihm seinen Verrat nicht verzeihen«, gesteht er mir. »Und genauso wenig konnte ich ihr verzeihen, mir den Freund genommen zu haben. Ich gab ihr die ganze Schuld an unserem Unglück. Heute tut es mir Leid, dass ich sie mit meinen Anschuldigungen so verletzt habe, aber damals ließ mir die Frage keine Ruhe, obwohl es keine Antwort darauf gibt: Wer ist schuld? Sie? Er? Oder ich? Oder das Leben selbst?«

Während Sacramento vor Eifersucht und Trauer um die verlorene Freundschaft verging, wurde er nicht nur in seinen Gedanken vom Payanés verfolgt, dieser machte ihm auch in der physischen Welt zu schaffen.

»Ich hatte den Eindruck, überall den Payanés zu sehen«, sagt er. »Ich sah ihn hinter jedem Baum stehen und darauf lauern, dass meine Aufmerksamkeit nachließ, damit er zu ihr gehen konnte. Seine gelb und grün marmorierten Augen gab es in dieser Gegend gar nicht, aber ich bildete mir trotzdem ein, sie im Gesicht jedes Mannes zu sehen, der sie anschaute. Und gleichzeitig vermisste ich ihn schmerzlich als meinen Bruder aus den Tagen, als wir das Brot, die Hacke, die Schaufel und sogar die Schuhe miteinander geteilt hatten und wussten, dass das Los des einen auch das Los des anderen war, dass die Steine auf seinem Weg auch meine Steine und die Münzen in meiner Tasche auch seine Münzen waren. Aber ich konnte ihm nicht verzeihen, dass er versucht hatte, sie mir wegzunehmen. Und ich fragte mich, ob es ihm gelungen war, obwohl ich es war, der sie geheiratet hatte.«

Nachdem Sacramento in jener von Vogelgeschrei erschauerten Nacht seine Lungen stundenlang mit ihrem Duft gefüllt hatte, den er beim Einziehen süß und beim Ausatmen giftig fand, erhob er sich aus dem Bett, kochte sich einen starken Kaffee auf dem kleinen Ofen und ließ über der dampfenden Tasse vor lauter Niedergeschlagenheit seinen Tränen freien Lauf. Als der Morgen anbrach, sahen Amanda und die Mädchen überrascht, dass ihre Habe zusammengeräumt und in zwei mit Sisal verschnürten Koffern fertig verpackt dastand.

»Wir gehen hier weg«, verkündete Sacramento. »Wir müssen noch viel weiter weggehen, an einen Ort, an dem uns dein schlechter Ruf nicht mehr erreicht. Aber lass dir eines gesagt sein, damit wir nicht noch mal in den gleichen Schlammassel geraten: Ich will nicht, dass du wie ein wildes Fohlen herumläufst. Keine nackten Füße mehr und keine im Wind wehende Mähne.«

Sayonara hörte seine Worte wie durch Watte, während sie ein paar weltliche Verse der barfüßigen Missionarinnen vor sich hinsummte, die ihrer Mutter einst die ersten Worte in der Sprache der Weißen beigebracht hatten:

Ich weiß nicht, welch einen Streit
der Wind führt mit meinem Haar,
oder ist es die Liebe gar,
die ihn zu Fest und Geschenk macht bereit?

Hatte ihr die Mutter diese Strophe wirklich als Kind vorgesungen? Oder hatte sie sie nie gesungen, weil sie eine India und eine *guahíba* war, die den Gesang scheute und das Spanische mied?

»Hör mit diesem Lied auf«, schimpfte Sacramento, weil er auf alles eifersüchtig war, sogar auf die Luft, die sie atmete. »Du musst versuchen, dich weniger auffällig zu verhalten, damit die Leute nicht sofort auf dich aufmerksam werden.«

»Ist gut«, stimmte sie bereitwillig zu, weil sie noch nicht ahnte, wie groß der Abstieg auf dem Weg des Verzichts sein kann. »Ich werde mir eine hübsche Spange kaufen oder noch besser ein Haarband mit Rüschen, und wenn du willst, binde ich mir die Haare zusammen, damit niemand sie sieht.«

»Es wäre besser, wenn du sie abschneiden würdest ...«, schlug er vor, worauf sie sich taub stellte und ihr Liedchen weiterträllerte.

»Sacramento ist schon immer ein Mensch gewesen, der zu einem extravaganten Verhalten neigte«, sagt Todos los Santos im Vertrauen zu mir, als ob ich das nicht längst wüsste. »Aber seine Unsicherheit in dieser gestörten Liebe trieb ihn immer weiter und gab ihm Anlass zu einer

Halsstarrigkeit, die an Grausamkeit grenzte, und je mehr er litt, desto mehr quälte er sie.«

Alles, was er an Amanda vergötterte, alles, was ihn an ihr bezauberte, war gleichzeitig die Zielscheibe seiner ganzen Verachtung.

Am liebsten hätte er Amanda das Korn Mondstaub, das sich zufällig zwischen ihren Brauen abgelagert hatte, von der Stirn gekratzt, weil es strahlte wie ein Talisman, wie ein geheimes Erkennungszeichen oder ein stummes Versprechen und sie zum Gegenstand männlicher Leidenschaft machte. Sacramento musste ihr das austreiben, was auch immer es war, ein bösartiges Geschwür, der Stein der Weisen oder ein Krümel Gold, denn die Verlockung dieser früher öffentlichen Frau, die jetzt kraft des vor dem Altar gegebenen Jaworts seine Gattin war, ruhte in diesem winzigen Meteoriten und hatte mit ihrer Anziehung und Schönheit nichts zu tun, auch nicht mit ihrer Intelligenz oder ihrem Körper, ganz zu schweigen von ihrer Verführung, welche Amanda oder Sayonara, um ehrlich zu sein, gar nicht besaß oder nur in dieser ihr eigenen unbeabsichtigten Weise.

Zieh keine Ohrringe mehr an, die provozieren nur, befahl Sacramento ihr, und sie gehorchte, weil sie ihn nicht kränken wollte, aber die Ohrringe waren nicht das Problem. Geh nicht so, damit rufst du nur Verwirrung hervor, aber in Wirklichkeit besaß sie den wiegenden Gang aller Frauen aus den heißen Ländern. Gib nicht immer so überhebliche Antworten, deine rebellische Art weckt nur das Verlangen. Und sie versuchte, es ihm recht zu machen, aber selbst wenn sie schwieg, weckte sie das Verlangen. Lach nicht so, dein Lachen ist eine Verlockung, aber sie verlockte gleichermaßen, ob sie heiter oder ernst war. Sieh den Männern nicht ins Gesicht, damit forderst du sie nur heraus, aber selbst wenn sie den Blick zum Boden senkte, entging keinem das Funkeln ihres Edelsteins, ihrer Patina oder ihrer Gabe: dieses stille, mondhafte Leuchten, dunkel und ernst, mit dem sie alle verzauberte.

»Versuch bloß nicht, ihr diesen Glanz auszutreiben. Dafür kann sie nichts, weil sie mit ihm auf die Welt gekommen ist«, hatte Todos los Santos Sacramento überflüssigerweise gewarnt.

Sieben Monate nach der Hochzeit traf Machuca das Paar durch eine Kapriole des Schicksals in Villa de la Virgen del Amparo, einem herrschaftlichen Städtchen mit einer strengen Architektur und einer ebensolchen Moral, das sich seit dem 18. Jahrhundert kraft einer königlichen Verfügung von Seiner Majestät Carlos III. eines Wappens und einer Kathedrale mit einem Vorplatz voller authentischer Lepröser rühmen durfte.

Machuca, die Ketzerin, deren Wiege – wer hätte das gedacht – an diesem Ort stand, war für ein paar Tage in ihre Heimatstadt zurückgekehrt, weil sie ihren Personalausweis erneuern musste, um bei den bevorstehenden Wahlen ihre Stimme abgeben zu können. Sie erzählt mir von ihrer Überraschung, als sie von weitem Sacramento erblickte, der zu seinem ursprünglichen Beruf zurückgekehrt war und auf dem Marktplatz seine Dienste als Karrenzieher anbot. Machuca stürzte sich auf ihn, umarmte und herzte ihn inniglich und fragte ihn nach Sayonara, doch er begrüßte sie mit einer förmlichen Distanz und erzählte ihr, dass Amanda, um den Unterhalt der Familie aufzubessern, bei einer der traditionsreichsten Familien von La Virgen del Amparo als Hausangestellte in Lohn und Brot stehe.

»Sie halfen sich nicht mit den Ersparnissen, die Sayonara in Tora verdient hatte. Diese Schmach hätte Sacramento niemals mit seinem Stolz vereinbaren können«, erzählt mir Olguita. »Er hat das Geld zurückgewiesen und ihr gesagt, es sei schmutzig und auf sündige Weise erworben; er sei weder ein Kuppler noch würde er sich von ihr aushalten lassen. Lieber würde er vor Erschöpfung tot umfallen, als dieses Geld anzurühren.«

»Gott sei Dank«, findet Machuca. »Wenigstens hat die Kleine nicht ihre Ersparnisse geopfert, um diese misslungene Ehe, die von vornherein verkorkst war, aufrechtzuerhalten.«

»Aber, ich möchte Sie um einen großen Gefallen bitten, Señora Machuca«, habe Sacramento anschließend gestelzt zu ihr gesagt, erzählt mir Machuca weiter, »bitte suchen Sie Amanda nicht auf. Nehmen Sie mir diese Worte nicht übel, und glauben Sie mir, dass ich Sie aufrichtig respektiere, aber Sie wissen ja, dass die Gepflogenheiten nicht überall die gleichen sind, und die Leute, die Amanda eingestellt haben, sind ziemlich eingebildet und empfindlich. Wenn sie Verdacht schöpfen, das sage ich natürlich nicht, um Sie zu kränken, wie ich Ihnen ja schon zu verstehen gab, aber wenn diese Leute einen Verdacht schöpfen, in welchem Gewerbe Amanda vorher tätig war, dann wird sie sicherlich ihre Stellung verlieren. Ich bitte Sie nochmals wegen dieser unpassenden Bemerkung und meines mangelnden Vertrauens um Verzeihung; Sie werden diese sicher zu verstehen wissen.«

Ohne Rücksicht auf Sacramentos Warnungen stellte Machuca Nachforschungen über Sayonaras Verbleib an und klopfte, in ein schäbiges Tuch gehüllt, um ihr unverkennbares Gesicht der gealterten *puta* zu verbergen, als arme Bettlerin an ihre Haustür und bat um einen Kanten Brot. Ein völlig abgemagertes, schweigsames Mädchen mit einem Kopftuch über dem Haar und in einer strengen, an ein Novizenhabit erinnernden dunkelblauen Tracht öffnete ihr die Tür, und sie brauchte einen Moment, um Sayonara wiederzuerkennen.

»Kommen Sie um die Mittagszeit wieder, dann teilen wir Suppe an die Bedürftigen aus«, sagte der blaue Schatten der einst strahlenden Sayonara zu ihr und machte erschrocken einen Satz zurück, als die Bettlerin in dem fadenscheinigen Tuch die Arme ausstreckte und ihre beiden Hände ergriff.

»Bist du es, Machuca?«, fragte sie, die andere erkennend.

»Jeden Freitag geht er zum Fluss und hofft, dort ein ganz bestimmtes Mädchen zu treffen ... Ich bin nur gekommen, um dir das zu sagen.«

»... Payanés?«, fragte Amanda zögernd und senkte die Stimme, als würde sie ein Sakrileg begehen.

»Manche schwören, dass sie ihn sogar mittwochs oder samstags dort gesehen haben. Er steht alleine da und wirft Steine in den Fluss, ganz in Weiß und nach Seife duftend und mit dem vollständigen Lohn in der Tasche. Er steht einfach nur da und wartet, immer.«

»Das sagen sie?«

»Das sagen sie.«

»Sag mir, auf wen er wartet ...«

»Das weißt du genau.«

»Sag es mir ...«

»Er wartet auf eine, die sich Sayonara nannte, bevor sie ihn wegen eines anderen verlassen hat. Es heißt zwar, dass das Warten die Hoffnung zerstört, aber auf ihn scheint das nicht zuzutreffen. Sein Warten scheint von Woche zu Woche eifriger zu sein, und seine Geduld grenzenlos. Wenn die Leute ihm sagen, dass du mit einem weißen Schleier in der Kirche geheiratet hast, dann antwortet er, dass das Versprechen, das du ihm gegeben hast, älter sei und deshalb mehr gelte.«

Weil sie die Schelte der Hausherrin fürchtete, die jedem Fremden misstraute und jeden hinter ihrem Rücken gesprochenen Satz verdächtigte, verabschiedete Amanda sich flugs von Machuca und tat so, als hätte sie nichts gehört. Aber sie hatte alles gehört. Sie nahm die vertrauliche Mitteilung entgegen, faltete sie behutsam zweimal zusammen, wie ein kostbares Leinentaschentuch, verbarg sie sorgfältig in ihrem Busen und klammerte sich daran fest, um sich in dieser Zeit ihrer Reise durch das Land der Leere am Leben zu erhalten.

»Wo bist du, Payanés? Wer küsst dich ... Wenn ich es nicht bin, wer umarmt dich dann ...?« So steigerte sie sich in eine zu gleichen Teilen tödliche und belebende Sehnsucht hinein. »Zwing mich nicht dazu, diese ganze unerfüllte Sehnsucht zu ertragen, sie frisst mich auf ...«

Ich halte ein kleines Zeugnis jener Tage der schleichenden Traurigkeit in der Hand. Es handelt sich um eine hastig niedergeschriebene Bleistiftnotiz von Machuca an Todos los Santos, drei oder vier Tage nach ihrer Begegnung mit Sayonara. Monate später würden sie miteinander Frieden schließen, und alles würde wieder sein wie vorher, denn die Freundschaft der beiden Frauen hatte in der Zeit nach dem Streik durch irgendeinen Schlagabtausch, ein Doch-Nein-Doch, Schaden genommen, als ganz La Catunga unter Meinungsverschiedenheiten und Überempfindlichkeiten litt. Obwohl sie nicht mehr miteinander sprachen, hatte Machuca das Bedürfnis, ihrer alten Freundin Todos los Santos mitzuteilen, in welch traurigem und resigniertem Zustand sie Sayonara angetroffen hatte. Nach einer förmlichen Anrede erstattete sie ihr schriftlich Bericht: »Vor einigen Tagen bin ich zufällig mit Ihrer

Ziehtochter zusammengetroffen, die, wie Sie vielleicht schon aus anderen Quellen wissen, mit ihrem Mann in Villa de la Virgen del Amparo, im Departement Santander, lebt. Sie war bei guter Gesundheit und frei von materiellen Sorgen, doch bedauere ich, Ihnen mitzuteilen, *comadre,* dass dringend etwas unternommen werden muss, weil unser Mädchen ihre ganze Lebensfreude verloren hat.« Darunter stehen mit schwarzer Tinte in Todos los Santos' Handschrift zwei hingekritzelte Sätze, wie eine nach der Lektüre an niemanden gerichtete Antwort: »Man kann nichts unternehmen. Es bleibt uns nichts anderes übrig als zu warten, dass das Leben, das sie schon einmal hierher geführt hat, auch wieder zu uns zurückbringt.«

Vierzig

Wir durchleben sonderbare Tage, reden nicht viel und verstehen noch weniger, weil die Rückschau auf die Ereignisse nach der Hochzeit bei Sacramento und den alten Señoras eine Menge Bitterkeit aufsteigen lässt. Ich habe mit meinen Fragen viele unbewältigte Erinnerungen bei ihnen heraufbeschworen und finde jetzt keinen Weg, um die Mauern des Schweigens zu durchbrechen, hinter denen sich Sacramento in Schuldgefühlen ertränkt, Olguita in Tränen und Todos los Santos in Vorwürfen. Obendrein hat der Winter – oder die gläserne Jahreszeit, wie die Fischer vom Rio Magdalena ihn nennen – die Temperatur in Tora um einige Grad sinken lassen, und der Kälteeinbruch – eigentlich ein geringfügiges Nachlassen der Hitze –, hat noch eine Unannehmlichkeit mit sich gebracht: Die unkontrollierbare Blase von Todos los Santos lässt diese von Zeit zu Zeit in einer lauwarmen Lache Urin schwimmen. Weil sie zu stolz ist, das Missgeschick zu bekennen, wiegt sie sich dann, als ob nichts wäre, weiter in ihrem Schaukelstuhl im Patio, füttert die Tiere oder dämmert auf ihrem Bett vor sich hin.

»Kommen Sie, *madrina*. Kommen Sie, wir wollen uns umziehen, weil uns wieder ein Malheur passiert ist«, fordert Sacramento sie auf und konjugiert aus Feinfühligkeit die Verben im Plural, derweil er ihr beim Aufstehen hilft.

»Ihnen auch, mein Sohn?«, fragt sie ihn. »Dieses unanständige Wetter hat wohl auch Ihre Nieren geschwächt, nicht wahr?«

Es gelingt uns nicht, ihr das Frösteln auszutreiben, weder mit der Wärmflasche noch mit den Fuchsschwänzen, die wir ihr wunschgemäß um den Hals legen, und auch nicht mit den berühmten Pantoffeln aus rosa Kaninchenfell, die sie Tag und Nacht an den Füßen behält.

»Lasst das, es ist nichts dagegen zu machen«, sagt sie und wehrt unsere Fürsorge mit einer Handbewegung ab. »Wir können nur warten, bis sich der Winter und mit ihm die Unpässlichkeiten wieder verzogen haben. Solange schwimmen wir eben im Urin. Dagegen kann man nichts machen.«

Dennoch finde ich, wir haben eine mehr oder weniger effektive Art gefunden, diese kleine große Katastrophe wenn auch nicht zu beheben, so wenigstens vorauszusehen. Die wortkarge, in sich gekehrte Todos los Santos hat nämlich begonnen, dann und wann die langen Pausen des beklemmenden Schweigens in unseren Unterhaltungen mit einem explosionsartigen Redeschwall zu unterbrechen, der mal aus einer Schimpftirade besteht, mal aus Ratschlägen oder Ermahnungen, am häufigsten jedoch eine nostalgische Rückbesinnung auf die Vergangenheit ist. Er ist zwar von wechselndem Inhalt, aber in seinem sintflutartigen Losbrechen stets identisch und dient uns als Vorwarnung, denn der urinalen Inkontinenz pflegt aufgrund einer kuriosen anatomischen Symbiose die verbale Inkontinenz vorauszugehen. Unter diesen Umständen hat sie auch zum ersten Mal die so genannte Episode vom Elefanten erwähnt. Als das mit dem Elefanten passiert ist ..., beginnt sie und fängt an zu erzählen.

»Oberflächlich betrachtet scheint das menschliche Leben der reinste Wirrwarr aus Launen, Sturheiten und Torheiten zu sein, aber wenn man ihnen auf den Grund geht und nach dem Sinn und Zweck des Ganzen forscht, kann man mit sehr viel Geduld ein Muster aufdecken. Selbst wenn einer den größten Unsinn fabriziert, wird sein Tun und Lassen von eindeutigen Motiven gelenkt, und es gibt keinen Zufall, der nicht gleichzeitig auch ein Ergebnis ist«, begann sie vor einer Weile, und wir schoben ihr eilends die Wanne unter das Gesäß. »Lassen Sie die Wanne und nehmen Sie Ihr Heft zur Hand, damit Sie notieren können«, befahl sie mir, »ich habe nämlich heute das Bedürfnis zu reden.«

»Reden Sie nur weiter«, bat ich, »reden Sie nur, ich behalte alles im Gedächtnis. Wie war das noch mit den Motiven?«

»Wir Alten legen uns am Abend nicht zum Schlafen, sondern fangen an, über der Vergangenheit zu brüten, und heute Morgen, kurz bevor der Wecker klingelte, kam mir die Erkenntnis, dass Sayonara nur geheiratet hat, um wieder ihren alten Namen zu tragen.«

»Wie meinen Sie das?«

»Der Name, den du trägst, ist die Überschrift deines gelebten Lebens, und wenn jemand sein Leben ändern will, dann muss er zuerst seinen Namen ändern. Sayonara musste wieder Amanda werden, bevor sie den Besuch machen konnte ...«

»Welchen Besuch? Und bei wem?«

»Na ja, bei ihrem Vater, der ja noch nicht gestorben war, und man hat übrigens bis heute noch nichts von seinem Tod läuten hören. Man kann doch seinem alten Herrn nicht vor die Augen treten und ihm sagen, dass der Nachname, den er einem mitgegeben hat, weg ist und auch der Taufname nicht mehr existiert, weil man ihn gegen einen anderen eingetauscht hat, den man schöner fand. Das gehört sich einfach nicht. Sobald sie über die Möglichkeit nachdachte, ihren Vater zu besuchen, hat

Amanda sich wahrscheinlich vorgestellt, dass sie ihm auf die Frage: Was hast du aus deinem Leben gemacht, mein Kind? in die Augen schauen und ohne allzu viel zu lügen sagen könnte: Ich habe geheiratet, Señor *padre.* Ich bin eine anständige Frau und habe meine Pflicht erfüllt, für meine Schwestern zu sorgen und sie mit meinem guten Beispiel zu erziehen. Wäre sie dagegen Sayonara geblieben, hätte sie stumm und verschämt die Augen gesenkt, und ihr Vater wäre sofort misstrauisch geworden.«

»Hier bei uns«, wirft Sacramento ein, »ist kaum etwas mehr gefürchtet als der väterliche Zorn. Und die Leute tun einiges, um ihn zu vermeiden. Oder um ihn zu beruhigen, wenn er schon entbrannt ist.«

»Und woher wusste Sayonara, wo sie ihren Vater zu suchen hatte?«, frage ich.

»Sie stellte schon seit einiger Zeit Nachforschungen an und hatte eine vage Vorstellung, wo sie ihn finden konnte.«

Ihr Informant war ein Señor mit Namen Alfredo Molano, ein Zugvogel aus Berufung, der sich in den Chroniken von Wanderungen und Wanderern auskannte und ihr mitteilte, dass Abelardo Monteverde einen Laden mit Gemischtwaren in der Ortschaft Sasaima unterhielt; dass er noch mit derselben Weißen verheiratet war und inzwischen, nachdem er ihre nunmehr erwachsenen Kinder großgezogen hatte, eine neue Schar gemeinsamer Kinder mit ihr großzog. Als sie soweit im Bilde war, ließ Amanda die Idee, ihn suchen zu gehen, keine Ruhe mehr.

»Und was, bitte schön, hast du von diesem Mann bekommen außer Verlassenheit, dass du jetzt hingehst und dich bei ihm bedankst?«, versuchte Sacramento ihr das Vorhaben auszureden.

»Er hat mir das Leben gegeben«, antwortete sie und sparte sich jede weitere Erklärung; sechs schlichte, schlagende Worte, die vielleicht nichts aussagten, aber auch keine Flanke für ein Gegenargument boten.

»Er wird Sasaima verlassen«, sagte sie und wiederholte das immer wieder. »Ich spüre das. Wenn ich mich jetzt nicht auf den Weg mache, dann werde ich ihn verpassen.«

»Umso besser. Ich weiß nicht, warum du so erpicht darauf bist, deinen alten Kummer wieder auszugraben.«

Es war nichts zu machen. Sayonara verspürte eine Dringlichkeit, die keinen Aufschub duldete, wie einen Juckreiz: Wenn sie sich setzte, stellte er sie auf die Füße, wenn sie sich legte, ließ er sie hochfahren, er schnürte ihr die Luft ab und raubte ihr den Appetit.

»Es war wie ein innerer Befehl für sie«, erzählt mir Olguita, »wie eine Mission, die sie erfüllen musste. Sie war davon überzeugt, dass sie zu ihrem Vater musste, als ob das Schicksal das von ihr verlangt hätte.«

»Weg, Felipe!« Todos los Santos vertreibt einen ihrer vielen Felipes, in diesem Fall ein Vierbeiner mit schwarzem Strubbelfell, der ihr die Pantoffeln anknabbert.

»Was erwartete Amanda von ihrem Vater?«, möchte ich wissen.

»Jeder sehnt sich danach, vom Vater angenommen zu werden«, erwidert mir Todos los Santos. »Sogar dem größten Sünder unter der Sonne macht es fürchterlich zu schaffen, wenn das nicht der Fall ist. Warum? Darum. Weil die menschliche Gattung nun mal so ist. Und so ist auch sie, unsere Sayonara. Sie brauchte die Bestätigung, dass ihr Vater sie für das, was sie getan hatte, nicht verdammte. Wenn Sie mich fragen, war das sogar der wahre Grund, weshalb sie der *putería* den Rücken gekehrt hat.«

»Was erwartete Amanda von ihrem Vater?«, wiederholt Sacramento meine Frage. »Genau das wollte auch ihr Vater von ihr wissen, sobald sie ihm gesagt hatte, wer sie war.«

Im Begriff, in den Bus einzusteigen, weil er just in diesem Augenblick nach Venezuela aufbrach, rieb sich Don Abelardo ungläubig die Augen, als er seine Tochter Amanda – ein Gespenst, das ihm seine Vergangenheit ohne Erlaubnis und Vorankündigung vor die Füße spie – an einer Ecke vom Marktplatz in Sasaima stehen sah, mit tropfnassen Haaren und einer ebensolchen dunkelblauen Novizinnentracht, wie sie sie damals trug, und hinter ihrem Rücken die drei jüngeren Geschwister in Organdy-Kleidern mit Krinolinen, die ebenfalls bis auf die Haut durchnässt waren und sich vor lauter Angst und Schüchternheit an den Fingern knabberten. Don Abelardo wischte sich den Schweiß ab, den diese unvorhergesehene und peinliche Situation ihm auf die Stirn trieb, und fragte sie nicht, was aus Ana geworden war, er wusste auch nicht, welches Mädchen welches war, und wollte gar nicht wissen, woher sie kamen, wie sie die letzten Jahre überlebt hatten und wo sie hinwollten. Er fragte nicht, ob sie Hunger hatten oder warum sie so durchnässt waren, und erfuhr nicht, dass sie eine zweitägige Busreise hinter sich hatten, Durchsuchungen und Verzögerungen über sich ergehen ließen, mal vom Militär, mal von den Guerilleros, und anschließend einen siebeneinhalbstündigen Fußmarsch querfeldein durch den Regen unternommen hatten, um ihn zu sehen.

»Du triffst mich zum falschen Zeitpunkt, meine Tochter«, sagte er zu Amanda, der Einzigen, an die er das Wort richtete, weil sie die Älteste war. »Ich habe kein Bargeld in der Tasche und breche gerade zu einer Reise auf. Was führt euch hierher?«

»Ich will nur Ihren Segen, Señor *padre,* für mich und für meine Schwestern.«

»Ist das alles?«

»Ja, Señor *padre,* das ist alles.«

»Also, wenn das so ist, dann sehe ich da kein Problem«, sagte Don Abelardo Monteverde, der unter seinem halb geöffneten Hemd eine spärlich behaarte Brust sehen ließ und darunter über dem engen Schnallengürtel, einen weit ausladenden Bauch, und hob die speckige Rechte, um ihnen seinen Segen zu erteilen.

»Gott behüte dich«, sagte er viermal feierlich und voller Rührung, aber vom Busfahrer gehetzt, der die Fahrgäste mit seiner penetranten Huperei zur Eile anhielt, weil es schon dämmrig wurde.

Als Don Abelardo den Cowboystiefel auf das Trittbrett setzte, zögerte er noch einmal, und das bereits zurechtgelegte Adiós zur Entlassung des Überraschungsbesuchs dieser Töchter, die längst aus seinem Gedächtnis und seinen Gefühlen gewichen waren, gefror ihm auf den Lippen.

»Warten Sie einen kleinen Augenblick, ich zahle für die Verspätung«, sagte er zum Busfahrer und gab den Mädchen dann mit Handzeichen zu verstehen, sie sollten dort stehen bleiben und auf ihn warten. Mit großen Schritten überquerte er den Marktplatz, zog einen Schlüsselbund aus der Tasche, öffnete eine Tür und betrat ein Haus, das entweder sein Wohnhaus oder aber sein Ladengeschäft war.

Es dauerte zehn Minuten, dann kam er wieder heraus: Unter seinem linken Arm klemmte ein Elefant aus Porzellan, und in der rechten Hand hielt er ein Stück Stoff.

»Nehmen Sie das, *mija*«, sagte er zu Amanda, übergab ihr den Elefanten und das Tuch und betrachtete sie einen kurzen Moment mit einem einfältigen Ausdruck, der mit viel Wohlwollen als Zuneigung zu interpretieren wäre. »Nehmen Sie dies, damit Sie nicht mit leeren Händen davongehen müssen.«

Danach gab er jedem Kind einen Kuss auf die Stirn: den ungeschickten, rauen Kuss eines Mannes, der nie küsst. Aber immerhin einen Kuss; die pathetische, rührende und schuldige Geste eines Vaters, der gewollt hätte, dass die Dinge anders wären, und um Vergebung bat.

»Verzeihen Sie mir, *mija*«, sagte er zu Amanda, und seine Stimme klang so zittrig, als stünde er kurz davor, in Tränen auszubrechen, »aber ich kann nichts für euch tun. Ich habe eine Frau, die böse würde, ich habe weitere Kinder und eine Menge Verpflichtungen, mein Leben ist inzwischen ganz anders ... Sicherlich werden Sie das verstehen können ...«

»Seien Sie unbesorgt, Señor *padre*. Das Leben war durch die Güte des Himmels wohlgesonnen, und wir gehen dankbar für diese sehr schönen Geschenke davon.«

Sayonara fuhr nie wieder zu ihrem Vater, vielleicht weil sie den Segen, den sie so sehr zu benötigen glaubte, um im Leben voranzukommen, bekommen hatte. Der Elefant ...

»Ich verstehe, wenn jemand den Segen des heiligen Papstes will«, unterbricht die Fideo mich beim Schreiben des vorherigen Absatzes, »aber wozu zum Teufel soll denn der Segen eines ungehobelten Kerls wie Monteverde gut sein?«

»Man hat nur einen Vater ...«, sage ich.

»Unsinn«, widerspricht sie mir. »Man hat nur eine Mutter; einen Vater findet man in jedem dahergelaufenen Hurensohn.«

Ich fahre fort: ... um im Leben voranzukommen, bekommen hatte. Der Elefant existiert noch, wenn auch mit abgebrochenen Stoßzähnen. Er steht auf einem Eckschrank in Olgas Haus, ich betrachte ihn gerade, während die Fideo mich betrachtet.

»Denken Sie bloß nicht, er wäre was Besonderes«, bemerkt diese an mich gewandt. »Viele Leute hier in der Gegend stellen sich solche Elefanten als Zierde in die Wohnung. Auch Clowns sieht man häufig. Und Ballerinas. Von diesen Ballerinas aus Porzellan gibt es eine Menge. Aber als Dekoration ist der Elefant unübertroffen.«

Die Fideo hat Recht. Im Laufe der Jahre bin ich in unzähligen Wohnzimmern genau solchen Elefanten begegnet und habe mich gefragt, wie es zugeht, dass in der unerschöpflichen Vielfalt dieser unnützen Gegenstände, die über unser ganzes Land verteilt sind, ein einziger es schafft, sich gegen die anderen zu behaupten. Da drängt sich doch der Verdacht einer zwanghaften Vervielfältigung und Verbreitung von ein und demselben Modell auf, das sich aus unerfindlichen Gründen trotz seiner Überflüssigkeit durchsetzen konnte. Ein weiteres Beispiel für solche Gegenstände, die in der Häufigkeit ihres Vorkommens Fetischen gleichen, ist der in anderen Ländern äußerst beliebte Gartenzwerg aus bemaltem Gips, der im Freien zwischen den Blumenrabatten steht. Hier bei uns in Kolumbien ist der Elefant dem Gartenzwerg aber weit überlegen.

Zum einen, weil er häufiger zu sehen ist, und zum anderen, weil es die Gipszwerge in verschiedenen Ausführungen gibt – mit weißem Bart, mit schwarzem Bart, mit roter Mütze, ohne Mütze, mit Laterne in der Hand, ohne Laterne –, während sich der Porzellanelefant stets selbst treu bleibt, mit seinem glatten Grau, der weich gewölbten Matronenbrust und den beiden winzigen schwarzen Äuglein über dem Rüsselansatz, mit den unvermeidlich abgestoßenen Stoßzähnen, dem halb geöffneten Maul, das eine rosafarbene fleischige Höhle sehen lässt, und dem stämmigen, anmutig angewinkelten Vorderfuß auf einer weißen Kugel unklarer Bedeutung, die ebenso gut eine blasse Erdkugel wie ein großer Ball sein könnte. Oder vielleicht ein Elefantenei?

Ich wende den Dickhäuter eine Zeit lang in den Händen hin und her, dann stelle ich ihn wieder auf seinen Schrank zurück. Wie seltsam die Liebe eines Vaters doch sein kann, denke ich, und welch seltsame Mittel sie doch wählt, um sich auszudrücken.

Jetzt hat sich eine angenehme Ruhe über das Haus gelegt. Seit ein paar Stunden schlummert Todos los Santos friedlich und ohne einzunässen in ihrem Schaukelstuhl.

»Ist sie fort?«, fragt sie mit einem Mal, reißt die blinden Augen auf und versucht, mich mit den Fingerspitzen zu ertasten.

»Nein, Todos los Santos, ich bin nicht fort. Ich bin noch hier bei Ihnen.«

»Ah! Sie sind so still, da dachte ich, Sie wären schon gegangen. Rücken Sie näher, und geben Sie mir die Hand, dann kommen Sie mir wenigstens nicht abhanden, wenn Sie still sind.«

Einundvierzig

In einiger Entfernung von Todos los Santos' Haus fließt ein stinkender Kanal. Wenn der Wind in unsere Richtung dreht, dann wird der Geruch bis hierher getragen. Vergammelte organische Abfälle schwimmen darin, zerbrochenes Kinderspielzeug, benutzte Damenbinden, Einmalspritzen, Flaschendeckel, Watte – vom Säubern einer Infektion? –, aufgequollene Matratzenreste, blaue Plastikfetzen, Zeitungen von gestern: das Leben in der Intimität seines Drecks und seines Mülls. Trotzdem springt das Wasser dieses Kanals mit demselben hellen Klang von Stein zu Stein wie das Wasser eines sauberen Baches.

»Daraus lernen wir folgende Lektion«, sagt Todos los Santos, »dass alles Schlechte gut ist und alles Gute ebenfalls gut ist.«

Mir leuchtet zwar nicht ganz ein, welche Lektion die *madrina* daraus lernen will, aber ich nutze die Stimmung, um ein ähnliches Thema anzuschneiden.

»Seien Sie doch so gut, Todos los Santos, und erklären Sie mir, falls Sie das nicht langweilt: Wann ist Prostitution eine Sünde und wann ist sie es nicht?«

»Darüber gibt es verschiedene Meinungen, aber die meisten Leute sind sich darüber einig, dass sie immer Sünde ist.«

»Aber eine lässliche, wenn die Frau im Bett leidet«, klärt Olguita mich auf, »und eine Todsünde, wenn sie ihren Spaß dabei hat, dann kommt sie nämlich ganz bestimmt in die Hölle, weil sie ihre Schulden beim Jenseits nicht im Leben abbezahlt wie die anderen.«

»Wenn ich mir beim Flaschengeist etwas wünschen könnte«, faselt die Fideo im Fieber, »dann hätte ich gern zwei riesige Brüste, um es einem Señor auf die Russische zu besorgen.«

»Was für eine törichte Art, einen Wunsch zu vergeuden. Was sich die Leute alles wünschen ... Bevor sie schlafen ging, hat Sayonara sich immer vor das Christusbild vom Heiligen Herzen gestellt und es um eine merkwürdige Gnade gebeten«, erinnert Todos los Santos sich. »Sie hat sich davor gestellt und jeden Tag laut denselben Satz wiederholt: Jesus, bitte mach, dass die Mörder heute Nacht nicht töten, damit die Leute auf der Welt in Ruhe schlafen können.«

Wir sitzen im Patio und unterhalten uns bei einem Glas Limonade; wir in den Schaukelstühlen, die Felipes in ihren Käfigen und die Fideo im vorletzten Stadium, allesamt benommen von der Hitze und dem säuerlichen Geruch, der heute schlafwandlerisch durch die trägen Nachmittagsstunden weht.

»Ich würde gern noch einmal auf das Gleichnis vom Kanalwasser und vom sauberen Wasser zurückkommen«, bitte ich Todos los Santos.

»Papperlapapp«, erwidert sie. »Das einzig Interessante daran ist, dass wir in diesem Dorf durch unsere eigene Scheiße waten müssen, weil weder die Behörden noch die Erdölgesellschaft im Stande waren, uns eine Kanalisation zu legen.«

Zweiundvierzig

Eine von Amandas Aufgaben in Villa de la Virgen del Amparo bestand darin, ihre *patrona,* Señora Leonor de Andrade, jeden Nachmittag zur Kirche in die Sechs-Uhr-Messe zu begleiten. Während der Innenraum der Kathedrale das Reich entrückter kolonialer Heiliger war, umgeben von Weihrauchwolken und dem Gestank nach verwelkten Lilien, ließ sich draußen auf ihrem Vorplatz das unruhige, heidnische Volk nieder: Händler, die in biblischen Zeiten längst mit der Peitsche vertrieben worden wären; Lepröse, die sich auf das Wunder ihrer Heilung wartetend um die Kirche scharten, und solange dies nicht eintrat, mit der Zurschaustellung ihrer Knoten und Entstellungen an das schlechte Gewissen der Kirchgänger appellierten; Lotterieverkäufer, die sich mit einer Hand voll Lose auf die Frommen stürzten, wohlwissend, dass die Leute, die am meisten beten, auch am höchsten bieten.

Dort, mitten in dieser von Krankheit und Not gezeichneten Menschheit, die sich allabendlich am Ausgang der Messe einfand, entdeckte Amanda eines Tages die Fideo in einer Gruppe zerlumpter Prostituierter unterster Kategorie, die auf ihre Abreise zu einer männlichen Strafkolonie im Gebiet der Regenwälder von Guaviare warteten, wo die Frauen, wie allgemein üblich, ihre sexuellen Dienste anbieten sollten, denn sobald eine *puta* durch Alter oder Krankheit für die urbanen Zentren untauglich wurde, heuerten Zuhälter sie für Häftlinge, Grenzsoldaten, Kautschukbrigaden, Guerilleros, Vortrupps von Taguanuss-Sammlern und andere an, die ihr Leben in der größten Trostlosigkeit und Verlassenheit fristeten, die es für Menschen gibt.

»Gibst du mir was für ein Schlückchen?«, bat die Fideo Sayonara und hielt sie am Arm fest, als sie sie beim Vorübergehen erkannte.

»Was tust du denn hier?«

»Ich lebe mein Leben. Gib mir was für ein Schlückchen, habe ich gesagt.«

»Kommt nicht in Frage. Du solltest lieber für Medizin betteln gehen, Fideo. Man sieht auf Anhieb, wie krank du bist.«

»Mag sein, dass ich krank bin, aber du bist halb tot. Sieh dir doch nur dieses Postulantengewand an, in das sie dich gesteckt haben!«

Amanda überredete sie, am Mittag des folgenden Tages zum Haus ihrer *patrona* zu kommen, um ihr die Barmherzigkeit eines ordentlichen Tellers Suppe zu erweisen, und die Fideo folgte der Einladung für den Rest der Woche und auch während der nächsten, weil der Zuhälter, der die Reise der Dirnen nach Guaviare koordinierte, die Abfahrt mit immer neuen Ausreden hinausschob, um ihnen noch mehr Geld aus der Tasche zu ziehen: Wer mitfahren wollte, sollte noch etwas für die Überlandfahrt drauflegen und einen Zuschlag für die Flussstrecken, außerdem eine Gebühr für den Zahnarzt, der ihnen sämtliche kariösen Zähne ziehen würde, damit sie nicht anfingen, während der Reise über Zahnschmerzen zu klagen, wenn es zu spät sei.

Auf diese Weise tauschten sich die Fideo und Sayonara in Gesellschaft dreckstarrender Straßenkinder und Bettelmönche zwischen zwei Löffeln Eintopf oder Kartoffelsuppe über ihre jeweiligen Sorgen aus.

»Erzähl mal von Don Enrique«, bat Sayonara sie. »War der wirklich ein Zwerg?«

»Ein Zwerg mit großem Pipischwanz und einem noch größeren Herzen.«

»Du musst nach Tora zurück, Fideo, damit du dich von Doktor Antonio María behandeln lassen kannst, bevor die Krankheit ins Blut geht und dich umbringt.«

»Um mich brauchst du dir keine Sorgen zu machen. Sieh lieber dich an. Ich habe nur eine bösartige Syphilis, aber du bist krank im Gemüt, und das ist sowohl schlimmer als auch unverzeihlicher. Geh zurück zu deiner *madrina,* da ist dein Platz. Oder gefällst du dir in der Rolle der zweifelhaften Ehefrau, die mit dem Tod auf Raten bestraft wird?«

»Jeder nimmt sein eigenes Kreuz auf sich«, antwortete Sayonara und rechtfertigte damit ihren Entschluss zu bleiben.

In Wirklichkeit hatte sie andere Gründe, aber davon erzählte sie nichts: Durch ihren schmerzlichen Prozess, auf das Leben zu verzichten, gewann Amanda nämlich allmählich an Boden auf dem Terrain eines friedlichen Einvernehmens mit Sacramento. Anständig zu sein erwies sich als ein weitaus schwierigeres und härteres Unterfangen, als *puta* zu sein, aber sie gab sich redlich Mühe damit, und Sacramento belohnte ihre Fortschritte, indem er sie besser behandelte, weniger unberechenbar in seinen Reaktionen war und weiter liebevoll für die Mädchen Susana, Juana und Chuza sorgte, wie er es immer getan hatte, er unterrichtete sie, gab ihnen die Geborgenheit einer Familie und ein Leben im Wohlstand.

Im Käfig ihres blauen Kleides einer entlaufenen Novizin ließ Sayonaras Körper sich bändigen und einsperren, ihr Name ging unter Amandas Namen in Deckung, und ihre Augen überwinterten im Versteck ihrer Höhlen, aber ihr ganzes Sein und all ihre Sehnsucht segelten kilometerweit über die Wasser des Magdalena zu den Spuren vom Payanés.

Ohne sich darum zu bemühen erhielt Amanda täglich kostenlos ihre Lektionen in Anstand und Wohlverhalten bei ihrer *patrona,* einer verdienten Meisterin des Faches. Während sie als Todos los Santos' Schülerin gelernt hatte, wie man jemand ist, lernte sie als Hausangestellte von Doña Leonor, wie man niemand ist. Sie, die vorher dazu angehalten wurde, schön, liebenswert und selbstgefällig zu sein, wurde jetzt in das Geheimnis der Unsichtbarkeit und der Demut eingeführt, in die substanzlose Anwesenheit, das Dasein eines Schattens.

Die beiden ledigen Töchter von Doña Leonor, Nena und Margara, lebten noch zu Hause, und Amanda erkannte bald, dass die beiden in den Augen ihrer Frau Mutter nicht dieselbe moralische Billigung genossen. Nena tat dieser Genüge, Margara dagegen versagte: weil sie Telefonanrufe bekam, wenn es ungelegen war; weil sie mit Männern verkehrte, die nicht standesgemäß waren; weil sie partout nicht verstehen wollte, dass »ein Ruf zerbrechlicher ist als Glas« und dass »Sein ohne Schein nicht genügt«; weil sie enge Kleider und auffällige Farben trug und, was die Mutter am meisten aufzubringen schien, weil sie ihr aufsehenerregendes Lachen nicht zügelte, während ihre Schwester Nena offenbar von klein auf wusste, dass die richtige Dosierung ein angedeutetes Lächeln war.

Amanda lernte die Zehn Gebote ihrer *patrona* und setzte sie in die Praxis um, worauf Sacramento vor Erleichterung einen Stoßseufzer tat und sein darniederliegendes Ehrgefühl allmählich erstarkte; er gestattete sich, den anderen wieder ins Gesicht zu sehen, und die Bürde der unsäglichen Vergangenheit wurde ihm leichter, ja manchmal verschwand sie für Augenblicke sogar.

Auch Amanda begann mit anderen Augen zurückzuschauen. Hatte sie von ihren Kameradinnen und Freundinnen in La Catunga bisher bloß im guten Sinne als *mujeres* oder höchstens als *putas* reden hören, so wusste sie inzwischen, dass sie auch schamlos waren und ehebrecherisch, Gesindel, Dirnen, Flittchen, leichte Mädchen, Buhlerinnen und Schlampen. Während sie als *puta* erlebt hatte, dass Sex langweilig sein konnte, erfuhr sie jetzt, als anständige Frau, dass er außerdem widerlich war. Und sie sah sich selbst in den Augen der anderen gespiegelt, als Doña Leonor einmal beiläufig die Bemerkung fallen ließ:

»Ich habe eine kleine India für die Hausarbeit bekommen. Ich kann nur hoffen, dass sie sich nicht als Diebin entpuppt ...«

Es war alles in Ordnung, solange Sacramento keinen Wutausbruch bekam, was in immer größeren Abständen geschah. Aber von Zeit zu Zeit fing der Stachel wieder an, sich in ihm zu regen, vor allem in den Nächten, wenn er bei dem Versuch versagte, seine Frau im Ehebett zu lieben.

»Wie soll ich ein Mann sein, wenn du mit deinem Verhalten meine ganze Männlichkeit untergräbst? Für die anderen hast du dich zurechtgemacht und parfümiert und hohe Absätze getragen, aber jetzt, wo du mit mir zusammenlebst, kämmst du dir nicht einmal mehr die Haare ...«, warf er ihr vor und riss in seiner Erinnerung die Wunde der Faszination für jene Frau auf, die sie gewesen war, bevor er sie gezwungen hatte, eine andere zu sein.

»Bin ich was, ist es falsch, und bin ich nichts, ist es auch nicht recht«, wehrte Amanda sich halblaut. »Es wäre wohl das Beste, ich würde sterben. Vielleicht bin ich sogar schon längst gestorben, ohne etwas davon zu merken.«

Trotzdem war ihr Leben, dank seiner allmählich in Moll gespielten Tonart, erträglich und ähnelte im Wachzustand einem trägen, farblosen Traum. Bis der jüngste Sohn von Leonor Andrade, ein gewisser Rodrigo mit langen Wimpern, der in der Hauptstadt Jura studierte, für die Ferien nach Hause kam, und Amanda die Unvorsichtigkeit besaß, ihn gegenüber Sacramento zu erwähnen.

»Dieser Rodrigo bringt mich zum Lachen«, sagte sie. »Er kann sich Münzen aus den Ohren zaubern.«

»Wenn die Eifersucht ausbricht, dann muss man sie wieder einfangen, fesseln, knebeln und in eine Zwangsjacke stecken, damit sie keinen Schaden anrichtet«, doziert Todos los Santos. »Aber als er sich einbildete, der junge Rodrigo hätte es auf seine Frau abgesehen, ließ Sacramento seiner Eifersucht die Zügel schießen, und sie preschte los wie ein Höllenhengst und trampelte alles nieder.«

»Komm, lass uns in den Regenwald zurückgehen«, schlug Sayonara vor, um ihn zu besänftigen. »Da gibt es wenigstens nur Affen, und auf die wirst du ja wohl nicht eifersüchtig sein ... oder?«

»Aber nichts half«, erzählt Olguita. »Kein Balsam konnte Sacramentos Zorn lindern, und er fing an, sie zu verfolgen und auszuspionieren, wenn sie morgens zur Arbeit ging, er überwachte sie auf Schritt und Tritt, bei jedem Atemzug, bei jeder Unterhaltung und jedem Gang, und begann dabei sogar sich selbst und seine Arbeit als Karrenzieher zu vernachlässigen.«

»Ich kann meine Stelle aufgeben«, kam sie ihm entgegen, »und mir einen Haushalt ohne einen Mann suchen, der dich stören könnte ...«

»Es gibt sie überall.«

»Dann lass uns an einen anderen Ort ziehen. In San Vicente Chucurri lebt die Melones, die Schwester von Delia Ramos; sie ist aus dem Gewerbe ausgestiegen und hat jetzt einen Schönheitssalon, in dem sie die Leute frisiert und manikürt. Sie wird uns bestimmt aufnehmen.«

»Nein. Dein schlechter Ruf reicht bis dorthin.«

»Dann eben nach Medellín. Da habe ich eine Tante, die Calzones ...«

»Calzones, Melones, *putas* und immer nur *putas*. Sie sind alle *putas*. Gibt es denn auf der ganzen Welt keine einzige anständige Frau mehr? Weißt du auch, was die Leute über mich reden? Dass ich Sayonara geheiratet hätte, die *puta* aus dem Miramar«, schrie Sacramento sie aus der abgrundtiefen Not seiner schwarz-weiß gemalten Welt an: der Himmel mit Sayonara und die Hölle ohne Sayonara oder die reinste Qual mit und ohne diese Frau, die nur eines von beidem sein konnte, eine Göttin oder der letzte Dreck oder beides abwechselnd, aber nichts dazwischen.

»Am besten bringe ich dich um und mich auch«, deklamierte er und benutzte, wenn er von seiner Liebe redete, eine Sprache, die zu einem Unfallarzt gepasst hätte, weil er keine zwei Sätze reden konnte, ohne die Worte, Blut, Gift, Verletzung, Messer und Opfer darin unterzubringen.

»Jetzt halt endlich den Mund, Sacramento, du machst mir ja Angst«, sagte sie zu ihm. »Du fängst ja an zu reden wie die Helden und die Märtyrer ...«

»Niemand wird dich jemals lieben wie ich.«

»Umso besser«, murmelte sie und ertrug es, ertrug es, ertrug es, bis sie nicht mehr konnte und eines Tages eine unendliche Müdigkeit verspürte und in ihrem Herzen erneut ein Sturm blies, der sie in einer plötzlichen Anwandlung von Vernunft aus ihrer Routine riss und wie ein Orkan der altbekannten Gewissheit entgegenschleuderte, dass das Leben woanders war, durch andere Flussbetten strömte. Die unzähmbare Kraft all derjenigen, die einen unbeugsamen Willen haben, erstarkte wieder in ihr, diesmal mit der Strenge eines Befehls, und sie holte, ohne ihren Zorn zu mäßigen, mit dem Henkeltopf aus, den sie in der Hand hielt, und warf ihn nach Sacramento, verbrühte ihm mit der kochenden Milch die Brust und fügte ihm eine Platzwunde an der Stirn zu.

»Wenn das hier eine Ehe sein soll, dann ist die Ehe keine gute Erfindung«, sagte sie, ihrer ganzen Sanftmut ledig. »Ich gehe, Sacramento, *hermanito*. Ich gehe, und zwar für immer.«

»In diesem Moment«, erzählt mir Olga, »erkannte Sacramento, dass die echte Sayonara zurückgekehrt war, und traute sich nicht, sie zum Bleiben zu überreden, aber er hat ihr gedroht: ›Wenn du gehst, dann sterbe ich.‹ Sie ist trotzdem gegangen, obwohl sie wusste, dass seine Warnung dieses Mal ernst zu nehmen war.«

»Da begann für meine Ziehtochter die Zeit der Heimkehr«, erzählt Todos los Santos mir. »Mein Mädchen ist hinausgelaufen und hat die Fideo gesucht. Dann hat sie zu ihr gesagt: ›Lass uns gehen, und zwar sofort‹.«

»Und deine Schwestern?«, wollte die Fideo wissen.

»Sacramento hat mir versprochen, sich um sie zu kümmern.«

»Aber wie soll ich denn gehen? Siehst du nicht, dass ich behindert bin?«

»Gib mir den Ring da.«

»Das kann ich nicht. Es ist das Letzte, was mir von Enrique geblieben ist. Du denkst vielleicht, das wäre irgendein Ramsch. Aber er hat ein Wappen und ist aus massivem Gold ...«

»Gib ihn her«, verlangte Sayonara und nahm den Ring. Und als sie nach einer Weile zurückkehrte, sagte sie, sie habe ihn gegen einen alten, aber zähen Esel eingetauscht.

Dreiundvierzig

Damals in der Zeit in Virgen del Amparo«, weiß die Fideo mir zu berichten, »schwebte Sayonara in ihrer Sehnsucht nach dem Payanés weit über dem Erdboden. Komm da runter, Mädchen, habe ich zu ihr gesagt, als ich sie da oben herumsegeln sah. Komm von deiner rosaroten Wolke runter.«

Je lebhafter ihre Erinnerung an ihn wurde und je tiefer sie sich in sie verstieg, desto verschwommener wurde sie auch. Als Erstes kam ihr sein Kopf abhanden: Wie hat er mich angesehen, von der Seite oder von vorn? Sie konnte sich nicht entsinnen. Seine Ohren sind so groß wie halbe Bratpfannen, zog die Fideo sie auf, aber sie erinnerte sich an ihre perfekte Form und ihre rosa Farbe. Was kam von seinen Lippen? Liebesgeflüster oder Schweigen? Auf die Entfernung klang eins wie das andere. Waren seine Küsse wirklich so innig? Oder habe ich mir das nur eingebildet? Seine Haut war das reinste Geschenk, sogar mit Kleidung, dessen war sie sich allerdings sicher.

»Egal wo man bei ihm hinfasst, man bekommt eine Menge Mann zu fassen«, seufzte sie.

Waren seine Haare sehr dunkel? Dunkel und hell, zweifarbig, schwarz und weiß. Was war es, was da auf seiner Stirn pulsierte, das Versprechen einer Seligkeit oder von vornherein das bekannte Adiós? Sie wusste es nicht, nicht einmal damals, als jene Zeit, die jetzt durch die lange Kette ihrer einförmigen Tage in weite Ferne gerückt war, noch die Gegenwart war.

Nach dem Kopf vergaß sie seine Arme, und die Spuren seiner Umarmungen lösten sich in Luft auf, ihr kam das Bild seines Nackens abhanden, obwohl er ihr bei der letzten Begegnung den Rücken zugewandt hatte; auch seine Beine verblassten im Nebel, und sie war nicht mehr in der Lage, sie von den Beinen anderer Männer zu unterscheiden, erst recht nicht seine Füße, die ihr so wenig präsent waren, dass Sayonara schließlich zu der Überzeugung gelangte, der Payanés habe bei der Liebe nie die Strümpfe ausgezogen. Sogar die Hände entglitten ihr, und die in ihr verbliebenen Eindrücke seiner Liebkosungen verrauchten. Aber es blieb ihr die Brust, die Brust vom Payanés, die groß wurde wie die ganze Welt.

»Auf die Erinnerung an diese Brust«, versichert mir die Fideo, »hat Sayonara ihr Haus gebaut.«

Eine zur Umarmung bereite Brust, schützend wie die Flanke Gottes oder irgendeines Vaters, alt wie ein Elefant und weich wie ein Bett und warm: ohne Ritzen, durch die es kalt hereinziehen konnte. Keine schmale Jünglingsbrust, auch keine tapfere Männerbrust oder eine auf der Höhe des Herzmuskels von einer Lanze verletzte Brust; weder ein scharf geschnittener Brustkasten wie ein Schiffskörper, an den man die Rippen zählen konnte, noch ein muskulöser Athletenthorax, nichts von alledem und schon gar nicht eine mit Orden behängte Generalsbrust. Sondern eine raumgebende, erfahrene und weise Brust, weit wie ein Hangar, voller Milch und Honig wie die Brüste einer Frau, eine Brust wie das Halbdunkel in einer Kirche und die Geborgenheit in einer Küche, mit dicken Steinmauern und hohem Dach unter einem wohlgesonnenen Firmament und mit einem Holztor, das für sie sperrangelweit offen stand. Genauso eine Brust.

»Ich glaube«, sagt die Fideo, »dass sie die Erinnerung an das Gewesene mit dem verwechselte, was sie gern gehabt hätte.«

Eine Brust, die gibt, ohne gebeten zu werden und einen nicht warten lässt, die nicht ängstigt, die nicht einschüchtert, die nicht erdrückt; eine Brust, die nichts zurückhält, nicht abwägt, sich nicht vorenthält, nicht misstraut, nicht berechnet; eine großzügige Brust wie ein Bankett; Krypta und Schloss, eine Schlafhöhle für Säugetiere, wenn draußen der Winter tobt: Blütenbett.

»Ziemlich viel Sehnsucht nach Dingen, die es hier auf der Erde nicht gibt. Was du willst, ist kein Mann, Mädchen«, mutmaßte die Fideo, »du willst eher sterben und in den Himmel.«

»Vielleicht.«

Vierundvierzig

Eines Tages erzählte sie mir von Lucía«, sagt die Fideo. »Sie gestand mir, dass sie mit dieser Frau eine Zeit lang sehr verstrickt war.«

Es waren Monate der Selbstentfremdung, in denen Amanda jeden Tag vierundzwanzig Stunden mit einer Frau zubrachte, die sie nie im Leben gesehen hatte und auch niemals sehen würde und dennoch besser kennen lernte als eine Schwester. Es handelt sich um Lucía, die Ehefrau vom Payanés in Popayán, die nach seiner Aussage der Grund für seine Distanziertheit, für ihre Trennung, für jenen Abend am Fluss war und für alle darauf folgenden Umwege des Schicksals. Weil Sayonara ihren richtigen Namen nicht kannte, beschloss sie, die Frau Lucía zu taufen, ein Name, der in ihren Ohren kühl, spitz und hochmütig klang. Sie hätte sich natürlich ganz einfach einen Vorteil verschaffen und die andere übertrumpfen können, indem sie sie von vornherein Ramona oder Chofa, Filomena genannt hätte, doch den Gegner lächerlich zu machen oder herabzuwürdigen, das hielt sie für die falsche Taktik.

»Na gut, dann Lucía«, wiederholt die Fideo Amandas Worte.

Ohne dass sie es merkte, saß diese Lucía bereits beim Frühstück, beim Mittagessen und beim Abendessen mit an ihrem Tisch; sie gurgelte sogar mit ihr, aber mit Zyanid, weil die andere sie vergiftete, und ließ weder am Tag noch in der Nacht von ihr ab, obwohl sie sie hasste, weil sie niemand anderen hatte, an dem sie ihre Wut auslassen oder mit dem sie ihre endlosen, sinnlosen, sich im Kreis drehenden inneren Dialoge über den doppelt abwesenden Mann führen konnte: abwesend bei ihr und abwesend bei der anderen, ihretwegen und wegen der anderen.

»Hier sind wir nun alle beide und kratzen uns seinetwegen die Augen aus«, sagte Sayonara zu Lucía, »und er vergnügt sich vielleicht gerade mit Molly und sitzt gemütlich auf ihren Knien.«

Je mehr Kraft sie aufwandte, um Lucía von der Landkarte zu tilgen, desto penetranter und präsenter wurde sie, bis der Tag kam, an dem Amanda merkte, dass jene gesichts- und alterslose Frau, die sie gerufen hatte, inzwischen wie eine zusätzliche Mieterin bei ihnen eingezogen war, und – ungesehen von Sacramento und den Schwestern – ihren Stammplatz in der Küche hatte, dasaß und, bald verdrossen und weinerlich, bald wütend und fordernd, ihre trostlose Botschaft auf den Lippen trug, aber stur blieb in ihrem Entschluss, dort zu verweilen, selbst wenn ihre Gastgeberin sie als Hexe, als Albdruck, als Eindringling, als die, die da, die Frau da, beschimpfte.

»Es fehlte nur noch, dass ich ihr jeden Morgen eine Tasse Kaffee hinstellte«, sagte Amanda zur Fideo, und erzählte ihr, ihr sei am Ende klar geworden, dass sie mehr an sie dachte als an den Payanés, und vermutlich auch mehr als der Payanés selbst an sie dachte, welchen sie immer weniger als ihren einstigen Geliebten sah und immer mehr als den wahren Ehemann dieser gespenstischen Lucía.

»Ich bin dabei, ihr das Feld zu räumen«, erkannte Sayonara eines Tages erschrocken und besann sich darauf, Frieden mit ihr zu schließen, ihr wieder ein menschliches Antlitz zu verleihen und sie von den Verunglimpfungen als Ausgeburt und Teufelsbrut freizusprechen, außerdem hörte sie auf, ihr ein mürrisches Wesen, hängende Brüste und Mundgeruch anzudichten.

Gleichzeitig erteilte sie ihr energisch den Befehl, aus ihren Gedanken zu verschwinden und die Genehmigung, dort zu leben, wo sie hingehörte, in ihrer eigenen Umgebung, damit sie beide sich nicht mehr auf die Füße traten und sich nicht rauften wie zwei Kämpferinnen, die sich den engen Raum im Ring, die Goldmedaille und die einzige verfügbare Portion Luft streitig machten. Sie verzichtete auf ihre inzwischen so vertraute Gesellschaft und verabschiedete sich, hoffentlich für immer, von ihr, worauf sie zwar zunächst eine Lücke wahrnahm, aber, nachdem sie eine Weile ohne Lucía ausgekommen war, mehr Kraft in sich spürte und zufrieden war, dass sie diese unselige Doppelallianz aus Komplizenschaft und Rivalität mit einer Fremden abgeschüttelt hatte.

»Natürlich kam Lucía ab und zu wieder«, klärt die Fideo mich auf, »aber nur verschwommen und zu einem kurzen Höflichkeitsbesuch. Sie setzte sich schweigend auf ihren Platz, trank einen schwarzen Kaffee, bedankte sich und bat um die Erlaubnis, sich zurückziehen zu dürfen, dann machte sie sich wieder auf den Weg nach Popayán, in ihre Heimat.«

Fünfundvierzig

Als ich das Foto von Sayonara zum ersten Mal sah, hatte ich sofort die Intuition, dass dieses Mädchen unter gewalttätigen Umständen gestorben war. Ebenso wie ich mich erinnere, in den ungeschickt gezupften Augenbrauen und dem Blick, der sanft und kühl war wie Seide, die Prostituierte zu erkennen und – fälschlicherweise – anzunehmen, sie würde im Kontrast zu dem dunklen Licht, das sie ausstrahlte, Clara heißen, ich erinnere mich auch, gedacht zu haben, dass sie diese Art von Schönheit besaß, die dem Tod die Tür weit öffnet.

Ich habe die Episoden ihres Lebens verfolgt und versucht, ihre Spur und ihre ungenaue Fährte nachzuzeichnen. Das Mädchen, Sayonara und Amanda: Ich war Zeugin dreier verschiedener Personen, ohne dass es mir gelungen wäre, diese in irgendeiner Weise definitiv und wahrhaftig zu einer Identität zu vereinen. Doch wie hätte mir das auch gelingen sollen, mir, die ich fest davon überzeugt bin, dass nicht einmal sie selbst dazu in der Lage war.

»Ich bin innerlich zerteilt, Doc«, hat sie sich einmal bei ihm beschwert, wie mir Doktor Antonio María erzählt, »und jede, die in mir lebt, zieht mich in eine andere Richtung. Ich bin dieses ganze Gezerre in mir müde, Doc, und fühle mich wie gevierteilt. Am liebsten möchte ich ausruhen und nur eine sein.«

»Das geht uns allen so, wir fühlen uns gespalten«, habe er ihr da geantwortet, erzählt er mir, »und wenn wir nur noch eine Person sind und ausruhen können, dann sind wir tot.«

Ich wollte die Leidenschaft jener Frau, die nicht umsonst Sayonara genannt wurde, verstehen und sie auf den Wegen ihrer rückfälligen Abschiede begleiten. Ich wollte wissen, was ihr Problem war, aber es scheint eine Konstante zu sein, dass das Problem immer ein anderes ist, und dass sich hinter den Beweggründen eines Menschen ein weiterer Grund zu verbergen pflegt. Das eigentliche Leben wird in der Tiefe des Wassers ausgekämpft, und an seine Oberfläche gelangen nur Worte und Erklärungen.

Das ist gut so, denke ich. Es muss so sein. Möge das Gedenken an Sayonara bleiben, wo es hingehört, im Zwischenraum von Vermutungen und Erwartungen, halb versteckt und halb aufgedeckt durch die Erinnerungen, die den anderen von ihr geblieben sind. Besser gesagt von ihnen. Von allen dreien: Amanda, dem Mädchen und Sayonara. Und was mich betrifft, so sollte ich mich damit begnügen, mich nun ganz behutsam dem Ende ihrer Lebensgeschichte zu nähern. Ich will zwanglos, ohne eine übertrieben literarische Ausformung, ohne den Anspruch, ihr Dreifaltigkeitsmysterium aufzuklären, zulassen, dass ihr Kondensstreifen, schwerelos und vervielfacht, im Schatten verschwindet, und vermeiden, sie dem hellen Tageslicht auszusetzen, in dem sie verbrennen musste.

Ich möchte jetzt die Schritte zu ihren Leuten zurückverfolgen, ab jenem entscheidenden, von Windkraut gefegtem Tag ihrer Heimkehr nach Tora, als sie sie genauso wiederkommen sahen, wie sie gegangen war, in dem schwarzen, seitlich geschlitzten Rock, mit triefnasser Mähne, in der chinesischen Bluse mit der dichten Knopfreihe und dem zahmen Drachen.

»Wie sie gegangen war, ja, mit dem Unterschied, dass ihre Atmung tiefer geworden war«, erläutert mir Todos los Santos, »aber das haben nur wir gemerkt, die sie liebten. Ich will damit sagen, dass etwas an ihr neu war und sie bei ihrer Abwesenheit eine Eigenschaft hinzugewonnen hatte, und das war Reife. Eine strahlende Reife, ohne Wünschen und Wollen, still und süß wie der Morgenstern.«

»Still und süß!«, lacht Olga. »Diese malaiische Tigerin nennst du Morgenstern!«

Sie berichten mir, dass ihr Weg zurück nach Hause beschwerlich, langsam und voller Staunen war.

»Beschwerlich und langsam und voller Staunen, *sí* Señor, das war er, genauso wie das Leben der armen Leute«, philosophiert Olguita und fängt von neuem an zu lachen.

»Nun halt den Mund, Olga«, weist Todos los Santos sie zurecht, »und hör auf, alles zu wiederholen. Du bist doch kein Echo.«

Sayonara führte den Esel mit der Fideo, die wie ein Kleiderbündel in dem Traggestell hing, am Halfter. Die Kranke, die es satt hatte, in ihrer eigenen geschwollen, entzündeten Haut zu wüten, sprühte vor Übellaunigkeit und wies jedes Hilfsangebot mit solcher Erbitterung zurück, dass Sayonara ihr nicht nur einmal androhte, sie auf offener Strecke auszusetzen und dem Erbarmen des nächstbesten Samariters zu überlassen, der sich dann mit ihrer Boshaftigkeit herumschlagen mochte. Aber all ihre Warnungen waren zwecklos, und die Fideo gab nur Ruhe, wenn ihre schmerzenden, geschwollenen Glieder ihr erlaubten, in einen erschöpften Schlummer zu sinken, doch bei jeder Unebenheit des Weges kam sie wieder zu sich und begann in einem für Sayonara völlig unverständlichem Pathos zum Himmel zu schreien:

»*Ay*, Don Enrique, nimm mich mit zu dir! Hab Mitleid und nimm mich mit dorthin, wo du bist, denn die hier unten sind ein einziger Haufen Dreckskerle!«

»Undankbares Weib!«, schimpfte Sayonara dann.

»Wer glaubt, ich würde ihm obendrein noch Dank schulden, der kann mich mal. Meinem Gott für diese Syphgeschwüre, groß wie Hühnereier, danken? Der Jungfrau María für diese stinkenden Eiterbeulen danken? Wem zum Teufel bin ich denn einen Dank schuldig?«

»Zum Beispiel dem Mann, der eben gekommen ist und dir Wasser geben wollte. Du hattest keinen Grund, ihn zur Hölle zu jagen. Er wollte dir nur helfen.«

»Helfen? Diese Missgeburt ...? Der ist bestimmt der Bruder oder Vetter oder zumindest der Kumpel von dem Kaffer, der mir diese Seuche angehängt hat.«

Von weitem, bevor die ersten Dächer in Sicht kamen, erblickte Sayonara die elf blauen Flammen der Raffinerieschlote, die über den höchsten Baumwipfeln in die diesigen Regenwolken ragten, und ihre Augen wurden feucht, als sie den heimatlichen Hafen wiedererkannte und die dicken Rauchsäulen bei ihrem langsamen Aufstieg beobachtete. Erst dann sah sie genauer hin.

»Was für merkwürdige Rauchwolken«, bemerkte sie.

»Was ist daran so merkwürdig?«, brummte die Fideo.

»Sie steigen so merkwürdig auf.«

Es sah aus, als würden sie auf halbem Wege innehalten, um sich dann nach den Seiten auszubreiten, sich zu dichten Wolken aufplustern, unverhofft aufquellen und den von Elektrizität schon überladenen Himmel weiter zuziehen, sodass die Luft zum Atmen noch weniger wurde und das gewohnte Bild irgendwie verändert wirkte, wie ein Trugbild seiner vorherigen Erscheinung.

»Irgendetwas ist hier anders geworden, Fideo«, sagte Sayonara. »Wir kommen nicht an den selben Ort zurück, den wir verlassen haben.«

»Es verändert sich doch dauernd was, oder was denkst du? Nun tu mal nicht so schlau.«

Tatsächlich waren die Vorzeichen einer Veränderung schon vor Stunden aufgetaucht, als die beiden Reisenden auf die erste Laubhütte gestoßen waren. Diese hatte, mit Schilf und Plastikplanen gedeckt, einfach am Wegrand gestanden, drei Bleche diente ihr als Wände, und anstelle einer Tür verbarg ein Sack den knapp einen Meter hohen Innenraum, der nur liegend zu nutzen war. Neben der Laubhütte saß auf einem Stein eine sehr arme Frau mit nackten Brüsten und rot verschmierten Lippen und wartete. Die Fideo hatte Fieber, und um sie vor dem Regen zu schützen, der sie durchnässte und ihr kalt in die Glieder kroch, kam Sayonara auf die verwegene Idee, die Frau zu bitten, die Kranke in ihrer Hütte unterzubringen, bis der Regen nachgelassen hatte.

»Packt euch weg hier!«, hatte die mit dem angemalten Mund gerufen und ihnen mit einem Stein gedroht. »Wo es schon so wenig Kunden gibt! Packt euch, ihr stinkenden Weiber, bevor ihr mir noch die Kunden vertreibt!«

Ein Stück weiter mündete der Weg auf die inzwischen asphaltierte Landstraße, und Sayonara, die Fideo und der Esel setzten ihren Marsch auf dem unbefestigten Seitenstreifen fort, dicht an die Felswand gedrängt, um nicht von den lärmend, in nächster Nähe an ihnen vorüberrauschenden Fahrzeugen erfasst zu werden und unter den Rädern der mit Soldaten und Waffen beladenen Lastwagen zu enden.

»Schön der Asphalt«, sagte die Fideo in einer Anwandlung von Milde. »Der glänzt so schön.«

»Er spiegelt die Scheinwerfer von den Autos, weil er nass ist«, erwiderte Sayonara ihr, hätte aber besser daran getan, den Mund zu halten, weil die Fideo ihr unverzüglich mit irgendeiner garstigen Bemerkung darauf antwortete.

Und dann sahen sie in der Ferne die wohlbekannten Umrisse, umgeben von einem unwirklichen Schimmer, während an der Straße immer wieder riesige Reklametafeln auftauchten, auf denen die Company die Arbeiter oder die männliche Bevölkerung im Allgemeinen mit Slogans dazu ermunterte, ihr Wanderleben und die außereheliche Liebe mit all ihren Risiken aufzugeben und stattdessen eine richtige Familie zu gründen. Ein Mann ohne Heim, so versicherte die Weisheit auf den Schildern, sei wie ein Heiliger ohne Umhang, wie ein Vogel ohne Nest, wie ein Nest ohne Vogel, wie ein Haus ohne Dach, wie ein Dach ohne Haus, wie ein Kopf ohne Hut oder umgekehrt, kurzum: ungeschützt, unerwünscht und unvollständig.

»Sieh mal einer an, die Troco betätigt sich als Kupplerin *en gros*«, sagte Sayonara und wiederholte das noch etliche Male, bis sie im Dickicht, direkt unterhalb des Zaunes, eine weitere Laubhütte entdeckte, ähnlich wie die erste, nur etwas solider und mit einem bunten Plastikband verziert. Diesmal war die Inhaberin eine pummelige junge Person in einer stramm sitzenden Safarihose, und als sie eilends vorübergingen, um sie nicht bei ihrer Arbeit zu behindern, sahen sie einen Pegasus mit sechzehn Rädern davor anhalten und den LKW-Fahrer mit seinem Beifahrer aussteigen. Der Erste verschwand mit der Dicken in der Hütte, und durch die Spalten im Geflecht konnten sie erahnen, was die beiden drinnen trieben, der Beifahrer wartete draußen, bis er an der Reihe war, und kürzte sich derweil die Nägel mit einem Knipser.

»Die von vorhin hat für die Fußgänger gearbeitet, und die hier ist für die Autofahrer da«, bemerkte die Fideo.

Wie eine einzige melancholische Melodie drang die Musik aus mehreren Vitrolas durch den Regen zu ihnen und bewirkte, dass Sayonara ihre Schritte beschleunigte und nicht mehr anhielt, bis sie am Aussichtspunkt ankam, wo sich der Magdalena mit seinen Windungen wie ein goldgelbes Band vor ihren Füßen ausbreitete, als gerade die letzten Sonnenstrahlen in seinem Wasser ertranken. Man überschaute die Stadt Tora in ihrer ganzen Ausdehnung, die vorn von dem breiten Strom gebremst nach den anderen drei Richtungen ausuferte, als beabsichtigte sie, gegen die menschliche Vernunft und den Willen Gottes anzuwachsen. Am andern Flussufer nahm der Regen zu, und das Panorama verschwamm zu einem verwaschenen Grau, als würde sich in der Ferne ein anderes Land ausbreiten.

Sie überquerten genau in dem Moment die Brücke der Lavanderas, der Wäscherinnen, als hier und da die bunten Glühbirnen im Viertel von La Catunga, vom Regen wie gelackt, in reduzierter Menge, aber immer noch blau, rot, grün und einladend wie der Heilige Abend aufflackerten.

»Es gibt nicht mehr so viele Lichter«, sagte Sayonara zur Fideo.

»Woher auch, wenn die Huren jetzt ins Gebüsch ziehen und ihre Freier in irgendwelchen Buden bedienen. Sachte, Mädchen, mir wird ja schwindelig! *Ay,* Don Enrique! Sag dieser Unbarmherzigen, sie soll ihre Schritte verlangsamen, sonst bringt sie mich um!«, schrie die Fideo, deren Leib wie ein Sack Leinen hin und her geworfen wurde, weil Sayonara dem Pochen ihres Herzens nachgab, das wie ein durchgegangenes Pferd der Begegnung entgegenstürmte, und den Abhang hinunterrannte.

Bevor sie die ersten Straßen erreichten, hatte es zu regnen aufgehört, und Sayonara legte, im Schutz einer Gartenmauer, die nassen Kleider ab, zog ihre Kampfkleidung an mit allem Drum und Dran, den Ohrringen und den hohen Stöckelschuhen, und wollte der Fideo einen sauberen Morgenmantel aus frischer Baumwolle mit Blumenmuster überziehen.

»Damit du bei der Heimkehr hübsch aussiehst«, sagte sie zu ihr, worauf die Fideo eingeschnappter reagierte, als wenn sie ihr links und rechts eine Ohrfeige gegeben hätte, und sie anfuhr, wie schön sie wohl meine, dass ein Sack Eiter aussehen könne. Immerhin ließ sie sich die Haare kämmen, das Gesicht abtrocknen und den Morgenmantel zubinden und kletterte trotz der Schmerzen zwischen ihren Beinen rittlings auf den Esel und saß ganz aufrecht und adrett da, wie die Würde es verlangte.

Als Allererstes gingen sie Doktor Antonio María in seiner Praxis aufsuchen. Sie trafen ihn in der Tür, früh gealtert und mit den wohlbekannten, von den eingefallenen Wangen noch betonten Biberzähnen.

»Dieser Ort ist vom Moralin und seinem siamesischen Zwilling, dem Grauen, heimgesucht worden«, überfiel der Doktor die beiden, ohne sie richtig begrüßt zu haben; er freute sich zwar, sie zu sehen, war aber allzu bedrückt, um es zu zeigen, und setzte stattdessen erzürnt seine Rede fort. »Sie sehen die Syphilis als obszöne Krankheit an und nennen ihre Verbreitung und die anderer Geschlechtskrankheiten die Pest, ohne zu differenzieren. Jedes größere körperliche Gebrechen heißt jetzt Pest, ist schmutzig und abscheulich, seien es Windpocken, die Tropenkrankheit *carate, mal de pinto, Gebirgslebra, die Fleckenkrankheit, mal azul* oder ganz gewöhnliche Schwellungen und unschöne Verletzungen. Es herrscht die allgemeine Philosophie, dass alle kranken Männer Opfer sind, dass alle *putas* krank sind und jede kranke Frau eine *puta* ist. Die Prostituierten und niemals die Freier werden als Ansteckungsquelle und Wurzel des Bösen diffamiert. Das geltende Credo lautet, dass man die Kranken ausmerzen und die Huren ausrotten muss, und angeblich haben sie fünfzig *prostitutas* oder als solche verdächtigte Frauen in Altos del Obispo, ein Gefangenenlager mit Stacheldrahtzaun und Militärbewachung, gesperrt. Andere sind auf den Friedhof gezogen, um gleich zwei Jobs zu machen; nachts bieten sie ihre Liebesdienste auf den Gräbern an, und am Tag verdienen sie sich ein paar Centavos als Klageweiber. Währenddessen setzt die Gemeinschaft der Gesunden entschlossen ihren Feldzug fort, und sie sind auf ihr hartes Durchgreifen auch noch stolz, weil sie einen klaren Zusammenhang zwischen Pest und moralischem Abstieg sehen. Keiner interessiert sich für wissenschaftliche Ausführungen und vorbeugende Maßnahmen, schon gar nicht die Prostituierten selbst, dafür erscheint ihnen die Überzeugung, die Krankheit sei ein Ausdruck des Zorns Gottes, der ja schließlich die Monogamie vorschreibt, für ihr Drama viel zu verlockend und für ihr Selbstmitleid viel zu nützlich.«

»Könnten Sie uns ein Gläschen Wasser geben, Doc?«, unterbrach Sayonara seinen Redeschwall vorsichtig, und erst da nahm Doktor Antonio María wahr, wie erschöpft die beiden Reisenden bei ihm ankamen und in welch bemitleidenswertem Zustand sich die Fideo befand.

»Oh, bitte verzeiht mir!«, bat er, und es war ihm sichtlich peinlich. »Kommt herein, kommt, drinnen ist ein Bett, und es gibt auch Essen für euch beide.«

»Wie geht es der Preciosa und den Kindern?«, fragte Sayonara lächelnd, und der Doktor musste einen Augenblick überlegen, wen sie mit der Preciosa meinte, dann erinnerte er sich an die Episode mit seiner Frau, lachte und erwiderte, dass alle wohlauf seien und inzwischen aus Furcht vor Überfällen im Hinterhaus wohnten, wenn er selbst unterwegs sei.

»Dann geht es also mit den *putas* in Tora zu Ende?«, fragte Sayonara.

»Es gibt mehr als vorher, aber sie sind ärmer. Wenn die Männer heiraten, hören deshalb ...«

»Die *Copa Rota* war im Vergleich zu dem, was uns heute begegnet ist, ein wahrer Palast«, unterbrach ihn die Fideo.

»... die, die heiraten, hören deshalb nicht auf, zu ihnen zu gehen. Außerdem gehen all die Wanderarbeiter hin, die durch den Umbruch und wegen der Zunahme der Gewalt im Lager zu einer richtigen Massenbewegung geworden sind.«

»Also, Doc, ich will los, bevor es noch später wird, weil ich für die *madrina* einen *arequipe* in einer Kalebasse dabeihabe und weiß, dass sie nach neun keine Süßspeise mehr mögen wird, weil sie behauptet, der Zucker würde sie am Schlafen hindern«, verabschiedet sich Sayonara. »Ich lasse meine Kranke bei Ihnen in guten Händen. Gegen elf Uhr bin ich zurück und löse Sie für die Nacht ab.«

»Das ist heute Nacht nicht nötig. Heute musst du dich ausruhen und morgen auch, ich erwarte dich am Mittwoch, wenn dir das recht ist. Wir, la Preciosa und ich, werden uns um die Fideo kümmern. Sie hat hier zwei Kameradinnen, Niña de Cádiz und die Dientes de Oro, die bei uns untergebracht sind, damit sie wieder zu Kräften kommen ...«

»Damit sie wieder zu Kräften kommen oder damit sie sterben«, unterbrach die Fideo ihn wieder.

»... die bei uns sind, damit sie wieder zu Kräften kommen und sich nicht einsam fühlen. Und der Esel? Nimmst du den Esel mit?«

»Der Esel gehört der Fideo.«

»Dann lass ihn hier, den können wir gut zum Wasserholen gebrauchen. Warte, Mädchen«, hielt der Doktor sie im letzten Augenblick zurück und fasste sie am Arm, »lass dich noch mal rasch von mir untersuchen. Das dauert nicht länger als fünf Minuten. Du solltest nicht so verantwortungslos sein und so stur; denn unabhängig von dem ganzen Moralismus breitet sich die Ansteckung tatsächlich aus, das musst du einsehen. Und wenn wir die Krankheit rechtzeitig unter Kontrolle kriegen, dann ist das besser, als ...«

»Niemals, Doc«, schnitt Sayonara ihm einfach das Wort ab, »es ist absolut nicht nötig, dass Sie mir die Intimteile untersuchen und mir Ihre Spiegel und Brechstangen da unten reinstecken. Ich untersuche mich selbst und kann Ihnen versichern, dass meine Möse reiner ist als eine Rose.«

›Steifer Schwanz, gottloser Mensch‹, hatten die Umstürzler mit großen unregelmäßigen Buchstaben an die Fassade der Ecce Homo gepinselt. Sayonara überquerte misstrauisch, wie jemand, der an einen fremden Ort zurückkehrt, den Hauptplatz und begutachtete diese und andere Neuheiten. Sie sah mehr Polizisten patrouillieren, mehr junge Männer mit schwarzen Brillen, weniger tanzende Paare in den Cafés, mehr Abfall auf den Gehwegen; sie sah, dass einige Leute schweigsamer, vornehmer und besser gekleidet waren, während andere zerlumpter und verhungerter aussahen; dass es viele Obdachlose gab, die ohne Arbeit mit all ihren Kindern an irgendeiner Ecke hockten und nichts zu tun hatten als zu warten.

Als sie am Denkmal des Geköpften vorbeikam, überfiel Sayonara die unangenehme Empfindung einer Erinnerung oder einer Vorahnung, oder war es nur der süßliche Geruch vom städtischen Schlachthaus? Wenige Augenblicke später stieß sie buchstäblich auf jemanden, dem sie lieber aus dem Weg ging, nämlich auf den Schurken Piruetas, der sich mit einem nervösen Tänzeln in seinen weißen Geckenschuhen durch die Menge vorarbeitete; er hatte einen Laden vor dem Bauch hängen und führte darin ein ganzes Sortiment an Kräutern und Dreingaben für die Liebe, darunter die berühmte Gräfinnenpomade, die in dem Ruf stand, Jungfernschaft zu verleihen, eine in jenen Zeiten der Gegenreform überaus gefragte Qualität.

»Je größer die Verbote, desto ausgeklügelter das pornografische Geschäft, und wer wäre geeigneter gewesen als der Piruetas, um daraus Profit zu schlagen? Als die Masche mit den gefälschten Bildern aufflog«, erzählt Sacramento, »hat er sich auf den Verkauf eines Stimuliermittels verlegt, das in Tora Geschichte machte. Er hat es selbst erfunden, hergestellt und vertrieben: das Pfefferzäpfchen.«

»Das ist die Art, wie der Piruetas, durchs Leben springt«, lacht Todos los Santos. »Mit den Marotten eines schlechten Possenreißers und zusammengekniffenen Pobacken, als würde er seine eigenen Pfefferzäpfchen ausprobieren.«

»Er hat außerdem Kondome aus Tierdarm verkauft«, informiert Sacramento mich weiter, »die er auch selbst patentiert und als moderne Lösung gegen Schwangerschaften und Ansteckungen vertrieben hat, aber bei den Benutzern waren sie weniger beliebt, weil sie abrutschten und unzuverlässig waren.«

»Gnade Gott allen Männern mit Herz, die Schöne ist zurück!«, rief der Piruetas mit seiner Falsettstimme laut in die Menge, als er Sayonara vorübergehen sah, und lauter fremde Gesichter schauten sich nach ihr um.

»Geh Scheiße fressen, du miesepetriger Schuft«, fuhr sie ihn an und verscheuchte ihn mit einer Handbewegung. »Mit deinem letzten Kompliment hast du mir mein Leben versaut, und ich bin noch immer nicht drüber hinweg.«

Ohne dass sie es merkte, waren ihr viele Augenpaare gefolgt, den ganzen Weg nachgegangen und hatten von dem Moment an, als sie die Stadt betreten hatte, ihre Fährte aufgenommen, und jetzt ging der Warnruf vom Piruetas von Haus zu Haus: Sie war wieder da.

Das Hurenmädchen nahm zum zweiten Mal die Stadt ein; Sayonara, die Hurengattin; Amanda, die Braut in Weiß; die Gattin ohne Ehemann und wieder für die Nacht gekleidet; die Schöne forderte erneut die Welt heraus, wie in jenen anderen Tagen, deren Erinnerung die Leute mit Blut und Feuer zu zerstören suchten.

»Vielleicht, wenn sie heimgekommen wäre und die Haare züchtig zusammengebunden und ihren Körper in der tristen Novizinnentracht versteckt hätte, die sie in Villa del Amparo trug«, spekuliert Machuca, »vielleicht …«

Obendrein war sie mit einem Esel gekommen und hatte auf diesem das wiederauferstandene Abbild der Sünde schlechthin mit allen ihren Konsequenzen heimgeführt, die Fideo, übersät mit Schankergeschwüren, einige davon verdeckt, eines aber ganz offen dort, wo es die anderen am meisten schockiert und beleidigt: mitten im Gesicht. Sayonara hatte noch nicht aufgehört, den Piruetas zu beschimpfen, als sie in der Menge um sich herum mit einem Mal die krampfhaften und zugleich schauderhaft synchronisierten Reflexe einer Viehherde – kurz vor dem Losstürmen – wahrnahm. Plötzlich stand die Luft still, und ohne Vorankündigung lief eine dunkle kollektive Choreografie ab, an der sie selbst teilzunehmen versuchte, ohne recht zu wissen warum, vielleicht aus purem Überlebensinstinkt.

»Dafür bin ich in diese Stadt zurückgekommen, um meinem Schicksal zu begegnen«, habe Sayonara im Aufflackern einer allerletzten Klarheit gewusst, erzählt Todos los Santos.

Sekunden später stand sie unversehens in der vordersten Linie einer Menschensperre eingezwängt, unmittelbar vor der Stelle, wo eine spontane Gruppe Jähzorniger über ein dürres Männchen von kleiner Statur mit einem offenen, aus der Hose hängenden Sommerhemd herfiel.

»Sie sind also nicht über sie hergefallen?«

»Seien Sie ruhig. Wir wollen lieber auf Holz klopfen«, Todos los Santos schlägt mit den Fingerknöcheln auf die Tischplatte. »Sie griffen sich einen anderen Christenmenschen als Opfer heraus, nicht sie, denn wie Ihnen die Fideo neulich erklärt hat, trug Sayonara den schwarzen Vogel zwar auf der Schulter, aber sie hat auch dafür gesorgt, ihn milde zu stimmen, indem sie ihn aus der Hand fressen ließ. Doch von dem Zwischenfall entging ihr kein Detail, und das Leiden und Sterben jenes Mannes prägten sich ihr so tief ein, dass sie noch Tage später wie ein Automat wiederholte, dass er ein kleiner, ausgetrockneter Kerl war, dem das Hemd aus der Hose hing und der, bevor er starb, etwas sagen wollte, was niemand verstanden hat. Er war Schuster, wissen Sie? Was man einen Flickschuster nennt. Ein bescheidener Handwerker mit einem ausgefallenen Namen, Elkin Alexis Alpamato, gebürtig in Ramiriquí, in Boyacá, und seit dreieinhalb Jahren in Tora ansässig. Wir kannten ihn alle, weil wir ihm die Schuhe zum Reparieren brachten. Wenn ein Stöckelabsatz abgenutzt war, abgebrochen oder heruntergetreten, konnte ihn niemand besser richten, mit neuem Leder bespannen und mit Metall verstärken als er. Er fand immer, dass hochhackige Schuhe zu den sieben erhabensten Erfindungen der Zivilisation gehörten, und behauptete, zusammen mit dem Seidenstrumpf seien sie Evas eigentliche Sünde im Paradies gewesen, der wahre Apfel der Verderbnis. Alpamato, sagten wir zu ihm, mach mir diese Stöckel für heut Abend zurecht, damit ich auf dem Straßenpflaster Funken schlagen kann, und er tat es gern.«

Ihn umzubringen hat sie genau sechzig Sekunden gekostet, und sie taten es mit Fußtritten, indem sie schnell und einig zustießen wie ein außer Rand und Band geratener Tausendfüßler; der wütende Blitzangriff einer ausgehungerten Spatzenschar auf eine Brotkrume. Nach dem Überfall stellte er sich in einer letzten Bemühung, Haltung zu wahren, noch einmal auf die Beine, lehnte sich an eine Mauer, versuchte zum allerletzten Mal die Stimme zu erheben und sackte zusammen, leblos schon, ein armes blutüberströmtes Menschenbündel, ohne Schuld und ohne Erlösung. Sayonara beobachtete den Totschlag, ohne die Augen von dem Opfer zu wenden, als würde sie etwas bereits Gesehenes noch einmal sehen, etwas schon immer Geahntes, als würde sie Zeugin eines Ereignisses, das noch käme, und nicht eines, das schon da war, als hätte der Tod an jenem Abend, zu jener vorbestimmten Stunde und in der Trostlosigkeit jener Straßenecke nicht diesem Mann, sondern ihr selbst gegolten.

»Am Tag ihrer Heimkehr hat sie sich diese Gräueltat mit ansehen müssen«, sagt Machuca zu mir, »als ob die

Stadt selbst sich vorgenommen hätte, sie mit der neuen Zeit vertraut zu machen, die hier angebrochen war.«

»Was hatte der Schuster denn verbrochen?«, frage ich. »Wieso haben sie ihn umgebracht? Und wer?«

»Ganz gewöhnliche Leute. Sie brauchen nicht zu glauben, dass es Killer oder ausgemachte Bösewichte gewesen wären. Es waren kleine Händler von der Calle Caliente, die sauer waren über ihre Räumung.«

Nie zuvor und auch niemals danach waren sich die vier Instanzen der Macht so einig und handelten so synchron. Die Vorschriften für die Volksgesundheit wurden von der Kanzel gepredigt, die Tropical Oil betätigte sich als Heiratsinstitut, die Vierte Brigade verteidigte die Pfeiler der Moral, und der Herr Bürgermeister, der Vertreter der konservativen Obersten Verwaltungsbehörde in Tora, ein Parteigenosse von Senator Maríano Azcárraga Caballero, dem Undankbaren, der die schöne Claire ins Grab gebracht hatte, übernahm die Aufgabe, alle, die eine Lektion brauchten, an den Pranger zu stellen, weil sie gegen die Gesetze der Ethik, der Hygiene, der Arbeit oder der öffentlichen Ordnung verstoßen hatten.

Ein Strang der Strategie dieser Viererbande bestand in der brutalen Säuberung des Vergnügungsviertels, das sie dem Erdboden gleichmachen wollten, um dort ein Wohnviertel mit Mehrfamilienhäusern nach Art des Barrio Staff zu errichten, allerdings in einer gedrängten, kreolischen und proletarischen Variante. Sie gaben vor, den Straßenstrich und das Rotlichtmilieu abschaffen zu wollen, aber wenn es darauf ankam, sahen sie bei jedem Armen rot, als ob Armenviertel und Freudenviertel ein und dasselbe wären. Nach einer dieser Räumungen, am Tag von Sayonaras Heimkehr, strömten die Betroffenen wutschnaubend zum Platz und schlugen blind auf alles Lebendige und Tote ein, was ihnen auf dem Weg dorthin in die Quere kam.

»Aber wieso der Schuster? Was hatte er denn verbrochen?«

»Nichts. Er hatte nichts verbrochen.«

Er hatte lediglich versucht, sie zur Ruhe zu bringen und sie von ihrem Vandalismus abzuhalten, aber die Unzufriedenheit war so groß, dass damit sein Los besiegelt war und er zum Sündenbock wurde, an dem alle ihre Wut ausließen.

»Aber Sayonara hätte eine andere Erklärung für den Zwischenfall, das ist sicher«, wendet Olga ein. »Wenn Sie Sayonara gefragt hätten, dann hätte sie geantwortet, dass der Schuster, ohne es zu ahnen, sein Schicksal gegen ihres eingetauscht hat.«

Nach der Tat versank die Stadt für ein paar wenige Minuten in eine seltsame Lethargie aus Schweigen und Leere, als hätten sich alle Einwohner vor Schreck in ihre Häuser oder ihre Herzen zurückgezogen, und in dieser beinah jenseitigen Stille ging Sayonara die Calle Caliente hinunter und betrat, sich im eigenen Körper fremd fühlend und diesen Planeten mit den Augen einer Auswärtigen betrachtend, den Bezirk von La Catunga mit vor Schreck noch zitternden Gliedern, wie beim ersten Mal vor so vielen Jahren. Sie sah Sacramento mit seinen krausen Wimpern und dem flachsartigen Haar wieder als Knaben auf seinem Karren sitzen und hörte seine Warnung, wer diesen Ort einmal betrete, werde ihn nie wieder verlassen können.

Sie suchte Todos los Santos' Haus, fand aber nur noch ein paar Trümmer vor. Dann ging sie den Weg noch einmal zurück und suchte erneut, nichts, sie fand nichts. Da, so versichert Olga mir, habe sie sich ernsthaft gefragt, ob nicht am Ende sie gestorben und die Geschichte mit dem Schuster nichts weiter als eine dieser frommen Lügen war, die die Toten sich einreden, um die Endgültigkeit ihrer Lage zu leugnen.

Aufgebaut auf ihren Stöckelabsätzen und in dem unbequemen Röhrenrock versuchte Sayonara ohne Mondlicht und ohne Straßenlaterne zwischen den Schutthaufen des demolierten Viertels ihr Gleichgewicht zu halten, während sie hier und da die Spuren der Vergangenheit zu erkennen meinte: diese Staubhäufchen waren die Apfelsinen zum Frühstück, der Ziegelstein dort ist von jenem Nachmittag geblieben, weißt du noch, die Erdklümpchen da hinten waren die Münzen in meiner Tasche, dieser Gipshaufen ...

»Das Halsband von Aspirina!«, rief sie plötzlich, weil vor ihr das Halsband von Aspirina mit der vollständigen Reihe seiner falschen Edelsteine lag, funkelnd und real auf diesem Berg aus Nichts, und Sayonara dazu aufforderte, wieder an ihre Existenz zu glauben.

Ihre Wiedersehensfreude fand nicht viel mehr, keinen Hof, kein Fenster, keinen Himmel auf der anderen Seite vom Fenster, keinen Spiegel neben dem Wasserbecken und auch das Wasserbecken nicht, keine Kanarienvögel in ihren Käfigen, weder Schweinepferch noch Bananenplantage, weder Getreideladen an der Ecke noch das Dancing Miramar mit seinen Tanzwettbewerben und seinen roten Samtbezügen. Wem sollte sie glauben, dem Halsband, das da war, oder all den anderen Dingen, die nicht da waren?

»Und meine Mutter Matildita Monteverde? Und meine *madrina* Todos los Santos?«, fragte sie laut in die Dunkelheit hinein.

»Über deine Mutter weiß ich nichts«, antwortete ihr eine menschliche Stimme. Woher sie kam, wusste Sayonara nicht. »Aber über deine *madrina* weiß ich Bescheid. Nachdem alle vertrieben waren, kam der Abriss, und Todos los Santos ist zu Olga gezogen.«

»Und Olgas Haus, ist das denn nicht abgerissen worden?«

»Nein. Bis dorthin wird nicht saniert. Das hier heißt auch nicht mehr La Catunga, sondern La Constancia und soll angeblich bald ein anständiges Wohnviertel sein.«

Sayonara bedankte sich für die Informationen und entfernte sich von diesem zweiten Szenario ihrer Vergangenheit, das bald von Planierraupen überrollt werden würde, so wie das erste Szenario, das ihrer Kindheit, von den Flammen verzehrt wurde, und das dritte, das ihrer Ehe, allmählich im schweigenden Teil ihrer Erinnerung untertauchte.

Olguitas Hof roch nach allem, er duftete, und er stank, nach den Aromakräutern, die in den Blumentöpfen grünten, nach dem schmackhaften Essen, das auf dem Herd brutzelte, nach den Ställen der Haustiere, nach dem benachbarten Kanal, in dem das Abwasser von Stein zu Stein stürzte. Todos los Santos war gerade dabei, einen räudigen Vierbeiner in ein Benzolbad zu tunken, als sie Sayonara sah, aber die Tage des Wartens waren ihr so viele und so lang geworden, dass sie plötzlich nicht recht wusste: War sie es wirklich oder war es eine Fleisch gewordene Erinnerung an sie? Auch vermochte sie sie nicht zu begrüßen und ihre übergroße Freude zum Ausdruck zu bringen oder sie auch nur etwas zu fragen, denn sie verstand sofort, dass die Ziehtochter, die bleich und verwirrt ankam, keinen überschwänglichen Empfang und auch keine Fragerei ertragen würde, weil sie sich nur die Grausamkeit der erlebten Lynchjustiz von der Seele reden wollte, einmal und noch einmal und ein weiteres Mal, als ob sie die Szene, indem sie sie in Worte einfror, daran hinderte, sich zu ereignen.

»Kann es sein, dass manchmal ein anderer für einen stirbt?«, fragte sie noch beim Eintreten. »Ich habe so ein Gefühl, *madrina,* dass der Tod, der für mich bestimmt war, einen Schuster getroffen hat.«

»So sehr Olga und ich auch argumentierten, wir haben es nicht geschafft, ihr diese fixe Idee auszureden«, erzählt Todos los Santos. »Sie schwor, sie habe den Strahl des Todes vom Himmel fallen gesehen, und er war direkt auf sie gerichtet. Erst im letzten Augenblick sei er abgebogen und habe Alpamato getroffen.«

Unzugänglich für alle Vernunft ging Sayonara ins Schlafzimmer und wandte sich an den jungen Señor, jenen gepeinigten Jesus Christus mit dem entblößten Herzen, der sich wie sie darauf verstand, den anderen seine Eingeweide darzubieten; selbiger, der ihr in den Kindertagen zum Schrecken und zum Trost geworden war; der all die vielen auf der Pritsche rücklings abgeleisteten Arbeitsstunden mit seinem ewigen Licht beschienen hatte und ihre kleine Wahrheit eines einsamen, nackten Mädchens in seinen unverwundbaren, schwarzroten Schimmer getaucht hatte.

»Mein Herr Jesus Christus«, flehte sie und warf sich vor dem Bild auf die Knie, »heiliger Schutzpatron der Zerbrochenen, bewahre die Seele deines Dieners Alpamato, nachdem du schon seinen Leib den Wilden vorgeworfen hast. Wenn es wahr ist, dass er, deinem heiligen Beispiel folgend, an meiner Stelle gestorben ist, dann bitte ich dich, ihm meinen Dank auszurichten. Sag ihm, dass der Tag kommen wird, an dem auch ich den Tod eines anderen auf mich nehme, und dass ich hoffe, diese Aufgabe mit der gleichen Großzügigkeit zu erfüllen, wie er es vorhin für mich getan hat.«

»Was geschieht in dieser Stadt, *madrina*?«, fragte sie, als sie wieder in den Patio hinauskam.

»Merkwürdige Dinge. Die Buben töten Katzen und ziehen ihnen das Fell ab, es gibt Leute, die aus dem Haus gehen und nie wieder gesehen werden. Ja, hier geschehen merkwürdige Dinge. Neulich ist der Truthahn von Doña Magola morgens mitten auf der Calle Caliente erstochen aufgefunden worden.«

»Erstochen, ein Truthahn? Aber wer ersticht denn einen Truthahn?«

»Keine Ahnung. Vielleicht derselbe, der die Katzen häutet. Und die Mädchen?«, war das Einzige, was Todos los Santos ihrerseits zu erfahren wünschte. Nach Sacramento wollte sie sich gar nicht erst erkundigen, weil er für sie am Zusammenbruch der Familie und der ganzen Stadt schuld war.

»Den Mädchen geht es gut. Sie sind in Virgen del Amparo geblieben. Sacramento kümmert sich besser um sie als ein Vater. Ich bin allein gekommen, *madrina*«, verkündete Sayonara, »und ich werde nicht zu ihm zurückgehen.«

»Du machst alles verkehrt herum«, warf die *madrina* ihr vor. »Du hörst genau in dem Augenblick auf verheiratet zu sein, in dem die Ehefrauen am Goldring durch die Straßen geführt werden, während die *putas* sich duckend vorbeimogeln müssen, um den Feindseligkeiten aus dem Weg zu gehen. Geben Sie mir die Papaya da, was kostet die Guanábana da hinten? So reden die Señoras, wenn sie auf dem Markt einkaufen, und dabei zeigen sie so mit dem ausgestreckten Finger auf die Früchte, damit man auch bloß den Ehering am Finger funkeln sieht«, erzählte sie ihr. »Und sie kaufen beim Kommissariat günstig Fleisch ein, weil sie einen Schein haben, der sie als legitime Arbeiterfamilien des Unternehmens ausweist. Wenn du sie sehen würdest, sie sitzen den ganzen Nachmittag bei einem fremdartigen Zeitvertreib, den sie *té canasta* nennen und der darin besteht, Karten zu spielen und sich dabei mit Keksen und Süßigkeiten voll zu stopfen.«

»Du bist ungerecht«, versuchte Olga sie zu beschwichtigen. Wegen Sayonaras Rückkehr war sie zum Feiern aufgelegt und setzte ihr süßes Rührgebäck vor, *mantecadas* genannt, auch *pandeyucas,* weil die Frauen keine bessere Art kennen, einem ihre Liebe zu erweisen, als durch einen Empfang mit reichlich Essen. »Auch die Verheirateten schrubben die Böden, streuen Salz in die Suppe und sind unglücklich verliebt, genauso wie wir ...«

»Pst! Olguita!« Todos los Santos brachte sie zum Schweigen. »Seinem Feind darf man noch nicht einmal die Uhrzeit geben. Wie gesagt, die Ehefrauen mampfen Kekse und trinken ein Gläschen dazu – und die *putas?* Die *putas* haben das Gefühl, aus der Mode gekommen zu sein, und werden in die Ecke gedrängt, deshalb haben sie sich, um zu überleben, ein ganzes Repertoire an Drolligkeiten fürs Bett ausdenken müssen.«

Damit sie aufgesucht wurden, war es inzwischen für die *mujeres de la vida* unerlässlich, sich auf Kunststücke, Florettschwünge und andere Fertigkeiten zu verstehen, die ihnen vorher nur schwer vorstellbar waren. Denn ein Mädchen galt nichts mehr, wenn es nicht mit Geschick und ohne Gehabe bestimmte Praktiken beherrschte, wie das Doppelmahl, den Goldregen, das Hündchen, den Engelssprung, das Tortillafressen, das Garagentor, das Milchtröpfchen, bis zu dem Extrem, sich die Schamhaare abzurasieren, um den immer anspruchsvolleren und frecheren Freiern zu garantieren, dass sie keine Filzläuse hatte.

»Machuca? Jetzt, wo sie uns nicht hören kann, Machuca, ist auf die Idee gekommen, sich die Brustwarzen purpurfarbig zu malen.«

Sechsundzwanzig

Er war Telegrafist und Mexikaner, und er nannte Sayonara meine Guadalupana, weil er sie mit der Virgen, der Heiligen Jungfrau von Guadalupe, verglich, die auch Mexikanerin ist und das gleiche volle Haar hat wie die Virgen del Carmen und wie Sayonara«, erzählt Todos los Santos mir über einen Mann namens Renato Leduc, der über die Schleifen seines Lebensweges zum Arbeiten nach Tora kam. »So nannte er sie, ›meine Guadalupana‹. Er schrieb Verse und hat ihr bei dem Beschluss, in seine Heimat zurückzukehren, weil sie ihn nicht erhörte, zum Abschied ein Gedicht geschenkt, das ich aufgehoben habe. Ich werde es Ihnen zeigen, sobald ich es gefunden habe, denn es ist schon ewig her ... Das war noch vor dem Reisstreik, in den Glanzzeiten vom Dancing Miramar.«

Nachdem sie eine Weile in Kartons, Beuteln und Schubladen gekramt hat, kehrt Todos los Santos mit dem folgenden Gedicht zurück, das mit der Schreibmaschine geschrieben ist und vom Telegrafisten Renato Leduc signiert:

Heiterer Schmerz
zu lassen, was abgöttisch geliebt,
vernichtender Schmerz
bisweilen
und bisweilen nichts.

Einmal hab' ich bekannt ›Ich liebe dich‹,
wie nie zuvor
und auch nie mehr.
Verzweifelt sagte ich's
und wusste wohl,
schon bald bekennt aufs Neu
ein anderer ihr dies,
verzweifelt sagte ich's,
nur dies ich heut bereu.

Ich liebte sie, ich hab' sie so geliebt,
ob ihrer Augen,
wo ein Körnchen Ewigkeit drin liegt;
ob ihrer Haarpracht braun und lang,
und um den Mund, der mich entblößt umschlang
ich liebte sie, ich hab' sie so geliebt …

Doch liebten gar zu viele sie
zur gleichen Zeit,
drum hab ich mir gesagt: Es ist nicht gut,
– da allzu viele Leut sie lieben –
ihr das zu schenken,
was sie gar nicht braucht hienieden.

Und ich gedacht zu töten mich,
myself,
gleichwohl ich tat es nicht
fragt ich mich doch: Wozu?
So ließ ich mir vor Schmerz
den Bart stehen.
Oh, welch ein Scherz
sich meine unverdeckte Liebe da erlaubt,
ist doch des Bartes Schmuck,

wie allgemein geglaubt,
den Mädchen stets das höchste Glück.

Heiterer Schmerz ...

Abgesehen davon, dass er, wie aus der Textprobe zu entnehmen ist, ein guter Dichter war, habe ich in Tora nur weniges über den Autor, der sich selbst als Bürokrat unterster Kategorie bezeichnete, in Erfahrung bringen können. Ich weiß, dass er nach seiner Ankunft zu Conchita la Tapatía in die Gästepension gezogen ist; eine Landsfrau von ihm, mit der er nächtelang gemeinsame Erinnerungen ans Mutterland mit VAT 69-Likör begoss und ihr bei dieser Gelegenheit erzählte, dass er in der Staatlichen Telegrafenschule von Mexiko-Stadt, die in einem Altbau in der Calle Donceles neben der Frauenanstalt lag, den Beruf des Telegrafisten erlernt habe. Er habe schon zu arbeiten begonnen, bevor er dreizehn Jahre alt war – als er, wie er sich ausdrückt, noch keine Haare auf den Geschlechtsteilen hatte –, um zum Unterhalt seiner verwitweten Mutter beizutragen. Bevor er nach Tora kam, sei er in Paris gewesen, wo ihm die Freudenmädchen vom Quartier Latin beibrachten, Französisch zu sprechen. Er sei durch und durch antiklerikal und verteufelt, wie er sich selbst nannte. Er habe sich in Sayonara verguckt, als er sie zum ersten Mal am Schalter des Telegrafenamtes von Tora bediente, und wurde einer ihrer treusten und verliebtesten Stammkunden, der seine schmalen Bezüge Woche für Woche fast unangetastet zu ihr trug.

»Du kannst doch so einer Frau nicht dein Herz schenken«, ermahnte ihn sein bester kolumbianischer Freund, ein Hüne namens Valentín.

»Nur einer solchen Frau kann ich mein Herz schenken«, antwortete ihm Renato.

»Lieb mich!«, bat Leduc Sayonara.

»Ich kann dich nicht lieben. Ich schaue dich an und sehe dich nicht.«

»Wo andere ihre Gefühle haben, da ist bei dir ein Kessel«, sagte der poetische Telegrafist zu ihr, und sie gab zu, dass er teilweise Recht hatte.

Darauf gab er, krank vor Liebe, seine Stelle auf, packte seine Bücher und seine beiden Wäschegarnituren in einen Koffer, verfasste das vorstehende Gedicht, nannte es Romanze eines Pechvogels, hinterließ es der Adressatin in einem Briefumschlag und kehrte in seine Heimat Mexiko zurück, wo er zu jemandem gesagt haben soll, er habe Kolumbien verlassen, um der Gleichgültigkeit einer verhurten Verflossenen zu entfliehen.

Siebenundvierzig

Am Tag nach ihrer Rückkehr erholte sich Sayonara von ihrer Erschöpfung und schlief bis in den Vormittag hinein. Als sie aufstand, traf sie ihre *madrina,* Machuca und Olga in der Küche, wo sie verdächtig miteinander tuschelten.

»Könnt ihr mir mal sagen, was das zu bedeuten hat?«, fragte sie die Frauen. »Seit gestern Abend tuschelt ihr hinter meinem Rücken, aber jetzt will ich wissen, worum es geht.«

»Wir werden es dir sagen, das ist beschlossene Sache. Wir haben schlechte Nachrichten von deiner Schwester Ana.«

»Ist sie gestorben?«

»Nein, aber das wäre vielleicht besser«, antworteten sie ihr weiterhin ausweichend und wagten nicht, mit der Sache herauszurücken.

Seit sie zurück war, hatte Sayonara nach ihrer Schwester gefragt, aber von den Frauen waren nur Ausflüchte gekommen. Sie wüssten nichts von ihr, sie wohne offenbar auf einem kleinen Hof am Weg von Los Mangos, zwar habe man eine Telefonnummer von ihr, doch nähme dort nie jemand ab, und wenn jemand abnahm, dann hieße es, sie sei wieder umgezogen. Da packte Sayonara wegen der Lügerei und der Verschleierung die Wut, sie bekam einen dieser dämonischen Wutanfälle mit acht Füßen und zwei Köpfen, die aus dem Maul Gift spuckten und mit dem Schwanz Feuer warfen; einen dieser unhaltbaren Ausbrüche, die sie in ihrer Jugend gehabt hatte und von denen man in Tora noch immer redete.

»Entweder ihr sagt es mir auf der Stelle, oder ich schlage dieses Haus mit allem Drum und Dran in Stücke!«

Sie erzählten es ihr. Ana war die feste Geliebte von General Demetrio del Valle geworden, dem Chefkommandanten der Kampagne für den Abriss der Armenviertel und die Moralisierung von Tora, und dieser hielt Ana, weil er mit einer wohlhabenden Frau aus Anolaima verheiratet war und nicht entdeckt werden wollte, in einem Haus neben der Kaserne und hatte das Gerücht in Umlauf gebracht, dass sie seine Nichte sei, die vom Land käme und der er aus Wohltätigkeit eine Erziehung angedeihen ließe.

»Ich hole sie da heraus, selbst wenn wir beide dabei ums Leben kommen«, verkündete Sayonara und machte sich unverzüglich auf den Weg.

»Warte«, bat Todos los Santos sie vorsichtig, um kein neues Donnerwetter zu provozieren. »Lass sie selbst über ihr Leben entscheiden, so wie du über deines entschieden hast. Außerdem ist man, so wie die Dinge heute stehen, besser das Liebchen eines Bodyguards als das irgendeines Hungerleiders.«

Aber Sayonara war schon fort und hörte ihr nicht mehr zu. Wenige Stunden später kam sie über die Dächer ins Kasernenviertel geflogen, warf eine Scheibe ein und kletterte durchs Fenster.

»Del Valle lässt mir Privatstunden in Englisch und Modezeichnen geben«, erzählte ihr Ana. »Er hat mir einen Fernseher geschenkt, eine *Radiola* und eine Sammlung Langspielplatten, er bringt mir handgemachte Marzipanfrüchte von den Nonnen, und süßen Portwein, und das ist nicht alles, denn im Bett schläft er lieber, als dass er aktiv wird. Hast du den Eindruck, dass es mir hier schlecht geht, Schwester?«

»Und was ist mit den Gemeinheiten, die das Militär unserer Familie angetan hat? Hast du vergessen, auf was für eine grausame Art sie deine Mutter und deinen Bruder in den Tod getrieben haben? Und was ist mit den Gemeinheiten, die sie unseren Leuten unten in Tora antun? Hast du die vergessen?«

»Nein, Schwester, ich habe nichts vergessen, und manchmal steigt mir die Wut hoch und bringt mir das Blut zum Kochen, dann sehe ich nur noch rot und hasse Del Valle so sehr, dass ich ihn am liebsten mit den eigenen Händen erwürgen würde. Aber dann bringt er mir wieder Marzipan, schaltet den Fernseher ein und schlummert neben mir wie ein Waisenknabe, und ich vergebe ihm. Wenn du ihn mal ohne Helm und mit den paar Haaren an seinem Schädel sehen würdest, dann käme er dir auch nicht mehr so schrecklich vor. Ich will dir trotzdem etwas versprechen: Wenn meine Wut eines Tages größer ist als meine Vergebung, dann werde ich anfangen, ihm Strychnin in den Milchkaffee zu tun. Und wenn ich das Marzipan eines Tages satt habe und keine Lust mehr, Englisch zu lernen, dann fliege ich zu diesem Fenster hinaus, Schwester, genauso wie du hereingekommen bist, und falle wieder bei Todos los Santos ein.«

Schon mehrfach habe ich mir notiert, dass ich ein Rätsel aufklären möchte: Ich möchte wissen, wovon Olga und Todos los Santos eigentlich die ganze Zeit leben. Endlich entschließe ich mich, danach zu fragen, und Olguita erzählt mir, dass Sacramento, nachdem Sayonaras Ersparnisse aufgebraucht waren, die sie ihm unangetastet für ihre Schwestern hinterlassen hatte, die Verantwortung für sie übernommen habe. Weil er eine Dauerstellung in einem Holzgeschäft bekam, war es ihm gelungen, den Mädchen eine Ausbildung und der kleinen Chuza eine Spezialbehandlung zu zahlen, für die er sie noch immer einmal im Monat zu einer Sprachtherapeutin nach Bucaramanga begleitet. Denn obwohl sie inzwischen erwachsen ist, hat sie immer noch kein Wort gesprochen.

»Außerdem«, erzählt mir Olguita, »zahlt der gute Sacramento Todos los Santos freiwillig eine Monatsrente, obwohl sie ihm, hochmütig wie sie ist, noch immer nicht vergeben hat. Wenn man bedenkt, dass ihm seine Heirat nichts anderes eingebracht hat, als die Dauerbelastung mit der Familie seiner Ehefrau, dann hat er die sieben Münzen, die er an dem Tag bekam, als er das Mädchen zur Erziehung zu Todos los Santos brachte, schon um ein Vielfaches zurückgezahlt.«

»Olguita trägt auch etwas bei«, erzählt mir seinerseits Sacramento. »Diese Gaunerin ist, so wie Sie sie sehen, armselig, lahmbeinig und zahnlos, immer noch im Geschäft und hat ihren alten Kundenstamm beibehalten. Nur die, die sterben, werden ihr untreu, und nicht einmal die, denn sie geht auf den Friedhof und besucht sie.«

Am gestrigen Samstag haben Olga und Todos los Santos gemeinsam ein Mittagsmahl zubereitet, weil Sacramento, Susana, Juana, Chuza, Machuca und Tana zu Besuch kamen.

»Ich komme, Don Enrique! Nehmen Sie mich in Empfang, ich komme!«, schrie die Fideo mit einem Mal, als wir am wenigsten damit rechneten, so sehr waren wir mit dem gefüllten Hähnchen und dem Zwiebelsalat beschäftigt. Und als wir herbeieilten, sahen wir, wie sie sich in einer allerletzten Anstrengung in der Hängematte aufrichtete, noch einmal nach Don Enrique rief und starb.

Noch gestern haben die Frauen beschlossen, dass ich die Abschiedsworte bei der Beerdigung sprechen sollte, und heute Nachmittag haben wir unter demselben Guayacán und unter demselben Himmel, die auch Claire beherbergen, das Loch ausgehoben. Ich habe noch viele andere Gräber auf jener Weide mit Blick zum Fluss gesehen, mit bescheidenen Holzkreuzen, die manchmal eine Inschrift trugen: ›Hier ruht Molly Flan‹, ›Delia Ramos, endlich zur Ruhe gekommen‹, ›N. N. noch ein Pestopfer‹, ›La Costeña, deine Freundinnen, für immer‹, ›María del Carmen Blanco alias la Fandango‹, ›Ewige Glorie für die Chaparrita, Heldin des Reisstreiks‹, ›Teresa Batista, kriegsmüde‹, ›Dies ist Melones, die Schwester von Delia Ramos‹.

Als der Augenblick der Ansprache für mich gekommen war, haben alle erwartungsvoll zu mir hingesehen wie zu einer Primadonna bei der Vorstellung im Stadttheater. Dann habe ich im Namen von Don Enrique einen Kranz aus weißen Rosen auf das Grab gelegt und ein paar Worte gesagt, die einigen Anwesenden die Tränen aufsteigen ließen, die meisten jedoch enttäuschten, denn, als sie gerade von meiner Rede gepackt wurden, war ich auch schon fertig. Was die Liebe betrifft, so sagte ich, da gibt es nur Mutmaßungen und Erwartungen, einige sind schon untergegangen und andere halten sich noch über Wasser, aber mitten in all den Illusionen und dem Unsinn ist eines gewiss: Die Fideo hat sich wie keine andere dem genähert, was womöglich die wahre Liebe ist. Sie konnte lieben und hat sie mit offenem Herzen empfangen und bis an den Tag ihres Todes bewahrt. Möge diese sie auch darüber hinaus bewahren. Amen.

Achtundvierzig

Draußen auf den Straßen breitete sich die Katastrophe aus, aber sie machte an den Türschwellen Halt, und im Inneren der Häuser entfaltete sich so etwas wie ein Alltagsfrieden, eine den Dingen innewohnende Stille. Und schließlich stimmt es ja auch: Das Wasser wurde trotz aller Widrigkeiten in denselben Eimern herbeigeschleppt und der Herd mit dem gleichen Holz angeheizt, die Kanarienvögel wiederholten ihren Gesang, und das Leben suchte sich zu erfreuen, indem es stur an seinen belanglosen Gewohnheiten festhielt.

»Die Fakten von La Catunga klingen nämlich sehr pompös, wenn wir sie Ihnen so erzählen«, sagt Todos los Santos zu mir, »doch damals waren sie unser täglich Brot, genau wie heute, und wir gaben den Neuigkeiten keine große Bedeutung. Ach, die Dingsbums ist am Virus gestorben! Ach, man hat eine Grube gefunden mit so und so viel Leichen! Ach, Lino el Titi ist gefoltert worden, weil er für die Gewerkschaftssünden seines Vaters büßen muss! So redeten wir, und so reden wir immer noch, den lieben langen Tag, als würden wir sagen: Ach, ich habe vergessen, mein hellblaues Kleid aus der Reinigung zu holen. Deshalb ist der Krieg sensationeller, wenn man davon erzählt, als wenn man mittendrin steckt.«

»Weil man ihn als Ganzes erzählt, aber Stück für Stück erlebt«, erläutert Olga.

Ein namenloser, blinder Kleinkrieg, wie alle unsere Kriege, kam den Fluss herabgetrieben und zog durch die Straßen; die Ruhe floh in die Innenhöfe der Häuser, und in den Herzen nistete die Drangsal. Die vergangene und die zukünftige Erinnerung an den Payanés war das wärmende Licht in Sayonaras Einsamkeit; der Meilenstein im Kreislauf ihrer Gedanken und in jeder Runde, in jeder hochfliegenden Hoffnung, in jedem niederschmetternden Kummer, beim Aufflackern des Glücks und in den Stunden des Leids stolperte sie darüber. Olguita und Todos los Santos beobachteten, wie sie ihre Tage einem zeremoniellen Warten weihte und wie alle, die in dieser Welt vor Ungeduld fröstelnd warten, im rituellen Ablauf desselben aufging: grübeln, beten und die Wunde dieser Qual kultivieren.

»Aber worauf hat sie denn gewartet?«

»Ach, *mi reina,* auf dasselbe, worauf sie immer gewartet hatte, dass der Monat um war und der letzte Freitag kam ...«

»Sie ist jeden Tag zur Ambulanz gegangen, um die Fideo zu pflegen, die sich mit den Penizillinspritzen von Doktor Antonio María ganz allmählich erholt hat«, sagt Olga, »ansonsten hat Sayonara gewartet und Margeriten zerpflückt, wie es in solchen Fällen üblich ist, weil die Margerite als die beste Komplizin gilt, schließlich kann sie nur mit Ja oder Nein antworten, er liebt mich, er liebt mich nicht, basta; wenn schon nicht Ja, dann ist es wenigstens rundweg Nein, dann sterbe ich eben, und es ist aus und vorbei, ohne große Umschweife. Denn ein Verliebter erträgt nichts dazwischen.«

»Und mich hat sie mit ihren Fragen gelöchert«, ergänzt Machuca. »Ich war zu ihrer Informantin geworden, zu ihrer Beraterin, sie hat mich ausgequetscht, als ob ihr Glück oder Unglück an meinen Worten hinge. Er wird kommen, habe ich ihr damals versichert. Er wird dich holen kommen, du wirst schon sehen.«

»Woher wissen Sie das, Doña Machuca? Wieso sind Sie sich da so sicher?«

»Das habe ich dir schon gesagt, weil ihn die ganze Zeit über viele Leute gesehen haben und weil er dich treffen wollte. Aber wenn er sich so nach dir verzehrt, wieso gehst du dann eigentlich nicht zu ihm? Du weißt doch, wo er zu finden ist ...«

»Auf keinen Fall, Doña Machuca. Niemals. Erzählen Sie mir lieber noch einmal die Geschichte von Emilia.«

»*Ay, niña,* wirst du sie denn nie müde?, habe ich sie gefragt«, erzählt Machuca mir, »und ich habe ihr zum wiederholten Mal die Neuigkeiten vom Campo 26 berichtet: Dass die alten Arbeiter und die Kämpfer vom Streik jetzt feststellen mussten, dass ihre Erfahrung nichts mehr galt, weil die Company inzwischen bevorzugt Personal von der Technischen Hochschule einstellte; dass im Zuge der Modernisierung die veralteten Apparate ausrangiert wurden; dass die dünne Emilia verschrottet worden war, und dass mehrere Payanés hatten sagen hören, was Emilia geschehe, das geschehe auch ihm, und wenn es Emilia nicht mehr gebe, würde er sich der Tropical Oil Company gegenüber von jeder Verpflichtung frei fühlen und habe keinen Grund mehr, auf dem Campo zu bleiben.«

Sie hatten auch gehört, dass er in erdölreichere Regionen ziehen wollte, in die Gegend von Catatumbo oder von Tibú, wo Arbeiter gesucht würden, oder aber nach Cusiana, wo eine Pipeline verlegt wurde, oder weiter in die Ebene hinein nach Yopal oder Orocué; dass er mit einer Anstellung in der Nähe von Saldaña rechnen könne, wo Bohrungen durchgeführt würden, oder in Tauremena, im Casanare, wo ein Unternehmen Schweißer und *cuñeros* suchte.

»Die Leute sagen, dass der Payanés bereit ist, dort hinzugehen, wohin die Röhre ihn ruft, und wenn es nötig ist, bis nach Saudi Arabien. Sie sagen auch, dass er dich holen käme, bevor er geht.«

»Ich werde mit ihm gehen«, schwor Sayonara Machuca.

»Und was willst du tun, wenn dich der Hunger quält?«, wollte Todos los Santos von ihr wissen.

»Ich könnte eine exotische Tanznummer aufführen, und er kassiert den Eintritt, oder ich verkaufe am Ausgang vom Kino *empanadas* mit *pipán,* die Sie mir beigebracht haben. Ich könnte mich auch mit Hausarbeiten durchschlagen, wie ich sie in Villa del Amparo gelernt habe, gestärkte Hemden bügeln und Parkettböden mit Hobelspänen polieren, oder ich werde Friseurin. Vielleicht gehe ich auch wieder als *puta,* wahrscheinlich ...«

»Und du willst so wieder losziehen, mit einer Hand nach vorn und der anderen nach hinten, ohne zu wissen, ob du in der Nacht ein Dach überm Kopf hast?«

»Genauso will ich gehen, *madrina,* weil Sie wissen, dass wir an diesem Ort nicht mehr auf Rosen gebettet sind, und weil ich kein anderes Obdach brauche als seine liebende Brust.«

»Heilige Jungfrau María! Ein Regenschirm im Unwetter schützt besser als seine liebende Brust! Was ist denn mit seiner Ehefrau in Popayán, hat er die inzwischen verlassen?«

»Das sehen wir dann, *madrina,* wenn wir auf dem Weg sind.«

»Auf dem Weg, auf dem Weg! Auf dem Leidensweg, was? Wo du dich wieder mit ihr herumstreiten musst ...«

»Was redest du da, Todos los Santos!«, wies Olga sie zurecht. »Als gäbe es in dieser Welt irgendeinen Weg, der kein Leidensweg ist. Trotzdem lohnt es sich, ihn zu gehen; nein, mein Kind, lass dich nur nicht entmutigen.«

Eine nach der anderen verrannen die langsamsten Stunden des Jahrhunderts, und Sayonara stand nur mit Mühe diese Erwartung durch, diese Gewissheit, dass etwas – oder alles – auf dem Spiel stand, dass etwas – oder alles – zu gewinnen oder zu verlieren war. Bis der letzte Freitag dieses letzten Monats im Jahr am Himmel erschien und zunächst die Raffinerieschlote streifte, dann die höchsten Baumwipfel erreichte und als Nächstes über den Dächern aufstieg, um zuletzt die nackten Schultern der schlafenden Frauen zu berühren und Sayonara, fertig gewaschen und angezogen mit dem Frühstück im Magen, kniend vor dem Christusbild mit dem blonden Bart vorfand.

»Heute ist der Tag, Herr Jesus«, betete sie, »und ich bin gekommen, weil ich eine Bitte habe. Eine mittlere Bitte, damit du sie mir erfüllen kannst: Entweder du machst, dass der Mann mich liebt, oder du gibst mir die Kraft, ihn zu vergessen. Eines von beidem. Allmächtiger Herr, der du uns alles nimmst und alles gibst, gestatte du, dass wir uns bis ans Ende unserer Tage lieben, was keine unbescheidene Bitte ist, denn unsere menschlichen Tage sind kurz. Ich werde ihn um kein Versprechen bitten und auch nicht um die Ehe oder um ein anderes Wort, sondern nur um echte, eindeutige Taten. Schick mir ein Zeichen: Wenn der Payanés mir seine Liebe nicht schenken kann, seine aufrichtige Liebe meine ich, dann mach, dass er heute nicht am Fluss erscheint. Aber wenn doch, dann gib ihm leichte Füße, damit er schnell kommen kann.«

»Pass auf, Mädchen«, mahnte Todos los Santos, die das Gebet von der Türschwelle aus belauscht hatte, »man soll nicht um übernatürliche Zeichen bitten, weil sie meistens trügen. Begreif endlich, dass du zur Nonne oder zur

Hure geboren bist, denn der Mann, der diese brennende Sehnsucht in dir stillen oder diesen Haufen Erwartungen, den du hast, erfüllen kann, der muss noch geboren werden.«

»Die Resignation brauchen Sie mir nicht beizubringen, *madrina,* die will ich gar nicht lernen. An diesem Punkt meines Lebens ist es ohnehin zu spät, mich zu ergeben. Ich will in Frieden sterben und wissen, dass ich geliebt habe und dass ich geliebt wurde, und Sie können sicher sein, dass es nicht an meinem Glauben liegt, wenn ich mein Ziel nicht erreiche, Herr Jesus«, betete sie weiter, »hilf mir, dass ich denen nicht Recht gebe, die glauben, dass dies hier ein Jammertal ist, Amen.«

Sie trugen Liegestühle, Sonnenschirme und Erfrischungsgetränke hinaus und setzten sich ans Ufer des Magdalena, um in respektvollem Schweigen zu warten, wie jede große Ankunft es verlangt. Sayonara trug die bekannte Kombination aus Rock und Bluse, doch sie hatte die hohen Stöckelschuhe durch ein paar Siebenmeilen-Sandalen ersetzt, für den Fall, dass sie sofort den langen Fußmarsch mit ihm antreten musste.

»Glaubst du, dass du es in dieser Pracht und mit diesem Glimmer bis nach Saudi Arabien schaffst?«, scherzten die einen, und die anderen lachten, aber aus purer Nervosität.

Gegen zehn Uhr morgens sahen sie eine Gruppe Fußgänger herannahen, und Sayonara stockte schier das Herz, doch sie erwiesen sich als Wallfahrer, die zum Heiligtum von Las Lajas pilgerten.

»Ist Ihnen irgendjemand begegnet?«, fragte Todos los Santos sie.

»Heute ist wegen der stickigen Luft alles wie ausgestorben«, erwiderten sie.

Von da bemerkten die Frauen bis um halb zwölf nichts Erwähnenswertes. Dann sahen sie in fast gleichmäßigen Abständen, während eines Zeitraums, der sich bis zum Mittag hinzog, auf dem Wasser eine Schaluppe mit zwei Männern vorbeiziehen, die mit einer Schleppangel fischten, ein Boot, auf dem ein paar Händler Tierhäute verkauften, und einen Sampan, der mit einer verunglückten Frau einen Rettungseinsatz fuhr. Sonst nichts. Bis auf Sayonara gingen alle zum Mittagessen nach Hause. Sie brachten ihr einen Teller Essen hinaus, aber den rührte sie nicht an. Die Nachmittagshitze schläferte alle auf ihren Wachtposten ein, alle, bis auf Sayonara, die in schmerzlicher Anspannung aushielt. Es wurde fünf Uhr nachmittags, ohne dass etwas geschah, und ihnen sank der Mut, allen, bis auf Sayonara, die nach Hause eilte, um sich zu kämmen und sich das Gesicht zu erfrischen.

Gegen halb sieben begann sich sanft in einer gemächlichen Apokalypse aus Feuer eine jener Abenddämmerungen über Tora zu neigen, von denen Olga sagt, sie seien so schön, dass es wehtäte; eine Abenddämmerung wie das Alpenglühen auf einer der Karten mit Sacramentos hoffnungslosen Liebesgrüßen oder wie der blutende Himmel, der die schöne Claire einst von der Süße des Todes überzeugte, oder wie die von Don Enrique auf Wunsch seiner Käufer gemalten Sonnenuntergänge, mit fernen Vögeln und flammenden Horizonten, die Todos los Santos trotz der ihr unter ihren Lidern gewachsenen Dunkelheit, noch immer zu sehen vermag.

»Da kommt er!«, rief plötzlich Olguita, und sie sprangen alle gleichzeitig auf die Füße, als wäre die Nationalhymne erklungen. »Da kommt er! Stark und stattlich sieht er aus, und ganz in Weiß!«

Aber kaum dass sie es verkündete, hatte sich das Bild schon wieder verflüchtigt, wie eine störende Wolke vor dem leuchtenden Sonnenuntergang.

»In Weiß, ja, wie ein Gespenst«, brummte Todos los Santos und versetzte der Aufregung einen Dämpfer. »Du brauchst nichts auszuschmücken und nicht so zu übertreiben, Olga, wir haben nur seinen Geist gesehen. Ich finde, der Payanés ist gar nicht richtig zu packen, einer von denen, die ohne Gepäck durch die Welt ziehen und nicht einmal eine Unterhose anhaben. Ist euch schon mal aufgefallen, dass der Payanés nicht mal einen Namen hat? Seine Gegenwart ist ein einziger Freiheitssturm. Das ist es, was das Mädchen im Grunde immer gesucht hat«, sagte sie, aber Sayonara in ihrem Taumel hörte ihr nicht zu, »obwohl er seinen wahren Drang mit dem Gegenteil tarnt, mit Flucht, mit einer liebenden Männerbrust, und sich den Anschein von Schutz und Vaterliebe geben will, von wer weiß was: Dieses Mädchen liebt nur sich selbst.«

»Aber das genau ist doch die Liebe!«, verteidigte die lahme Olguita Sayonara und ließ ihre geschienten Beine vom Strandsessel baumeln. »Wenn man mit den Füßen des anderen losläuft!«

»Da ist er«, sagte Sayonara jetzt ohne die Spur eines Zweifels und von neuem mit einer alten Würde, als hätte sie ein kniffeliges Rätsel gelöst, den Kern einer tiefen Wahrheit erkannt, und dann sahen ihn auch die anderen und wussten, dass die Zeit des Mythos erfüllt war: die *puta* und der *petrolero*.

Streng genommen war sie zwar keine *puta* mehr und er kein *petrolero,* aber wahrscheinlich würden sie es eines Tages wieder sein – er *puto* und sie *petrolera,* wie Machucas Lieblingsdichter Rafael Pombo es ausgedrückt hätte –, und wenn nicht, dann tut das der Tatsache auch keinen Abbruch, denn sie bestätigten, dass sie mit ihren eigenen, von Gott in ihre Gesichter gesetzten Augen gesehen haben, wie die beiden den Magdalena hinauf verschwanden und einer hinter dem anderen oder der andere hinter dem einen gemeinsam dem Lauf des Lebens folgte, oder besser dieser Kraft, die unser Leben von einer Aufregung in die nächste treibt, ohne uns zu enthüllen, wo es uns hinschleppt, er ganz in Weiß mit der fleischlichen Rose im Knopfloch seiner Brust, das Profil nach vorn gewandt, und sie mit wehendem Haar, Blick zurück, auf das gerichtet, was sie hinterlässt, in diesem innig geliebten Nimbus des Todes, heute strahlender denn je, der sie umgab, seit sie sie kannten. *Puta* und *petrolero,* endlich vereint und im ersehnten Glück ihrer Umarmung eins geworden, schritten sie einer ungewissen Zukunft entgegen, wie jede lohnende Zukunft.

»So kam es, dass wir sie wie eine Legende am Ufer des Magdalena fortgehen sahen, während wir bittersüße Tränen vergossen und sie mit unseren Taschentüchern schwenkend dem lieben Gott befahlen«, wiederholt Olga mit einem tiefen, durchsichtigen Stoßseufzer.

»Fata Morgana«, widerspricht Todos los Santos. »Ihr habt nur eine Fata Morgana gesehen, nichts als die Spiegelungen eurer Wünsche, während ich trotz meiner Blindheit wahrnehmen konnte, dass meine Ziehtochter allein losgezogen ist und als einzigen Begleiter ihre Einsamkeit dabei hatte, auf der Suche nach diesem wer weiß was, das sie immer so bedrängt hat.«

»Ich bin alt und schlau und habe meine Sachen im Kopf«, beharrt Olga, »deshalb versichere ich Ihnen, dass Sayonara mit dem Payanés fortgegangen ist und mit ihm glücklich wurde. Unglücklich auch, natürlich, aber das tut nichts zur Sache, denn Liebesleid ist kein Leid. Sie ist stellvertretend für uns alle glücklich geworden, und das haben wir verdient, nach all den Mühen und der Plackerei.«

»Ich? Ich schreibe ihr wieder Postkarten, weil ich weiß, dass sie sie gern bekommen hat«, sagt Sacramento zu mir. »Mit allem anderen, auch mit unserer Ehe, bin ich ihr nur zur Last gefallen, aber meine Postkarten, die haben ihr wirklich Freude bereitet, das hat sie mir selbst gesagt. Und da ich nicht weiß, wo ich sie ihr hinschicken soll, bewahre ich sie hier in diesem Schuhkarton auf, und wenn sie wiederkommt, werde ich sie ihr alle zusammen geben.«

»Sie wird nämlich zurückkommen«, versichert Todos los Santos, derweil sie in einen Silberfuchs gehüllt einen freundlichen flaumigen Felipe krault, der sich auf ihrem Schoß eingerollt hat und schläft. »Mein Mädchen wird früher oder später ganz bestimmt zurückkommen, weil die Biegungen ihres Weges stets an meinem Haus vorbeiführen.«

Danksagung

Dieses Buch würde niemals existieren ohne das unermüdliche Interesse von Thomas Colchie, meinem großen Berater und literarischen Agenten, seiner Frau Elaine und María Candelaria Posada, einer ehemaligen Kommilitonin von der Uni, die nach einer lebenslangen Freundschaft heute meine Verlegerin ist. Nicht nur ihnen will ich hiermit meinen Dank aussprechen, sondern ebenfalls meinen engen Freunden Jaime González, Samuel Jaramillo und Bernardo Rengifo, die meine Manuskripte immer wieder gelesen, kommentiert und das Ihre dazu beigetragen haben.

Für ihr Entgegenkommen und ihre Sachkenntnis bedanke ich mich herzlich bei Juan María Rendón, Alberto Merlano und Marco Tulio Restrepo von der Leitung der Ecopetrol, dem Unternehmen, das meine Recherchen für den vorliegenden Roman mitfinanziert hat.

Mein Dank gilt auch Rafael Gómez und Carlos Eduardo Correa SJ, die beim Lesen dieser Seiten erfahren werden, wie wertvoll mir ihre großzügige und intelligente Assistenz gewesen ist, und Antonio María Flórez, dem spanischen Arzt, der mir seine Unterhaltungen mit den *prostitutas* wiedergegeben hat. Alvaro Mutis wird wissen, für welchen bei ihm aufgeschnappten Satz dieses Romans ich ihm meinen Dank schulde. Leo Matiz danke ich für die freundliche Genehmigung, das ausdrucksstarke Titelfoto abdrucken zu dürfen. Ich danke Sofía Urrutia für den Hinweis auf La maison Tellier, eine schöne Erzählung von Maupassant, die mir für den Ton des Romans den entscheidenden Impuls gab. Ich danke Garciela Nieta und bin sicher, sie wird überrascht sein, eine Anekdote, die sie mir aus dem wahren Leben erzählt hat, von einer Person dieser fiktiven Geschichte wiederzuhören. Ich danke María Rosalba Ojeda, die meine rechte Hand im Haushalt und bei anderen Erledigungen ist. Und wie immer habe ich allen Grund, meinem Sohn Pedro, meiner Schwester Carmen und meiner Mutter Helena zu danken.

In Barrancabermeja danke ich dem ehemaligen Arbeiter der Tropical Oil Company Don Marteliano und Familie Pacheco mit ihren drei Generationen von Erdölarbeitern. Hernando Martínez – Pitula –, einem einstigen Arbeiter bei Ecopetrol, der heute Taxifahrer ist, danke ich für seine Dienste als mein dortiger Fremdenführer. Ich danke all den Menschen, die ich interviewen durfte, darunter Jorge Núñez und Hernando Hernández, derzeitiger Vorsitzender der Gewerkschaft der Erdölarbeiter. Ich danke dem Bischof von Barrancabermeja Monseñor Jaime Prieto. Ich danke der legendären Negra Tomasa, William Sánchez Egea, Manuel Pérez und Don Aristides. Ich danke der Japanerin, die mir ihre ganze Lebensgeschichte erzählt hat, ich danke Amanda und ihrer Schwester Lady, auch Gina für ihre wertvolle Unterstützung, Abel Robels Gómez, Doktor Orlando Pinilla aus Bucaramanga, der Bürgerrechtlerin Eloisa Piña und Frau Candelaria, einer Anwohnerin im Viertel Nueve de Abril. Ich danke dem Bibliothekar Jairo Portillo. Ich danke César Martínez, Luis Carlos Pérez, Pater Gabriel Ojeda und Gustavo Pérez.

Ich danke dem Katechet und rechtschaffenen Mann Wilfredo Pérez, der im Mai 1998 von den Paramilitärs umgebracht wurde.

In Bogotá danke ich Gustavo Gaviria für die aufschlussreichen Gespräche und Guillermo Angulo dafür, dass er mich auf das Werk des mexikanischen Dichters Renato Leduc aufmerksam gemacht hat, auf die Wunder einer verflossenen Geliebten und auf den Schriftsteller Manuel Mejía Vallejo, Machuca genannt. Ich danke Doktor Eduardo Cuéllar Gnecco. Dem Verlagsleiter der Editorial Norma Moisés Melo danke ich für seine Kommentare. Für ihre wertvollen Texte über Barrancabermeja und Santanter bin ich Virginia Gutiérrez de Pineda und Jacques Paril-Gniset sehr verbunden. Ich danke Alejandro Santamaría, dass er mich Pater Carlos Eduardo Correa vorgestellt hat. Ich danke Doktor Ignacio Vergara für seine Analysen der fiktiven Personen dieses und des vorangehenden Romans. Ich danke Marie Descourtieux für die Bücher und Texte über die Prostitution, die sie mir aus Paris zugeschickt hat, und ich danke dem denkwürdigen schottischen Poeten Alastair Reid, mit dem ich so gelacht habe, als wir uns gemeinsam den Dialog über den Schnee zwischen Frank Brasco und der Sayonara ausgedacht haben.

Ich danke dem kolumbianischen Kultusministerium für die Bewilligung eines Stipendiums, das mir geholfen hat, die vorliegenden Seiten zu Papier zu bringen.